# राजेश पाण्डेय

राजेश पाण्डेय का जन्म 15 जून, 1961 को लालापुर, प्रयागराज में हुआ। उन्होंने इलाहाबाद विश्वविद्यालय से वनस्पति शास्त्र में एम.एस-सी. की डिग्री प्राप्त की। वनस्पति शास्त्र में जेआरएफ़ एवं एसआरएफ़। यूपी पुलिस प्रान्तीय सेवा (1986 बैच) में चुने गए। 2003 बैच के आईपीएस बने। 30 जून, 2021 में सेवानिवृत्त हुए।

वे लखनऊ समेत छह जिलों के एसपी और पाँच जिलों के एसएसपी रहे। बरेली पुलिस रेंज के डीआईजी फिर आईजी ज़ोन रहे। डीजीपी मुख्यालय पर आईजी इलेक्शन के रूप में भी अपनी सेवाएँ दीं। अयोध्या में 5 जुलाई, 2005 को हुए बम धमाके की विशेष जाँच टीम में शामिल रहे। यूपी एसटीएफ़ और एटीएस के संस्थापक सदस्यों में शामिल। 2016 में एसपी एटीएस के रूप में भी तैनात रहे। 2008-2009 में युनाइटेड नेशंस की पीस कीपिंग फ़ोर्स में डेपुटेशन के दौरान डीजी बॉर्डर एंड बाउंड्री पुलिस के सलाहकार के रूप में कोसोव पुलिस के साथ कार्य किया। 2010 में रॉयल इंस्टीटयूट ऑफ़ पब्लिक एडमिनिस्ट्रेशन, लन्दन में ट्रेनिंग प्राप्त की।

1999 से 2016 के बीच उन्हें चार बार राष्ट्रपति का 'पुलिस वीरता मेडल' प्रदान किया गया। उन्हें राष्ट्रपति के 'सराहनीय सेवा मेडल' (2005), 'युनाइटेड नेशंस मेडल फ़ॉर पीस कीपिंग इन कोसोव' (2008), 'सिल्वर कमेंडेशन डिस्क' (2018), 'गोल्ड कमेंडेशन डिस्क' (2020), 'प्लेटिनम डिस्क' (2021) से भी सम्मानित किया जा चुका है। युनाइटेड नेशंस में डेपुटेशन के दौरान यूरोप के कई देशों जर्मनी, कोसोव, ग्रीस और सर्बिया की यात्राएँ कीं।

वर्तमान में 2021 से पूर्वांचल एवं बुंदेलखंड एक्सप्रेसवे, यूपीडा में नोडल अफ़सर।

ई-मेल : rajeshpandey61@gmail.com

# वर्चस्व

**उत्तर प्रदेश के एक आपराधिक कालखंड की सच्ची दास्तान**

**राजेश पाण्डेय**

सम्पादन

**सुहेल वहीद**

राधाकृष्ण पेपरबैक्स

राधाकृष्ण पेपरबैक्स में
**पहला संस्करण :** फरवरी, 2024
**दूसरा संस्करण :** जुलाई, 2024
**तीसरा संस्करण :** जुलाई, 2024
**चौथा संस्करण :** जुलाई, 2024
**पाँचवाँ संस्करण :** सितम्बर, 2024



**राधाकृष्ण पेपरबैक्स :** उत्कृष्ट साहित्य के जनसुलभ संस्करण

राधाकृष्ण प्रकाशन प्रा. लि.
जी-17, जगतपुरी, दिल्ली-110 051
द्वारा प्रकाशित

**शाखाएँ :** अशोक राजपथ, साइंस कॉलेज के सामने, पटना-800 006
पहली मंज़िल, दरबारी बिल्डिंग, महात्मा गांधी मार्ग, प्रयागराज-211 001
1, अनमोल सोराबर्जी सन्तुक लेन, धोबी तलाव, मरीन लाइंस, मुम्बई-400 002
वेबसाइट : www.radhakrishnaprakashan.com
ई-मेल : info@radhakrishnaprakashan.com

बी.के. ऑफसेट
नवीन शाहदरा, दिल्ली-110 032
द्वारा मुद्रित

**मूल्य :** ₹399

VARCHASVA
by Rajesh Pandey
*Edited* by Suhel Waheed

ISBN : 978-81-19989-46-1

*पहली लेखनी*

*स्वर्गीय माताजी रामकुमारी पाण्डेय*
*स्वर्गीय पिताजी चन्द्रप्रकाश पाण्डेय*
*के चरणों में समर्पित*

# क्रम

# एक कालखंड : अपराध का

भारत के रेल मंत्री की उनके ही गृह नगर में सरेआम हजारों लोगों के बीच एक रैली में बम मारकर हत्या कर दी गई। इस हत्या को उस कालखंड की शुरुआत माना जाना चाहिए जिसने आगे चलकर उत्तर भारत के तमाम हिस्सों से लेकर मुम्बई तक में अपराध की जड़ें जमा दी थीं। वह रेल मंत्री ललित नारायण मिश्र थे, जिनकी 3 जनवरी, 1975 को समस्तीपुर में बम मारकर हत्या कर दी गई थी। ललित नारायण मिश्र अपने क्षेत्र में बड़े लोकप्रिय राजनेता थे। उन्हें जनता बेहद प्यार करती थी और 'ललित बाबू' नाम से पुकारती थी। इस हत्याकांड ने आम आदमी के दिमाग में शायद पहली बार एक नई आशंका को जन्म दिया था, जिसे एक नये माइंडसेट की शुरुआत माना जा सकता है। लोगों के मन में इस हत्याकांड से उपजे द्वंद्व ने एक नई पैठ बनाई थी कि इतने बड़े आदमी की भी हत्या...उसी के शहर में और वह भी हजारों की भीड़ के सामने...! और फिर रही-सही कसर प्रधानमंत्री इंदिरा गांधी की उनके ही सुरक्षाकर्मियों के हाथों उनके ही घर में दिन-दहाड़े हत्या (हालाँकि इस हत्याकांड का संदर्भ अलग है) ने पूरी कर दी थी। आम आदमी के दिल और दिमाग़ में यह बात घर कर गई थी कि अब कोई भी सुरक्षित नहीं है।

असुरक्षा की भावना आम आदमी के मन-मस्तिष्क में समा गई और लोगों को यह समझने में ज़्यादा वक़्त नहीं लगा कि कोई कहीं भी मारा जा सकता है...बस, यही था वह टर्निंग प्वॉइंट जिसने आगे चलकर पूरे उत्तर भारत, विशेष कर बिहार और उत्तर प्रदेश में अपराधियों के हौसले बुलन्द कर दिये। नब्बे का दशक पुलिस के लिए सबसे बड़ी चुनौती बनकर आया। यही वह दौर था जब गम्भीर से गम्भीर अपराध करने के बाद अपराधी साफ़ बचकर निकलने में कामयाब होने लगे। तब इंटरनेट, सीसीटीवी नहीं था, न मोबाइल और न जीपीएस लोकेशन। अपराध के तौर-तरीके भी पारंपरिक थे तो जाँच-विवेचना से लेकर अदालतों की सारी कार्रवाई और ट्रायल भी मैनुअल था। गवाह, मुद्दई खुद लाता था जो अक्सर फर्जी होते थे और जिनमें से 90 फीसदी होस्टाइल हो जाया करते थे; बाकी जो दस फीसदी बचते थे, वे मारे जाते थे। आज उस दौर को याद कर एक बार सिहरन-सी दौड़ जाती है, लेकिन यह सच था और ऐसा ही था नब्बे के दशक का वह कालखंड।

इस व्यवस्था ने अपराधियों को मनबढ़ बना दिया। उनके दिलों से पकड़े जाने और सज़ा पाने का डर खत्म हो गया। बिहार और उत्तर प्रदेश के अपराधियों ने संगठित होना तो पहले से ही शुरू कर दिया था और अब वे सिर उठाकर अपने वाहनों की खिड़कियों से आधुनिक हथियारों की नालें निकालकर रोड शो भी करने लगे थे कि 25 मार्च, 1996 को गोरखपुर में यूपी विधान सभा में तीन बार के विधायक ओम प्रकाश पासवान की भी एक चुनावी रैली में बम मारकर सरेआम हजारों लोगों के सामने उन्हीं के क्षेत्र में हत्या कर दी गई। समस्तीपुर से करीब सवा तीन सौ किलोमीटर दूर ललित नारायण मिश्र के बम ब्लास्ट के पैटर्न पर ही यह हत्याकांड अमल में लाया गया जिसमें उनके साथ कई और लोग भी मारे गए।

नब्बे के ही दशक में जब राजनेताओं के दिन दहाड़े सरेआम मर्डर होने लगे तो जाहिर है कि नेताओं के मन में ख़ौफ़ बैठ जाना ही था और नई पीढ़ी के वे लोग, जो देश के लिए राजनीति के सहारे कुछ करने की वाकई चाह रखते थे, उन्होंने इस राह पर चलने के अपने इरादों पर लगाम लगा दी। राजनीति को अपराधियों, हत्यारों, डकैतों और बलात्कारियों के हाथों में जाने देने का यह यथार्थ बड़ा भयावह था। हौसलामंद नौजवानों ने अपने रास्ते बदल लिये और सक्रिय राजनेता दुबक-से गए। जो बचे, उन्होंने समझौता करने में ही अपनी भलाई समझी।

बस, यही वह समय था जब बड़े-बड़े खूँखार अपराधियों के लिए राजनीति के प्रवेश-द्वार पर स्वागत के लिए फूलमालाएँ लेकर लोग खुशी-खुशी नज़र आने लगे। राजनीति के अपराधीकरण या अपराध के राजनीतिकरण की यह शुरुआत धमाकेदार थी। उसमें ग्लैमर था, धन-दौलत थी और आधुनिक हथियारों को निहारने का मज़ा भी और जलवा अलग से। इन सियासी माफियाओं की गाड़ियों का काफिला जिधर से गुज़र जाता, सड़कें अपने-आप खाली हो जाया करती थीं। एक कलर की एक मॉडल और एक ही कम्पनी की कारें जब हूटर बजातीं निकलती थीं तो लोग किनारे खड़े होकर उन्हें हसरत भरी निगाहों से देखते। भीड़ में से कितने ही ऐसे लोग थे जो अनायास हाथ जोड़कर कारों के इस काफिले को प्रणाम कर देते और कारों के अन्दर बैठा दुर्दान्त अपराधी अपने इस अभिनन्दन पर स्वाभाविक रूप से मुस्कुरा देता। लखनऊ की चौड़ी-चकली सड़कों पर बारह काली बलेरो का काफिला गुजरता तो लोगों की साँसें रुक जाया करती थीं। इन सभी कारों का रजिस्ट्रेशन अलग-अलग शहरों का होता था लेकिर नम्बर एक ही होते थे। तेज़ाब से नहलाकर रोंगटे खड़े कर देने वाली मौत मारने वाले शहाबुद्दीन, तड़ातड़ के लिए मशहूर मुख्तार अंसारी, अतीक अहमद, बृजेश सिंह, धनंजय सिंह, हरिशंकर तिवारी से लेकर वीरेंद्र प्रताप शाही जैसों की नेतागीरी इसी तरह परवान चढ़ी।

नब्बे के दशक को इस बात के लिए हमेशा याद रखा जाएगा, जब अपरधियों ने अपने लिए नया नाम गढ़ा : 'बाहुबली'। लेकिन इसे इसलिए भी याद रखा जाएगा

कि नेताओं के भ्रष्ट आचरण के कारण ही कभी रहे उनके गुर्गों ने जिन्हें उन्होंने अपने वोट और बूथ लूटने के लिए पाला-पोसा था, उनकी ही गद्दी सरकाकर उसे पूरी बेहयायी से हथिया ली। इसे कैसे भूला जा सकता है कि अगर जन प्रतिनिधि चुनाव जीतने के लिए घटिया और गैरकानूनी तौर-तरीकों को न अपनाते तो ऐसे अपराधियों को सत्ता का नमक चखने का मौक़ा मयस्सर नहीं होता। लेकिन ऐसा नहीं हो पाया, नतीजतन जाहिल-गँवार से लेकर पढ़े-लिखे नौजवानों की एक पूरी ऐसी नर्सरी तैयार हो गई जो कमर में कट्टा खोंसे राजसिंहासन पर बैठने को बेताब नज़र आने लगी और देखते ही देखते हाथों में एके-47 लेकर राजसत्ता हासिल करने के उनके ख्वाब पूरे भी होने लगे।

इसी दौर में वह दिन भी आया जब उत्तर प्रदेश की विधान सभा में ख़ूनी संघर्ष को पूरी दुनिया ने देखा। यह ऐतिहासिक तथ्य कभी नहीं भुलाया जा सकता कि उत्तर प्रदेश की विधान सभा ने अपराधी पृष्ठभूमि के विधायकों को वह अवसर प्रदान किया कि विधायक अपना बाहुबल दिखा पाएँ। माइक तोड़-तोड़कर एक दूसरे को मारे गए, जमकर ख़ून-खराबा हुआ। तब ख़बरें छपीं कि यूपी की विधान सभा में करीब दो-तिहाई विधायक अपराधी पृष्ठभूमि के हैं और लगभग एक-तिहाई विधायकों पर हत्या, बलात्कार जैसे गम्भीर मामले दर्ज हैं। यह आशंका भी व्यक्त की गई कि अपराधी इसी तरह चुन-चुनकर विधायक बनते रहे तो वह दिन दूर नहीं, जब कोई कुख्यात माफिया उत्तर प्रदेश के मुख्यमंत्री की कुर्सी पर बैठा नज़र आएगा। उससे पहले स्टेट गेस्ट हाउस कांड हो ही चुका था जिसे कभी नहीं भुलाया जा सकता। उस कांड ने एक सियासी गठजोड़ की जड़ें खोखली कर दी थीं कि अगर यह कांड न हुआ होता तो देश का राजनीतिक परिदृश्य बहुत पहले ही बदल चुका होता।

उन्हीं दिनों की पैदावार एक ऐसा अपराधी श्रीप्रकाश शुक्ला था जिसके आतंक ने यूपी और बिहार में सबकी नीदें उड़ा दी थीं। श्रीप्रकाश का संरक्षण बिहार से था। वहीं उसके आक़ा बैठे थे जो बाद में संसद के सदस्य भी हुए। वहीं से उसे अत्याधुनिक हथियार मिलते थे और वहीं से उसने सीखा था कि कैसे अपराध को अंजाम देकर उसका फ़ायदा उठाया जा सकता है। वह बेहद फुर्तीला और बेधड़क किस्म का अय्याश और बेरहम अपराधी था। उसे दो ही शौक़ थे : पहला, अपराध और दूसरा, औरतों का। उसे किसी का भय नहीं था। आँखों में किसी तरह की मुरव्वत नहीं थी और इनसान के नाम पर खूँखार किस्म का बेदर्द व्यक्ति था जिसने गोरखपुर में केबल के धंधे में पैर जमाने के लिए एक हफ्ते में ही एक-एक कर दर्जन भर लोगों को मार डाला था।

कहते हैं कि कुदरत के खजाने की थाह किसी को नहीं है। स्याह रात के बाद उजला दिन ज़रूर निकलता है और गर्मी जितनी भीषण पड़ती है, बारिश की सम्भावना उतनी ही प्रबल होती है। अपराध हद से ज़्यादा बढ़ रहे थे और आम आदमी जब

इन माफिया के आगे लगभग नतमस्तक होने लगा था और पुलिस हाथ मलती रह जाती थी तो नब्बे के ही दशक में दो धमाके हुए। पहला था : ईवीएम और दूसरा था : मोबाइल फ़ोन का। ईवीएम की ईजाद ने नेताओं के पैरों के नीचे से जमीन सरका दी थी। वे नेता, जो इन्हीं अपराधियों के सहारे बूथ और बैलेट लूटते थे और चुनाव जीतते थे, ईवीएम ने वोटिंग से जुड़े अपराध पर अंकुश लगाने में ऐतिहासिक योगदान दिया। इसी ईवीएम ने नेताओं के चुनावी भ्रष्टाचार पर लगाम लगा दी। ईवीएम ने चुनावी आसानियों के अवसर ही नहीं पैदा कर दिये, बल्कि कई-कई दिन तक चलने वाली चुनावी प्रक्रिया को बेहद सरल बना दिया और भ्रष्ट नेताओं के हाथों से वोट और बूथ लूटने और लुटवाने का हथियार न सिर्फ़ छीन लिया बल्कि चुनाव की पारदर्शिता को भी सुनिश्चित कर दिया।

नब्बे के ही दशक का दूसरा बड़ा धमाका था मोबाइल फ़ोन। इसने तो दुनिया ही बदल दी। किसी ने सोचा भी नहीं था कि चलते-फिरते फ़ोन से बात होगी और जेब बतियाने की छोटी-सी मशीन से आबाद हो जाएगी। मोबाइल फ़ोन ने सबसे अधिक किसी को फ़ायदा पहुँचाया तो वह थी पुलिस। मोबाइल ने पुलिस की न जाने कितनी समस्याओं का समाधान कर दिया—ऐसी-ऐसी समस्याएँ जिनके लिए पुलिस को कई-कई दिनों तक इधर-उधर दौड़ लगानी पड़ती थी। उनसे छुटकारा ही नहीं मिला, बल्कि जरा-सी मेहनत से बड़े-बड़े अपरधियों के ठिकाने की लोकेशन मिलने लगी—विशेष कर उन अपराधियों की, जो फैशनपरस्त थे और आधुनिक हथियारों के शौकीन होने के साथ-साथ आधुनिक तकनीक को भी अपराध के लिए अपना रहे थे, क्योंकि आधुनिक तकनीक बेहद आसान थी। जिन क्रिमिनल्स ने झट से गैर-पारम्परिक तरीकों से हत्या, लूट, डकैती, बलात्कार और फिरौती जैसे अपराधों को अंजाम देने में आधुनिक तकनीक इस्तेमाल करना शुरू कर दिया था, उन्हें नहीं मालूम था कि वे अपने खात्मे का रास्ता खुद ही तैयार कर रहे हैं।

श्रीप्रकाश शुक्ला के साथ भी यही हुआ। उसे नहीं पता चला कि उसकी लोकेशन बार-बार पुलिस को कैसे पता लग जाती थी। इससे वह सशंकित तो हो रहा था, उसे इस बात की बेचैनी तो शुरू हो गई थी कि जहाँ-जहाँ वह जाता है, पुलिस को कैसे पता लग जाता है! लेकिन वह नहीं जान पाया कि जिस मोबाइल से वह सारे काले काम कर रहा है, वही उसकी लोकेशन हर लम्हा पुलिस को बता रहा है। इसी मोबाइल की करामात थी कि श्रीप्रकाश शुक्ला जैसे दुर्दान्त अपराधी को यूपी पुलिस की एसटीएफ़ ने दिल्ली से सटे ग़ाज़ियाबाद में मार गिराया।

इसी इनकाउंटर के इर्द-गिर्द घूम रही है इस किताब की पूरी स्क्रिप्ट। श्रीप्रकाश शुक्ला के इनकाउंटर की पूरी कहानी इस किताब में मौजूद है। यह किताब इस बेहद चर्चित मुठभेड़ की पूरी दास्तान बयान करती है। एक-एक बात इसमें लिखी गई है—इस मकसद के साथ कि लोग जानें-समझें कि पुलिस की कार्यशैली कितनी जटिल होती है।

किन संकटों में बेहद संयम के साथ पुलिस को हर समय काम करना होता है। पुलिस को पता है कि आम आदमी उसे अच्छी निगाह से नहीं देखता। हेय दृष्टि से देखी जाती है पुलिस। समाज की अपेक्षाओं के अनुरूप उसे सिस्टम छूट नहीं देता, इसके बावजूद वह अपना धैर्य बनाए रखती है। वह अपने दायित्वों और कर्तव्यों से मुँह नहीं चुरा पाती है।

किताब पढ़ने वालों के मन में बार-बार यह बात ज़रूर आएगी कि इतनी ढेर सारी बातें जो इस किताब में लिखी गई हैं, वह हमें कैसे पता चलीं या ये बातें हम तक कैसे पहुँचीं और यह भी कि इन बातों की सत्यता क्या है। अपने पाठकों से मैं बेहद विनम्रता से यह बता रहा हूँ कि इस किताब में जो कुछ भी लिखा है, वह सच है। पुलिस के अपने सूत्र होते हैं, मुखबिर! उनसे बहुत कुछ पता चलता रहता है। इसके अलावा यह बात भी याद रखने की है कि श्रीप्रकाश के गैंग के कई लोगों को पुलिस ने पकड़ा था—उसको मार दिये जाने से पहले भी और उसकी मौत के बाद भी। श्रीप्रकाश इनकाउंटर तथा अन्य अपराधियों से मुठभेड़ के साथ ही क्राइम की जेनेसिस, अपराध की उपज और उसके नतीजों से लेकर अन्य प्रासंगिक आपराधिक विषयों के साथ यूट्यूब चैनल पर 'किस्सागोई' में 2021 से ही बहुत-सी बातें हम बताते-सुनाते चले आ रहे हैं। फेसबुक पर भी हमें सुना और देखा जा सकता है।

उस समय यूपी पुलिस के एडीजी (लॉ एंड ऑर्डर) अजय राज शर्मा थे, जिनकी अवधारणा के आधार पर ही यूपी एसटीएफ़ की बुनियाद रखी गई। हमारे गुरु सरीखे रेलवे पुलिस के पूर्व महानिदेशक अरुण कुमार; पूर्व डीजी बीएसएफ़ रजनीकान्त मिश्रा; पूर्व डीजी सुबेश कुमार सिंह समेत, साथ के कई सीनियर और जूनियर पुलिस अधिकारियों का योगदान हम कभी नहीं भुला सकते। किताब में इन सबका उल्लेख मिलेगा। जिन साथियों का नाम नहीं आ पाया है, उनका भी योगदान याद रखा जाएगा। जिन साथियों ने इस ऑपरेशन में अपनी जान की बाज़ी लगा दी, उनको सबसे ज़्यादा हमेशा याद किया जाता है और हमेशा याद किया जाता रहेगा। किताब में उन सभी का घटनाक्रम के अनुसार उल्लेख मौजूद है।

अपनी धर्म पत्नी श्रीमती मीनू पाण्डेय का हमेशा शुक्रगुज़ार रहना होगा कि उनके साथ ने ही हमें दर्जनों नहीं, सैकड़ों अपराधियों को उनके अंजाम तक पहुँचाने के लिए प्रेरित तो नहीं किया लेकिन कर्तव्यपरायणता के पालन के लिए हमेशा हौसला बढ़ाया। बेटी कृति और बेटे आशय ने एक पुलिस अफसर के बच्चों के रूप में किस तनाव और ख़ौफ़ में वे दिन गुजारे जब एसटीएफ़ और एटीएस के गठन के दिन थे और विशेष कर वे दिन, जब श्रीप्रकाश वाला ऑपरेशन चल रहा था!

इस किताब में जो कुछ भी है, वह संस्मरण नहीं बल्कि यूपी के एक आपराधिक कालखंड का ब्योरा है। लिखने के दौरान यह कोशिश रही है कि कोई भी ऐसी बात न सामने आए जो किसी का अहित करती हो। फिर भी चूक हो सकती है। ग़लती से ऐसी कोई बात, जो किसी का अनजाने में मन भारी करे, उसके लिए क्षमा।

एक ज़रूरी बात, जिसके बिना यह किताब मुकम्मल ही नहीं हो सकती, वह यह कि जिन दिनों हम बरेली पुलिस रेंज के डीआईजी और बाद में आईजी रहे, तभी कोविड का आक्रमण हो गया और हर ओर मौत की खामोशी ने चादर तान ली। लॉकडाउन के दौरान जब लोग बेबस और लाचारी में दम तोड़ रहे थे तो मन में बार-बार बड़ी कसक उठती थी।

विचलन ने कुछ करने और कुछ न करने के असमंजस में अपने-आपको तैयार किया कि अपने जीवन के सबसे अहम् दौर को याद किया जाए और इस तरह इस किताब को लिखने का फैसला किया। लेकिन लिखा कैसे जाए? हम कोई साहित्यकार तो नहीं, लेखक तो नहीं, हम तो उतना ही लिखना जानते थे जितना पढ़ना होता था और पुलिस की नौकरी में आने के बाद तो उतने की भी प्रैक्टिस नहीं रही थी। तब मिले बरेली के मोहम्मद अशफाक, जो बड़े उम्दा टाइपिस्ट थे। लॉकडाउन के सन्नाटे में हमने उन्हें अपने आवास पर बुलाया और उनके सामने बोलना शुरू कर दिया। वह इतने परफेक्ट टाइपिस्ट थे कि हम बोलते जाते और वह लिखते जाते। यह सिलसिला 24 अक्टूबर, 2020 को शुरू हुआ और 25 दिसम्बर, 2021 को समाप्त हुआ, और किताब तैयार हो गई। उनका यह कर्ज हमेशा याद रहेगा।

**—राजेश पाण्डेय**

# ख़ुशनुमा से ख़ूननुमा

वह शहर जिसकी शामें ख़ुशनुमा होती थीं, उस शहर की आज की शाम ख़ूननुमा हो चुकी थी। यह शाम 13 जनवरी, 1997 की थी। सर्दी बहुत थी और हवाएँ अपनी ठंडी लटें बिखेर रही थीं। सर्दी ज़्यादा हो तो भी उत्तर प्रदेश की राजधानी लखनऊ की शाम किसी भी मायने में कम हसीन होने का अहसास कराना नहीं भूलती थी। अदब और तहज़ीब के शहर लखनऊ की शाम थी : 'लखनऊ हम पर फ़िदा और हम फ़िदा-ए-लखनऊ'। इस शहर की शामों को दहशत और ख़ौफ़ से भर देने का नापाक मंसूबा बना लिया गया था।

रात के लगभग आठ बजे वायरलेस पर सन्देश आने लगे : लखनऊ के लाटूश रोड, कैसरबाग़ में एक आदमी की गोलियों से भूनकर हत्या कर दी गई थी। जब वायरलेस सेट पर यह सूचना प्रसारित हो रही थी तब राजेश पाण्डेय वज़ीरगंज से कैसरबाग़ की तरफ़ आ रहा था। आनन-फानन में वह भागकर उस जगह पहुँचा जहाँ यह घटना हुई थी। वहाँ काफ़ी भीड़ जमा थी। उस भीड़ के बीच एक व्यक्ति की लाश पड़ी थी। उसका शरीर गोलियों से छलनी कर दिया गया था। पुलिस के जो कांस्टेबल्स मौक़े पर सबसे पहले पहुँचे थे, गोलियों के खोखे खोज-खोजकर निकाल रहे थे। राजेश पाण्डेय के वहाँ पहुँचते ही उसे बताया गया कि यह लाश विवेक श्रीवास्तव की है। वह लखनऊ का एक पुराना और सबसे बड़ा लॉटरी का व्यवसायी था।

शरीर पर पड़े गोलियों के निशान देखकर राजेश पाण्डेय हैरान था। वह समझ नहीं पा रहा था कि माज़रा क्या है। वह सोचने लगा कि किसी व्यक्ति को मारने के लिए इतनी गोलियों की ज़रूरत क्यों पड़ी? दूसरा सवाल उसके ज़ेहन में आया कि शहर के इस सबसे भीड़भाड़ वाले इलाक़े में किसी शख़्स ने इतने इतमीनान से अनगिनत गोलियाँ चलाईं कैसे होंगी? बहरहाल, पुलिस की कार्यवाही शुरू हुई और लाश को पोस्टमॉर्टम के लिए भेज दिया गया।

मृतक के घर वालों से सम्पर्क किया गया और मुक़दमा लिखाने की बात कही गई। यह बात और वारदात यहीं ख़त्म हो गई।

महीना और साल यही था—बस, तारीख़ बदल गई थी। इसी महीने की 24 तारीख़ को उत्तर प्रदेश की राजधानी लखनऊ की व्यस्ततम जगह, टेढ़ी पुलिया के इलाक़े में,

टीटू सरदार और उसके अन्य साथियों की एक चैम्बर में घुसकर हत्या कर दी। यह भी शाम के तकरीबन आठ बजे की बात थी। पुलिस का काम बढ़ना लाज़मी था। एक ही समय में राजधानी में दो-दो हत्याएँ हुई थीं। सरकार और पुलिस महानिदेशक ऑफ़िस से निर्देश पर निर्देश आने लगे और राजधानी पुलिस पर दबाव बढ़ने लगा। वारदात की जगहों से बटोरे गए खोखे मिलान के लिए फ़ॉरेंसिक लैब भेजे गए।

इसके बाद दो महीने तक कोई बड़ी हत्या या वारदात नहीं हुई। जैसाकि पुलिस, पत्रकार और पुलिस को समर्थन करनेवाले राजनेता हमेशा करते हैं, ऐसी बातें होने लगी थीं कि इन वारदातों को अंजाम देनेवाला कोई बाहर का गैंग था। इसमें थोड़ा वक्त लगेगा और पता चल जाएगा। कहा जाने लगा कि कुछ सूत्र मिले हैं, कुछ मुख़बिरी हुई है और गैंग के बारे में पता चल रहा है। जल्द ही दोनों घटनाओं का पर्दाफ़ाश होगा। तभी 31 मार्च, 1997 को लखनऊ के ट्रांस गोमती इलाक़े के इन्दिरानगर इलाक़े में, जोकि पर्याप्त विकसित और लखनऊ का सबसे शान्त इलाक़ा माना जाता रहा था, वहाँ एक घटना हुई और बदलता बसंती मौसम इस भयानक त्रासदी का गवाह बन गया।

यह बात सुबह साढ़े नौ बजे की है। उस दिन स्प्रिंगडेल स्कूल में प्राइमरी सेक्शन के बच्चों का रेज़ल्ट आना था। स्वाभाविक रूप से बच्चों के अभिभावक भी बच्चों के साथ आए थे। स्कूल के बाहर भारी तादाद में अभिभावकों की गाड़ियाँ खड़ी थीं। छोटे-छोटे बच्चे स्कूल की ड्रेस पहने, अपने माँ-बाप की उँगलियाँ पकड़े हुए गेट के बाहर निकल रहे थे या अन्दर जा रहे थे, तभी गोलियों के तड़तड़ाने की आवाज़ आनी शुरू हुई। गोलियों की आवाज़ सुनकर लोगों ने जानने-समझने की कोशिश की कि यह सब हो क्या रहा है! सफ़ेद कुर्ता-पाजामा पहने एक व्यक्ति बीच सड़क पर औंधे मुँह गिरा पड़ा था। एक महिला और उसके साथ का एक बच्चा भी, जो उस व्यक्ति के साथ चल रहे थे, अपनी जान बचाकर आगे की तरफ़ भागे। मारने वाले तीन लोगों ने उस औंधे पड़े व्यक्ति पर कारबाइन और पिस्टल से सिर और पीठ पर ताबड़तोड़ गोलियाँ चलाईं। गोलियाँ चलाने के बाद वे लोग लगभग दस क़दम वापस गए और फिर अचानक लौट आए।

उनमें से एक स्मार्ट-सा दिखने वाला लम्बे क़द-काठी का आदमी ख़ून से लथपथ उस व्यक्ति के क़रीब आया। उस लम्बे-से आदमी ने जींस, टीशर्ट और एक महँगा स्पोर्ट्स शू पहन रखा था। उसके दोनों हाथों में पिस्टल थी। उसने औंधे पड़े हुए उस व्यक्ति को पैर से सीधा करने की कोशिश की लेकिन जब वह क़ामयाब न हुआ तो उसके साथ के एक व्यक्ति ने उसकी मदद की और दोनों ने मिलकर उसे बड़ी बेदर्दी से खींचकर सीधा किया। वहीं पर खड़े होकर जल्दी से उन्होंने दोनों पिस्टल की मैगज़ीन बदली। साथ वाला व्यक्ति, जो छोटे क़द का था लेकिन ज़्यादा तेज़-तर्रार दिख रहा था, उसने स्टेनगन की मैगज़ीन बदली।

लम्बे क़द-काठी के उस आदमी ने ज़ोरदार आवाज़ में गाली देते हुए कहा, "मा...चो..., बहुत घूर-घूरकर देखता था!"

यह कहने के बाद उसने उसकी दोनों आँखों में पाँच-पाँच गोलियाँ और दाग दीं।

इस पूरी घटना को स्कूल के लगभग सौ से ज़्यादा मासूम बच्चे और उनके माँ-बाप साँसें थामकर स्कूल की बाउंड्री के अन्दर से ख़ौफ़ज़दा होकर देख रहे थे। आँखों में गोली मारते समय जब उसके शरीर में कुछ हरकत-सी हुई तो उस लम्बे क़द-काठी वाले स्मार्ट आदमी ने चिल्लाते हुए कहा,"साला इस बार भी बच जाएगा। हार्ट किधर होता है—दाईं तरफ़ या बाईं तरफ़?"

इतना सुनकर छोटे क़द-काठी के दूसरे व्यक्ति ने उसके सीने के दोनों तरफ़ दस-दस गोलियाँ चलाईं। अब उनकी दूसरी मैगज़ीन भी खाली हो चुकी थी। गोलियों से छलनी हो चुके व्यक्ति को उसने ज़ोर-ज़ोर से गालियाँ दीं और उस पर थूका। इसके बाद दोनों तेज़-तेज़ क़दमों से चलते हुए, लगभग सौ क़दम दूर खड़ी अपनी गाड़ी तक गए और इतमीनान से वहाँ से निकल गए...।

जिसकी जघन्य हत्या हुई थी, वह कोई और नहीं, बल्कि पूर्वी उत्तर प्रदेश के सबसे बड़े माफ़िया वीरेन्द्र प्रताप शाही थे, जिनके बारे में कभी न तो पुलिस ने यह सोचा था और न ही उनके समर्थकों ने, कि उनकी हत्या इस तरह कर दी जाएगी।

वीरेन्द्र शाही की हत्या की ख़बर पूरे उत्तर प्रदेश में जंगल की आग की तरह फैल गई। मौक़े पर पहुँचकर पुलिस अधिकारी और उनके साथ चल रहे तमाम सिपाही फिर से खोखा बीनने में लग गए और घंटों खोखे और कारतूस बीने गए। प्रत्यक्षदर्शी लोगों से बात करने की कोशिश की गई, लेकिन इस वीभत्स दृश्य को देखने के बाद लोग इतने डरे-सहमे थे कि कुछ भी बोलने को तैयार नहीं हुए। सबकी ज़ुबान पर मानो ताले लग गए हों!

वीरेन्द्र शाही का मृत शरीर पोस्टमॉर्टम के लिए भेज दिया गया। पहले से ही दबाव में चल रही लखनऊ पुलिस और दबाव में आ गई।

वीरेन्द्र प्रताप शाही के अन्तिम संस्कार में बहुत बड़ी संख्या में गोरखपुर से उनके परिजन और ढेर सारे समर्थकों के साथ ही राजनीतिक दलों के अनेक लोग भी इकट्ठा हुए। इसमें भारी पुलिस बल भी लगाया गया। वरिष्ठ अधिकारी अपने कार्यालय से ही अन्तिम संस्कार के लिए क़ानून-व्यवस्था क़ायम रखने की ड्यूटी में लगे हुए पुलिस कर्मियों से यह जानने का प्रयास करते रहे कि वहाँ से कुछ पता चल सके कि यह हत्या किसके द्वारा की गई है।

ज़्यादातर लोगों ने यह कयास लगाया कि यह हत्या वीरेन्द्र शाही के परम्परागत दुश्मन और गोरखपुर के ही हरिशंकर तिवारी के लोगों ने की होगी। इससे पहले भी वीरेन्द्र शाही पर गोरखपुर में गोलघर के पास दो बार हमले हो चुके थे।

उनकी कार पर ताबड़तोड़ गोलियाँ चलाकर उन्हें मारने को कोशिश की गई थी, किन्तु उसमें वीरेन्द्र शाही बाल-बाल बच गए थे। उन घटनाओं को भी हरिशंकर तिवारी के ही मत्थे मढ़ा गया था।

वीरेन्द्र शाही के उस अन्तिम संस्कार में ही शामिल किसी सगे-सम्बन्धी ने अपने जानने वाले एक सब-इंस्पेक्टर को बताया कि यह गैंग बिहार का है। रेलवे के ठेकों का झगड़ा है और पिछले छह महीने से कोई श्रीप्रकाश शुक्ला नाम का व्यक्ति इसे फ़ोन पर धमकाता रहा है। वह बार-बार कहता था कि होली से पहले इसे मार देंगे। उस व्यक्ति ने बहुत दृढ़तापूर्वक कहा कि हरिशंकर तिवारी के लोगों में कोई इतना दुस्साहसी नहीं है जो इतने इतमीनान और इतने बीभत्स तरीके से शाही की हत्या कर सके।

जब राजेश पाण्डेय को यह जानकारी मिली तो उन्होंने उस सब-इंस्पेक्टर को बुलाकर यह जानने की कोशिश की कि इतनी गम्भीर बात उसे किसने बताई। तमाम पुलिसिया पैंतरों के बाद भी उस इंस्पेक्टर ने न तो जानकारी देनेवाले का नाम बताया और न ही कोई जानकारी दी। वह बार-बार यही कहता रहा :

'मारने वाले बहुत खूँखार अपराधी हैं और वह जानकारी देनेवाले को मार देंगे।'

तब पहली बार श्रीप्रकाश शुक्ला का नाम पुलिस की जानकारी में आया। इसके बाद गोरखपुर के अधिकारियों से जानने की कोशिश की गई कि यह श्रीप्रकाश शुक्ला है कौन और कहाँ का रहनेवाला है। काफ़ी छानबीन के बाद यह पता चल पाया कि यह मामखोर गाँव का रहनेवाला एक नौजवान लड़का है, जिसकी उम्र महज 22-23 वर्ष रही होगी। वह असलहों का शौक़ीन है और ज़्यादातर बिहार में रहता है। इसके अलावा उसके बारे में कोई ख़ास जानकारी प्राप्त नहीं हुई।

वीरेन्द्र प्रताप शाही की पोस्टमॉर्टम रिपोर्ट में गोलियों के कुल 126 निशान थे। कुछ गोलियों के भीतर जाने के और कुछ गोलियों के बाहर आने के थे। वीरेन्द्र शाही का मारा जाना अपराध-जगत के लिए एक बहुत बड़ी घटना थी और यह पुलिस के लिए एक भयंकर चुनौती थी।

वीरेन्द्र शाही पूरे पूर्वी उत्तर प्रदेश और उससे सटे हुए बिहार के ज़िलों में बहुत जाना-पहचाना नाम था। उत्तर-पूर्व रेलवे का मुख्यालय होने के कारण, उत्तर-पूर्व रेलवे के अधीन बिहार का बड़ा हिस्सा और पूर्वी उत्तर प्रदेश, रेलवे टेंडर और रेलवे से सम्बन्धित गतिविधियों का सबसे बड़ा केन्द्र गोरखपुर था। रेलवे के टेंडर से मिलने वाली ठेकेदारी, कम समय में ज़्यादा पैसे बनाने का एक बहुत बड़ा ज़रिया था। उस समय जब सरकारी कामों के लिए टेंडर की योजना शुरू हुई थी तो टेंडर या तो वीरेन्द्र प्रताप शाही के आदमी हथिया लेते थे या हरिशंकर तिवारी के लोग। हाथों-हाथ यह टेंडर 10-15 प्रतिशत कमीशन पर अपने-अपने आदमियों को दे दिये जाते थे। धीरे-धीरे टेंडर को पूल करने का यह काम अन्य सरकारी विभागों में भी

शुरू हो गया, जिसमें लोक निर्माण विभाग, सिंचाई, नगर निगम, वन, खनन और बहुत-से छोटे-मोटे विभाग शामिल थे। इन विभागों के कंस्ट्रक्शन, मेंटीनेंस और सप्लाई के टेंडर या तो हरिशंकर तिवारी के लोगों के पास जाते थे या फिर वीरेन्द्र शाही के गुर्गों के पास।

सरकारी विभागों के इन्हीं टेंडरों को लेकर गोरखपुर और उसके आसपास के ज़िलों में इतना ख़ून-ख़राबा हुआ और दिन-दहाड़े इतनी हत्याएँ हुईं कि गोरखपुर को देश का 'क्राइम कैपिटल' कहा जाने लगा।

उत्तर प्रदेश के तत्कालीन मुख्यमंत्री वीर बहादुर सिंह, गोरखपुर के रहनेवाले थे और वे इस बढ़ते अपराध से परेशान हो चुके थे। उत्तर प्रदेश के इतिहास में यह पहला मौक़ा था जब पूरे पूर्वी उत्तर प्रदेश और बिहार में अपराध जातिगत आधार पर हो रहा था। ठाकुर जाति के अपराधियों का हित और संरक्षण वीरेन्द्र प्रताप शाही करते थे और ब्राह्मण अपराधियों के हितों का संरक्षण का जिम्मा हरिशंकर तिवारी उठाया करते थे। इस माफ़िया गैंगवार को रोकने के लिए तत्कालीन मुख्यमंत्री वीर बहादुर सिंह ने ही 'उत्तर प्रदेश गुंडा अधिनियम' बनाया। इससे थोड़ा-बहुत सुधार तो हुआ और छोटे-मोटे अपराधियों पर अंकुश भी लगाया जा सका। इसी समय बिहार के कुछ माफ़िया गैंगों ने रेलवे टेंडर में हस्तक्षेप करना शुरू किया। वे अपने कुनबे के साथ टेंडर के दिन गोरखपुर आ जाते थे। लेकिन उनको सबसे ज़्यादा प्रतिरोध वीरेन्द्र प्रताप शाही के लोगों से करना पड़ता था और रेलवे ऑफ़िस के सामने गोलियों की आवाज़ें आम बात हो गई थीं।

सूरजभान बिहार का एक बाहुबली था। वह बिहार के पटना ज़िले में मोकामा का रहनेवाला था और रेलवे के ठेके लिया करता था। ठेके लेने के लिए 10-15 प्रतिशत कमीशन शुरुआत में ही देना पड़ता था जिसके बाद लाभ कम हो जाता था। ऐसे में सूरजभान अपने गैंग के साथ गोरखपुर में रुककर ऐसी सम्भावनाएँ तलाश करने लगा कि उसे गोरखपुर के रहनेवाले किसी ऐसे व्यक्ति का साथ मिल जाए जो प्रभावी रूप से वीरेन्द्र शाही के गुंडों से मुक़ाबला कर सके।

ऐसे ही एक दिन सूरजभान ने किसी बड़े टेंडर के लिए रेलवे मुख्यालय के बाहर टेंडर लेने की नाकाम कोशिश की। उसी टेंडर को हथियाने फ़ैज़ाबाद के विधायक पवन पाण्डेय, सत्तू पाण्डेय, घनश्याम पाठक, आनन्द पाण्डेय और सुधीर त्रिपाठी भी गए थे। रेलवे कार्यालय के गेट पर ही वीरेन्द्र प्रताप शाही के लोगों ने अंधाधुंध फ़ायरिंग शुरू कर दी। सूरजभान और उसके सहयोगी वहाँ से भाग निकले। पवन पाण्डेय के सहयोगी भी वहाँ से जान बचाकर भागे। रास्ते में भागते समय सूरजभान की मुलाक़ात पवन पाण्डेय से हुई।

सूरजभान ने पवन पाण्डेय से कहा, "भैया, आप लोग कहाँ से हैं?"

"मैं अयोध्या से विधायक हूँ, मेरा नाम पवन पाण्डेय है।"

"बाक़ी लोग भी अयोध्या से हैं?" सूरजभान ने पूछा।

"हाँ, सभी मेरे मित्र हैं।...यह सत्तू पाण्डेय हैं। यह आनन्द पाण्डेय हैं..."

सूरजभान ने पूछा, "आप लोगों का यहाँ कैसे आना हुआ?"

"हम लोग मीटर गेज के ब्राड गेज कनवर्ज़न में गिट्टी सप्लाई का टेंडर लेने आए थे।" पवन पाण्डेय ने कहा।

"अरे, आया तो मैं भी उसी काम से था!" सूरजभान ने कहा।

तब पवन पाण्डेय ने जवाब दिया, "यह मा...चो...शहिया किसी बाभन को रेलवे का ठेका नहीं लेने देगा। इसका कुछ इन्तज़ाम करना पड़ेगा।"

सूरजभान ने कहा, "मैं भी छह महीने से इसकी गुंडई से परेशान हूँ। दसियों साल से रेलमंत्री बिहार के होते आए हैं। जार्ज बाबू, रामविलास पासवान, नीतीश कुमार, जगजीवन राम—सारे के सारे बिहार के थे लेकिन आज तक किसी बिहारी ठेकेदार को बिहार के रेलवे के काम का ठेका गोरखपुर से नहीं मिल पाया। काम हम कराएँ, मंत्री हमारा, बजट हमारा और सारा मज़ा शाही और तिवारी लूटें, यह कितने दिन चलेगा?"

"सूरज भाई, अपने मेरे दिल की बात कह दी। यह गुंडई के बल पर टेंडर ले लेते हैं और बिना कोई काम किये करोड़ों रुपये लेकर छोटे ठेकेदारों को ठेका बाँट देते हैं। दोनों ही हरामी हैं।" पवन पाण्डेय ने कहा।

"दोनों में ज़्यादा हरामी कौन है?" सूरजभान ने पूछा, "पहले उसी से निबटना होगा।"

"तिवारी जी तो थोड़ा-बहुत एडजस्ट भी कर लेते हैं, लेकिन यह शहिया? मा...चो...हाथ भी नहीं रखने देता।" पवन पाण्डेय बोला।

सूरजभान ने तुरन्त कहा, "पवन भाई, आप पंडित हो, इसलिए कह रहे हो कि तिवारी जी कुछ एडजस्ट कर लेते हैं। मैंने सारे जतन करके देख लिये, ये दोनों एक नम्बर के मा...चो...हैं।"

बात करते-करते सभी होटल पहुँच गए।

पवन पाण्डेय ने होटल के नीचे सूरजभान को नमस्कार किया और कहा, "अगर आपका कोई फ़ोन नम्बर हो तो दे दीजिए, मिलकर काम करना होगा।"

"आइए, कमरे में बैठकर बात करते हैं।" सूरजभान बोला।

पवन पाण्डेय थोड़ी हिचकिचाहट में बोले, "फिर कभी बात कर लेंगे। हो सकता है, हम मोकामा ही आ जाएँ।"

"पवन भाई, इतना ज़्यादा वक़्त नहीं है। बीस दिन बाद फिर सप्लाई का टेंडर है। साथ ही साथ बिहार के पाँच छोटे रेलवे स्टेशनों के विस्तार का भी टेंडर है। कुल मिलाकर पूरा टेंडर सौ करोड़ रुपये से ऊपर का है।" सूरजभान ने बताया।

इतना सुनकर पवन पाण्डेय ने अपने लोगों को इशारा किया और सारे लोग होटल के भीतर आ गए और एक ही कमरे में बैठकर बातचीत शुरू हुई।

"पवन भाई, पहले तो यह बताओ कि असलहे कौन-कौन से हैं?" सूरजभान ने पूछा।

"नाइन एमएम पिस्टल, एक स्टेन, बाक़ी 315 बोर की राइफ़लें। छोटे असलहों की फ़िलहाल कोई कमी नहीं है।" पवन पाण्डेय ने जवाब दिया।

"इन असलहों से इनसे पार पाना बहुत मुश्किल है।" सूरजभान ने कहा, "बिना एके के इनसे पार नहीं पाओगे। एके की आवाज़ और मार बेहोशी का इंजेक्शन है। सामने वाला दस मिनट तक अपने असलहे पर हाथ भी नहीं लगा पाता।"

पवन ने जवाब दिया। "इधर तो कहीं नहीं मिलती और हमने तो देखी भी नहीं है।"

"हम चार एके-47 देंगे। सिर्फ़ इसी शर्त पर कि अगले टेंडर पर यह बचना नहीं चाहिए।" सूरजभान ने कहा।

"ठीक है, कहाँ से दिलाओगे?" पवन पाण्डेय ने पूछा।

सूरजभान ने कहा, "अभी मेरे साथ चलो। मोकामा में मेरे घर पर चारों रखी हैं।"

पवन पाण्डेय ने कहा, "कल मेरी रिश्तेदारी में एक शादी है, अभी तो नहीं चल सकता लेकिन अगले टेंडर से पहले ज़रूर।"

सूरजभान ने अपना लैंडलाइन नम्बर दिया और कहा, "आने से पहले इस पर फ़ोन कर लेना। जो भी फ़ोन उठाए, उसे बताना कि दादा से बात करनी है, अशोक सिंह गोरखपुर से बोल रहा हूँ।"

पवन पाण्डेय ने अपनी डायरी में यह नम्बर नोट किया और सवाल किया, "मैं समझा नहीं कि अशोक सिंह के नाम से क्या फ़ोन करना है?"

"पवन भाई, आप विधायक हैं। लोग आपको जानते हैं। अपना नाम बताएँगे तो हमारे आसपास रहनेवाले भी अपना दिमाग़ चलाने लगेंगे।" सूरजभान बोला।

पवन पाण्डेय ने कहा, "ठीक है," और वह अपने काफिले की पाँच गाड़ियों के साथ वहाँ से निकल गया।

एक घंटे बाद सूरजभान अपने काफिले के साथ पटना वापस चला गया।

चार दिन बाद सत्तू पाण्डेय, राजन तिवारी, श्रीप्रकाश शुक्ला, आनन्द पाण्डेय और सुधीर त्रिपाठी पवन पाण्डेय के आवास पर बैठे हुए थे।

सत्तू पाण्डेय ने बात छेड़ी और पवन पाण्डेय से कहा, "भाई, जो बिहारी उस दिन गोरखपुर में मिला था, वह एके-47 की बात कर रहा था। आपको क्या लगता है कि ऐसे ही भौकाल बना रहा था कि कुछ दम भी है? उसे चलाने की तो छोड़ो, एके-47 हमने देखी भी नहीं है और वह चार एके देने की बात कर रहा है?"

पवन पाण्डेय ने जवाब दिया, "सत्तू भाई, मैं बेवकूफ़ नहीं हूँ कि किसी के भरने से ऐसे ही आ जाऊँगा। मैंने भी लोगों से पता किया है। आदमी वज़नदार है और इसमें कोई लोचा नहीं है। अब कितनी एके-47 उसके पास हैं, यह तो जाने पर ही पता चलेगा।"

पवन पाण्डेय ने जेब से अपनी डायरी निकाली और देखकर बताया, "उसने अपना नम्बर दिया था। बात करो और पूछो कि हम लोग कब आ जाएँ? यहाँ सवाल चार एके-47 का नहीं है, सवाल सौ करोड़ के टेंडर का है। एक बार टेंडर मिलने लग जाएँ, फिर एके-47 मशीनगन सब अपने पास होंगी।"

"ठीक है भैया, मैं इतनी अच्छी तरह बात नहीं कर पाता। श्रीप्रकशवा से बात कराते हैं।" सत्तू बोला।

"ठीक है।" कहते हुए पवन पाण्डेय डायरी में से ज़ोर-ज़ोर से नम्बर पढ़ने लगा और श्रीप्रकाश शुक्ला ने अपने हाथ पर वह नम्बर लिख लिया। पवन पाण्डेय के ऑफ़िस में लगे फ़ोन से वह नम्बर लगाया गया, एक ही बार में फ़ोन उठ गया। श्रीप्रकाश ने कहा, "मैं फ़ैज़ाबाद से अशोक सिंह बोल रहा हूँ। दादा से बात करा दीजिए।"

दो मिनट बाद सूरजभान लाइन पर आ गया। श्रीप्रकाश ने फ़ोन पवन पाण्डेय की तरफ़ बढ़ा दिया। पवन पाण्डेय ने दुआ-सलाम के बाद पूछा "भाई, हम लोग कब आ जाएँ?" उधर से जो भी जवाब आया, सुनकर पवन पाण्डेय ने कहा, "ठीक है।" और फ़ोन रख दिया। फ़ोन रखने के बाद पवन पाण्डेय ने कहा, "वह परसों बुला रहा है। दो गाड़ियाँ हैं। एक गाड़ी सत्तू ले आए और परसों चलते हैं।"

तीन दिन बाद ये सारे लोग मोकामा पहुँच गए। तीन जगहों पर इन लोगों से आवश्यक पूछताछ और जाँच-पड़ताल की गई और इसके बाद सूरजभान के आदमी सभी लोगों को घर ले आए। बातचीत के बाद सूरजभान ने इशारा किया और उसका आदमी एक काले रंग का क्रिकेट किट बैग लेकर आया। सूरजभान ने एक-एक करके चार एके-47 निकालीं और सबको दिखाईं। सबने बारी-बारी से एके-47 हाथ में लेकर देखी।

सूरजभान ने कहा, "ज़्यादा लम्बी बातचीत से कोई फ़ायदा नहीं है। बात मुद्दे की करते हैं। अभी मैं दो एके-47 दूँगा। शाम हो चली है, घर के पीछे गंगा नदी बहती है। खाना खा लो और मेरे साथ गंगा के तट पर चलो। वहीं इसका इस्तेमाल भी दस मिनट में बता दूँगा। दो एके-47 लेकर तुम लोग चलो, दो मैं ख़ुद टेंडर वाले दिन लेकर आऊँगा। अगर काम हो गया तो ये दोनों एके-47 हमेशा के लिए दे दूँगा और काम नहीं हुआ तो वह दोनों भी अपने साथ वापस ले जाऊँगा। फिर जब भी आप लोग बताएँगे, मैं चारों लेकर आऊँगा। यह ध्यान रहे कि यह काम होना ही है। एक बात और पवन भाई, आप देख लीजिएगा, जिसके पास जिगरा हो, एके-47 वही चलाए।"

पवन ने तुरन्त कहा, "यह श्रीप्रकाश शुक्ला है जिसने आपसे बात की थी, इस पर हमें भरोसा है। एक इसे दे देंगे और एक आनन्द पाण्डेय चला लेगा।"

"कौन श्रीप्रकाश शुक्ला?" सूरजभान ने पूछा।

"दादा, मैं ही हूँ।" श्रीप्रकाश तुरन्त बोला, "आपने जो नाम बताया था, उसी नाम से मैंने फ़ोन किया था।"

"अशोक सिंह?"

"जी दादा, जी।"

"तुम्हारा नाम बहुत लम्बा है। इतने लम्बे-लम्बे नाम बोलने की आदत नहीं है। अब से मैं तुम्हें 'अशोक सिंह' ही कहूँगा और तुम्हें जब भी बात करनी हो तो अशोक सिंह के नाम से ही बात करना।" सूरजभान ने कहा।

दोनों एके-47, उसकी भरी हुई मैगज़ीन और 100 कारतूस लेकर पवन पाण्डेय, मोकामा से तीनों गाड़ियों के साथ रवाना हो गया।

रास्ते में श्रीप्रकाश ने पूछा, "किन-किन रास्तों से जाना ठीक होगा? कहीं रास्ते में चेकिंग न मिले?"

तब यह तय पाया गया कि सभी लोग पहले पवन पाण्डेय के आवास, अयोध्या चलेंगे, फिर वहाँ से अपनी-अपनी जगह पर जाएँगे।

रेलवे के टेंडर की अगली तारीख़ दो-तीन महीने के लिए टाल दी गई और यह 24 अक्टूबर, 1996 निर्धारित की गई। श्रीप्रकाश शुक्ला और आनन्द पाण्डेय एके-47 का इस्तेमाल करने के लिए मौक़ा ढूँढ़ रहे थे कि इसी बीच शराब की दुकानों की नीलामी का समय आ गया।

# एके-47 का बर्स्ट

31 मार्च को शराब की दुकानों की नीलामी होनी थी। फ़ैज़ाबाद की शराब की दुकानों का ठेका इस बार पवन पाण्डेय और उसके भाई राकेश पाण्डेय को लेना था। फ़ैज़ाबाद के सत्येन्द्र सिंह उर्फ़ लंगड़ का आतंक था और शराब की नीलामी के समय ज़िला कचहरी में नीलामी के लिए जानेवाले लोगों को वह धमकाया करता था। फ़ैज़ाबाद में बैठकर यह बात तय की गई कि इस बार की नीलामी से पहले सत्येन्द्र को मार देना है, नहीं तो इस साल भी नीलामी वही ले लेगा और कमीशन लेकर दुकानें अपने ठेकेदारों में बाँट देगा।

"आजकल वह जिप्सी से चल रहा है। उसके पास अपनी नाइन एमएम पिस्टल है। पीछे तीन आदमी 315 बोर की राइफ़ल और एक डीबीवीएल बन्दूक़ लेकर चलते हैं। गाड़ी वह ख़ुद चलाता है और साथ में बैठा हुआ आदमी किसी-न-किसी नाजायज़ असलहे से लैस रहता है।" श्रीप्रकाश ने बताया।

आनन्द पाण्डेय बोला, "भैया, फ़ायर पावर अच्छी है। उसके लौंडे टूटेंगे नहीं, सब उसी के टुकड़ों पर पल रहे हैं। बहुत होशियारी से काम करना होगा।"

"जब वह सड़क पर गाड़ी चलाता है तो किसी को ओवरटेक नहीं करने देता। अगर किसी को ओवरटेक करना होता है तो पीछे बैठे लौंडे असलहा दिखाकर डरा देते हैं। अगर पहचान वाला कोई आदमी हुआ तो लौंडे बता देते हैं, इनको पास दे दो।" सुधीर त्रिपाठी बोला।

"यह तो और अच्छा है।" श्रीप्रकाश बोला।

"ओवरटेक करने की कोशिश की जाएगी, मौक़ा देखकर घेरकर मार लेंगे।" आनन्द बोला।

"बेवकूफ़ी की इन्तिहाँ है तुम सबमें!" श्रीप्रकाश ने कहा, "जबरदस्ती ओवरटेक करोगे तो पीछे जो 315 लेकर बैठे हैं, वह पेल देंगे। जिसकी गोली पहले चल जाती है, मैदान में वही बादशाह होता है। पहली गोली हर हाल में हमारी ही चलेगी। दादा की एके-47 लंगड़ पर टेस्ट की जाएगी। बात तय हो गई।

"लखनऊ चलकर अपनी मारुति कार में वीआईपी वाला सायरन लगवाते हैं, अमीनाबाद की बाज़ार में लग जाएगा। पीछे आने वाली गाड़ियों में जब वीआईपी

गाड़ी का सायरन बजता है तो लंगड़ ख़ुद सिर निकालकर देखता है कि गाड़ी किसकी है। किसी अधिकारी की गाड़ी होती है तो उसे पास दे देता है और किसी नेता की गाड़ी हो तो उसको पास नहीं देता है।"

"इससे क्या होगा?" पवन पाण्डेय ने पूछा।

श्रीप्रकाश बोला, "बाईपास पर वह रोज़ जाता है। सराँय रासी के पास जहाँ थोड़ा सुनसान है, वहाँ जिस दिन मिल जाएगा, मारुति नज़दीक ले जाकर वीआईपी सायरन बजायँगे। सायरन बजते ही वह मुंडी निकालकर पीछे ज़रूर देखेगा। जब तक उसकी समझ में आएगा कि मारुति में बैठकर कौन वीआईपी सायरन बजा रहा है, तब तक एके-47 की पूरी मैगज़ीन उसकी खोपड़ी में होगी।"

यह भी तय किया गया सिर्फ़ मारुति में चलेंगे और फ़ैज़ाबाद से उसको ढूँढ़ना शुरू करेंगे। बाईपास में खाली जगह जहाँ मिल जाएगी, वहीं पर पेल देंगे।

पवन ने कहा, "एके-47 लेकर तुम्हीं चलोगे। आनन्द वाली एके मेरे घर पर ही रहेगी, दो एके ले जाने में रिस्क है। एक स्टेन सुधीर ले लेगा, बाक़ी सब छोटे असलहे रहेंगे।"

तीन दिन पीछा करने के बाद 22 फरवरी, 1996 को सत्येन्द्र उर्फ़ लंगड़ अपनी जिप्सी से सराँय रासी के पास बाईपास पर जैसे ही मुड़ा, थोड़ी ही दूर तक चलने के बाद इन लोगों ने उसका पीछा करना शुरू किया। गाड़ी धीरेन्द्र चला रहा था और आगे की बाईं सीट पर श्रीप्रकाश एके लेकर बैठा हुआ था। सफ़ेद मारुति जिसमें ये बैठे थे, उसके शीशों पर काली फ़िल्म चढ़ी हुई थी। जैसे ही गाड़ी जिप्सी के नज़दीक पहुँची, जिप्सी में पीछे बैठे लंगड़ के रक्षकों ने ओवरटेक न करने का इशारा किया।

श्रीप्रकाश ने धीरेन्द्र से कहा, "गाड़ी तेज़ रफ़्तार करके बराबर में लाओ! गाड़ी तेज़ करके सायरन बजा देना।"

धीरेन्द्र ने ऐसा ही किया। गाड़ी ओवरटेक करने की पोज़ीशन लेकर जैसे ही वह गाड़ी को जिप्सी के पास ले गया, गाड़ी का वीआईपी हूटर बजा दिया। हूटर बजते ही लंगड़ ने साइड से सिर निकालकर देखना चाहा, दोनों गाड़ियों की रफ़्तार सौ किलोमीटर प्रति घंटे के आसपास थी। लंगड़ के सिर निकालते ही श्रीप्रकाश ने एके का बर्स्ट झोंक दिया। करीब 20-25 गोलियाँ सीधे लंगड़ के सिर में समा गईं। सौ से भी अधिक की रफ़्तार में चलती हुई लंगड़ की जिप्सी सड़क के किनारे उलटकर नीचे खाई में जा गिरी। उसमें बैठे सभी लोग सीधे खाई में जा गिरे। श्रीप्रकाश, आनन्द, सुधीर, पवन पाण्डेय—सब दौड़कर पलटी हुई जिप्सी की तरफ़ लपके। पीछे बैठे हुए लंगड़ के सारे चिंटू असलहे छोड़कर भागे। थोड़ी दूर तक खदेड़कर, जिसके पास भी कोई असलहा था, सब छीन लिया गया। श्रीप्रकाश और उसके साथी लोग सारे असलहे, 315 की राइफ़ल उठाकर मारुति में ले आए और वहाँ से सीधे लखनऊ कैसरबाग़ स्थित पवन पाण्डेय के शिव सेना कार्यालय आ गए।

सारे असलहे वहीं रखे और एक दूसरे को बधाई दी कि इस साल का, पूरे फ़ैज़ाबाद का, शराब का ठेका पवन भाई के नाम हो गया। अब किसी मा...चो...में इतनी हिम्मत नहीं है कि फ़ैज़ाबाद कलेक्ट्रेट के शराब नीलामी पंडाल के भीतर भी घुस सके। इसी बीच श्रीप्रकाश ने मौक़ा निकालकर कैसरबाग़ चौराहे के पीसीओ से सूरजभान को फ़ोन किया, "मैं अशोक सिंह बोल रहा हूँ। दादा बोल रहे हैं?"

"हाँ, बताओ अशोक!"

"दादा, टेस्ट कर लिया, बिलकुल सही है। पहला शिकार हो गया। अब 24 अक्टूबर का इन्तजार है।"

दादा ने शाबाशी दी और बोला, "ठीक है, 24 अक्टूबर में बहुत टाइम है। कभी मौक़ा मिले तो आना।"

इसी बीच 4 मई, 1996 को मोहद्दीपुर, जहाँ श्रीप्रकाश के बड़े भाई ओमप्रकाश का परिवार रहता था, वहाँ उनकी किसी रामशंकर श्रीवास्तव से कुछ कहा-सुनी हो गई। श्रीप्रकाश ने 4 मई, 1996 को रामशंकर की भी हत्या कर दी। इस हत्या के बाद उसका मन बढ़ता गया और 29 अप्रैल को उसने गोरखपुर यूनिवर्सिटी के छात्र नेता नवीन सिंह को यूनिवर्सिटी के एनसी हॉस्टल में गोली मार दी, लेकिन वह बच गया। फिर 24 सितम्बर को गोरखपुर में ही उभरते हुए नेता विवेक सिंह को कैंटोनमेंट में उसने गोली मार दी। इन हत्याओं से गोरखपुर में लोग वीरेन्द्र शाही और हरिशंकर तिवारी के अलावा श्रीप्रकाश शुक्ला को भी जानने लगे।

24 अक्टूबर की तारीख़ आ गई। सूरजभान अपने पूरे लाव-लश्कर के साथ गोरखपुर आ गया। श्रीप्रकाश, आनन्द, सुधीर ने पहले से ही होटल की व्यवस्था कर रखी थी। सूरजभान और उसके लोग सीधे होटल आ गए। बैठकर बातचीत हुई और यह तय किया गया कि शराब का ठेका लेने की पूरी कोशिश की जाएगी। लेकिन शहिया ख़ुद नहीं आएगा, उसे पूरा भरोसा है कि अब कोई विरोध नहीं होगा। उसे एक प्रोगाम में गोलघर आना है, वहाँ से घर जाते समय या रेलवे की ओर आते हुए रास्ते में ही उसे ठोक देते हैं। टेंडर टल जाएगा। अगली तारीख़ निश्चित होगी फिर कोई दिक़्क़त नहीं होगी। चंद्रलोक लॉज के पास, लॉज की पार्किंग में खड़ी गाड़ियों में से दो गाड़ियाँ ली गईं। एक गाड़ी में श्रीप्रकाश की टीम, दूसरी गाड़ी में सूरजभान की टीम, दो-दो एके-47 और बाक़ी के असलहे लेकर बैठ गए।

वे सब वहीं पर इन्तज़ार करते रहे कि शाही अपनी एम्बेसडर कार पर ड्राइवर के साथ दूर से आता दिखाई पड़ा। इधर दोनों गाड़ियाँ स्टार्ट हुईं। जैसे ही एम्बेसडर नज़दीक आने को हुई, दोनों गाड़ियाँ उसी दिशा में रेंगने लगीं। प्लान तय था कि दोनों तरफ़ से ओवरटेक करते हुए मार देंगे और साइड से निकल जाएँगे। शाही की गाड़ी के पीछे तीन गाड़ियाँ और थीं, जिसमें शाही के लोग असलहों के साथ बैठे हुए थे।

प्रोग्राम के मुताबिक शाही की गाड़ी के बाईं तरफ़ से श्रीप्रकाश की गाड़ी ओवरटेक करेगी और दाहिनी तरफ़ से सूरजभान की। सूरजभान की गाड़ी ने आगे बढ़ना शुरू ही किया था कि उलटी दिशा से एक ट्रक आ गया। उसको रोकने की भरसक कोशिश की गई किन्तु वह सामने से निकल गया और शाही की गाड़ी काफ़ी आगे निकल गई। श्रीप्रकाश ने बाईं तरफ़ से ओवरटेक कर लिया और ओवरटेक करते ही एके से बर्स्ट फ़ायर खोल दिया। गाड़ी में बीसियों गोलियाँ लगीं, तब तक पीछे से सूरजभान की भी गाड़ी आ गई। गोलियों की तड़तड़ाहट से कई सारी गाड़ियाँ वहाँ रुक गईं। शाही की गाड़ी पर इतनी गोलियाँ लगने के बावज़ूद उसका ड्राइवर गाड़ी को तेज़ रफ़्तार से लेकर आगे निकल गया। भीड़ बढ़ती देखकर श्रीप्रकाश और सूरजभान की गाड़ियाँ वहाँ से जिधर रास्ता मिला, उस रास्ते को पकड़कर भाग गईं।

अगले दिन अख़बार से पता चला कि गोलीबारी में शाही के एक गनर की मौत हो गई थी। शाही के ड्राइवर को सिर्फ़ एक गोली हाथ में लगी थी और शाही ने अपना सिर सीट के नीचे कर लिया था, पैर और कूल्हे का हिस्सा ऊपर कर दिया था। शाही को भी गोलियाँ लगीं लेकिन कूल्हे और जाँघ में। शाही पर यह पहला बड़ा हमला था जिसमें एके-47 का इस्तेमाल किया गया था।

काफ़ी दिनों तक अस्पताल में रहने के बाद शाही फिर स्वस्थ होकर घर लौट आए। इसी बीच श्रीप्रकाश शुक्ला ने उनको फ़ोन करके कहा, "मैं अशोक सिंह बोल रहा हूँ और तुमको मैं होली से पहले हर हाल में निबटा दूँगा।"

शाही ने पहले इस फ़ोन को नज़रअंदाज़ किया, लेकिन श्रीप्रकाश ने अशोक सिंह के नाम से फिर एक बार फ़ोन किया। शाही ने इस पर माँ-बहन की गालियाँ दीं।

शाही को मार न पाने का दुख सूरजभान को बहुत था। सूरजभान ने पवन पाण्डेय को फ़ोन करके कहा, "वादे के मुताबिक शाही मारा नहीं गया, हमारी एके-47 वापस कर दो।"

पवन पाण्डेय ने यह बात श्रीप्रकाश को बताई। श्रीप्रकाश ने फ़ोन करके सूरजभान से कहा, "दादा, हम पर यक़ीन करिए! हम होली से पहले इसे हर हाल में मार देंगे।"

सूरजभान ने कहा, "अशोक, तुम्हारी हिम्मत तो मैंने देखी; तुम हिम्मती तो हो, इसमें कोई शक नहीं है, लेकिन अभी शेर को घायल करके छोड़ा है। अब वह वार करेगा, ज़्यादा असलहे लेकर चलेगा, अब इसमें टाइम लगेगा। साल भर तक रेलवे का कोई टेंडर नहीं मिल सकता। मुझे उम्मीद थी कि 100 करोड़ का टेंडर मिल जाएगा तो मैं भी गोरखपुर में एक मकान ले लूँगा और तुम्हारे लिए ऑफ़िस बनवा दूँगा। एके वापस कर दो, होली तक हम इन्तज़ार करेंगे।"

"ठीक है दादा, मैं वापस कर दूँगा।" श्रीप्रकाश बोला।

श्रीप्रकाश को यह बात खल गई और उसने शाही की गतिविधियों पर नज़र रखने के लिए कुछ लड़कों को बुलाकर थोड़ा लालच भी दिया।

एक दिन एक लड़के ने उसे आकर बताया कि कल शाही सुबह की गाड़ी से लखनऊ जाएगा। वहाँ कोई मीटिंग है। श्रीप्रकाश ने पवन पाण्डेय से तुरन्त सम्पर्क किया और कहा, "पता करो, लखनऊ में कहाँ मीटिंग है और वह कहाँ रुकेगा।" फिर आनन्द पाण्डेय और सुधीर त्रिपाठी से कहा, "चार-पाँच लड़के सवेरे स्टेशन पर भेजो, जो सिर्फ़ यह बताते रहें कि वह किस डिब्बे में बैठा है, कब उतरेगा, लखनऊ स्टेशन से किस गाड़ी से निकलेगा! जिस स्टेशन पर दो मिनट गाड़ी खड़ी हो, वहाँ से यह पवन भाई को टेलीफ़ोन करके बताता रहेगा। हम लोग रोड के रास्ते निकलकर लखनऊ पहुँच रहे हैं। ट्रेन पहुँचने से पहले पहुँच जाएँगे, तब तक पवन भाई को यह सारी सूचना मिल चुकी होगी और वह स्टेशन के बाहर किसी को भेजकर उसकी लोकेशन बता देंगे कि वह किस गाड़ी से निकला है और उसे लेने कौन-सी गाड़ी आई है। मौक़ा अच्छा रहेगा, वहीं निबटा लेंगे।"

तय कार्यक्रम के मुताबिक चार-पाँच लड़के ट्रेन के अलग-अलग डिब्बों में बैठ गए और चुपचाप उन्होंने देख लिया कि दस असलहाधारियों के साथ शाही ट्रेन में बैठा हुआ है। स्टेशन के पीसीओ से यह जानकारी पवन पाण्डेय को दे दी गई कि शाही गोरखपुर-लखनऊ एक्सप्रेस में बैठा है और इंजन से नापते हुए सातवें डिब्बे में है। सम्भवत: यह रिज़र्व डिब्बा है। रास्ते में हाइवे के किनारे बने पीसीओ से श्रीप्रकाश शुक्ला पवन पाण्डेय के यहाँ फ़ोन करके ताज़ा जानकारी लेता रहा। समय से पहले वह स्टेशन पर पहुँच गया। गाड़ी आ गई, उसमें से उसके लड़के उतरे।

"गोंडा रेलवे स्टेशन पर शाही उतर गया है।" लड़कों ने बताया।

एक लड़के को उन लोगों ने उसके पीछे-पीछे उतार दिया। उस लड़के ने अभी थोड़ी देर पहले यह बताया था कि स्टेशन के बाहर तीन गाड़ियाँ लगी हुई थीं और शाही उन्हीं में बैठकर रोड के रास्ते लखनऊ की तरफ़ गया है। गाड़ी का नम्बर श्रीप्रकाश, सुधीर और आनन्द ने नोट कर लिया और मायूस होकर सभी लोग पवन पाण्डेय के कैसरबाग़ वाले कार्यालय में पहुँच गए।

श्रीप्रकाश ने पवन से कहा, "भाई, लखनऊ में मीटिंग कहाँ थी, यह पता चल गया होता तो उसको वहीं घेर लेते और कहीं न कहीं तो रुका ही होगा; किसी को भेजकर यह पता लगाओ कि गाड़ियाँ कहाँ-कहाँ रुकी हैं। आज मूड बहुत ख़राब हो गया है। या तो यहाँ या फिर गोरखपुर वापस जाते समय आज उसे मारना है।"

पवन ने वहीं बैठे-बैठे कई फ़ोन किये और सबको तीनों गाड़ियों के नम्बर नोट कराए, फिर कहा कि पता करो कि ये गाड़ियाँ कहाँ-कहाँ खड़ी हैं।

लगभग एक घंटे बाद पवन पाण्डेय को सूचना मिली कि वे तीनों गाड़ियाँ हज़रतगंज में गन्ना संस्थान के सामने वाली ढाल पर, जो वीआईपी गेस्ट हाउस है, उसकी पार्किंग में खड़ी हैं। सारे लोग गाड़ी में बैठकर गन्ना संस्थान के सामने वाली ढाल के मोड़ पर पहुँच गए। सभी लोग गाड़ी के भीतर बैठे हुए थे। श्रीप्रकाश, हेमू गूजर, आनन्द पाण्डेय और सुधीर त्रिपाठी मारुति गाड़ी के भीतर बैठे रहे। मोड़ पर ढाल जहाँ शुरू होती है, वहाँ गुलमोहर का एक पेड़ है, उसी के ठीक नीचे गाड़ी लगा दी गई। वहाँ से गेस्ट हाउस की पार्किंग और पोर्टिको साफ़-साफ़ दिखाई देता है।

श्रीप्रकाश ने कहा, "कोई भी गाड़ी से उतरेगा नहीं, तीन गाड़ियों में ये दस-बारह लोग हैं। बाहर निकलने पर अगर किसी ने पहचान लिया तो यह प्लान फ़ेल हो जाएगा और सारे लोग मारे जाएँगे।"

गाड़ी के शीशे से लगातार कोई-न-कोई पार्किंग में खड़ी तीनों गाड़ियों और पोर्टिको पर निगाह बनाए हुए था। दो-ढाई घंटे बीत गए, शाही बाहर नहीं निकले। इसी बीच आनन्द पाण्डेय ने कार का दरवाज़ा खोला। श्रीप्रकाश ने फ़ौरन अपनी पिस्टल लोड की और बोला, "अगर नीचे उतरे तो मार दूँगा।"

आनन्द पाण्डेय सकपका गया और बोला, "भाई, पेशाब भी नहीं करने दोगे? पेशाब करने जाना है।"

"कोई नीचे नहीं जाएगा! जिसको पेशाब लगा है, बिसलेरी की खाली बोतलें गाड़ी में पड़ी हैं, उसी में कर ले।" श्रीप्रकाश बोला।

साढ़े छह बज गए थे और फिर सात बजे तक धीरे-धीरे अँधेरा होने लगा। श्रीप्रकाश ने कहा, "अँधेरा हो गया है, अब यहाँ रुकना ठीक नहीं है। हेमू गूजर और सीरिया पहलवान को इन सालों में से कोई नहीं पहचान पाएगा। इनको यहाँ रोक दो और पवन भाई से एक गाड़ी मँगवा लेते हैं, हम लोग वापस चलेंगे। रात में बारह बजे तक अगर यह निकला तो पवन भाई के यहाँ ये लोग सूचना दे देंगे। वहाँ से सब लोग फिर गाड़ी से आ जाएँगे।"

ऐसा ही किया गया। शाही रात भर नहीं निकले। अगले दिन भी पूरा दिन वे लोग गाड़ी में बिसलेरी की बोतलों का पानी और लाई-चना खाकर इन्तज़ार करते रहे, लेकिन शाही नहीं निकले।

तीसरे दिन गोरखपुर में किसी अपने आदमी की दुकान का उद्घाटन करने के लिए शाम तक शाही को पहुँचना था, यह बात श्रीप्रकाश ने गोरखपुर से पता की और सवेरे छह बजे ही सुधीर त्रिपाठी, आनन्द पाण्डेय और श्रीप्रकाश उसी पेड़ के नीचे आकर खड़े हो गए।

आधे घंटे बाद शाही अपने सभी आदमियों के साथ गाड़ियों की तरफ़ आते दिखाई दिए लेकिन उसी समय कोई मंत्री अपने बड़े काफिले के साथ स्टेट गेस्ट हाउस पहुँचा।

श्रीप्रकाश ने कहा, "यहाँ पर ज़्यादा भीड़-भाड़ है, बहुत लोग मारे जाएँगे। चुपचाप इसका पीछा कर लेते हैं।"

वहाँ से वीरेन्द्र शाही इन्दिरानगर एक महिला के यहाँ पहुँचे और उस घर से थोड़ी देर पहले ही उतर कर अपनी गाड़ी और सिक्योरिटी को वापस गेस्ट हाउस भेज दिया।

वहाँ भी श्रीप्रकाश अपने साथियों के साथ पूरा दिन इन्तज़ार करता रहा कि शाही शायद बाहर आए, क्योंकि जाते समय किस मकान में गया था, यह श्रीप्रकाश और उसके साथ के लोग नहीं देख पाए थे। उस समय साथ में गूजर और सीरिया पहलवान नहीं थे और बाक़ी सभी गोरखपुर के रहनेवाले थे, इसलिए पहचाने जाने के डर से ये नीचे नहीं उतरे। रात होने पर वे लोग वहाँ से फिर वापस कैसरबाग़ लौट गए।

उधर हेमू गूजर और सीरिया पहलवान गेस्ट हाउस की पार्किंग में शाही की गाड़ी और उनके सिक्योरिटी वालों पर नज़र रखे हुए थे कि जब भी उसको आना होगा, गाड़ी यहाँ से मँगाएगा। लेकिन गाड़ी गेस्ट हाउस से नहीं निकली।

सुबह लगभग आठ बजे उस पेड़ की आड़ से श्रीप्रकाश ने देखा कि शाही, उसके साथ एक महिला, एक आदमी और एक छोटा बच्चा पैदल ही महिला के मकान से निकलकर करीब पचास क़दम की दूरी पर दूसरे मकान के अन्दर गए। वहाँ कोई सिक्योरिटी वाला नहीं था और दूसरा कोई आदमी भी नहीं था। फ़ौरन, जहाँ तक गाड़ी जा सकती थी, वहाँ तक गाड़ी ले गए और बाहर जाने के रास्ते पर गाड़ी स्टार्ट करके वहीं छोड़ दी और स्कूल के अभिभावकों की भीड़ में बाउंड्री के पास सारे लोग खड़े हो गए और उस घर से शाही के निकलने का इन्तज़ार करने लगे।

लगभग एक घंटे बाद वीरेन्द्र शाही, महिला और वह बच्चा उस मकान से निकलकर महिला के मकान की तरफ़ जैसे ही बढ़े, लपककर श्रीप्रकाश ने पहले शाही को पीछे से गोली मारी और फिर पूरे इतमीनान से शाही की तलाशी ली। इसमें शाही की लाइसेंसी पिस्टल और जेब में रखे ख़ून से लथपथ बीस हजार रुपये थे, निकाल लिये।

शाही की हत्या प्रदेश पुलिस के लिए बड़ी घटना थी और पुलिस पर भारी दबाव बनने लगा। कुछ दिनों तक सारे लोग वहीं घूमते रहे।

"पुलिस अब गोरखपुर और फ़ैज़ाबाद में हमें ढूँढ़ने के लिए जगह-जगह दबिश देगी। पवन भाई का ठिकाना भी अब सुरक्षित नहीं है। पुलिस ज़रूर वहाँ भी ढूँढ़ेगी। इसलिए लखनऊ में ही कोई मकान तलाशना होगा।" श्रीप्रकाश बोला।

"ऐसे कैसे तलाशा जाएगा?" आनन्द ने पूछा।

"अख़बारों में किराये पर मकान देने का विज्ञापन बहुत निकलता है, उसमें देखकर तलाशो। फ़ोन से बात करेंगे और चलकर देख लेंगे। मकान गोमतीनगर में मिले तो अच्छा है। सुबह-शाम निकलकर आँखें सेकेंगे। अच्छे-अच्छे माल उसी इलाक़े में हैं।" यह कहते हुए श्रीप्रकाश की आँखों में चमक आ गई थी।

आनन्द ने अख़बार देखकर बताया, "विशाल खंड में एक मकान का विज्ञापन है, टेलीफ़ोन नम्बर भी दिया है, बात कर लो।"

दोपहर में पीसीओ जाकर विज्ञापन में दिये हुए उस नम्बर पर बात की गई और फ़ोन पर कहा गया, "मैं अशोक सिंह हूँ, मुझे मकान की ज़रूरत है। मैं बिहार के जहानागंज कस्बे का टाउन एरिया चेयरमैन हूँ। मुझे अपने भतीजों को पढ़ाने के लिए लखनऊ में एक मकान की ज़रूरत है।"

"अगर परिवार के साथ रहेंगे, तभी यह मकान मैं किराये पर दूँगा।" उधर से कहा गया।

श्रीप्रकाश ने जवाब दिया, "पूरे परिवार के साथ आऊँगा। मेरी भाभी और पत्नी आ जाएँगी और जुलाई में जैसे ही बच्चों का रिज़ल्ट मिल जाएगा, बच्चे भी ले आऊँगा।"

बात तय हो गई, किराया भी तय हो गया। अगले दिन मकान देखने का मामला तय हुआ तो इसी बीच प्रतापगढ़ के पूर्व मंत्री के बेटे मृत्युंजय शुक्ला से मुलाकात हो गई।

"मृत्युंजय यहीं का रहनेवाला है। कल इसको भी साथ ले लेंगे। अगर मकान मालिक ज़्यादा पूछताछ करेगा तो मृत्युंजय शुक्ला अपने बाप के बारे में बताकर तय करा देंगे।" श्रीप्रकाश बोला।

अगले दिन मृत्युंजय शुक्ला के साथ गोमतीनगर में आईएएस अखंड प्रताप सिंह के बँगले के पीछे उस मकान पर वे लोग पहुँच गए और मकान मालिक से बातचीत हुई।

"परिवार कितने दिन में आएगा?" मकान मालिक ने पूछा।

"बस, एक हफ़्ते में परिवार आ जाएगा।"

मकान मालिक ने फिर कहा, "परिवार लेकर ही आइएगा, तब रहना शुरू करिएगा।"

वहाँ से निकलने के बाद सभी श्रीप्रकाश पर हँसने लगे कि साले, परिवार कहाँ से लाओगे?

श्रीप्रकाश ने कहा, "कल कानपुर चलो, बर्रा-3 से मंजुआ को लाएँगे। जिसके पास हम लोग जाते हैं, उसी को ले आएँगे। हफ़्ते-दस दिन रहेगी तो मकान मालिक को तसल्ली हो जाएगी, तब उसे वापस भेज देंगे।"

अगले दिन सारे लोग कानपुर पहुँचे। मंजू से बात हुई। पहले तो मंजू ने साफ़ मना कर दिया लेकिन बाद में अपने साथ उषा को भी ले जाने की बात पर राज़ी हो गई।

दो दिन बाद लाल बत्ती लगी हुई एम्बेसडर और जिप्सी लेकर श्रीप्रकाश कानपुर से मंजू और उषा को ले आया। मकान मालिक को बुलवाकर मंजू को अपनी पत्नी और उषा को अपनी भाभी बताकर परिचय कराया। मकान मालिक को विश्वास हो गया और उसने ग्यारह महीने का एक एग्रीमेंट बनवाकर दस्तख़त करवाए।

मकान मालिक ने कहा, "आप लोग अपना सामान ले आकर अब रह सकते हैं।"

"हम लोग दो-तीन दिन में सामान भी ले आएँगे।" श्रीप्रकाश ने जवाब दिया।

मकान मालिक कहीं और रहते थे, इतना बताकर वे चाबी देकर चले गए।

श्रीप्रकाश, आनन्द और सुधीर दोनों महिलाओं के साथ मकान के भीतर चले गए। श्रीप्रकाश ने आनन्द से कहा, "जाओ, पाँच गद्दे, चद्दर, तकिया और किचन का कुछ सामान बाज़ार से ले आओ।"

शाम तक आनन्द गद्दा, चद्दर और किचन का कुछ सामान लेकर वापस आ गया।

श्रीप्रकाश बहुत रंगीन मिज़ाज और ऐयाश था। एक कमरे में उसने मंजू और उषा के साथ अपना बिस्तर लगाया, बाक़ी दो कमरों में आनन्द, सुधीर के रुकने का इन्तज़ाम किया। उसने मंजू और उषा को धमकाते हुए कहा, "किसी से बात करने की ज़रूरत नहीं है। यदि कोई सामान लेने जाना हो तो आनन्द या सुधीर जाएगा। बाहर निकलना होगा तो मैं ख़ुद तुम लोगों को अपने साथ ले चलूँगा।"

इस बीच श्रीप्रकाश पवन पाण्डेय से मिलने के लिए एक-दो बार अयोध्या भी गया। हज़रतगंज के जियामऊ में पवन पाण्डेय ने एक मकान पर क़ब्ज़ा कर लिया था और उसके बग़ल में जो प्लॉट था, उस पर भी क़ब्ज़ा कर लिया। वहाँ एक छोटा मकान भी बना लिया था। पर श्रीप्रकाश को उसने जियामऊ वाले मकान के बारे में नहीं बताया था। बातचीत में कहीं श्रीप्रकाश को यह जानकारी हो गई कि पवन पाण्डेय लखनऊ में आकर जियामऊ में अपने मकान पर ही रुकता है।

एक दिन ढूँढ़ते-ढूँढ़ते श्रीप्रकाश पवन पाण्डेय के जियामऊ वाले मकान पर पहुँच गया। पवन पाण्डेय अपनी पत्नी के साथ मौजूद था। श्रीप्रकाश की नीयत पवन पाण्डेय की पत्नी पर ख़राब हो गई। श्रीप्रकाश अपने लोगों से पता करा लेता था कि पवन पाण्डेय इस समय कहाँ है। जैसे ही उसे पता लगता था कि वह अयोध्या में है, वह जियामऊ वाले मकान पर पहुँच जाता और उसकी पत्नी को शॉपिंग कराने ले जाता। बहुत जल्द ही पवन पाण्डेय की पत्नी के साथ उसके सम्बन्ध भी हो गए।

यह बात धीरे-धीरे पवन पाण्डेय को भी पता चल गई। तब तक पवन पाण्डेय चुनाव भी हार गया था और उसकी तमाम दुश्मनियाँ भी हो गई थीं। पवन पाण्डेय को जब यह पता लगा कि श्रीप्रकाश उसकी पत्नी को लेकर घूमता रहता है तो एक दिन पवन पाण्डेय ने श्रीप्रकाश से बहुत तल्ख़ बातचीत की।

श्रीप्रकाश ने कहा, "अगर लखनऊ में दिखाई पड़ गए तो एके-47 की पूरी मैगज़ीन तुम्हारे हलक में उतार दूँगा।"

एक दिन श्रीप्रकाश को यह पता चला कि पवन पाण्डेय चिनहट में किसी से मिलने आया है तो वह सीधे चिनहट पहुँच गया। पवन पाण्डेय ने श्रीप्रकाश को आते हुए देख लिया और वह डर के मारे फिर से घर के भीतर घुस गया। श्रीप्रकाश भी पीछे-पीछे घर के भीतर घुस गया, भीतर जाकर उसने अपनी एके-47 निकाली।

श्रीप्रकाश ने पवन पाण्डेय से कहा, "तुम्हें मना किया था कि लखनऊ में मत दिखाई देना, अभी मैगज़ीन तुम्हारे हलक में उतार दूँगा।"

पवन पाण्डेय ने श्रीप्रकाश के पैर पकड़ लिये और बोला, "मैं उत्तर प्रदेश ही छोड़ दूँगा," और एक हफ़्ते के भीतर वह मुम्बई चला गया।

# करोड़ की फिरौती

श्रीप्रकाश ने लखनऊ यूनिवर्सिटी जाकर गोरखपुर के लड़कों से सम्पर्क करना शुरू किया। उस समय तक लखनऊ में पेजर की सुविधा शुरू हो गई थी। श्रीप्रकाश ने भी एक पेजर ले लिया और गोरखपुर के कई दर्ज़न लोगों को भी पेजर दिलवा दिया। पेजर से लड़कों को लखनऊ के अलग-अलग इलाक़ों से बड़े व्यापारी, बड़े बिल्डर और बड़े डॉक्टरों के बारे में जानकारी इकट्ठा करने को कहा गया। इस जानकारी के लिए वह 'कुंडली' शब्द का इस्तेमाल करता था। उसने लखनऊ के सबसे बड़े बिल्डर और धनवान शख़्स मूलराज अरोड़ा की कुंडली निकालने के लिए कहा।

मूलराज अरोड़ा लखनऊ का एक बड़ा कॉन्ट्रैक्टर था। उसने लखनऊ के शुरुआती दौर में आवशा अपार्टमेंट-1, 2 और 3 हिस्सों में मल्टीस्टोरी फ़्लैट्स का निर्माण कराया था। इसे उसने म्हँगे दामों पर बेचा था। वह रेलवे का बहुत बड़ा ठेकेदार भी था। लखनऊ की छोटी लाइन रेलवे स्टेशन के भवनों का निर्माण भी मूलराज अरोड़ा ने ही कराया था।

कुंडली निकालने वाले लड़कों से मूलराज अरोड़ा की रेकी कराई गई। एक दिन रात में साढ़े दस बजे मूलराज अरोड़ा के घर पर फ़ोन आया। फ़ोन का आना था कि घर का माहौल परेशानी से भर गया।

मूलराज अरोड़ा से फ़ोन करनेवाले आदमी ने बेहद रहस्यमयी भाषा में कहा, "पिछले दो दिन से मैं तुम्हारे पीछे-पीछे घूम रहा हूँ। तुम्हें सिर्फ़ यह बताना चाहता हूँ कि जब तुम सिविल हॉस्पिटल के पास गाड़ी से उतरकर दवा की दुकान से दवा ख़रीद रहे थे तब मैं तुम्हारे पीछे खड़ा था। उस समय तुम्हारे पास कोई आदमी नहीं था। मैं चाहता तो तुम्हें वहीं गोली मार देता। मुझे पैसों की ज़रूरत है, मुझे एक करोड़ रुपये चाहिए।"

मूलराज अरोड़ा ने साफ़-साफ़ मना कर दिया। उसने कहा, "मेरे पास इतने पैसे नहीं हैं।"

अगले दिन मूलराज को फिर फ़ोन करके श्रीप्रकाश ने कहा, "पैसा तुम्हारे पास है। दे दो, नहीं तो वसूल कर लूँगा। चलो, थोड़ा-थोड़ा करके ही दो, मैं आदमी भेजूँगा। अभी पचास लाख रुपये इसे दे देना।"

मूलराज ने कहा, "मेरे पास नहीं हैं।"

उसके बाद जब-जब श्रीप्रकाश का फ़ोन आता था तो उसकी बेटी फ़ोन उठाती थी और यह कह देती थी कि पापा घर पर नहीं हैं। श्रीप्रकाश ने मूलराज अरोड़ा की बेटी से अश्लील बातें करनी शुरू कर दीं। उसके बाद बेटी ने भी फ़ोन पर आना बन्द कर दिया। नौकर फ़ोन उठाते थे और मना कर देते थे।

एक हफ़्ते के बाद श्रीप्रकाश ने कुंडली निकालने वाले लड़के से पूरे दिन की लोकेशन पेजर पर देने को कहा। कुंडली निकालने वाले लड़के ने बताया कि इस समय मूलराज अपने ऑफ़िस में बैठा है।

13 मई, 1997 को श्रीप्रकाश, आनन्द, सुधीर और दो और लड़के गाड़ी से मूलराज अरोड़ा के ऑफ़िस हज़रतगंज में सिविल अस्पताल के सामने पहुँच गए। श्रीप्रकाश ने ऑफ़िस के भीतर जाना चाहा तो दो सिक्योरिटी गार्ड्स ने उसे रोकने की कोशिश की। तब आनन्द और सुधीर ने तुरन्त पिस्टल निकाल ली और सिक्योरिटी गार्ड की बन्दूक़ छीन ली।

श्रीप्रकाश सीधे मूलराज अरोड़ा के चैम्बर में पहुँचा, वहाँ एके-47 दिखाकर बोला, "फ़ौरन खड़े हो जाओ और मेरे साथ चलो। फ़ोन नहीं उठाओगे तो क्या बच जाओगे?" और फिर कहा, "नीचे गाड़ी तक चुपचाप चले चलना। रास्ते में ज़रा-सी भी चालाकी की तो भेजा बाहर निकल आएगा। यहीं से सीधे तुम्हारे घर जाऊँगा और तुम्हारी लड़की को अपने साथ ले जाऊँगा।"

मूलराज ने थोड़ा ना-नुकर करने की कोशिश की तो श्रीप्रकाश ने एके-47 उसके सीने पर लगा दी। मूलराज श्रीप्रकाश के साथ चलने लगा। श्रीप्रकाश ने एके-47 अपने पिट्ठू बैग में रखी और पिस्टल मूलराज की कमर के पास लगा दी।

श्रीप्रकाश बोला, "पिस्टल मेरे हाथ में है, चालाकी नहीं करना।"

बाहर निकलते समय श्रीप्रकाश ने ऑफ़िस का दरवाज़ा बाहर से बन्द करके ताला लगा दिया।

मूलराज को वह लिफ़्ट से नीचे लाया और अपनी मारुति गाड़ी में बिठा लिया। वहाँ से सीधे अपने घर ले गया। वहाँ पर उसने अपनी मारुति छोड़ दी और एम्बेसडर में मूलराज को बीच में बिठाया। एम्बेसडर में लाल बत्ती हटाकर नीली बत्ती लगाई और फ़ैज़ाबाद की तरफ़ गाड़ी मोड़ दी।

आनन्द ने कहा "भाई, नीली बत्ती से पहचान हो जाएगी।"

"साले, नीली और लाल बत्ती लगी हुई गाड़ी को लेकर हिन्दुस्तान में कोई रोक-टोक नहीं करता। अभी देखना, जहाँ-जहाँ पर पोस्ट मिलेगी, पुलिसवाले सलामी भी देंगे और गाड़ी क्रॉस भी कराएँगे।" श्रीप्रकाश ने जवाब दिया।

आनन्द चुप हो गया।

श्रीप्रकाश आगे की सीट पर बैठा था और धीरेन्द्र सिंह गाड़ी चला रहा था। चिनहट बैरियर पर खड़े पुलिसवालों ने सलाम किया और बैरियर खोलकर नीली बत्ती लगी एम्बेसडर को आगे का रास्ता दिया। ऐसा ही कुछ बाराबंकी सिटी और फ़ैज़ाबाद के रौनाही थाने के सामने लगे बैरियर पर भी हुआ। मूलराज को लेकर सारे लोग मोकामा पहुँच गए।

सूरजभान ने मोकामा कस्बे के ही एक मकान में मूलराज को रखवा दिया। बातचीत शुरू हुई।

लखनऊ में हड़कम्प मच गया। लखनऊ में यह भी जानकारी हो गई कि किसी अशोक सिंह का फ़ोन आता था, जिसने यह अपहरण किया है। मूलराज अरोड़ा के बड़े भाई पटना में रेलवे के बहुत बड़े अधिकारी थे।

मूलराज ने कहा, "तुम्हें जो भी पैसा चाहिए, मेरे भाई से बात करा दो, मैं दिलवा दूँगा। लेकिन फ़ोन करके मेरी बेटी को तंग न किया जाए।"

क्योंकि श्रीप्रकाश इस बीच मूलराज के घर पर लगातार फ़ोन कर रहा था और उसकी बेटी ही फ़ोन उठाती थी जिससे श्रीप्रकाश ने अश्लील बातें शुरू कर दी थीं।

एक दिन श्रीप्रकाश ने मूलराज को धमकाते हुए कहा था, 'मैं रोज़ टेलीफ़ोन पर तुम्हारी बेटी का चुम्मा लेता हूँ। दो-तीन दिन में पैसा दिलवा दो, नहीं तो उसको भी उठाकर यहीं ले आऊँगा और यहीं तुम्हारे सामने ही उसका भंडारा करूँगा।'

मूलराज रोने-गिड़गिड़ाने लगा, "भाई से बात करा दीजिए, पैसा दिलवा दूँगा।"

बात पचास लाख पर तय हुई और पटना में ही पचास लाख सूरजभान के आदमियों को दे दिये गए।

पैसा मिलने के बाद श्रीप्रकाश ने मूलराज अरोड़ा से कहा, "पचास लाख ही मिले हैं, पचास लाख उधार हैं, उसका जल्दी ही इन्तज़ाम करना।"

मूलराज छूटने की जल्दी में था। उसने हालात की नजाकत को भाँपते हुए बेबसी में डूबी एक हामी भर ली।

श्रीप्रकाश ने फिर चेतावनी दी, "जैसे ही तुम घर पहुँचोगे तो तुम पर पुलिस के सारे अधिकारी टूट पड़ेंगे। कोई तुमसे रास्ता पूछेगा, कोई जगह पूछेगा, कोई आदमी असलहा पूछेगा। ये साले कई दिनों तक तुम्हें सोने नहीं देंगे। एक से एक बड़े-बड़े अधिकारी आएँगे और तुमको बैठाकर ज्ञान की बीड़ी सुलगाएँगे। किसी के चक्कर में न पड़ना। समझदार आदमी हो। बात तो पता लग ही जाएगी, कोई-न-कोई अधिकारी ही फ़ोन करके बता देगा। अब इतना तो जान ही गए होगे कि पुलिस मेरा कभी कुछ नहीं बिगाड़ सकती। समझदार हो, समझ लो।"

मूलराज अरोड़ा गोखले मार्ग स्थित अपने आवास पर वापस आ गया। जैसा वायदा करके आया था, पुलिस को सूचनाओं में गुमराह करता रहा और कोई सही बात पुलिस को नहीं बताई। पुलिस ने मूलराज के नम्बर को पैरेलल लाइन पर लेकर सुनना शुरू कर दिया था।

अगले दिन श्रीप्रकाश का फिर फ़ोन आया। हमेशा की तरह उसकी बेटी ने फ़ोन उठाया। उधर से आवाज़ आई, "अशोक सिंह बोल रहा हूँ, मूलराज ठीक-ठाक पहुँच गए?"

"हाँ।"

"मेरी बात करा दो।"

मूलराज जब लाइन पर आ गया, तब श्रीप्रकाश ने पूछा "पुलिसवालों ने तुम्हें घेर रखा होगा?"

"हाँ।"

"कोई परेशानी तो नहीं हुई?"

"नहीं।"

"अपना वायदा याद रखना। मैं जानता हूँ, पुलिस फ़ोन सुन रही होगी। मैं हफ़्ते या दस दिन बाद फिर बात करूँगा।" फ़ोन रखते हुए श्रीप्रकाश बोला।

21 जून को श्रीप्रकाश के एक भाई का जन्मदिन था। जबरदस्त गर्मी और पसीना बहने वाला मौसम जारी था। बिना पानी के कुछ पौधे मुरझाने लगे थे। श्रीप्रकाश ने अपने लोगों को बताया, "जन्मदिन पर गोरखपुर चलूँगा, वहाँ कोई काम तो नहीं है?"

"रवि राय और अशोक द्विवेदी आजकल पुलिस की मुख़बिरी कर रहे हैं। एक ट्रेलर दिखाना ही पड़ेगा, नहीं तो पुलिस और ज़्यादा मुख़बिर तैयार कर लेगी।" आनन्द बोला।

21 जून को वे सब गोरखपुर पहुँच गए। भाई को दूसरी जगह बुलाकर दो डिब्बे मिठाई और नये कपड़े दिये, जिसे वह लखनऊ से लेकर आया था। फिर श्रीप्रकाश ने आनन्द से पूछा, "यह रवि राय और अशोक द्विवेदी कहाँ पर हैं?"

"एक घंटे पहले अशोक द्विवेदी हाइडिल कॉलोनी में ही था।" आनन्द बोला।

नीली बत्ती लगी हुई जिप्सी में श्रीप्रकाश, सुधीर और आनन्द बैठे और सीधे हाइडिल कॉलोनी पहुँचे। अशोक द्विवेदी के घर में घुसकर उसे पचासों गोलियाँ दागीं। उसके साथ मौजूद दान बहादुर भी मौक़े पर मारा गया। जब यह पता लगा कि रवि राय थोड़ी देर पहले ही मोटरसाइकिल से यहाँ से निकला है, तो जिप्सी पर श्रीप्रकाश और उसके साथ के लोग रवि राय को ढूँढ़ने निकले। प्रेमचन्द पार्क के पास रवि राय मोटरसाइकिल से आता दिखाई पड़ गया। जिप्सी पर श्रीप्रकाश को देखते ही वह मोटरसाइकिल छोड़कर भागने लगा और फिर उसे वहीं दौड़ाकर बीसियों गोलियाँ दाग दी गईं।

# मोबाइल का दौर

वीरेन्द्र शाही की हत्या के बाद गोरखपुर में रेलवे के टेंडरों में उसका दबदबा ख़त्म हो गया। इसी बीच कुछ छोटे-मोटे अपराधियों ने टेंडर लेने की कोशिश की, इन्हीं में एक भानु मिश्रा भी था जो मूल रूप से गोरखपुर का रहनेवाला था।

श्रीप्रकाश ने दो बार भानु मिश्रा को चेतावनी भी दी कि डीआरएम ऑफ़िस के पास दिखाई भी मत देना, लेकिन भानु मिश्रा और उसके साथ के लोग नहीं माने। उस समय तक मोबाइल फ़ोन उत्तर प्रदेश ईस्ट सर्किल में आ गया था, जिसकी शुरुआत 30 मार्च, 1997 को हुई थी, और लखनऊ में इसके टॉवर लगाए जा रहे थे।

उस समय दो ही मोबाइल कम्पनियाँ थीं : एक, उषा फ़ोन और दूसरा, एस्सार फ़ोन। उत्तर प्रदेश के सभी ज़िलों में टॉवर लगाकर इसको बाक़ी जिलो में शुरू करने का प्रयास भी हो रहा था, लेकिन लखनऊ में उषा और एस्सार फ़ोन के शोरूम खुल गए थे और सिम व मोबाइल सेट बिकने लगे थे।

श्रीप्रकाश ने शुरुआती दौर में ही मोबाइल फ़ोन ख़रीद लिया था। श्रीप्रकाश को यह सूचना मिली थी कि भानु मिश्रा टेंडर के सिलसिले में लखनऊ आया है और हुसैनगंज के दिलीप होटल में रुका हुआ है। श्रीप्रकाश, आनन्द, सुधीर—सब मारुति गाड़ी पर सवार होकर दिलीप होटल पहुँच गए।

नीचे रिसेप्शन पर पूछा, "भानु मिश्रा किस कमरे में रुका हुआ है?"

रिसेप्शन पर बैठे स्वागतकर्ता ने सीढ़ियों की तरफ़ इशारा करते हुए बताया, "ऊपर चले जाइए, रूम नम्बर 102 में हैं।"

ऊपर जाते समय एक वेटर नीचे आ रहा था, उसको रोककर श्रीप्रकाश ने पिस्टल उसकी कमर में लगा दी और बोला, "चलो, रूम नम्बर 102 का दरवाज़ा खटखटाकर खुलवाओ "

वेटर ने जब रूम नम्बर 102 का दरवाज़ा खटखटाया तो उधर से दरवाज़ा तुरन्त खोल दिया गया। उस समय कमरे के भीतर चार लोग थे। दरवाज़ा खुलते ही श्रीप्रकाश ने एके-47 का बर्स्ट फ़ायर बैठे हुए लोगों पर झोंक दिया।

छोटे-से कमरे में सारी गोलियाँ दीवारों पर लगीं और प्लास्टर टूट गया। उनसे निकलने वाली धूल पूरे कमरे में छा गई। कमरे में मौजूद चारों लोग इधर-उधर भागने लगे।

कोई पलंग के नीचे छुप गया, तो कोई बाथरूम की तरफ़ भागा। एक ही मिनट में इतनी धूल हो गई कि कमरे में किसी को पहचानना मुश्किल हो गया।

श्रीप्रकाश चिल्लाता रहा, 'किधर गया भनुआ?' लेकिन तब तक इतनी गोलियों की तड़तड़ाहट सुनकर होटल के कमरों में मौजूद लोग बाहर आ गए। होटल में इतनी भीड़ देखकर श्रीप्रकाश ने बाहर चलने का इशारा किया। जो लोग बाहर निकले थे, उनकी तरफ़ एके-47 और पिस्टल दिखाई तो वे लोग भाग गए।

श्रीप्रकाश अपने साथियों के साथ सीढ़ियों से उतरकर नीचे रिसेप्शन पर आया और रिसेप्शन पर बैठे लड़के से कहा, "ग़लती से भी पुलिस को फ़ोन न कर देना, नहीं तो तुम भी मारे जाओगे।" यह कहते हुए एक बैग अपने कन्धे पर डालकर अपने साथियों के साथ होटल से बाहर आ गया।

दिलीप होटल लखनऊ के हुसैनगंज चौराहे के बहुत ही भीड़भाड़ वाले इलाक़े में था। बहुत सारे लोगों ने एक व्यक्ति को कन्धे पर टँगे हुए बैग के साथ तीन-चार लोगों को बाहर निकलते हुए देखा था, लेकिन उन्हें बिलकुल आभास नहीं हुआ कि ये लोग होटल के भीतर कोई कांड करके निकलने वाले अपराधी हैं।

श्रीप्रकाश और साथियों के बाहर निकल जाने के बाद होटल में बैठे बदहवास लोगों ने डरते-डरते लगभग दस मिनट बाद बाहर निकलकर यह सुनिश्चित किया कि वे लोग चले गए हैं। इसके बाद भी रिसेप्शन पर बैठने वाले लड़के की इतनी हिम्मत नहीं हुई कि वह होटल के फ़ोन से पुलिस को इस घटना की सूचना दे सके। कुछ देर बाद होटल से करीब बीस क़दम की दूरी पर स्थित एक पीसीओ से उसी रिसेप्शनिस्ट ने जाकर थाना कैसरबाग़ को सूचना दी।

"कुछ लोग आए थे, उन्होंने होटल के एक कमरे में गोलीबारी की है और गोलीबारी करके चले गए हैं।"

थोड़ी ही देर में सीओ कैसरबाग़ राजेश पाण्डेय, एसपी सिटी सत्येन्द्र वीर सिंह, एसएसपी सुदेश कुमार सिंह और तमाम पुलिसवाले मौक़े पर पहुँच गए। कमरे में एक नौजवान लड़के की गोली लगने से मृत्यु हो गई थी। भानु मिश्रा के हाथ में गोलियाँ लगी थीं और बाक़ी दोनों के भी हाथ या पैर में गोलियाँ लगी थीं। उस समय उत्तर प्रदेश विधान सभा का सत्र चल रहा था और दिलीप होटल विधान सभा से बहुत दूर नहीं था। लखनऊ में **एके**-47 से हत्या की यह पहली घटना थी। मौक़े पर पहुँचे सभी पुलिस अधिकारियों को एके-47 के बहुत-से खोखे भी मिले। विधान सभा में हंगामा हो गया और लगभग साढ़े ग्यारह या बारह बजे तत्कालीन डीजी पुलिस श्री श्रीराम अरुण और एडीजी कानून-व्यवस्था भी मौक़े पर पहुँच गए। पहले से ही दबाव में चल रही लखनऊ पुलिस इस घटना से और ज़्यादा दबाव में आ गई।

होटल से बाहर निकलने के बाद श्रीप्रकाश ने भानु मिश्रा के घर लैंडलाइन नम्बर पर फ़ोन किया। भानु के भाई ने फ़ोन उठाया। श्रीप्रकाश ने कहा, "भनुआ को मार दिया है, कफ़न लेकर लखनऊ आ जाओ और लाश ले जाओ।"

भानु के भाई ने एसएसपी गोरखपुर के यहाँ यह सूचना दी कि ऐसा फ़ोन आया है। थोड़ी देर बाद उसने एसएसपी लखनऊ के यहाँ भी टेलीफ़ोन किया और टेलीफ़ोन पर ड्यूटी करनेवाले व्यक्ति से यह पूछा, "क्या कहीं कोई ऐसी घटना घटित हुई है? मेरे पास इस तरह का फ़ोन आया है।"

टेलीफ़ोन पर मौजूद सिपाही ने बताया, "मेरी जानकारी में तो ऐसी कोई घटना नहीं हुई है।"

भानु मिश्रा के भाई अपने पूरे परिवार के साथ तुरन्त गोरखपुर से चल दिये।

भानु मिश्रा बच गया था और उसके हाथ में गोली लगी थी। पुलिस अधिकारियों ने भानु से भी पूछताछ की और उसने जानने की कोशिश की कि गोली किसने मारी है। भानु ने बताया, "किसी अशोक सिंह का बार-बार फ़ोन आता था, लेकिन मारने वाला चिल्ला-चिल्लाकर कह रहा था कि श्रीप्रकाश शुक्ला से दुश्मनी बहुत महँगी पड़ेगी।"

शाम को डीजी पुलिस मुख्यालय में वरिष्ठ पुलिस अधिकारियों की एक मीटिंग हुई और यह कहा गया कि बहुत हो गया, अब इस पूरे गैंग को ख़त्म करना पुलिस की प्रमुख वरीयता है। टीमें बनाकर जल्द से जल्द बदमाशों की गिरफ़्तारी के निर्देश देकर मीटिंग समाप्त कर दी गई।

भानु मिश्रा और उसके परिवार के लोगों से गहन पूछताछ शुरू की गई। चूँकि भानु मिश्रा भी गोरखपुर का ही रहनेवाला था इसलिए पुलिस को उम्मीद थी कि भानु मिश्रा से श्रीप्रकाश और उसके गैंग के बारे में शायद कोई ज़रूरी जानकारी मिल सके।

जब भानु के भाई से पूछा गया कि उसके पास फ़ोन किस समय आया था, तो जो समय उसने बताया था, उसमें और घटना के बीच में मुश्किल से पाँच मिनट का अन्तर था। लेकिन ये मिनट नहीं थे महज़, ये ग़ैर-मामूली घंटों की मानिन्द महसूस हो रहे थे और यशपाल का कालजयी उपन्यास 'बारह घंटे' याद आ रहा था...। बहरहाल, अनुमान यह लगाया गया कि दिलीप होटल से पाँच सौ मीटर के आसपास किसी पीसीओ से फ़ोन किया गया होगा। हो सकता है, पीसीओ वाले इन लोगों के बारे में कोई जानकारी दे सकें!

पूरी रात पीसीओ खँगाले गए कि शायद किसी पीसीओ पर भानु मिश्रा के घर का लैंडलाइन नम्बर मिल जाए, लेकिन किसी भी पीसीओ से गोरखपुर के इस नम्बर पर फ़ोन किया हुआ नहीं पाया गया और इस मामले में फ़िलहाल हताशा ही हाथ लगी।

पहली बार सभी पीसीओ'ज़ के नम्बर लेकर जीएम टेलीफ़ोन से बातचीत की गई कि सभी पीसीओ'ज़ के बिलिंग सिस्टम से यह जानकारी निकाली जाए कि किस नम्बर से यह फ़ोन श्रीप्रकाश शुक्ला ने भानु प्रकाश के घर पर किया था।

अगले दिन सवेरे ग्यारह बजे टेलीफ़ोन अधिकारियों ने बताया कि यह फ़ोन किसी ऐसे पीसीओ से तो नहीं किया गया, जहाँ घटनास्थल से दस या पन्द्रह मिनट में पहुँचा जा सकता हो, जबकि यह फ़ोन घटना के पाँच मिनट बाद ही भानु के भाई ने रिसीव किया था।

इसी बीच टेलीफ़ोन के अधिकारियों ने यह बताया, "लखनऊ में मोबाइल कम्पनी उषा फ़ोन ने अपना नेटवर्क शुरू कर दिया है और उसकी कॉल्स, टेलीफ़ोन एक्सचेंज के माध्यम से, मेच्योर हो रही हैं लेकिन इस नम्बर के बारे में जानकारी मोबाइल फ़ोन के स्विच से ही पता लग सकती है।"

पुलिस को यह पता नहीं था कि उक्त मोबाइल का स्विच कहाँ पर है। लेकिन सबके मन में ऊपरवाले के मेन स्विच की चिन्ता थी। जानकारी करने पर यह पता लगा कि श्रीराम टॉवर में उषा फ़ोन का स्विच है और वहीं से इसका पता लग सकता है। सीओ, कैसरबाग़ को यह काम दिया गया कि वह मोबाइल कम्पनी से सम्पर्क करके पता करने की कोशिश करें।

उस समय मोबाइल कम्पनी का बिलकुल नया ऑफ़िस खुला था और वहाँ पर उषा फ़ोन के सबसे बड़े अधिकारी राजेन्द्र कुमार सिंह बैठते थे। सीओ, कैसरबाग़ ने जब उनसे जानना चाहा तो उन्होंने बताया कि इस तरह की जानकारी कैसे हासिल होगी, यह उन्हें नहीं पता, लेकिन अपने तकनीशियन हेड से पूछकर वे ज़रूर जानने की कोशिश करेंगे।

दो दिन बाद राजेन्द्र कुमार सिंह (आर.के. सिंह) ने यह बताया, "जानकारी प्राप्त हो गई है पर आप लोगों को कार्यालय आना होगा।"

सीओ, कैसरबाग़ राजेश पाण्डेय और एसएसपी रजनीकान्त मिश्रा वहाँ पहुँचे। आर.के. सिंह ने बताया, "देखिए, अभी तो हमारा स्विच सिर्फ़ यह सन्देश देता है कि कॉल इनकमिंग है या आउटगोइंग है और कॉल की अवधि क्या है, एसएमएस हुआ है तो कुल चार्ज कितना हुआ।"

स्विच के इंजीनियर से दिल्ली में बात करके इस नम्बर की गोरखपुर के लैंडलाइन नम्बर के साथ जानकारी ली गई और जिस मोबाइल नम्बर से कॉल की गई है, उसका समय और कितनी देर तक बात हुई, इस तरह की सारी जानकारी मिल गई।

आर.के. सिंह ने यह भी बताया, "मोबाइल फ़ोन में भारत का जो पता कार्यालय में उपलब्ध है, वह विनय खंड, गोमतीनगर, लखनऊ का है। यह घर प्रतापगढ़ के पूर्व मंत्री रामनरेश शुक्ला की बेटी का है और इस नम्बर को जब से खरीदा गया है तब से अब तक की कॉल रिकॉर्ड निकालने पर, मोबाइल धारक के सम्पर्क में रहनेवाले लोगों और उनकी आवाजाही कहाँ-कहाँ पर है, इसका पता लग सकता है।"

आर.के. सिंह की बात सुनकर एसएसपी और सीओ, कैसरबाग़ अवाक् रह गए कि ऐसा कैसे पता चल सकता है भला।

दो दिन बाद शाम को पाँच बजे आर.के. सिंह ने फिर एसएसपी लखनऊ को सूचित किया, "आप लोग आ जाएँ, उस मोबाइल नम्बर की पूरी डिटेल आ गई है।" साथ ही आर.के. सिंह ने यह भी आग्रह किया था, "आप लोग वर्दी में न आएँ क्योंकि अख़बारों में पढ़कर मुझे भी अन्दाज़ा है कि आप किसके बारे में जानकारी चाहते हैं।"

मोबाइल से कैसे किसी के आवागमन, सम्पर्क और लोकेशन का पता लग सकता है, यह जानने की उत्सुकता में एसएसपी लखनऊ रजनीकान्त मिश्रा और क्षेत्राधिकारी कैसरबाग़ श्रीराम टॉवर की ओर पैदल ही चल दिये।

सादी वर्दी में जब दोनों लोग आर.के. सिंह के कमरे में पहुँचे तो उन्होंने यह सुनिश्चित कराया कि कोई भी व्यक्ति कमरे में न हो और सिर्फ़ उनके टेक्निकल हेड श्री सरकार मौजूद रहें।

पच्चीस-तीस पृष्ठों का एक प्रिंटेड काग़ज़ सामने रखा गया और मिस्टर सरकार ने यह बताना शुरू किया कि सबसे पहले कॉलम में जो नम्बर है, वह जिस नम्बर से कॉल किया गया है, वही है। दूसरे कॉलम में वे नम्बर हैं, जिन्होंने कॉल को रिसीव किया है। तीसरे कॉलम में जो 'ओ' शब्द दर्ज है, वह आउटगोइंग कॉल्स के लिए चिह्नित है। इसी तरह 'आई' शब्द इनकमिंग कॉल्स के लिए है और 'एस' शब्द एसएमएस के लिए इंगित किया गया है। उसके बाद में कॉल की अवधि और अन्तिम कॉलम सेल आईडी का है।"

यह पूछने पर कि 'यह सेल आईडी क्या होता है', तो उन्होंने बताया, "हमारे टॉवर जहाँ-जहाँ लगे हुए हैं, यानी जिस टॉवर से वह कॉल रिसीव करके आगे बढ़ाई गई है, उसका स्थान, नाम व पता ही सेल आईडी है।"

लेकिन उस समय रिपोर्ट में सेल आईडी के स्थान पर कुछ अंक लिखे हुए थे, स्थान के नाम नहीं लिखे हुए थे। मिस्टर सरकार से यह पूछने पर कि इन अंकों से यह कैसे पता लगेगा कि यह टॉवर कहाँ-कहाँ लगे हैं तो उन्होंने यह बताया, "अभी लखनऊ में हमारे टॉवर लगाए जा रहे हैं, लेकिन सभी टॉवर अभी तक नहीं लगाए जा सके हैं। हाँ, जो टॉवर लगे हैं, उन टॉवरों के माध्यम से ही कॉल्स जाती हैं, उनकी सूची हम दे देते हैं।"

थोड़ी देर में चालीस-पचास पन्नों की एक सूची आर.के. सिंह ने उपलब्ध कराई। इस सूची को लेकर एसएसपी लखनऊ सीधे अपने घर पहुँचे, वहीं पर एसपी सिटी सत्येन्द्र वीर सिंह को बुलवाया गया और दस बजे रात से उसका अध्ययन शुरू किया गया।

यह छानबीन और अध्ययन एक तरह का नया अजूबा था। हर नम्बर, हर लैंडलाइन नम्बर का नाम, पता, टेलीफ़ोन डायरेक्ट्री द्वारा टेलीफ़ोन एक्सचेंज में फ़ोन करके पूछना और फिर वह फ़ोन कहाँ से किया गया...वग़ैरह-वग़ैरह।

दो टेलीफ़ोन कॉल्स के बीच कितनी दूरी थी और किस सम्भावित रास्ते से वह गया होगा, यह जानकारी जैसे-जैसे मिलती चली जा रही थी, सबको बहुत आश्चर्य-सा हो रहा था। इस तरह की विचित्र जानकारी प्राप्त करते-करते कब सुबह के चार बज गए, किसी को पता ही नहीं चला। कुछ ही देर बाद बाल सूर्य अपनी लालिमा के साथ आसमान में चमकने वाला था। इतनी जानकारी के बाद यह तय हो गया था कि जिस नाम-पते पर यह मोबाइल फ़ोन लिया गया है, उसका श्रीप्रकाश शुक्ला से ज़रूर कोई-न-कोई निकट का सम्बन्ध होगा।

अगले दिन शाम को सब लोग फिर इकट्ठा हुए और कॉल डिटेल में जितने नम्बर आए थे, उनके बारे में गहन अध्ययन किया गया। इससे जो बातें प्रमुख रूप से उभरकर आईं, वे ये थीं कि श्रीप्रकाश और उसके गैंग का बिहार में काफ़ी आना-जाना था। बिहार के मोकामा के कई पीसीओ'ज़ के ऐसे नम्बर, जिनसे बातचीत करने पर पता लगा कि ये सभी नम्बर सूरजभान के घर के आसपास अथवा सूरजभान के रुकने के ठिकानों के आसपास के थे। पटना और मुज़फ़्फ़रपुर के भी कई नम्बर उसमें मिले, जिसमें अधिकतर राजनीतिक व्यक्तियों के थे। कॉल डिटेल रिपोर्ट से यह भी पता लगा कि बिहार में श्रीप्रकाश और उसके रुकने का स्थान ज़्यादातर मोकामा में रहा है। इसके अलावा गोरखपुर, लखनऊ और बनारस के नम्बर भी मिले, लेकिन उस समय तक दिल्ली के बहुत कम नम्बर उसमें प्राप्त हुए थे।

एसएसपी लखनऊ ने उषा फ़ोन के आर.के. सिंह से दुबारा बात की और यह जानने की कोशिश की कि टेलीफ़ोन के बिल के अलावा यदि तुरन्त किसी की जानकारी चाहिए हो, तो क्या यह स्विच से सम्भव है?

आर.के. सिंह ने बताया, "हमारी बिलिंग साइकिल पन्द्रह पन्द्रह दिनों की है। पन्द्रह दिन बाद ही हम मोबाइल नम्बर के बारे में बता सकते हैं। फिर भी हम कोशिश करते हैं कि आपको जितनी जल्दी का लोकेशन मिल सकता है, उतनी जल्दी का लोकेशन बता दें।"

अगले दिन उन्होंने बताया, "पिछले हफ़्ते तीन दिन उसकी लोकेशन लगातार विनय खंड, गोमतीनगर, लखनऊ की ही रही है।"

सभी लोगों ने यह अन्दाज़ा लगाया कि विनय खंड, गोमतीनगर के उस पते पर, जिस पते पर यह मोबाइल फ़ोन लिया गया है, वहाँ पर एक बार चलकर देख लेते हैं, शायद आज रात भी वह वहीं मिल जाए!

एसएसपी रजनीकान्त मिश्रा ने कहा कि वह स्वयं इस रेड में चलेंगे। सत्येन्द्र वीर सिंह और राजेश पाण्डेय ने मना किया कि हम लोग देख लेंगे लेकिन वह नहीं माने। एक पार्टी भेजकर पहले उस मकान के बारे में पता किया गया। मकान के बाहर वही नेम प्लेट और पता लिखा था जिस पते पर वह मोबाइल फ़ोन लिया गया था।

घनघोर अँधेरी उस रात के लगभग डेढ़ बज रहे होंगे, जब रेड वाली पार्टी के सभी लोगों ने बुलेट प्रूफ़ जैकेट पहन रखी थी और बुलेट प्रूफ़ हैलमेट भी लगा रखा था। मकान का ताला बाहर से बन्द था। मकान को चारों तरफ़ से घेरकर और दीवार फाँदकर भीतर जाने के अलावा कोई चारा नहीं था। रजनीकान्त मिश्रा, सत्येन्द्र वीर सिंह और राजेश पाण्डेय के हाथों में एके-47 थी। बाकी लोग भी एके-47 लिये हुए बाउंड्री के बाहर खड़े थे और दो सिपाही बग़ल के मकानों से कूदकर उस मकान की छत पर आ गए। दरवाज़ा खटखटाया गया लेकिन भीतर से कोई आवाज़ नहीं आई। काली रात में ऐसा लगा कि ख़ामोशी का सैलाब बढ़ता जा रहा है। कानों के आसपास अपने-आप सरगोशियाँ होने लगी थीं कि शायद श्रीप्रकाश अपने गैंग के साथ भीतर ही है, इसलिए कोई दरवाज़ा नहीं खोल रहा है। रेड पार्टी के सभी लोग चौकन्ने हो गए। जब काफ़ी देर तक दरवाज़ा नहीं खुला तो यह तय किया गया कि धक्का देकर दरवाजे को तोड़ने का प्रयास किया जाए। जैसे ही दरवाज़े को तोड़ने की कोशिश की गई, घर के अन्दर की लाइट जल गई और किसी महिला ने भीतर से आवाज़ लगाई।

रजनीकान्त मिश्रा ने तुरन्त जवाब दिया, "मैं एसएसपी लखनऊ हूँ, दरवाज़ा खोल दीजिए।"

महिला सवाल करती रही कि क्यों दरवाज़ा खुलवाना चाहते हैं। रजनीकान्त मिश्रा ने इस बार तेज़ आवाज़ में कहा, "दरवाज़ा खोलिए।"

थोड़ी देर में दरवाज़ा खुला। उस महिला के हाथ में एक लैंडलाइन फ़ोन था, जिसका चोंगा वह हाथ में लिये हुए थी।

"लीजिए, बात कर लीजिए।"

रजनीकान्त मिश्रा ने पूछा, "कौन है?"

उसने कांग्रेस के एक बड़े नेता का नाम लिया।

तब उन्होंने कहा, "पहले हम मकान की तलाशी लेंगे, तब किसी से बात करेंगे।" और सभी लोग घर के भीतर दाखिल हो गए।

एक-एक कमरे की तलाशी ली गई। दो लड़कियों के सिवा कोई अन्य व्यक्ति वहाँ नहीं मिला। पूछने पर महिला ने बताया कि ये दोनों उनकी लड़कियाँ हैं। महिला से पूरी जानकारी लेने के बाद सभी लोग वहाँ से चले आए। पूरी रेड टीम को खाली हाथ लौटने का मलाल था। एक नीमकश तीर था हर किसी के जिगर में।

# फ़ोटो का टोटा

लगातार हर हफ़्ते उसकी लोकेशन का पता, पेजर के कार्यालय से, पेजर नम्बर से हुए वार्तालाप और जिससे बात हुई है, उससे पूछताछ करने पर, श्रीप्रकाश शुक्ला और उसके गैंग के बारे में थोड़ी-थोड़ी जानकारी मिलनी शुरू हुई। पुलिस द्वारा उठाए गए लगभग सौ लोगों में किसी ने भी श्रीप्रकाश के बारे में सही-सही जानकारी नहीं दी। रोजाना पूरे-पूरे दिन जानकारी बटोरने के बाद आख़िरकार मायूसी ही हाथ लगती थी। कुछ महत्त्वपूर्ण जानकारियाँ इसी माध्यम से प्राप्त हुईं जिनमें से एक यह थी कि श्रीप्रकाश कभी अपने हाथ से अपनी दाढ़ी नहीं बनाता था। वह दाढ़ी बनाने के लिए शहर के अलग-अलग सैलूनों में जाया करता था, लेकिन जाने का कोई निश्चित समय नहीं था। एक और महत्त्वपूर्ण जानकारी हाथ लगी कि वह कभी-कभी होटल ताज़, जो बिलकुल नया बना था, उसके सैलून में जाकर दाढ़ी-बाल बनवाता था और उस दाढ़ी बनाने वाले को एक हज़ार रुपये की टिप दिया करता था। टिप के लिए यह धनराशि बहुत बड़ी थी और यह भी बताया गया कि जब भी वह ताज़ होटल में दाढ़ी बनवाने जाता था तो नाई लोग सारा काम छोड़कर सबसे पहले उसका काम किया करते थे।

यह तय किया गया कि जितनी भी छोटी-मोटी सूचनाएँ उसके बारे में मुख़बिरों से या पूछताछ के सिलसिले में लाई जा रही हैं या लोगों से प्राप्त हो रही हैं, उसका भी सत्यापन एक दूसरी टीम कर ले। दूसरी महत्त्वपूर्ण सूचना यह कि वह सवेरे-सवेरे स्टेडियम में ट्रैक सूट पहनकर दौड़ने भी जाता था लेकिन दौड़ने के बजाय वह सीढ़ियों पर बैठकर महिला खिलाड़ियों को खेलते हुए देखा करता था। यह भी पता चला कि सवेरे-सवेरे छोटे बच्चों के स्कूल के सामने अपनी गाड़ी लगाकर स्कूल का टाइम शुरू होने तक वहाँ आने-जाने वालों को देखता रहता था। ज़रा अजीब तो है, लेकिन बाद में मालूम हुआ कि वहाँ वह स्कूल में आने-जाने वाली महिलाओं को घूरने के लिए जाया करता था।

इसी तरह उत्तर प्रदेश की राजधानी लखनऊ का दिल कहे जानेवाले हज़रतगंज के जनपथ मार्केट में भी वह शाम के समय कभी-कभी घूमने जाता था। वहाँ पर वह लड़कियों को घूरने के चक्कर में एक दुकान से दूसरी दुकान घूमा करता था।

यहीं पर उसने अच्छी दुकानदारी चलाने वाले दुकानदारों की पहचान भी कर ली, जिनसे बाद में लम्बी रक़म भी वसूलने लगा। शाम के समय जब हज़रतगंज बाज़ार में महिलाओं और लड़कियों की संख्या ज़्यादा होती थी तो वह छेदीलाल जूस वाले के यहाँ या जनपथ मार्केट के रास्ते में छोटी-सी वुडलैंड की दुकान पर बैठकर लड़कियों को ताका करता था। जिन गाड़ियों से लड़कियाँ या महिलाएँ उतरती थीं, उन गाड़ियों के नम्बर वह लिख लिया करता था।

इतनी जानकारी प्राप्त होने के बाद इन सारी जानकारियों के सत्यापन के लिए सादी वर्दी में सिपाहियों को हज़रतगंज चौराहे, वुडलैंड की दुकान, छेदीलाल जूस वाले की दुकान और जनपथ की अन्य दुकानों में भेजा गया। यह बताया गया कि इस हुलिये का कोई व्यक्ति अकारण घूमता हुआ या लड़कियों को निहारता हुआ पाया जाए तो किसी पीसीओ से फ़ोन करके टीम को बुला लिया जाए और उसकी तलाशी ली जाए। लेकिन सबसे बड़ी समस्या यह थी कि उसका कोई फ़ोटो उस समय तक किसी के पास नहीं था। उससे सम्बन्धित जितने भी लोग पुलिस द्वारा उठाए गए थे, उनसे पूछताछ करने पर सभी ने यही बताया कि उसका कोई फ़ोटो उपलब्ध नहीं है।

उसके साथ अपराध में भागीदार रहे घनश्याम पाठक उर्फ धन्नू पाठक ने बताया कि वीरेन्द्र शाही के लोगों ने गोरखपुर में किसी फ़ोटोग्राफ़र के यहाँ जाकर किसी शादी में खींची गई उसकी फ़ोटो माँगा था तो उस फ़ोटोग्राफ़र ने उनसे, निगेटिव ढूँढ़कर फ़ोटो बनाने का समय माँगा था। यह बात किसी तरह श्रीप्रकाश को पता लग गई थी और फ़ोटो देने से पहले ही सैनी नाम के उस फ़ोटोग्राफ़र को उसकी दुकान के सामने ही उसने मार दिया था। बाद में पता चला कि इस दुकानदार की किसी अन्य दुकानदार से रंजिश चल रही थी, पुलिस ने उसके विरुद्ध कार्यवाही की और श्रीप्रकाश का नाम पुलिस रिकॉर्ड में नहीं आया।

इस घटना के बाद श्रीप्रकाश ने ऐसे समारोहों पर जहाँ उसका फ़ोटो खींचे जाने की आशंका थी, फ़ोटोग्राफ़र का नाम-पता करके, उसे धमकाया था कि अगर फ़ोटो बाहर आया तो सैनी की तरह दुकान के भीतर ही मारे जाओगे।

गोरखपुर में यह बात लगभग सभी की जानकारी में थी। अगर किसी की दुकान में फ़ोटो की कोई प्रति रही भी होगी तो उसने देने से साफ़ मना कर दिया। वीरेन्द्र शाही और हरिशंकर तिवारी के लोगों ने बड़ी कोशिश की, किन्तु श्रीप्रकाश का कोई फ़ोटो उपलब्ध नहीं हो सका।

श्रीप्रकाश से जुड़ी हुई छोटी-छोटी सूचनाओं के सत्यापन में जब एक टीम ताज होटल के सैलून में पहुँची और जानकारियों को सत्यापित करने का प्रयास किया गया, तो दुकानदार ने बताया, "हाँ, साहब, एक स्मार्ट-से नवयुवक आते हैं। बहुत हैवी टिप देते हैं। एक बार मैंने उनसे डरते-डरते उनका नाम पूछा था,

उन्होंने अपना नाम अशोक सिंह बताया था और यह भी बताया था कि वह बिहार के रहनेवाले हैं। यहाँ लखनऊ में सड़कों की ठेकेदारी का काम करते हैं। बोल-चाल में भी उनकी भाषा बिहार की ही लगती है।"

अब यह बात तय हो गई थी कि श्रीप्रकाश शुक्ला अपने दाढ़ी-बाल बनवाने के लिए किसी-न-किसी दूसरे सैलूनों में भी अवश्य जाता होगा। ताज होटल के सैलून वालों को सत्यापित करने गई टीम ने यह भी बताया कि उनसे कह दिया गया है कि अगर वह दोबारा आए तो एसएसपी, एसपी सिटी के इन नम्बरों पर या सीओ हज़रतगंज के नम्बर पर ज़रूर बता देना। इसके साथ ही पुलिस की टीमें लखनऊ के अन्य बड़े होटलों के सैलून, मुख्य बाज़ारों के बड़े सैलूनों में घूम-घूमकर यह पता करती रहीं कि इस हुलिये का कोई व्यक्ति उनके यहाँ आता तो नहीं? लेकिन किसी ने भी इस बात की पुष्टि नहीं की कि कभी उनके यहाँ इस हुलिये का व्यक्ति आया था। पूरा-पूरा दिन पुलिस की टीमें हर छोटे-बड़े सैलून में जाकर पूछती रहीं।

उधर पुलिस पर दबाव बढ़ते-बढ़ते अपने चरम पर पहुँच गया था। दुष्यन्त कुमार की भाषा में कहा जाए तो : 'हिम्मत से सच कहो तो बुरा मानते हैं लोग, रो-रोके बात कहने की आदत नहीं रही'। डीजीपी से लेकर नीचे तक, यह दबाव साफ़ महसूस किया जा रहा था।

इसी बीच लखनऊ की पूरी टीम आईजी जोन लखनऊ, डीआईजी लखनऊ और एसएसपी को डीजीपी मुख्यालय पर तलब किया गया। बातचीत के बाद डीजीपी यह जानना चाहते थे कि पुलिस कहाँ तक पहुँची? दिलीप होटल हत्याकांड में अब तक पुलिस ने क्या किया? सभी लोगों ने अपनी-अपनी कारगुजारी बताई।

डीजीपी ने पूछा, "उसका फ़ोटो कहाँ है, मैं भी देखना चाहूँगा।"

यह सुनते ही सबके चेहरे उतर गए। शादाब बेलें अचानक मुरझा-सी गईं।

डीजीपी का स्वर तेज़ होता गया। वह एकदम बिफर पड़े और बोले, "जितनी कहानियाँ तुम लोग बता रहे हो, सब फ़र्ज़ी हैं। जिस आदमी का फ़ोटो तक पुलिस के पास नहीं है, उसको क्या बताकर पिछले दस दिनों से ढूँढ़ा जा रहा है? मैं सभी के ख़िलाफ़ कार्यवाही करूँगा। दिन भर गाड़ियाँ लेकर घूमते रहने से कभी यह गैंग तुम लोगों के हाथ नहीं आ सकता।"

अपने मुखिया से इस तरह की डाँट-फटकार सुनकर सभी लोग वापस आ गए। एसएसपी के यहाँ फिर से अगली रणनीति पर विचार हुआ। ज़्यादातर लोगों का यह कहना था कि डीजीपी की यह बात सही है कि हुलिया बताकर लोगों से जानकारी नहीं मिल सकती।

ताज होटल के सैलून मालिक के अलावा किसी ने भी हुलिये की तस्दीक नहीं की थी। सबसे पहले यह ज़रूरी है कि उसका फ़ोटो कहीं से भी येन-केन-प्रकारेण हासिल की जाए। एक टीम गोरखपुर भेजी गई। जिन लोगों की हत्या श्रीप्रकाश ने की थी,

उनके परिजनों से बातचीत करके यह जानने का प्रयास किया गया कि वह किन-किन शादी-समाराहों में गया था और उसका फ़ोटोग्राफ़ कहाँ-कहाँ मिल सकता है। फ़ोटोग्राफ़रों से सम्पर्क किये जाने पर सभी ने मना कर दिया। सामारोह की डेट और टाइम बताने के बाद भी किसी ने कहा कि उसकी रील ख़राब हो गई है, तो किसी के पास उसकी कोई निगेटिव नहीं है। किसी ने कोई और बहाना बना दिया। सबके चेहरों पर श्रीप्रकाश के ख़ौफ़ के साए देखे जा सकते थे।

गोरखपुर में तमाम सूचनाओं को इकट्ठा करने के दरमियान एक जानकारी और मिली कि नेपाल की सीमा से कस्टम की तस्करी करनेवाले दो मित्र किशोरी लाल और नीलेन्द्र पाण्डेय थे, जिन पर तस्करी के कई मुक़दमे थे। नीलेन्द्र पाण्डेय ने किशोरी लाल पर श्रीप्रकाश शुक्ला के द्वारा एके-47 से हमला करवाया था, किन्तु किशोरी लाल बच गया था।

कशोरी लाल से सम्पर्क करने पर यह जानकारी प्राप्त हुई कि श्रीप्रकाश के रिश्ते का एक बहनोई सुभाष त्रिपाठी हज़रतगंज में डेयरी चौराहे के पास कहीं रहता है, जो लखनऊ में लॉटरी का बड़ा व्यापारी है और वह रातों-रात करोड़पति बन गया था। उसने वहीं पर करोड़ों का एक मकान बनवा लिया है और यह भी पता चला कि उसी के कहने पर श्रीप्रकाश ने लखनऊ के सबसे बड़े लॉटरी व्यवसायी विवेक श्रीवास्तव की हत्या की थी। श्रीप्रकाश जब भी भागकर लखनऊ आता है, उसके यहाँ ज़रूर जाता है। सुभाष त्रिपाठी की बेटी वैसे तो रिश्ते में श्रीप्रकाश की भानजी लगती है, लेकिन श्रीप्रकाश अपनी आदत से मजबूर उसकी बेटी पर भी अपनी नीयत ख़राब रखने लगा और उसको किसी-न-किसी बहाने महँगे-महँगे गिफ़्ट देने लगा।

किशोरी लाल ने आगे बताया, "उस लड़की के साथ श्रीप्रकाश ने लखनऊ के किसी स्टूडियो में फ़ोटो भी खिंचवाया है। हरिशंकर तिवारी और वीरेन्द्र शाही के आदमी अपनी पूरी कोशिश करके थक चुके हैं। उन्हें एक भी फ़ोटोग्राफ़ अब तक नहीं मिल पाया है। गोरखपुर में आपको श्रीप्रकाश का फ़ोटो मिल पाना असम्भव है। अगर आप लोग सुभाष त्रिपाठी के यहाँ कोशिश करें तो फ़ोटो मिल सकता है या फिर उस स्टूडियो का पता लग जाए, जहाँ वह फ़ोटो खिंचवाने गया था। लेकिन श्रीप्रकाश बहुत गन्दा आदमी है। वह पूरे दिन लड़कियों के चक्कर में घूमता रहता है। वह ब्रांडेड कपड़े, ब्रांडेड जूते, ब्रांडेड घड़ियाँ पहनता है क्योंकि वह इन चीज़ों का बेहद शौक़ीन है। बड़ी-बड़ी दुकानों में, जहाँ महिलाएँ कुछ ख़रीदने जाती हैं, वहाँ ऊँची आवाज़ में गिफ्ट्स जैसा कुछ महँगी चीज़ों का ऑर्डर करता है और उन महिलाओं के सामने ही काउंटर पर जाकर पैसों का पेमेंट करता है, जिससे यह आभास हो कि यह बहुत अमीर घर का है और इस तरह से उसके लड़कियों से सम्बन्ध भी हैं।"

यह सूचना महत्त्वपूर्ण थी। टीम ने वहीं से टेलीफ़ोन करके यह सूचना एसएसपी लखनऊ को दी। एसएसपी ने तुरन्त सत्येन्द्र वीर सिंह और राजेश पाण्डेय को

बुलाकर यह बताया, "गोरखपुर में उसका फ़ोटो मिलना अब लगभग असम्भव है। किशोरी लाल ने जो सूचना दी है, उसको सत्यापित करा लें।"

इसी बीच मुख़बिर से एक दूसरी सूचना प्राप्त हुई कि लखनऊ के फ़ैज़ाबाद रोड पर एक होटल में गोरखपुर नम्बर की कुछ गाड़ियाँ आई हैं, जिनमें पाँच-छह नौजवान लड़के हैं और उनके पास बैग भी है।

एसएसपी लखनऊ ने सत्येन्द्र वीर सिंह से कहा, "आप अपनी टीम लेकर फ़ैज़ाबाद रोड जाइए और राजेश पाण्डेय, आप सुभाष त्रिपाठी के यहाँ अपनी टीम लेकर फ़ोटो के बारे में पता करें। यदि कोई फ़ोटो वहाँ मिल जाता है तो उसे लेकर वह सीधे आपके पास पहुँच जाएँगे।"

सारी टीमें अपनी-अपनी जगह के लिए रवाना हो गईं।

हज़रतगंज में सुभाष त्रिपाठी के मकान को अच्छी तरह घेरकर दरवाज़ा खटखटाकर आवाज़ दी गई। सुभाष त्रिपाठी ने ऊपर से झाँककर देखा कि बहुत सारी गाड़ियाँ खड़ी हुई हैं। ऊपर से भागने का रास्ता नहीं था तो नीचे आकर उसने दरवाज़ा खोल दिया। सभी लोग अन्दर आ गए और घर की तलाशी शुरू कर दी। घर में मौजूद सभी सदस्यों से पूछताछ की गई लेकिन सभी ने सिरे से नकार दिया कि श्रीप्रकाश शुक्ला से उनका कोई सम्बन्ध भी है। सख़्ती से पूछताछ करने पर यह बात कबूल की गई कि वह सगा साला तो नहीं, लेकिन रिश्ते में साला ज़रूर है। बताया गया कि वह बहुत पहले कभी आया था लेकिन हाल-फ़िलहाल में नहीं आया है।

चूँकि पूरी टीम फ़ोटोग्राफ़ की तलाश में थी और सारी बातें पूरी टीम को बताई गई थीं, तो टीम के साथ मौजूद सिपाही रणकेन्द्र ने सुभाष की बेटी से पूछताछ की, "तुम्हारा जन्मदिन कब पड़ता है?"

लड़की ने जन्मदिन की कोई तारीख़ बताई।

रणकेन्द्र ने पूछा, "बर्थडे का फ़ोटो किसने खींचा था?"

"हम लोगों के पास अपना कैमरा है, उसी से फ़ोटो खींचा गया था।"

"कैमरा कहाँ है?"

उसने कमरे से लाकर वह कैमरा दिखाया। वह निकॉन का महँगा कैमरा था।

रणकेन्द्र ने पूछा, "यह तो महँगा कैमरा है। इसका फ़ोटो तो बहुत अच्छा आता होगा?"

"जी अंकल, बहुत अच्छा फ़ोटो आता है।" लड़की बोली।

रणकेन्द्र ने कहा, "बेटा, देखें, कैसा फ़ोटो आता है! अगर तुम्हारे पास कोई फ़ोटो हो तो उसे दिखा दो।"

लड़की भागकर अपना एलबम ले आई। उस एलबम के एक फ़ोटो में वह लड़की और उसके साथ एक नौजवान युवक था।

रणकेन्द्र ने पूछा, "यह कौन है?"

लड़की चुप हो गई, फिर बोली, "मुझे नहीं पता।"

बाक़ी टीम के लोग सुभाष और उसकी पत्नी तथा दो अन्य रिश्तेदारों से पूछताछ कर रहे थे। रणतेन्द्र वह फ़ोटो लेकर सीधे राजेश पाण्डेय के पास गया और कानाफूसी में ज़िक्र किया कि लड़की कुछ नहीं बता रही है। सम्भवतः यह श्रीप्रकाश शुक्ला का फ़ोटो है।

फ़ोटो दिखाकर सुभाष से पूछा गया, "यही फ़ोटो श्रीप्रकाश का है?"

सुभाष का चेहरा सफ़ेद पड़ गया। उसके चेहरे पर डर दिखने लगा। उसके मुँह से आवाज़ नहीं निकल रही थी। बोलता तो कँपकँपी छूट जाती।

पूरी टीम को लगा कि बहुत बड़ा खजाना हाथ लग गया है। टीम के सभी लोग एक साथ सुभाष पर टूट पड़े। थोड़ी-सी सख्ती के बाद सुभाष ने सिर हिलाकर हामी भरी। फ़ोटो पर जो तिथि अंकित थी, वह तीन महीने पहले की थी। इस बीच वह लड़की और उसकी माँ भी वहीं आ गईं और सभी एक साथ रोने-गिड़गिड़ाने लगे, "अगर यह फ़ोटो अख़बार में छप गया तो उसे पता लग जाएगा कि यह फ़ोटो कहाँ से मिला है और तब हम सारे लोग मारे जाएँगे। आपको पता नहीं, वह कितना निर्दयी और खूँख्वार है!"

सुभाष त्रिपाठी ने फ़ौरन कहा, "परसों के अख़बार में यह छपा था कि पुलिस के पास श्रीप्रकाश का फ़ोटो नहीं है, इस बात को लेकर डीजीपी ने सबको बहुत डाँटा था। मैं जानता हूँ कि आप लोग आज ही इसे छपवा देंगे और कल मेरा पूरा परिवार मारा जाएगा।"

परिवार को किसी तरह आश्वस्त करके कि फ़ोटो अख़बार में नहीं छपेगा, पूरी टीम फ़ैज़ाबाद रोड की तरफ़ तेज़ी से चल पड़ी। रास्ते में गाड़ी के वायरलेस से सत्येन्द्र वीर सिंह से सम्पर्क करके उन्हें बताया गया कि वे लोग आ रहे हैं और पन्द्रह मिनट में पहुँच जाएँगे। वे उनका इन्तज़ार करें।

सत्येन्द्र वीर सिंह ने वायरलेस पर बताया, "सूचना झूठी थी। आप लोग एसएसपी के यहाँ पहुँचें, हम लोग भी आ रहे हैं।"

सभी लोग फिर एसएसपी कार्यालय पर इकट्ठा हुए। उनको फ़ोटो दिखाया गया तो उन्होंने राहत की साँस ली। उन्हें यह भी बताया गया कि फ़ोटो देनेवाले ने यह शंका ज़ाहिर की है कि अगर यह फ़ोटो अख़बार में छप गया तो वे सारे लोग मारे जाएँगे।

एसएसपी ने कहा, "किसी फ़ोटोग्राफ़र से बात करके इसमें बैकग्राउंड बदलवा दीजिए और लड़की का फ़ोटो हटवा दीजिए। तब कोई नहीं पहचान पाएगा।"

सत्येन्द्र वीर सिंह ने कहा, "वह चालाक है। उसे कपड़ों से अन्दाज़ा लग जाएगा कि इस कपड़े में वह कहाँ गया था और किसने यह फ़ोटो दिया होगा।"

एसएसपी ने कहा, "पहचान छिपाने के लिए और क्या हो सकता है? आप लोग देख लें, मैं एक ज़रूरी मीटिंग में शासन जा रहा हूँ।"

सत्येन्द्र वीर सिंह ने कहा, "हज़रतगंज में ही सारे स्टूडियो की दुकानें हैं। राजेश, आप हज़रतगंज के सीओ रहे हैं, जल्दी से इसका फ़ोटोग्राफ़ निकलवाएँ ताकि कल अख़बारों में आ जाए।"

श्रीप्रकाश का जो फ़ोटो मिला था, उसको बार-बार देखने के बाद राजेश पाण्डेय के दिमाग़ में आया कि किसी हीरो का फ़ोटो इसी पोजीशन में खड़ा हो तो उस पर चेहरा लगाकर फ़ोटो निकाला जा सकता है।

हज़रतगंज चौराहे पर कॉफ़ी हाउस और यूनिवर्सल बुक डिपो के सामने वाले बरामदे में कोने की तरफ़ मुम्बइया सितारों के फ़ोटो वाले पोस्टकार्ड बेचे जाते थे। राजेश पाण्डेय सीधे वहीं पहुँचे। वहाँ रखे फ़ोटो में से एक-एक करके हीरो और अभिनेताओं से मिलान करने की कोशिश की तो सुनील शेट्टी के एक फ़ोटो पर निगाह गई, जो लगभग उसी क़द-काठी का था और उसी तरह खड़ा हुआ था। उसके चार फ़ोटोज़ तत्काल ख़रीदकर हज़रतगंज कोतवाली के बग़ल की सबसे बड़ी फ़ोटोस्टेट की दुकान पर गए। फ़ोटोस्टेट की दुकान के मालिक बंटी भाई को फ़ोटो दिखाया और कहा, "सुनील शेट्टी का सिर हटाकर उस पर यह सिर लगा दिया जाए तो उस कलर फ़ोटो में कुछ अटपटा-सा तो नहीं लगेगा?"

बंटी भाई ने जवाब दिया, "बहुत सही फ़ोटो छाँटकर लाए हैं, अभी बनाता हूँ।"

वैसे बंटी भाई भी डर रहे थे। उन्होंने इसी बीच दस बार कहा कि यह पता न लगे कि यह फ़ोटो कहाँ बना है, नहीं तो पूरा परिवार साफ़ कर देगा।

पीछे वाले कमरे में जाकर, कैंची से सुनील शेटटी के सिर का हिस्सा हटाकर श्रीप्रकाश के फ़ोटो के सिर वाला हिस्सा लगाया गया और दूसरी कलर कॉपी निकालकर उसमें लगा दिया गया। फिर उसके कलर फ़ोटो की कापियाँ निकाली गईं। फ़िल्मों का शौक़ीन या बहुत ज़्यादा जानकार आदमी ही यह जान सकता था कि पूरा फ़ोटो श्रीप्रकाश का नहीं है, सिर्फ़ सिर का हिस्सा ही श्रीप्रकाश का है। ऐसे पाँच फ़ोटो तैयार कराके राजेश पाण्डेय एसएसपी के पास गए और उनको दिखाया कि यही बन पाया है।

एसएसपी ने कहा, "बिलकुल परफ़ेक्ट है। आज ही रात में सभी प्रेस वालों को बुलाकर यह फ़ोटो प्रेस में जारी कराना बहुत आवश्यक है। हो सकता है, कोई सूचना मिल जाए!"

रात ही में सभी प्रेस वालों को बुलाकर यह फ़ोटो दे दिया गया और अगले दिन प्रदेश और देश के सभी समाचार-पत्रों के मुखपृष्ठ पर श्रीप्रकाश शुक्ला की यह पहली तस्वीर प्रकाशित हुई।

फ़ोटो अख़बार में छपते ही लखनऊ पुलिस के कंट्रोल रूम पर और अलग-अलग अधिकारियों के टेलीफ़ोन नम्बरों पर सूचनाएँ आने लगीं कि इस शक्ल-सूरत का आदमी कहाँ-कहाँ देखा गया। पाँच टीमें सिर्फ़ इसी तरह की सूचनाओं को मौक़े

पर जाकर सत्यापित करने के लिए बनाई गईं कि सूचना भले ही ग़लत हो लेकिन सभी सूचनाएँ सत्यापित की जाएँ।

दी गई सभी सूचनाएँ शाम को कैसरबाग़ में एसपी सिटी सत्येन्द्र वीर सिंह के कार्यालय पर एक-एक करके बताई जाती थीं। दिन में दस-पन्द्रह सूचनाओं के सत्यापन के बाद भी कुछ हल नहीं निकला। इन अपराधों को रोकने के लिए जिस तरह का दबाव पुलिस मुख्यालय और ज़िले के अधिकारियों पर था, वह दैनिक कामकाज में भी परिलक्षित होने लगा था।

टेलीफ़ोन एक्सचेंज जाकर जो भी लैंडलाइन नम्बर ज़रूरी थे और जिनसे श्रीप्रकाश द्वारा इस्तेमाल किये गए मोबाइल नम्बर से कभी बात हुई थी, उन्हें पैरेलल लाइन पर लेकर सुनने की व्यवस्था की गई। क्योंकि यह काम बहुत कठिन था इसलिए टेलीफ़ोन अधिकारियों को शासन में बैठे बड़े अधिकारियों द्वारा पहले ही कहलवा दिया गया कि यह नम्बर ज़रूरी है, इनका सुना जाना आवश्यक है।

उस समय तक मोबाइल फ़ोनों की संख्या बहुत सीमित थी और सत्रह रुपये प्रति मिनट आउटगोइंग कॉल और दस रुपये प्रति मिनट इनकमिंग कॉल का पैसा लगता था। सिर्फ़ पंजीकृत पते पर ही मोबाइल फ़ोन दिये जाते थे और उनका बिल सम्बन्धित पते पर पहुँच जाता था।

ज़्यादातर लैंडलाइन को टेलीफ़ोन के खम्भे पर लगे हुए डीपी बॉक्स से पैरेलल लाइन लेकर वहीं पर सुना जाता था और अगर पास में कोई दफ़्तर या ऐसा मकान, जिसमें गोपनीयता भंग होने की ज़रा-सी भी आशंका होती थी, तो डीपी बॉक्स से खींची गई टेलीफ़ोन लाइन में टेलीफ़ोन पर बात सुनी जाती थी। यह सर्विलांस का बहुत पुराना दौर था, जो कभी अंग्रेज़ी शासनकाल में इस्तेमाल किया जाता था।

दिलीप होटल हत्या कांड के बाद ऐसे आठ टेलीफ़ोन नम्बर पैरेलेल लाइन पर सुनने शुरू किये गए। दो जगहों पर आसपास कोई भरोसेमन्द मकान या कार्यालय न होने के कारण टेलीफ़ोन खम्भे के पास ही टेंट लगाए गए, जिनमें टेलीफ़ोन कर्मचारियों द्वारा खुदाई करके ऐसा प्रतीत कराया गया कि यहाँ पर ख़राब टेलीफ़ोन लाइनों की मरम्मत की जा रही है।

टेलीफ़ोन की खुदाई के उपकरणों के बीच ही सादी वर्दी में सिपाही या तो ज़मीन पर बैठकर या किसी छोटे स्टूल पर यह टेलीफ़ोन सुना करते थे। इस टेलीफ़ोन के सुनने में बहुत ज़्यादा सावधानी की आवश्यकता थी। सम्बन्धित व्यक्ति के टेलीफ़ोन की घंटी बजने पर पैरेलेल सुने जानेवाले फ़ोन पर भी घंटी बजती थी। जिसे फ़ोन लगाया गया है, यदि उसने पहले अपना फ़ोन उठा लिया और सुनने वाले सिपाही ने बाद में उठाया तो क्रेडिल पर खटके की आवाज़ उसे भी सुनाई पड़ेगी और फिर उसे शंका हो जाएगी कि उसका फ़ोन सुना जा रहा है।

यदि उस समय सिपाही कोई बात या आवाज़ करेगा तो भी सुनाई पड़ जाएगी। इस ख़तरे से बचने के लिए जिस टेलीफ़ोन सेट से सिपाही सुन रहा होता था, उसका स्पीकर यानी मुँह के पास रहनेवाला हिस्सा खोलकर निकाल दिया जाता था अथवा उसमें बने हुए छेदों को टेप से बन्द कर दिया जाता था।

लखनऊ में अख़बारनबीसों की तादाद बहुत ज़्यादा होने के कारण यह बात बहुत दिनों तक छिपी न रह सकी और अख़बारों में ख़बर आ गई कि श्रीप्रकाश शुक्ला से सम्बन्ध रखने वालों के टेलीफ़ोन नम्बर को भी पुलिस सुन रही है। शाम को होने वाली मीटिंग में इस बात पर भी बहुत माथापच्ची होती रही कि यह बात आख़िरकार अख़बार वालों को कैसे पता लगी? पुलिसकर्मियों की तमाम सफ़ाई के बाद भी इसका पता न चल सका। जो टेलीफ़ोन नम्बर सुने जा रहे थे, उनमें से एक मृत्युंजय शुक्ला का भी नम्बर था, जिसके पते पर श्रीप्रकाश शुक्ला ने अपना मोबाइल ख़रीदा था। शाम के समय श्रीप्रकाश का फ़ोन उस नम्बर पर आया।

श्रीप्रकाश ने मृत्युंजय शुक्ला से यह पूछा, "मेरा कोई फ़ोटो अख़बार में छपा है क्या?"

"हाँ, भैया, आपका फ़ोटो छपा है।" मृत्युंजय शुक्ला ने कहा।

"फ़ोटो कलर्ड है या ब्लैक एंड व्हाइट है?" श्रीप्रकाश ने पूछा।

"कलर्ड भी है और ब्लैक एंड व्हाइट भी।" मृत्युंजय शुक्ला ने कहा।

"कलर्ड फ़ोटो में किस रंग की शर्ट है?" श्रीप्रकाश ने पूछा।

"जींस की डेनिम वाली जैकेट है।" मृत्युंजय शुक्ला ने कहा।

"मेरा फ़ोटो नहीं हो सकता। मैंने डेनिम की जैकेट कभी नहीं पहनी!" श्रीप्रकाश ने कहा।

मृत्युंजय बोला, "यह बात मुझे नहीं पता।"

श्रीप्रकाश बोला, "बहुत कम लोग डेनिम जींस की जैकेट पहनते हैं। अगर डेनिम की जींस पहनकर घूमूँगा तो भीड़ में आसानी से पहचान लिया जाऊँगा, इसलिए मैं नहीं पहनता।"

"लेकिन भैया, फ़ोटो आपका ही है।" मृत्युंजय शुक्ला ने कहा।

श्रीप्रकाश ने फिर जरा ज़ोर से पूछा, "ठीक से देखा है?"

मृत्युंजय ने जवाब दिया, "अरे भैया, आप भी कैसी बात करते हैं! आपको नहीं पहचानूँगा? फ़ोटो आपका ही है।"

श्रीप्रकाश ने कहा, "सभी अख़बारों की कटिंग एक लिफ़ाफे में करके रखो। कल सुबह नौ बजे गोमतीनगर मिठाई वाले चौराहे पर एक लड़का मिलेगा जो काले रंग की टोपी लगाकर चौराहे पर ही खड़ा रहेगा। उसके पास चले जाना। वह अपना नाम रामनारायन द्विवेदी बताएगा, उसे लिफ़ाफा दे देना। मुझ तक पहुँच जाएगा।" श्रीप्रकाश ने एक बार फिर पूछा, "फ़ोटो मेरा ही है न?"

"एक सौ एक फ़ीसदी आपकी ही तस्वीर है।" मृत्युजंय शुक्ला ने बताया।

"एक बात नोट कर लो," श्रीप्रकाश बोला, "फ़ोटो देखकर आदमी आज तक नहीं पहचाना गया। आदमी को देखकर तो फ़ोटो में पहचान सकते हो। यह कुत्ते पुलिसवाले जेब में भी फ़ोटो रखे रहें और मैं सामने से निकल भी जाऊँ तो भी कभी नहीं पहचान सकते।"

मृत्यंजय बोला, "हाँ, भैया! अख़बार में लिखा है कि लखनऊ के सभी पुलिसवालों को एक-एक फ़ोटो दे दिया है और कहा गया है कि इस व्यक्ति की तलाश करें।"

श्रीप्रकाश ने कहा, "अभी तो मैं लखनऊ में नहीं हूँ। जल्द ही लखनऊ आऊँगा। रास्ते में जो भी पुलिस वाला मिलेगा, उसकी तलाशी लूँगा। जिसकी जेब में मेरा फ़ोटो मिल गया, उसे मार दूँगा। फिर कोई पुलिस वाला अपने पास मेरा फ़ोटो नहीं रखेगा। मैं बहुत जल्दी लखनऊ आऊँगा।"

सुबेश कुमार सिंह उस समय लखनऊ के एसएसपी थे। वे बिहार के रहनेवाले थे। आर.के. सिंह उस मोबाइल फ़ोन के डिटेल्स हफ़्ते में एक दिन निकालकर दे जाया करते थे। बिहार और उत्तर प्रदेश के नम्बरों के सत्यापन के लिए नाम और पता निकाला जाता था। शाम को उस पर चर्चा होती कि कौन-सा नम्बर किसका है, उससे कैसे सम्बन्ध हो सकते हैं, किस कारण से उसको फ़ोन किया गया होगा? यह सब जानने का प्रयास अपने स्तर से एसएसपी लखनऊ करते थे। कभी-कभी तो इस पूरी कवायद में सुबेश कुमार सिंह पूरी रात टीम के साथ कार्यालय में बैठे रहते थे।

अब यह लगभग हर दिन का काम हो गया था कि जिन नम्बरों पर श्रीप्रकाश बात किया करता था, उससे सम्बन्धित कोई-न-कोई व्यक्ति ढूँढ़कर लाया जाता था और उससे पूछताछ की जाती थी कि शायद कोई जानकारी मिल सके। सूचनाएँ भी बहुत आने लगी थीं। सारी सूचनाओं का सत्यापन टीमों से कराया जाता था। बाल काटने वाले सैलून, हज़रतगंज बाज़ार और जनपथ में हर रोज़ पुलिसकर्मी घूमते रहते और लम्बा बैग लिये हुए, लिटिल बैग लिये हुए या पिट्ठू पर रखने वाले टेनिस बैग लिये हुए आदमी को रोककर उसकी तलाशी ली जाती थी। बार-बार यह सूचना आ रही थी कि श्रीप्रकाश एके-47 को बैग में रखकर ही हर समय अपने गैंग के साथ घूमता है। छोटे बच्चों के स्कूल के सामने सुबह-शाम और जनपथ में घूमने आता है। लखनऊ के महानगर स्थित करामत गर्ल्स कॉलेज, हज़रतगंज के सेंट फ्रांसिस और कैथेड्रल स्कूलों के सामने भी वह जाता है।

# पहली शहादत

एक दिन आनन्द पाण्डेय ने श्रीप्रकाश से पूछा, "भाई, किसी बच्चे पर दाँव लगाना है क्या? बच्चों पर दाँव लगाने पर मोटा माल मिल जाता है।"

"बच्चों की किडनैपिंग वाला काम कभी नहीं करना चाहिए। थोड़ी-सी चूक में मामला खुल जाता है। तुम समझते नहीं हो, देखो, छोटे-छोटे बच्चों को लेकर जो महिलाएँ यहाँ आती हैं, कितना सज-धजकर आती हैं! सिन्दूर भी इतना छोटा-सा लगाती हैं कि बाल में छिपा रहे। सवेरे-सवेरे इतना सज-धजकर आने का मतलब ही यही है कि लोग उनको देखें और ऐसी महिलाएँ बहुत आराम से फँस जाया करती हैं।" श्रीप्रकाश ने कहा।

आनन्द बोला, "अरे, मैं समझ गया! मोहद्दीपुर वाली भी तो शादीशुदा ही है और वह इन्दिरानगर वाली भी शादीशुदा है।" यह कहकर दोनों हँसने लगे।

लेकिन आनन्द फिर बहुत गम्भीर होकर यह कहने लगा, "भाई, एक ही स्कूल के सामने रोज़-रोज़ जाना ठीक नहीं है। पता नहीं क्यों, उस दिन से लगातार यही महसूस हो रहा है कि कुछ लोग हर जगह हमारा पीछा कर रहे हैं।"

"जिस पर शक हो, इशारा कर दो, वहीं गिरा दूँगा। फिर कोई पुलिस वाला कहीं पर खड़े होने की हिम्मत नहीं करेगा।" श्रीप्रकाश ने कहा।

छोटे बच्चों के स्कूल के सामने होने की सूचना भी एसएसपी लखनऊ तक पहुँची। शाम को उन्होंने बातचीत में कहा कि छोटे बच्चों के स्कूलों के सामने भी सादी वर्दी में सिपाहियों को लगाइए। इस हुलिये का आदमी या कोई संदिग्ध गाड़ी अगर आती है तो तुरन्त वायरलेस सेट पर सूचना करके उसकी घेराबन्दी की जाए। यहाँ पर यह शंका व्यक्त की गई कि हो सकता है, किसी छोटे बच्चे की किडनैपिंग का प्रयास हो रहा हो!

एसएसपी ने कहा, "कोई अधिकारी इन सब स्कूलों के मैनेजमेंट से मिलकर उनको इस बात से आगाह कर दे कि स्कूल के चौकीदारों को स्कूल खुलने और बन्द होने के समय स्कूल के बाहर तैनात करें, जो आने-जाने वालों पर नज़र रख सकें। अगर किसी व्यवसायी या किसी राजनीतिक व्यक्ति के किसी छोटे बच्चे का अपहरण हुआ तो और आफ़त हो जाएगी।"

9 सितम्बर, 1997 की शाम को मौसम सुहाना था। तरह-तरह के ढेर सारे पक्षी अपने-अपने राग में मस्त कलरव कर रहे थे। कैसरबाग़ में एसपी सिटी के ऑफ़िस में सभी टीमों की मीटिंग चल रही थी। मीटिंग ख़त्म होने के बाद सब लोगों को चेकिंग के लिए अलग-अलग जगह जाने के लिए कहा गया। सत्येन्द्र वीर सिंह के पेशकार, दारोग़ा आर.के. सिंह और गनर रणतेन्द्र सिंह सत्येन्द्र वीर सिंह की मारुति-800 से उस दिन की चेकिंग के लिए निर्धारित जनपथ मार्केट की तरफ़ चले। दारुलशफ़ा की तरफ़ से जनपथ के भीतर जानेवाले मार्ग पर ले जाकर सामने की तरफ़ बनी पार्किंग में मारुति खड़ी कर दी। सभी लोग सादे कपड़ों में थे और सभी ने शर्ट के नीचे छिपाकर, कमर में पिस्टल लगाई हुई थी। उस दिन लगातार तीसरा दिन था जब सारे लोग जनपथ में चेकिंग के लिए पहुँचे थे। कोशिशें जारी थीं, लेकिन हाथ कुछ नहीं लग रहा था।

सबसे पहले जनपथ में बाहर की तरफ़ बनी हुई बाल काटने की दुकान 'बॉम्बे हेयर कटिंग सैलून' के भीतर आर.के. सिंह जाकर देखने गए कि श्रीप्रकाश के हुलिये का कोई आदमी भीतर तो नहीं है। कुछ लोग बाहर की तरफ़ खड़े तीन-चार व्यक्तियों पर निगाह गड़ाए हुए थे कि हर दिन की तरह श्रीप्रकाश सैलून में दाढ़ी-बाल बनवाने आएगा। राजेश पाण्डेय और सत्येन्द्र वीर सिंह शालीनता से रोककर लोगों के बैग चेक कर रहे थे तथा दारोगा आर.के. सिंह और रणतेन्द्र सिंह दूसरी तरफ़ ऊँचाई पर खड़े होकर नज़र बनाए हुए थे कि यदि कोई साथ में होगा तो भागेगा या कोई हरकत करेगा।

सारे लोग जनपथ का पूरा चक्कर लगाकर वापसी के लिए गैलरी वाले रास्ते से जैसे ही घुसे, सामने से एक छोटे क़द का व्यक्ति कन्धे पर एक बड़ा स्पोर्ट्स बैग लटाकाए हुआ दिखा। सत्येन्द्र वीर सिंह की निगाह उस पर पड़ी। उन्होंने उसे रोका और बैग खोलकर दिखाने को कहा। वह लड़का पहले तो आनाकानी करता रहा, फिर उसने बैग के चेन पर हाथ लगाया और पूरा हाथ बैग के भीतर डाल दिया। उसकी यह हरकत कुछ अजीब-सी थी और वह घबरा भी रहा था। राजेश पाण्डेय ने पूरी चेन खोल दी तो उसने भागने की कोशिश की। सत्येन्द्र वीर सिंह ने उसे पकड़ लिया और कहने लगे, "क्या है, क्या है?"

बैग में निगाह पड़ते ही राजेश पाण्डेय ज़ोर से चिल्लाए, "सर, एके-47 है।"

इस बीच वह सत्येन्द्र वीर सिंह की पकड़ से पीछा छुड़ाकर, ठीक बग़ल वाली टोपनदास की चिकन के कपड़े की दुकान के भीतर भागने लगा। दौड़ाकर उसे वहीं पकड़ लिया गया। रणतेन्द्र भी भागकर आ गए लेकिन इतने लोगों के बीच उसने फिर भागने की कोशिश की और रणतेन्द्र की पिस्टल छीनने की कोशिश की। तब तक वहाँ तकरीबन पाँच सौ से भी ज़्यादा लोग इकट्ठा हो गए थे। रणतेन्द्र के साथ इस तरह की गुत्थमगुत्था हुई कि ऐसा लगा, यदि वह पिस्टल छीन लेगा तो ज़्यादा नुक़सान हो जाएगा। राजेश पाण्डेय ने अपनी पिस्टल निकालकर तुरन्त उसके पैर

पर फ़ायर किया, जिससे कि वह रणतेन्द्र की पिस्टल छोड़ दे। वह गिर तो गया लेकिन उसने पिस्टल नहीं छोड़ी। यह देखकर उसके पैरों में दो गोलियाँ और मारीं, फिर भी वह उठकर भागने की कोशिश करता रहा। उसे किसी तरह पकड़कर वहाँ खड़ी पुलिस की एक जीप में डाला गया लेकिन फिर से उसने भागने की कोशिश की, तब तक भीड़ इतनी जमा हो गई थी कि वह भाग नहीं सका।

थोड़ी देर में भीड़ को यह बात बताई गई कि एक बदमाश बाहर सड़क पर भी मारा गया है। उसको कई गोलियाँ लगी हैं। इसी बीच फ़ायरिंग की आवाज़ और हल्ला-गुल्ला सुनकर सामने वाले हज़रतगंज थाने से पुलिस की कई गाड़ियाँ आ गईं। गोली लगे हुए बदमाश को हज़रतगंज पुलिस को सौंपकर, ये सारे लोग दारुलशफ़ा विधायक निवास के सामने पहुँचे। वहाँ भी बहुत भीड़ लगी हुई थी और सड़क पर एक आदमी गिरा पड़ा था जिसकी साँसें हल्की-हल्की चल रही थीं। ध्यान से देखा गया तो ये सत्येन्द्र वीर सिंह के पेशकार दारोग़ा आर.के. सिंह निकले। उनके सिर पर गोलियाँ लगी थी और उनके पिस्टल की डोरी बाहर पड़ी हुई थी। लग रहा था कि मारने वाले उनकी पिस्टल भी छीनकर ले गए हैं। उन्हें तुरन्त मेडिकल कॉलेज भेजा गया लेकिन रास्ते में ही उनकी मृत्यु हो गई। क्योंकि यह घटना पाँच मिनट पहले की ही थी। जिस समय राजेश पाण्डेय उस आदमी के बैग की तलाशी ले रहे थे और फिर रणतेन्द्र और वह आदमी आपस में गुत्थमगुत्था हो रहे थे, उस समय आर.के. सिंह ऊँचाई पर खड़े थे।

एक व्यक्ति से राजेश पाण्डेय उलझे हुए थे और तीन लोग तेज़ी से पीछे की तरफ़ भाग रहे थे। आर.के. सिंह उनके पीछे-पीछे हो लिये और पार्किंग के चबूतरे से कूदते समय पार्किग में लगे हुए तार में उनका पैर उलझ गया, जबकि वे उन तीनों से कुछ ही क़दम की दूरी पर थे और हाथ में पिस्टल भी लिये हुए थे। उनके गिरते ही तीनों वापस आए और उनके हाथ की पिस्टल छीन ली और पिस्टल की सारी गोलियाँ उनके सिर पर मारकर दारुलशफ़ा के भीतर भाग गए।

देखते ही देखते भारी भीड़ जमा हो गई और हल्ला हो गया कि एक बदमाश को मारा गया है लेकिन बदमाश ने तो एसपी सिटी के पेशकार की हत्या कर दी थी। आर.के. सिंह की मृत्यु सबके लिए बहुत बड़ा सदमा था। आर.के. सिंह पूरा दिन, पूरी रात टीम के साथ बैठकर फ़ोन नम्बर का नाम व पता निकालते थे और कंट्रोल रूम से प्राप्त सूचनाओं को एक-एक करके लिखा करते थे। शाम की मीटिंग में जब यह तय हो जाए कि कौन-सी टीम कहाँ-कहाँ जाएगी और सूचना क्या है, उसको बताना और बार-बार हो रही घटनाओं के बारे में जितनी भी पूछताछ शासन और डीजी ऑफ़िस से होती थी, उनकी रिपोर्ट तैयार करना—यह चौबीस घंटे का काम होता था और वे इस काम में लगे रहते थे।

जब भी राजेश पाण्डेय अपने खास लोगों के साथ चेकिंग के लिए निकलते थे, आर.के. सिंह जबरदस्ती साथ में चलने की ज़िद करते थे। आर.के. सिंह से कई बार कहा गया कि 'आपके पास तमाम काम हैं, आप रुक जाइए। हमें तो रोज़ जाना है फिर किसी दिन चलिएगा', पर वे नहीं मानते थे। उस दिन भी शाम को, जब दिन भर के कार्य-कलापों से जुड़े विषयों पर मीटिंग हो रही थी, आर.के. सिंह ने राजेश पाण्डेय से कहा था, 'आज रात गोमतीनगर के एल्डिको पार्क में मुरारी बापू की कथा है, मैं उनको हमेशा सुनता रहा हूँ। शाम का काम ख़त्म करके मैं वहाँ चला जाऊँगा।'

आर.के. सिंह ने सत्येन्द्र वीर सिंह से कहा, "आप लोग गोमतीनगर के थाना प्रभारी को फ़ोन कर दीजिएगा कि दो पास दिलवा दें। आज हम सब परिवार सहित कथा सुनने जाएँगे।"

मेडिकल कॉलेज में आर.के. सिंह के शव को देखकर सभी लोगों की आँखें भर आईं। यह बहुत गहरा जख्म था। बरबस आर.के. सिंह की बात याद आ रही थी, आधे घंटे पहले ही तो वे एल्डिको पार्क में कथा सुनने के लिए बेताब थे! दूसरी तरफ़ मारे गए बदमाश को पहचानने की लाख कोशिश की गई कि यह श्रीप्रकाश है या उसके गैंग का पहचाना हुआ कोई अन्य शख़्स तो नहीं है? जो भी फ़ोटोग्राफ़ उसके सदस्यों से सम्बन्धित उपलब्ध थे, सभी को देखा गया लेकिन पहचान हो नहीं सकी। एके-47 के साथ दो मैगज़ीन और करीब पचास कारतूस उस बैग में मिले। बैग में कुछ कपड़े और डायरियाँ भी मिलीं। डायरियों से यह तो पता चल गया कि यह आदमी बिहार का रहनेवाला है, लेकिन उसके बारे में और कुछ भी ख़ास पता नहीं लगा। पूरे शहर में चेकिंग लगाई गई थी और यह उम्मीद थी कि भागे हुए तीनों बदमाशों में श्रीप्रकाश शुक्ला ज़रूर रहा होगा।

दारुलशफ़ा में पीछे की तरफ़ वाले गेट पर काफ़ी उजाला था और दारुलशफ़ा तथा जनपथ के बीच वाली रोड पर सभी स्ट्रीट लाइटें जल रही थीं। मारने वाले तीनों बदमाश पहले दारुलशफ़ा गेट तक भागते हुए गए थे और आर.के. सिंह को गिरा हुआ देखकर तेज़ी से लौटते हुए वापस आए थे। सबके सामने उन्होंने आर.के. सिंह के हाथ की पिस्टल छीन ली। इससे पहले कि आर.के. सिंह कुछ समझ पाते, उनकी ही पिस्टल की सारी गोलियाँ उनके सिर में मार दी गई थीं। उस समय, जिस समय यह घटना हो रही थी, कम-से-कम दो-ढाई सौ लोग जनपथ मार्केट से या फिर निकल रहे थे या जा रहे थे, या तो पार्किंग में खड़ी हुई अपनी गाड़ी निकाल रहे थे।

आश्चर्य की एक बात और थी कि नया-नया मंत्रिमंडल बना था और दारुलशफ़ा के हर तल पर रहनेवाले विधायकों में से दो-तीन मंत्री बने थे। सभी मंत्रियों को सुरक्षा गार्ड्स मिले हुए थे और वे सभी सन्तरी ड्यूटी करनेवाले सिपाही

कक्ष के सामने अपनी राइफ़ल लिये हुए खड़े थे। प्रत्येक तल में दो ऐसे सन्तरी खड़े थे जिनके हाथ में राइफ़ल थी और वे पूरी घटना को साफ़-साफ़ देख रहे थे। ज़िले भर के थाना अध्यक्ष और सिपाही वहाँ इकट्ठे किये गए। एसएसपी सुबेश कुमार सिंह मौक़े पर थे। उन्होंने सारी टीमों को शहर से भागने वाले रास्ते, मार्केट और अब तक प्रकाश में आए सभी शुभचिन्तकों और जानने वाले लोगों के ठिकानों पर भेजा गया। दो डिप्टी और चार थानाध्यक्षों की एक टीम सिर्फ़ इसी बात के लिए लगाई गई कि यहाँ आसपास जिस किसी ने मारने वालों को देखा है, उनसे हुलिया, कपड़े, चाल-ढाल और भाषा के बारे में गहराई से पता किया जाए। दारुलशफ़ा के प्रत्येक फ़्लोर पर ड्यूटी दे रहे सिपाहियों से भी पूछताछ की जाए।

सभी लोग अपने-अपने काम पर तुरन्त रवाना हो गए। तभी थोड़ी देर बाद किसी ने सूचना दी कि दारुलशफ़ा ब्लॉक-बी की सीढ़ियों के पास एक बैग पड़ा है, जिसमें सम्भवत: असलहे मौज़ूद हैं। सभी लोग भागकर पहुँचे और बैग को सतर्कता से खोलने पर उसमें एक कारबाइन, दो मैगज़ीन और कुछ छोटे हथियार बरामद हुए। पूछताछ से यह पक्का हो गया कि आधे घंटे पहले यह बैग यहाँ नहीं था। तुरन्त सारी फ़ोर्स लगाकर दारुलशफ़ा का ब्लॉक-बी घेरा गया। आने-जाने वालों से पूछताछ की गई और विधायक निवास के सभी कमरों में तलाशी ली गई। रात के डेढ़-दो बजे तक तफ़्तीश में कुछ नहीं मिला। हर आधे घंटे पर वायरलेस से चेकिंग के बारे में ली जा रही सूचना से भी कुछ पता नहीं चला, सारे लोग मायूस हो गए थे।

गोरखपुर के रहनेवाले आर.के. सिंह का परिवार भी लखनऊ पहुँच गया था। हमेशा की तरह पुलिस मुख्यालय और शासन से घटना के बारे में पूछा जा रहा था और टीम में लगे अधिकारियों को भला-बुरा कहा जा रहा था। ज्ञानी लोग घटना के सम्बन्ध में अपना-अपना ज्ञान उड़ेल रहे थे।

किसी ने कहा, 'जब यह पता था कि वह यहाँ आ रहा है तो चार ही लोग चेकिंग करने क्यों गए?'

किसी ने कहा, 'एक ही जगह खड़े होकर चेकिंग क्यों की गई?'

किसी ने कहा, 'आर.के. सिंह को अकेले उनका पीछा नहीं करना चाहिए था।'

ज्ञान की ये सारी बातें अगले दिन अख़बारों के पहले पन्ने पर हेडलाइन में प्रकाशित हुईं। भाँति-भाँति के बॉक्स और इंट्रो लिखे गए। सुबह के अख़बारों की वजह से टीम के अधिकारियों का पहले से ही दुखी मन दुख से और भर गया। हज़ारों जुगनुओं से भी अँधेरा कम नहीं होता, अँधेरा पसरा रहा। सुबह जल्दी पोस्टमॉर्टम कराने के लिए सभी लोग पोस्टमॉर्टम हाउस पहुँचे। दोनों शवों का पोस्टमॉर्टम होना था और मारच्युअरी (शवगृह) के बाहर बहुत ज़्यादा भीड़ थी। सैकड़ों की संख्या में पुलिसवाले भी थे। आर.के. सिंह, एसपी सिटी के पेशकार थे और बहुत सौम्य और जानकार दारोग़ा थे।

शहरी क्षेत्र के सभी थानों के पुलिसकर्मियों से उनका आत्मीयता की ऊष्मा और अपनेपन की आँच के साथ मिलना-जुलना होता रहता था। शहरी क्षेत्र में होने वाले हर आयोजन, त्योहार, वीआईपी विज़िट में ड्यूटियाँ लगाने का कार्य भी पेशकार का होता है, इसलिए इंस्पेक्टर से लेकर सिपाही तक, सभी उनका सम्मान करते थे और उनके सम्पर्क में भी रहते थे।

पोस्टमॉर्टम शुरू हुआ। इसी बीच भीतर से आकर किसी ने बताया कि आर.के. सिंह की जेब से श्रीप्रकाश शुक्ला का फ़ोटो निकला है। पर्स में थोड़े पैसे और एक छोटी हनुमान चालीसा भी थी।

दोनों बातें एक साथ भीतर से आए किसी व्यक्ति ने बाहर खड़े लोगों को बताईं। हनुमान चालीसा की बात अगले दिन किसी अख़बार में नहीं थी लेकिन सारे अख़बारों में इस बात उल्लेख था कि श्रीप्रकाश का फ़ोटो आर.के. सिंह की जेब में मिला था। वैसे श्रीप्रकाश के फ़ोटो का आर.के. सिंह की जेब में मिलना कोई अचम्भे की बात नहीं थी। इसलिए, क्योंकि सभी पुलिस अधिकारियों ने टीम के सभी लोगों को पासपोर्ट साइज़ के चार-चार, पाँच-पाँच फ़ोटो दे दिये थे कि किसी होटल, लॉज, मार्केट, दुकान या सैलून में जो भरोसे के आदमी हों, उन्हें यह फ़ोटो दिखा दिया जाए और अगर आवश्यकता महसूस हो तो उन्हें दे भी दिया जाए। इसमें कोई गोपनीयता नहीं थी क्योंकि कुछ दिन पहले ही पुलिस ने प्रेस कांफ्रेंस करके इस फ़ोटोग्राफ़ को प्रेस के लोगों को बाँटा था और लगभग सभी अख़बारों में यह फ़ोटो छप चुका था।

पोस्टमॉर्टम ख़त्म हो गया, दोस्तों और परिजनों का रो-रोकर बुरा हाल था। पोस्टमॉर्टम करनेवाले डॉक्टर बाहर आए तो उन्होंने अलग ले जाकर पुलिस अधिकारियों को बताया, "नौ बुलेट इंजरी है और सभी सटाकर मारी गई हैं। ब्लैकनिंग और टेटूइंग स्किन पर मौजूद हैं।"

साथ में खड़े टीम में किसी व्यक्ति ने बताया, "आर.के. सिंह साहब दस गोलियों की मैग्ज़ीन में 9 गोलियाँ ही भरते थे, मैगज़ीन की सारी गोलियाँ दाग दी गई हैं।"

मारच्युअरी से पुलिस वाहन में आर.के. सिंह के शव को पुलिस लाइन के लिए रवाना किया गया। सारे अधिकारी साथ-साथ चल रहे थे, लेकिन इतनी भीड़ होने के बाद भी किसी के मुँह से आवाज़ नहीं निकल रही थी। शोर था भी, तो सिर्फ़ सन्नाटे का। सड़क पर केवल गाड़ियों की आवाज़ ही सुनाई दे रही थी। पुलिस लाइन में अन्तिम सलामी की सारी तैयारियाँ हो गई थीं।

शाम के लगभग तीन बज चुके थे। पुलिस लाइन में रहनेवाले परिवार, औरतें, बच्चे और बड़े-बूढ़े—सभी वहाँ मौजूद थे, लेकिन सब शान्त थे। आर.के. सिंह के शव को ऊँचाई पर सजे हुए एक स्थान पर रखा गया और एक-एक करके सभी अधिकारियों ने फूल-मालाएँ चढ़ाकर अपनी अन्तिम श्रद्धांजलि अर्पित की।

पुलिस की अन्तिम सलामी, सलामी गार्द द्वारा भी दी गई। तभी राजेश पाण्डेय की नज़र पुष्प अर्पित कर किनारे की तरफ़ खड़े एसएसपी सुबेश कुमार की तरफ़ पड़ी। वे सिर झुकाकर एकदम अकेले दूसरी तरफ़ मुँह करके खड़े थे। राजेश पाण्डेय ने सत्येन्द्र वीर सिंह को बताया, "एसएसपी साहब कुछ परेशान लग रहे हैं?"

वे दोनों उनकी तरफ़ भागे। जाकर देखा कि सुबेश कुमार सिंह फफक-फफककर रो रहे हैं। वे दोनों भी अपने-आपको रोक नहीं पाए। वैसे तो उनके लिए कहा जाता था कि बहुत सख़्त और पत्थरदिल आदमी हैं लेकिन उस दिन उनके आँसू देखकर वहाँ एक हज़ार के आसपास मौजूद पुलिसकर्मियों में कोई भी अपने-आपको रोक नहीं पाया। सुबेश कुमार सिर नीचे किये हुए ही सीधे अपनी गाड़ी में बैठ गए। थोड़ी देर में आर.के. सिंह के पार्थिव शरीर को पुलिस की सजी गाड़ी में रखकर उनके गृह जनपद के लिए रवाना कर दिया गया।

9 सितम्बर, 1997 को हुई इस घटना ने सभी को झकझोरकर रख दिया था। सैलाब शान्त होने का नाम ही नहीं ले रहा था। अगले दिन सत्येन्द्र वीर सिंह के कार्यालय में धीरे-धीरे करके सारे लोग इकट्ठा हो गए। आधे घंटे तक कोई कुछ नहीं बोला। किसी में बात शुरू करने की कोई हिम्मत या कोई जज़्बा ही नहीं बचा था। ज़िन्दगानी की सूची निःशेषकारी-सी लग रही थी। यह भावुकता की इन्तिहाँ थी क्योंकि वहाँ वही कमरा, वही कुर्सियाँ थीं जहाँ पर आर.के. सिंह के साथ बैठकर रणनीति पर विचार किया जाता था।

थोड़ी देर बाद सत्येन्द्र वीर सिंह ने भारी मन से एक ही बात कही, "बहुत ग़लत हुआ।"

सभी लोगों ने मौन की अभिव्यक्ति का सहारा लेकर इस बात का समर्थन किया।

# फिर से...

इस बीच टीम में दो और अधिकारी बुलाए गए। एक, इन्द्रजीत सिंह तेवतिया जो सत्येन्द्र वीर सिंह के साथ कई जगह तैनात रहे थे। वे बहुत मेहनती, हिम्मती और सत्येन्द्र वीर सिंह के दूर-दराज़ के सम्बन्धी भी थे। उन्हें पश्चिमी उत्तर प्रदेश के अपराध और अपराधियों के बारे में बहुत अच्छी जानकारी थी। दूसरे, अविनाश मिश्रा जो सब-इंस्पेक्टर थे और पश्चिमी उत्तर प्रदेश में ही तैनात रहे थे। पश्चिमी उत्तर प्रदेश में तैनाती के समय अविनाश मिश्रा ने कई बड़े एनकाउंटर भी किये थे। ऐसे ही एक एनकाउंटर के कानूनी दाँवपेंच में वे सस्पेंड कर दिये गए थे। डीआईजी कश्मीर सिंह ने उन्हें टीम में लेने की बात सुझाई थी।

अविनाश मिश्रा स्वयं भी इस टीम में आने के इच्छुक थे। तेवतिया और अविनाश मिश्रा ने पश्चिमी उत्तर प्रदेश के कुछ मुख़बिरों से सम्पर्क साधा और उन्हें लखनऊ बुलाकर इसी काम में लगा दिया।

आर.के. सिंह की हत्या के बाद पुलिस का मनोबल गिरा हुआ था। ऐसा लग रहा था कि उदासी का यह पत्थर आँसुओं से नम नहीं होगा, हज़ारों जुगनुओं से भी अँधेरा कम नहीं होगा। अधिकारियों ने हर स्तर पर पुलिस मनोबल को ऊँचा रखने और आर.के. सिंह की मृत्यु का बदला लेने के लिए प्रेरित किया। आर.के. सिंह की हत्या के बाद बेख़ौफ़ श्रीप्रकाश अपने गैंग के साथ बिहार भाग गया।

आर.के. सिंह की घटना के समय जो अपराधी मारा गया था, उसकी भी पहचान हो गई। वह बिहार के मोकामा में सूरजभान के साथ चलने वाला टुनियाराम था। श्रीप्रकाश अपने गैंग के साथ जब मोकामा जाता था तो सूरजभान उसे रुकने की जगह दिलाता था। श्रीप्रकाश की सुरक्षा का पूरा इन्तज़ाम करता था और टुनियाराम को एके-47 के साथ श्रीप्रकाश के रुकने की जगह पर लगाया जाता था। टुनियाराम श्रीप्रकाश से बहुत घुल-मिल गया था और वह लखनऊ घूमने के लिए गोरखपुर और फ़ैज़ाबाद होते हुए लखनऊ आया था।

सूरजभान ने अपनी एके-47 साथ में ले जाने से मना किया था और कहा था कि श्रीप्रकाश वाली लेकर चला करो। टुनियाराम एके-47 से अचूक निशाना लगाने में माहिर था। उसके परिजन उसका शव लेने लखनऊ मॉरच्युअरी पर आए थे।

आर.के. सिंह की हत्या के साथ श्रीप्रकाश और उसके गैंग के बिहार जाने की पुष्टि हो गई थी। लेकिन मोकामा में उसके होने की अभी तक पुष्टि नहीं हो पाई थी। यह बताया जा रहा था कि वह रक्सौल के आसपास कहीं रह रहा है।

इस बीच, लखनऊ में उसकी गतिविधियों के बारे में थोड़ी-थोड़ी सुगबुगाहट और सूचना मिलने लगी। यह पता लगा कि निरालानगर के गोमती मोटर्स से वह अपनी मारुति कार बनवाकर ले आया था और अपनी जिप्सी वहाँ पर बनने के लिए दे आया था। यह जिप्सी उसने तत्कालीन लोक सभा सदस्य और उस समय की मेघालय सरकार के मंत्री के साले की हत्या करके कोचायकोट, गोपालगंज, बिहार में छीनी थी।

21 जून, 1997 को गोरखपुर में उसने जो तीन हत्याएँ एक साथ की थीं, उसमें इसी जिप्सी का प्रयोग किया गया था। गोमती मोटर्स जाकर इस सूचना की पुष्टि की गई तो यह सूचना सही निकली। तब पहली बार यह पता लगा कि उसके पास एक सफ़ेद रंग की मारुति-800 गाड़ी है जिसके शीशों पर काली फ़िल्म चढ़ी हुई है। उस घटना के दो घंटे पहले ही उस गाड़ी को गोमती मोटर्स से लेने के लिए स्वयं श्रीप्रकाश शुक्ला आया था। उसका फ़ोटो देखकर गोमती मोटर्स के सभी कर्मचारी पहचान गए। वहाँ पर उसने सब जगह अपना नाम अशोक सिंह लिखवाया था और गोमती मोटर्स के मिस्त्री और बाक़ी कर्मचारी भी उसे 'अशोक भैया' कहकर ही बुलाते थे।

जैसे ही उन्हें पता लगा कि यह अशोक सिंह ही श्रीप्रकाश शुक्ला है, वे सब भयभीत हो गए। गोमती मोटर्स के मालिक को जब बुलाया गया, तो पहले तो वह कुछ भी बताने से इनकार करते रहे, लेकिन बाद में तमाम बातों के साथ यह भी बताया कि गाड़ी में कोई ख़राबी होने पर रिपेयरिंग में लाने से पहले वह फ़ोन ज़रूर करता था और उसने दो बार यह भी पूछा था कि पुलिसवालों की गाड़ी तो नहीं आती है, यहाँ बनने के लिए? उन्हें तभी शंका हो गई थी लेकिन डर के मारे वे कुछ भी बता नहीं पाए।

गोमती मोटर्स के मालिक राकेश अग्रवाल ने यह भी बताया, "कभी-कभी वह इधर-उधर की बातें भी बहुत करता है और बिना काम के भी फ़ोन किया करता है।"

फिर यह पूछा गया, "जिप्सी कब ले गया?"

उन्होंने रसीद या कोई काग़ज़ देखकर बताया, "नौ सितम्बर की शाम को पाँच बजे मारुति-800 हमारे यहाँ से आउट हुई है, जिसे अशोक सिंह स्वयं लेने आया था और अकेले आया था। तेरह सितम्बर को मारुति जिप्सी लेने कोई दूसरा आदमी आया था पर उसे गाड़ी देने के लिए श्रीप्रकाश ने मुझे फ़ोन किया था।"

श्रीप्रकाश के बारे में पहली सही और सटीक सूचना यहीं मिली थी। उसी दिन उसके फ़ोन के साथ एक रिकॉर्डर लगाकर गोमती मोटर्स के कार्यालय में ही

एक सिपाही को बैठाया गया कि अगर उसका फ़ोन आता है तो उससे सामान्य बात की जाए और फ़ोन आने का समय नोट कर लिया जाए, जिससे कि उसकी लोकेशन का पता लग सके। फ़ोन रिकॉर्ड करने के लिए वह सिपाही वहीं मौजूद था। बिहार में जहाँ-जहाँ उसकी लोकेशन मिलती थी, वहाँ-वहाँ टीमें भेजकर उसकी पुष्टि करने की कोशिश की गई लेकिन कुछ पता नहीं लग सका। सैकड़ों हाथ नाकाम हुए।

इसी बीच बिहार में छुटकुन शुक्ला की हत्या करनेवाले उसके गनर अजय सिंह की हत्या करने के लिए सूरजभान ने श्रीप्रकाश शुक्ला से सम्पर्क किया। 5 दिसम्बर, 1994 को मुजफ़्फ़रपुर में छुटकुन शुक्ला की हत्या उसके प्राइवेट गनर अजय सिंह ने की थी। छुटकुन शुक्ला की हत्या का विरोध आनन्द मोहन और उसकी पार्टी के लोग कर रह थे और उसके शव के साथ सड़क पर जाकर प्रदर्शन कर रहे थे। इसी बीच गोपालगंज के डीएम मुजफ़्फ़रपुर से पटना के रास्ते गोपालगंज जा रहे थे। रास्ते में प्रदर्शन कर रहे लोगों ने ज़िलाधिकारी श्री जी. कृष्णरैया को घेरकर उनकी हत्या कर दी।

छुटकुन शुक्ला और उसके भाई मुन्ना शुक्ला से सूरजभान के बहुत अच्छे सम्बन्ध थे। वे बार-बार अजय सिंह को मारने की बात करते थे। सूरजभान यह कहकर टाल देता था कि अभी तो अजय सिंह जेल में है, जैसे ही वह जेल से छूटकर बाहर आएगा, हम उसे मार लेंगे। श्रीप्रकाश, आनन्द पाण्डेय, सुधीर त्रिपाठी की भेंट सूरजभान ने पटना में छुटकुन शुक्ला और मुन्ना शुक्ला से करवाई थी।

श्रीप्रकाश से सूरजभान ने कहा, "छुटकुन शुक्ला मेरा बहुत गहरा मित्र था। मेरे तमाम ख़राब समय में उसी ने साथ दिया था। मैं चाहता हूँ कि उसको मारने वाले अजय सिंह को किसी भी तरह निबटा दो। तुम्हें जिस चीज़ की ज़रूरत पड़ेगी, भुटकुन या छुटकुन और मुन्ना, दोनों भाई तुम्हारी मदद करेंगे।"

श्रीप्रकाश ने तुरन्त हामी भर दी और वहाँ से ये सभी लोग लालगंज बिहार पहुँचे। भुटकुन और मुन्ना शुक्ला ने सारी बात बताई और फिर यह कहा, "वह पेशी में काफ़ी असलहों के साथ आता है। कचहरी में पुलिस भी होती है, काम थोड़ा मुश्किल है।"

श्रीप्रकाश ने फिर वही जवाब दिया, "भुटकुन भाई, जिसकी गोली पहले चलेगी, वही बादशाह है। तुम चिन्ता न करो, उसे पुलिस कस्टडी में ही मारेंगे।"

भुटकुल और मुन्ना शुक्ला ने अपने आदमी लगाकर अजय सिंह की पेशी की तारीख़ पता कर ली। तय समय पर श्रीप्रकाश और उसके साथ के सभी लोग रास्ते में टोह लगाते हुए गाड़ी में बैठे रहे और अजय सिंह की पुलिस कस्टडी में ही हत्या कर दी। मुन्ना शुक्ला और भुटकुल शुक्ला ने इस काम के लिए सूरजभान के घर जाकर उसका धन्यवाद किया।

सूरजभान ने श्रीप्रकाश से कहा, "अशोक सिंह, तुमने बहुत बड़ा काम किया है। हमारे भी कुछ दुश्मन हैं, उनको ठिकाने लगा दो, मैं तुम्हें और एके-47 दे दूँगा।"

सूरजभान ने पटना के कंकड़बाग के एक फ़्लैट में श्रीप्रकाश, आनन्द और सुधीर को रुकवाया और एक-एक करके अपने दुश्मनों की पहचान इनसे कराई। वहाँ पर श्रीप्रकाश ने एक-एक करके पाँच लोगों की हत्या की जिसमें मनोज सिंह, अजय सिंह और विजय सिंह की सामूहिक हत्या मोकामा में ही की गई। गोरखपुर के तीन और युवक श्रीप्रकाश के बुलाने पर सूरजभान के यहाँ मोकामा पहुँचे।

सूरजभान ने श्रीप्रकाश से कहा, "अभी दो लोग और बचे हैं लेकिन अब तुम्हारा पटना जाना ठीक नहीं है। पुलिस बहुत एक्टिव हो गई है और हालात संगीन हैं। ज़रा-सी भी चूक हुई, तो तुम पकड़े जाओगे और फिर पुलिस इतनी हत्याओं में तुमको और हम सबको बर्बाद कर देगी। ये तीन लड़के जो आए हैं, ये भी ठीक लग रहे हैं। पहले इनको ट्राई कर लेते हैं।"

एक दिन इन तीनों के साथ, जिनमें से एक को गांधी के नाम से बुलाया जाता था, सूरजभान ने अपने चाचा रामबालक सिंह के लड़के लल्लन सिंह के साथ भेजा और पटना में गांधी मैदान के पास अपने किसी दुश्मन की हत्या करवा दी। इन तीनों लड़कों ने नाइन एमएम और प्वॉइंट फ़ोर फ़ाइव पिस्टल से बीसियों गोलियाँ मारकर उसकी हत्या कर दी और बिना किसी परेशानी के वापस मोकामा आ गए। उस दिन सूरजभान बहुत प्रसन्न हुआ।

सूरजभान ने श्रीप्रकाश के सामने ही कहा, "ये लड़के बहुत हिम्मती हैं। इनसे भी बड़ा काम कराया जा सकता है। बस, इन्हें एक एके-47 दिला दूँगा तो ये भी काम कर लेंगे।"

श्रीप्रकाश ने उसी समय सूरजभान से कहा, "ये तीनों फट्टू हैं। इनका यक़ीन न करिएगा। ये सबको फँसवा देंगे।"

सूरजभान ने कहा, "इन लोगों ने आज वाला काम इतनी सफ़ाई से किया, तुमको क्या पता! वे सब गाड़ी में जा रहे थे, ओवरटेक करके घेरकर मारा। उनकी गाड़ी में दो असलहे भी थे, उनको मौक़ा तक नहीं मिला कि असलहे पर हाथ भी लगा पाते। दोनों असलहे भी छीन लाए।"

ये बातें करके सूरजभान उन सभी लोगों को एक ही घर में रुकवाकर अपने घर चला गया। सभी ने एक साथ खाना खाया। लेकिन इन तीन लड़कों ने यह कहा, "हम लोग कमरे में नहीं सोएँगे, छत पर सोएँगे।"

श्रीप्रकाश ने कहा, "छत पर सोना था तो दादा से पूछ लेना चाहिए था, यह मोकामा है।"

लेकिन वे तीनों नहीं माने और अपना बिस्तर लेकर छत पर चले गए। कमरे में श्रीप्रकाश, सुधीर और आनन्द बचे।

श्रीप्रकाश ने आनन्द से कहा, "अब सूरज दादा हम लोगों की कटिंग कर रहे हैं। इन सालों ने एक काम क्या कर दिया, दादा ने इस बहाने से इन लोगों से काम कराया कि हम लोग पटना में फँस जाएँगे। बात कुछ समझ में नहीं आ रही है। इन तीनों से अगर एक-दो काम और करा लिया तो हम लोगों का तो पत्ता ही कट जाएगा और दादा सारे असलहे भी रखवा लेंगे।"

"फिर हमें क्या करना चाहिए?" आनन्द बोला।

"ये साले सो गए होंगे छत पर, चलो, वहीं बात करते-करते एक साथ तीनों को निबटाएँगे।" श्रीप्रकाश बोला।

"अरे ऐसा न करना।" आनन्द ने कहा, "सूरज दादा यहाँ से निकलने नहीं देंगे और मोकामा में उनसे मुचहटा लेकर हम लोग बाहर नहीं जा सकते।"

"जो होगा, देखा जाएगा। चलो मेरे साथ।" श्रीप्रकाश उठ खड़ा हो गया।

तीनों अपने-अपने असलहे लेकर छत पर गए। छत पर गांधी और उसके साथ के दोनों लड़के सो गए थे। गंगा के किनारे काफ़ी ठंडी हवा बह रही थी। श्रीप्रकाश ने इशारा किया और फिर तीनों ने एक-एक के सिर पर पाँच-पाँच गोलियाँ मार दीं और थोड़ी देर तक वहीं बैठे रहे, यह देखने के लिए कि गोलियों की आवाज़ सुनकर कोई आता भी है या नहीं? पन्द्रह मिनट तक कहीं से कोई आवाज़ नहीं आई, तो आनन्द थोड़ा घबरा भी गया।

"हमें यहाँ से तुरन्त निकल लेना चाहिए।" आनन्द बोला।

"पाग़लपन की बात मत करो।" श्रीप्रकाश ने कहा, "मैं जानता हूँ कि मोकामा से बाहर नहीं निकल पाओगे। जो भी सन्तरी सूरजभान के आसपास छतों पर लगे होंगे, वे घंटे-दो घंटे में दादा को ख़बर कर देंगे और कोई-न-कोई यहाँ आ जाएगा। टाइम कम है। एक-एक आदमी को उसी के बिस्तर में लपेट दो और चलो, गंगा में फेंक आते हैं।"

सुधीर और आनन्द की हिम्मत नहीं पड़ी लेकिन उनके पास कोई चारा नहीं था। श्रीप्रकाश ने सुधीर और आनन्द की पिस्टल ले ली और अपनी कमर में लगा ली। तीनों को बिस्तर सहित अपने कन्धे पर लादकर नीचे उतर आए। पाँच-छह सौ क़दम पर ही गंगा जी बह रही थीं। जब वे गंगा किनारे पहुँचे तो वहाँ नाव लगी हुई थी लेकिन कोई मछुआरा नहीं था। उन तीनों को नाव के भीतर लादकर थोड़ी दूर तक ले गए और वहीं लाशें फेंक दीं और धीरे-धीरे नाव चप्पू के सहारे किनारे तक ले आए। कपड़ों में ख़ून लग गया था इसलिए अपने कपड़े भी उतारकर वहीं फेंक दिये। सुधीर और आनन्द के कपड़े भी वहीं फिंकवा दिये और तीनों जींस और पैंट पहनकर वापस घर पहुँच गए।

सुबह के चार बज गए थे, नीचे ही सूरजभान का एक आदमी मिल गया। उसने पूछा, "यहाँ गोली कहाँ चली है, दादा ने पूछा है।"

"नींद नहीं आ रही थी, हम लोग गंगा के किनारे तक गए थे। वहीं पर हम लोगों ने फ़ायर किया था।" श्रीप्रकाश ने कहा।

इतना सुनकर वह आदमी लौट गया और ये तीनों अपने कमरे में जाकर सो गए।

शाम को सूरजभान ने सबको मोकामा के दूसरे घर पर बुलाया और श्रीप्रकाश से कहा, "अशोक सिंह, तुमने यह ठीक नहीं किया है।"

श्रीप्रकाश ने कहा, "क्या दादा, कौन-सा काम ठीक नहीं हुआ है?"

"जो उन तीनों को रात में मारकर गंगा में फेंक आए।" सूरजभान ने कहा, "तुमको क्या लगा था कि मुझे कुछ नहीं पता लगेगा? मुझे सब पता लग गया था। सवेरे-सवेरे छत पर ख़ून के धब्बे मैंने साफ़ कराए थे और जिस नाव पर तुम उनकी लाश को बहाने ले गए थे, उसे भी सवेरे-सवेरे सूरज निकलने से पहले नदी के बीच में जाकर डुबवा दिया था। नाव वाले मल्लाह भी मेरे ही आदमी थे। तुम्हें इस तरह का काम नहीं करना चाहिए था। अभी तुम बहुत नये हो, यक़ीन करना सीखो।"

श्रीप्रकाश ने कोई जवाब नहीं दिया।

सूरजभान ने फिर पूछा, "आख़िर बात क्या हुई थी?"

"दादा, आपने हमारा काम देखा है। कल इन लोगों ने एक छोटा-सा काम क्या कर लिया, कल रात से ही अकड़कर बात कर रहे थे। आप जानते हैं कि अकड़ मुझे बर्दाश्त नहीं है। इसलिए तीनों को मार दिया।" श्रीप्रकाश ने साफ़-साफ़ बता दिया।

"अब जो कर दिया, कर दिया लेकिन यह बात बाहर नहीं जानी चाहिए। तुमको पता नहीं, वह मेरी बहन का घर था, जहाँ मैंने तुम्हें ठहरवाया था। मरने वाले लौंडों के घरवालों को अगर पता लगेगा तो बिना बात मेरी बहन को भी घसीटा जाएगा। यह अच्छी बात नहीं होगी, इसलिए सारी बात यहीं पर भूल जाओ।" सूरजभान ने कहा।

सूरजभान की नाराज़गी भरी बात सुनकर श्रीप्रकाश, आनन्द और सुधीर ने रात में ही यह निश्चय कर लिया कि अब वे लोग कल ही यहाँ से निकल चलेंगे। सवेरे श्रीप्रकाश अकेले सूरजभान से मिलने गया और सूरजभान से कहा, "दादा, कल मुझसे गुस्से में ग़लती हो गई। अब कभी भी बिना आपसे पूछे कोई काम नहीं करूँगा। हम लोग आज गोरखपुर जा रहे हैं। वहाँ मेरी रिश्तेदारी में एक शादी है।"

"ठीक है, लेकिन अब ज़्यादा भीड़-भाड़ में जाना बन्द करो। वहाँ उत्तर प्रदेश में भी बहुत दबाव बन गया है और यहाँ बिहार में भी।" सूरजभान ने कहा।

"आप कहिए तो कुछ दिन के लिए नेपाल निकल जाऊँ? पप्पूदेव ने विराटनगर में अच्छा हिसाब-किताब बना रखा है। अभी ये साले वहाँ तक नहीं पहुँच पाएँगे।" श्रीप्रकाश बोला।

"ठीक है, कुछ दिन विराटनगर में ही जाकर आराम कर लो। रेलवे का काम अब ठीक हो गया है। बिहार के सारे ठेके अपने पास आ गए हैं। उत्तर प्रदेश में भी सारे ठेकों की कटिंग मिलने लगी है। अभी कुछ दिन शान्त रहना ही ठीक है।

लखनऊ में दारोग़ा को गोली नहीं मारनी थी। इतना हमेशा ध्यान रखो कि पुलिसवाले के मरने के बाद सारे पुलिसवाले एक हो जाते हैं और उनमें बदले की भावना किसी भी गैंग से ज़्यादा होती है। इसलिए अभी कुछ दिन शान्तिपूर्वक कहीं काट लो।" सूरजभान ने समझाया।

"ठीक है दादा।" श्रीप्रकाश बोला।

"हम पेपर में पढ़ रहे थे कि लखनऊ में पुलिस ने तुम्हारे मोबाइल फ़ोन से नम्बर निकालकर बहुत सारी जानकारी तुम्हारे बारे में इकट्ठा कर ली है। यहाँ मोकामा में हमारे नम्बर पर भी उल्टे-सीधे फ़ोन आते हैं। मैं जानता हूँ कि ये साले पुलिसवाले ही हैं। ये सब पुलिस के कुत्ते हैं, सूँघ रहे होंगे। मैं भी कुछ दिन के लिए इधर-उधर हो जाता हूँ और तुम भी कुछ दिन आराम करो। मोबाइल पर बहुत ज़्यादा बातचीत करने की ज़रूरत नहीं है।" सूरजभान ने सावधान किया।

"ठीक है।" श्रीप्रकाश ने कहा।

इधर लखनऊ में एक दिन किसी व्यक्ति ने कंट्रोल रूम पर सूचना दी कि 'आप लोग जिसको ढूँढ़ रहे हैं, वह मोकामा में सूरजभान के घर पर मौजूद है। अगर अभी वहाँ पर दबिश दी जाए तो वह वहीं पर मारा जाएगा।' यह सूचना एसएसपी लखनऊ सुबेश कुमार सिंह को तुरन्त दी गई। यह अपराध के राजनीतीकरण और राजनीति के अपराधीकरण का अजीब दौर था। अख़बार अपहरणों, हत्याओं और फिरौतियों की ख़बरों से भरे रहते थे। सुबेश कुमार सिंह ने उस नम्बर पर फ़ोन करके उससे लम्बी बातचीत की।

"मैं आपको मोकामा का नम्बर दे रहा हूँ। इस पर आप अशोक सिंह को बुलवा लेंगे तो वह फ़ोन पर आ जाएगा। जब वह फ़ोन पर आ जाए तब आप मेरी बात सही मानिएगा।" ख़बरी ने बताया।

"हम लोगों में से कोई उसे बुलवाएगा तो वह फ़ोन पर क्यों आएगा? कोई ऐसा नाम बताओ जिसका नाम लेने पर वह तुरन्त फ़ोन पर आ जाए।" सुबेश कुमार सिंह बोले।

"आप उसको बताइए कि ब्लॉक प्रमुख जेपी सिंह बोल रहा हूँ।" ख़बरी ने बताया, "जेपी सिंह गोरखपुर के रहनेवाले हैं और ब्लॉक प्रमुख हैं। वीरेन्द्र शाही वाले मामले में उनको बन्द किया गया था। उनका नाम सुनते ही वह तुरन्त लाइन पर आ जाएगा।"

शाम को जब सबकी मीटिंग हुई तो एसएसपी बोले, "एक सूचना सत्यापित करनी है कि श्रीप्रकाश पूरे गैंग के साथ मोकामा में है या नहीं, हालाँकि तुम लोगों के स्रोत उसे नेपाल में बता रहे हैं।"

"सर, जनपथ वाले कांड के बाद वह एक जगह कभी नहीं रुका है। हम लोग तो सभी सूचनाएँ सही मानकर सत्यापित कर रहे हैं। मोकामा में अगर लोकेशन मिलती है तो हम लोग वहाँ भी जाएँगे।" सत्येन्द्र वीर सिंह बोले।

"बताने वाले ने एक नम्बर भी दिया है और यह कहा है कि उस पर फ़ोन करने पर जो भी उठाएगा, उससे बोलो कि अशोक सिंह को बुला दो तो वह लाइन पर आ जाएगा। लेकिन फ़ोन उठाने वाले को अपना परिचय देना होगा। यह कार्य बहुत सतर्कता से करना होगा। क्योंकि वह अगर फ़ोन पर नहीं आया तो यह सुनिश्चित नहीं हो पाएगा कि वह मोकामा में है कि नहीं। उस आदमी ने यह भी बताया है कि गोरखपुर के ब्लॉक प्रमुख जेपी सिंह का नाम बताने पर वह ज़रूर आ जाएगा, लेकिन समस्या यह है कि हमारी टीम में अभी कोई गोरखपुर का व्यक्ति नहीं है, जो अच्छे से भोजपुरी में बात करके यह विश्वास दिला सके कि वह जेपी सिंह ही बोल रहा है। हो सकता है, टेलीफ़ोन उठाने वाला श्रीप्रकाश का ही कोई आदमी हो?" एसएसपी ने हिदायत दी।

"हम सब लोग तो पश्चिमी उत्तर प्रदेश के हैं। हम उस भाषा में नहीं बोल सकते। राजेश पाण्डेय इलाहाबाद के रहनेवाले हैं। वह थोड़ा-थोड़ा भोजपुरी बोल लेते हैं।" सत्येन्द्र वीर सिंह ने कहा।

सुबेश कुमार सिंह चौंके और उन्होंने भोजपुरी में राजेश पाण्डेय से पूछा, "अच्छा, पाण्डेय बाबा, सीख लिहला?"

"जी सर, आ गईल बा तनी-तनी।" राजेश पाण्डेय बोले, "सर, फ़ोन पर बातचीत करने पर श्रीप्रकाश के लहज़े के बारे में सभी ने यह बताया कि वह भोजपुरी में बोलता है लेकिन कभी-कभी तो ठेठ लहज़े में गाली भी देता है। लैंडलाइन टेलीफ़ोन की टेपिंग में जो कैसेट आए हैं, उनको सुनकर लगा कि इसे भी सीखा जा सकता है। मुझे किसी ने बताया था कि कोई भाषा सीखने के लिए उस भाषा का संगीत या गाना सुनने से वह भाषा अपने-आप ही आ जाती है। इस बीच, हम लोग बनारस जितनी बार भी गए, सुल्तानपुर के आगे एक ढाबे पर हमेशा चाय के लिए रुकते थे। वहाँ एक पान की गुमटी वाला मनोज तिवारी के कैसेट रखता है और गाने बजाता रहता है। हर बार चाय पीने के बाद मैं उससे मनोज तिवारी के नये कैसेट माँग लेता हूँ और आते-जाते गाड़ी में लगाकर उसको सुनता रहता हूँ। कभी-कभी घर में भी उसे लगाकर सुनता रहता हूँ। इसलिए अब शब्द समझ में आ गए हैं। मेरे पास अब तक तीस-चालीस कैसेट्स हो चुके हैं।"

सत्येन्द्र वीर सिंह बोले, "अब मैं समझा कि गाड़ी में कौन-सा गाना लगाकर तुम सुनते हो।" "यह बहुत अच्छी बात है, इस फ़ोन नम्बर पर तुम्हीं बात करो, लेकिन पीसीओ से बात करना। हो सकता है, यह फ़ोन किसी पीसीओ का हो और उसमें कालर आईडी लगी हो!" सुबेश कुमार सिंह बोले।

वहाँ से सब लोग निकले पड़े। कैसरबाग़ कोतवाली के सामने एक लाइन से चार-पाँच पीसीओ की दुकानें थीं, उसी में एक पीसीओ पर चले गए।

राजेश पाण्डेय ने फ़ोन मिलाया और तुरन्त उधर से फ़ोन उठ गया। फ़ोन उठाने वाले ने नाम-पता पूछना शुरू किया। थोड़ी देर बाद जब वह सन्तुष्ट हो गया तो उसने पूछा, "किससे बात करनी है?"

"अशोक सिंह से।" राजेश पाण्डेय बोले।

"आधे घंटे बाद फ़ोन करो।" उधर से कहा गया।

सभी लोग उस पीसीओ से निकलकर सामने सत्येन्द्र वीर सिंह के कार्यालय में जाकर बैठ गए। सुबेश कुमार सिंह को बता दिया गया कि लोकेशन मोकामा में ही है। आधे घंटे बाद वह लाइन पर आएगा। सब लोग अधीर मन से उस आधे घंटे का इन्तज़ार कर रहे थे। आधा घंटा बीतने पर सभी लोग फिर पीसीओ पहुँचे।

राजेश पाण्डेय ने फिर वही नम्बर मिलाया। उधर से अशोक सिंह ने फ़ोन उठाया और कहा, "कल तो तुम्हारी ज़मानत नहीं हुई थी, आज तुम कहाँ से फ़ोन कर रहे हो? कल ही मैंने मुक्तिनाथ मिश्रा वकील साहब से बात की थी तो उन्होंने बताया था कि अभी ज़मानत नहीं हुई है!"

राजेश पाण्डेय थोड़ा सकपकाकर बोले, "भैया, पेशी पर आया था। सोचा, आपसे बात कर लूँ, बहुत परेशानी में हूँ।"

लेकिन श्रीप्रकाश को शक हो गया, उसने तुरन्त फ़ोन काट दिया।

सभी लोग सीधे वहाँ एसएसपी के पास पहुँचे और उनको बताया, "सर, कुछ करिए, उसकी लोकेशन मोकामा में ही है। लेकिन जिस तरह से बात हुई है, उससे लगता है कि उसे कोई शक हो गया है, इसलिए जल्दी करना होगा।"

सुबेश कुमार सिंह ने तुरन्त डीजी और प्रमुख सचिव, गृह से बात की और उनको बताया कि अभी तुरन्त की लोकेशन उसकी पटना, मोकामा में है। अगर कोई स्टेट प्लेन मिल जाए तो पूरी टीम पटना पहुँच जाएगी और हो सकता है, टीम को बड़ी क़ामयाबी मिल जाए।

करीब आधे घंटे बाद सुबेश कुमार ने बताया, "अभी आप लोग एक घंटे में अमौसी एअरपोर्ट पहुँच जाइए। स्टेट प्लेन आपको पटना एअरपोर्ट पर उतार देगा। मैंने एसएसपी पटना से बात कर ली है। मोकामा एसपी देहात के क्षेत्र में आता है। वहाँ मुरारी लाल मीणा एसपी देहात हैं, उनसे बात कर लेना। वे रेड अरेंज करा देंगे। बिना स्थानीय पुलिस के मोकामा के भीतर मत चले जाना।"

"सर, कितने आदमी जा सकते हैं?" सत्येन्द्र वीर सिंह ने पूछा।

"पाँच आदमी जा सकते हैं। मैंने सारी बात कर ली है। आप सभी लोग एके-47 और नाइन एमएम पिस्टल लेकर जाइएगा। एअरपोर्ट में चेक करके एक बॉक्स में

रखकर अपने केबिन में पायलट रख लेगा और पटना में आपको दे देगा। जाइए, तुरन्त तैयार होकर निकल जाइए।" एसएसपी बोले।

सभी लोगों ने अपने बैग और हथियार मँगा लिये और सीधे एअरपोर्ट पहुँच गए। एअरपोर्ट पर सभी को सूचना दी गई और हथियारों की चेकिंग के बाद साढ़े पाँच बजे उत्तर प्रदेश सरकार का छोटा विमान, सत्येन्द्र वीर सिंह, राजेश पाण्डेय, तेवतिया और अविनाश मिश्रा को लेकर पटना एअरपोर्ट उतर गया। वहाँ पर कुछ स्थानीय पुलिस अधिकारी जो पुलिस की ख़स्ताहाल गाड़ियों के साथ आए थे और साथ में एक एएसपी थे, वे सभी को लेकर श्री मुरारी लाल मीणा से मिलवाने ले गए। श्री मीणा ने पूरी बात सुनी और कहा, "रात में वहाँ रेड करना बिलकुल उचित नहीं है। मेरे विचार से आप लोग सवेरे-सवेरे रेड करें। आप लोग पुलिस ऑफ़िसर्स मेस में रुक जाएँ, सवेरे आपको फ़ोर्स के साथ रवाना करवा दिया जाएगा।"

"सर, अगर इसी समय हो जाता तो ठीक था।" सत्येन्द्र वीर सिंह बोल पड़े।

मुरारी लाल मीणा बोले, "मोकामा में आपस में बहुत जबरदस्त गैंगवार चल रही है। शाम होते ही वहाँ सन्नाटा छा जाता है। मैं नहीं चाहता कि आप लोग जाएँ और उन तंग गलियों में किसी दूसरे गैंग का आदमी समझकर कोई आप लोगों पर फ़ायर कर दे। दिन में कम-से-कम यह पता तो रहेगा कि पुलिस की गाड़ियाँ हैं।"

जैसा तय था, सवेरे-सवेरे पाँच-छह गाड़ियों में एएसपी, एक डीएसपी और बाक़ी फ़ोर्स के साथ एक गाड़ी में लखनऊ पुलिस के सभी अधिकारी अपने-अपने असलहों के साथ बैठे थे। एएसपी ने वहाँ का एक लोकल मुख़बिर भी बैठा रखा था। पाँच-छह गाड़ियों का पूरा काफ़िला मोकामा कस्बे के भीतर गया। उत्तर प्रदेश पुलिस के सभी लोगों को यह देखकर आश्चर्य हुआ कि मोकामा के हर चौथे- पाँचवें मकान की छत पर कोई-न-कोई व्यक्ति बैठा या खड़ा हुआ है, जो गाड़ियों के इस काफ़िले को देख रहा है। कुछ लोग तो गाड़ियाँ देखने के तुरन्त बाद छत से ग़ायब भी हो गए।

जिस गाड़ी में यूपी पुलिस के लोग बैठे थे, उसके ड्राइवर से पूछा गया, "इतनी सुबह हर घर की छत पर एक-एक आदमी कर क्या रहे हैं?"

उसने बताया, "यहाँ हर घर के ऊपर सन्तरी बैठाया जाता है ताकि दूसरे गैंग के ऊपर, आने-जाने वाले लोगों पर नज़र रखी जाए।"

मुख़बिर ने एक गली की शुरुआत से पहले ही गाड़ियों को रोकने का इशारा किया। एएसपी साहब अपने दो-तीन सिपाहियों के साथ एक पतली गली में मुड़ गए और बोले, "मैं गंगा की तरफ़ पहुँच रहा हूँ। मुझे लगता है कि इन लोगों को आहट मिल गई है, क्योंकि सूरजभान के मकान पर जो सन्तरी था, वह भी हट गया।"

उनके साथ आए पटना पुलिस के डीएसपी को भी सामने के किसी रास्ते पर जाने के लिए कहा गया और यूपी पुलिस के सब लोगों को इशारे से मकान की पहचान बता दी कि यह मकान सूरजभान का है।

मकान के सामने एक सफ़ेद रंग की एम्बेसडर ईसूज़ू कार खड़ी थी। मकान का दरवाज़ा खुला हुआ था। सावधानीपूर्वक मकान के भीतर घुसते ही तीन बैग पड़े हुए थे। एक शेविंग किट बाहर पड़ी हुई थी, जिसके शेविंग ब्रश में ताज़ा साबुन लगा हुआ था। झट से समझ में आ गया कि गैंग पूरा यहीं था लेकिन देखते ही निकल गया। बैग की तलाशी ली गई। उसमें आर.के. सिंह की हत्या के बाद, आर.के. सिंह से लूटी हुई नाइन एमएम पिस्टल और कारतूस रखे हुए थे। एक बैग में एम्बेसडर की चाबी भी मिल गई। तीन लोगों के जूते-चप्पल भी वहीं छूटे हुए थे और स्पोर्ट्स बैग भी खुला हुआ रखा था। ऐसा लग रहा था कि जल्दबाजी में ये लोग नंगे पैर हथियार लेकर भागे हैं।

सीढ़ियों से ऊपर जाने पर एक महिला वहाँ पर मिली, जो ज़ोर-ज़ोर से चिल्लाने लगी। उसे चुप रहने का इशारा किया गया लेकिन वह चुप नहीं हुई। उसके साथ सख़्ती करनी पड़ी कि कौन-कौन लोग थे।

उसने रोते हुए बताया, "अशोक सिंह को पहचानती हूँ और उसके साथ जो दो लोग थे, उनको भी पहचानती हूँ लेकिन उनका नाम नहीं जानती। उन्हीं लोगों के लिए नाश्ता तैयार करने को दादा ने कहा था तो मैं सुबह आई थी। ऊपर से सन्तरी भागकर आया था। वे तीनों लोग उसके साथ पैदल ही भाग गए।"

उसने यह भी बताया, "यह कार भी अशोक सिंह ही लेकर आया था।"

उसकी बात सुनकर सभी लोग बहुत गुस्से में आ गए। घर में रखे फ्रिज, टीवी—सब तोड़ दिये। महिला और बदतमीज़ी करने लगी तो इसी बीच खींचतान में किसी की एके-47 भी चल गई। ग़नीमत थी कि किसी को कोई गोली नहीं लगी।

घर से बाहर निकलकर एम्बेसडर की तलाशी ली गई। उसको स्टार्ट करके देखा गया। बिलकुल सही हालत में थी। पटना पुलिस के लोगों को उसमें बैठा दिया गया और वे पीछे-पीछे गाड़ी लेकर आए।

मोकामा की गलियों में मुख़बिर ने जिस-जिस मकान के बारे में बताया, वहाँ पर भी तलाशी ली गई लेकिन कोई नहीं मिला।

थोड़ी देर बाद ही बाईस-चौबीस साल की उम्र का एक लड़का वहाँ से साइकिल से जा रहा था। साइकिल से उतरकर उसने बताया, "तीन लोग थे, एक के पास एके-47 थी। ये लोग भागकर नाव पर चढ़ गए थे। मैं उस पार से दूसरी नाव से साइकिल लेकर आ रहा था। वहीं निकलने वाले रास्ते में एक पुलिस अधिकारी और कुछ पुलिसवाले भी खड़े थे। ये तीनों लड़के उन्हीं के सामने से एके-47 लेकर गए थे। जो लड़का एके-47 लिये हुआ था, उसने पुलिसवाले की तरफ़ एके-47 की नाल कर दी तो अधिकारी के साथ जो पुलिसवाले थे, वे भाग गए। अधिकारी के पास जो पिस्टल थी, वह भी गिर गई। वे तीनों बड़ी ज़ोर से हँसे भी और वहाँ से नाव पर चले गए।"

जिस रास्ते से जाना बताया गया था, उसी रास्ते से वे लोग जा रहे थे कि आगे अपने तीन सिपाहियों के साथ एएसपी आते मिले। उनसे पूछा गया, "आपके सामने से ही तो वे तीनों निकले, आपने उन्हें रोकने की कोशिश क्यों नहीं की? और जब वे भाग ही रहे थे तो पीछे से राइफ़ल से फ़ायर ही कर लेते!"

सत्येन्द्र वीर सिंह बोले, "एएसपी साहब, आपके कमर में तो ग्लाक की पिस्टल लगी है। इसमें पन्द्रह-सोलह गोलियाँ आती हैं, हवा में भी फ़ायर किया होता तो हम लोग आपकी तरफ़ भागते। आपको पता है कि उत्तर प्रदेश पुलिस में अभी ग्लाक पिस्टल आई ही नहीं है। हमारे साथ जितने लोग हैं, इन्होंने कभी देखी भी नहीं होगी।"

एसएसपी बोले, "सर, यह आइडिया नहीं था कि इन बदमाशों के पास एके-47 है।"

फिर पूरी फ़ोर्स उस एम्बेसडर कार को लेकर सीधे पटना पहुँच गई। एसपी ग्रामीण मीणा जी को सारी बात बताई गई। उनसे अनुरोध किया गया, "इस गाड़ी को किसी तरह लखनऊ पहुँचा दें।"

"ठीक है, पहुँच जाएगी।" एसपी मीणा ने आश्वस्त किया।

उसके बाद सभी लोग रेलवे स्टेशन पर पहुँचे और अलग-अलग गाड़ियों से वापस लखनऊ आ गए।

लखनऊ पहुँचकर एम्बेसडर गाड़ी में जो कुछ भी काग़ज़ मिले थे, उनमें सभी गाड़ियों के काग़ज़ थे। इसके अलावा ड्राइविंग लाइसेंस था जो धीरेन्द्र कुमार सिंह के नाम था। यह व्यक्ति सुल्तानपुर का रहनेवाला था। ड्राइविंग लाइसेंस के लिखित पते पर सुल्तानपुर की ही पुलिस से शुरुआती जाँच कराई गई तो पता सही निकला और वहाँ आसपास के लोगों ने यह भी बताया कि काफ़ी दिन से घर से बाहर है और गोरखपुर के बड़े बदमाशों के साथ रहने लगा है। पहले यह अयोध्या के विधायक पवन पाण्डेय के साथ रहता था।

इतनी जानकारी होने के बाद सभी लोग यह कयास लगाने लगे कि यह ज़रूर उस दिन सूरजभान के घर पर ही था और पुलिस के पहुँचने से पहले ही भाग गया था। यह भी जानकारी हो गई थी कि यह गाड़ी चलाने में बहुत माहिर है और फ़ैज़ाबाद में पंजाब गन हाउस के मालिक परमजीत उर्फ बल्ली, जिसकी दुकान रक़ाबगंज फ़ैज़ाबाद में है, वह श्रीप्रकाश के लिए कारतूस भी लेकर आता था।

इस सूचना पर फ़ैज़ाबाद में परमजीत सिंह बल्ली को पकड़ लिया गया। उसने यह बताया, "एक घंटे पहले रक़ाबगंज में वह अपने एक दोस्त के यहाँ था, जहाँ मैंने उसे देखा था।"

आधे घंटे में ही शराब पिये हुए धीरेन्द्र सिंह रक़ाबगंज में अपने मित्र के यहाँ मिल गया। उसको पकड़कर पुलिस लखनऊ ले आई।

धीरेन्द्र सिंह ने श्रीप्रकाश शुक्ला के गोमतीनगर वाले मकान के बारे में बताया और कहा, "मैं उस मकान में भी रहा हूँ। जब मकान मालिक ज़्यादा तंग करता था तो कानपुर से मंजू को श्रीप्रकाश बुलवा लेता था और हफ़्ते-दो हफ़्ते रहकर वह फिर वापस चली जाती थी।"

पुलिस धीरेन्द्र को लेकर उस मकान पर गई। मकान का ताला तोड़ा गया। उसमें श्रीप्रकाश का सारा सामान बरामद हुआ। मकान के भीतर ही लाल बत्ती लगी हुई जिप्सी गाड़ी भी बरामद हुई, जिस पर फ़र्ज़ी नम्बर प्लेट लगी हुई थी। मकान की हालत को देखकर लग रहा था कि कम-से-कम एक महीने से यहाँ कोई नहीं रह रहा है।

धीरेन्द्र ने पुलिस को श्रीप्रकाश के एक हफ़्ते पहले तक की सारी गतिविधियाँ बताईं कि वह कहाँ-कहाँ गया था और कौन-कौन-से अपराध किये। पर मोकामा से भागने के बाद वह कहाँ पर है, इसके बारे में वह कुछ नहीं बता पाया।

सबके लिए यह सन्तोष की बात थी कि पहली बार पुलिस को श्रीप्रकाश शुक्ला और उसके गैंग के बारे में सही-सही जानकारियाँ प्राप्त हुईं। सबको यह लग रहा था कि अब यह काम आसान हो जाएगा।

इधर पुलिस की दबिश और श्रीप्रकाश की एम्बेसडर गाड़ी और आर.के. सिंह की पिस्टल ले जाने के बाद श्रीप्रकाश, सुधीर, आनन्द, अनुज सिंह, सत्यव्रत राय और राजन तिवारी वहाँ से विराटनगर के लिए निकल गए।

"यहाँ कुछ दिन रहेंगे। यहाँ मोबाइल काम नहीं करता। नेपाल में अभी मोबाइल फ़ोन आए नहीं हैं। केवल पीसीओ ही हैं। जिसको भी बात करनी हो, तो या तो काठमांडू जाकर बात कर ले या फिर बॉर्डर पार करके बिहार से बात करे। विराटनगर के आसपास के पीसीओ से कोई बात न करे। पुलिस के कुत्ते ज़रूरत से कुछ ज़्यादा ही सूँघ रहे हैं।" श्रीप्रकाश ने अपने साथियों को सचेत किया।

विराटनगर पहुँचकर पप्पूदेव से सम्पर्क किया गया और एक होटल में चार कमरे बुक कराकर वे वहीं रहने लगे।

पप्पूदेव ने बताया, "यहाँ आराम से असलहों के साथ रह सकते हो। यह एक पुलिसवाले का होटल है। यहाँ नेपाल पुलिस नहीं आती है।"

श्रीप्रकाश और उसके साथियों को मुक़म्मल इतमीनान हो गया। दिन भर गाड़ियों से ये लोग घूमते थे और अक्सर काठमांडू चले जाया करते थे। श्रीप्रकाश हमेशा काठमांडू जाने की ज़िद करता था।

एक बार श्रीप्रकाश ने, एक लड़की के चक्कर में, पप्पूदेव, राजन तिवारी और सुधीर त्रिपाठी को बार में शराब पिलाई, पर ख़ुद शराब नहीं पी। बार से निकलने के बाद श्रीप्रकाश ने यह महसूस किया कि तीनों को शराब बहुत चढ़ गई है और

ये तीनों नशे की हालत में विराटनगर जाने की ज़िद कर रहे थे और सारे असलहे गाड़ी में रखे हुए थे।

श्रीप्रकाश ने कहा, "नशे की हालत में कोई भी गाड़ी से नहीं जाएगा। यहीं होटल तलाश करते हैं, रात में यहीं रुकेंगे। सवेरे यहाँ से निकलेंगे।"

राजन तिवारी ज़िद करने लगा, तो श्रीप्रकाश ने उसे धमका दिया और सबको होटल में रुकने के लिए कह दिया। राजन तिवारी और पप्पूदेव शराब के नशे में थे, बावजूद इसके उन्हें श्रीप्रकाश की बात बहुत बुरी लगी।

रात में खाना खाते समय कमरे में ही श्रीप्रकाश ने कहा, "देखो, हमारी लड़ाई वर्चस्व यानी हेजीमोनी की लड़ाई है। अभी सारे दुश्मन ख़त्म नहीं हुए हैं। वीरेन्द्र शाही का पूरा कुनबा भी हम लोगों को ढूँढ़ रहा है और सबकी नज़र हमारी कमियों और ग़लतियों पर है। जैसे ही हल्ला होगा कि फलाँ-फलाँ लोग शराब के शौक़ीन हैं, वैसे ही सब लोग मारे जाएँगे। कोई-न-कोई शराब के बहाने किसी पार्टी में बुलाकर ऐश कराएगा और फिर मुख़बिरों की चाँदी हो जाएगी। जब तक हम सारे दुश्मनों को ख़त्म न कर लें, हमें अपनी कमी ज़ाहिर नहीं करनी है।"

अगले दिन फिर सभी सवेरे उठकर श्रीप्रकाश को उसके कमरे में ढूँढ़ने लगे। श्रीप्रकाश वहाँ दिखाई नहीं दिया।

राजन तिवारी ने कहा, "रात बहुत भाषण दे रहे थे, कोई लौंडिया दिख गई होगी! कहीं उसी के साथ पड़े होंगे। अब इनको कौन समझाए, वर्चस्व की लड़ाई में लौंडियों का शौक़ मुख़बिरों को सबसे ज़्यादा मौक़ा देता है।"

बात चल ही रही थी कि श्रीप्रकाश कमरे में आ गया। कमरे में घुसते ही वह मुस्कराने लगा।

राजन तिवारी ने बात छेड़ दी, "मैं समझ रहा हूँ कि तुम कहाँ गए होगे। तुम्हारी यही हरकत एक दिन सबको मरवा देगी।"

श्रीप्रकाश कुछ नहीं बोला और सभी गाड़ी में बैठकर विराटनगर के लिए रवाना हो गए।

विराटनगर में रुके हुए काफ़ी दिन हो गए थे और वे दोनों हाथ से खुलकर खर्च कर रहे थे। श्रीप्रकाश ने कहा, "फिर कोई मोटा काम पकड़ना पड़ेगा, अब पैसे ख़त्म हो गए हैं।"

"लखनऊ से मँगवा लो भाई, अभी मोटा काम पकड़ने की क्या ज़रूरत है।" आनन्द पाण्डेय ने कहा।

"तुम हमेशा ऐसे ही महाबेवकूफ़ी की बात करते हो। पैसे की बात जिससे भी की जाएगी, पता नहीं, वह पुलिस के सम्पर्क में है या नहीं। मैंने पहले ही बताया कि पुलिस के कुत्ते बहुत तेज़ी से सूँघ रहे हैं। ये पता कर लेंगे कि हम लोग कहाँ हैं।" श्रीप्रकाश ने कहा।

एक दिन आनन्द पाण्डेय ने श्रीप्रकाश से कहा, "मैं भी ज़रा पीसीओ पर जा रहा हूँ। घरवालों का हाल-चाल ले आऊँ, बहुत दिन हो गए हैं। घरवाले अब परेशान हो रहे होंगे। भाई, किधर वाले पीसीओ सेफ़ हैं?"

"फलमंडी के आगे चले जाना और पीछे वाली सड़क पर जो फलमंडी का दूसरा रास्ता खुलता है, उसके भीतर तीन-चार पीसीओ हैं। वहाँ पर जल्दी कोई पहुँच नहीं पाएगा। तुम आराम से बात कर सकते हो।" श्रीप्रकाश ने बताया।

आनन्द पाण्डेय होटल से निकल गया। उसने गाड़ी नहीं ली और एक टैक्सी से फलमंडी पहुँचा। टैक्सी वाले से वह पीछे का रास्ता पूछता रहा और टैक्सी वाला समझ नहीं पाया। काफ़ी जगह घूमने और भटकने के बाद भी वह जगह को सटीक तरीके से ढूँढ़ नहीं पाया, जहाँ पर तीन-चार पीसीओ एक साथ हों। मंडी में काफ़ी भीड़-भाड़ थी। टैक्सी के आने-जाने में भी दिक़्क़त हो रही थी।
आनन्द ने टैक्सी वहीं छोड़ दी और पैदल ही ख़ुद उस जगह को ढूँढ़ने लगा। तकरीबन आधे घंटे तक ढूँढ़ने के बाद जब उसे वह जगह नहीं मिली तो वहीं फलमंडी वाले रोड पर थोड़ा-सा हटकर एक पीसीओ दिखाई पड़ा। उसने आसपास देखा, पीसीओ के बग़ल की फल की दुकान से एक किलो सेब ख़रीदा और दुकानदार से पूछा, "यहाँ तीन-चार पीसीओ एक साथ कहीं पर हैं?"

दुकानदार ने कहा, "यह बग़ल वाला पीसीओ है, यहीं बात कर लीजिए। तीन-चार पीसीओ का क्या करेंगे?"

आनन्द पाण्डेय ने भी सोचा कि बात यह सही कह रहा है, आसपास मंडी है, कोई ख़तरा नहीं है, यहीं से बात कर लेते हैं। पीसीओ के भीतर एक नेपाली लड़का बैठा हुआ था।

"मुझे इंडिया बात करनी है।" आनन्द ने उससे कहा।

वह नेपाली लड़का हिन्दी कुछ कम समझ पा रहा था। उसने काग़ज़ का एक टुकड़ा आनन्द पाण्डेय की तरफ़ बढ़ाया और इशारा किया कि इसी पर नम्बर लिख दो। वह यहाँ से नम्बर मिलाएगा, केबिन में उठा लेना।

आनन्द ने तुरन्त उस काग़ज़ के टुकड़े पर नम्बर लिखा, लड़के ने बग़ल में रखा हुआ रजिस्टर उठाया और उस पर कुछ देखने लगा। फिर रजिस्टर की तरफ़ इशारा करके यह दिखाया कि इस नम्बर पर कल भी बात की गई है।

आनन्द पाण्डेय गोरखपुर के अपने घर का फ़ोन नम्बर देखकर एकदम चौंक गया। वह तुरन्त पीसीओ से बाहर निकला, आसपास झाँका, फिर पीसीओ वाले उस नेपाली लड़के से पूछा, "यह नम्बर कल किसने मिलाया था?"

उस लड़के ने उस नम्बर के आगे जो बिल का पैसा लिखा था, वह लगभग पाँच सौ रुपये का था। इसका मतलब, आधे घंटे से ज़्यादा बात हुई थी?

"इस नम्बर पर जिसने बात की, उसका हुलिया तुम्हें कुछ याद है?" आनन्द ने पूछा।

नेपाली लड़का जो हुलिया बता रहा था, उससे लगा कि कोई लड़का ही बात करने आता है और वह हमेशा बारह से एक के बीच में ही बात करता है। आनन्द संशय में था कि पता नहीं, कौन कई दिनों से उसके घर पर बात कर रहा है? हो सकता है, पुलिस ने कोई जाल बिछाया हो! आनन्द ने उस लड़के को लखनऊ का नम्बर दिया जो पवन पाण्डेय का था।

लड़के ने रजिस्टर देखकर सिर हिलाया, "नहीं, यह नम्बर इस रजिस्टर में नहीं है।"

आनन्द ने लखनऊ का नम्बर मिलाने को कहा, पवन पाण्डेय इस नम्बर पर उपलब्ध नहीं था, किसी दूसरे ने फ़ोन उठाया था। आनन्द ने कहा, "पवन भाई जब आ जाएँ तो बता देना कि गोरखपुर से छोटे भाई का फ़ोन था।"

आनन्द पाण्डेय पीसीओ से बाहर आया और एक टैक्सी करके होटल पहुँच गया। ज्योंही वह कमरे में दाखिल हुआ, त्योंही श्रीप्रकाश ने पूछा, "घर पर सब ठीक हैं?"

"बात नहीं हो पाई, अम्मा-बाबू जी में से कोई घर पर नहीं था, फिर कभी बात कर लूँगा।" आनन्द ने जवाब दिया।

"किस पीसीओ से किया था फ़ोन?" श्रीप्रकाश ने पूछा।

"भाई, आपने जहाँ से बताया था, वहीं से किया था।" आनन्द ने कहा।

उसके बाद श्रीप्रकाश कुछ नहीं बोला। एक ख़ामोशी पसरी रही। आनन्द पाण्डेय ने जान-बूझकर सही बात नहीं बताई क्योंकि पीसीओ वाले नेपाली लड़के के बताने के हिसाब से यह फ़ोन करनेवाला कोई और नहीं, श्रीप्रकाश ही हो सकता था। फिर उसे ध्यान आया कि काम के चक्कर में यह लगभग रोज़ दोपहर का खाना खाने के बाद होटल से निकलता था और एक घंटे बाद ही वापस आता था।

आनन्द ने सोचा कि पहले इसकी पुष्टि कर लेनी चाहिए। वह अगले दिन का इन्तज़ार करता रहा। आनन्द का मन किसी भी काम में नहीं लग रहा था। वह परेशान था क्योंकि घर में उसकी एक बहन भी थी। श्रीप्रकाश की आदतें वह जानता था। उसे बार-बार यह शंका हो रही थी कि इतनी लम्बी बातें वह किसी और से करने नहीं जाता होगा।

दोपहर का खाना खाने के बाद रोज़ की तरह श्रीप्रकाश फिर बोला, "अभी मैं थोड़ी देर घूमकर आता हूँ।" इसके बाद वह कमरे से बाहर निकल गया।

उसके बाहर निकलने के साथ ही आनन्द ने सुधीर और राजन तिवारी से कहा, "मैं नीचे तक जा रहा हूँ, पेट में कुछ गड़बड़ी लग रही है। एक टैबलेट बेलारगन लेकर आता हूँ।"

"होटल के सामने ही तो दवा की दुकान है।" सुधीर ने बताया।

आनन्द तेज़ी से उतरकर नीचे पहुँचा और देखा, श्रीप्रकाश गाड़ी में बैठकर जा रहा था। आनन्द ने तुरन्त एक टैक्सी की और फलमंडी चलने को कहा। फलमंडी की भीड़ शुरू होने से पहले ही आनन्द उतर गया। वहाँ से पैदल वह कल वाले

पीसीओ की तरफ़ धीरे-धीरे जा ही रहा था कि उसकी नज़र श्रीप्रकाश की गाड़ी पर पड़ गई। वह सिद्धार्थ होटल के पार्किंग में खड़ी थी और अभी-अभी श्रीप्रकाश उस होटल से निकला था। आनन्द का शक सही था, फिर भी वह थोड़ी देर ठहरकर उस पीसीओ के सामने से होता हुआ निकला, तो देखा, श्रीप्रकाश केबिन में दीवार की तरफ़ मुँह करके बात कर रहा था। थोड़ी देर वहाँ और खड़े रहकर उसने कायदे से देख लिया ताकि उसके मन में कोई संशय शेष न रह जाए। अपनी घड़ी में समय देखा तो बारह बजकर बीस मिनट हो गए थे। आनन्द वहाँ से तेज़ी से दूसरी तरफ़ निकल गया और पीसीओ से काफ़ी दूर भारतीय फ़िल्मी गानों के कैसेट की एक दुकान पर जाकर वहाँ भोजपुरी गानों के कैसेट देखने लगा।

आनन्द की निगाह लगातार पीसीओ से निकलने वाले रास्ते और सिद्धार्थ होटल की पार्किंग में खड़ी गाड़ी पर थी। करीब पन्द्रह मिनट बाद श्रीप्रकाश उस पीसीओ से निकला और सीधे गाड़ी पर पहुँचा। गाड़ी वहाँ से निकालकर वह जैसे ही होटल के रास्ते पर निकला, आनन्द पाण्डेय उसी पीसीओ पर फिर पहुँच गया। कल वाला लड़का आज वहाँ नहीं बैठा था, करीब पैंतालीस-पचास साल की उम्र का एक अधेड़ व्यक्ति बैठा हुआ था।

"कल शाम तुम्हारी जगह पर एक लड़का बैठा हुआ था। मैंने लखनऊ का एक नम्बर मिलवाया था। मैं आज नम्बर वाली डायरी भूल गया हूँ, रजिस्टर में देखकर बता दीजिए।" आनन्द पाण्डेय ने उससे कहा।

रजिस्टर उस बुज़ुर्ग के ठीक सामने ही था। ज्योंही उसने रजिस्टर खोला, आनन्द ने कहा, "लाइए, हम देख लेते हैं।"

आनन्द ने रजिस्टर ले लिया और रजिस्टर पर अभी तुरन्त का जो नम्बर लिखा था, वह उसके घर का था। बिल दिया गया था तीन सौ चौवन रुपये का। आनन्द गुस्से में लाल हो गया और उस आदमी से बोला, "तुम्हारे लड़के ने इसमें नम्बर लिखा ही नहीं है। मैं डायरी लेकर आता हूँ।" और पीसीओ से तुरन्त बाहर निकल गया।

वहाँ से निकलकर आनन्द की निगाह सिद्धार्थ होटल के सामने वाले पीसीओ पर गई। वह सीधे उस पीसीओ में घुस गया। उसने अपने घर के नम्बर पर फ़ोन मिलाया और पहली घंटी में ही फ़ोन उठ गया। दूसरी तरफ़ फ़ोन पर उसकी बहन थी। उसने बिना 'हैलो' सुने कहा, "सब ठीक तो है न? तुम तो होटल जाने के लिए निकले थे, अभी तक पीसीओ पर ही हो?"

आनन्द गुस्से में बोला, "मुन्ना बोल रहा हूँ। किससे बात कर रही हो?"

भाई की आवाज़ सुनते ही घबराकर उसने फ़ोन रख दिया। आनन्द को पूरी बात समझ में आ गई थी। आनन्द पीसीओ वाले का पैसा देकर सीधे होटल पहुँच गया।

"क्या हुआ, दवा मिल गई?" सुधीर ने पूछा।

"हाँ, मिल गई।"

"तो इतनी देर कहाँ लग गई? दुकान तो नीचे ही थी!"

"यहाँ नहीं मिली थी तो मैं पैदल ही विराटनगर मार्केट में चला गया। वहीं पर दवा ख़रीदकर चाय के साथ लेकर टहलते हुए आ रहा हूँ।" आनन्द बोला।

श्रीप्रकाश शान्त बैठा था। कैसियो की इलेक्ट्रॉनिक टेलीफ़ोन डायरेक्टरी में कुछ देख रहा था। आनन्द एक मिनट भी अब वहाँ रुकना नहीं चाहता था। उसके दिमाग़ में यही ख़म चल रहा था कि या तो श्रीप्रकाश को मार दूँ या फिर गोरखपुर पहुँचकर अपनी बहन को मार दूँ। लेकिन रात में वह कुछ कर नहीं पाया।

अगले दिन, फिर वही लगभग बारह बजे श्रीप्रकाश यह कहकर निकला कि आज काम फ़ाइनल करके आएगा, नहीं तो लखनऊ चलकर वहीं पर फ़ाइनल करेगा।

वह पीसीओ पर गया और आनन्द की बहन को फ़ोन मिलाया। श्रीप्रकाश के कई बार हैलो-हैलो करने के बाद ही उसकी बहन बोली, "कल तो मेरी जान ही निकल गई थी। तुम्हारा फ़ोन जैसे ही कटा, थोड़ी देर में भैया का फ़ोन आ गया और मुझे लगा कि तुमने दोबारा फ़ोन किया है। भैया की बात सुनने से पहले ही मैंने कहा कि तुम तो होटल के लिए निकल रहे थे, अभी पीसीओ पर ही खड़े हो? तब उसने कहा, 'मैं मुन्ना बोल रहा हूँ।' मैंने घबराकर फ़ोन रख दिया।"

"अम्मा जी, बाबू जी—किसी से बात हुई?" श्रीप्रकाश ने पूछा।

"बाबू जी इस समय कहाँ रहते हैं भला और अम्मा के सोने का टाइम रहता है।" वह बोली।

"हाँ, वह कह तो रहा था कि अम्मा और बाबू जी नहीं थे, किसी से बात नहीं हो पाई!" श्रीप्रकाश ने पूछा, "बात तुम्हारी कल हुई थी कि परसों हुई थी?"

"कल हुई थी।"

"हो सकता है, कल वह फ़ोन करने के लिए निकला हो, लेकिन उसने मुझे बताया नहीं। वह तो फ़ोन की बात परसों की कर रहा था।" श्रीप्रकाश बोला।

श्रीप्रकाश ने आज लम्बी बात नहीं की, कहीं जाने का बहाना बनाकर फ़ोन काट दिया और होटल में आकर बताया कि लखनऊ में मोटा काम मिल गया है। चलो, पैसा भी वहीं ले लेंगे और काम करके वापस फिर आ जाएँगे।

ठंड काफ़ी पड़ने लगी थी। दिसम्बर का महीना चल रहा था और शीतलहर लोगों को बहुत सारे ऊनी कपड़े पहनने पर मजबूर कर रही थी। सड़कों के डिवाइडर पर बेहद ग़रीब लोग किसी तरह पुरानी-धुरानी रजाई या कम्बल में अपने वज़ूद के लिए लड़ रहे थे। राजन तिवारी को पटना में ही उतरना था।

जब पटना पचास किलोमीटर रह गया तब आनन्द ने कहा, "भाई, मैं भी राजन के साथ पटना उतर जाऊँ?"

"क्यों? खाली हम और सुधीर जाएँगे? इतनी लम्बी दूरी हो गई है कि एक आदमी का और होना ज़रूरी है।" श्रीप्रकाश ने कहा।

"सूरजभान दादा के ऑफ़िस में ही धीरेन्द्र होगा, धीरेन्द्र को ले लीजिएगा।" आनन्द ने कहा।

"ऐसा कौन-सा काम आ गया है?" श्रीप्रकाश ने पूछा।

"काम कुछ नहीं है, राजन भाई कुछ ख़रीदारी करेंगे। इनका कोई चेला है। अगले महीने भानजी की शादी है, यहीं से कुछ ले लेंगे। लखनऊ में माहौल बहुत गरम है। लखनऊ में इतने इत्मीनान से पसन्द का कपड़ा लेने में दिक़्क़त होगी।" आनन्द बोला।

राजन आनन्द के बग़ल में ही पीछे की सीट पर बैठा था। आनन्द ने राजन का हाथ दबाते हुए इशारा किया, ताकि वह हामी भर दे। यह इशारा बहुत चुप्पी भरा था।

"कल-परसों में छुड़वा दूँगा, यहाँ कपड़े ख़रीदवा देता हूँ।" राजन भी बोल पड़ा।

पटना पहुँचकर सभी सूरजभान के ऑफ़िस में आ गए। ऑफ़िस में सूरजभान मौज़ूद था। उसने सबको बुलवाकर नाश्ता-पानी कराया।

"हम और आनन्द यहीं रह जाएँगे, ये लोग लखनऊ जाएँगे।" राजन तिवारी बोला।

सूरजभान ने आनन्द की तरफ़ देखते हुए कहा, "आनन्द, सब ठीक तो है?"

आनन्द कुछ नहीं बोला।

"ऐसा कभी नहीं हुआ था कि श्रीप्रकाश को छोड़कर तुम अकेले कहीं रुक जाओ, कोई बात हो तो बताओ?" सूरजभान ने कहा।

आनन्द से जब नहीं रहा गया, तो उसने बताया, "अब ज़िन्दगी में कभी इनके साथ नहीं काम करूँगा दादा! अभी आपके सामने बता रहा हूँ कि पता नहीं, यह कब आपको कौन-सी पट्टी पढ़ा देंगे।" फिर आनन्द ने पूरी बात बताई, "दादा, आप तो इसकी नीचता से वाक़िफ़ हैं, इसे अपने-पराये का कोई फ़र्क ही नहीं पता है! पिछले दस दिन से लगातार हमारी बहन को फ़ोन कर रहा है, इस आदमी का क्या भरोसा? यह किसी का सगा नहीं है। मैं यहीं आपके पास रहूँगा, नहीं तो जैसे तीनों को इसने मार दिया था, यह मुझे भी मार देगा। बस, हमारे असलहे दिलवा दीजिए।"

सूरजभान ने श्रीप्रकाश की तरफ़ देखा और पूछा, "आनन्द जो कह रहा है, क्या वह सही है?"

"हाँ, सही है, लेकिन मेरी कोई ग़लती नहीं है।" श्रीप्रकाश ने कहा।

आनन्द ज़ोर से चिल्लाकर बोला, "दादा, अगर इन्होंने एक भी शब्द कहा तो या तो मैं इनको मार दूँगा या ख़ुद मर जाऊँगा।"

सूरजभान ने तुरन्त बीच-बचाव किया और श्रीप्रकाश से कहा, "तुम धीरेन्द्र को लेकर जाओ, ज़रूरत हो तो एक-दो आदमी और बैठा लो, यह हमारे पास रहेगा।" फिर उससे पूछा, "नाइन एमएम और प्वॉइंट फ़ोर फ़ाइव कहाँ हैं?"

"दादा, असलहे सब एक ही बैग में हैं, सीट के नीचे एडजस्ट करा दिया है।" श्रीप्रकाश ने कहा।

"दो नाइन एमएम और एक प्वॉइंट फ़ोर फ़ाइव आनन्द को दे दो, बाक़ी सब असलहे लेकर जाओ।" सूरजभान ने कहा। फिर धीरेन्द्र से बोला, "तुम अशोक सिंह के साथ जाओ।"

श्रीप्रकाश ने कुछ कहने की कोशिश की, तो सूरजभान बोल पड़ा, "मेरे लिए तुम दोनों बराबर हो। दोनों ने मेरे लिए काम किया है। यदि दोनों साथ नहीं होते तो शहिया कभी नहीं मारा जाता। छुटकुन-भुटकुन का भी बदला दोनों ने साथ ही लिया। इसलिए न्याय की बात तो यह है कि आनन्द के असलहे दे दो।"

श्रीप्रकाश गाड़ी की तरफ़ बढ़ा तो सूरजभान ने कहा, "तुम यहीं बैठो, सुधीर और धीरेन्द्र जाएँगे और इसके तीनों असलहे निकालकर लाएँगे, इनको पता है और मैगज़ीन और कारतूस भी इसके वाले दे देना।"

धीरेन्द्र और सुधीर ऑफ़िस के अहाते में खड़ी गाड़ी से असलहा निकालने चले गए, तब सूरजभान ने श्रीप्रकाश की तरफ़ देखकर कहा, "अशोक सिंह, लड़कियाँ तुम्हारी कमज़ोरी हैं, मुझे पता है लेकिन अपनों के साथ धोखा करोगे तो किसी दिन अपने ही लोग निबटा देंगे। ऐसा धोखे का काम कभी ज़िन्दगी में मत करना। तुम्हें जैसा भी माल चाहिए, पूरी की पूरी मंडी है। तुम्हारे पास पैसा है, जो चाहोगे, वह मिलेगा। इन सब कामों में तुम समय भी बहुत ख़राब करते हो। हाँ, एक बात और! आज के बाद तुम आनन्द की तरफ़ नहीं देखोगे। आनन्द अपना काम करेगा और तुम अपना काम करोगे। न तो आनन्द तुम्हारे काम में कोई दख़ल देगा और न ही तुम आनन्द के काम में किसी तरीके का कोई दख़ल दोगे। तुमने जिन तीनों को मारा था, वे सब भी हमारे ही आदमी थे। उन्होंने मेरे लिए काम किया था और बिना मुझसे पूछे, तुम्हें मेरे ही घर में ऐसा नहीं करना था। तुम लोग मेरे बुरे वक्त में बहुत काम आए हो इसलिए मैंने तुम्हें माफ़ कर दिया था लेकिन उन लौडों की शक्ल मेरे दिमाग़ से उतरती नहीं है। अब ग़लती से भी इस तरह का काम नहीं करना।"

इसके बाद आनन्द की तरफ़ देखकर कहा, "अब तुम भी घर जाकर अपनी बहन को कोई डाँट-फटकार मत करना। अशोक अब कभी फ़ोन नहीं करेगा। आज के बाद से तुम दोनों के रास्ते अलग हैं क्योंकि मैं जानता हूँ कि अशोक सिंह ने तुम्हारे साथ जो किया है, तुम क्या, कोई भी कभी माफ़ नहीं कर सकता और तुम दोनों कभी एक नहीं हो सकते। अगर एक हो भी गए, तो तुम दोनों में से एक मारा जाएगा। इसलिए अच्छा यही है कि तुम दोनों अपने-अपने रास्ते रहो और एक दूसरे के काम में किसी प्रकार का कोई दख़ल न हो।"

श्रीप्रकाश सिर नीचे करके पूरी बात सुनता रहा।

सूरजभान ने ऊँची आवाज़ में पूछा, "तुम दोनों में से किसी को कोई शक-शुबहा हो, तो बता दो। मैंने कोई ग़लत बात कही हो, तो यह भी बता ही दो।"

श्रीप्रकाश ने धीरे से सिर उठाकर सूरजभान की तरफ़ देखा और कहा, "ठीक है दादा, जो आप कह रहे हैं, मानूँगा।"

इसके बाद आनन्द ने भी कहा, "ठीक है दादा, जो आप कह रहे हैं, सही है।"

इतनी देर में धीरेन्द्र और सुधीर दो नाइन एमएम और प्वॉइंट फ़ोर फ़ाइव और छह मैगज़ीन तथा पॉलिथीन में रखे हुए करीब सौ कारतूस लेकर आ गए।

"आनन्द, तुम्हारा बैग कहाँ है?" सूरजभान ने पूछा।

"गाड़ी से मैं ले आता हूँ।" पाँच मिनट में ही सुधीर उसका बैग लेकर आ गया।

"आनन्द, अपना सामान बैग में रख लो। आज मेरे साथ मोकामा चलो, कल जब तुम जहाँ जाना चाहोगे, अपने साधन से भिजवा दूँगा।" सूरजभान बोला। फिर श्रीप्रकाश से कहा, "अब रात ज़्यादा हो गई है, चाहो तो तुम भी रुक जाओ। तुमको अलग कहीं रुकवा दूँगा, जहाँ तुम चाहो।"

श्रीप्रकाश बोला, "दादा, अभी दस ही बजे हैं, मैं तीन-चार घंटे में बिहार पार हो जाऊँगा, फिर देखता हूँ कि गोरखपुर जाऊँगा या लखनऊ।"

वहाँ से श्रीप्रकाश सीधे लखनऊ के लिए निकला।

"भैया, यह ग़लत हुआ।" सुधीर बोला।

श्रीप्रकाश ने सुधीर को ज़ोर से डाँटा और कहा, "छोटी-छोटी बातों में सुई लेकर खोदा मत करो, कमी मत निकाला करो। वर्चस्व की लड़ाई में कुछ ग़लत नहीं होता, सब सही ही होता है।"

रास्ते में बुदबुदाता हुआ, बिना कहीं रुके वह सीधे लखनऊ गया और अपने मकान में रहने लगा।

# कैसा मलाल!

अगले दिन से ही श्रीप्रकाश सुबह-सुबह ट्रैक सूट पहनकर, टेनिस रैकेट वाले बैग में एके-47 और पिस्टल पीठ पर रखकर, अपनी मारुति-800 में अनुज और सुधीर के साथ पहले स्टेडियम के चक्कर लगाता, फिर बच्चों के स्कूल के सामने गाड़ी खड़ी कर महिलाओं को देखता रहता। वहीं आसपास के पीसीओ पर जाकर वह बातें किया करता था। उसके किसी भी व्यवहार को देखकर यह नहीं लग रहा था कि एक दिन पहले ही उसका सबसे करीबी दोस्त आनन्द पाण्डेय उसे छोड़कर जा चुका है, न ही उसकी बातचीत में किसी तरह के मलाल का अहसास होता था कि उसकी ख़राब हरकत की वजह से उसका सबसे विश्वसनीय साथी उसे छोड़कर चला गया था। उसके इस व्यवहार को देखकर सुधीर हैरत में था।

सुधीर ने रात में खाना खाते समय पूछ ही लिया, "भाई, सूरज दादा ने आनन्द का इतना फ़ेवर क्यों किया?"

"आइन्दा से अगर तुमने या किसी ने आनन्द का नाम भी लिया तो मुझसे बुरा कोई नहीं होगा। तुम जानते हो, हम वर्चस्व की लड़ाई लड़ रहे हैं और दस बार बता चुका हूँ कि वर्चस्व की लड़ाई में कुछ भी ग़लत नहीं होता। इस बात का ध्यान रखना कि ग़लती से भी कभी आनन्द का नाम मत लेना।" श्रीप्रकाश गुस्से से बोला।

तीन-चार दिन बाद एक मीटिंग में लखनऊ के नये एसएसपी अरुण कुमार को यह सूचना मिली थी कि श्रीप्रकाश अपने गैंग के साथ फिर लखनऊ में देखा गया है। लगभग चार महीने बाद लखनऊ में होने की सूचना सुनकर सभी लोगों के माथे पर बल पड़ गए। समझ में नहीं आ रहा था कि अभी जनपथ में आर.के. सिंह की शहादत में बहुत दिन भी नहीं हुए हैं और यह फिर आ गया। एसएसपी लखनऊ ने सभी अधिकारियों के चेहरों को पढ़ा। कुछ इस तरह पढ़ा, मानो कोई एलेन वाट्स की कालजयी किताब 'द विज़डम ऑफ़ इनसिक्योरिटी' पढ़ रहा हो और बेचैनी के एक दौर को समझने का जतन कर रहा हो। उस रात आसमान साफ़ था और सितारे भी साफ़-साफ़ दिख रहे थे लेकिन वह रात की बात थी। दिन का वक्त कुछ और ही बयान कर रहा था।

एस:एसपी लखनऊ ने सबका हौसला बढ़ाने के लिए कहा, "जब गीदड़ की मौत आती है तो वह शहर की तरफ़ भागता है। अब इसका टाइम आ गया है। अपने-अपने सूत्रों को फिर से सक्रिय करिए ताकि यह कहानी अब हमेशा के लिए ख़त्म हो जाए।"

इंस्पेक्टर तेवतिया और अविनाश मिश्रा की तरफ़ मुख़ातिब होकर एसएसपी ने कहा, "पश्चिम वालों को बुला लो, उनको भी काम पर लगाओ। इस बार कोई चूक नहीं होनी चाहिए। मैं अपने सूत्रों से पूछता हूँ कि कहाँ पर गतिविधियाँ उम्मीद से ज़्यादा हैं। सब लोग मनोबल ऊँचा रखिए। इस बार हम यह कहानी हमेशा के लिए ख़त्म करेंगे।"

एसएसपी लखनऊ की इस बात से सभी का हौसला बढ़ा और सब लोग अपनी-अपनी जगह पर निकल गए।

अगले दिन सुबह लगभग ग्यारह बजे एसएसपी ने सबको पैग़ाम भेजा कि सभी लोग आधे घंटे में पुलिस लाइन के अर्दली रूम में पहुँचें।

सूचना मिलते ही सब पुलिस लाइन की तरफ़ भागे। ऐसा लगा कि ज़रूर कोई लोकेशन मिली है। सब लोग वहाँ इकट्ठा हुए ही थे कि अरुण कुमार भी आ गए।

अरुण कुमार ने कहा, "मेरे सूत्र ने पक्के तौर पर यह बताया है कि आज सुबह लगभग सात बजे वह मॉण्टपोर्ट स्कूल के सामने मौज़ूद था। उसके बाद करामत गर्ल्स कॉलेज के सामने लगभग आठ बजे एक एम्बेसडर कार में अपने दो साथियों के साथ दिख। वह किसी वजह से छोटे बच्चों के स्कूल के सामने जाता है और स्कूल खुलने के समय, जिस समय अभिभावक अपने बच्चों को लेकर स्कूल जाते हैं, वह स्कूलों के सामने कहीं न कहीं अपनी गाड़ी लगाकर किसी के बारे में बुनियादी जानकारियाँ बटोर रहा है।"

एसएसपी लखनऊ से प्राप्त सूचना से यह बात समझ में आ रही है कि किसी बड़े व्यवसायी या सम्मानित व्यक्ति के किसी बच्चे का अपहरण होने वाला है।

अपहरण के इस विचार को एसएसपी के सामने व्यक्त किया गया। बात गम्भीर थी। अरुण कुमार ने तुरन्त कहा, "अगर अपहरण हुआ तो इस बार बहुत शोर-शराबा होगा। सरकार और डीजीपी वैसे ही बहुत दबाव में हैं। अगर अपहरण हुआ तो जनता की प्रतिक्रिया भी बहुत ख़राब होगी और जवाब देना मुश्किल हो जाएगा। अब हमें पूरी मेहनत करके हर हाल में इस तरह के अपहरण को रोकना है और प्रत्येक दशा में अबकी बार उसे ठिकाने लगाना है। ऐसा लगता है कि ट्रांस गोमती क्षेत्र के ही स्कूलों के सामने वह देखा जा रहा है। आख़िरकार कब तक हम लोग उसकी लोकेशन लेते रहेंगे और कांड करने के बाद घटनास्थल का निरीक्षण करते रहेंगे? अब काम करने का समय आ गया है।"

टीम में से किसी ने कहा, "इन स्कूलों में एक-एक सब-इंस्पेक्टर बैठकर पता करें कि वहाँ कौन-कौन-से बड़े व्यापारी या सम्मानित व्यक्तियों के बच्चे पढ़ रहे हैं। इसकी एक सूची बना लेते हैं और उनके स्कूल आते-जाते समय उन्हें सुरक्षा प्रदान कराते हैं।"

अरुण कुमार ने फ़ौरन कहा, "कतई ऐसा मत करना। ऐसा करने से यह बात कहीं न कहीं बाहर निकलेगी और स्कूलों में अफ़रा-तफ़री और दशहत फैल जाएगी। लोग अपने बच्चों को स्कूल भेजना बन्द कर देंगे और पुलिस की बड़ी बदनामी होगी कि पुलिस ने जान-बूझकर यह अफ़वाह फैलाई है ताकि पुलिस का काम आसान हो जाए। ज़िम्मेदार अधिकारी, ट्रांस गोमती के तीन-चार अच्छे स्कूलों में, जहाँ सम्भ्रान्त व्यक्तियों के बच्चों का आवागमन रहता है, वहाँ पर जाकर सुबह एक घंटे स्वयं अपनी टीम के साथ मौज़ूद रहें। फ़ोटोग्राफ़ सबके पास हैं। एकाध स्कूल को छोड़कर बाक़ी स्कूलों के गेट पर इतनी जगह नहीं है कि बहुत सारी गाड़ियाँ पार्क हो सकें। यह ध्यान रखा जाए कि जो भी जाए, सावधानीपूर्वक स्कूल के पास ऐसे स्थान पर रहे, जहाँ से सभी आने-जाने वालों पर नज़र रखी जा सके। यदि बहुत ज़रूरी हो तो सम्बन्धित प्रधानाचार्य से सम्पर्क करे। स्कूल के भीतर किसी कमरे से आने-जाने वालों पर नज़र रखी जाए।"

सत्येन्द्र वीर सिंह, राजेश पाण्डेय, अविनाश मिश्रा और तेवतिया को अलग-अलग स्कूलों में जाने के लिए कहा गया। सीएमएस (सिटी मांटेसरी स्कूल), गोमतीनगर, सेंट फंडारिस, मांटफोर्ट और करामत गर्ल्स कॉलेज पर निगाह रखने के लिए टीमें निर्धारित की गईं और सवेरे स्कूल टाइम से पहले सबको पहुँचने के लिए कहा गया।

जगह की ज़्यादा दिक़्क़त मांटफोर्ट और करामत स्कूल में थी, जहाँ पर किसी एक जगह से सभी आने-जाने वालों पर, पार्किंग में नज़र रखना मुश्किल था। सबसे ज़्यादा परेशानी स्कूल में थी। बाहर ऊँची बाउंड्री थी और निशातगंज का मुख्य चौराहा काफ़ी भीड़भाड़ से भरा हुआ था। राजेश पाण्डेय ने अपनी टीम के साथ काफ़ी कोशिश की लेकिन कोई जगह समझ में नहीं आई।

स्कूल के खुलने की प्रतीक्षा की गई और जब प्रधानाचार्या आ गईं तो बाहर खड़े चपरासी के माध्यम से उनको ख़बर कराई गई कि सीओ कैसरबाग़ मिलना चाहते हैं।

प्रधानाचार्या ने तुरन्त भीतर आने के लिए कहा। प्रधानाचार्या कक्ष में राजेश पाण्डेय ने जाकर उनसे बात की। पहले तो वह यह समझीं कि शायद किसी एडमिशन के बारे में कोई बात करने के लिए आए हैं। छूटते ही उन्होंने कहा कि एडमिशन फार्म फ़रवरी के बाद मिलेंगे। लेकिन जब उनसे कहा गया कि वे एडमिशन के सिलसिले में नहीं आए हैं, कुछ बहुत ज़रूरी काम के सिलसिले में आए हैं, तो उन्होंने कहा, "बताइए!"

"मैडम, आपके स्कूल में सामने की तरफ़ या ऊपर छत पर कोई ऐसी जगह होगी, जहाँ से आपके गेट के बाहर खड़ी हुई गाड़ियों और आने-जाने वाले लोगों पर सीधी निगाह रखो जा सके?" राजेश पाण्डेय ने कहा।

"ऐसी क्या बात हो गई है? निगाह रखने का काम तो आप गेट के बाहर से भी कर सकते हैं।" प्रधानाचार्या ने कहा।

उनसे कहा गया, "बाहर भी पुलिस के कुछ लोग सादे वस्त्र में हैं लेकिन कोई भी एक पुलिसकर्मी आने-जाने वाले सभी लोगों पर निगाह नहीं रख सकता। यहाँ कोई ऐसी जगह नहीं मिल पाई है, करीब आधे घंटे से हम लोग यही सब जाँच रहे हैं।"

"यह लड़कियों का स्कूल है। इसमें लोग भीतर किसी पुलिस अधिकारी या कर्मचारी के रुके होने पर आपत्ति करेंगे। मुझे मैनेजमेंट से पूछना होगा।" प्रधानाचार्या ने कहा।

उन्होंने तुरन्त अपने मैनेजमेंट के किसी ज़िम्मेदार पदाधिकारी को फ़ोन कर, उनसे कुछ बात की और फिर राजेश पाण्डेय को बताया, "ऊपर तो सारे क्लास रूम हैं और सबसे ऊपर छत पर कोई कक्ष नहीं है, जिसमें बैठकर आप देख सकें। मेरे कक्ष के अतिरिक्त कोई ऐसी जगह नहीं है, जिससे बाहर की कोई चीज़ दिखाई पड़ती हो।"

उन्होंने बाहर की खिड़कियाँ खोलकर दिखाया भी, कि इसी कक्ष से बाहर सारी निगरानी रखी जा सकती है। वे कुछ घबराई हुई-सी थीं।

फिर उन्होंने पूछा, "जिस किसी को रुकना है, यहाँ वह कितनी देर रुकेगा?"

राजेश पाण्डेय ने बताया, "जब बच्चे आने शुरू हो जाएँ, तब से लेकर आपका मेन गेट बन्द होने तक।"

प्रधानाचार्या बोलीं, "तब तो लगभग पौन घंटा लग जाएगा?"

राजेश पाण्डेय अपने खयालों में खो गए। उन्हें ख़याल आ रहा था कि 'जब किसी इनसान को वह ज़िन्दगी जीने का मौक़ा नहीं दिया जाता, जिसमें वह विश्वास और आस्था रखता है, तो उसे मजबूरन विधिबाह्य ही होना पड़ता है। हर इनसान से ग़लतियाँ होती हैं लेकिन एक बेहतरीन इनसान यह जानने और समझने के बाद भी सब कुछ हासिल कर लेता है कि जो कुछ भी वह कर रहा है, वह ग़लत है। इस ख़ास बिन्दु पर आकर अपराध, अपराध नहीं रह जाता, एक प्रयास बन जाया करता है। हम गोपनीयता की नाव में किसी छिद्र की तलाश कर रहे थे पर क्या कहा जाए, कोई अपराध कहीं नहीं होता, कोई धोखा कहीं नहीं होता—बस, हो जाया करता है। यह अपराध की साहित्यिक ज़मीन पर गौहर खोजने का एक तरीका था और हम जूझ रहे थे अपनी पुलिसिया तकनीकों के साथ। ख़ैर...!'

इसी बीच, स्कूल का मेन गेट खुल गया और बच्चे भीतर आने लगे। बहुत छोटे बच्चों के साथ उनके माँ या पिता भी साथ में भीतर की तरफ़ आ रहे थे।

बाहर दोपहिया वाहन काफ़ी संख्या में खड़े हो गए थे। चौपहिये छोटे वाहन सड़क के किनारे ही खड़े करके वे छोटे बच्चों को लेकर भीतर आ रहे थे जबकि बड़ी ज़्यादातर लड़कियाँ अपनी साइकिलों से आ रही थीं। प्रधानाचार्या के कक्ष से सब चीज़ें साफ़-साफ़ दिख रही थीं। राजेश पाण्डेय अपने हाथ में लिये वायरलेस से बाहर की टीमों से सम्पर्क कर रहे थे। जैसे ही गेट बन्द हुआ, प्रधानाचार्या का धन्यवाद करके राजेश पाण्डेय वापस जाने लगे तो प्रधानचार्या ने पूछा, "सर, कोई डरने वाली बात तो नहीं है? और आप कौन हैं, कैसरबाग़ में किस पद पर हैं?"

राजेश पाण्डेय ने उनको बताया, "कोई डरने की बात नहीं है और मैं कैसरबाग़ क्षेत्र का डिप्टी एसपी हूँ।"

प्रधानाचार्या ने फिर पूछा, "सर, आपके वायरलेस से जो आवाज़ आ रही थी, उससे यह लग रहा था कि आप लोग किसी के आने का इन्तज़ार कर रहे थे लेकिन शायद वह आया नहीं?"

राजेश पाण्डेय ने दबी हुई एक हँसी के साथ प्रबुद्ध प्रधानाचार्या से कहा, "मैडम, आप अपना काम कर रही थीं या सारा ध्यान वायरलेस पर लगा रखा था?"

प्रधानाचार्या कुछ शंकित होकर बोलीं, "सर, मेरे जीवन में पहली बार ऐसा हो रहा है कि मेरे कमरे में कोई पुलिस अधिकारी लगातार उपस्थित रहा है और उसका वायरलेस चल रहा है। मैं दूसरा कोई काम कर भी नहीं पा रही थी और पता नहीं कि मुझे डर-सा क्यों लग रहा है! अगर आप यह बता दें कि मेरे स्कूल से सम्बन्धित कोई बात तो नहीं है, ताकि मैं अपने मैनेजमेंट से बात कर सकूँ? उन्हें बताना बहुत ज़रूरी है।"

राजेश पाण्डेय ने कहा, "अपने मैनेजमेंट के लोगों को बता दीजिए कि उन्हें कोई पूछताछ करनी हो तो एसएसपी लखनऊ से बात करें, घबराने की कोई आवश्यकता नहीं है।" इतना कहकर राजेश पाण्डेय वहाँ से चले गए।

लगभग सभी अधिकारी, जिन-जिन स्कूलों में उन्हें भेजा गया था, वहाँ से स्कूल का टाइम ख़त्म होने के बाद वे निकल गए थे। ग्यारह बजे तक सारे लोग फिर से पुलिस लाइन में इकट्ठा हुए। वहाँ अपनी-अपनी एकत्रित की गई सूचनाएँ बताईं, लेकिन इनमें से किसी भी जगह श्रीप्रकाश या उसके हुलिये का व्यक्ति नहीं आया था।

राजेश पाण्डेय ने अपनी बात बताई, "प्रधानाचार्या बहुत सवाल कर रही थीं और कुछ घबरा भी रही थीं। उनके मैनेजमेंट के लोगों से बात करनी होगी।"

अरुण कुमार ने बताया, "उनके प्रबन्धक का फ़ोन आया था कि वहाँ पर उनकी प्रधानाचार्या और बाक़ी अध्यापक घबरा रहे हैं कि पता नहीं, कौन-सी बात है। उनकी प्रधानाचार्या साइमा खालिक को आपत्ति है कि इस तरह से किसी भी पुलिस अधिकारी को, चाहे आधे घंटे भर के लिए ही सही, प्रधानाचार्या के कक्ष में न रुकने दिया जाए।

"मैंने उनके प्रबन्धक को कह दिया गया है कि परेशान होने की ज़रूरत नहीं है। स्कूल खुलते समय सिर्फ़ आधे या पौन घंटे के लिए ही हम वहाँ रहेंगे, हम ज़िम्मेदार अधिकारी हैं, उन्हें परेशान होने की ज़रूरत नहीं है। मैंने उन्हें यह भी कहा है कि प्रधानाचार्या चाहें तो मुझसे सीधे बात कर लें।...सभी अधिकारी अपना-अपना काम करें, अगर स्कूल की तरफ़ से कोई समस्या आती है तो सीधे मुझसे बात करें।"

मीटिंग में यह भी विचार किया गया कि हो सकता है, इन चारों स्कूलों के अतिरिक्त किसी और स्कूल में वह गया हो! अरुण कुमार ने बताया, "पिछली बार भी जब सूचना आई थी तो ट्रांस गोमती के इन्हीं स्कूलों की आई थी, लेकिन यह आश्चर्य की बात है कि हर बार वह अलग-अलग स्कूल में देखा गया है। अगर वह किसी एक बच्चे के अपहरण को दिमाग़ में रखकर स्कूलों के पास दिख रहा है तो उसे किसी एक स्कूल के आसपास ही दिखाई पड़ना चाहिए। यह भी हो सकता है कि उसने एक साथ अलग-अलग स्कूल में कई टार्गेट रखे हों कि शायद किसी जगह उसको अपना टार्गेट मिल जाए। इस सूचना पर काम करने के सिवाय हमारे पास कोई रास्ता भी नहीं है। सुबह के समय कानून-व्यवस्था से सम्बन्धित कोई प्रकरण भी नहीं आता। आधे घंटे तक निगरानी करने में कोई हर्ज़ नहीं है।"

स्कूलों की निगरानी का यह क्रम चार-पाँच दिनों तक लगातार चलता रहा। करामत स्कूल को छोड़कर कहीं भी कोई समस्या नहीं आई। करामत की प्रधानाचार्या हर दिन कोई-न-कोई सवाल पूछती थीं और जानने की कोशिश करती थीं कि ऐसा क्या होने वाला है कि पुलिस अधिकारी सुबह आधे-एक घंटे के लिए आते हैं और फिर चले जाते हैं।

राजेश पाण्डेय ने बताया, "करामत में किसी और को लगा दिया जाए क्योंकि प्रधानाचार्या के कक्ष के अलावा कोई जगह नहीं है और किसी एक जगह से देख पाना सम्भव नहीं है। प्रधानाचार्या सम्भवतः डर गई हैं और ऐसा लगता है कि अपने इस डर की वजह से उन्होंने स्कूल के बाक़ी शिक्षकों को भी यह बात बता दी है कि स्कूल में कोई घटना घटित होने वाली है, इसलिए पुलिस के अधिकारी रोज़ाना यहाँ आते हैं।

"तीसरे दिन उन्होंने यह भी पूछा, 'अगर स्कूल से सम्बन्धित कोई बात है तो एसएसपी सर से कहकर कुछ दिन के लिए स्कूल बन्द करा दीजिए।' "

यह बात सुनकर एसएसपी अरुण कुमार ने कहा, "अगर ऐसा है तो यह बात ज़रूर बाहर निकल जाएगी, जबकि मैंने उनके प्रबन्धक को यह बात बता दी थी।"

अरुण कुमार ने प्रबन्धक को दुबारा फ़ोन करके पूरी बात बताई और यह भी कहा, "प्रधानाचार्या का नम्बर आप मुझे दे दें, मैं ख़ुद बात करना चाहूँगा।"

प्रबन्धक ने प्रधानाचार्या के कार्यालय का नम्बर दिया। अरुण कुमार ने सीधे प्रधानाचार्या को फ़ोन मिलाया। मिलाने से पहले उन्होंने पूछा, "साइमा खालिक नाम से तो बुज़ुर्ग महिला लगती हैं?"

राजेश पाण्डेय ने बताया, "नहीं, बुज़ुर्ग नहीं हैं। यही कोई चालीस-पैंतालीस साल की उम्र होगी। पढ़ी-लिखी हैं और अंग्रेज़ी में ज़्यादा बात करती हैं।"

अरुण कुमार ने कहा, "मैं अभी धमका देता हूँ कि इधर-उधर की बात न करें। मुझे लगा कि बुज़ुर्ग महिला होंगी तो उन्हें समझाना पड़ेगा।"

फ़ोन पर प्रधानाचार्या आ गईं। अरुण कुमार ने उनसे नाराज़गी व्यक्त की और कहा, "आप बिना किसी बात के इतना परेशान हो रही हैं। अधिकारी अपना काम कर रहे हैं। ऑपरेशन की गोपनीयता बनाए रखना बहुत आवश्यक है। समय आने पर आपको भी बता दिया जाएगा। आपको कोई परेशानी हो रही है तो बताइए? अधिकारियों से बहुत सवाल पूछने की ज़रूरत नहीं है।"

अरुण कुमार ने अधिकारियों से कहा, "अब वह ज़्यादा सवाल नहीं पूछेंगी। आप लोग अपना-अपना काम करें।"

सभी लोग अपने कार्यालय पहुँच गए।

# जूनियर गैंग

इस बीच अनुज और राजन तिवारी अगले दिन मोकामा से चलकर सीधे गोरखपुर पहुँचे। सूरजभान ने उन्हें अपनी गाड़ी से अपने आदमियों के साथ गोरखपुर छुड़वा दिया। रास्ते में ही अनुज ने सत्यव्रत राय को फ़ोन किया। सत्यव्रत राय हाइडिल कॉलोनी, गोरखपुर में रहता था और अनुज का ज़िगरी दोस्त था। सन् 1993 में जब श्रीप्रकाश ने मुहल्ले के राकेश तिवारी का मर्डर किया था तब से वह श्रीप्रकाश को भी जानता था। 1993 में श्रीप्रकाश के दोस्त बबलू तिवारी ने पहली बार श्रीप्रकाश शुक्ला से सत्यव्रत और आनन्द पाण्डेय की मुलाकात कराई थी। सत्यव्रत और आनन्द एमपी इंटर कॉलेज, गोरखपुर में साथ-साथ पढ़ते थे। सत्यव्रत राय के पास पैसे नहीं थे, आनन्द पाण्डेय घर से थोड़ा सम्पन्न था। इन दोनों ने मिलकर 1994 में डिश एंटीना का काम शुरू किया।

उस समय डिश एंटीना का काम सिर्फ़ गुंडई के दम पर चलता था। अलग-अलग मुहल्लों में डिश एंटीना के कनेक्शन देना, उसकी लाइन खिंचवाना और हर महीने डिश एंटीना के किराये का पैसा कनेक्शनधारी से वसूल करना—वही कर सकता था जो धन-बल और बाहुबल से मज़बूत हो।

राकेश तिवारी के मर्डर के बाद श्रीप्रकाश उभरते हुए बदमाश के रूप में जाना जाने लगा था और डिश एंटीना के काम में उसकी बहुत आवश्यकता थी। कनेक्शनधारकों से पैसा वसूलना, कभी पैसा न देने पर मारपीट और ज़ोर-जबरदस्ती करना, यह रोज़-रोज़ का काम था। ऐसे में आनन्द पाण्डेय और सत्यव्रत राय ने श्रीप्रकाश से अपनी नज़दीकी बढ़ाई थी।

मुहल्लों में डिश कनेक्शन का पैसा वसूल करना, अलग-अलग लोगों की ज़िम्मेदारी थी। इसमें काफ़ी पैसे बच जाते थे लेकिन धीरे-धीरे वसूली करने वाले और मुहल्ले-मुहल्ले के बदमाशों में आपस में बहुत तनातनी हो गई। आनन्द पाण्डेय और सत्यव्रत राय का काम अच्छा चल निकला था, लेकिन मुहल्ले में पहले से ही डिश का कार्य कर रहे राजा गुप्ता के साथ इन लोगों का झगड़ा हो गया।

एक दिन सत्यव्रत राय और आनन्द पाण्डेय के डिश में दो एलएमवी चोरी हो गई और अचानक सारे कनेक्शन बन्द हो गए। आनन्द पाण्डेय और सत्यव्रत को

शक हुआ कि राजा गुप्ता के लोगों ने ही यह चोरी करवाई है। ये लोग उसको ढूँढ़ ही रहे थे कि वह चाय की दुकान पर मिल गया। आनन्द पाण्डेय ने उस पर गोली चला दी लेकिन वह बच गया।

पुलिस ने आनन्द पाण्डेय को गिरफ़्तार कर लिया और धारा तीन सौ सात के केस में उसे जेल भेज दिया गया।

केबल के धन्धे में ही नीरज सिंह, सोना तिवारी, दीपक अग्रवाल, हृदयचन्द अपने-अपने इलाक़े में पैसा वसूली करनेवाले लोग थे। इसी बीच नीरज सिंह ने हृदयचन्द को गोली मार दी और बाद में हृदयचन्द के दोस्त आनन्द, सोना तिवारी और दीपक अग्रवाल ने मिलकर नीरज सिंह को गोली मार दी।

नीरज सिंह श्रीप्रकाश का दोस्त था लेकिन नीरज सिंह की हत्या के बाद आनन्द और श्रीप्रकाश की कहा-सुनी हो गई। कुछ केबल-ठेकेदारों ने साथ बैठकर श्रीप्रकाश और आनन्द पाण्डेय की दोस्ती करवा दी और कहा, "अब केबल के ठेके में बाक़ी जितने लोग थे, वे ख़त्म हो चुके हैं। आपस में झगड़ा करना ठीक नहीं है। एक साथ मिलकर काम करो तो गोरखपुर सिटी के सारे केबल ऑपरेटर हमारी बात मानेंगे और अच्छा पैसा मिलने लगेगा।"

वर्ष 1996, नई सरकार—नया रवैया...नया सवेरा। इस समय श्रीप्रकाश आनन्द के घर पर आने-जाने लगा और इन दोनों ने सबसे पहले बैठकर यह तय किया कि अगर केबल पर पूरा क़ब्ज़ा करना है तो अच्छे असलहों की ज़रूरत है।

इसी बीच श्रीप्रकाश और आनन्द ने मिलकर अंशुमान सिंह को गोली मार दी, बाद में दुबे को भी मारकर उसकी कारबाइन इन लोगों ने छीन ली थी। अपने वर्चस्व के लिए श्रीप्रकाश और आनन्द ने कई हत्याएँ कीं लेकिन सत्यव्रत राय हमेशा आनन्द पाण्डेय के साथ ही रहा।

सूरजभान के घर से निकलने और गोरखपुर पहुँचने के बीच आनन्द पाण्डेय से सत्यव्रत राय ने कई बार बात की और एक बार तो बात करते-करते आनन्द पाण्डेय फूट-फूटकर रोने लगा।

आनन्द पाण्डेय ने कहा, "सत्यव्रत भाई, मैंने कभी नहीं सोचा था कि श्रीप्रकाश शुक्ला इतना गन्दा आदमी निकलेगा। मैंने इसके लिए क्या-क्या नहीं किया और जब इसने तुमसे भी उल्टी-सीधी बातें करनी शुरू कर दीं, तभी मुझे उससे अलग हो जाना चाहिए था। तुमने अच्छा किया कि तुम उससे अलग हो गए थे। इसने मुझे बिलकुल नंगा करके छोड़ा है। भला हो दादा सूरजभान का, कि उन्होंने हमारे असलहे वापस दिलवा दिये, वरना मुझे भी मारकर वहीं गंगा में फेंक देता, जैसा इसने बाक़ी लोगों के साथ किया है। अब हमें नये सिरे से तैयारी करके इसकी दुकान बन्द करवानी है।

सबसे पहले एक गाड़ी का इन्तज़ाम करना है और फिर एक एके-47 के साथ मैं गोरखपुर पहुँच रहा हूँ, वहीं मुझको मिलो और मेरी मदद करो।"

सत्यव्रत ने कहा, "भाई, आप गोरखपुर पहुँचिए। बिहार के देवेन्द्र विधायक ने एक गाड़ी दिलवाई है, जो वहीं मोहद्दीपुर में विपिन के हाते में खड़ी है। मैं विपिन से कह देता हूँ कि वह गाड़ी लेकर तुमको गोलघर पर मिले। तुम गोलघर के पास ही सूरजभान दादा की गाड़ी छोड़ देना, फिर तुम और राजन तिवारी सीधे गाड़ी से लखनऊ चले आना। लखनऊ तक का तेल उसमें मैं भरवा दूँगा। सीधे यहीं आना, बैठकर बात होगी। मैं तो पहले ही कह रहा था कि आदमी ठीक नहीं है, इसने दुबे को कारबाइन के लिए मार दिया था। दुबे अपना चौबीस घंटे का साथी था। हम लोगों के कहने पर बिना देर किये, बिना सोचे किसी के भी भेजे में गोली उतार देता था, लेकिन तुम नहीं माने थे। ख़ैर, जो हुआ सो हुआ। तुम्हें ध्यान नहीं है कि तुम्हारे बहनोई संजय पाठक की ज़मानत के लिए पैसे की ज़रूरत थी तो उसी बेचारे ने इलाहाबाद में सोना तिवारी के माध्यम से पैसा देकर जीजा जी की ज़मानत कराई थी।"

बात करते-करते आनन्द पाण्डेय गोलघर मार्केट पहुँच गया। वहाँ उसको सत्यव्रत राय की दी हुई गाड़ी खड़ी मिली। सूरजभान के जो दो लोग उसको छोड़ने आए थे, उनको विदा करके वह उसी गाड़ी से सत्यव्रत राय के पास लखनऊ पहुँच गया, जो इन्दिरानगर, लखनऊ में रह रहा था।

सत्यव्रत राय ने बताया, "देवेन्द्र सिंह विधायक ने एक काम के लिए फ़ोन किया था और उसी काम के लिए गाड़ी दी थी। एक और हत्या कराना चाहता है, जिसमें एके-47 भी मिल जाएगी।"

आनन्द ने कहा, "हमें पैसे और एके-47 की सख़्त ज़रूरत है। हम यह काम करेंगे पर मेरी बात देवेन्द्र सिंह विधायक से करा दो।"

अगले दिन सत्यव्रत ने बिहार में देवेन्द्र सिंह विधायक से बात करवा दी।

देवेन्द्र सिंह ने कहा, "तुम लोग यहीं आ जाओ और हमारा काम कर दो। एके-47 और दो पिस्टल यहीं मिल जाएँगी। पाँच लाख मुझसे काम से पहले ले लो, चाहो तो काम के बाद ले लो।"

आनन्द, राजन तिवारी और बबलू तिवारी वहाँ से चल दिये।

रास्ते में आनन्द ने कहा, "श्रीप्रकाश शुक्ला के कहने पर नीरज ने हृदयचन्द को मारा था। उस समय हृदयचन्द बहुत परेशान था। बनारस के किसी सेंगर नाम के आदमी ने हृदयचन्द से नौकरी लगवाने के लिए पैसे ले लिये थे। हृदयचन्द ने भी पैसे के लालच में कई लोगों से पैसे लेकर सेंगर को दे दिये थे कि उनकी नौकरी लग जाएगी। लेकिन सेंगर ने न तो उनकी नौकरी लगवाई और न ही पैसे वापस दिये। सेंगर बनारस में शराब के बड़े व्यवसायियों से जुड़ा हुआ था, इसलिए पैसे माँगने पर धमकी भी देने लगा था। हृदयचन्द ने मुझसे कई बार कहा था लेकिन उस समय

श्रीप्रकाश के चक्कर में मुझे मौक़ा नहीं मिला। श्रीप्रकाश हृदयचन्द से चिढ़ता था, इसलिए उसने नीरज सिंह से उसे मरवा दिया था। हम लोगों को बनारस रुकना ही है, पहले चलकर सेंगर से पैसे वापस माँगते हैं। अगर दे देता है तो हृदयचन्द के बच्चों को दे देंगे, वरना सेंगर को मार देंगे। हृदयचन्द ने सेंगर का नाम, पता और टेलीफ़ोन नम्बर नोट कराया था जो मेरे पास है।"

"आनन्द भाई, बड़े काम के लिए निकले हैं, काम करके आते हैं, फिर लौटते समय इसे भी कर लेंगे।" राजन तिवारी ने कहा।

"नहीं, पहले पुण्य का काम कर लेते हैं, तब बड़े काम के लिए निकलेंगे। काम हर हाल में हो जाएगा। सेंगर के पास चलते हैं। पैसा दे देगा तब भी, नहीं देगा तब भी, मार देंगे तो हृदयचन्द को शान्ति मिलेगी।" आनन्द बोला।

रात में स्टेशन के सामने सभी लोग एक होटल में रुके और सवेरे साढ़े सात बजे ही सेंगर के घर पर पहुँच गए। सेंगर ने दरवाज़ा खोल दिया, वह आनन्द को देखते ही पहचान गया।

"सेंगर, आज हृदयचन्द का पैसा दे दो, बिना पैसा लिये नहीं जाएँगे, अब बहुत हो गया।" आनन्द ने कहा।

सेंगर की पत्नी तीनों के लिए चाय बनाकर लाई।

"मेरे पास देने को एक रुपया भी नहीं है। इस साल शराब के ठेके में शराब की एक दुकान भी नहीं मिली है। पैसा हम कहाँ से दें आपको?" सेंगर ने कहा।

आनन्द ने अपनी नाइन एमएम पिस्टल निकाली और मेज़ पर रख दी और बोला, "अब पिस्टल कमर के बाहर हो गई है। यह कमर में तभी जाएगी जब या तो पैसा दे दोगे या सारी गोलियाँ खोपड़ी में उतर जाएँगी।"

पिस्टल देखते ही उसकी पत्नी और तीनों बच्चे रोने लगे।

सेंगर ने उनको चुप कराया और कहा, "अपने भाई हैं, ये गोली नहीं मारेंगे। पैसे के लिए मैंने कभी मना नहीं किया। एक महीने का टाइम दे दीजिए, फिर आइएगा, मैं पूरा पैसा दे दूँगा।"

इतना सुनते ही आनन्द पाण्डेय ने पिस्टल उठाई जो पहले से ही लोड थी, अँगूठे से उसने लॉक खोला और सारी गोलियाँ सेंगर की खोपड़ी में उतार दीं। इसके पहले कि राजन तिवारी और बबलू तिवारी, सेंगर की पत्नी और तीनों बच्चे कुछ समझ पाते, आनन्द पाण्डेय ने पिस्टल कमर में वापस फाँसी और बोला, "चलो!"

बाहर से मकान की कुंडी बन्द की और स्टीम गाड़ी में बैठकर वहाँ से सीधे पटना के लिए निकल गए।

पटना पहुँचने से पहले विधायक देवेन्द्र सिंह से टेलीफ़ोन पर बात की और बताया, "हम लोग एक घंटे में पटना पहुँच जाएँगे। कहाँ आना है और आप कहाँ मिलेंगे?"

"आप कंकड़बाग पहुँचें। वहाँ हमारा आदमी आपसे सम्पर्क कर लेगा। देवेन्द्र सिंह ने कहा।

पटना में घुसने से पहले ही पीसीओ से फिर देवेन्द्र सिंह से सम्पर्क किया गया। विधायक ने पूरी डिटेल बताई कि इनकम टैक्स ऑफ़िस के आगे गाड़ी खड़ी मिलेगी और उससे सफ़ेद कुर्ता-पाज़ामा पहने आदमी बाहर निकलेगा, वह अपने साथ आपको वहाँ ले जाएगा जहाँ आपको रुकना है। मैं रात में किसी टाइम आ जाऊँगा।"

आनन्द पाण्डेय वहाँ से सीधे कंकड़बाग पहुँचा। तय स्थान पर सफ़ेद रंग की ज़ेन में तीन-चार लोग बैठे हुए थे। कुर्ता-पाज़ामा पहने उसमें से एक आदमी बाहर आया। आनन्द नीचे उतरा, अपना नाम बताया। फिर वह ज़ेन में सवार लोगों के साथ आनन्द और उसके साथियों को पास के एक मकान में ले गया। मकान बड़ा था और खाली पड़ा था। गाड़ी भीतर गैराज़ में पार्क करा दी और सब लोगों को बता दिया गया, "एक आदमी बाहर वाले कमरे में रहेगा। आपको खाने का जो भी सामान चाहिए होगा, वह बाहर से लाकर दे देगा। खाना यहीं किचन में गर्म कर देगा और बर्तन भी सब धो देगा। आप लोगों को कहीं बाहर जाने की ज़रूरत नहीं है।"

रात में करीब दस बजे बाहर बैठे हुए आदमी ने बताया, "विधायक जी आ गए हैं।"

विधायक ने दुआ-बन्दगी के बाद बिना लाग-लपेट के अपनी बात शुरू की, "मेरा यह काम कर दीजिए। पैसा मैं अपने साथ लाया हूँ। आप चाहें तो अभी ले लीजिए या काम करने के बाद आकर ले लीजिएगा। जब तक काम नहीं हो जाता, आप लोग यहीं पर रुकिए। आप लोगों के खाने-पीने की व्यवस्था सब यहीं पर कर दी गई है।"

"हमें एक-दो दिन उसकी कुंडली निकालने का समय चाहिए।" आनन्द ने कहा।

"कुंडली का मतलब, मैं समझा नहीं?" विधायक बोले।

"एक कुंडली तो जन्म-कुंडली होती है जो पंडित लोग बनाते हैं, जिसमें पैदा होने से मरने तक की सारी कहानी लिखी हुई होती है और एक कुंडली हम निकालते हैं।" आनन्द बोला, "जो कुंडली हम बनाते हैं, उसमें जातक की मृत्यु का स्थान, समय, असलहों की मौज़ूदगी, कुल आदमी, निकलने का रास्ता; पहचान न हो, इसका तरीका और उसके मरने के बाद पुलिस हम तक न पहुँचे, उसका रास्ता वर्णित होता है। पंडित जी तो जन्म-कुंडली बनाते हैं, हम मरण-कुंडली बनाते हैं।"

"अच्छा-अच्छा, समझ गया, समझ गया! आपको रेकी करने का टाइम चाहिए!" विधायक बोले।

"बिलकुल ठीक समझा आपने।" आनन्द बोला, "अपना सिर्फ़ एक आदमी हमें दे दीजिए जो आपका विश्वासपात्र हो, जो बात इधर-उधर न करे और कलेजे का मजबूत हो।"

"बिलकुल दे दूँगा लेकिन वह सिर्फ़ पहचान कराएगा, काम होते वक़्त वह आदमी नहीं रहेगा।" विधायक बोले।

"बिलकुल ठीक है।" आनन्द पाण्डेय ने कहा।

इस बीच विधायक उठने लगे तो आनन्द पाण्डेय ने टोकते हुए कहा, "देवेन्द्र जी, हम पैसा काम होने के बाद लेते हैं, लेकिन काम होने के बाद ईमानदारी से पैसा हमें मिल जाए।"

"आप चिन्ता न करिए। काम होने के बाद दो-चार घंटे में ही आप जहाँ कहेंगे, पैसा वहाँ पहुँच जाएगा और हाँ, आदमी सुबह सात बजे यहीं आकर मिलेगा।" विधायक बोले।

विधायक के जाने के बाद राजन तिवारी ने कहा, "आनन्द भाई, जब पैसा ले ही आया था तो पैसा ले लेना चाहिए था। बिहार के विधायक मा....चो...होते हैं। काम होने के बाद न तो फ़ोन उठाएँगे और न ही पैसा देंगे!"

"हर विधायक एक जैसा नहीं होता राजन।" आनन्द बोला, "अगर ये बदमाश विधायक होता तो कभी एडवांस पैसा लेकर नहीं आता। यह भी तो हो सकता है कि वह पैसा देकर जाए और हम ही लोग पैसा लेकर भाग जाएँ? अब हमें उसका यक़ीन हो गया है और उसे हमारा। काम हो गया तो यह पैसा दौड़कर पहुँचाएगा।"

"आनन्द भाई, आप कह रहे हैं तो मान लेता हूँ, पर ऐसा है नहीं।" राजन तिवारी बोला।

रात में खाना खाकर सभी सो गए। दिन भर की लम्बी यात्रा से सब थक गए थे। अगले दिन सुबह आठ बजे सोकर उठे, तो सबसे पहले बाहर बैठे आदमी से पुछवाया, "कोई आदमी आया है क्या?"

"साहब, सुबह सात बजे ही आ गया था।" उसने बताया।

राजन तिवारी, बबलू तिवारी और आनन्द—तीनों ही तैयार हो गए। जाने से पहले राजन तिवारी ने गैराज़ में जाकर गाड़ी की नम्बर प्लेट बदली और उसमें बिहार की नम्बर प्लेट लगाई। फिर उस आदमी को बैठाकर वे रवाना हो गए।

तीन दिनों तक वे रेकी करते रहे। तीसरे दिन रात में विधायक करीब दस बजे पुनः पहुँचे। आनन्द और उसके साथी तभी लौटे थे।

विधायक थोड़ा-सा मायूस होकर बोले, "क्या होगा भैया, कुंडली तैयार हुई?"

"आप चिन्ता न करें। जब आपका काम हो जाएगा, पैग़ाम अपने-आप आप तक पहुँच जाएगा। अब कुंडली तैयार हो गई है। राहु-केतु में भी अब दम नहीं है।" आनन्द बोला।

"यह राहु-केतु क्या है?" विधायक चौंके।

"राहु-केतु, जो लम्बी नाल वाला खिलौना लेकर चलते हैं। छोटी नाल वाला, उसमें कोई दम नहीं है, आप चिन्ता न करिए!" आनन्द ने बताया।

तीन दिन बाद रेलवे फाटक के पास, मोड़ पर गाड़ी लगाकर तीनों लोग खड़े हो गए। एक घंटे बाद टाटा सूमो में ड्राइविंग सीट की बग़ल में बैठा हुआ टार्गेट दिखाई पड़ गया। बबलू तिवारी गाड़ी स्टार्ट करके स्टियरिंग पर बैठा था। जैसे ही गाड़ी मोड़ पर थोड़ी धीमी हुई, प्वॉइंट फ़ोर फ़ाइव की पिस्टल से आनन्द ने चार गोलियाँ मारीं, जो सीधे उसके सिर में लगीं। ड्राइवर गाड़ी रोककर, गेट खोलकर भागा। राजन तिवारी ने पीछे बैठे लोगों को चार-पाँच गोलियाँ मार दीं। खिड़की पर बैठा हुआ आदमी वहीं लुढ़क गया, बाक़ी लोग टाटा सूमो का गेट खोलकर भाग खड़े हुए।

आनन्द ने दरवाज़ा खोलकर असलहों की तलाश की—एक एके-47, दो देसी पिस्टल और एक रिवॉल्वर निकाल ली और तीन राइफ़लें राजन तिवारी ने निकाल लीं। इतने असलहे लेकर अपनी गाड़ी में बैठे और वहाँ से सीधे पटना की तरफ़ निकल गए।

पाँच-सात किलोमीटर जाने के बाद बाईं तरफ़ जानेवाले एक रास्ते पर राजन तिवारी से गाड़ी मुड़वा दी और फिर आनन्द ने राजन से कहा, "सड़क सुनसान है, एक-एक करके थोड़ी-थोड़ी दूरी पर तीन सौ पन्द्रह बोर की राइफ़लें फेंक दो।"

राजन ने एक-एक करके तीनों राइफ़लें एक-एक, दो-दो किलोमीटर की दूरी पर फेंक दीं और फिर गाड़ी बैक करके सीधे कंकड़बाग पहुँचे।

"आनन्द भाई, तीन सौ पन्द्रह बोर के असलहे को मैं सबसे अच्छा असलहा मानता हूँ, इसे क्यों फिंकवा दिया?" राजन तिवारी ने पूछा।

"मूर्खता की हद हो! राइफ़लें वहाँ इसलिए फिंकवा दी हैं कि पुलिस कम-से-कम छह घंटे तक वहाँ आसपास तलाशेगी, वहाँ से एक क़दम आगे नहीं जाएगी। मौक़े से पीतल बटोरेंगे और खेत में राइफ़ल देखकर ख़ुश हो जाएँगे और फिर वहाँ गाँववालों को कई घंटों तक परेशान करेंगे। हर घर की तलाशी होगी और तब तक हम लखनऊ पहुँच जाएँगे।" आनन्द बोला।

"हाँ, यह बात तो सही कह रहे हो भाई।" राजन तिवारी बोला।

कंकड़बाग पहुँचकर गाड़ी गैराज़ में खड़ी कर दी गई और फिर तीनों वहीं आराम करने लगे।

शाम के छह बजते-बजते विधायक भी आ गए। उन्होंने आनन्द से कहा, "भैया, असलहे आपको सब मिल गए, पैसा मैं ले आया हूँ। आपका धन्यवाद करता हूँ। पाँच की बजाय छह लाख रुपये मैं आपको दे रहा हूँ। मैंने अस्पताल में पूरी सेटिंग कर ली है और मैं सुबह छह बजे ही भर्ती हो चुका हूँ। अस्पताल में काग़ज़ सब तैयार करा दिये थे। आपका धन्यवाद करने आया था। वापस जाते ही हाथ-पैर में ग्लूकोज़ का पानी लगवा लूँगा। क्योंकि रात भर में या आधी रात तक एफ़आईआर भी हो जाएगी और फिर ये साले मुझको नामज़द भी करेंगे। मेरे लिए और कोई सेवा हो तो बता दीजिएगा।"

आनन्द ने कहा, "आप जिस गाड़ी से आए हैं, अपने एक आदमी के साथ उसे लखनऊ तक भिजवा दें। मैं अपनी गाड़ी और चाबी यहीं छोड़े जा रहा हूँ। चार-छह दिन बाद कोई आएगा और इसे ले जाएगा।"

विधायक सहर्ष तैयार हो गए। बोले, "मेरे साथ तीन गाड़ियाँ हैं। इस समय मैं एक गाड़ी से आप लोगों को लखनऊ तक छुड़वा देता हूँ और दो-तीन दिन में ही आपकी गाड़ी भी सत्यव्रत के साथ पहुँचवा दूँगा।"

विधायक अपनी एक गाड़ी छोड़कर, बाक़ी गाड़ियों से सीधे हॉस्पिटल पहुँचे और आईसीयू में लेट गए।

आनन्द, राजन और बबलू तिवारी पहले से ही तैयार थे, विधायक की गाड़ी से तुरन्त लखनऊ के लिए चल दिये। सुबह पाँच बजे इन्दिरानगर में सत्यव्रत के मकान से एक किलोमीटर पहले लेखराज मार्केट के पास उतर गए और ड्राइवर को वापस जाने को कहा। पैदल ही तीनों सत्यव्रत के घर गए और आराम से वहीं सो गए।

शाम को सत्यव्रत राय का एक रिश्तेदार भुअर राय, जो मारुतिपुरम् में रहता था, वह भी आ गया था। आनन्द पाण्डेय, बबलू और राजन कई दिनों की थकान से सोकर उठे थे और खाना भी नहीं खाया था। भुअर राय ने कहा, "सब लोग हमारे घर चलें, वहीं पर खाना भी खाइए।"

राजन ने कहा, "एके-47 और जो पिस्टल मिली है, एक बार उसको भी देख लिया जाए और कल कहीं चलकर उसको टेस्ट भी कर लेते हैं।"

राजन तिवारी सत्यव्रत राय के किचन वाले स्टोर में जाकर ऊपर टाँड़ से बैग उतारकर लाया और सबके सामने बैग खोलकर एके-47 निकाली। नाल में उँगली डालकर चेक किया कि कोई गोली तो नहीं फँसी है! मैगज़ीन निकाली, मैगज़ीन पूरी भरी हुई थी। एके-47 के ट्रिगर और बोल्ट चलाकर देखे और बताया कि बिलकुल फ़िट है। कल इन्द्रा कैनाल के उस पार चलकर जंगल में टेस्ट भी कर लेंगे। पिस्टल और रिवॉल्वर को भी चेक किया। पिस्टल तो दोनों मुँगेर ब्रांड की ही थीं लेकिन अच्छे इस्तेमाल लायक पिस्टल थीं। तेल-पानी ठीक से लगाया हुआ लग रहा था और स्लाइडिंग स्लाट भी कहीं फँस नहीं रहा था। रिवॉल्वर लाइसेंसी लग रही थी और बिलकुल सही थी।

आनन्द बोला, "भाई, अब फ़ायर पावर ठीक हो गई है। चलो, खाना खाकर आते हैं। फिर नया टार्गेट तुरन्त देखना होगा। पैसे की ज़रूरत हर जगह पड़ेगी। बिना पैसे के रिश्तेदार भी नहीं पूछते हैं हमें। हर हाल में श्रीप्रकाश को डाउन करके, अपना वर्चस्व उत्तर प्रदेश और बिहार में कायम करना होगा। काम हम सब लोगों ने किया और बनिया उसके नाम से पैसा देता है।"

सभी लोग घर से बाहर निकले और एक टैम्पू करके मारुतिपुरम् भुअर राय के घर पर पहुँच गए। भुअर राय ने खाना पहले से ही बनवा रखा था। सब लोगों

ने छत पर शराब पी और खाना खाया। अभी देवेन्द्र सिंह विधायक द्वारा दिये गए पूरे के पूरे छह लाख रुपये उन्हीं के पास थे।

खाना खाने के बाद भुअर राय ने कहा, "आनन्द भैया, यह मुँगेर वाली पिस्टल हमको दे देते तो मैं भी हाथ साफ़ कर लेता। राजाजीपुरम् बाज़ार से निकलते ही नया एटीएम लगा है और उसमें पैसा भरने के लिए एक गाड़ी सवेरे ग्यारह बजे आती है। एक गार्ड दोनाली बन्दूक़ लेकर साथ आता है और पैसे वाला बैग लेकर एक कर्मचारी गार्ड के साथ-साथ एटीएम तक जाता है और एटीएम में पैसा भरकर वापस चला आता है। अगर दाँव सही बैठ गया तो बीस-पच्चीस लाख हाथ आ जाएँगे। आप जो भी कहेंगे, आपको भी दे दूँगा और यह पिस्टल भी वापस कर दूँगा।"

"नहीं, तुम थोड़ा-सा इन्तज़ार करो।" आनन्द ने कहा, "अजय शाही मुँगेर की कई पिस्टल लाया है, मैं तुम्हें दिला दूँगा। पैसा बाद में दे देना। अजय शाही बिना टेस्ट किये बेहारी असलहा नहीं लेता। यह पिस्टल हमारे सबसे पहले काम का इनाम है, इसे देना ठीक नहीं है। यह हम लोगों के पास रहेगी। राजन भाई के पास दो असलहे हो जाएँगे और दो बबलू लेकर चलेगा। तुम अगर यह काम कर लोगे तो तुम्हें भी अपने साथ रखेंगे और फिर बड़ा काम करेंगे।"

खाना खाने के बाद सब एक साथ बाहर निकले। भुअर राय ने कहा, "चलिए भाई, आप लोगों को मैं इन्दिरानगर तक छोड़ आता हूँ।"

सब लोगों ने एक टैम्पू की और उस पर बैठकर सत्यव्रत राय के घर पहुँच गए। वहाँ आनन्द ने कहा, "भुअर भाई, आप यहाँ बहुत दिनों से रह रहे हैं। आप बताइए कि कौन-कौन आदमी ऐसा है जिसे उठाने पर एक करोड़ रुपये आराम से मिल जाएँगे?"

"श्रीप्रकाश ने बहुत-सी कुंडली निकलवाई थी, दो कुंडली हमने भी उसके लिए निकाली थी।" भुअर ने कहा, "एक तो लेखराज डॉलर वाला है, जो बड़ा आदमी है, वह दो करोड़ देगा और दूसरा सुशील और विवेक लधानी हैं, जिनका कोका कोला का सबसे बड़ा बॉटलिंग प्लांट है। लेखराज डॉलर वाले के ऑफ़िस का तो पता कर लिया था परन्तु अभी उसके घर तक नहीं पहुँचे थे लेकिन लधानी के ऑफ़िस और घर, दोनों ही देख लिए थे।"

आनन्द ने कहा, "लेखराज डॉलर वाले का घर भी पता करके, कुंडली पूरी निकालें। हमें जल्द से जल्द पैसे की ज़रूरत है। एक तो पूरे परिवार को गोरखपुर से हटाकर ग़ाज़ियाबाद या दिल्ली में रखना है; दूसरा, तुरन्त एक ज़ेन गाड़ी ख़रीदनी है। सेकेंड हैंड गाड़ी नहीं लूँगा, इस बार नई गाड़ी और उत्तर प्रदेश, बिहार, राजस्थान, हरियाणा और दिल्ली की नम्बर प्लेट लूँगा। एक बार अच्छा पैसा मिल जाए, फिर मैं देखता हूँ कि श्रीप्रकाश में कितना दम है!"

"आनन्द भाई, परिवार को अभी शिफ़्ट करने की क्या ज़रूरत है?" राजन तिवारी ने पूछा, "वे लोग तो आराम से गोरखपुर में हैं और वह गोरखपुर से बाहर जाने के लिए इतनी जल्दी राज़ी नहीं होंगे।"

"यह श्रीप्रकाश बहुत ही गन्दा और गिरा हुआ इनसान है, तुम नहीं जानते।" आनन्द ने कहा, "मैं नहीं चाहता कि वह परिवार के लोगों को लेकर अब मेरे साथ कोई धोखा करे। बिना गाड़ी के हम कोई काम नहीं कर पाएँगे। ज़ेन लम्बी दूरी तक अच्छी स्पीड में चलने वाली सबसे अच्छी गाड़ी है। कम-से-कम यूपी पुलिस के पास जितनी भी गाड़ियाँ हैं, कोई भी ज़ेन का पीछा नहीं कर सकती।"

"सही कह रहे हो भाई।" राजन बोला, "थानों पर महिन्द्रा जीप, खटारा पीजो और सर्किल अफ़सर के पास कहीं-कहीं जिप्सी है। ये दोनों गाड़ियाँ ज़ेन का पीछा नहीं कर पाएँगी। बड़े अधिकारियों के पास एम्बेसडर है, वह सत्तर की स्पीड से ऊपर चला नहीं पाएँगे।"

"ठीक है भाई, कल मिलते हैं। डॉलर वाले का घर ढूँढ़ने की कोशिश करते हैं।" भुअर राय ने कहा।

5 नवम्बर, 1997 को भुअर राय सुबह दस बजे ही सत्यव्रत के घर आ गया और आनन्द से कहा, "आनन्द भाई, हमने लड़के लगा दिये हैं लेकिन लेखराज डॉलर वाला दिल्ली गया हुआ है। मैं उसके ऑफ़िस से होकर आ रहा हूँ। ऑफ़िस वाले बता रहे थे कि साहब चार-पाँच दिन बाद ही वापस आएँगे। हम सोच रहे हैं कि मैं और बबलू भाई अपनी मोटरसाइकिल से लधानी वाला काम कर लें।"

"ठीक है। तुम दोनों चले जाओ।" आनन्द ने कहा।

उसी समय बबलू और भुअर, सुज़ूकी मोटरसाइकिल से विवेक लधानी का ऑफ़िस और घर देखने चले गए। लधानी के ऑफ़िस में कोका कोला की अनलोडिंग चल रही थी। पाँच-छह बड़ी गाड़ियाँ और पन्द्रह-बीस मज़दूर वहाँ पर मौज़ूद थे। वहाँ पर जो सुपरवाइज़र खड़ा था, उससे पूछा गया, "मालिक भीतर बैठे हैं क्या?"

"कौन-से मालिक—बड़े कि छोटे?" सुपरवाइज़र बोला।

"छोटे मालिक जो गोरे-गोरे दुबले-पतले से हैं!"

"अच्छा, विवेक भैया की बात कर रहे हैं?" सुपरवाइजर बोला, अभी तो वह नहीं आए हैं। सीज़न ख़त्म हो गया है, खाली बोतल सब जगह से इकट्ठा करके यहाँ जमा की जा रही हैं। दिन भर से यही काम चल रहा है। नवम्बर भर में सभी डीलर्स के यहाँ से बोतलें इकट्ठा कर लेंगे, फिर जब सीज़न शुरू होगा, तब प्लांट से ये गाड़ियाँ भर-भरकर जाएँगी। उस समय दिन-रात बड़े मालिक, छोटे मालिक ऑफ़िस में मिलते हैं।"

वहाँ से घूम-घामकर दो बजे बबलू और भुअर वापस आ गए।

वापस आकर आनन्द को बताया, "भैया, भीड़ बहुत थी और वह ऑफ़िस भी आया नहीं था। गाड़ी का नम्बर भी नहीं पता लगा। कल सवेरे से ही उसके घर लगेंगे।" आगे बोला, "भैया, मैं पहचानता हूँ। जैसे ही बाहर आएगा, हम लोग रास्ता देख लेंगे। फिर आप चलिएगा। बिहार से अपनी गाड़ी भी मँगवा लीजिए।"

"अभी हम फ़ोन कर देते हैं, विधायक जी गाड़ी भिजवा देंगे।" सत्यव्रत ने कहा।

"विधायक जी से फ़ोन पर कैसे सम्पर्क करोगे?" आनन्द ने पूछा, "वह तो उसी समय हम लोगों को छोड़कर सीधे अस्पताल में भर्ती हो गए थे!"

"आनन्द भाई, आप चिन्ता न कीजिए।" सत्यव्रत बोला, "मेरा भौकाल है वहाँ पर। उनके घर वाले फ़ोन पर किसी को भी फ़ोन कर दूँगा, विधायक आईसीयू से निकलकर बात करेंगे। अब उनका इतना बड़ा काम हुआ है, उनका बस चलेगा तो ख़ुद ही गाड़ी पहुँचा देंगे।"

"हाँ, आदमी तो पानीदार लगता है," आनन्द बोला, "वरना ऐसे काम का, जिसका कोई ठीक नहीं—होगा कि नहीं होगा, एडवांस कौन लेकर आता है? विधायक जब पहले दिन मिलने आया था, पूरा पैसा एडवांस लेकर आया था और दे रहा था, मैंने ही मना किया।"

"अभी आप पाँच मिनट रुकिए, मैं मज़ार तिराहे के पास वाले पीसीओ से फ़ोन करके आता हूँ।" सत्यव्रत बोला।

"ठीक है।" आनन्द ने कहा।

सत्यव्रत मोटरसाइकिल लेकर वहाँ से तुरन्त चला गया।

आनन्द भुअर से बोला, "कल मैं भी चलूँगा। अगर वह बाहर निकला तो मुझे पहचनवा देना।"

अगले दिन 6 नवम्बर, 1997 को भुअर और सत्यव्रत बिना आनन्द को बताए ही चले गए और वहीं विवेक के घर पर लगे रहे, लेकिन विवेक नहीं निकला। जब दोपहर के वक़्त खाने के टाइम वापस आ गए तो आनन्द ने नाराज़गी व्यक्त की, "जब मैंने चलने को कहा था तो अकेले क्यों चले गए?"

"भुअर को किसी काम से कल गोरखपुर जाना है, इसलिए मैंने सोचा कि मैं भी उसको देख लूँ। आने-जाने का रास्ता और बाक़ी चीज़ों की भी जानकारी ले लूँ। आज भी वह घर से नहीं निकला।" सत्यव्रत बोला।

"फिर ठीक है।" आनन्द बोला, "अगर भुअर को किसी ज़रूरी काम से जाना है तो ठीक है, नहीं तो कल इसको भी ले चलते हैं, सब कुछ देख-दाखकर आ जाएँगे।"

"विधायक ने गाड़ी भिजवा दी है। रात में गाड़ी भी आ जाएगी। सुबह हम लोग पूरी तैयारी से चलेंगे। अगर दाँव लग गया तो उठा लेंगे।" राजन तिवारी ने कहा।

"ठीक है।" आनन्द बोला।

देर रात सवा दो बजे बगल के पीसीओ वाले ने सत्यव्रत का दरवाज़ा खटखटाया और बताया, "आपका फ़ोन है।"

सत्यव्रत तुरन्त पीसीओ पर गया। फ़ोन पर ड्राइवर था। उसने बताया, "मैं गाड़ी लेकर आ गया हूँ, लेखराज मार्केट में मेन रोड पर हूँ।"

"तुम वहीं रहो, मैं ख़ुद ही आ रहा हूँ।" सत्यव्रत ने कहा।

सत्यव्रत वहाँ से निकल गया। स्टीम गाड़ी लेकर दो आदमी वहीं पर खड़े थे। उन्होंने सत्यव्रत को चाबी दे दी।

"कैसे वापस जाओगे?" सत्यव्रत ने पूछा।

"हम ट्रेन से जाएँगे।"

"किराये के पैसे हैं या नहीं? मैं दे दूँ?"

"नहीं, हम चले जाएँगे।" ड्राइवर बोला।

गाड़ी लेकर सत्यव्रत घर आ गया और गाड़ी भीतर खड़ी कर दी।

सत्यव्रत के बाहर जाने के बाद ही सबकी नींद खुल गई थी। सभी इन्तज़ार कर रहे थे कि पता नहीं, क्या बात है? सत्यव्रत ने बताया, "विधायक जी ने गाड़ी भिजवा दी है और गाड़ी बहुत गन्दी है। सब लोग सो जाओ, सुबह छह बजे उठकर पहले गाड़ी अच्छी तरह से साफ़ कर ली जाएगी। लखनऊ की सड़कों पर इस तरह की गन्दी गाड़ियाँ नहीं दिखाई पड़तीं। अगर काम हो गया और यदि किसी ने देख लिया तो गाड़ी आसानी से दूर से ही पहचान में आ जाएगी।"

सभी लोग फिर सो गए।

सवेरे-सवेरे सात बजे भुअर और सत्यव्रत उठ गए और गाड़ी को धोकर अच्छी तरह साफ़ कर लिया। सवेरे नौ बजे तब सभी लोग तैयार थे।

सात नवम्बर को सत्यव्रत, भुअर, आनन्द और बबलू स्टीम गाड़ी में लधानी के घर के बाहर घात लगाए बैठे रहे। विवेक घर से निकला और उल्टी दिशा में गाड़ी लेकर चला गया। जब तक बबलू अपनी स्टीम गाड़ी को मोड़ पाता और पीछे भगाता, गाड़ी आँखों से ओझल हो गई। वहाँ से सीधे ये लोग फिर ऑफ़िस गए लेकिन विवेक ऑफ़िस नहीं पहुँचा था। मायूस होकर फिर सभी वापस आ गए।

अगले दिन आठ नवम्बर को विवेक घर से करीब बारह बजे निकला। इन लोगों ने उसका पीछा किया लेकिन न तो रास्ते में कहीं उसकी गाड़ी धीमी हुई, और न ही रुकी। भीड़भाड़ की वजह से ओवरटेक करके गाड़ी भी नहीं रोक पाए। जब तक गाड़ी को ओवरटेक करके गाड़ी रोकने की सोचते, तब तक विवेक ऑफ़िस के भीतर चला गया।

दिन भर सारे लोग ऑफ़िस के बाहर ही सड़क पर गाड़ी लगाकर उसमें बैठे रहे। दोपहर में भूख लगने पर भुअर राय कहीं से लाई-चना ले आया, वही खाकर पानी पिया और गाड़ी में बैठे रहे।

शाम को सात बजे जैसे ही विवेक गाड़ी लेकर गेट पर पहुँचा, बबलू ने गाड़ी विवेक की गाड़ी के आगे लगा दी, और विवेक को जबरदस्ती अपनी गाड़ी में बिठाने लगे। शोरगुल सुनकर ऑफ़िस के भीतर के कुछ कर्मचारी बाहर भी आए तो आनन्द ने फ़ायर कर दिया और वे वहाँ से भाग गए।

विवेक के ऑफ़िस से दो किलोमीटर की दूरी पर ही भुअर राय के एक रिश्तेदार के यहाँ ये लोग पहुँचे और घर के बाहर ही डिग्गी से गाड़ी का कवर निकालकर गाड़ी के ऊपर कवर डाल दिया। आनन्द अपनी एके-47 हाथ में लिये विवेक के साथ गाड़ी में ही बैठा रहा। बाक़ी सत्यव्रत, भुअर राय, राजन—सभी लोग घर के भीतर चले गए। वहाँ शराब पी और खाना खाया। रात करीब ढाई बजे सब लोग बाहर निकले, गाड़ी का कवर उतारा और गाड़ी सीतापुर रोड होते हुए दिल्ली की तरफ़ लेकर भाग गए।

एक घंटे बाद ही हल्ला हो गया कि फिर किडनैपिंग हो गई है। और पुलिस अधिकारी लधानी के ऑफ़िस पहुँच गए।

नाइन एमएम पिस्टल से दो खोखे मौक़े पर मिले, माजरा सभी की समझ में आ गया। सभी का शक श्रीप्रकाश पर गया।

विवेक लधानी कहीं विदेश से एमबीए करके आया था और उसके पिता उत्तरी भारत के सबसे बड़े कोका कोला के डीलर और बॉटलर थे। उनका ऑटोमेटिक बॉटलिंग प्लांट लखनऊ, फ़ैज़ाबाद और प्रदेश के कई शहरों में था। एक बार फिर पुलिस पर दबाव बनना लाज़िमी था। वायरलेस सेट पर फिर वही निर्देश : 'सभी रास्ते बन्द किये जाएँ, चेकिंग की जाए, डार्क कलर की गाड़ी है, गाड़ी का नम्बर पता नहीं है।'

वायरलेस रिपोर्ट के मुताबिक़ पूरे शहर को सील किया जा चुका था। लेकिन रात के ढाई बजे आनन्द विवेक लधानी को लेकर स्टीम कार से जब दिल्ली के लिए रवाना हुआ तो न कहीं पर गाड़ी रोकी गई और न ही चेकिंग हुई। ग़ाज़ियाबाद बॉर्डर पर आनन्द ने सत्यव्रत और भुअर को उतार दिया और विवेक को लेकर दिल्ली में नवनिर्मित फ़्लैट डी-106, दिलशाद गार्डेन पहुँच गया। वहाँ पहले से ही अरविन्द सिंह चौहान और मनीष काम के सिलसिले में किराये पर रह रहे थे। वहीं पर एक कमरे में विवेक लधानी को रख दिया गया।

कुछ दिन बाद अजय शाही, जो हाइडिल के जेई विजय नारायन शाही का लड़का था और आनन्द का पुराना मित्र था, उसको भी गोरखपुर से बुलवा लिया गया। आनन्द एक एयर बैग में एके-47 लेकर वहाँ आता था और विवेक से बात करता था। टेलीफ़ोन नम्बर लेता था और उसके बाद दूर किसी पीसीओ पर जाकर विवेक लधानी के घर वालों से बात करता था। बात सत्तर लाख रुपये में तय हो गई।

विवेक लधानी के घर के सारे फ़ोन टैपिंग पर लगा दिये गए थे और यह तय हो गया कि विवेक को दिल्ली ले जाकर रखा गया है। विवेक के पिता अपने बेटे को लेकर बहुत चिन्तित थे, इसलिए वह पुलिस को बहुत सहयोग भी नहीं कर रहे थे। पुलिस उनके घर के टेलीफ़ोन रिकाड्‌र्स से दिल्ली के नम्बरों का पता करके, उसका पता नोट करती थी। सारे नम्बर दिलशाद गार्डेन से दो किलोमीटर की दूरी पर एक बाज़ार में स्थित अलग-अलग पीसीओ के निकले।

विवेक के पिता ने सत्तर लाख रुपये नियत स्थान पर भिजवा दिये। कुछ दिन बाद ही आनन्द पाण्डेय, बबलू, राजन तिवारी और मनीष रात ग्यारह बजे लधानी को वहाँ से लेकर गए और रेलवे स्टेशन के पास छोड़कर चले आए। विवेक लधानी के पिता को फ़ोन पर बता दिया, "आपके लड़के को सकुशल स्टेशन के पास छोड़ दिया है। उसे कुछ पैसे भी दे दिये हैं। वह आपको टेलीफ़ोन कर लेगा और आप उसे आकर ले जाइएगा।"

आनन्द पाण्डेय ने पहला काम यह किया कि उन पैसों से दिल्ली में एक फ़्लैट खरीदा और अपने पूरे परिवार को गोरखपुर से बुलाकर वहीं रहने की व्यवस्था कर दी।

अगले दिन एक सरदार ब्रोकर के माध्यम से ज़ेन गाड़ी राजेश्वर प्रधान के नाम पर खरीदी। इसके अलावा एक बुलेट अरविन्द के नाम से खरीदी। सत्यव्रत और भुअर को दस-दस हज़ार रुपये दिये, जबकि ये लोग बीस-बीस हज़ार रुपये माँग रहे थे।

"तुम लोग वापस लखनऊ चलो, कुछ दिन आराम करो।" आनन्द ने कहा, "अभी पुलिस का बहुत दबाव है, थोड़ा परिवार को स्थायी कर दूँ। खाना बनाने का सामान, राशन और सबके लिए कपड़े की व्यवस्था करनी है। इसके बाद ही अगले टार्गेट की व्यवस्था करते हैं। यहाँ सब ठीक-ठाक करके हफ़्ते या दो हफ़्ते में लखनऊ आएँगे और वहीं से सब लोग गोरखपुर चलेंगे।"

शाही, अरविन्द सिंह चौहान, बबलू तिवारी, मनीष, सत्यव्रत राय और भुअर—सभी वहाँ से निकले और अलग-अलग गाड़ियों से लखनऊ के लिए रवाना हो गए।

लधानी अपने घर पहुँच गया। अख़बारों में पुलिस की बहुत थू-थू और किरकिरी हुई। एसएसपी लखनऊ ने पूरी टीम को लधानी से मिलने और उससे कोई ऐसी जानकारी निकालने का प्रयास करने के लिए कहा जिससे सही बात पता चले। पुलिस का मानना था कि यह अपहरण भी श्रीप्रकाश शुक्ला ने ही किया है। अपहरण के दौरान विवेक लधानी के पिता से जिन-जिन नम्बरों से बात होती थी, उन नम्बरों को पता किया गया और यह भी पता लगा कि उनमें से दो मोबाइल नम्बर भी हैं, जो दिल्ली के हैं। सत्येन्द्र वीर सिंह और तेवतिया ग़ाज़ियाबाद के रहनेवाले थे। उनके दिल्ली में अच्छे सम्पर्क-सूत्र भी थे और दिल्ली की अच्छी जानकारी भी थी।

एसएसपी ने कहा, "पूरी टीम दिल्ली जाकर कैम्प करे और कम-से-कम विवेक लधानी के रुकने का स्थान और किडनैपिंग में शामिल सभी लोगों का पता लगाए।"

सारी टीमें दिल्ली पहुँच गईं। सत्येन्द्र वीर सिंह के जानने वाले एक इंस्पेक्टर पी.पी. सिंह वहीं किसी थाने पर तैनात थे। उन्होंने काफ़ी सहयोग किया और जिन-जिन पीसीओ से टेलीफ़ोन किये गए थे, उनको ढूँढ़ लिया गया। पीसीओ वालों से अलग-अलग बात की गई और पूछा गया कि टेलीफ़ोन करनेवाले का हुलिया कैसा था, कितने लोग आते थे, भाषा क्या थी। तीन-चार दिन के बाद पीसीओ वाले की सहायता से ही दिलशाद गार्डेन के उस मकान का पता लग गया जहाँ पर विवेक लधानी को रखा गया था। आसपास के लोगों से यह पता लगा कि यहाँ पर कुछ दिनों से ताला बन्द है लेकिन कभी-कभी शाम को ज़ेन से एक लड़का आता था। कभी वह रात में रुकता था और कभी तुरन्त चला जाता था। कभी-कभी उससे मिलने के लिए दो-तीन लोग भी आते थे।

टीम के सभी लोगों ने बैठकर यह अन्दाज़ा लगाया कि हो सकता है, यह जगह सिर्फ़ मिलने के स्थान के रूप में प्रयोग की जा रही हो! श्रीप्रकाश और आनन्द पाण्डेय कहीं और रहते हों! इसी बीच विवेक लधानी से काफ़ी प्रयास के बाद जो थोड़ी-बहुत बात हुई, उससे यह निष्कर्ष निकला कि जिन लोगों ने विवेक को काफ़ी दिनों तक दिल्ली के दिलशाद गार्डेन के इस फ़्लैट में रखा था, उनमें से श्रीप्रकाश की शक्ल वाला कोई नहीं था। विवेक को एके-47, नाइन एमएम पिस्टल और बाक़ी असलहे दिखाए गए और उसने पहचान कर जो बताया, उससे यह बात तय हो गई कि उन लोगों के पास एक एके-47 और प्वाइंट फ़ोर फ़ाइव की पिस्टल और एक रिवॉल्वर ज़रूर रही होगी। वहाँ पी.पी. सिंह के जानने वाले आसपास के लोगों को यह बता दिया गया था कि जैसे ही कोई आदमी इस फ़्लैट पर आए, वे सूचना देंगे। उस कॉलोनी से निकलने के दोनों रास्तों पर अपनी-अपनी गाड़ी लेकर सत्येन्द्र वीर सिंह, तेवतिया, अविनाश मिश्रा और राजेश पाण्डेय हर रोज़ सुबह-शाम चक्कर लगाने लगे।

14 दिसम्बर, 1997 को करीब ग्यारह बजे सत्येन्द्र वीर सिंह को उनके मोबाइल पर सूचना मिली कि ज़ेन से एक अकेला लड़का फ़्लैट पर आया है। ज़ेन का नम्बर, रंग और जगह भी उसने बता दी।

दिन के ग्यारह बजे कॉलोनी में बहुत चहल-पहल थी। सभी लोगों ने आपस में मोबाइल पर बात कर यह तय किया कि कॉलोनी में उसको छेड़ना ठीक नहीं है। कॉलोनी के बाहर निकलने के दो रास्ते हैं, उन दोनों पर अलग-अलग टीमें खड़ी कर दें और वहीं से पीछा करके, जहाँ थोड़ी सुनसान जगह हो, वहाँ ओवरटेक करके उतार लिया जाए। एक टीम में सत्येन्द्र वीर सिंह, तेवतिया अपनी गाड़ी के साथ लगे थे। दूसरी टीम में राजेश पाण्डेय, पाराशर के साथ एक नया सब-इंस्पेक्टर लगा हुआ था।

थोड़ी देर बाद फ़्लैट के पास रहने वाले लोगों में से एक आदमी ने बताया कि वह ज़ेन वाला लड़का आ गया है और वहाँ से निकलने के लिए गाड़ी स्टार्ट कर दी है। मेन रोड पर आने के बाद, दिल्ली की ओर से ग़ाज़ियाबाद की तरफ़ जाने वाली सड़क पर उसने गाड़ी मोड़ दी है।

ठीक उसी समय गाड़ी सामने से निकली और राजेश पाण्डेय ने उस गाड़ी का पीछा करना शुरू किया। गाड़ी में बैठा अकेला व्यक्ति गाड़ी धीमी रफ़्तार से चला रहा था और मोबाइल फ़ोन पर किसी से बात भी कर रहा था। करीब एक किलोमीटर जाने के बाद, जहाँ थोड़ा सुनसान था, वहीं पर ज़ेन को ओवरटेक करके गाड़ी को रोका गया। उसके पहले कि गाड़ी चलाने वाला कुछ समझ पाता, गाड़ी का दरवाज़ा खोलकर उसे बाहर खींच लिया गया। उसे गाड़ी में बैठाते ही उसकी पिस्टल छीनकर टाटा सूमो में पीछे की तरफ़ फेंक दी गई। गाड़ी की तलाशी ली गई लेकिन उसमें कुछ मिला नहीं।

सत्येन्द्र वीर सिंह को बताया गया कि वह मिल गया है लेकिन यह श्रीप्रकाश नहीं है, सम्भवत: आनन्द पाण्डेय है। लेकिन अपना नाम अलग बता रहा है। थोड़ी देर में सत्येन्द्र वीर सिंह की टीम भी वहीं आ गई और गाड़ी में उससे पूछताछ की गई। उसने बताया कि वह आनन्द पाण्डेय है। श्रीप्रकाश शुक्ला से उसका झगड़ा हो चुका है और वह काफ़ी दिनों से श्रीप्रकाश से अलग भी है। पूछताछ में वह आगे कुछ नहीं बता रहा था। गाड़ी के भीतर ही कुछ सख़्ती की गई तो उसने विवेक लधानी को किडनैप करने की बात स्वीकार की। उससे एके-47 के बारे में पूछा गया। उसने हर बार अलग-अलग जगहें बताईं कि यहाँ रखी हुई है। किडनैपिंग में मिले पैसे के बारे में भी पूछा गया। उसने बताया कि किडनैपिंग का पैसा सत्यव्रत को दे दिया था। वह उसे लेकर लखनऊ गया है। उसमें से उसने सिर्फ़ दस लाख निकाले थे जिसमें एक छोटा मकान, ज़ेन गाड़ी और एक मोटर साइकिल ख़रीद ली थी।

उसकी बात पर यक़ीन नहीं हो रहा था। घड़ी की सुई भला रुकने वाली कहाँ थी! रफ़्ता-रफ़्ता रात के नौ बज गए थे। ज़्यादा सख़्ती के बाद उसने कहा, "चलिए, मैंने एके-47 जिसके यहाँ रखी है, वहाँ ले चलता हूँ।"

करीब बीस किलोमीटर आगे ले जाने के बाद नरूला मोड़ पर छोटी-छोटी झोपड़पट्टियों वाले मकान की तरफ़ ले गया और इशारा किया, "सामने के मकान की तरफ़ दरवाज़ा खटखटाने पर एक महिला निकलेगी, सामने तख़्त के नीचे बैग रखा हुआ है, उसी में एके-47 है।"

तेवतिया और सत्येन्द्र वीर सिंह वहाँ गए और तख़्त के नीचे बैग मिल गया। उसे लेकर आए। उसे खँगाला गया। उसमें एके-47, एक मैगज़ीन और एक पॉलीथिन में कारतूस बँधे हुए रखे थे। इस आशा में कि शायद इसी घर में फिरौती

के पैसे भी रखे हों, पूरे मकान की तलाशी ली गई लेकिन वहाँ रुपये नहीं मिले। कमरे की पूरी तलाशी लेकर वे लोग गाड़ी पर आए और टाटा सूमो का दरवाज़ा खोलकर उससे पूछते रहे कि पैसा कहाँ रखा है, बता दो, नहीं तो मारे जाओगे। तभी अचानक आनन्द पाण्डेय पूरा दम लगाकर सीट से कूदा और तेवतिया और सत्येन्द्र वीर सिंह के बीच से भागने की कोशिश करने लगा। रात का घुप्प अँधेरा था। यह भी डर लग रहा था कि अगर दस क़दम भी दूर निकल गया तो बड़ी मुश्किल होगी।

राजेश पाण्डेय और पराशर भी कूदकर उसके पीछे हो लिये। भागते समय किसी चीज़ से ठोकर खाकर वह गिरा। सभी लोगों ने उसे पकड़ने की कोशिश की लेकिन अँधेरे में ही उसने असलहे छीनने की कोशिश की। उसी समय जब वह फिर भागने की कोशिश करने लगा तो उस पर गोली चलाई गई। गोली लगते ही आनन्द नीचे गिर गया। अँधेरे में यह समझ नहीं आ रहा था कि गोली कहाँ लगी है। गोली चलाने के तुरन्त बाद दिल्ली पुलिस कंट्रोल रूम को सूचना दी गई।

दिल्ली पुलिस भी आ गई। इसके बाद उसे हिला-डुलाकर देखा गया तो वह मर चुका था। दिल्ली पुलिस ने सारी सूचनाएँ एकत्रित कीं और दिलशाद गार्डेन के उस मकान की तलाशी ली। वहाँ पर दिल्ली पुलिस को कुछ डायरियाँ और काग़ज़ मिले, जिनके सहारे रात में दिल्ली पुलिस आनन्द पाण्डेय के उस मकान पर पहुँची जहाँ उसका परिवार रह रहा था। बाद में वहाँ से फिरौती में लिये हुए कुछ पैसे भी बरामद हुए। घर वालों को लाकर आनन्द की पहचान भी कराई गई।

अगले दिन अख़बारों में यह सूचना पढ़कर लखनऊ पुलिस को कुछ राहत तो हुई, पर फिर भी सभी अख़बारों में यही लिखा था कि 'श्रीप्रकाश नहीं पकड़ा गया'। दिल्ली पुलिस ने एके-47 पर पड़े नम्बर को जब सुबह सर्कुलेट किया और दिल्ली के अख़बारों में एके-47 पर पड़ा हुआ नम्बर देखा गया तो सीबीआई के डीजीपी लोकनाथ बेहरा तुरन्त थाने पर आ गए और आनन्द पाण्डेय और उसके गैंग की जानकारी लेने लगे।

राजेश पाण्डेय ने श्री बेहरा से पूछा, "सर, यह किसी सीबीआई के केस में वांटेड है क्या?"

बेहरा जी ने कहा, "नहीं, इनके पास जो एके-47 बरामद हुई है, वह पुरुलिया में विदेशी विमान से गिराए गए हथियारों में से एक है। मैं ही विमान से पुरुलिया में हथियार गिराए जाने वाली घटना की विवेचना कर रहा हूँ।"

पुरुलिया ड्रॉप का यह असलहा इसके पास तक कैसे पहुँचा, यह जानना बहुत ज़रूरी है। दिन भर दिल्ली पुलिस द्वारा जुटाई गई जानकारियों को लेकर शाम को पूरी टीम लखनऊ वापस आ गई।

अगले दिन फिर पूरी टीम इकट्ठा हुई और इस बात का सन्तोष हुआ कि श्रीप्रकाश का सबसे विश्वासपात्र साथी मार दिया गया है, लेकिन इस बात को लेकर सब हैरान थे कि जनपथ की घटना के बाद आनन्द और श्रीप्रकाश में मनमुटाव शुरू हो गया था। विराटनगर में आनन्द पाण्डेय को जब यह पता लगा कि श्रीप्रकाश उसकी बहन पर बुरी नज़र रखने लगा है, तब आनन्द पाण्डेय पूरी तरह से श्रीप्रकाश से अलग हो गया। फिर उसने अपना पूरा गैंग तैयार किया।

गैंग की फ़ायर पावर बढ़ाने के लिए बिहार में हत्याएँ की गईं। गैंग के पास एके-47 और पिस्टल आ गईं और उसने लखनऊ के बड़े व्यवसायियों में शामिल विवेक लधानी की किडनैपिंग कर ली और फिरौती की रक़म भी पा गया। लेकिन पुलिस को इस बात की कानों-कान ख़बर भी नहीं हुई कि श्रीप्रकाश से आनन्द अलग हो गया है और उसने अपना अलग गैंग तैयार कर लिया है।

यह अत्यन्त विचारणीय बिन्दु था कि सभी लोग इस बात से अनभिज्ञ थे कि गैंग के भीतर इतनी बड़ी घटना हो गई। सभी अधिकारियों के अपने-अपने स्रोत थे लेकिन फिर भी यह पता नहीं लग सका। सभी ने मिलकर यह विचार किया कि पुराने सूचना-स्रोत को अब नया करने की आवश्यकता है। मुख़बिर उतने प्रभावशाली नहीं रह गए हैं कि गैंग के भीतर की इतनी गम्भीर बात को बता सकें। बड़ी-बड़ी बातें करनेवाले मुख़बिरों के नाम पर भी चर्चा हुई, जो अपनी बातों से यह प्रदर्शित करते थे, मानो गैंग के साथ उनके घरेलू सम्बन्ध हों और कई बार उनके साथ खाना भी खाया हो! यह तय पाया गया कि सभी लोग अपने-अपने नये स्रोत तलाश करें और सूचना संकलन में और अधिक गम्भीरता दिखाएँ।

# सफ़ेद एम्बेसडर

सत्येन्द्र वीर सिंह और राजेश पाण्डेय का कार्यालय कैसरबाग़ में एक ही बिल्डिंग में था। दोनों लोग एक साथ बैठकर पुराने लखनऊ में जुलूसों के निकलने की चर्चा कर रहे थे। पुराने शहर में मुहर्रम के जुलूस निकलने के समय तनाव बहुत बढ़ जाता है और बड़ी संख्या में पुलिस बल लगाना होता है। यह बात चल ही रही थी कि एसपी सिटी कार्यालय में सत्येन्द्र वीर सिंह की कुर्सी के ठीक बाईं तरफ़ मेज़ से सटाकर रखे हुए वायरलेस सेट पर अचानक यह सूचना आने लगी कि थाना कैंट क्षेत्र में शिवनारायण पेट्रोल पम्प के पास एक एम्बेसडर कार, जिसमें लाल बत्ती लगी हुई है, उसमें बैठे लोगों पर अंधाधुंध फ़ायरिंग हुई है।

यह सूचना सुनते ही राजेश पाण्डेय ज़ोर से चीख उठे और बोले, "सर, चलिए, साले ने फिर किसी को निबटा दिया है! गाड़ी में लाल बत्ती लगी है, कोई बड़ा आदमी ही निबट गया!"

दोनों लोग एक ही गाड़ी में बैठकर हज़रतगंज होते हुए शिवनारायण पेट्रोल पम्प के पास पहुँच ही रहे थे कि लोरेटो कॉन्वेंट से थोड़ा पहले, राजभवन कॉलोनी से ढेर सारे अधिकारियों की गाड़ियाँ निकल रही थीं, तो ऐसा लगा कि घटना यहाँ नहीं हुई है। गाड़ी को रोककर वहाँ खड़े कुछ पुलिसवालों से पूछा गया :

"कोई घटना हुई है क्या?"

जवाब मिला, "सीनियर आईपीएस अधिकारी सीडी कैंथ ने अपने घर में अपनी ही रिवॉल्वर से गोली मारकर आत्महत्या कर ली है। सारे अधिकारी वहीं इकट्ठा हैं। कुछ आ गए हैं और कुछ लोग जा रहे हैं।"

यह सुनकर ड्राइवर को तेज़ी से मौक़े पर पहुँचने के लिए कहा गया। पाँच मिनट की दूरी पर शिवनारायण पेट्रोल पम्प का चौराहा आ गया। शिवनारायण पेट्रोल पम्प चौराहे के मोड़ पर लखनऊ से कानपुर और इलाहाबाद जानेवाले मार्ग की तरफ़ एक सफ़ेद रंग की एम्बेसडर गाड़ी खड़ी थी और एम्बेसडर गाड़ी के नीचे से बड़ी मात्रा में ख़ून निकलकर ढाल से होता हुआ रेलवे लाइन के किनारे नाले की तरफ़ बह रहा था।

जैसे ही रेलवे क्रॉसिंग पार करके सफ़ेद रंग की लालबत्ती लगी एम्बेसडर कार के नीचे से बहते ख़ून पर नज़र पड़ी, यह समझने में बिलकुल देर नहीं लगी कि श्रीप्रकाश ने वाकई किसी बड़े काम को अंजाम दिया है। गाड़ी पर सामने की तरफ़ लाल बोर्ड पर लिखा हुआ था : 'उपाध्यक्ष, उत्तर प्रदेश कोऑपरेटिव बैंक'। नज़दीक जाकर देखा, ड्राइवर के बगल में बैठा हुआ वर्दी में गनर और पीछे की सीट पर बैठे हुए दो लहीम-शहीम सफ़ेद कुर्ता-पाज़ामा पहने हुए लोग थे, जिनके चेहरे अब पहचान में नहीं आ रहे थे। सिर और चेहरे से भारी मात्रा में ख़ून निकलकर कार से नीचे बह रहा था।

घटना बीस-पच्चीस मिनट पहले की लग रही थी। काफ़ी भीड़ इकट्ठा हो गई थी। सीडी कैंथ साहब के आवास से, जहाँ उन्होंने आत्महत्या की थी, यह जगह बहुत दूर नहीं थी और पुलिस अधिकारियों की तमाम गाड़ियाँ या तो उनके आवास की तरफ़ जा रही थीं या फिर बाहर आ रही थीं। थोड़ी देर में ही यह पता लग गया कि मृतक उपाध्यक्ष, उत्तर प्रदेश कोऑपरेटिव बैंक, उपेन्द्र विक्रम सिंह और एक उनका ड्राइवर और एक गनर था। उपेन्द्र विक्रम सिंह के साथ बैठा हुआ दूसरा व्यक्ति इलाहाबाद का कोई बड़ा ठेकदार था जिसका नाम लोग शुक्ला बता रहे थे।

एसपी सिटी और राजेश पाण्डेय की गाड़ियों में बैठे सिपाही दौड़-दौड़कर खोखे उठा रहे थे और लाकर दिखा रहे थे। मौक़ा-ए-वारदात से मिले खोखों से पता चला कि हत्या करने में एके-47 और प्वॉइंट फ़ोर फ़ाइव की पिस्टल और नाइन एमएम की पिस्टल का प्रयोग किया गया है। प्वॉइंट फ़ोर फ़ाइव की पिस्टल का प्रयोग होना बहुत स्पष्ट संकेत दे रहा था।

सत्येन्द्र वीर ने राजेश पाण्डेय से पूछा, "कोई शक?"

"कोई शक नहीं।" राजेश पाण्डेय ने कहा।

शिवनारायण पेट्रोल पम्प के कोने में पान और सिगरेट के दो-तीन खोखे और क्रॉसिंग के उस पार चाय की कुछ दुकानें लगी हुई थीं। उन दुकानदारों से अलग-अलग पूछताछ करने पर जो जानकारी प्राप्त हुई, उससे यह पता चला कि एक सफ़ेद रंग की मारुति कार पहले से ही ठीक कोने पर खड़ी थी, जिसका मुँह रेलवे फाटक की तरफ़ था। जैसे ही यह एम्बेसडर गाड़ी और उसके पीछे चल रही टाटा सूमो इलाहाबाद-कानपुर की तरफ़ जानेवाली रोड की तरफ़ मुड़ी तो उसकी गति काफ़ी धीमी हो गई। मारुति में बैठे हुए लोगों ने गाड़ी को सोमनाथ द्वार के सामने नीचे उतरते हुए देखा, तो दो लोग गाड़ी से बाहर उतर गए। जब एम्बेसडर काफ़ी धीमी हुई और अपनी बाईं तरफ़ मुड़ी, मारुति के खुले शीशों में हाथ डालकर एक व्यक्ति ने एके-47 एवं दूसरे व्यक्ति ने दो पिस्टल निकाली। एके-47 लिये हुए व्यक्ति ने अंधाधुंध फ़ायर किया, तो गाड़ी अपनी जगह पर रुक गई।

गाड़ी रुकते ही पिस्टल लिये हुए व्यक्ति ने पीछे बैठे दोनों लोगों पर पिस्टल से फ़ायर किया और आगे बैठे हुए लोगों पर एके-47 लिये हुए व्यक्ति ने टूटे हुए शीशे को और तोड़कर, एके-47 को भीतर डालकर, ड्राइवर और गनर के सिर पर गोलियाँ मारीं। इसी बीच पीछे वाली सीट पर फ़ायर करनेवाले व्यक्ति ने दोनों लोगों को उनके सिर पर सटा-सटाकर गोलियाँ मारीं।

एम्बेसडर के पीछे चल रही टाटा सूमो में भी चार-पाँच लोग बैठे हुए थे, जिनके पास बन्दूक़ भी दिख रही थी पर एके-47 लिया हुआ व्यक्ति जैसे ही टाटा सूमो की तरफ़ एके-47 लेकर दौड़ा, टाटा सूमो तेज़ी से मुड़ी और वापस कटाई के पुल होते हुए लोरेटो चौराहे की तरफ़ भाग गई। जिस समय ये दोनों व्यक्ति एम्बेसडर में बैठे लोगों पर फ़ायरिंग कर रहे थे, मारुति में पीछे बैठा हुआ व्यक्ति ड्राइविंग सीट पर आकर बैठ गया और फिर नीचे उतरे ये दोनों मारुति में आराम से बैठकर सुल्तानपुर रोड की तरफ़ चले गए।

बहुत जघन्य तरीके से इन चारों की हत्या की गई थी। चेहरा इतना विकृत हो गया था कि आँख, कान, नाक का पता नहीं चल पा रहा था।

फ़ॉरेन्सिक टीम से पूछा गया कि किस बोर के हथियार से इतने गम्भीर ज़ख़्म हो सकते हैं, तो उन्होंने बताया कि यदि दूर से गोली चलाई गई होती तो तीन सौ पन्द्रह बोर की राइफ़ल से चेहरे का थोड़ा भाग उड़ जाता, लेकिन गोलियाँ नज़दीक से मारी गई हैं। मौक़े पर मिले प्वॉइंट फ़ोर फ़ाइव के कारतूसों से लगा कि चेहरे से सटाकर गोलियाँ मारी गईं, जिसके कारण पूरा चेहरा ही विकृत हो गया।

फ़ॉरेन्सिक टीम के सदस्यों ने यह भी बताया कि प्वॉइंट फ़ोर फ़ाइव बोर अमेरिकन शस्त्र है और ऐसा बताया जाता है कि जानवरों के शिकार में इस छोटे हथियार का प्रयोग अंग्रेज़ों के जमाने में किया जाता था।

उपेन्द्र विक्रम सिंह के परिवार के लोग भी वहाँ पहुँच गए। सभी शवों को एम्बेसडर से निकाला गया और पोस्टमॉर्टम के लिए भेज दिया गया।

लखनऊ के थाना कैंट में उपेन्द्र विक्रम के भाई और अन्य परिजन मुक़दमा लिखाने गए थे। इन लोगों ने मुक़दमा लिखाते समय पुरानी पारिवारिक रंजिश का हवाला देकर कुछ लोगों को नामज़द भी करा दिया था। हमेशा की तरह, फिर पूरे शहर में चेकिंग अभियान चलाया गया। गोसाईंगंज के पास बड़े सरकारी डेयरी फार्म तक बदमाशों के आने की सूचना मिली लेकिन तमाम प्रयासों के बाद भी कुछ पता न लग सका।

अगले दिन कोर टीम की मीटिंग में एसएसपी ने कहा, "यह जानकारी होने के बाद भी कि श्रीप्रकाश शहर में आ गया है, हम इस घटना को नहीं रोक सके!"

उपेन्द्र विक्रम सिंह की दिनचर्या से यह प्रतीत हुआ कि वह लखनऊ में ज़िलाधिकारी आवास के बगल में या हिन्दी संस्थान के सामने स्टेडियम के पास,

कोऑपरेटिव बैंक की बिल्डिंग में बने गेस्ट हाउस में ही रुका करते थे। गाड़ियों के आने-जाने का एक ही रास्ता था, जहाँ से उपेन्द्र विक्रम सिंह के आने-जाने पर नज़र रखी जा सकती थी। बार-बार श्रीप्रकाश की लोकेशन सवेरे के समय स्टेडियम के पास और शाम के समय ट्रांस गोमती के सामने जो मिलती थी, उसका पूरा माज़रा अब सबकी समझ में आ चुका था। ट्रांस गोमती में अपने एक गहरे मित्र के यहाँ उपेन्द्र विक्रम सिंह अक़्सर सवेरे जाया करते थे और उनको साथ लेकर कभी-कभार स्टेडियम में भी सवेरे टहल लेते थे। शायद इसी कारण से श्रीप्रकाश सुबह-सुबह इन्हीं इलाक़ों में जाकर अपने शिकार का इन्तज़ार करता था।

इस गम्भीर घटना के बाद जब उसी दिन शाम को लखनऊ के कुछ सायंकालीन समाचार-पत्रों में लखनऊ पुलिस की लानत-मलामत की गई और लखनऊ की सुरक्षा को लेकर मज़ाक उड़ाया गया तो एक बार फिर से दबाव लखनऊ पुलिस पर बढ़ गया। ऐसा लग रहा था कि श्रीप्रकाश और उसके गैंग का पद पुलिस और सरकार से बड़ा होता चला जा रहा है। सभी जगह यह चिन्ता का विषय हो गया था। यह तय किया गया कि फ़िलहाल लखनऊ से बाहर जानेवाले और बाहरी जनपदों से लखनऊ आने वाले सभी रास्तों पर बैरियर लगाकर चौबीस घंटे आने-जाने वाले वाहनों की चेकिंग की जाए। इस बार यह आदेश भी दिया गया कि लाल-नीली बत्तियाँ लगी हुई गाड़ी में यदि नई उम्र के युवक बैठे हों तो उन्हें भी चेक किया जाए। यदि ऐसी गाड़ियों में कोई वीआईपी अथवा पुलिस अधिकारी बैठे हों तो उन्हें बता दिया जाए कि किन कारणों से यह चेकिंग करना आवश्यक है।

घटना के बाद श्रीप्रकाश वापस गोरखपुर चला गया था।

अनुज और सुधीर ने श्रीप्रकाश से कहा, "मोकामा ज़्यादा सुरक्षित है। गोरखपुर में पुलिस परेशान कर रही है, क्यों न हम लोग मोकामा ही चलकर वहीं रुक जाएँ? क्योंकि फिर एक पुलिसवाले की हत्या हो गई है इसलिए पुलिस तेज़ी पकड़ेगी।"

"अभी तुरन्त मोकामा जाना ठीक नहीं है।" श्रीप्रकाश ने कहा, "दादा के दिमाग़ में पता नहीं क्या चल रहा होगा! उन तीनों के मारने के बाद दादा के व्यवहार में थोड़ा परिवर्तन दिखाई दे रहा है और गोरखपुर में कौन माई का लाल हमारी चेकिंग करेगा या हमारे घरों में दबिश देगा? हम लोग वहीं चलते हैं।"

गोरखपुर में एक दिन पवन पाण्डेय का फ़ोन आया, "अशोक भाई, फ़ैज़ाबाद के हमारे कार्यालय और आवास, दोनों जगह पुलिस की दबिश हो चुकी है। अगर इधर आने का कोई प्रोगाम बनता है तो हमें पहले से बता देना, हम कहीं और इन्तज़ाम कर देंगे।"

"अभी उधर आने का हमारा कोई प्रोग्राम नहीं है। अब तो तुम्हारा सारा काम हो गया। फ़ैज़ाबाद, सुल्तानपुर के सारे ठेके और शराब का काम तुम्हें मिल गया है।

अब रास्ते में कोई रुकावट नहीं है। कभी खर्चे-पानी की ज़रूरत पड़ेगी, तो बताऊँगा, भिजवा देना।" श्रीप्रकाश ने कहा।

पवन पाण्डेय ने फिर कहा, "अशोक भाई, मैं इधर दो-तीन बार लखनऊ आया-गया लेकिन हर बार पुलिस ने गाड़ी रोककर चेक की। अब लखनऊ में पहले से बहुत सख़्ती है। जब तक मामला ठंडा न पड़ जाए, अभी लखनऊ आने लायक नहीं है।"

"हमें सब पता है पवन भाई, परेशान मत हो। जब हमें आना होगा, तब मैं आ जाऊँगा।" श्रीप्रकाश ने कहा।

पास बैठे सुधीर ने कहा, "भैया, इस तरह से ज़िद नहीं करते हैं। कुछ दिन चलो, नेपाल रुक लेते हैं। पवन भाई ठीक कह रहे हैं। जब मामला शान्त हो जाएगा, तब वापस आएँगे।"

"बिलकुल नहीं। अबकी बार किसी पुलिसवाले ने बैरियर लगाकर गाड़ी रोकी तो वहीं एके की सारी गोलियाँ भेजे में उतार दूँगा। उसके बाद देखना, पुलिस अपने सारे बैरियर हटा लेगी और ये साले अधिकारी कितनी भी कोशिश कर लें, बैरियर पर पुलिस कभी गाड़ी नहीं रोकेगी।" श्रीप्रकाश बोला।

थोड़ी देर बाद उसने कानपुर में मंजू को फ़ोन किया और उससे कहा, "तुम कानपुर से गोरखपुर किसी ट्रेन से आ जाओ। तुम्हें एक पीसीओ का नम्बर दे रहा हूँ। पीसीओ पर जो भी मिलेगा, उसको सिर्फ़ अपना नाम, गाड़ी का नम्बर और किस गाड़ी से आ रही हो, यह बता देना। मैं गोरखपुर स्टेशन पर तुम्हें उतरवा लूँगा।"

उधर से मंजू ने कुछ कहा होगा तो श्रीप्रकाश ने गन्दी-गन्दी गालियाँ देते हुए कहा, "मुझे कोच नम्बर और बर्थ नम्बर की ज़रूरत नहीं है। हम तुम्हें स्टेशन पर ढूँढ़वा लेंगे और जो तुम्हें लेने जाएगा, वह तुम्हें मेरे पास तक ले आएगा, इसकी चिन्ता तुम छोड़ दो।"

फ़ोन कटने के बाद सुधीर ने फिर कहा, "भाई, कहीं ऐसा न हो कि पुलिस मंजू तक पहुँच गई हो और उसके पीछे-पीछे हम लोगों तक पहुँच जाए!"

"तुमको पता है, कुत्ते कभी शेर की माँद में नहीं घुसते! कोई पुलिसवाला यहाँ तक नहीं आएगा। हमें सब तरीका पता है। जो मंजू को लेने जाएगा, उसे सब बता दूँगा।" श्रीप्रकाश ने कहा।

सुधीर ने फिर पूछा, "मंजू को यहाँ बुलाने की क्या ज़रूरत है? यहाँ कौन-सी कमी है? वह मोहद्दीपुर वाली दोनों को मैं यहीं बुलवा दूँ?"

"ज़्यादा अक़्लमन्द न बनो। तुमको पता नहीं, इंस्पेक्टर कैंट मोहद्दीपुर वाली को उसके बाप के साथ बुलवाकर पूछताछ कर चुका है? जब तुम्हें पूरी बात पता नहीं रहती तो क्यों पड़ी लकड़ी लेते हो? मैं बताऊँगा कि मंजू को यहाँ क्यों बुलवा रहा हूँ।" श्रीप्रकाश ने गुस्से में कहा।

श्रीप्रकाश ने एक दिन सुधीर और अनुज से कहा, "सूरजभान दादा थोड़ी मुश्किल में हैं। बिहार के एक मंत्री ने उनको जेल भिजवा दिया है। काम बहुत बड़ा है लेकिन काम अगर हो गया तो फिर बिहार भी अपना होगा। किसी माई के लाल में इतनी हिम्मत नहीं है कि बिहार में किसी काम को मना करे। उत्तर प्रदेश तो लगभग कब्ज़े में आ ही चुका है—बस, हरिशंकर तिवारी को थोड़ा और डील करना पड़ेगा, नहीं मानेंगे तो उनकी भी खोपड़ी में ताँबे और पीतल की दुकान खोलूँगा। लेकिन सूरजभान दादा के पास जाने से पहले लम्बे पैसे का जुगाड़ करना बहुत ज़रूरी है क्योंकि दादा ने जो काम बताया है, वह थोड़ा रिस्की भी है। वहाँ पूरी सरकार पीछे पड़ेगी लेकिन अगर काम पूरा हो गया तो फिर कोई दिक़्क़त नहीं होगी।"

"मूलराज अरोरा से बाक़ी पैसा मँगवाओ, फिर मोकामा चलते हैं।" अनुज बोला।

"वह साला रोने लगता है और उसके सारे फ़ोन में पुलिस ने टैप लगवा रखे हैं।" श्रीप्रकाश ने कहा।

"भाई, उसने लखनऊ के छह-सात लोगों के नाम लिखवाए थे जिनकी पकड़ अगर हो जाए तो दस-बीस करोड़ आराम से मिल जाएँगे। फिर सब लोग थोड़े दिन के लिए थाईलैंड चलेंगे। कुछ दिन वहाँ पर मौज-मस्ती करके जब वापस लौटेंगे, तब तक पुलिस भी ठंडी पड़ जाएगी।" सुधीर बोला।

"बिलकुल ठीक बताया, अभी डायरी निकालता हूँ।" श्रीप्रकाश ने कहा, "उसने तो नम्बर लिखवाए थे, लेकिन पहले बात करना ठीक नहीं है, पहले उनकी कुंडली निकाल ली जाए। अगर ऐसे ही यह सब पचास-पचास लाख रुपये देंगे तो पकड़ करने की ज़रूरत नहीं पड़ेगी और सूरजभान दादा का काम करके वहीं से नेपाल निकल चलेंगे, फिर कुछ दिन के लिए थाईलैंड घूमकर आएँगे।"

श्रीप्रकाश ने अपनी डायरी निकाली और लखनऊ में तीन-चार लड़कों को फ़ोन किया। एक लड़के को संजय सेठ, एक को सरना मार्बल वाले, एक को लधानी कोका कोला वाले, एक को हज़रतगंज के रेमंड शोरूम वाले और एक को लखनऊ के सबसे बड़े हार्ट स्पेशलिस्ट डॉक्टर मिश्रा के बारे में बताया। सबको यह हिदायत दी, "कुंडली पूरी ही निकालनी है। पहले इनका पता कर लेना, उसके बाद यह पता करना कि कितने बजे घर से निकलते हैं, कहाँ-कहाँ जाते हैं, कितने बजे वापस घर पहुँचते हैं, घर में कितने लोग हैं, घर में कितनी गाड़ियाँ हैं, बच्चे किस-किस स्कूल में पढ़ते हैं। सभी गाड़ियों के नम्बर, ड्राइवर का नाम और हुलिया। कुंडली में कोई चीज़ छूट न जाए और अगर कुंडली के राहु-केतु भी कोई हों, तो उनकी भी कुंडली निकाल लेना।"

"भाई, लौंडों को सीधे-सीधे बताओ कि गनर और सिक्योरिटी गार्ड के बारे में भी सूचना इकट्ठी कर लें। नये लौंडे हैं, पता नहीं ये क्या समझें?" सुधीर ने कहा।

"अब लौंडे, लौंडे नहीं रहे। हमसे-तुमसे ज़्यादा दिमाग़ रखते हैं। जो नहीं पूछा गया होगा, उसकी भी जानकारी करेंगे। कुंडली बताने के बाद इन सालों को दस हज़ार रुपये से कम भी नहीं चाहिए।" श्रीप्रकाश ने बताया।

"सुरेश से बढ़िया कुंडली आज तक किसी ने नहीं निकाली है, सुरेश को क्यों नहीं बताया?" सुधीर ने पूछा।

"अब सुरेश से कुंडली नहीं निकलवाऊँगा। उसका लालच बढ़ गया है। दूसरा यह कि एक बार मूलराज की कुंडली निकालते समय ज़्यादा चटकरी कर गया था। मूलराज को उस पर शक़ हो गया था। चार-पाँच दिन से लगातार लगा हुआ था। मूलराज ने पुलिस को बताया तो पुलिस उसको पकड़कर सुल्तानपुर चौकी ले गई थी लेकिन ग़नीमत थी कि उसकी गाड़ी के सारे काग़ज़ पूरे थे। कोई सामान और असलहा उसके पास नहीं था। यूनिवर्सिटी का आई कार्ड भी सही था। इसलिए पुलिस ने यह सोचकर कि अपार्टमेंट की किसी लड़की के चक्कर में यह वहाँ पर कई दिन से घूम रहा होगा। सुरेशवा बहुत चालू है। उसने कह भी दिया कि इसी अपार्टमेंट से एक लड़की निकलकर यूनिवर्सिटी जाती है, इसी के चक्कर में वह यहाँ खड़ा रहता है।" श्रीप्रकाश ने कहा।

"यह काम ठीक है। अगर इनमें से कोई मिल गया तो सिंगापुर की अपनी ट्रिप पक्की हो जाएगी।" सुधीर बोला।

श्रीप्रकाश ने लड़कों से कहा, "जैसे ही कुंडली पूरी हो जाए और टार्गेट घर के भीतर चला जाए तो तुरन्त ही पूरी कुंडली बताओ।"

सबसे पहला नम्बर रेमंड शोरूम वाले का आया। लड़के ने पूरी कुंडली बता दी थी।

"राहु-केतु कितने हैं?" श्रीप्रकाश ने पूछा।

लड़के ने बताया, "भैया, हज़रतगंज वाले शोरूम में दरवाजे के बाहर कुर्सी पर दो लोग बैठे रहते हैं। एक के पास दो नाली और एक के पास एक नाली बन्दूक़ है।"

"गाड़ी में कौन-कौन रहता है?" श्रीप्रकाश ने पूछा।

"आते समय तो उसके बाप गाड़ी में बैठे रहते हैं। दोनों साथ-साथ आते हैं लेकिन बाप दिन में ही वापस चला जाता है। दुकान बन्द करके लाला अकेले ही नौकर के साथ आता है और नौकर आगे की सीट पर दुकान की चाबियों का गुच्छा, एक काले रंग के चमड़े के बैग में रखकर, लिये बैठा रहता है और लाला पीछे बैठता है।" लड़के ने बताया।

पूरी कुंडली सुनकर श्रीप्रकाश शुक्ला ने रात में लाला को फ़ोन किया और उससे कहा, "लाला, मैं तुमको दो बार फ़ोन कर चुका हूँ। तुमने देखा नहीं, विवेक श्रीवास्तव और वीरेन्द्र शाही कैसे मारे गए थे? आज मैं तुम्हें मार देता लेकिन मुझे लगा कि शायद तुम्हें अक्ल आ जाए और तुम पैसा पहुँचा दो। तुम्हारी दुकान में आज कपड़ा

ख़रीदने मंत्री जी का परिवार आया था, पूरे लाव-लश्कर के साथ। आज तुम सवेरे पौने ग्यारह बजे, सफ़ेद टाटा सफ़ारी से निकले थे। तुम्हारे बाप सफ़ेद शर्ट और काली पैंट पहने पीछे बैठे थे और तुम गुलाबी रंग की चेक शर्ट और काली पैंट पहने थे। तुम्हारा बुड्ढा ड्राइवर नीले रंग की पैंट और शर्ट पहने हुए था। तुम सवेरे स्टेडियम के पास मेहरोत्रा की पान की दुकान पर उतरे थे। वहीं पर तुम्हें दो आदमी और मिले थे जिनमें से एक नाटे क़द का बहुत मोटा आदमी था। वह तुमको स्टेट बैंक की तरफ़ अकेले ले जाकर तुमसे कुछ बात कर रहा था, उसके बाद तुमने पान बँधवा लिया था। जब तुम उससे अकेले बात कर रहे थे, मैं तुम्हारे पास से निकला था। एक बार तो मन में आया कि भेजे में चार गोलियाँ उतार दूँ, फिर मैंने सोचा, आज तुमसे अन्तिम बार बात कर लेता हूँ। अक्ल आ गई तो ठीक, वरना किसी भी दिन भेजे में ताँबा भर दूँगा। तब दो गुने पैसे तुम्हारे घर वाले दे देंगे। दिन में जब मंत्री का परिवार ख़रीदारी करने आया था, तो जब तुम उनको बाहर छोड़ने आए थे और उनके जाने के बाद तुम दुकान की सीढ़ी पर चढ़ रहे थे, तब भी मैं तुम्हें मार सकता था। तुम दोपहर में दुकान से निकलकर अमीनाबाद भसीन की दुकान पर भी गए थे। वहाँ से लौटकर प्रकाश कुल्फ़ी वाले के यहाँ तुमने कुल्फ़ी भी खाई थी। वहाँ तुम्हें आराम से मारकर भीड़ में निकल जाता, किसी माई के लाल को पता भी न लगता! अभी तुम जब गाड़ी से उतर गए और तुम्हारे नौकर ने तुम्हें चाबियों वाला काला बैग दिया, उस समय तो वहाँ कोई नहीं था। तुम्हारे मुँह से तो आवाज़ भी नहीं निकलती। गाड़ी लेकर ड्राइवर गैराज़ में खड़ी करने चला गया था, घर वालों को भी घंटों बाद पता चलता कि तुम घर के सामने ही औंधे पड़े हो।"

लाला के चेहरे पर हवाइयाँ उड़ने लगीं। लाला 'भैया-भैया' करते हुए गिड़गिड़ाने लगा, "अशोक भाई, धन्धा बहुत मन्दा चल रहा है। पचास लाख तो मेरे बैंक एकाउंट में भी नहीं होगा, मैं कहाँ से दूँगा?"

"कहाँ से लाओगे, यह तुम जानो। मैं तुम्हें सिर्फ़ इसलिए बता रहा हूँ कि आज दिन भर मैं तुम्हारे पीछे-पीछे तुम्हें मारने के लिए घूम रहा था। तुम्हें तो अन्दाज़ा हो गया होगा कि अगर मैं चाहता तो आज तुम्हें कितने आराम से मार देता। मैं कल सुबह तुम्हें फिर फ़ोन करूँगा। रात भर का समय है, तुम आराम से सोच लो। पैसा तो देना ही होगा। तुम नहीं दोगे तो मरने के बाद तुम्हारी घरवाली और बच्चे देंगे।" श्रीप्रकाश ने कहा।

लाला के चेहरे पर हवाइयाँ उड़ रही थीं। फ़ोन कटते ही उसकी पत्नी ने पूछा, "क्या बात है? कौन था?"

"वही अशोक सिंह था, जिसने वीरेन्द्र शाही, विवेक श्रीवास्तव को मारा था और मूलराज अरोड़ा को किडनैप करके उससे पैसे वसूले थे। इसका असली नाम श्रीप्रकाश शुक्ला है।" लाला ने बताया।

श्रीप्रकाश शुक्ला नाम सुनते ही लाला की पत्नी भी बहुत गम्भीर हो गई और बोली, "यह तो बहुत बड़ा गुंडा है। काफ़ी दिनों से इसका नाम अख़बार में निकल रहा है। इसी ने जनपथ में दारोग़ा को गोली मारी थी?"

"हाँ।"

"क्या माँग रहा है?"

"पचास लाख रुपये माँग रहा है।"

"किस बात के?"

"बिना किसी बात के, गुंडा टैक्स माँग रहा है। इतना पैसा मैं कहाँ से दूँगा? इसने कल सुबह फिर फ़ोन करने को कहा है। यह तो मेरे घर से निकलते और घर वापस आते समय तक मेरे आसपास ही था। एक-एक करके छोटी-छोटी बात भी इसने बताई है कि कौन मिलने आया था, मैं किस-किस रंग के कपड़े में था, कब थोड़ी देर के लिए मैं दुकान से निकला था, कब भसीन भाई की दुकान पर गया था—उनसे कुछ पुराना हिसाब करने के लिए। यहाँ-वहाँ की बात भी बता रहा है। जैसाकि यह बता रहा है, मुझे भनक तक नहीं लगी कि दिन भर से कोई मेरा पीछा कर रहा है और जैसा इसने बताया, बिलकुल सही बताया। यह कभी भी बहुत आराम से मुझे मार सकता है। मेरा तो दिमाग़ ही काम नहीं कर रहा है कि मैं करूँ क्या। रक़म बहुत लम्बी है। एक को दूँगा, तो दस और खड़े हो जाएँगे। किसको-किसको देता रहूँगा? नहीं दूँगा तो यह मुझे मार डालेगा।" लाला ने कहा।

"मूलराज भाई से बात करो, वही कोई रास्ता बताएँगे।" लाला की पत्नी बोली।

लाला ने तुरन्त मूलराज अरोड़ा को फ़ोन लगाया। थोड़ी देर बात करने के बाद लाला ने फ़ोन रख दिया।

"कोई रास्ता निकला?" उसकी पत्नी ने पूछा।

"मूलराज कह रहा है कि जब उसकी किडनैपिंग हुई थी तो उसने भी थोड़े ही पैसे देकर अपना पिंड छुड़ाया था और यह वायदा करके आया था कि बाक़ी के पैसे भी जल्दी भिजवा देगा, लेकिन वह पैसा भिजवा नहीं पाया है। अशोक सिंह उसको भी बार-बार पैसों के लिए तंग कर रहा है। मूलराज का कहना है कि वह परेशान हो गया है और कुछ दिन के लिए लखनऊ से बाहर जा रहा है। वह यह भी बता रहा था कि बहुत ख़तरनाक आदमी है। उसने मूलराज को जहाँ रखा था, वह बिहार की कोई जगह है। इसके गैंग के पास तरह-तरह की बन्दूक़ें हैं। वहीं पर पहली बार इसने एके-47 दिखाई थी, जो इसके पास एक नहीं, तीन-चार हैं। मूलराज ने आगे यह भी बताया कि जान बचाने के लिए पैसा देने के अलावा कोई और चारा नहीं है।" लाला ने बताया।

"तो पुलिस को बता दो, पुलिस साथ में रहेगी तो कैसे मार पाएगा?" लाला की पत्नी ने कहा।

"मूलराज बता रहा था कि पुलिस ने क्या उखाड़ लिया? उसे दिन-दहाड़े उसके हज़रतगंज के ऑफ़िस से उठाकर रोड के रास्ते से बिहार तक ले जाया गया था। रास्ते में कहीं पुलिस दिखाई भी पड़ी, तो सैल्यूट ठोंकती ही मिली। ऐसा लगता है कि पुलिस में ऊपर से नीचे तक इसकी सेटिंग है। उसने भी तीन-चार दिन तक यही कोशिश की थी कि शायद तब तक पुलिस ही आ जाए और पैसा और जान दोनों बच जाए, लेकिन कोई नहीं आया और पैसा देना ही पड़ा।" लाला ने कहा।

लाला की पत्नी बोली, "ऐसे बिना बात के पैसे देना तो ठीक नहीं लग रहा है, कल तुम जाकर एसएसपी से बात करो।"

"तुम नहीं समझ रही हो। आज इसने जिस तरह से पीछा किया है कि मैं प्रकाश कुल्फ़ी वाले के यहाँ कुल्फ़ी खा रहा था, यह वहाँ भी खड़ा था और हाँ, इसने यह भी बताया कि दोनों बच्चे किस-किस स्कूल में और किस-किस क्लास में पढ़ रहे हैं।" लाला बोला।

"अरे बाप रे! फिर तो जोखिम लेना ठीक नहीं है। कल कुछ कम या ज़्यादा की बात करो, इतना पैसा एक साथ कैसे दिया जा सकता है?" लाला की पत्नी बोली।

"ठीक है।" लाला बोला।

अगले दिन नौ बजने ही वाले थे कि लाला की साँसें ऊपर की ऊपर और नीचे की नीचे थीं। लाला ने अपनी पत्नी को बुलाया और कहा, "मेरी हिम्मत नहीं पड़ रही है उसका फ़ोन उठाने की। वह फ़ोन ज़रूर करेगा। फ़ोन तुम उठाना और बताना कि मैं नहाने गया हूँ। अगर वह बात आगे बढ़ाता है तो उसे बताना कि हम लोग कितने परेशान हैं, पैसा हमारे पास बिलकुल नहीं है। अगर बात बन जाती है तो तुम इशारा करना, मैं आ जाऊँगा, फिर मैं बात करूँगा।"

वह अपनी पत्नी को समझा ही रहा था कि तभी फ़ोन की घंटी बजी। लाला की पत्नी ने तुरन्त फ़ोन उठाया लेकिन वह फ़ोन लाला के छोटे भाई का था। लाला पीछे खड़ा होकर सुन रहा था। लाला और उसकी पत्नी की जान में जान आई कि उसका फ़ोन नहीं है। एक तसल्ली तैरने लगी। फ़ोन रखते ही फिर से घंटी बजी और उधर से आवाज़ आई, "मैं अशोक सिंह बोल रहा हूँ। लाला कहाँ है?"

"वह नहाने गए हैं।"

फिर उधर से आवाज़ आई, "कितनी देर पहले नहाने गया है?"

"किसी के फ़ोन की प्रतीक्षा कर रहे थे, अभी-अभी नहाने गए हैं।... आप कौन बोल रहे हैं। मैं उनके आते ही बता दूँगी।"

"तुम कौन हो?"

"मैं उनकी पत्नी बोल रही हूँ।"

"बता देना कि अशोक सिंह का फ़ोन आया था और जब टाइम बता दिया गया था तो फ़ोन छोड़कर जाना नहीं चाहिए था। मैं अभी थोड़ी देर में फ़ोन करूँगा।"

"अच्छा-अच्छा, भाई साहब, मैं समझ गई। शायद आपके ही फ़ोन का इन्तज़ार कर रहे थे। भाई साहब, हम लोगों पर थोड़ा रहम करिए, अभी हमारे बच्चे बहुत छोटे हैं।"

"किस बात का रहम करूँ? तू भी तो परसों एक बर्थडे पार्टी में गई थी, कम-से-कम तीन किलो सोना और हीरा लादे हुए थी। पूरा लखनऊ लूटकर रख दिया, अब तुझसे क्या बात करूँ? आधे घंटे में फ़ोन मिलाऊँगा। वैसे तुम्हारा नाम क्या है?"

"भाग्यश्री मेरा नाम है।"

"तुम्हारी हाइट थोड़ी-सी ज़्यादा होती तो तुमसे सुन्दर कोई औरत लखनऊ में न होती! तुम्हारी आवाज़ बहुत अच्छी है।"

इतना सुनना था कि लाला की पत्नी के हाथ से फ़ोन गिर गया।

लाला पीछे खड़ा था, वह घबरा गया और उसने फ़ोन का चोगा उठाकर जल्दी से क्रेडिल पर रखा। लाला की पत्नी पसीने में डूब गई थी। लाला ने पूछा, "क्या बात हुई, कुछ बात बनी क्या?"

"बहुत ख़तरनाक आदमी लगता है। अब तुम बात करो, पैसे तो देने ही पड़ेंगे। इसे सबके बारे में सब कुछ पता है। परसों अतुल अग्रवाल के यहाँ वाली बर्थडे का ज़िक्र कर रहा था।' पत्नी बोली।

श्रीप्रकाश ने आधे घंटे बाद फिर फ़ोन किया। अबकी बार सीधे लाला ने फ़ोन उठाया।

"लाला जी, क्या तय किया—तुम जीना चाहते हो या मरना चाहते हो? मेरे पास टाइम नहीं है और तुम्हें आज ही बताना पड़ेगा।" श्रीप्रकाश ने कहा।

लाला की घिग्गी बँध गई। उसने कहा, "आप भैया, जितना कह रहे हैं, उतना तो मैं किसी कीमत पर इन्तज़ाम नहीं कर पाऊँगा। थोड़ा-बहुत कहो तो दे सकता हूँ।"

"कितना कर सकते हो?"

"पाँच लाख रुपये दे सकता हूँ।"

बस, इतना सुनते ही श्रीप्रकाश आगबबूला हो गया, "मा...चो. .बनिये के कुत्ते, भिखमंगा समझ रखा है क्या? अब तो तू पूरा पचास देगा या कल भैंसा कुंड में मोक्ष प्राप्त करेगा।" इतना कहकर श्रीप्रकाश ने फ़ोन काट दिया।

लाला की पत्नी पास में ही खड़ी थी, पूछा, "क्या बोला वह?"

"पाँच लाख सुनते ही वह गाली देने लगा।"

"जो माँग रहा है वह, दे दो। जान से बढ़कर कुछ नहीं है, पैसा तो फिर कमा लेंगे।"

"इतना कैश कहाँ से निकालेंगे? इनकम टैक्स वाले वैसे ही रोज़ चक्कर लगा रहे हैं, फिर किसको-किसको जवाब देते फिरेंगे?"

"पैसा दे दो, नहीं तो पूरा परिवार ही बरबाद हो जाएगा।"

"पहले की बात और थी, जब हज़रतगंज में मैं और भसीन ही थे। ये जो तीन और नये शोरूम आ गए हैं, इतना पैसा फिर से कमाने में दस साल लग जाएँगे।"

"उससे बात कर लो कि पैसा मैं पूरा दे दूँगा लेकिन उनके शोरूम बन्द करा दे।"

"क्या पागलपन की बात कर रही हो! कभी बात खुली तो तुम भी जेल जाओगी और मैं भी जेल जाऊँगा। दोबारा फ़ोन अगर आया तो पाँच के बजाय दस की बात करूँगा। बाक़ी के लिए किस्त की बात करूँगा कि हर तीन महीने पर दस-दस करके साल भर में पचास पूरा कर दूँगा।"

"यह सही दिमाग़ लगाया।" लाला की पत्नी बोली।

पति-पत्नी बात कर ही रहे थे कि फ़ोन की घंटी बजी।

लाला ने फ़ोन उठाया, उधर से आवाज़ आई, "क्यों बे माँ के लौ...इसका मतलब तूने सोच लिया है कि तुझे इस दुनिया में नहीं रहना है?"

लाला गिड़गिड़ाते हुए बोला, "भैया, ऐसा जुल्म न करिए, मेरे बच्चे बहुत छोटे हैं। साल भर पहले तक हम लोगों की स्थिति बहुत अच्छी थी, पूरे मार्केट में कपड़े की दो ही दुकानें थीं, अब ये जो तीन नये शोरूम आ गए हैं, इनकी वजह से धन्धे में मन्दी आ गई।"

"ये तीन कौन-कौन हैं?" श्रीप्रकाश ने पूछा।

लाला ने एक ही साँस में तीनों नाम गिना दिये और यह भी बताया कि इनमें से दो सिन्धी हैं और एक बनिया है।

"सिन्धी वही है जो छोटा-सा है, गोरा-सा, जिसने सिर्फ़ साड़ी का शोरूम खोला है, बहुत मीठा बोलता है?" श्रीप्रकाश ने पूछा।

"हाँ।" लाला ने कहा।

"तुम पूरे पैसे दे दो, हज़रतगंज में फिर तुम्हारा ही सिक्का चलेगा। जब तुम इतनी मदद करोगे तो फिर मेरा भी फ़र्ज़ बनेगा कि मैं बाज़ार में तुम्हें चमका दूँ।"

"जी भैया।"

"कल तुम पूरा पैसा भिजवा दो तो एक हफ़्ते में ये तीनों दुकानें बन्द हो जाएँगी।"

"अरे नहीं भैया, ऐसा मत करिएगा। हरामी तो तीनों बहुत हैं पर उनके बाल-बच्चे भी हैं, पर मैं आपका पूरा साल भर में चुका दूँगा।"

"क्या बोले, साल भर? तुम्हारा दिमाग़ ख़राब है? पैसा तो मुझे कल चाहिए।"

"इतनी लम्बी रक़म के लिए भैया, थोड़ी मोहलत नहीं देंगे तो हम कहाँ से लाएँगे? मैं जानता हूँ कि पैसा मुझे देना ही है और पैसा नहीं दिया तो आप मुझे जब चाहेंगे, मार देंगे।"

"कल कितना पैसा दे सकते हो?"

"भैया, कल हम दस लाख भिजवा देंगे। बाक़ी हमारी तीन-तीन महीने की किस्तें बना दीजिए। ठीक तीन महीने बाद मैं दस और दे दूँगा और आपका एक-एक पाई भिजवा दूँगा।"

"अच्छा, ठीक है, कल काउंटर पर दस लाख रुपये रेडी रखना। हाँ, यह ध्यान रखना कि ज़रा-सी भी चालाकी मत करना। यह नहीं होना चाहिए कि पुलिसवाले सादे कपड़ों में दुकान पर बैठे हुए मिलें। पैसा लेने मेरा आदमी जाएगा। अगर उसको खरोंच भी आई तो अकेले तुझको नहीं मारूँगा—पहले तेरे दोनों बच्चों को, फिर तेरी बीवी को और अन्त में तुझे मारूँगा। समझे कि नहीं समझे?"

"जी भैया, समझ गए।" लाला बोला।

अगले दिन हज़रतगंज के सभासद रहे नृपेन्द्र पाण्डेय पैसा लेने के लिए रेमंड शोरूम के बाहर पहुँचे। वहाँ देखा कि उसको पहचानने वाले बहुत सारे लोग खड़े थे। नृपेन्द्र वहाँ से तुरन्त वापस लौट आया। हज़रतगंज के हनुमान मन्दिर पर पहुँचकर वहीं पर अपनी मोटरसाइकिल खड़ी कर दी और हनुमान जी के दर्शन किये। वहाँ से पैदल निकलकर कॉफ़ी हाउस के आगे वाले गेट के भीतर घुस गया और पीसीओ से फ़ोन करके एक लड़के को हनुमान मन्दिर पर बुलाया। वहीं मोटरसाइकिल के पास खड़े होकर मिलने-जुलने वालों से बातचीत करता रहा। थोड़ी देर में वह लड़का आ गया।

लड़के को अकेले में ले जाकर समझाते हुए कहा, "सीधे रेमंड के शोरूम में चले जाओ। नीले रंग की शर्ट पहनकर लाला बैठा हुआ है। जब वह एकदम अकेला हो जाए तो उससे धीरे से कहना कि अशोक सिंह ने भेजा है। वह एक थैला देगा, थैला लेकर सीधे मेरे पास चले आना। पूरा काम करने में तीन-चार मिनट ही लगेंगे, जल्दी काम करके आओ।"

"जी भैया, अभी जाता हूँ।" लड़के ने कहा।

लड़का सीधे रेमंड शोरूम के भीतर गया और दो मिनट बाद ही रेमंड का प्लास्टिक वाला बैग लेकर आ गया। नृपेन्द्र ने लपककर वह बैग ले लिया। लड़के को सौ रुपये दिये, रेमंड की उस पॉलिथिन बैग को तुरन्त लपेटा और मोटरसाइकिल की डिग्गी में रखकर सीधे घर आ गया।

रात में फिर श्रीप्रकाश का फ़ोन आया।

"क्या हुआ, साले ने पैसा दिया?"

"हाँ भैया, पैसा मिल गया है।"

"पैसा पूरा है कि नहीं?"

"भैया, पैसा पूरा है, दस हैं इसमें।" नृपेन्द्र ने जवाब दिया।

"नृपेन्द्र भाई, इसमें से एक लाख रुपये तुम निकाल लो। बाक़ी कल कोई तुम्हारे पास जाएगा, उसको दे देना। वह हमको पहुँचा देगा।" श्रीप्रकाश ने कहा।

नृपेन्द्र बहुत ख़ुश हुआ। थोड़ी-सी मेहनत में एक लाख रुपये उसे मिल गए थे। उसने तपाक से कहा, "भैया, और कोई काम हो तो हमें ज़रूर बता दीजिएगा।"

"हाँ, नृपेन्द्र भाई, ज़रूर बताऊँगा।" श्रीप्रकाश ने कहा।

इसके बाद श्रीप्रकाश ने कुंडली निकालने वाले लड़के राकेश मणि को फ़ोन किया और कहा, "तुमने बहुत अच्छी कुंडली निकाली थी लाला की। कहीं कोई ग़लती नहीं की थी, सारे तीर निशाने पर पहुँचे और काम हो गया। बताओ, क्या चाहिए तुमको? क्या दिला दूँ?"

"भैया, एक असलहा दिलवा दीजिए।" राकेश मणि बोला।

"दिमाग़ ख़राब है क्या? असलहा दिलवा दूँगा तो ज़िन्दगी में कभी कुंडली निकाल पाओगे? जिसकी कुंडली निकालनी है, अगर उसको शक हो गया या पुलिस ने चेंकिग में पकड़ लिया तो पिस्टल के साथ-साथ दो किलो गाँजा भी लगा देगी। पढ़ाई-लिखाई सब धरी की धरी रह जाएगी, घर वाले भी सौ-सौ गालियाँ देंगे। तुम अपनी पढ़ाई-लिखाई करो, कुंडली अच्छी निकालते हो। फिर मैं तुम्हें काम दे दूँगा। फ़िलहाल तुम कल कलकत्ता एंड स्टाइल की जो दुकान हज़रतगंज में है, उसका मालिक एक सिन्धी है, उसके पास चले जाना। उसको सिर्फ़ इतना बताना कि अशोक सिंह ने भेजा है, वह तुम्हें दस हज़ार रुपये दे देगा। अच्छा जाड़ा पड़ने लगा है, गरम कपड़े ख़रीद लेना।" श्रीप्रकाश ने कहा।

"जी भैया।" राकेश मणि बोला।

दस हज़ार रुपये सुनकर राकेश मणि को रात भर नीद नहीं आई।

सवेरे के ग्यारह बजते ही वह हज़रतगंज पहुँच गया और दुकान मालिक के पास जाकर सिर्फ़ इतना बताया कि अशोक सिंह ने भेजा है। दुकान मालिक ने पहले से ही अख़बार में बँधे हुए दस हज़ार रुपये दराज से निकालकर लड़के को दे दिये।

जब श्रीप्रकाश राकेश मणि से बात कर रहा था, तब सुधीर त्रिपाठी पूरी बात सुन रहा था। बात ख़त्म होने के बाद सुधीर ने कहा, "भैया, लौंडों का दिमाग़ न ख़राब करो। दो हज़ार के काम के लिए दस हज़ार रुपये आपने दे दिये?"

"देखो, सुरेशवा के दिमाग़ में यह बात आ गई थी कि कुंडली निकालने का काम उससे अच्छा कोई नहीं कर सकता।" श्रीप्रकाश ने तुरन्त कहा, "राकेश ने एक-एक मिनट में ऐसी सूचना निकाली थी कि जब मैं लाला से बात कर रहा था और उसको दिन भर की कहानी बता रहा था तो लाला की फट गई। टेलीफ़ोन पर ही उसकी साँस उखड़ने लगी। लाला बहुत हरामी है, उसने बीवी को फ़ोन पकड़ा दिया था। राकेश मणि ने लाला के बच्चों की जो कुंडली निकाली थी, वह सुनकर लाला की बीवी भी हक्का-बक्का रह गई थी। उसके मुँह से आवाज़ भी नहीं निकली।

अब लाला पूरा पैसा साल भर में दे देगा। कभी इमरजेंसी में कोई ज़रूरत पड़ेगी तो भी उससे पैसे मँगवा लेंगे।"

श्रीप्रकाश फिर बोला, "सुधीर, सवाल एक लाला का नहीं है। यह हज़रतगंज बाज़ार का बड़ा व्यापारी है। हज़रतगंज और अमीनाबाद, दो ही लखनऊ के बड़े व्यापारियों का क्षेत्र है। घनश्याम पाठक का काम करके अमीनाबाद कब्ज़े में आ ही गया है। हज़रतगंज को भी कब्ज़े में करना है। ये बनिये जितना भी पैसा इधर-उधर देते हैं, यह सब बन्द कराना है। सारा पैसा हम लोग लेंगे फिर पूरे लखनऊ पर हम लोगों का वर्चस्व होगा। लखनऊ पर वर्चस्व का मतलब समझे?"

"नहीं समझा।" सुधीर बोला।

"देखो, ये शहर भर के बनिये अपने-अपने इलाक़े के सभासद, अपने विधायक, व्यापार मंडल के लोगों और नेताओं व थाने की पुलिस को मुँह-माँगा पैसा देते हैं। इनकी कमाई का बड़ा हिस्सा ये चोट्टे ले लेते हैं। ये साले कोई अपने घर से पैसा न निकालते हैं, दस पैसे का माल एक रुपये में बेचकर पब्लिक का ख़ून चूसते हैं और इन लोगों में बाँट देते हैं। जिस बनिये से बात करो, वह यही दुहाई देता है कि भैया, बहुत पैसा महीने का निकल जाता है लेकिन फिर भी, सालों के पास हर दो महीने में नई गाड़ी, हर दो साल पर नया घर और हर दस साल में नई दुकान होती है। जितने लोगों को पैसा बाँटते हैं, यह सब बन्द कराना है। सारा पैसा इकट्ठा करके इनसे वसूलना है, जिससे अपना काम चलता रहे और अपनी आगे की प्लानिंग पूरी हो।" विस्तार से श्रीप्रकाश ने सुधीर को समझाया।

"लेकिन भैया, आगे की प्लानिंग वाली बात समझ में नहीं आई?" सुधीर ने पूछा।

"पहले तो एक बात यह नोट कर लो, वर्चस्व की लड़ाई में जो भी रास्ते में आए, उसे बेरहमी से हटा देना चाहिए—चाहे नेता हो, पुलिस हो, गुंडें हों, दलाल हों। एक-दो बार कहने से नहीं मानते तो हलक में गोली उतार देनी चाहिए। जैसे ही यह सिस्टम पूरा अपने कब्ज़े में हो जाएगा, सरकार में जो होगा, वह हमारी बात मानेगा। सुधीर, वर्चस्व की लड़ाई बस यहीं पर ख़त्म नहीं होती। एक बार यह पैसे का स्रोत नेताओं और पुलिसवालों का बन्द हो जाए तो ये बिलबिलाएँगे। पैसे के लिए बनिये को दबाना शुरू करेंगे। जो भी पैसे के लिए बनिये को दबाएगा, उसे मारना पड़ेगा—चाहे पुलिस हो, चाहे नेता हो। उसके बाद हम लोग इलेक्शन लड़ेंगे, हमारी सरकार बनेगी।" श्रीप्रकाश ने कहा।

"भैया, इलेक्शन लड़ने के लिए तो बहुत पैसा और बहुत आदमी चाहिए?"

"बकलोल हो।" श्रीप्रकाश बोला, "यह पैसा और आदमियों की भीड़ ये बनिये ही इकट्ठा करेंगे। यही रैली निकलवाएँगे। पब्लिक तो दिहाड़ी मजदूर है। एक दिन का पैसा दीजिए, जहाँ चाहिए, दिन भर खड़ा रखिए। भीड़ भी होगी, रैली भी होगी, गाड़ियों का तेल भी होगा, झंडा भी होगा और हम इलेक्शन भी जीतेंगे।"

"भैया, बड़ी दूर की बात सोची है, तब तो मज़ा आ जाएगा।" सुधीर ने कहा।

"आनन्द पाण्डेय के भागने से हमेशा दिमाग़ में एक टेंशन रहता था कि यह सबसे नज़दीक से हम लोगों को जानता है। अगर मुख़बिरी करेगा तो हमें अपने मक़सद की क़ामयाबी में टाइम लगेगा। वह मा....चो कुत्ते की मौत मारा गया। विधायक देवेन्द्र सिंह से भी निबटेंगे। उसकी वजह से आनन्द को एक एके-47 और तीन पिस्टल मिल गई थीं। सही समय पर मारा गया, वरना हमारे लिए परेशानी पैदा करता।"

"भैया, आपका साथ छोड़ा था, इसलिए मारा गया। यह काम आपके साथ किया होता तो कभी नहीं मारा जाता। विवेक को पकड़कर दिल्ली में रखकर, उसने बड़ी भारी ग़लती की थी। जैसा अख़बारों में लिखा है कि पकड़कर जहाँ रखा गया था, पुलिस ने वहीं से ट्रैक करके उसको मारा है। आनन्द आपके साथ रहा होता तो कभी दिल्ली न जाता। आराम से बिहार में रहता, पैसा भी मिलता, जान भी बची रहती।" सुधीर बोला।

"पुराने लोग जो कह गए हैं, सही कह गए हैं," श्रीप्रकाश बोला, "जब गीदड़ की मौत आती है तो वह शहर की तरफ़ भागता है। यह साला दिल्ली की तरफ़ भागा और मारा गया। अब हम लोग बिलकुल सुरक्षित हैं। जल्दी-जल्दी अपना काम समेटना है और पूरे प्रदेश में अपना वर्चस्व कायम करना है। बस, दो-तीन साल बाद ही इलेक्शन है। यह ध्यान रखना, अगले इलेक्शन में हम लोग उतरेंगे और चुनाव जीतेंगे। पन्द्रह लोग भी अगर जीत गए तो बिना हमारे सरकार नहीं बनेगी। इलेक्शन जीतते ही पुलिस लाइन में खड़ी होकर सलामी ठोंकेगी और यही पुलिस आगे-पीछे गाड़ियों में हमारी सुरक्षा में चलेगी। थोड़ी मेहनत और करके पहले इस वर्चस्व की लड़ाई को जीतना है। अभी तो एक-चौथाई काम ही हुआ है।"

"भैया, पुलिस से कैसे निबटेंगे?"

"हमारी लड़ाई में पुलिस बीच में आई तो पुलिस को ठिकाने लगाना होगा—चाहे वह दरोगा हो, चाहे पुलिस के बड़े अधिकारी हों। जब से आर.के. सिंह को मारा है, जिस भी दरोगा-दरोगी से बात करो, जयहिन्द करके ही बात करता है।"

"जी भैया, पर सरकार से कैसे लड़ेंगे?"

"अबे भो...सारी पंचवर्षीय योजना अभी पूछ लोगे क्या? अब आगे-आगे देखो, होता क्या है!" श्रीप्रकाश ने कहा।

दो दिन बाद ही लाला के दिये हुए पैसे श्रीप्रकाश के पास पहुँच गए। हर दिन मूलराज अरोड़ा और लाला से बात करके, लखनऊ के बड़े व्यापारियों के नम्बर श्रीप्रकाश लेने लगा और उनकी कुंडली निकालने के लिए लखनऊ के लड़कों को लगाने लगा। हर दिन एक-दो लोगों को फ़ोन करता था और लड़कों की बताई कुंडली के हिसाब से उन व्यापारियों को उनकी दिनचर्या बताता था।

व्यापारी को ऐसा महसूस होता था कि यह ख़ुद मेरे पीछे-पीछे साये की तरह चल रहा था और यह जब चाहेगा, मुझे मार देगा। उसकी बात का ख़ौफ़ इस क़दर व्यापारियों को घर कर जाता था कि उनके पास सिवाय इसके कोई चारा नहीं होता कि जो वह पैसा माँग रहा है, उसे दे दिया जाए।

श्रीप्रकाश इन सभी व्यापारियों से पचास लाख रुपये से शुरू करता था लेकिन इनसे दो-ढाई लाख रुपये के बीच में बात तय कर लेता था। सुधीर और अनुज ने श्रीप्रकाश को टोका भी कि ज़्यादा लोगों से कम-कम पैसे लेने पर जोखिम ज़्यादा है। बात खुलेगी तो फिर पुलिस परेशान करेगी।

श्रीप्रकाश ने कहा, "अच्छा है कि बात खुले। पता लगेगा, कौन-कौन आगे आता है। तब मुचहटा होगा, तभी मज़ा आएगा।"

"हाँ, भैया, यह बात भी आपकी सही है।" सुधीर बोला।

# व्यापार सुरक्षा

उधर राजनधानी लखनऊ के दिल कहे जानेवाले सबसे खूबसूरत बाजार हज़रतगंज और उसके अन्दर बने जनपथ बाजार के अब तक करीब दस व्यापारी श्रीप्रकाश का शिकार हो चुके थे। इसी बीच हज़रतगंज के एक व्यापारी की आलमबाग़ में हत्या हो गई तो व्यापार मंडल की मीटिंग बुलाई गई। बनवारी लाल कंछल और व्यापारियों के बड़े नेता पहले से ही कुछ पुलिस से नाराज़ थे, उनको र्भा मौक़ा मिल गया। जनपथ में आकर उन्होंने मीटिंग की और यह तय पाया गया कि 'व्यापारियों की हत्याएँ हो रही हैं। व्यापारी ही सबका पेट भरता है—चाहे नेता हो या पुलिस, और व्यापारी ही गोली खाएगा? यह सब नहीं चलेगा। हमें सड़क पर उतरना होगा।'

अगले दिन बात तय हुई कि बाज़ार बन्द किया जाए और सभी व्यापारी हज़रतगंज चौराहे पर बैठकर सड़क जाम करेंगे। जब तक व्यापारियों के हत्यारे पकड़े नहीं जाते और व्यापारियों की सुरक्षा का भरोसा पुलिस नहीं देती, तब तक यह धरना-प्रदर्शन किया जाए।

मीटिंग ख़त्म हो गई तो सूरी कलकत्ता एंड स्टाइल और उनके साथ तीन-चार बड़े व्यापारी, जो डर की वजह से श्रीप्रकाश को पैसा दे चुके थे, उन्होंने कंछल से कहा, "अध्यक्ष जी, हम लोग आपसे एक कमरे में अलग से बात करना चाहते हैं।"

"ठीक है।" कंछल ने कहा।

तुरन्त सूरी के अंडरग्राउंड वाले फ़्लोर पर शोरूम में सभी लोग पहुँच गए। कंछल के साथ और दूसरे व्यापारी नेताओं की भीड़ भी थी।

सूरी ने कंछल से कहा, "हम लोग अकेले में बात करेंगे, इन लोगों को वहीं रोक दीजिए।"

कंछल और छह-सात व्यापारी, सूरी के शोरूम में भीतर वाली केबिन में बैठ गए। सूरी ने अपने लोगों को बताया कि 'केबिन के आसपास भी कोई न आए' और भीतर से दरवाज़ा बन्द कर लिया गया। उन लोगों ने अपनी गुफ़्तगू शुरू की और फिर कहा, "अध्यक्ष जी, हम लोग बहुत परेशान हैं। रोज़ अशोक सिंह का फ़ोन आ जाता है और हम सभी लोग दो-दो, चार-चार लाख रुपये इसे दे चुके हैं। इसका कोई उपाय निकालिए, नहीं तो धन्धा बन्द करना पड़ेगा।"

कंछल अवाक् रह गए। कंछल ने मन-ही-मन सोचा कि अभी व्यापार मंडल का चन्दा माँगने के लिए पाँच-पाँच हज़ार रुपये भी देने को इनसे कहा जाए तो नहीं देते हैं। कहते हैं कि दो हज़ार अभी ले लीजिए और तीन हज़ार बाद में ले लीजिएगा। किसी आदमी को यह पाँच-पाँच लाख रुपये दे रहे हैं?

कंछल तपाक से बोले, "आप लोगों ने मुक़दमा नहीं लिखवाया?"

कंछल की बात सुनकर सभी लोगों ने उन पर चढ़ाई कर दी, "अभी आपका पाला इससे नहीं पड़ा है। यह वही बदमाश है जिसने वीरेन्द्र शाही को इन्दिरानगर में और दरोगा आर.के. सिंह को यहीं जनपथ में सरेआम मारा था। मूलराज को उठाकर ले गया था और वे करोड़ों की फिरौती देकर छूटे थे।"

कंछल उनकी बात सुनकर सकपका गए, बोले, "चाहे जितना बड़ा बदमाश हो और सरकार चाहे जिसकी भी हो, सरकार की मजबूरी है, वह व्यापारियों के साथ खड़ी हो। हम मुख्यमंत्री तक यह बात पहुँचाएँगे और कोशिश करेंगे कि जल्द से जल्द इसकी गिरफ़्तारी हो।"

"अध्यक्ष जी, हम लोग माफ़ी चाहते हैं। अब हम व्यापार मंडल को कोई चन्दा नहीं दे सकते। आपसे निवेदन भी करते हैं कि हमारे-आपके बीच की बात बाहर न जाए। अगर उसको यह बात पता चल गई तो फिर उतना ही पैसा वह ले लेगा।" व्यापारियों ने कहा।

"परेशान मत होइए," कंछल बोले, "कोई गुंडा व्यापारियों से पैसा नहीं वसूल कर सकता। व्यापार मंडल आपका है, आप ही लोगों से व्यापार मंडल है। आप चन्दा नहीं देंगे तो यह संगठन ख़त्म हो जाएगा, फिर आपकी लड़ाई कौन लड़ेगा? फिर तो सारे व्यापारी इसी तरह लूटे जाएँगे, कोई बचाने वाला नहीं होगा।"

"लूटे ही जा रहे हैं हम लोग," व्यापारियों ने कहा, "कौन बचा पा रहा है हम लोगों को? आप हमारे अध्यक्ष हैं! हम लोगों ने सोचा, आपको बता दें। लेकिन हम फिर से कह रहे हैं कि बात कहीं बाहर नहीं जानी चाहिए। कल हज़रतगंज पर चक्का जाम करेंगे और पूरा बाज़ार बन्द रखेंगे। सारे व्यापारी होंगे लेकिन वहाँ कानून-व्यवस्था की बात की जाएगी और यही कहा जाएगा कि पुलिस दुकानों का चालान दिन में तीन बार कर रही है। लेकिन भरे बाज़ार में पुलिस के एक दरोगा की हत्या हो गई, पुलिस आज तक न तो हत्यारों का पता लगा पाई और न ही किसी को गिरफ़्तार कर पाई। हम लोगों में से अपनी बात कोई नहीं बताएगा, और आपसे भी निवेदन है कि किसी से इस बात का ज़िक्र न करें। इसी अशोक सिंह ने बड़ी-बड़ी हत्याएँ की हैं। लेकिन पुलिस अभी तक उसका कुछ बिगाड़ नहीं पई है। हमारी बात आप कहीं करेंगे तो बात खुल जाएगी और हम मारे जाएँगे।"

कंछल ने कहा, "ठीक है।"

कंछल इन व्यापारियों की बात सुनकर सकते में आ गए और सोचने लगे कि अगर यह बदमाश वही है, जिसने शाही और दरोगा आर.के. सिंह की हत्या की है, और शहर में ही लॉटरी के सबसे बड़े व्यापारी विवेक श्रीवास्तव को बीसियों गोलियाँ मारीं और विधान सभा से दस क़दम की दूरी पर दिलीप होटल में एके-47 से सैकड़ों राउंड फ़ायर किये थे, तो यह बदमाश बहुत ख़तरनाक है। इसके बारे में कल ज़्यादा ज़िक्र करना ठीक नहीं है।

अगले दिन तय समय पर हज़रतगंज में गांधी प्रतिमा पर व्यापार मंडल के लोग इकट्ठा होना शुरू हुए। उन सभी व्यापारियों ने, जो श्रीप्रकाश के शिकार बने थे, ज़्यादा से ज़्यादा व्यापारियों को वहाँ जाने के लिए कहना शुरू किया लेकिन किसी ने भी श्रीप्रकाश का नाम नहीं लिया और न ही यह ज़िक्र किया कि वह उनको धमकाकर पैसे वसूल रहा है। वह सबको यह बताते रहे कि जितनी बड़ी संख्या होगी, सरकार पर उतना दबाव बन सकेगा। व्यापारियों की हत्या हो रही है और पुलिस, सेल टैक्स, नगर निगम के अधिकारी व्यापारियों को ही तंग कर रहे हैं।

बड़ी संख्या में व्यापारी वहाँ पहुँचने लगे। उनमें से कई लोगों ने श्रीप्रकाश को रंगदारी के पैसे दिये थे। छोटे-मोटे व्यापारियों ने उनके कहने पर ज़्यादा से ज़्यादा लोगों को मीटिंग में लाने का जिम्मा लिया था। साढ़े बारह बजे तक गांधी प्रतिमा के सामने वाले पार्क का हिस्सा भर गया था और धीरे-धीरे लोग रेलिंग के उस पार सड़क पर एकत्रित हो गए थे।

जब पूरी गर्मजोशी से व्यापार मंडल के पदाधिकारी माइक पर गरज रहे थे, व्यापारियों की सुरक्षा का जिम्मा ले रहे थे, सरकार व सरकारी महकमे और पुलिस को सौ-सौ गालियाँ दे रहे थे—उस समय बनवारी लाल कंछल मौक़े पर मौज़ूद अपने चिंटू नेताओं के सम्पर्क में थे और बार-बार पूछ रहे थे कि भीड़ कितनी हुई। जब उनके चिंटुओं ने फ़ोन किया कि 'अध्यक्ष जी, अब आ जाइए, भीड़ पूरी हो गई है और पार्क भर चुका है, पार्क के बाहर भी सड़क पर लोग खड़े हैं', तो यह बात सुनकर कंछल जी मन-ही-मन फूलने लगे। उन्हें भविष्य दिखाई देने लगा कि भीड़ जितनी ज़्यादा होगी, एमएलसी बनवाने के लिए दबाव उतना सटीक बैठेगा।

थोड़ी देर में कंछल चार-पाँच गाड़ियों से हज़रतगंज चौराहे पर आते दिखाई दिये। 'व्यापार मंडल, ज़िन्दाबाद—बनवारी लाल कंछल, ज़िन्दाबाद' के नारे और ज़ोर पकड़ने लगे। कंछल बिना देर किये, सीढ़ियाँ चढ़कर बापू के क़दमों में बने मंच पर खड़े हुए और बाक़ी नेताओं की तरह ही सबसे पहले चारों तरफ़ नज़र घुमाकर यह अन्दाज़ा लगाने लगे कि भीड़ कितनी जमा हुई है। भारी भीड़ देखकर कंछल के चेहरे पर प्रसन्नता के भाव अपने-आप आ गए।

भीड़ देखकर कंछल ने लपककर माइक पकड़ लिया और बोलना शुरू किया, "हम मारे जा रहे हैं, हम लूटे जा रहे हैं, हम पिट रहे हैं लेकिन सरकार के कान पर जूँ भी नहीं रेंग रही है। हम यहाँ खड़े हुए हैं, लाल-नीली बत्ती की सभी गाड़ियाँ हूटर बजाकर अपनी-अपनी जगह आ-जा रही हैं। चौराहे पर हूटर बजता है, तो लगता है कि हमारे सीने से होकर कोई गाड़ी गुज़र रही है। हमें इस सरकार को दिखाना है कि बिना हमारे सहयोग के न तो कोई सरकार चली है और न चलेगी। साथियो! यहाँ खड़े होने से कोई फ़ायदा नहीं, हमारी बात कोई नहीं सुनेगा, सभी लोग हज़रतगंज चौराहे पर चलें और वहाँ हम लोग तब तक बैठेंगे, जब तक सरकार का कोई ज़िम्मेदार आदमी आकर हमारी बात नहीं सुनेगा।"

इतना सुनते ही सभी व्यापरी चौराहे की तरफ़ दौड़ पड़े। चौराहे पर अचानक भगदड़ मच गई, हज़रतगंज में एक के बाद एक दुकानों के शटर गिरने लगे। लोग समझ नहीं पा रहे थे कि क्या बात हो गई है।

थोड़ी देर में कंछल भी पहुँच गए और इलाहाबाद बैंक की तरफ़ वाले कोने की एक ऊँची जगह पर खड़े हो गए। इसी बीच में अति उत्साही व्यापार मंडल के कार्यकर्ताओं ने आने-जाने वाली गाड़ियों को ज़ोर-जबरदस्ती करके रोकना शुरू किया। कंछल मन-ही-मन यह नज़ारा देखकर ख़ुश हो रहे थे और सोच रहे थे कि काश, किसी मंत्री या अधिकारी की गाड़ी इसी बीच आ जाती और कार्यकर्ता उसको रोकने का प्रयास करते, फिर मैं बीच-बचाव करके अपने नम्बर बढ़ाता!

कंछल बार-बार व्यापारियों का आह्वान कर रहे थे और कह रहे थे, "सभी लोग शान्ति से बैठ जाएँ। व्यापारियों का हिंसा में कभी विश्वास नहीं रहा है। हम लोगों ने बड़े-बड़े आन्दोलन किये हैं। हम हमेशा शान्तिपूर्ण तरीके से ही सरकार तक अपनी आवाज़ पहुँचाते हैं। हज़रतगंज चौराहे पर ये जो भीड़ दिख रही है, यह भी ऐतिहासिक है। ऐसा लगता है कि व्यापारियों के मन में ज़्यादा दर्द है, इसीलिए सब अपना काम-धाम छोड़कर यहाँ पर इकट्ठा हुए हैं।"

कंछल जब-जब कहते कि ईंट से ईंट बजा देंगे, चैन नहीं लेने देंगे या सुधर जाओ, नहीं तो कुर्सी से खींचकर उतार देंगे, तो व्यापारी तालियाँ बजाने लगते थे।

ज़ोरदार तालियों से कंछल अभिभूत हो रहे थे। बात करते-करते कंछल व्यापारियों के साथ घटित हुई घटनाओं पर आ गए। गोरखपुर, गाजीपुर, कानपुर और लखनऊ में व्यापारियों के साथ हाल में घटी घटनाओं का ज़िक्र भी वह करने लगे। भावावेश में कंछल ने कहा, "यहीं सरकार की नाक के नीचे एक अपराधी ने बड़े-बड़े कांड कर दिये, सरकार उसका कुछ नहीं बिगाड़ पाई। अगर सरकार कुछ नहीं कर पा रही है तो हम पर छोड़ दे। संगठित व्यापारियों में बड़ी शक्ति है। हम गुंडे-बदमाशों से निबटना भी जानते हैं।"

अचानक कंछल को एहसास हुआ कि वे ज़्यादा बोल गए, फिर वे सँभलते हुए आगे बोले, "लेकिन हम कानून कभी अपने हाथ में नहीं लेते, यह पुलिस का काम है। पुलिस व्यापारियों की और बाज़ारों की सुरक्षा करे। व्यापारियों के साथ अगर कोई घटना घटित हुई तो हम प्रदेशव्यापी आन्दोलन करेंगे, चक्का जाम करेंगे और बाज़ार बन्द कराएँगे।"

हज़रतगंज चौराहा जाम होते ही चारों तरफ़ गाड़ियों की लम्बी-लम्बी कतारें लग गईं। हज़रतगंज से बेग़म हज़रत महल पार्क, निशातगंज, हुसैनगंज चौराहे और बन्दरिया बाग़ चौराहे तक जाम ही जाम दिखाई दे रहा था। सभी सरकारी कार्यालय इसी बीच स्थित हैं। विधान सभा और राजभवन भी इसी के आसपास हैं। थोड़ी देर में हाहाकार मच गया। सरकार के बड़े अधिकारी और नेता भी इस जाम में फँसे हुए थे।

एसएसपी और डीएम से कहा गया, "तत्काल हज़रतगंज चौराहा खाली कराएँ। अधिकारियों को वहाँ भेजिए, समझा-बुझाकर खाली कराएँ, वरना बलपूर्वक खाली कराया जाएगा। ऐसे कैसे कोई पूरे शहर को जाम कर सकता है?"

दस-पन्द्रह मिनट में ही एडीएम सिटी और एसपी सिटी भी अपने लाव-लश्कर के साथ वहाँ पहुँच गए। आसपास के थानों से, पुलिस लाइन से बड़ी संख्या में पीएसी मौक़े पर पहुँच गई। ढेर सारी पुलिस को देखकर व्यापारियों को समझ में आ गया कि अब कुछ गड़बड़ होगी। कमज़ोर दिल वाले धीरे-धीरे वहाँ से खिसकने लगे।

कंछल की निगाह भी बड़ी संख्या में मीटिंग से चुपके-चुपके खिसकने वाले लोगों पर पड़ी। कंछल ने वहीं से अपने हाथ वाले लाउडस्पीकर से चिल्लाकर कहा, "मुझे उम्मीद है कि सरकार के कानों तक हमारी आवाज़ पहुँच गई होगी। ज़रा देखिए, कौन से अधिकारी आए हुए हैं।"

उनकी यह बात सुनते ही एसपी सिटी और एडीएम सिटी भीड़ के बीच से उस स्थान पर जाने लगे, जहाँ से कंछल अपना भाषण दे रहे थे। सड़क पर बैठे और किनारे खड़े लोग उन अधिकारियों को जाने का रास्ता देने लगे।

बनवारी लाल कंछल फिर गरजे, "यह देखिए, दो अधिकारी सरकार ने हमारे पास भेजे हैं। इन्हें हम अपनी पूरी बात बताएँगे और अपनी बात बताकर हम सभी लोग अपनी-अपनी दुकानों पर लौट जाएँगे और बाज़ार खोलेंगे। हमारे बाज़ार बन्द करने से जनता बहुत परेशान होती है। हमें जनता का ध्यान रखना होगा।"

भीड़ समझ गई थी कि अगले दस मिनट में यह सब बवाल ख़त्म हो जाएगा, तब तक एडीएम सिटी और एसपी सिटी कंछल के नज़दीक पहुँच गए थे।

कंछल फिर जोर से चिल्लाए, "सरकार के प्रतिनिधि आ गए हैं। अब हम इनको ज्ञापन पढ़कर सुनाएँगे।"

कंछल ने पूरा ज्ञापन पढ़कर सुनाया लेकिन ज्ञापन में दिये हुए एक बिन्दु, जिसमें लिखा था—'व्यापारियों से डरा-धमकाकर रंगदारी वसूल करनेवाले अपराधियों पर कड़ी कार्यवाही की जाए'—उसे छोड़ दिया। बाक़ी पूरा ज्ञापन पढ़कर एडीएम सिटी को अपना ज्ञापन दिया। जब तक ज्ञापन देते हुए उनका फ़ोटोग्राफ़र ने फ़ोटो नहीं खींच लिया, तब तक कंछल वहाँ से नहीं हटे। कंछल ने चलने की मुद्रा में होते हुए जब ध्यान दिया तो चौराहा खाली हो चला था और आवागमन शुरू हो गया था, तो वह भी अपनी गाड़ी में चुपचाप बैठे और चले गए।

अगले दिन अख़बारों में पहले पेज पर यह ख़बर छपी कि 'व्यापारी नेता कंछल ने श्रीप्रकाश के ख़िलाफ़ मोर्चा खोला'। कंछल जिस दिन कोई धरना-प्रदर्शन या मीटिंग करते थे तो उन्होंने अपने ड्राइवर को आदेशित कर रखा था कि अगले दिन बाज़ार से सारे अख़बार ले आया करे।

ड्राइवर सवेरे ही सवेरे अख़बारों की दुकानों पर जाकर छोटे-मोटे सभी अख़बार ख़रीद रहा था। सिर्फ़ कंछल का फ़ोटो देखकर ड्राइवर ख़ुश हो रहा था। लगभग सभी अख़बारों में कंछल को बोलते हुए या एडीएम को ज्ञापन देते हुए फ़ोटो छपा था। सारे अख़बार ख़रीदकर सवेरे ही वह घर ले आया और घर के भीतर का काम देखने वाले नौकर को कंछल के बेडरूम में पहुँचाने के लिए कहा।

नौकर ने बताया, "साहब अभी उठे नहीं हैं।"

"सारे अख़बार कमरे में ही रख दो। मैं अध्यक्ष जी को जानता हूँ, आँख खुलते ही वे अख़बार माँगेंगे।" ड्राइवर ने कहा।

नौकर ने वैसा ही किया और लौटकर बताया, "मालिक के सिरहाने के पास लगी छोटी टेबल पर सारे अख़बार रख दिये हैं। मालिक जैसे ही उठेंगे, सब अख़बार देख लेंगे।"

ऐसा ही हुआ। कंछल ने सवेरे उठते ही आवाज़ लगाई, लेकिन जब उनकी नज़र पड़ी कि सारे अख़बार यहीं रखे हैं, तो वह उठकर पढ़ने लगे। कई अख़बारों के पहले ही पेज पर यह ख़बर देखकर कि 'व्यापारी नेता ने श्रीप्रकाश शुक्ला के ख़िलाफ़ मोर्चा खोला', अठारह डिग्री सेल्सियस पर चलने वाले उनके कमरे के एसी की भीषण ठंडक में भी कंछल का पसीना टप-टप गिरने लगा। उनकी समझ में नहीं आ रहा था कि जो बात उन्होंने कही नहीं है, वह अख़बार में कैसे छपी? कंछल ने अपना फ़ोन उठाया और सबसे पहले 'दैनिक जागरण' के रिपोर्टर हेमन्त तिवारी को फ़ोन किया, "तिवारी जी, आपने फ्रंट पेज पर यह

लिख दिया कि मैंने 'श्रीप्रकाश शुक्ला के ख़िलाफ़ मोर्चा खोला'। मैंने तो यह बात कही नहीं थी!"

हेमंत तिवारी ने कहा, "मैंने कुछ ग़लत नहीं लिखा है। आपने यही तो बोला था कि जिन व्यापारियों से रंगदारी और गुंडा टैक्स वसूला जा रहा है, ऐसे बदमाशों के ख़िलाफ़ कड़ी कार्यवाही की जाए। पूरा शहर जानता है कि कौन वसूली कर रहा है और किससे पैसा वसूला गया है।"

कंछल का चेहरा फक पड़ गया, बोले, "तिवारी जी, मैंने तो सामान्य रूप से यह बात कह दी थी। मुझे पूरी बात नहीं पता है, आप ही बता दीजिए।"

हेमन्त तिवारी ने कहा, "कंछल जी, रोटी को तोती न बोलिए। आपको सब पता है। आपसे अलग से मीटिंग करके व्यापारियों ने यह बात बताई थी। पहले यह बताइए कि क्या श्रीप्रकाश का फ़ोन आ गया आपके पास, सवेरे-सवेरे जो आप इतना परेशान हैं?"

"अरे नहीं भैया, ऐसा न कहिए। मेरे पास क्यों फ़ोन करेगा? मेरी कौन-सी दुश्मनी है?" यह कहकर कंछल ने नमस्कार किया और फ़ोन काट दिया।

एसी की ठंडक में भी कंछल का पसीना रुक नहीं रहा था। कंछल ने सूरी गार्मेंट वाले सूरी को फ़ोन लगाया। दूसरी तरफ़ से फ़ोन उठते ही सूरी ने कहा, "अध्यक्ष जी, आप मरवा देंगे, हम लोगों को! आपसे कितनी बार निवेदन किया था कि यह बात कहीं बाहर न जाए और न ही उसका नाम कहीं लिया जाए, क्या ज़रूरत थी उसका नाम लेने की? अब हम लोगों को लखनऊ छोड़कर भागना ही होगा।"

कंछल ऐसे सवाल के लिए बिलकुल तैयार नहीं थे, बोले, "मैंने तो कल की मीटिंग में किसी का नाम लिया ही नहीं और न ही श्रीप्रकाश शुक्ला का नाम लिया। सारे अख़बारों में नाम देखकर मैं चौंक गया हूँ। मैंने एक-दो अख़बार वालों से बात भी की। एक अख़बार वाले ने परसों शाम को तुम्हारे यहाँ हुई मीटिंग का भी हवाला दिया। अब यह बताओ कि अख़बार वालों को हम लोगों की गोपनीय मीटिंग के बारे में किसने बताया? मैंने कहीं किसी से ज़िक्र नहीं किया, तुम्हीं लोगों के बीच से यह बात निकली है, मैं तो ख़ुद ही परेशान हूँ। एक-एक करके सारे अख़बार वालों ने एक ही बात लिखी है। व्यापार मंडल के सभी पदाधिकारी, हज़रतगंज के सभी शोरूम मालिक और अमीनाबाद, हज़रतगंज बाज़ार के सभी छोटे-बड़े दुकानदार भी वहाँ पर मौजूद थे। तुम किसी से भी पूछ लो, मैंने किसी का नाम नहीं लिया और न मैंने उसका नाम लिया, न तुम लोगों का नाम लिया। बल्कि मैं हैरान था कि सबसे ज़्यादा तुम्हीं लोग परेशान थे और तुममें से कोई वहाँ मीटिंग में मौज़ूद नहीं था।"

"अध्यक्ष जी, क्या बच्चों वाली बातें कर रहे हैं! हम वहाँ मौजूद होते और अख़बार में फ़ोटो छपता तो अब तक हम लोग भैंसाकुंड में होते। घर वाले रो रहे होते और भैंसाकुंड वाले चिता तैयार कर रहे होते। आपको पता नहीं है, सवेरे सोकर उठने से लेकर बेडरूम पहुँचने तक एक-एक मिनट की ख़बर वह रखता है। टाइमिंग के साथ बताता है कि मेहरोत्रा पान वाले के यहाँ उतरे थे और कितने बजे पान खाया। गाड़ी दाईं पटरी पर थी कि बाईं पर। अब एक बात हम लोगों की भी सुन लीजिए। सुबह ही हमने सबसे बात कर ली है। अब हम व्यापार मंडल को एक नया पैसा चन्दा नहीं देंगे। अब हम अपनी रक्षा स्वयं करेंगे।" यह कहकर सूरी ने फ़ोन काट दिया।

# पुनः कवायद

सुबह ग्यारह बजे एसएसपी अरुण कुमार के यहाँ सभी टीमें इकट्ठा हुईं। एसएसपी ने पहले यह पूछा, "क्या डेवेलपमेंट है? उम्मीद है कि आप लोगों ने नये सिरे से अच्छे स्रोत और मुख़बिर ढूँढ़ लिये होंगे। आनन्द पाण्डेय के मरने के बाद अब सिर्फ़ श्रीप्रकाश शुक्ला पर ध्यान केन्द्रित करने की आवश्यकता है। एक बात और, श्रीप्रकाश बहुत चालाक है। आनन्द पाण्डेय के जाने के बाद ज़रूर कोई-न-कोई उसके ग्रुप में आया होगा, यह सूचना अभी हम लोगों तक नहीं पहुँच पाई है। वैसे तो हम लोग प्रतिदिन शाम को इकट्ठा होते हैं लेकिन आज सवेरे इकट्ठा होने की ज़रूरत इसलिए पड़ी कि आज अख़बारों में व्यापार मंडल के कल के बड़े प्रदर्शन की ख़बर प्रथम पृष्ठ पर छपी हुई है। डीजीपी ने बहुत नाराज़गी व्यक्त की है। सभी को बारह बजे अपने कार्यालय में बुलाया है। सत्येन्द्र वीर सिंह और राजेश पाण्डेय मेरे साथ डीजी के यहाँ चलें, बाक़ी लोग फ़ील्ड में निकलें और अपने स्रोतों से सम्पर्क करें और लोकेशन लेने व अन्य जानकारियाँ इकट्ठी करें। सत्येन्द्र वीर सिंह और राजेश पाण्डेय को लेकर मैं डीजी के यहाँ जा रहा हूँ।"

गाड़ी में बैठकर एसएसपी के साथ बाक़ी दोनों अधिकारी डीजीपी के यहाँ पहुँच गए। थोड़ी देर डीजी के कमरे में प्रतीक्षा करने के बाद तीनों अधिकारी भीतर बुलाए गए। तीनों को देखते ही डीजीपी ने पूछा, "बाक़ी लोग कहाँ हैं?"

"बाक़ी लोगों को एक सूचना सत्यापित करने के लिए भेज दिया है। आप शाम का समय दे दें तो उनको भी लेकर आ जाऊँगा।" अरुण कुमार ने कहा।

"चलिए, आप ही लोगों के क़िस्से-कहानियाँ सुन लेता हूँ। वैसे सभी लोगों को साथ लेकर आना चाहिए था।" अरुण कुमार को सम्बोधित करते हुए डीजीपी ने कहा, "एसएसपी साहब, अब पब्लिक और सारे व्यापारी सड़क पर आ गए हैं और दो घंटे तक हज़रतगंज चौराहा जाम करके रखा। ऊपर कितनी नाराज़गी व्यक्त की गई, आपको इसका अन्दाज़ा नहीं है। आपसे जब भी प्रगति के बारे में पूछा जाता है, आप कोई-न-कोई क़िस्सा बता देते हैं।" डीजीपी बोले।

एसएसपी भी तल्ख़ हो गए और बोले, "सर, आपको लगता होगा कि हम खाली बैठे हुए हैं। हम क़िस्सा-कहानी सुना रहे होते तो आनन्द पाण्डेय दिल्ली में मारा नहीं जाता।

उसकी एके-47 और दो पिस्टल बरामद करके, श्रीप्रकाश की फ़ायर पावर भी कम की गई है। पुलिस के दबाव से ही वह लगातार भाग रहा है। 17 जनवरी, 1998 के बाद कोई घटना लखनऊ में नहीं हुई है। हम उसके हर सम्भावित जगहों पर बड़ी रेड कर चुके हैं। हमारी सूचना के मुताबिक वह नेपाल भाग गया है। सर, इस तरह से बात करेंगे तो हम काम कैसे कर पाएँगे? हम उन अधिकरियों को साथ लाए हैं जो शायद ही दो-तीन घंटे सो पाते होंगे। अब मोबाइल का चलन बहुत हो गया है, मोबाइल पर भी सूचनाएँ सीधे आने लगी हैं। किसी भी सूचना को सत्येन्द्र वीर सिंह और राजेश पाण्डेय मिस नहीं करते। हर हाल में सूचना का सत्यापन कराया जाता है। अगर आपको लगता है कि हम नहीं कर पा रहे हैं या क़िस्सा-कहानी सुना रहे हैं तो हमें हटा दीजिए।"

सत्येन्द्र वीर सिंह और राजेश पाण्डेय हक्का-बक्का रह गए। अरुण कुमार अपनी जगह से खड़े हो गए।

डीजीपी ने कहा, "अरे, इतना जज़्बाती होने की ज़रूरत नहीं है। आख़िरकार हमसे भी तो पूछा जाता है। तुम लोग जो भी बताते हो, वही मैं ऊपर बता देता हूँ, और राजनीतिक व्यक्ति तो हमेशा यही कहता है कि हमें क़िस्से-कहानी से मतलब नहीं है। कार्यवाही क्यों नहीं हुई, यह बताइए। कल व्यापारियों के प्रदर्शन को लेकर सरकार में बहुत ज़्यादा नाराज़गी है। जिस घटना पर इन लोगों ने इतना बड़ा प्रदर्शन और जाम किया था, कारण वह नहीं लगता है। ऐसा लगता है कि श्रीप्रकाश ने व्यापारियों को डराना-धमकाना शुरू कर दिया है। लखनऊ के व्यापारी राजनीतिक व्यक्तियों के बहुत नज़दीक से जुड़े रहते हैं। चाहे वे किसी भी राजनीतिक पार्टी के क्यों न हों। यह बात धीरे-धीरे सुनाई पड़ने लगी है कि श्रीप्रकाश बड़े व्यापारियों को धमकाकर उनसे लम्बी-लम्बी रक़म वसूल रहा है। यह वही आक्रोश है जो कल हज़रतगंज में दिखाई दे रहा था। व्यापारियों का यह आक्रोश जिस तरह से सड़क पर आया है, यह सामान्य घटना नहीं है। अगर जल्दी ही कोई कार्यवाही नहीं हुई और कोई दूसरी घटना हो गई तो व्यापारी प्रदेशव्यापी हड़ताल करेंगे और सरकार को व्यापारियों की नाराज़गी हमेशा भारी पड़ती है, सरकार चाहे जिसकी भी हो।

"मैंने सिर्फ़ इसलिए बुलाया है कि तुम लोग इसकी गम्भीरता को समझ सको। व्यापारियों के बीच अपने आदमी लगाइए और यह जानने का प्रयास करिए कि आख़िरकार कौन-सी ऐसी बात है कि व्यापारी इतने ज़्यादा आक्रोशित हो गए? जिस व्यापारी की हत्या आलमबाग़ में हुई है, वह विशुद्ध रूप से व्यक्तिगत कारण था। आलमबाग़ के व्यापारियों ने न तो सड़क जाम की, न कोई धरना-प्रदर्शन किया। वहाँ सभी को यह जानकारी है कि वह घटना व्यक्तिगत रंजिश के कारण हुई थी, फिर आख़िर यहीं विधान सभा के नीचे हज़रतगंज चौराहे पर इतना बड़ा प्रदर्शन और जाम कैसे हो गया? इस बात को टीम के हर सदस्य को जाकर समझाइए और

दो-तीन दिन में हर हाल में यह जानकारी हो जाए कि व्यापारियों की इस नाराज़गी का क्या कारण है।" इतना कहकर डीजीपी ने सबको उठने का इशारा किया और तीनों लोग डीजीपी के कक्ष से बाहर आ गए।

बाहर निकलते ही राजेश पाण्डेय ने अरुण कुमार से पूछा, "सर, आप इतना नाराज़ क्यों हो गए थे?"

अरुण कुमार ने कहा, "तुम लोग पहली बार डीजी के सामने आए हो, मैं हर रोज़ ऐसी ही बातें सुनकर परेशान हो गया हूँ। मैंने यह सोचा था कि आनन्द पाण्डेय के एनकाउंटर को लेकर तुम लोगों को शाबाशी देंगे और टीम का हौसला बढ़ाएँगे लेकिन फिर वही बात शुरू हो गई, जो मुझसे रोज़ की जाती है। मैं भी गुस्से में जो कह गया, मुझे नहीं कहना चाहिए था।" यह बात करते-करते एसएसपी साहब अपने कार्यालय पहुँच गए।

सत्येन्द्र वीर सिंह और राजेश पाण्डेय को वहीं उतार दिया और कहा, "पूरी टीम को बुलाकर डीजी ने जो बात कही है, सबको अच्छे से समझाइए लेकिन एक बात और कहूँगा कि डीजी की बात में दम है। कोई-न-कोई बात तो ज़रूर है, वरना बनिया अपने एक मिनट का भी नुक़सान नहीं कर सकता। चार घंटे दुकान बन्द करके सड़क पर बड़े बनिये अगर आ गए हैं तो कोई-न-कोई बात तो ज़रूर है। हम लोग शाम को मिलेंगे।"

राकेश मणि त्रिपाठी ने रात आठ बजे जिस नम्बर से लाला की कुंडली निकालने के लिए सम्पर्क किया था, उस नम्बर पर बात करने की कोशिश की लेकिन फ़ोन स्विच ऑफ़ आ रहा था। राकेश मणि ने एक एसएमएस बनाकर डाल दिया, 'भैया, कुछ ज़रूरी बात करनी थी।'

पन्द्रह मिनट बाद ही श्रीप्रकाश का फ़ोन आ गया, "बोल रे।"

राकेश मणि ने कहा, "भैया, आज अख़बारों में फ्रंट पेज पर ख़बर छपी है कि 'व्यापार मंडल के प्रदेश अध्यक्ष बनवारी लाल कंछल ने श्रीप्रकाश शुक्ला के ख़िलाफ़ मोर्चा खोला'। हिन्दी के सभी अख़बारों में यही है। कल इन बनियों ने पूरा हज़रतगंज चौराहा जाम कर दिया था और शहर के सभी बाज़ार बन्द थे। कंछल का बयान छपा है कि व्यापारियों से रंगदारी वसूलने वालों के ख़िलाफ़ कार्यवाही की जाए।"

"लिखने दो, जो मर्ज़ी हो, छापें। अख़बारों में छपने से हम ही लोगों का फ़ायदा होगा। अब ये आसानी से पैसा दे देंगे।"

"जी भैया, बात तो आपकी सही है। मैं सिर्फ़ यह बताना चाहता हूँ कि मुझे लगता है कि लाला ने यह पैसे देनेवाली बात कहीं न कहीं बताई ज़रूर होगी, नहीं तो यह बात वहाँ तक कैसे आती? धरना-प्रदर्शन तो आलमबाग़ के एक व्यापारी

की हत्या पर विरोध प्रकट करने के लिए किया गया था, फिर यह वसूली की बात कहाँ से आई? कंछल ने यह भी धमकी दी है कि यदि अपराधियों के ख़िलाफ़ कार्यवाही नहीं हुई तो वह पूरे प्रदेश का बाज़ार बन्द कराएगा।"

"कराने दो! अपने लिए यह अच्छा ही है।"

"ठीक है भैया।"

श्रीप्रकाश ने फ़ोन काट दिया।

अगले दिन के अख़बारों में डीजी के यहाँ एसएसपी और दोनों अधिकारियों की मीटिंग के बारे में फिर फ्रंट पेज पर छपा कि 'डीजीपी ने एसपी सिटी और सीओ कैसरबाग़ के पेंच कसे'। डीजी के एक बयान का उल्लेख भी किया गया कि 'अगर जल्द ही अपराधियों पर कड़ी कार्यवाही नहीं हुई तो वे पुलिस अधिकारियों के ख़िलाफ़ कार्यवाही करेंगे'। डीजीपी की नाराज़गी की बात सभी अख़बारों में छपी।

राजेश पाण्डेय ने एसएसपी से पूछा, "सर, यह बात अख़बार वालों तक कैसे पहुँची?"

अरुण कुमार ने कहा, "मैंने भी सुबह-सुबह पता कर लिया है। शायद डीजीपी साहब ने ही किसी प्रेस वाले से ज़िक्र कर दिया था और इन लोगों ने मिर्च-मसाला लगाकर उसे छाप दिया।"

उसी दिन लगभग साढ़े सात बजे श्रीप्रकाश का फ़ोन राकेश मणि के पास आया। 'आज अख़बारों में क्या छपा है?'

"आज सभी अख़बारों में छपा है कि 'डीजीपी ने अरुण कुमार, सत्येन्द्र वीर सिंह और राजेश पाण्डेय को बहुत धमकाया है। अगर कार्यवाही नहीं की गई तो इन लोगों के ख़िलाफ़ कड़ी कार्यवाही की जाएगी।' भैया, कल शाम से ही पूरे ज़िले में बड़ी तगड़ी चेकिंग हो रही है। हर चौराहे पर पुलिस पैदल जाने वालों को भी रोक रही है और उनकी तलाशी ले रही है। मुझे, पता नहीं क्यों, बहुत डर लग रहा है। भैया, आप तो बहुत दूर बैठे हो, यह लाला बहुत हरामी है। हो सकता है, वह उनके बारे में बता दे, जिनको मैंने लाला से लेकर पैसे दिये थे, फिर पुलिस हमारे घर तक पहुँच जाएगी। घर वाले बहुत नाराज़ होंगे।" राकेश मणि ने बताया।

"अबे साले, अभी तो तुम असलहे माँग रहे थे और इतने बड़े फट्टू हो, यह मैं नहीं जानता था। पुलिस तुम तक कभी नहीं पहुँच सकती। हाँ, नृपेन्द्र पाण्डेय तक पुलिस पहुँच सकती है क्योंकि उसको हज़रतगंज में बहुत लोग जानते हैं। मैंने उसको ग़लत भेजा था। जल्दबाज़ी में कोई आदमी नज़र नहीं आया इसलिए उसको भेज दिया था। तुम्हारे बारे में उसे कुछ पता नहीं है, तुम परेशान मत हो।

ऐसा करो कि अभी दो-तीन दिन रुककर कंछल की कुंडली निकालेंगे। पहले इसी को ठीक करूँगा, बाक़ी सबको बाद में ठीक करूँगा।" श्रीप्रकाश ने कहा।

अगले दिन सवेरे-सवेरे राकेश मणि को श्रीप्रकाश ने फ़ोन किया, "अभी तुम कहीं नहीं निकलना, कमरे पर ही रहो। कोई कुंडली निकालनी होगी तो मैं बताऊँगा।" उसके तुरन्त बाद वीरेन्द्र शुक्ला को फ़ोन करके बताया, "एक काम बताऊँ, डरोगे तो नहीं?"

"भैया, इसमें डरने की क्या बात है? आप जो काम बताएँगे, वह करूँगा। कोई भी इधर-उधर की बात नहीं होगी।"

"लखनऊ का एक व्यापारी नेता है—बनवारी लाल कंछल, उसकी कुंडली निकालनी है।"

"जी भैया। दो दिन से अख़बारों में उसका नाम निकल रहा है। उसके साथ आपका भी नाम है।" वीरेन्द्र शुक्ला बोला।

"अच्छे से कुंडली निकालो—चाहे चार-छह दिन लग जाएँ। मैं परसों एक बार फ़ोन करके पूछ लूँगा।" श्रीप्रकाश ने कहा।

एक दिन बाद श्रीप्रकाश ने फिर वीरेन्द्र को फ़ोन किया और उससे पूछा, "क्या हुआ, कुंडली निकल गई उसकी कि अभी बाक़ी है?"

वीरेन्द्र ने कहा, "भैया, सब हो गया है—बस, थोड़ा-सा बाक़ी है। कल शाम को फ़ोन कर लीजिएगा, पूरी कुंडली बता दूँगा।"

इस बीच श्रीप्रकाश ने और लोगों के बारे में जो जानकारी माँगी थी, उसमें सोलोमन एंड सोलोमन मेडिकल एजेंसी के मालिक के.के. रस्तोगी की कुंडली भी थी। श्रीप्रकाश ने रस्तोगी की सारी सूचना सुन ली और सामने रखे एक अख़बार पर सब नोट कर लिया। अख़बार में जितनी दूर तक लिखा था, उतना हिस्सा फाड़कर उसने पर्स में डाल लिया।

अगले दिन शाम को उसने वीरेन्द्र शुक्ला को फ़ोन किया, "क्या हुआ, कंछल की कुंडली मिली?"

"जी भैया। मैं शाम से ही आपके फ़ोन का इन्तज़ार कर रहा था, उसकी पूरी कुंडली निकाल ली है।" वीरेन्द्र ने कहा।

वीरेन्द्र उसकी सवेरे से दिनचर्या श्रीप्रकाश को बताने लगा कि कहाँ गए, किस गाड़ी से गए, गाड़ी में कितने लोग थे, कैसा कपड़ा पहना था, किस-किस ऑफ़िस में गए, किस बाज़ार में गए, कितनी मीटिंगें कीं, आदि।

जब सब बता चुका तो श्रीप्रकाश ने पूछा, "साथ में राहु-केतु कितने हैं?"

"भैया, बड़े असलहे वाले तो नहीं दिखे। छोटा असलहा कौन लगाए है, यह पता नहीं लग पाया।"

"कल और कायदे से देख लो। अन्दाज़ा लगाकर बताओ कि जो उसकी गाड़ी में बैठते हैं, उनमें से किन-किन के पास छोटा असलहा है और ठीक पीछे वाली गाड़ी में कितने लोग बैठते हैं, उनके पास क्या-क्या असलहा हैं। चाल-ढाल से अन्दाज़ा लग जाएगा कि किस-किस ने कमर में लगा रखी है।"

"ठीक भैया, कल ज़रूर बता दूँगा।" वीरेन्द्र ने कहा।

अगले दिन जब श्रीप्रकाश ने फिर फ़ोन किया तो वीरेन्द्र ने बताया, "भैया, आज तो उसके साथ एक गनर भी था जो स्टेनगन लिये हुए था। सफ़ारी में पीछे दो-चार लोग बैठे थे। पीछे, उनमें से एक छोटी उम्र का लड़का था। ऐसा लग रहा था कि उसके पास भी कोई लाइसेंसी असलहा है। पीछे की गाड़ी में भी दो लोगों के पास असलहे लग रहे थे।"

"यह बनिये सब तो पहली गोली में ही भाग जाएँगे, असलहे पर हाथ भी नहीं लगा पाएँगे। गनर को देखना पड़ेगा। चलो, तुमने अच्छा काम किया है, ठीक है।" श्रीप्रकाश ने शबाशी देते हुए कहा।

वीरेन्द्र ने बता दिया था कि कंछल रात दस बजे से पहले अपने घर नहीं लौटता है।

# गजब भौकाल

श्रीप्रकाश ने रात लगभग साढ़े दस बजे उसके घर के फ़ोन पर फ़ोन किया। नौकर ने फ़ोन उठाया, "साहब बाथरूम में हैं। अभी आते ही बता दूँगा। क्या नाम बता दूँ?"

"बता देना, सूरज गुप्ता व्यापार मंडल अध्यक्ष, मऊ से बात करना चाहते हैं।" श्रीप्रकाश ने कहा।

"ठीक है।" नौकर ने कहा।

आधे घंटे बाद फिर श्रीप्रकाश ने फ़ोन किया। फिर उसी नौकर ने उठाया। श्रीप्रकाश ने पूछा, "क्या हुआ, अध्यक्ष जी आ गए?"

"हाँ सर, आ गए हैं। आप मऊ से सूरज गुप्ता बोल रहे हैं?" नौकर ने पूछा।

"हाँ, तुमने ठीक पहचाना।" श्रीप्रकाश ने कहा।

नौकर बोला, "अभी बात कराता हूँ।"

थोड़ी देर में कंछल लाइन पर आ गए, आते ही बोले, "बताइए गुप्ता जी?"

श्रीप्रकाश ने कहा, "भो...के, मैं सूरज गुप्ता नहीं, अशोक सिंह बोल रहा हूँ। पहचान लिया हो तो ठीक है, नहीं तो मैं परिचय भी बताऊँ?"

"नहीं-नहीं, मैं पहचान गया! बताइए, कैसे फ़ोन किया?" कंछल हकलाते हुए बोले।

श्रीप्रकाश ने ढेर सारी गालियाँ एक स्वर में देने के बाद कहा, "तुम बनियों को इकट्ठा करके दबाव बना रहे हो? तुमको पता नहीं कि आज मैं तुमको ही निबटाने के लिए निकला था। दोपहर में जब तुम आलमबाग़ गए थे और मार्केट के सामने पार्क में पचास-साठ लोगों के सामने नेतागीरी झाड़ रहे थे, मैं वहीं खड़ा था। तुमने भाषण के बीच में एक गिलास पानी पिया था और वहीं से पार्क से निकलकर सामने वाली कपड़े की दुकान में चाय पीने बैठे थे। मैं चाहता तो वहीं भेजे में छेद ही छेद होते। मैंने सोचा, एक बार बता दूँ कि ग़लत आदमी से मुचहटा ले रहे हो। मीटिंग में तो तुमने नाम नहीं लिया था, लेकिन अख़बार में कैसे छप गया कि तुमने श्रीप्रकाश शुक्ला के ख़िलाफ़ मोर्चा खोला? मैं साफ़-साफ़ बता रहा हूँ कि अगर तुमने प्रदेश बन्द कराया तो वहीं बाज़ार में ही एके-47 से इतनी गोलियाँ मारूँगा कि आगे की आँख पीछे चिपक जाएगी। साले, घर वाले बॉडी लेने से इनकार कर देंगे कि यह बनवारी लाल कंछल नहीं हो सकते! बात समझ में आई कि नहीं?"

"पर मेरा कसूर क्या है?"

"इतनी देर से बोल रहा हूँ, समझ में नहीं आ रहा है? अगर बनियों की मीटिंग करके या बाज़ार बन्द करके फिर ड्रामा किया तो चौबीस घंटे में निबटाऊँगा। एक बात और कान खोलकर सुन लो, अगर चन्दे के लिए किसी व्यापारी को परेशान किया तो समझ लेना, क्या हाल करूँगा।"

"भैया, बहुत दिन से व्यापार मंडल में हूँ, व्यापारियों के बुलावे पर जाना तो पड़ेगा।"

"बिलकुल जाओ, लेकिन ज़रा-सा भी दबाव सरकार पर या पुलिस पर डाला तो वही हाल करूँगा जो दरोगा आर.के. सिंह का किया था।" फिर पूछा, "साले, व्यापार मंडल के अध्यक्ष हो, कितना चन्दा आता है महीने भर में?"

"भैया, महीने का सिस्टम नहीं है। हम लोगों से सदस्यता शुल्क लेते हैं जो बैंक एकाउंट में जमा किया जाता है। इसके अलावा कभी-कभी व्यापार मंडल का कोई फ़ंक्शन होता है तो व्यापारियों से अनुरोध किया जाता है कि व्यापार मंडल के एकाउंट में पैसा डाल दें। इसके आलावा कोई कलेक्शन व्यापारियों से नहीं किया जाता और व्यापार मंडल में भी कई गुट हैं। कुछ लोग पैसा देते हैं, कुछ लोग नहीं देते। व्यापार मंडल के एकाउंट के बारे में शहर के सभी व्यापारियों को जानकारी होती है। हम उसमें से एक भी पैसा ख़ुद नहीं निकाल सकते।"

"मा...चो...हमको समझा रहे हो? चार-चार, पाँच-पाँच गाड़ियाँ और पन्द्रह-बीस लोग तुम हमेशा अपने साथ लेकर चलते हो। गाड़ियों का तेल क्या तुम्हारे बाप भरवाते हैं?"

"भैया, ये सब व्यापार मंडल के पदाधिकारी हैं। अपनी-अपनी गाड़ियाँ लेकर आते हैं और ख़ुद ही तेल भरवाते हैं।"

"चलो, हम उसका भी पता कर लेंगे। अगर तुमने किसी पर चन्दे का दबाव बनाया तो मुझसे बुरा कोई नहीं होगा। मैंने तो सुना है कि व्यापारियों का काम अधिकारियों और मंत्रियों से करवाने के एवज़ में तुम मोटा पैसा ले लेते हो?"

"यह ग़लत है भैया। हम अगर ऐसा करेंगे तो हमारे विरोधी यही हल्ला करके हमें हटवा देंगे।" यह कहते हुए कंछल उदास हो गए।

"ठीक है, मेरी बात का ध्यान रखना। मैं दोबारा फ़ोन नहीं करूँगा। अगर कहीं भी कुछ पता चल गया तो मारे ही जाओगे।" यह कहकर श्रीप्रकाश ने फ़ोन काट दिया।

जब कंछल ने फ़ोन रखा तो उनका चेहरा पीला पड़ गया था। उन्होंने ध्यान नहीं दिया कि कब उनका बेटा उनकी बग़ल में आकर खड़ा हो गया था। कंछल के बेटे ने पूछा, "पापा, किसका फ़ोन था, जो आप इतना परेशान हो गए?"

"अरे कोई नहीं, संगठन के लोग हैं। एक समस्या आ गई है, उसी का समाधान करना है। बहुत रात हो गई है, तुम जाकर सो जाओ।" कंछल बोले।

बेटा वहाँ से चला गया। कंछल ने सूरी को फ़ोन मिलाया और पूछा, "भाई, यह बताओ कि अशोक सिंह की आवाज़ कैसी है, कुछ पुरबिया लहज़े में बोलता है?"

"हाँ, अध्यक्ष जी। कुछ नहीं, पूरा पुरबिया लहज़े में बोलता है। यह पूरब का या बिहार का लगता है।" सूरी ने कहा।

कंछल ने फिर पूछा, "बात-बात में बहुत गाली देता है क्या?"

"जी हाँ, बहुत ख़राब-ख़राब गाली देता है।" सूरी ने कहा। फिर पूछा, "क्या हुआ अध्यक्ष जी, आपके पास भी फ़ोन आ गया क्या उसका?"

"अरे नहीं! किसी को फ़ोन किया था तो वे हमसे जानना चाह रहे थे। पहले मैंने सोचा कि सीधे तुम्हारा नम्बर दे दूँ लेकिन फिर यह दिमाग़ में आया कि तुम्हारा नम्बर दूँगा तो बात खुलेगी। चलो, ठीक है, सो जाओ।" कंछल बोले।

कंछल ने अपने कमरे में रखे हुए सारे अख़बार फिर निकाले और बेड पर बैठकर पढ़ने लगे। व्यापार मंडल और धरने वाली सभी अख़बारों की ख़बर पढ़ी और अपना ही बयान बार-बार पढ़ने लगे कि 'प्रदेश बन्द का आह्वान किया जाएगा, यदि अपराधी पकड़े नहीं गए...।' फिर अख़बार रखकर लेट गए और बहुत देर बाद सो पाए।

सवेरे उठते ही कंछल ने सबसे पहले नगर विकास मंत्री लालजी टंडन को फ़ोन किया और कहा, "बाबू जी, बहुत अर्जेंट बात करनी है, आप समय दे दीजिए।"

"अभी कैबिनेट है, दो बजे ऑफ़िस आ जाना।" लालजी टंडन ने कहा।

"बाबू जी, घर का टाइम दीजिए, बहुत ज़रूरी बात करनी है।" कंछल बोले।

"ठीक है, ऑफ़िस आ जाना, रेस्ट रूम में बात करेंगे। वहाँ कोई नहीं होगा। घर का कोई भरोसा नहीं कि कितने बजे पहुँच पाऊँगा।" टंडन ने कहा।

कंछल डेढ़ बजे ही लालजी टंडन के कार्यालय में पहुँच गए और वहीं बैठकर उनका इन्तज़ार करने लगे। थोड़ी देर में टंडन जी आ गए। लेकिन लालजी टंडन ने कंछल की ओर ध्यान नहीं दिया। वहाँ बहुत-से और भी व्यापारी नेता बैठे हुए थे। एक-दो से मिले भी और हाथ मिलाकर हाल-चाल भी पूछा।

कंछल को यह बात अच्छी नहीं लगी। जब टंडन अपने कार्यालय में बैठ गए तो बाहर उनके पीए से कंछल ने कई बार अनुरोध किया कि बाबू जी को बता दीजिए, बाबूजी ने ही बुलाया था।

थोड़ी देर बाद भीतर से इंटरकाम पर फ़ोन आया। पीए ने कई लोगों के नाम गिनाए, सबसे बाद में कंछल का नाम बताया।

"कंछल को भेजो।" टंडन जी ने कहा।

पीए ने इशारा किया और कंछल सीधे टंडन जी के पास पहुँच गए। उनके पैर छुए और बोले, "बाबू जी, बहुत परेशान हूँ, कुछ समझ में नहीं आ रहा है।"

"बताओ, क्या बात है? किस बात की परेशानी है? अभी पिछले हफ़्ते तो पूरा शहर जाम करके सरकार को ही ललकार रहे थे, भला तुम्हें क्या परेशानी हो सकती है! अब तो तुम बड़े नेता हो गए हो!" लालजी टंडन मुस्कुराते हुए बोले।

कंछल दीन-हीन मुद्रा में आ गए और बोले, "बाबू जी, जान बचाइए!"

"तुमको कौन मार देगा?"

"बाबू जी, श्रीप्रकाश शुक्ला मार देगा।"

"कौन श्रीप्रकाश शुक्ला?"

"बाबू जी, बहुत बड़ा बदमाश है। वीरेन्द्र शाही, विवेक श्रीवास्तव और जनपथ में दरोगा को उसी ने मारा था।"

टंडन भी सकपका गए, बोले, "हाँ, हाँ, अख़बारों में जो नाम निकलता है, उसी की बात कर रहे हो?"

"जी, बाबू जी।" कंछल बोले, "बाबू जी, उसने पूरे लखनऊ के व्यापारियों को धमकाकर उनसे वसूली शुरू कर दी है और सबको मना किया है कि 'कोई भी किसी को चन्दा नहीं देगा। न किसी पार्टी को, न व्यापार मंडल को और न पुलिस को—किसी को कोई पैसा नहीं देगा। इन लोगों से जो भी काम होगा, मैं कराऊँगा, मेरी ज़िम्मेदारी है।' पूरा शहर आतंकित है। अन्धेर तो तब हो गई बाबूजी, जब कल उसने हमको भी रात में फ़ोन किया और कल दिन भर मेरे पीछे-पीछे लगा रहा। उसने दिन भर की एक-एक बात बताई कि हम कहाँ थे बाबू जी। वह किसी भी समय मुझे मार सकता है। आप डीजीपी से बात करिए। उसने पूरे व्यापार मंडल पर ही क़ब्ज़ा कर लिया है।"

"व्यापार मंडल उसके कब्ज़े में होता तो तुम इतना बड़ा धरना-प्रदर्शन करते कैसे? तुम तो पूरे प्रदेश का बाज़ार भी बन्द कराने का ऐलान कर चुके हो!" लालजी टंडन बोले।

कंछल ने झुककर लालजी टंडन के पैर छुए और बोले, "अब कोई बन्द नहीं कराऊँगा और न ही धरना-प्रदर्शन का कभी नाम लूँगा, वह मुझे मार देगा।"

"ठीक है, जाओ, मैं डीजीपी से बात करूँगा।" लालजी टंडन गम्भीरता से बोले।

कंछल के वहाँ से निकलने के तुरन्त बाद कंछल के विरोधी व्यापार मंडल गुट वाले पदाधिकारी लालजी टंडन के पास पहुँच गए। बातचीत करते-करते टंडन ने कहा, "कंछल बहुत कूद रहे थे। अब कोई बाज़ार नहीं बन्द कराएँगे, आ गए लाइन पर।"

इन व्यापारियों के जाने के बाद लालजी टंडन ने डीजीपी को फ़ोन मिलवाया, और पूछा, "यह श्रीप्रकाश शुक्ला कोई बदमाश है क्या?"

उधर से डीजीपी जो कुछ बता रहे थे, उसे सुनकर टंडन जी का चेहरा भी उतरने लगा। अन्त में टंडन जी ने कहा, "फिर तो माननीय मुख्यमंत्री कल्याण सिंह जी से बात करनी पड़ेगी। कोई बदमाश कैसे पूरी सरकार को चुनौती दे सकता है? कल्याण सिंह जी बदमाशों के सख़्त ख़िलाफ़ हैं, वे ज़रूर कोई-न-कोई एक्शन लेंगे।"

लालजी टंडन ने उस दिन मुख्यमंत्री कार्यालय में फ़ोन करके, उनसे समय माँगा, उन्हें समय नहीं मिला। दो-तीन दिन तक काफ़ी प्रयास करने के बाद भी जब लालजी टंडन को मिलने का समय नहीं मिला, तो उन्होंने सोचा कि अब कैबिनेट जल्दी शुरू होने वाली है, कैबिनेट मीटिंग में ही मुख्यमंत्री से सारी बातें करेंगे।

तीन-चार दिन बाद कैबिनेट मीटिंग में लालजी टंडन ने कहा, "मुख्यमंत्री जी, हमें दो मिनट का समय दे दीजिए, बहुत ज़रूरी बात करनी है।"

"कोई व्यक्तिगत बात है क्या?"

"कोई व्यक्तिगत बात नहीं है।"

"जब व्यक्तिगत बात नहीं है तो यहीं बताइए, सबके सामने समस्या का हल निकाला जाएगा।" कल्याण सिंह बोले।

लालजी टंडन बोले, "एक बड़े अपराधी ने नाक में दम कर रखा है। यहीं आपकी नाक के नीचे शहर के बड़े व्यापारियों से गुंडा-टैक्स वसूल रहा है। व्यापारियों में बड़ा रोष व्याप्त है। रोष न होता तो कंछल जैसे लोगों के आह्वान पर इतनी बड़ी भीड़ हज़रतगंज में इकट्ठा नहीं हो सकती थी। मैं लखनऊ के व्यापारियों को अच्छी तरह जानता हूँ। अब तो उसने लखनऊ में बड़े-बड़े कांड भी कर दिये। शाही को उसी ने मारा था। विवेक श्रीवास्तव को भी यहीं लाटूश रोड पर उसने गोलियों से भून दिया था। विधान सभा जब चल रही थी, उसी समय दिलीप होटल में एके-47 उसने ही चलाई थी।"

"सारे मंत्री यहीं मौज़ूद हैं। इस अपराधी ने किसी अन्य जनपद में भी कोई घटना की है या कि सारी घटनाएँ लखनऊ में ही हुई हैं?" कल्याण सिंह ने पूछा।

सूर्य प्रताप शाही ने कहा, "हाँ, मुख्यमंत्री जी, बहुत खूँखार अपराधी है। गोरखपुर का ही रहनेवाला है और गोरखपुर में कई बड़ी हत्याएँ इसने की हैं।"

कल्याण सिंह ने गम्भरीता से उनकी बात सुनी और बोले, "ठीक है, कुछ करेंगे।"

कैबिनेट ख़त्म होने के बाद अपने सचिव से मुख्यमंत्री ने कहा, "शाम को प्रमुख गृह सचिव, डीजीपी और एसएसपी लखनऊ को बुलवा लीजिए।"

शाम को सभी लोग आ गए। प्रमुख सचिव राजीव रतन शाह, डीजीपी के.एल. गुप्ता और अरुण कुमार एसएसपी भी मीटिंग में पहुँच गए।

मुख्यमंत्री कल्याण सिंह ने कहा, "आज कैबिनेट की मीटिंग में बड़ी चिन्ता व्यक्त की गई है। अपराधियों पर लगाम नहीं है और प्रदेश की राजधानी में गम्भीर घटनाएँ हुई हैं। शाह जी, आपको और नज़दीक से देखना होगा कि कहाँ कमी है और क्यों क्राइम पर कंट्रोल नहीं हो रहा है।"

प्रमुख सचिव, गृह ने कहा, "सर, हम लोगों ने इस पर पहले ही विचार-विमर्श कर लिया है। हम फिर से रिव्यू करेंगे। हमारी टीमें लगी हुई हैं। उसके सबसे प्रमुख सहयोगी को हमारी ही टीम ने दिल्ली में मार गिराया है, हम जल्दी ही इसके विरुद्ध भी कार्यवाही करेंगे।"

"अभी तक यह कार्यवाही क्यों नहीं हो पाई?" मुख्यमंत्री ने पूछा, "आपको अगर संसाधनों की कमी है या किसी अधिकारी की ज़रूरत है, तो स्पष्ट बताइए।"

"तो हम लोग फिर से एक बार समीक्षा कर लेते हैं। यदि कोई ज़रूरत होगी तो बताएँगे।" डीजीपी बोले।

अगले दिन अख़बारों में यह बात छप गई कि कैबिनेट मंत्री लालजी टंडन ने श्रीप्रकाश शुक्ला के आतंक को ख़त्म करने के लिए कैबिनेट में व्यापारियों की सुरक्षा के मुददे को उठाया और यह बताया कि श्रीप्रकाश शुक्ला ने शहर में दहशत कायम कर रखी है। व्यापारी डरे हुए हैं और पुलिस कुछ नहीं कर रही है।

अख़बारों में यह भी छपा कि लालजी टंडन यह बात मुख्यमंत्री से अकेले में बताना चाहते थे किन्तु मुख्यमंत्री ने कहा कि पूरी कैबिनेट यहीं मौजूद है, यहीं पर बात कर ली जाए।

सवेरे जब कंछल ने यह ख़बर अख़बारों में पढ़ी तो वह घबराकर फिर टंडन जी के यहाँ पहुँचे। इस बार टंडन जी ने उन्हें तुरन्त बुला लिया।

"बाबूजी, कैबिनेट की बात बाहर कैसे आ गई? अब यह हम लोगों को मार देगा। आप तो मंत्री हैं, आपके आसपास तो सैकड़ों सुरक्षाकर्मी रहते हैं। हम लोगों को अकेले ही व्यापारियों के बीच में घूमना होता है।" कंछल बोले।

"इसीलिए मैं मुख्यमंत्री से अलग बात करने का समय माँग रहा था। शायद मुख्यमंत्री भी इसकी गम्भीरता को समझ नहीं पाए। उनके पास समय कम था इसलिए उन्होंने कैबिनेट में ही बात रखने को कहा। जब एक बार मुख्यमंत्री ने कह दिया तो मेरा पीछे हटना ठीक नहीं था। अपनों में ही कोई भेदिया है, जिसने प्रेस को यह बात बताई है। हमें भी अपने एक-दो साथियों पर सन्देह है। मैं मुख्यमंत्री से अलग से बात करूँगा।" टंडन जी ने गम्भीरता से कहा।

"बाबू जी, हमारा अब क्या होगा? उसने इतना धमकाया है कल कि मैं बता नहीं सकता। मैं आज ही कहीं बाहर चला जाऊँगा। जब तक यह मामला शान्त नहीं होता, मैं वापस नहीं आऊँगा।" भयाक्रांत कंछल बोले।

अगले दिन शाम को कंछल मुम्बई चले गए।

रात में ही वीरेन्द्र शुक्ला, जिसने कंछल की कुंडली निकाली थी, उसने श्रीप्रकाश द्वारा दिये गए पीसीओ के नम्बर पर मैसेज छोड़ा कि बात करनी है।

आधे घंटे बाद श्रीप्रकाश का फ़ोन आ गया, "बोलो वीरेन्द्र, मैं तुमसे बहुत ख़ुश हूँ। बिलकुल सही कुंडली निकाली थी तुमने। फट गई कंछल की। भागकर लालजी टंडन के पास गया था।"

"हाँ, भैया, आज सारे अख़बारों में पहले पन्ने पर है कि लालजी टंडन ने कैबिनेट में यह मुद्दा उठाया है।" वीरेन्द्र बोला।

"हाँ, मुझे पता है।" श्रीप्रकाश बोला, "एक लड़का लगा दिया है, सुबह आठ बजे सारी ख़बर पढ़कर सुनाता है।" फिर पूछा, "यह बताओ, तुम अंग्रेज़ी का अख़बार पढ़ते हो?"

"हाँ, भैया, हम तो एम.ए. अंग्रेज़ी में ही कर रहे हैं।" वीरेन्द्र बोला।

"लखनऊ से अंग्रेज़ी के कौन-कौन से अख़बार निकलते हैं?" श्रीप्रकाश ने पूछा।

"भैया, 'पायनियर' और 'टाइम्स ऑफ़ इंडिया' ही ज़्यादा लिखते हैं। 'पायनियर' में कोई दीपक शर्मा है, वह आपके बारे में बहुत लिखता है। 'टाइम्स ऑफ़ इंडिया' में विश्वदीप घोष है, वह भी कभी-कभी लिखता है। लेकिन दीपक शर्मा बहुत ज़ोरदार लिखता है और सरकार और पुलिस, दोनों की फाड़ देता है।"

"तुम सवेरे दोनों अख़बार पढ़कर उसको हमें हिन्दी में बताओगे।" श्रीप्रकाश ने कहा, "जब अंग्रेज़ी अख़बार में निकलता है तो भौकाल उसी से बनता है क्योंकि सरकार के बड़े अधिकारी अंग्रेज़ी अख़बार ही पढ़ते हैं और अंग्रेज़ी अख़बार की ख़बर पूरे देश में फैलती है।"

"जी, भैया, यह बात आप सही कह रहे हैं।" वीरेन्द्र बोला, "आपकी जो ख़बर यहाँ लोकल 'टाइम्स ऑफ़ इंडिया' और 'पायनियर' में छपती है, अगले दिन किसी-न-किसी रूप में 'इंडियन एक्सप्रेस' और दिल्ली के 'टाइम्स ऑफ़ इंडिया' में ज़रूर आती है। ये दोनों राजधानी के सबसे बड़े अख़बार हैं। इन्हें राजधानी के लोग पढ़ते हैं। वहाँ पर पूरे देश के अलग-अलग भागों के लोग रहते हैं, असली भौकाल वहीं बनता है।"

"दिल्ली के भी सारे अंग्रेज़ी अख़बार मँगा लिया करो।"

"मँगाने की ज़रूरत नहीं है भैया। हमारे डिपार्टमेंट की लाइब्रेरी में दिल्ली के सारे अख़बार आते हैं।"

"ठीक है, दिल्ली के अख़बारों में क्या निकलता है, यह भी तुम हमको रोज़ बताना। दिल्ली के अख़बारों में छपने के लिए कुछ और भौकाली काम करना पड़ेगा," श्रीप्रकाश बोला, "बोलो, मैसेज काहे के लिए किया? कोई ख़ास बात है क्या?"

"जी भैया, कंछलवा आज शाम को पुष्पक से बम्बई गया है। मैंने चार्ट में देखा है कि सेकेंड एसी के बर्थ नम्बर इक्कीस पर उसका नाम है और उसके साथ चार अन्य व्यक्ति भी हैं। इंजन से आठवाँ डिब्बा है।" वीरेन्द्र ने बताया।

"यह गाड़ी तो कल शाम को पहुँचेगी?"

"जी, भैया।"

"तुम रेलवे पूछताछ का नम्बर डायल करके पूछते रहना। गाड़ी के पहुँचने का जब समय होने लगे तो आधे घंटे पहले हमें बता देना। साले के हाथ में मोबाइल था कि नहीं?"

"हाँ, भैया, उसके हाथ में एरिक्सन का मोटे एंटीना वाला मोबाइल था।"

"फिर ठीक है।" श्रीप्रकाश बोला।

अगले दिन शाम को वीरेन्द्र ने जब फिर मैसेज किया तो श्रीप्रकाश समझ गया। श्रीप्रकाश ने तुरन्त उसको फ़ोन करके पूछा "कहाँ पहुँची गाड़ी?"

"भैया, हम यहीं चारबाग़ जंक्शन पर हैं, यहीं से बराबर ट्रेन का पता कर रहे हैं। दस मिनट में यह बॉम्बे वीटी पर पहुँच जाएगी।" वीरेन्द्र ने कहा।

"ठीक है।" श्रीप्रकाश ने कहा।

दस मिनट बाद श्रीप्रकाश ने कंछल का मोबाइल मिलाया।

कंछल ने तुरन्त फ़ोन उठाया। उठाते ही बोला, "बनवारी लाल कंछल।"

"अशोक सिंह बोल रहा हूँ," उधर से आवाज़ आई, "कितना भागोगे? अभी-अभी प्लेटफ़ॉर्म पर उतरे हो, वीटी के बाहर निकलो, तुम्हें देखता हूँ। तुम्हारे पीछे वाले डिब्बे से उतरा हूँ।" इतना कहते ही श्रीप्रकाश ने फ़ोन काट दिया।

कंछल अचानक रुक गए। हाथ में सूटकेस लिये हुए और एक हाथ में पानी की बोतल पकड़े एकदम से प्लेटफ़ॉर्म पर दौड़ने लगे। उनके साथ आए चारों व्यक्ति समझ ही नहीं पाए कि अचानक क्या हो गया? दस क़दम भागने के बाद उन्हें आरपीएफ़ का सिपाही आता हुआ दिखाई दिया। कंछल उससे लिपट गए। बोले, "मुझे बचा लो!"

सिपाही भी हतप्रभ था कि आख़िर क्या हुआ!

"जीआरपी वाला थाना किधर है? हमें वहाँ तक पहुँचा दीजिए।" कंछल बोले।

सिपाही ने उनकी भाव-भंगिमा और वेशभूषा देखकर यह तो समझ लिया कि यह कोई ज़िम्मेदार आदमी है। वह तेज़ी से आरपीएफ़ के थाने की तरफ़ कंछल जी को ले जा रहा था। उनके साथ आए चारों व्यक्ति भी कंछल के पीछे-पीछे भागने लगे। कंछल हर आधे मिनट पर पीछे मुड़कर देख रहे थे और एकदम से आरपीएफ़ का थाना आते ही भीतर घुस गए। थाने के भीतर वे आड़ में खड़े हो गए।

इंस्पेक्टर आरपीएफ़ मौजूद था। वह भी तेज़ी से उठा और बोला, "भाई साहब, क्या बात है?"

"पहले दरवाज़ा बन्द कर दीजिए, वह मुझे मार देगा।" कंछल बोले।

"आप परेशान न हों, थाने के भीतर कोई नहीं आ सकता, चाहे वह कितना भी बड़ा बदमाश हो। यह बॉम्बे वीटी है।" इंस्पेक्टर ने कहा।

कंछल को उसने बैठाया और चारों लोग भी उनके पीछे-पीछे आ गए। कंछल अभी भी डरे-सहमे थे, बार-बार गेट की तरफ़ देख रहे थे।

इंस्पेक्टर ने पूछा, "भाई साहब, पूरी बात बताएँ, क्या बात है? निडर होकर बताएँ। यहाँ आपका कोई कुछ नहीं बिगाड़ सकता।"

कंछल ने अपना पूरा विवरण बताया और बोले, "जैसे ही मैंने प्लेटफ़ॉर्म पर क़दम रखा, वैसे ही उसका फ़ोन आ गया। इंस्पेक्टर साहब, आप बताइए, उसको कैसे पता चल गया? क्योंकि उसने बताया कि वह पीछे वाले डिब्बे में है। इसका मतलब वह मेरे पीछे-पीछे ही उतरा है! मैं लखनऊ में था, तब भी वह मेरा पीछा कर रहा था।" कंछल बताने लगे, "वह बहुत बड़ा बदमाश है। उसने उत्तर प्रदेश के सबसे बड़े माफ़िया वीरेन्द्र शाही को लखनऊ में मारा था। वह सारे मर्डर एके-47 से करता है। उसने पूरे लखनऊ पर क़ब्ज़ा कर रखा है।"

इतना सुनते ही इंस्पेक्टर के भाव बदलने लगे। इंस्पेक्टर ने फ़ौरन अपनी डायरी निकाली और उसमें पूरी बात नोट करते हुए उसने पूछा, "उसका हुलिया बताइए?"

कंछल बोले, "मैंने नहीं देखा है, सिर्फ़ इतना जानता हूँ कि वह सिर्फ़ अशोक सिंह के नाम से लोगों को फ़ोन करता है, जबकि उसका असली नाम श्रीप्रकाश शुक्ला है। उसका एक फ़ोटो अख़बार में निकला था जो मैं किसी के हाथ आपको भिजवा दूँगा या फिर आप अपने कमिश्नर से कहिए, वह उत्तर प्रदेश डीजी पुलिस से मँगवा लें।"

"लेकिन, एके-47 तो बहुत बड़ा असलहा है, उसको कैसे कोई खुलेआम बम्बई में लेकर चल सकता है?" इंस्पेक्टर चौंकते हुए बोला।

"उसने एक दरोगा को, जो एसपी सिटी का रीडर था, खुलेआम जनपथ में मारा था और उसकी एके-47 उसके साथी के पास स्पोर्ट्स के बैग में बरामद हुई थी। लखनऊ की पुलिस ने उसके साथी को वहीं मार दिया था लेकिन उसके पास फिर दूसरी एके-47 आ गई। उसने अभी इसी जनवरी में यूपी कोऑपरेटिव बैंक के वाइस़ चेयरमैन उपेन्द्र विक्रम सिंह और उनके तीन साथियों को एके-47 से ही मारा था।" कंछल बोले।

इंस्पेक्टर आरपीएफ़ ने दिमाग़ पर ज़ोर लगाया और बोला, "हाँ, यह ख़बर मैंने टीवी में देखी थी। चार आदमी मारे गए थे। अच्छा, तो वह यही बदमाश है?"

इंस्पेक्टर ने तुरन्त वायरलेस सेट उठाया और रेलवे स्टेशन पर लगे तमाम पुलिसकर्मियों को एक आदेश दिया कि यदि किसी यात्री के पास स्पोर्ट्स वाला बैग है तो उसे तुरन्त रोककर चेक किया जाए। वीटी स्टेशन के बाहर सुरक्षा में तैनात और लोगों को भी इंस्पेक्टर ने यही हिदायत दी कि स्पोर्ट्स वाले बैग को ज़रूर चेक किया जाए।

इसके बाद इंस्पेक्टर ने कंछल को चाय पिलवाई और अपने दो सिपाहियों के साथ उन्हें बाहर भेजा और कहा, "इन्हें टैक्सी कराकर सुरक्षित जगह, जहाँ जाना चाहते हैं, वहाँ तक पहुँचा आओ।"

कंछल की साँस में साँस आई। उन्होंने सोचा, अगर वह पीछे-पीछे होगा भी, तो बैग की चेकिंग देखकर या तो भाग जाएगा या पकड़ा जाएगा। कंछल चुपचाप सिपाहियों के साथ बाहर निकल गए और फिर एक टैक्सी में बैठकर बांद्रा के पास अपने किसी रिश्तेदार के घर जाने के लिए चल दिये।

कंछल के सिर से श्रीप्रकाश का भूत उतर नहीं रहा था। उन्होंने टैक्सी ड्राइवर से पूछा, "यह बताओ, तुम कहाँ के रहनेवाले हो?"

"साहब, मैं गोरखपुर का रहनेवाला हूँ। हमारी तरफ़ के बहुत सारे ड्राइवर यहाँ टैक्सी चलाते हैं। यहाँ पचास प्रतिशत ड्राइवर पूर्वी उत्तर प्रदेश के हैं।" ड्राइवर ने कहा।

कंछल एक बार फिर डर गए। उन्होंने कुछ लोगों से एक-दो बार बात की और ड्राइवर से कहा, "भैया, मुझे यहीं उतार दो, मेरे रिश्तेदार मुझे लेने गाड़ी लेकर यहीं आ रहे हैं।"

टैक्सी वाले ने तुरन्त आगे के स्टैंड पर गाड़ी खड़ी कर दी और मीटर उलटकर उसका पैसा बताया और पैसा लेकर वह आगे बढ़ गया।

कंछल के साथ वाले लोगों ने पूछा, "भैया, कोई आ रहा है क्या लेने?"

"नहीं, दूसरी टैक्सी से चलेंगे, इसकी टैक्सी से नहीं जाएँगे। यह उधर का ही रहनेवाला है, तुम नहीं समझोगे।" कंछल ने कहा, "ज़रा घूमकर देखो, यहाँ जो और टैक्सियाँ खड़ी हैं, उसमें कोई मराठी बोलने वाला हो तो उस ड्राइवर की टैक्सी से चलेंगे।"

थोड़ी देर में साथ वाला आदमी एक टैक्सी लेकर आ गया। कंछल ने उससे बातचीत के बहाने यह जानने की कोशिश कि क्या वह उत्तर प्रदेश का है या मराठी है? जब वह सन्तुष्ट हो गए कि यह स्थानीय व्यक्ति है, तो उसकी टैक्सी में बैठकर चल दिये।

रास्ते में कंछल ने ड्राइवर से पूछा, "यहाँ अच्छे होटल कहाँ-कहाँ हैं?"

ड्राइवर ने कंछल को तीन-चार बड़े नामी-गिरामी होटलों के नाम बताए।

कंछल ने कहा, "सबसे अच्छा होटल शायद ताज होटल है, तुम वहीं ले चलो।"

कंछल के साथ बैठे आदमी अवाक् रह गए। उनकी समझ में नहीं आ रहा था कि अचानक अध्यक्ष जी को ताज में रुकने की क्यों सूझी। यह तो बहुत महँगा होटल है! पाँच हज़ार रुपये प्रतिदिन से कम किसी हालत में नहीं है, फिर भी वे चुप रहे और चुपचाप ताज होटल तक पहुँच गए।

कंछल ने अपने कमरे में पहुँचकर रूम अटेंडेंट से कई सवाल पूछे, "कोई आदमी बिना रिसेप्शन पर पूछे किसी कमरे में जा सकता है क्या?"

अटेंडेंट ने कहा, "नही सर। जब तक वह यह बताएगा नहीं कि किससे मिलना है, किस रूम में जाना है, तब तक उसे जाने की अनुमति नहीं दी जाती। जो भी मिलने आएगा, पहले रिसेप्शन वाला आपके कमरे में फ़ोन करके अपना नाम बताएगा, तभी कोई अटेंडेंट उसे साथ लेकर आपके कमरे तक आएगा।"

कंछल ने तुरन्त अपने साथ वालों से कहा, "जो-जो जिस रूम में हैं, उस रूम में अपना नाम रिसेप्शन पर लिखवा दें।"

"भैया, हम लोगों से मिलने कौन आएगा? किसी को पता भी नहीं है कि हम कहाँ रुके हैं।" उन चारों व्यक्तियों में से एक बोला।

"फिर भी जाकर लिखा दीजिए।" कंछल बोले।

थोड़ी देर बाद कंछल ने स्वयं भी चेक किया। रिसेप्शन पर फ़ोन करके कंछल ने पूछा, "मेरे साथ वाले जिस-जिस कमरे में हैं, उनका नम्बर सही लिखा है?"

जब वहाँ से जवाब उनके मनमाफिक मिल गया, तब जाकर कंछल ने चैन की साँस ली और अपना बन्द मोबाइल खोला। फ़ोन खोलकर तुरन्त घर पर बात की और घरवालों से कहा, "कोई भी पूछे, तो यही बताना कि कलकत्ता गए हैं। यह जानकारी नहीं देना कि मैं बम्बई में हूँ," और यह भी बताया, "मैं अपना मोबाइल बन्द कर रहा हूँ।" फिर साथ वाले का मोबाइल नम्बर नोट कराया और कहा, "मुझसे कोई बात करनी हो तो उस पर कॉल कर लेना। किसी के सामने फ़ोन मत मिलाना, जब अकेले होना, तभी फ़ोन मिलाना। बहुत ज़रूरी हो, तभी बात करना।" इतनी सारी हिदायतें देने के बाद ही कंछल कहीं जाकर खाना खा पाए और सो सके।

# एसटीएफ़

इसी बीच अनुज और सुधीर ने श्रीप्रकाश को विराटनगर वाले होटल के एक कमरे में बताया, "भैया, जेपी सिंह ने फिर गिट्टी सप्लाई वाला ठेका गोरखपुर में परसों ले लिया।"

श्रीप्रकाश आगबबूला हो गया और बोला, "जेपिया की इतनी हिम्मत? उसके बाप को डेढ़ सौ गोली मारी थी...चलो, सब लोग तैयार हो जाओ। आज अगर नहीं मारा गया तो फिर यह फन उठाकर खड़ा हो जाएगा। रेलवे का एक पैसे का भी ठेका हमारे या सूरजभान दादा के अलावा किसी ने ले लिया तो यह हम लोगों के लिए शर्म की बात है।"

"बिलकुल ठीक है भैया, हम लोग अभी चलते हैं।" सभी ने हामी भरी।

विराटनगर से सब लोग रवाना हो गए। रात होते-होते गोरखपुर आ गए। श्रीप्रकाश बहुत गुस्से में था। उसने कहा, "आज ही इसको निबटाना है।"

गोरखपुर पहुँचते ही उसने कई लड़कों से सम्पर्क किया और सबको इसी काम पर लगा दिया। सवेरे आठ बजे उसे सूचना मिल गई कि गोरखपुर कैंटोनमेंट में जेपी सिंह अपने कुछ लोगों के साथ टेंडर के सिलसिले में मिलने आ रहा है। श्रीप्रकाश तुरन्त अनुज और सुधीर को लेकर कैंटोनमेंट पहुँच गया। आधे घंटे तक इन्तज़ार करने के बाद जेपी सिंह अपनी गाड़ी पर आता दिखाई पड़ गया। श्रीप्रकाश ने जेपी सिंह पर एके-47 से बर्स्ट फ़ायर कर दिया। इसके पहले कि साथ में बैठे कुछ लोग समझ पाते, जेपी सिंह लुढ़क चुका था।

श्रीप्रकाश ने वहीं ज़ोर से चिल्लाया, "जय बजरंग बली!" और वहाँ से फिर निकल गया।

श्रीप्रकाश गाड़ी स्वयं चला रहा था, वहाँ से सीधे नेपाल की तरफ़ जाने लगा। अनुज बोला, "भैया, इधर कहाँ?"

"चलते समय टोकना नहीं चाहिए। गाड़ी जब खड़ी हो जाए तब समझ जाना कि यहाँ के लिए चले थे।" श्रीप्रकाश ने कहा।

अनुज चुप हो गया, थोड़ी देर बाद फिर बोला, "भैया, पापा की थोड़ी तबियत ढीली थी, सोच रहा था कि उनको देख आऊँ?"

श्रीप्रकाश ज़ोर से बोला, "जेपी को मामूली आदमी समझ रखा है? उसके आदमी दिन-रात एक कर देंगे। साथ में जो लौंडे बैठे थे, वे सबको जानते हैं, सबका ठिकाना भी जानते हैं। चाहो तो पता कर लो। ये सभी कप्तान के बँगले पर बैठे होंगे। कप्तान पर दबाव डाल रहे होंगे कि कहाँ-कहाँ तुरन्त दबिश देने पर हम लोग मिल जाएँगे। ऐसे में तुम बाबू जी को देखने जाओगे? सब लोग मारे जाएँगे। वर्चस्व की लड़ाई के बीच में कभी घरवाले याद नहीं आने चाहिए। मैं अभी एक लड़के को लगा देता हूँ, वह जाकर बाबू जी से मिल आएगा। कोई कमी-बेशी होगी तो पूरा कर देगा और यह बता देगा कि 'अनुज भैया आने वाले थे, कोई घटना हो गई है, थोड़े दिनों में वे आपसे मिलने के लिए आ जाएँगे।'"

अनुज शान्त हो गया और वहाँ से ये लोग चल दिये।

श्रीप्रकाश इस बार विराटनगर की तरफ़ नहीं गया, वह सीधे रक्सौल बॉर्डर पहुँचा। रक्सौल सीमा में नेपाल की तरफ़ लगभग दस किलोमीटर अन्दर, होटल हिमालय में जाकर पीछे पार्किंग में गाड़ी खड़ी कर दी। सब लोग अन्दर आए, रिसेप्शन पर बैठे लड़के ने श्रीप्रकाश के पैर छुए और सबको कमरा नम्बर बता दिया। सारे लोग कमरे में चले गए। सबने एक साथ बैठकर खाना खाया, उसके बाद सो गए।

एक दिन श्रीप्रकाश ने रक्सौल से ही मूलराज अरोड़ा को फ़ोन करके धमकाया, "यह मत सोचना कि हम भूल गए कि तुमने आधा पैसा ही दिया है, अबकी बार उठोगे तो फिर पूरा पैसा देना होगा। तुमने जिन चार लोगों का नाम बताया था, साले जल्दी हाथ नहीं आ रहे हैं। पैसों की मुझे सख़्त ज़रूरत है। तुम दिमाग़ लगाकर बताओ कि और कौन लाला है जो एक करोड़ सीधे दे देगा?"

"भैया, हम आपको सबके नाम बता चुके हैं। ये साले झूठ बोल रहे हैं। जब तक आप इनको ठीक से टाइट नहीं करेंगे, ये पैसा नहीं देंगे।" मूलराज बोला।

"टाइट करने पर साले पाँच-दस लाख ही देते हैं, उसमें कहाँ काम चलेगा?"

"भैया, सोलमन एंड सोलमन वाले रस्तोगी को क्यों नहीं टाइट करते? मैंने उसके बारे में सब बताया था।" मूलराज बोला।

"वह साला तो बता रहा है कि उसकी कम्पनी दिवालिया हो गई है?"

"सबसे ज़्यादा पैसा तो उसके ही पास है।"

"अच्छा, ठीक है, देखता हूँ। लेकिन दो-चार नाम और तलाश कर रखना, नहीं तो अबकी तुम फिर उठोगे। अगर अबकी बार उठे, तो सूरजभान दादा को पहले ही बता देंगे। तुम्हारा भाई जो डीआरएम था, अब तो उसका भी स्थानान्तरण हो गया है।"

"ऐसी नौबत नहीं आएगी।" मूलराज बोला।

मूलराज का फ़ोन काटकर श्रीप्रकाश ने के.के. रस्तोगी को फ़ोन मिलाया और बात शुरू करते ही तमाम भद्दी-भद्दी गालियाँ दीं। के.के. रस्तोगी ने फ़ोन रख दिया। रस्तोगी के फ़ोन रखने के बाद भी श्रीप्रकाश ने चार-पाँच बार फ़ोन मिलाया लेकिन के.के. रस्तोगी ने नहीं उठाया। श्रीप्रकाश गुस्से से आगबबूला हो गया। आधा घंटा इन्तज़ार करने के बाद उसने सुधीर त्रिपाठी के फ़ोन से के.के. रस्तोगी को फ़ोन मिलाया। रस्तोगी ने तुरन्त फ़ोन उठा लिया।

"मेरा फ़ोन तो उठाओगे नहीं, सिर्फ़ यह बताने के लिए फ़ोन किया है कि अब हम तुमको उठाएँगे।" यह कहकर श्रीप्रकाश ने फ़ोन काट दिया।

के.के. रस्तोगी थोड़े चिन्तित हुए और उन्होंने तुरन्त प्रमुख सचिव, गृह राजीव रतन शाह को फ़ोन मिलाकर पूरी बात बताई। राजीव शाह बोले, "परेशान मत होइए, अभी एसएसपी को कहकर तुम्हें सिक्योरिटी दिलवा देते हैं।" फिर उन्होंने प्रमुख सचिव, गृह ने एसएसपी को फ़ोन करके पूरी बात बताई और कहा, "रस्तोगी हमारा व्यक्तिगत मित्र है, इसकी पूरी सुरक्षा की जाए।"

रस्तोगी की पत्नी और प्रमुख सचिव, गृह श्री राजीव रतन शाह की पत्नी लॉ मार्टेनियर गर्ल्स कॉलेज में सहपाठी रही थीं। उन्होंने भी रात में श्रीमती राजीव रतन साहब से बात करके अपनी चिन्ता बताई।

अरुण कुमार तब तक एसएसपी के पद से हटाए जा चुके थे, लेकिन राजीव रतन शाह उन्हें बहुत मानते थे। राजीव रतन शाह ने अरुण कुमार को फ़ोन करके ख़बर भिजवाई कि बारह बजे तक कार्यालय आ जाओ। प्रमुख सचिव, गृह ने डीजीपी को भी बुला लिया।

दोपहर में बारह बजे सब लोग प्रमुख सचिव के कक्ष में इकट्ठा हुए। वहाँ बात शुरू हुई।

प्रमुख सचिव, गृह ने कहा, "उस दिन कैबिनेट मीटिंग में मुख्यमंत्री इस बात से बहुत क्षुब्ध थे कि उनके द्वारा कभी पुलिस के कार्य में कोई हस्तक्षेप नहीं किया जा रहा है, फिर भी राजधानी के अपराध क्यों नहीं रुक रहे हैं?"

डीजीपी ने कहा, 'मैं समझ रहा हूँ कि व्यापारियों द्वारा उस दिन लखनऊ जाम किये जाने के बाद मुख्यमंत्री चिन्तित हैं और बार-बार एक ही बात कही जा रही है कि श्रीप्रकाश शुक्ला को कैसे रोका जाए।"

"कैबिनेट में विचार-विमर्श के समय मुख्यमंत्री ने कहा था, 'अगर संसाधनों की या आदमियों की कमी है तो हम ज़रूर देंगे और अपराध पर पूर्ण अंकुश लगना चाहिए।' उत्तर प्रदेश की इतनी बड़ी पुलिस फ़ोर्स में चाहे जितने संसाधन दे दीजिए, सब इसी समुद्र में खप जाता है, पता ही नहीं लगता। मेरे दिमाग़ में एक बात आ रही है कि क्यों न सिर्फ़ श्रीप्रकाश शुक्ला और उसके गैंग को ख़त्म करने

के लिए अलग से एक यूनिट बना दी जाए? जो लोग श्रीप्रकाश शुक्ला गैंग पर काम कर रहे हैं, उनको ज़िलों से हटाकर कुछ स्पेशल यूनिट में पोस्ट कर दिया जाए? अरुण कुमार कई बार इस बात को कह चुके हैं, बाक़ी लोगों की क्या राय है?" प्रमुख सचिव बोले।

"सुझाव अच्छा है। यह अलग यूनिट कहाँ खुलेगी? कितने संसाधन चाहिए?—इसके लिए शासनादेश का होना आवश्यक है। इन बातों पर विचार कर लें तो ज़रूर इससे फर्क पड़ेगा।" डीजीपी बोले।

"सर, ज़िले में आधा समय तो प्रोटोकॉल और कानून-व्यवस्था में लग जाता है।" अरुण कुमार बोले, "किसी-किसी दिन तो पूरा दिन इसी में निकल जाता है। श्रीप्रकाश के गैंग के बारे में जो सूचनाएँ मिलती हैं, उन पर काम करने में परेशानी होती है। सिर्फ़ एक ही काम रहेगा तो दिन-रात मेहनत करके हम लोग यह काम कर लेंगे।"

"अगर सब लोग राज़ी हों तो मैं अभी मुख्यमंत्री से इसका अनुमोदन ले लेता हूँ।" प्रमुख सचिव ने कहा।

प्रमुख सचिव ने तुरन्त मुख्यमंत्री जी को फ़ोन लगवाया। दो मिनट में मुख्यमंत्री श्री कल्याण सिंह जी टेलीफ़ोन लाइन पर आ गए। प्रमुख सचिव ने कहा, "आज सभी अधिकारी यहाँ बैठे हैं और सबमें एक राय यह बनी है कि श्रीप्रकाश शुक्ला गैंग को ख़त्म करने के लिए अलग से एक यूनिट बना ली जाए, जिसका ज़िला पुलिस से कोई सम्बन्ध न हो।"

"इसके लिए किन-किन चीज़ों की आवश्यकता होगी?" मुख्यमंत्री बोले।

"इसके लिए सबसे पहले तो शासनादेश आना चाहिए कि इन्हें एक अलग से बिल्डिंग मिले। कुछ गाड़ियाँ अभी तुरन्त उपलब्ध करा देंगे और कुछ गाड़ियाँ जो हरिद्वार कुम्भ के लिए ख़रीदी गई हैं, कुम्भ ख़त्म होने के बाद इनको दे देंगे। आदमियों का चयन अरुण कुमार के ऊपर छोड़ देते हैं।" प्रमुख सचिव ने कहा।

मुख्यमंत्री बोले, "अलग से बिल्डिंग अभी तत्काल देना सम्भव न होगा। फ़िलहाल किसी थाने या चौकी में कोई अलग से बिल्डिंग हो तो उसमें कार्य शुरू करें। बाक़ी गाड़ियों और अस्त्र-शस्त्र के लिए जो भी आवश्यकता होगी, आप ले आइए, हम स्वीकृति प्रदान कर देंगे।"

बात ख़त्म हो गई। प्रमुख सचिव, गृह ने अरुण कुमार से कहा, "आपको दो काम करना होगा : एक तो, आपकी टीम में कौन-कौन होगा, यह सूची कल तक आप दे दें और दूसरा, लखनऊ के किस थाने में अलग से कोई बिल्डिंग उपलब्ध हो सकती है, उसकी सूचना भी आप दे दीजिए। मैं अगली कैबिनेट में प्रस्ताव पास कराकर, अलग से यूनिट का शासनादेश करा दूँगा।" फिर पूछा, "इस यूनिट का नाम क्या रखा जाएगा, यह भी तय करके बता दीजिए।"

"मेरे दिमाग़ में एक नाम है, यदि आप सहमत हों तो वही नाम रख दीजिएगा। चूँकि इस यूनिट को सिर्फ़ एक काम के लिए और वह भी स्पेशल काम के लिए बनाया जा रहा है, इसलिए इसका नाम 'स्पेशल टास्क फ़ोर्स' रखा जाना उचित होगा।" अरुण कुमार ने कहा।

"अरुण, नाम तो तुमने अच्छा सुझाया है और यह बिलकुल सही है।" प्रमुख सचिव बोले, "आप लोग जाइए और आदमियों के नाम और बिल्डिंग कहाँ मिलेगी, यह सूचना कल तक हमें बता दीजिए।"

"सर, बिल्डिंग के बारे में एक निवेदन और है, किसी थाना कैम्पस में बिलकुल न ली जाए। पिछले कुछ दिनों से इस गैंग का पीछे करते हुए ऐसा आभास हो रहा है कि श्रीप्रकाश ने पुलिस में भी अच्छी पैठ बना ली है। ऐसे में थाने से अलग किसी बिल्डिंग में कार्यालय खोल लिया जाए।" अरुण कुमार ने सुझाव दिया।

"डीजी ऑफ़िस में इसको बना लीजिए।" प्रमुख सचिव बोले।

"सर, डीजी ऑफ़िस में बनाना तो बिलकुल ठीक नहीं होगा। वहाँ सभी वरिष्ठ अधिकारी हैं, किसी ने भी कभी बुलाया तो मना नहीं किया जा सकता। अगर आप अनुमति दें तो हम लोग अलग से किराये का मकान तलाश लें? पुलिस के ढेर सारे कार्यालय किराये के मकान में चल रहे हैं। यह थोड़े दिनों की ही बात है, हम लोग किराये के मकान से 'एसटीएफ़' का संचालन कर लेंगे।" अरुण कुमार ने कहा।

"मैं मुख्यमंत्री से पूछ लूँगा, इसका भी अनुमोदन ले लूँगा।" प्रमुख सचिव, गृह बोले।

इसके बाद सभी लोग अपनी-अपनी जगह चले गए।

अरुण कुमार वहाँ से सीधे एसपी सिटी के कार्यालय कैसरबाग़ गए। वहाँ सत्येन्द्र वीर सिंह और राजेश पाण्डेय पहले से ही बैठकर श्रीप्रकाश गैंग की ही सूचनाओं को लेकर उलझे हुए थे। अरुण कुमार पसीने से लथपथ भीतर पहुँचे, दोनों अधिकारी खड़े हो गए।

अरुण कुमार बैठे और बोले, "अच्छा हुआ, आप दोनों एक साथ मिल गए। सरकार ने यह तय किया है कि सिर्फ़ श्रीप्रकाश गैंग के ख़ात्मे के लिए अलग से एक टीम तैयार की जाए। इस टीम में किन-किन लोगों को रहना है, यह काम मुझे सौंपा गया है। आप दोनों से ज़्यादा श्रीप्रकाश पर किसी ने काम नहीं किया है। अगर आप दोनों सहमत होंगे तो मैं भी अपनी सहमति दे दूँगा, वरना नये लोगों के साथ काम करने में दिक़्क़त होगी। सरकार का दबाव बहुत है। संसाधन कम मिलेंगे। संसाधन मिलते-मिलते टाइम बहुत हो जाएगा। आप दोनों पहले से लम्बे समय से लखनऊ में हैं, इसलिए आप दोनों अपने सम्पर्कों का इस्तेमाल करके छोटी-मोटी ज़रूरतें पूरी कर लेंगे। नीचे के लोगों के लिए आप लोग भी नाम सुझाइए।

मैं भी अपने साथ के लोगों को टटोल लूँगा। बस, यह ध्यान रखना है कि जो भी आएगा, अपनी इच्छा से आएगा। दबाव डालकर, जबरदस्ती किसी को बुलाने से काम नहीं हो पाएगा।"

सत्येन्द्र वीर सिंह और राजेश पाण्डेय एक साथ बोले, "सर, आपको इसमें कोई शक नहीं होना चाहिए। हम लोग बिलकुल आपके साथ यूनिट में कार्य करेंगे और ईश्वर ने चाहा तो बहुत जल्दी हमें सफलता मिल जाएगी।"

अरुण कुमार ने वहीं पर कागज का एक पन्ना मँगवाया और डीजीपी के नाम एक प्रार्थना-पत्र लिखा कि वह ख़ुद इस गैंग के ख़ात्मे के लिए बनाई जाने वाली यूनिट में रहना चाहते हैं। उनके साथ अपर पुलिस अधीक्षक सत्येन्द्र वीर सिंह और पुलिस उपाधीक्षक राजेश पाण्डेय ने भी इस यूनिट में कार्य करने की इच्छा ज़ाहिर की है।

नीचे अपना हस्ताक्षर बनाकर वह प्रार्थना-पत्र अरुण कुमार ने सत्येन्द्र वीर सिंह के सामने बढ़ा दिया और कहा, "इसमें आपको अपनी सहमति भी देनी होगी।"

सत्येन्द्र वीर सिंह ने तुरन्त अपनी सहमति दे दी और प्रार्थना-पत्र राजेश पाण्डेय की तरफ़ बढ़ा दिया।

इंस्पेक्टर और सब-इंस्पेक्टर के नाम पर भी वहाँ चर्चा हुई। अरुण कुमार बोले, "आप लोग और लोगों की तलाश कर लीजिए, उसे बाद में अनुमोदित करा लेंगे। पहले शासनादेश के साथ अधिकारियों की सूची जारी की जानी है।" यह प्रार्थना-पत्र लेकर अरुण कुमार डीजी पुलिस कार्यालय की तरफ़ चले गए।

एक सप्ताह बाद अरुण कुमार ने टेलीफ़ोन पर बताया, "शासनादेश जारी हो गया है। इस यूनिट का नाम 'एसटीएफ़' यानी 'स्पेशल टास्क फ़ोर्स' रखा गया है और सिर्फ़ छह महीने के लिए ही इसका गठन किया गया है। आज आप लोग अपना-अपना चार्ज छोड़कर डीजीपी कार्यालय में एसटीएफ़ ज्वाइन कर लें, फिर हम लोग मिलकर एक मकान तलाशते हैं, जहाँ पर इस कार्यालय को खोला जाना है।"

अगले ही दिन सत्येन्द्र वीर सिंह और राजेश पाण्डेय को आदेश आ गया कि 'इन लोगों को तत्काल प्रभाव से एसटीएफ़ से सम्बद्ध किया जाता है। जब तक बाक़ी व्यवस्थाएँ नहीं हो जातीं, ये लोग अपना वेतन लखनऊ ज़िले से ही प्राप्त करते रहेंगे।'

आदेश आने के बाद उसी दिन सत्येन्द्र वीर सिंह और राजेश पाण्डेय ने लखनऊ ज़िले से अपना-अपना चार्ज सौंप दिया।

अगले दिन अरुण कुमार, सत्येन्द्र वीर सिंह और राजेश पाण्डेय डीजीपी ऑफ़िस गए और वहाँ एडीजी, कानून-व्यवस्था, श्री अजय राज शर्मा और डीजी के.एल. गुप्ता से मिले। आवश्यक दिशा-निर्देश के बाद यह बार-बार कहा गया कि जल्दी से ऑफ़िस तलाश कर कार्य शुरू कर दिया जाए।

अभी तक तीनों अधिकारियों के पास लखनऊ पुलिस की ही गाड़ियाँ थीं। रोज़ सुबह-शाम किराये का मकान तलाश करने के लिए अलग-अलग इलाक़ों में तीनों घूमते रहे। सबसे बड़ी कठिनाई यह आई कि एसटीएफ़ कार्यालय हेतु जब भी कोई मकान पसन्द आता था, मकान मालिक यह पूछता था कि वे लोग किस विभाग में हैं? पुलिस का नाम सुनते ही कोई-न-कोई बहाना मकान मालिक बना देते थे।

शासनादेश में यह स्पष्ट रूप से लिखा था कि किस तारीख़ को कार्यालय खुलेगा और संगठित अपराध के किन-किन क्षेत्रों का कार्य एसटीएफ़ देखेगी। कार्यालय शुरू करने की तारीख़ नज़दीक आती जा रही थी लेकिन अभी तक कार्यालय खुल नहीं पाया था। इसी बीच इंस्पेक्टर ओपी त्रिपाठी और इंस्पेक्टर मालवीय ने भी एसटीएफ़ ज्वाइन कर ली। तारीख़ जैसे-जैसे नज़दीक आ रही थी, डीजीपी कार्यालय के अधिकारी भी दबाव बना रहे थे। एडीजी कानून-व्यवस्था ने सबको अपने कार्यालय में बुलवाया और कहा, "तीन-चार दिन में कोई-न-कोई कार्यालय देखकर काम शुरू कीजिए। यदि वह ठीक नहीं होगा तो बाद में बदल लेंगे।"

राजेश पाण्डेय ने कहा, "सर, मैं जब सीओ महानगर था तो विज्ञानपुरी में एक मकान में विवाद हो गया था। उसके मकान मालिक, जो सेवानिवृत्त पुलिस उपाधीक्षक थे, उस मकान के भीतर ही मृत पाए गए थे। उनके लड़के पंजाब में रहते थे लेकिन उनके लड़कों के अपने पिता से सम्बन्ध अच्छे नहीं थे, इसलिए कोई अन्तिम संस्कार के लिए भी नहीं आया था। महानगर के कुछ लोगों ने मकान पर क़ब्ज़ा करने की कोशिश की थी तब श्रीराम अरुण, जो बग़ल में ही रहते थे, उन्होंने फ़ोन करके इस घटना के बारे में बताया था कि यह पुलिस की कॉलोनी है, पुलिसवाले का मकान है, बाहर वाले कैसे आ गए, इसकी जाँच करके कार्यवाही करिए। मैं स्वयं मौक़े पर गया था। जो लोग क़ब्ज़ा कर रहे थे, उनके पास जो काग़ज़ मिले थे, जिसके आधार पर वे क़ब्ज़ा करना चाहते थे, वह एक वसीयत थी, जो प्रथम दृष्ट्या फर्ज़ी लग रही थी। इस पर क़ब्ज़ा करनेवाले लोगों के विरुद्ध मुक़दमा कायम करके उन्हें जेल भेज दिया था। वह मकान अभी भी वैसे ही पड़ा हुआ है। वहाँ बहुत बड़ी-बड़ी घास उग आई है।"

अजय राज शर्मा ने कहा, "मैं समझ गया, किस मकान की बात कर रहे हो। सुरेश पाल सिंह के बग़ल वाले मकान की बात है, शायद। वह जगह बहुत अच्छी है। उसकी वर्तमान स्थिति पता कर लो और अगर उनके लड़कों से सम्पर्क हो जाए तो उसे किराये पर ले लो। वैसे उनके लड़के कभी यहाँ आए नहीं हैं। आसपास रहनेवाले पुलिस अधिकारियों के पास ज़रूर उनका कोई-न-कोई नम्बर होगा।"

अगले दिन इंस्पेक्टर ओपी त्रिपाठी और मालवीय ने थाने में जाकर पता किया तो यह पता लगा कि इस पर कुर्की की कार्यवाही चल रही है, जो पूरी नहीं हुई है। दोनों ही इंस्पेक्टर सीधे एडीशनल सिटी मजिस्ट्रेट जैदी के पास गए और उनसे कहा, "इसकी कार्यवाही अगर पूरी हो जाए तो सुरक्षा की दृष्टि से इसे पुलिस की सुपुदर्गी में दे दें। हमारा कार्यालय खुल जाएगा।"

"आज तक कोई पैरवी में नहीं आया।" जैदी बोले, "तुम लोग आए हो तो आज ही मैं आदेश कर दूँगा, बहुत दिन से यह पेंडिंग है।"

उन्होंने फ़ाइल मँगाई, पत्रावली की सारी कार्यवाही पूरी हो चुकी थी, सिर्फ़ आदेश दिया जाना ही शेष था। जैदी ने उस पर कुर्की का आदेश देकर सुरक्षा के दृष्टिकोण से इसे थाना महानगर को देखभाल करने का आदेश पारित कर दिया।

यह आदेश लेकर दोनों इंस्पेक्टर महानगर के पास गए और उनसे कहा, "सिटी मजिस्ट्रेट ने यह मकान आपकी सुपुर्दगी में दिया है। कृपा करके इसको सुरक्षित रखने के लिए नये खुलने वाले पुलिस एसटीएफ़ के लिए आदेशित कर लें।"

इंस्पेक्टर महानगर ने तत्काल उसकी सुरक्षा करने हेतु एसटीएफ़ के दोनों इंस्पेक्टर के लिए आदेश कर दिया।

अगले दिन अरुण कुमार, सत्येन्द्र वीर सिंह और राजेश पाण्डेय—तीनों इंस्पेक्टर के साथ उस मकान पर गए। बहुत सालों से इस मकान की पुताई नहीं हुई थी, बिजली का कनेक्शन भी नहीं था। मृत पुलिस उपाधीक्षक का घरेलू सामान धीरे-धीरे ग़ायब हो गया था! चारों तरफ़ झाड़ियाँ उगी हुई थीं और मुख्य दरवाज़े पर एक ताला लगा हुआ था। इंस्पेक्टर महानगर से सम्पर्क कर एक दरोगा की उपस्थिति में ताला तोड़ दिया गया। सब लोग अन्दर गए। मकान की दशा देखकर सबका मन ख़राब हो गया।

अरुण कुमार बोले, "तीन दिन में यह कैसे काम करने लायक बन पाएगा?"

इंस्पेक्टर मालवीय और इंस्पेक्टर त्रिपाठी ने कहा, "सर, दो-तीन दिन में हो जाएगा। बिजली का कनेक्शन लगवाना है, आठ-दस लेबर लगाकर सफ़ाई और पुताई करानी है। थोड़े पैसे का इन्तज़ाम हो जाए तो ये सारा काम हो जाएगा।"

"एडीजी कानून-व्यवस्था से अभी ये पैसा दिलाता हूँ।" अरुण कुमार ने कहा।

अरुण कुमार सीधे एडीजी ऑफ़िस गए और उन्हें मकान मिलने और उसको शुरू करने हेतु थोड़े-से पैसों की आवश्यकता बताई। एडीजी, कानून-व्यवस्था ने कहा, "तत्काल शुरू करने के लिए मेरे पास कुछ पैसे हैं, इन्हें लेते जाओ और इसमें जो भी पैसा खर्च होगा, उसे डीजीपी से सैंक्शन करा लूँगा।"

पैसे मिलते ही साफ़-सफ़ाई सम्बन्धी कार्य युद्ध स्तर पर शुरू हो गया। दो दिन बाद ही उसका उद्घाटन होना था। जिस दिन उद्घाटन होना था, उस दिन सवेरे अरुण कुमार, सत्येन्द्र वीर सिंह और राजेश पाण्डेय को लेकर उसे देखने गए।

उसे देखकर यह विश्वास ही नहीं हो रहा था कि दो दिन पहले सब लोगों ने यही मकान देखा था। भीतर चूने की पुताई हो चुकी थी और बाहरी दीवार पीले रंग से। बाहरी गेट की भी पुताई हो चुकी थी। घास-फूस सब हट चुकी थी। जहाँ घास-फूस उगी हुई थी, वह समतल हो चुका था। अग़ल-बग़ल वाले सभी वरिष्ठ पुलिसवालों के मकान थे। मकान को देखकर सबकी आँखों में चमक आ गई। मकान में कुल छह कमरे थे। बड़ा-सा एक आँगन था, पीछे भी काफ़ी खाली जगह थी।

अरुण कुमार ने कहा, "जब सरकार ने आज ही की डेडलाइन तय की है, तो फिर आज ही इसका उद्घाटन भी करा लेते हैं।"

"सर, उद्घाटन के बाद कुछ देर बैठना भी पड़ेगा।" सत्येन्द्र वीर सिंह बोले, "बैठने के लिए कुर्सी-मेज़ भी तो होनी चाहिए, वह कहाँ से मिलेंगी? उसके लिए फंड एलॉट नहीं हुआ है,काम कैसे करेंगे?"

"आज ऑफ़िस शुरू होना है तो आज ही शुरू होगा।" अरुण कुमार दृढ़ता से बोले।

"सर, यहीं आगे सब्ज़ी मंडी की यह सड़क जहाँ खुलती है, वहाँ पर टेंट हाउस की दुकानें हैं। किराये पर कुछ दिन के लिए कुछ कुर्सियाँ और मेज़ें ले लेते हैं। अभी दोपहर बाद तक बिजली वाले आ जाएँगे, बिजली का कनेक्शन भी जुड़ जाएगा। एक स्टेनो की आवश्यकता है, वह आप डीजीपी ऑफ़िस या कहीं से मँगवा लें। जब तक यहाँ कोई पोस्टिंग होती है, अपना कार्य शुरू कर दिया जाए।" राजेश पाण्डेय बोले।

मकान में गोदरेज की चार अलमारियाँ पड़ी हुई थीं, सम्भवतः चोर उसको उठाकर नहीं ले जा पाए थे और दीवार में लगी हुई हर कमरे में एक-एक अलमारी थी, जिसकी कुंडियाँ इत्यादि दोनों इंस्पेक्टरों ने ठीक करा दी थीं। छोटे-छोटे चार ताले मँगा लिये गए। अरुण कुमार बोले, "चलो, एडीजी, कानून-व्यवस्था के पास चलते हैं और उनसे टाइम लेकर उन्हीं से इसका उद्घाटन कराते हैं।"

सभी लोग सीधे डीजी ऑफ़िस पहुँचकर अजय राज शर्मा से मिलने उनके कक्ष में पहुँच गए और उनको बताया, "वह मकान सफ़ाई-पुताई कराकर ठीक कर लिया गया है। आप शाम का कोई टाइम दे दें तो इसका उद्घाटन कराकर कार्य शुरू किया जा सके। बैठने की जगह होने के बाद एक फ़ोन की आवश्यकता है। सामने ही महानगर की विधि विज्ञान प्रयोगशाला है, यदि वहाँ का कोई टेलीफ़ोन कनेक्शन दो-चार महीने के लिए दिलवा दें तो हम लोगों का कार्य शुरू हो जाएगा।"

अजय राज शर्मा ने सामने रखे हुए कैलेंडर को देखकर बताया, "चार बजे मैं खाली हूँ, चार बजे ही मैं आ पाऊँगा।"

अरुण कुमार बोले, "सर, मैं आपको लेने आऊँगा। राजेश और सत्येन्द्र वीर सिंह को वहाँ छोड़ देता हूँ। तब तक ये लोग उद्घाटन की तैयारी कर लें।"

टेंट हाउस से चार मेज़ें, पन्द्रह कुर्सियाँ, एक सोफ़ा और छह तख़्त तुरन्त ट्राली पर लदवाकर नये कार्यालय में पहुँचा दिये गए। इन सभी कुर्सियों, मेज़ों और सोफ़े को बाहर के कमरे में व्यवस्थित करा दिया गया। मकान में घुसते समय जो बरामदा है, उसी में टेंट हाउस के गद्दे, सफ़ेद चद्दर इत्यादि लगा दिये गए। पॉलीटेक्निक के सामने वाले मन्दिर के पुजारी को आवश्यक पैसे दे दिये ताकि उद्घाटन-पूजा का सारा सामान लेकर आ जाएँ। इंस्पेक्टर ओपी त्रिपाठी लाल फीता और कैंची बाज़ार से ख़रीदकर ले आए। पंडित जी समय से पहले ही वहाँ आ गए और पूजा की सारी व्यवस्था बरामदे में ही कर दी गई।

पंडित जी ने पूछा, "आज के यजमान कौन हैं?"

उनको बताया गया कि एडीजी, कानून-व्यवस्था, आज के यजमान हैं।

सामने वाले दोनों कमरों में ताज़ा पुताई की दुर्गन्ध को मिटाने के लिए अगरबत्तियाँ लगा दी गईं। ठीक चार बजे अरुण कुमार अजय राज शर्मा को लेकर कार्यालय पहुँच गए।

बाहर से कार्यालय को देखकर अजय राज शर्मा बहुत ख़ुश हुए और बोले, "एसटीएफ़ के लिए इससे अच्छी जगह सम्भव नहीं। सड़क के उस पार सामने का मकान पुलिस का और इस मकान के अग़ल-बग़ल के सारे मकान पुलिसवालों के हैं। बाहर का कोई आदमी यहाँ आ नहीं सकता। सुरक्षा की दृष्टिकोण से कोई दिक़्क़त भी नहीं है।" यह बात करते-करते अजय राज शर्मा लाल फीते की तरफ़ बढ़े।

उस समय उन्हें कैंची देने के लिए कोई तश्तरी भी नहीं थी। ओपी त्रिपाठी ने अपनी जेब से कैंची निकालकर उन्हें पकड़ा दी। अजय राज शर्मा ने उसका फीता काटा। पंडित जी ने कुछ मन्त्रोचार किया और फिर सब लोग बरामदे में पूजा के लिए बैठ गए।

एसटीएफ़ कार्यालय के उद्घाटन के समय कुल आठ-दस लोग ही थे, जिसमें से पाँच पुलिस अधिकारी, कर्मचारी और बाक़ी तीन अधिकारियों के ड्राइवर व गनर मौजूद थे।

दोनों इंस्पेक्टरों ने थाने को भी ख़बर कर रखी थी, सीओ को भी बता रखा था लेकिन किसी ने भी इसमें कोई रुचि नहीं दिखाई।

अजय राज शर्मा वैसे तो क्रिकेट के बहुत धुरन्धर खिलाड़ी थे। वे दस वर्षों तक लगातार यूपी आईपीएस क्रिकेट टीम के कप्तान रहे लेकिन शुरू से ही बहुत भारी शरीर के थे। पंडित जी ने इशारा किया कि बैठ जाएँ लेकिन भारी शरीर की वजह से उन्हें बैठने में दिक़्क़त हो रही थी। ओपी त्रिपाठी भीतर से तुरन्त एक कुर्सी लेकर आए। कुर्सी रखकर पंडित जी से पूछा गया, "कुर्सी पर बैठकर पूजा करने में कोई दिक़्क़त तो नहीं है?"

पंडित जी बोले, "कोई दिक़्क़त नहीं है, पूजा खड़े-खड़े भी हो सकती है।"

पूजा ख़त्म करके नारियल फोड़ा गया और सभी लोग उस कमरे में, जिसमें सोफ़ा लगाया गया था, वहाँ पहुँच गए। थोड़ी देर में पंडित जी मिठाई का डिब्बा लिये हुए सबके सामने आए और सबने प्रसाद ग्रहण किया।

अजय राज शर्मा ने पूछा, "अरुण, तुमको इसी कमरे में बैठना है?"

अरुण कुमार ने जवाब दिया, "हम सभी लोग इसी कमरे में बैठेंगे। थोड़े दिनों में सारी चीज़ें व्यवस्थित हो जाएँगी। यहाँ से काम करने में ज़्यादा आसानी होगी और ज़्यादा रिज़ल्ट आएँगे।"

# हॉस्पिटल में हत्या

श्रीप्रकाश ने सुधीर से कहा, "अब तुम लखनऊ चले जाओ और वहाँ अख़बारों में किराये के मकान उपलब्ध वाले विज्ञापन पढ़ो और देखो कि क्या पॉश लोकल्टी में मकान किराये पर उपलब्ध है?"

"पॉश का मतलब?" सुधीर ने पूछा।

श्रीप्रकाश ने कहा, "गोमतीनगर, इन्दिरानगर, विकासनगर में जिस मकान का विज्ञापन निकला हो या मालिक का नम्बर दिया हो, उससे मकान नम्बर पूछ लो और ख़ुद जाकर मकान देखो। पॉश लोकल्टी में मकान लेने से कई फ़ायदे हैं। वहाँ पर अग़ल-बग़ल रहनेवाले लोग भी एक दूसरे के बारे में नहीं जानते कि कौन आया, कौन गया। ऐसी बातों पर ध्यान देने का समय पॉश कॉलोनियों में लोगों के पास नहीं होता। वहाँ पर पकड़ को रखना आसान होगा। सारे बड़े-बड़े लोग होते हैं, कुछ उन्नीस-बीस हो गया तो न तो कोई बताएगा, न गवाही के लिए तैयार होगा। जल्दी ही यह करना होगा क्योंकि अब पकड़ करना ज़रूरी है। वैसे तो बड़े लाला सब कब्ज़े में आ गए हैं, अब लखनऊ में कोई बहक नहीं सकता। दो जगहें अब भी बाक़ी हैं—एक नेता और दूसरा पुलिस। इनका भी दम देख लेते हैं। पकड़ ऐसी होनी चाहिए कि नेता और बड़े अधिकारी बिलबिला जाएँ। एक बार पुलिस और नेता को दबा लिया जाएगा तो पूरे प्रदेश में हमारा वर्चस्व होगा।

"तुम्हें पता है कि एक बार यूपी में वर्चस्व हो जाए, तो राज्य और केन्द्र में बिना हमारे कोई सरकार नहीं बन सकती। नेता की कनपटी पर चौबीस घंटे पिस्टल रहेगी तो जिसको चाहेंगे, उसको टिकट दिलवा देंगे। इतनी सीटें मिल जाएँगी कि बिना हमारे यूपी में कोई सरकार नहीं बन पाएगी। एक बार यूपी विधान सभा में अपना वर्चस्व हो जाए तो बिना यूपी के दिल्ली में कोई सरकार नहीं बनती। तुम सोचो, यह हरिशंकर तिवारी, मुख़्तार अंसारी जैसे लोग मिलने का टाइम माँगेंगे।"

"भैया, इसमें तो और भी रिस्क है। ऐसा कोई आदमी उठाने पर पूरी सरकार और पूरी पुलिस पीछे पड़ जाएगी। फिर हम लोग कितने दिन नेपाल में रहेंगे?" सुधीर ने पूछा।

"वर्चस्व उसी का होता है जिसके हाथ में मजबूत हथियार हो और पहली गोली उसकी चले, गां... में दम होना चाहिए।" श्रीप्रकाश बोला।

सुधीर वहाँ से लखनऊ के लिए रवाना हो गया। लखनऊ आकर वह सत्यव्रत वाले मकान में रुक गया और वहीं पर बी ब्लॉक चौराहे पर अख़बार की दुकान से हिन्दी के सारे अख़बार खरीदे। हर अख़बार में किराये हेतु मकान वाले विज्ञापन पर लिखे गए सारे टेलीफान नम्बर या पते उसने अपनी डायरी में लिख लिये। फिर एक-एक करके सबको फ़ोन करना शुरू किया। सबने अपने मकान की विशेषताएँ और लगने वाले किराये के बारे में बताया। सुधीर सभी से यह अवश्य पूछता था कि किस इलाक़े में है, मार्केट कितनी दूर है और आसपास किस तरह के लोग रहते हैं।

दो-तीन दिन की मेहनत के बाद कानपुर के एक मकान मालिक, उपाध्याय ने इन्दिरानगर की पॉश कॉलोनी में अपने मकान के बारे में बताया। उपाध्याय ने कहा, "मैं वहाँ नहीं रहता हूँ, पुराने किरायेदार ने खाली कर दिया है और उस मकान में दूसरा कोई किरायेदार नहीं रहता है। पूरा मकान किराये पर दूँगा। मकान के भीतर सभी आवश्यक संसाधन मौजूद हैं। खाने का सामान बाहर से लाकर खाना बनाना होगा।" मकान मालिक ने यह भी कहा, "मैं परिवार वाले को ही मकान दूँगा।"

सुधीर ने बताया, "हम लोग भी परिवार सहित ही रहेंगे। इसमें हमारे भैया-भाभी आकर रहेंगे। भाभी की अगले महीने डिलीवरी होने वाली है, पहले से ही हम मकान की सफ़ाई करके रखेंगे। डिलीवरी के बाद भैया-भाभी रहने के लिए आ जाएँगे।"

उपाध्याय काफ़ी ज्यादा किराया माँग रहे थे। काफ़ी ना-नुकर के बाद थोड़ा-सा किराया कम करके उपाध्याय राज़ी हो गए। उन्होंने बताया, "तालाबघर पर पहुँच जाइएगा, मैं नौकर को चाबी लेकर भेज रहा हूँ। वह आकर मकान दिखा देगा।"

अगले दिन सुधीर ने वह मकान देखा, मकान बिलकुल सुरक्षित था। आसपास सभी मकानों के सामने बड़ी-बड़ी गाड़ियाँ खड़ी थीं। सुधीर ने तुरन्त सोचा कि ऐसे ही मकान के लिए श्रीप्रकाश ने कहा है। सुधीर ने एक पीसीओ पर जाकर श्रीप्रकाश को पूरी बात बताई।

"एडवांस किराया दे दो।" श्रीप्रकाश ने कहा।

सुधीर ने उपाध्याय के नौकर को एडवांस किराया दे दिया और ताला बन्द करके चाबी अपने पास रख ली। इसके बाद सुधीर सत्यव्रत वाले मकान पर सीधे गया और यह बताया, "अब मैं लखनऊ से जा रहा हूँ, हमारा काम हो गया है।"

यह कहकर सीधे इन्दिरानगर वाले किराये के नये मकान में आकर रुक गया। रात में खाने के लिए पान की मार्केट भी जाकर देख ली, खाना पैक कराकर नये मकान पर आ गया। खाना खाने के बाद श्रीप्रकाश को फ़ोन करके बताया, "भैया, सबको लेकर यहीं आ जाइए, मकान बिलकुल फ़िट है।"

"अच्छा, ठीक है, एक-दो दिन में आ जाऊँगा," श्रीप्रकाश बोला, "तब तक तुम वहीं रुको और गोखले मार्ग पर के.के. रस्तोगी की रेकी कर लो। रस्तोगी के बारे में सारी बातें पता करो कि ऑफ़िस कहाँ है, किस गाड़ी से आता-जाता है, घर में कौन-कौन हैं, कितने बजे निकलता है, कितने बजे घर पहुँचता है।"

"ठीक है भैया।" सुधीर बोला।

"यूनिवर्सिटी के हॉस्टल में चले जाना, मैं हृदयनरायन को कह देता हूँ, उसके पास नम्बर एक की गाड़ी है, वह ले लेना।" श्रीप्रकाश ने कहा, "गाड़ी के सारे काग़ज़ गाड़ी में रखे हुए हैं, बिलकुल नई हीरो होंडा है।"

"ठीक है।" यह कहते हुए सुधीर सीधे हॉस्टल गया और वहाँ हृदयनरायन से गाड़ी लेकर इन्दिरानगर वाले मकान में आ गया। वहाँ से निकलकर उसने के.के. रस्तोगी के घर के आसपास कई चक्कर लगाए। के.के. रस्तोगी के घर के आसपास कोई गुमटी या दुकान ऐसी नहीं थी, जिस पर रुककर थोड़ी देर निगाह रखी जाए। मुख्य गोखले मार्ग पर आकर वह उस पर नज़र रख सकता था। कोने की चाय वाली दुकान पर बैठकर काफ़ी देर तक उसने आने-जाने वाली गाड़ियों के नम्बरों पर नज़र रखी। शाम को लगभग साढ़े सात बजे उसे के.के. रस्तोगी वाली गाड़ी दिखाई पड़ गई, जो गली में मुड़कर अपने घर की तरफ़ जा रही थी। सुधीर उसके पीछे-पीछे हो लिया। उसने देख लिया कि रस्तोगी का मकान कौन-सा है और वहाँ पर खड़ी दूसरी कौन-सी गाड़ी है।

अगले दिन सवेरे मॉर्निंग वॉक करते समय श्रीप्रकाश ने यह बताया था कि रस्तोगी बॉटेनिकल गार्डेन में सुबह मॉर्निंग वॉक के लिए जाता है, तो सुधीर बॉटेनिकल गार्डेन के गेट पर ही खड़ा हो गया। सवेरे मॉर्निंग वॉक पर आने वालों की काफ़ी भीड़ थी और चाय-बिस्कुट के काफ़ी ठेले वहाँ पर लगे हुए थे। एनबीआरआई के इस बॉटेनिकल गार्डेन में सुबह आने-जाने वालों के लिए इंट्री पास की ज़रूरत पड़ती थी। सुधीर ने देखा कि के.के. रस्तोगी आए, अपनी गाड़ी पार्किंग में खड़ी की और सीधे पास दिखाकर भीतर चले गए। सुधीर वहीं बाहर चाय की दुकान पर बैठा रहा। थोड़ी देर में लोग धीरे-धीरे मॉर्निंग वॉक करके बाहर निकलते रहे। काफ़ी देर बाद के.के. रस्तोगी बाहर आए, अपनी गाड़ी निकाली और सुधीर भी उसके पीछे-पीछे उनके घर तक गया। वहाँ से वापस लौटकर अपने मकान पर आ गया और श्रीप्रकाश को पूरी बात बताई, "भैया, आराम से उठ जाएगा। सवेरे टहलने अकेले ही जाता है लेकिन ऑफ़िस जाते समय अपने लड़के को भी ले जाता है। यह उसका इकलौता लड़का है। उसका लड़का दोपहर में दुकान से वापस आ जाता है लेकिन साथ में ड्राइवर रहता है।"

"हम लोग आज ही रात तक पहुँच जाएँगे।" श्रीप्रकाश ने कहा।

"ठीक है भैया।" सुधीर बोला।

रात आठ बजे तक श्रीप्रकाश, अनुज और दो और लड़के लखनऊ पहुँच गए। इन्दिरानगर में मकान देखकर श्रीप्रकाश खुश हो गया। बोला, "सुधीर, मकान बहुत जबरदस्त ढूँढ़ा है तुमने। गाड़ी भी भीतर खड़ी हो जाएगी, किसी तरह की कोई दिक़्क़त भी नहीं होगी।"

"जी, भैया।" सुधीर बोला।

"अब तो टाइम ज़्यादा हो गया है। अब तक तो रस्तोगी घर आ गया होगा, कल सवेरे देखेंगे।" श्रीप्रकाश कुछ थके स्वर में बोला।

"भैया, उठाना किसको है—बाप को या बेटे को?" सुधीर बोला, "बाप बहुत भारी, लम्बी-चौड़ी क़द-काठी का है। उसको गाड़ी में से खींचकर उतारने में कई लोग चाहिए। लौंडे को खींचने में आसानी रहेगी। कोई ज़्यादा मेहनत-मशक़्क़त नहीं करनी पड़ेगी।"

"फिर तो लौंडे को ही उठाएँगे। बात एक ही है। एक उठेगा, तभी दूसरा पैसा देगा। सुबह चलकर समझ लेते हैं। सभी लोग चले चलेंगे। एक बार पहचान लेते हैं, फिर आराम से काम कर लेंगे।" श्रीप्रकाश बोला।

26 मई, 1998 की गर्मी की सुबह। एक लड़के को घर में छोड़कर, बाक़ी सब श्रीप्रकाश की मारुति-800 में बैठकर सुबह ही रस्तोगी के घर के सामने वाली गली में गाड़ी लगाकर खड़े हो गए। गाड़ी पर काले शीशे चढ़े हुए थे। श्रीप्रकाश गाड़ी ख़ुद चला रहा था और गाड़ी को स्टार्ट करके रखा हुआ था। पन्द्रह मिनट बाद सुधीर बोला, "भैया, अब गाड़ी निकल रही है।"

दो मिनट बाद गाड़ी बाहर निकली, गाड़ी थोड़ी ऊँचाई पर थी और गाड़ी में रस्तोगी और बेटा कुणाल, दोनों ही बैठे थे।

"मज़ा आ गया भैया, दोनों एक साथ टहलने जा रहे हैं। दोनों को पहचान लीजिए।" सुधीर बोला।

श्रीप्रकाश कुछ नहीं बोला लेकिन तुरन्त गाड़ी को स्टार्ट करके अपनी गाड़ी उनकी गाड़ी के पीछे लगा दी। थोड़ी दूर आगे ले जाकर श्रीप्रकाश बोला, "गाड़ी ओवरटेक करके खड़ी कर दूँगा, लौंडे को जल्दी से खींच लेना।"

एक मिनट के भीतर ही श्रीप्रकाश ने गाड़ी उसकी गाड़ी के बराबर से निकालकर थोड़ा आगे करके गाड़ी को किनारे करते-करते रस्तोगी की गाड़ी को रोक दिया। सुधीर और अनुज तुरन्त उतरे, कुणाल की तरफ़ गाड़ी का दरवाज़ा खोल दिया और बोले, "बाहर निकलो, गाड़ी के काग़ज़ दिखाओ!"

कुणाल लगभग बाहर आ गया था, तब तक श्रीप्रकाश भी बाहर आया और के.के. रस्तोगी की तरफ़ पिस्टल दिखाकर बोला, "भो...ड़ी के मेरा फ़ोन नहीं उठाओगे? मैंने कहा था न, मैं उठा लूँगा!"

इतना सुनते ही के.के. रस्तोगी ने कुणाल का हाथ पकड़कर अपनी ओर खींचने की कोशिश की, लेकिन सुधीर और अनुज ने कुणाल को बाहर खींच लिया और जल्दी से मारुति में पीछे बीच में बैठा लिया।

श्रीप्रकाश ने के.के. रस्तोगी से कहा, "कोई चालाकी मत करना, वरना लौंडे को मार दूँगा।"

जैसे ही श्रीप्रकाश ड्राइवर सीट पर बैठकर गाड़ी को लेकर आगे बढ़ रहा था कि के.के. रस्तोगी ने गाड़ी तेज़ी से स्टार्ट करके मारुति में टक्कर मार दी। टक्कर ज़ोर से लगी और मारुति का पिछला दरवाज़ा पिचक गया। श्रीप्रकाश बड़ी फुर्ती से ड्राइविंग सीट से नीचे उतरा और उसने के.के. रस्तोगी को कई गोलियाँ मार दीं। रस्तोगी ने कार की स्टियरिंग पर ही दम तोड़ दिया।

फिर गाड़ी स्टार्ट करके श्रीप्रकाश वहाँ से सीधे इन्दिरानगर में अपने मकान की ओर निकल गया। गाड़ी चलते ही सुधीर ने कहा, "भैया, आज तो बच ही गए।"

"इसमें बचने वाली कोई बात नहीं है।" श्रीप्रकाश ने कहा, "ज़्यादा ड्रामा करता तो दोनों को मार देता। लखनऊ के कई बनियों की कुंडली है हमारे पास, दूसरा कोई उठाते।"

इतनी देर में गाड़ी इन्दिरानगर के उस मकान में पहुँच गई। गाड़ी को भीतर कर दिया। कुणाल की आँखों पर रूमाल बाँध दिया गया। सुधीर और श्रीप्रकाश, दोनों ने कुणाल की पीठ और कमर पर पिस्टल लगा दी, बोले, "चालाकी नहीं करना!"

भीतर जो लड़का पहले से ही था, उसने दरवाज़ा खोल दिया और कुणाल को लेकर सब लोग सीधे बेडरूम में पहुँच गए। कुणाल को सीधे बेडरूम में पहुँचाकर सुधीर बाहर आया और उसने कार की डिग्गी से कवर निकालकर उससे कार को ढक दिया। भीतर आकर सुधीर ने बताया, "भैया, पीछे का दरवाज़ा ज़्यादा पिचक गया है। दरवाजे से पहचान हो सकती है, इसलिए गाड़ी को कवर कर दिया है। अभी दिन का समय है। रात में गाड़ी हटानी पड़ेगी, दूसरी गाड़ी का इन्तज़ाम करना पड़ेगा। गाड़ी फ़ैज़ाबाद ले जाकर बनवा लेंगे।"

"परेशान होने की ज़रूरत नहीं है, सब करा लेंगे। बहुत मोटा टेंडर हाथ आ गया है।" श्रीप्रकाश बोला।

थोड़ी देर बाद कुणाल की आँखों पर बँधी पट्टी खोल दी गई।

"तुम्हारा बाप बड़ा हिम्मती है। उसको मारते नहीं तो हम लोग मारे जाते।" श्रीप्रकाश बोला।

"पापा की तबियत कैसी है?" कुणाल ने पूछा।

"तबियत देखने के लिए नहीं रुके थे, कल अख़बार से पता लगेगा।" श्रीप्रकाश बोला।

कुणाल घबरा गया।

"इसको पानी पिलाओ, चाय पिलाओ, दो-तीन दिन में नॉर्मल हो जाएगा, तब बात करेंगे।" श्रीप्रकाश ने कहा।

अगले दिन सुधीर बी ब्लॉक चौराहे से हिन्दी और अंग्रेज़ी के बहुत सारे अख़बार ले आया। सभी समाचार-पत्रों के मुखपृष्ठ पर सबसे बड़ी ख़बर यही लगी थी। श्रीप्रकाश ने हर अख़बार में इस ख़बर को ढंग से पढ़ा और बोला, "साला फ़ोन नहीं उठा रहा था, यही होना था। वैसे बहुत बड़ा आदमी लग रहा है। सारे अख़बारों ने लिखा है, बड़ा पावरफुल भी है। सारे अख़बारों ने यह भी लिखा है कि यह किसी बड़े गैंग का काम है।" फिर उसने अनुज से कहा, "अंग्रेज़ी अख़बारों में क्या लिखा है, ज़रा पढ़कर बताओ।"

थोड़ी देर बाद अनुज ने बताया, "लिखा तो गया है सभी अख़बारों में, लेकिन 'पायनियर' में दीपक शर्मा ने बहुत साफ़ लिखा है कि यह हत्या और किडनैपिंग श्रीप्रकाश ने की है। यह भी लिखा है कि श्रीप्रकाश के आगे पुलिस और सरकार, दोनों ने घुटने टेक दिये हैं। श्रीप्रकाश से निबटने के लिए एसटीएफ़ बनाई गई है, लेकिन उसमें भी दम नहीं है।"

यह सुनकर श्रीप्रकाश हँसने लगा और बोला, "दीपक शर्मा का नम्बर पता करके बताना, उससे बात करूँगा। आदमी ठीक लग रहा है।"

अख़बारों ने यह भी लिखा था कि 'श्रीप्रकाश ने पहले फ़ोन करके धमकाया था।' इसके आगे : 'के.के. रस्तोगी के प्रमुख सचिव, गृह से पारिवारिक सम्बन्ध हैं।...मुख्यमंत्री ने डीजीपी और प्रमुख सचिव, गृह से बहुत अप्रसन्नता व्यक्त की है कि मेरे इतना कहने के बाद भी शहर के सबसे प्रतिष्ठित दवा व्यवसायी की हत्या हो गई और उसके लड़के का अपहरण हो गया। मौक़े पर अरुण कुमार, सत्येन्द्र वीर सिंह, राजेश पाण्डेय और बाक़ी लोग भी पहुँचे थे। वहाँ पहुँचकर यह समझते देर नहीं लगी कि यह काम श्रीप्रकाश शुक्ला के अलावा किसी दूसरे का हो ही नहीं सकता। एक बार फिर पूरी पुलिस दबाव में आ गई। अभी तक पुलिस को यह लग रहा था कि आनन्द पाण्डेय के मारे जाने के बाद कुछ दिन तक यह गैंग शान्त रहेगा, लेकिन ऐसा नहीं हुआ।'

चार-पाँच दिनों तक लगातार श्रीप्रकाश और उसके साथी घर के भीतर ही रहे, कुणाल से बात करते रहे। अन्दाज़ा लगाते रहे कि पुलिस ने कौन-कौन से नम्बर टैपिंग में लगाए होंगे और किससे बात की जाए कि बात कुणाल की पत्नी और उसके घरवालों तक पहुँच जाए। सिर्फ़ सुधीर को घर से बाहर जाने की इजाज़त थी। वह सुबह-शाम खाना लाने और अख़बार इकट्ठा करने का काम करता था।

कुणाल को अगले दिन ही पता लग गया था कि उसके पिता की मृत्यु हो चुकी है। इसलिए वह किसी सवाल का जवाब नहीं दे रहा था, गुमसुम बैठा रहता था।

पाँचवें-छठे दिन श्रीप्रकाश के पास मोकामा के सूरजभान का फ़ोन आया, "अशोक भाई, कहाँ हो?"

"दादा, एक मोटा टेंडर हाथ लग गया है।" श्रीप्रकाश ने बताया।

"टेंडर वहीं कहीं सँभालकर रख दो और तुरन्त पटना आ जाओ, बहुत ज़रूरी काम आ गया है। यह काम होना बहुत ज़रूरी है। बिहार में मेरे वर्चस्व को जो सबसे बड़ा ख़तरा था, उसको निबटाना है।" सूरजभान बोला।

श्रीप्रकाश बोला, "दादा, हफ़्ते-दस दिन का समय दो, टेंडर निबटाने में कम-से-कम हफ़्ते-दस दिन ज़रूर लग जाएँगे।"

सूरजभान बोला, "टेंडर जब तुम्हारे पास है तो कोई दिक़्क़त नहीं है। सँभालकर रख दो, एक महीने बाद भी काम हो जाएगा, पर मेरे काम को जल्दी ख़त्म करना है। दो-तीन दिन में ज़रूर आ जाओ।"

"ठीक है दादा।" श्रीप्रकाश पसोपेश में पड़ गया। उसने सुधीर से पूछा, "अपनी गाड़ी कब बनकर आएगी?"

"भैया गाड़ी बन रही है, डेंट-पेंट होकर तैयार हो गई है, कल सवेरे आ जाएगी।"

"कल शाम को यहाँ से पटना के लिए निकलना है।"

"भैया, इसको छोड़कर कैसे चलेंगे?"

"दादा इतनी ज़िद कभी नहीं करते। कोई बात ज़रूर फँसी होगी, तभी इतनी ज़िद कर रहे हैं। देर करेंगे तो उनके मन में भी शंका होगी। अच्छा होगा कि कल रात तक ही उनके पास पहुँच जाएँ।" श्रीप्रकाश ने कहा।

"ठीक है भैया, यहाँ कौन-कौन रहेगा?" सुधीर ने पूछा।

"ये दोनों जो गोरखपुर से साथ में आए थे, यही दोनों रहेंगे। इन्हें कुछ पैसे दे दो और अच्छी तरह समझा देना। कुछ भी उन्नीस-बीस हुआ तो दोनों को मार दूँगा।"

"जी भैया, अच्छी तरह समझा दूँगा।" सुधीर बोला।

इस बीच श्रीप्रकाश ने कई बार सूरजभान से बात की, पर सूरजभान सिर्फ़ जल्दी से पटना आने के लिए कहने लगा।

अगले दिन दोपहर तक सुधीर चिनहट से अपनी गाड़ी लेकर घर आ गया और तीनों लोगों ने पूरी तैयारी कर ली। सारे असलहे साफ़ कर लिये, उन्हें बैग में व्यवस्थित कर लिया, कपड़े रख लिये। शाम को सात बजे सुधीर गाड़ी के पेट्रोल की टंकी फुल कराकर ले आया। साढ़े सात बजे के आसपास श्रीप्रकाश, अनुज और सुधीर पटना के लिए रवाना हो गए।

पटना पहुँचने से पहले ही श्रीप्रकाश ने सूरजभान को फ़ोन कर दिया और पूछा, "दादा, कहाँ आना है?"

"कंकड़बाग वाले बैंक के पुराने ठिकाने के पास गाड़ी खड़ी रखना। कोई आएगा, तुमको नई जगह तक ले जाएगा। पहुँच जाना तो बताना, आकर बात करूँगा।" सूरजभान ने कहा।

श्रीप्रकाश अपने साथियों के साथ पटना पहुँच गया और इस बार सूरजभान का आदमी उन्हें नये फ़्लैट में ले गया। बिलकुल नया बना हुआ फ़्लैट था। एक बेडरूम और व्यवस्थित किचन था, बाक़ी दो अन्य बेडरूम में ज़मीन पर गद्दे पड़े हुए थे। एक आदमी वहाँ पर खाना बनाकर पहले से ही तैयार रखा था। थोड़ी देर में तीनों ने खाना खाया। वे लोग बहुत थके हुए थे और सो गए।

अगले दिन सुबह ही सूरजभान आ गया। इस बार सूरजभान ने फ़्लैट के काफ़ी पहले ही अपनी सारी गाड़ियाँ खड़ी कर दी थीं और पैदल पीछे के रास्ते से फ़्लैट तक पहुँच गया।

श्रीप्रकाश सूरजभान का इन्तज़ार ही कर रहा था, आते ही श्रीप्रकाश ने कहा, "दादा, लगता है, कोई बहुत ज़रूरी काम है, वरना आज तक कभी आपने इतनी ज़िद नहीं की।"

"हाँ, कुछ ऐसा ही है।" सूरजभान बोला।

"दादा, एक मोटा टेंडर हाथ आ गया था, उसी का पेमेंट लेना था। कोई बात नहीं, आपका काम करने के बाद वापस जाकर ले लूँगा।" श्रीप्रकाश ने कहा।

सूरजभान बताने लगा कि किस तरह वृज बिहारी प्रसाद मुन्ना शुक्ला के पीछे पड़ गया है।

"वह सरकार में है और लालू यादव की कैबिनेट का सबसे ताक़तवर मंत्री है। अभी-अभी सीबीआई में फँस गया था तो कहने को लालू यादव ने उसको कैबिनेट से बाहर कर दिया है लेकिन यहीं पीजीआई में सुबह-शाम पूरा दरबार लग रहा है और जैसे पहले काम चलता था, वैसे ही चल रहा है। उसे यह शक हो गया है कि मैंने और मुन्ना शुक्ला ने उसके दुश्मनों के साथ मिलकर उसे फँसवाया है। मरवा तो नहीं सकता लेकिन सरकारी ताक़त का इस्तेमाल करके हम लोगों को जेल भेजने की तैयारी में है। तुम जानते हो कि जब कोई एक बार जेल चला जाता है तो जल्दी बाहर निकलने का रास्ता नहीं मिलता। इसीलिए ज़्यादातर लोग बिहार में जेल जाने से बचते हैं। तुम्हारे यूपी की तरह यहाँ नहीं है कि लोग तुरन्त कोर्ट में सरेंडर कर जेल चले जाते हैं और चार-छह महीने बाद जमानत पर वापस आ जाते हैं। बिहार में इसीलिए कोर्ट में सरेंडर करने का रिवाज़ नहीं है। फ़रार हो जाने में ज़्यादा फ़ायदा है, लेकिन मैं फ़रार भी नहीं हो सकता। बड़ी मुश्किल से बिहार में पकड़ बनी है, जेल जाते ही सब ख़त्म हो जाएगा। इसलिए वृज बिहारी प्रसाद का काम होना है।"

"दादा, उसके साथ तो तीस-चालीस लोग रहते हैं। बीस-पच्चीस तो राइफ़लें ही रहती हैं, लेकिन कोई बात नहीं, आपका आदेश है, काम होगा। कल से काम पर लग जाते हैं।" श्रीप्रकाश ने कहा।

सूरजभान ने पीजीआई के प्राइवेट रूम का नम्बर और बाक़ी डिटेल उसको बताई। श्रीप्रकाश उसी दिन पीजीआई चला गया।

उसने देखा कि जिस फ़्लोर पर वृज बिहारी प्रसाद का प्राइवेट रूम था, उसके बाहर ही पाँच-सात लोग कुर्सी लगाकर राइफ़ल लिये बैठे हुए थे, साथ में दो-तीन पुलिसवाले भी थे। फ़्लोर की गैलरी का रास्ता ब्लॉक कर रखा था। फ़्लोर के दूसरे मरीज़ों के तीमारदारों से पूछताछ भी करते थे और अगर कोई शक हो गया तो उनके सामान और उनके कपड़ों की तलाशी भी लेते थे। श्रीप्रकाश ने सारे फ़्लोर पर लिफ़्ट से जाकर देखा।

शाम चार बजे वृज बिहारी प्रसाद नीचे लॉन में आ गए। दस-बारह कुर्सियाँ लगाई गईं और धीरे-धीरे पन्द्रह-बीस लोग आ गए और अपनी-अपनी बात कहने लगे। ज़्यादातर लोग किसी-न-किसी काम से आए थे और उनके काम करवाने के लिए वृज बिहारी प्रसाद लोगों को फ़ोन भी कर रहे थे। वृज बिहारी प्रसाद जिस कुर्सी पर बैठे थे, उसके ठीक पीछे पन्द्रह-बीस वर्दीधारी और लगभग इतने ही लोग तीन सौ पन्द्रह बोर राइफ़ल के साथ खड़े थे।

शाम को श्रीप्रकाश लौट गया। उसने रास्ते में सूरजभान से बात की, "दादा, पीजीआई में कोई डॉक्टर परिचित हो तो बताइए? वहाँ भर्ती होना पड़ेगा। बिना भर्ती हुए, यह काम होना मुश्किल हो जाएगा।"

"मैं अभी थोड़ी देर में तुम्हारे पास आता हूँ, फ़ोन पर बात करना ठीक नहीं है। यूपी वाले तुम्हारे पीछे पड़े हुए हैं और बार-बार अख़बारों में आ रहा है कि यूपी पुलिस फ़ोन टेप करती है।" सूरजभान ने कहा।

"ठीक है, दादा।" श्रीप्रकाश बोला।

शाम को तकरीबन आठ बजे सूरजभान श्रीप्रकाश से मिलने आ गया।

श्रीप्रकाश ने उसे पीजीआई की पूरी बात बताई और कहा, "जब तक मरीज़ बनकर वहाँ नहीं घुसा जाएगा, काम होने में देरी होगी। वहाँ भर्ती होना बहुत ज़रूरी है और उसी फ़्लोर पर भर्ती होना पड़ेगा। ऐसे तो कोई भर्ती करेगा नहीं, कहीं से रेफ़र कराना पड़ेगा और पीजीआई में कोई डॉक्टर भी होना चाहिए जो उसी फ़्लोर पर प्राइवेट रूम भी दिलवा सके।"

"एक लड़का मोकामा का है जो वहाँ पीजीआई में सर्जन है। अभी मैं उसका नाम, पता, मोबाइल नम्बर पूछकर बताता हूँ। मैं उससे बात कर लूँगा, उसके बाद तुम उससे सम्पर्क कर लेना। बहुत पुराना नहीं है, अभी दो साल से ही पीजीआई में है। देखो, कितनी मदद कर सकता है और अगर उससे नहीं हो पाएगा तो फिर बताना, तब तक मैं कोई दूसरा ढूँढ़कर बताऊँगा।" सूरजभान बोला।

वहीं बैठे-बैठे सूरजभान ने कई जगह फ़ोन किया और थोड़ी देर में उस डॉक्टर का नम्बर मिल गया। डॉक्टर के नम्बर पर उससे बात की और उसको बताया, "कल अशोक सिंह मिलने जाएँगे, बाहर से आए हुए हैं, इनकी तबियत बहुत ख़राब है, इनकी कुछ मदद करा देना। इनके साथ दो आदमी और हैं,

कोशिश करके प्राइवेट वार्ड दिला देना ताकि इनका ठीक से इलाज हो जाए। यह जैसा कहेंगे, वैसी मदद करा देना।"

सूरजभान ने श्रीप्रकाश को डॉक्टर का नाम और नम्बर नोट कराया।

अगले दिन फिर सुबह श्रीप्रकाश, अनुज और सुधीर पीजीआई पहुँच गए और पूछते-पूछते उन्हीं डॉक्टर के पास पहुँचे। उन्होंने तकलीफ़ के बारे में पूछा। श्रीप्रकाश ने बताया, "कई दिन से सीने में बहुत दर्द है, समझ में नहीं आ रहा है। मैं कई डॉक्टरों को बनारस में दिखा चुका हूँ, बीएचयू में भी जाँच हुई है, पर दर्द ठीक नहीं हुआ।"

डॉक्टर ने रिसेप्शन पर फ़ोन कर दिया और बताया, "यह आ रहे हैं, इनका रजिस्ट्रेशन कराकर फ़ाइल तैयार करा दीजिए। ओपीडी में किसके मरीज़ रहे हैं, यह भी बता दीजिएगा।"

थोड़ी देर में रजिस्ट्रेशन कराकर अपनी फ़ाइल लेकर श्रीप्रकाश मोकामा वाले डॉक्टर के पास पहुँच गया और उसको रजिस्ट्रेशन के पेपर और बाक़ी फ़ाइल दिखाई। ओपीडी में जिस डॉक्टर को दिखाना था, उसका नाम भी बताया। मोकामा वाले डॉक्टर ने बैठे हुए मरीज़ों को थोड़ी देर बैठने को कहा और श्रीप्रकाश को लेकर डॉक्टर के यहाँ पहुँच गया। डॉक्टर साहब के यहाँ पहुँचकर मोकामा वाले डॉक्टर ने ओपीडी वाले डॉक्टर के कान में कुछ बताया। ओपीडी वाले डॉक्टर ने उन्हें स्वास्थ्य सम्बन्धी चार-पाँच जाँचें कराने को कहा और यह भी लिखा कि एडमिट कर लिया जाए। उसको लेकर मोकामा वाला डॉक्टर अपने चैम्बर में आ गया और वहीं टेलीफ़ोन से पूछा, "प्रथम तल पर कोई प्राइवेट रूम खाली हो तो बताओ?"

उधर से जवाब आया, "आज तो नहीं खाली है, कल खाली हो सकता है।"

"कल ही से करा दीजिएगा। एडमिशन का काग़ज़ मैं भेज रहा हूँ। मेरा मरीज़ है, प्राइवेट वार्ड में वहीं करा देना।" फिर मोकामा वाले डॉक्टर ने श्रीप्रकाश से कहा, "जो टेस्ट डॉक्टर ने लिखे हैं, वह सारे टेस्ट करा लो और तुम जिस फ़्लोर पर प्राइवेट रूम में रहना चाह रहे थे, उसमें कल चले जाना।"

श्रीप्रकाश ने जो मेडिकल टेस्ट लिखे गए थे, वह सारे टेस्ट करा लिये। दूसरे दिन सवेरे फिर वह मोकामा वाले डॉक्टर के पास गया। डॉक्टर ने एक आदमी भेजकर कार्डियोलॉजी विभाग से उस प्राइवेट रूम के बारे में पता किया, तो यह पता चला कि औपचारिकताएँ पूरी की जा रही हैं। मरीज़ के परिजन भी आ रहे हैं, दो बजे तक खाली हो जाएगा।

तब डॉक्टर श्रीप्रकाश से बोले, "एक घंटे में साफ़-सफ़ाई करके वह रूम तैयार हो जाएगा। आप वहाँ जाकर लेटिएगा फिर डॉक्टर्स विज़िट करते रहेंगे। आपको कोई परेशानी नहीं होगी, एडमिशन वाला पर्चा अपने पास रख लीजिए।"

दो बजे श्रीप्रकाश अपनी पूरी फ़ाइल, काग़ज़, जाँच रिपोर्ट और एडमिशन वाला पर्चा लेकर उस फ़्लोर पर पहुँचा। गैलरी की शुरुआत में ही कुर्सी लगाकर काफ़ी लोग बैठे हुए थे, साथ में पुलिसवाले भी थे। श्रीप्रकाश ने अपने सारे काग़ज़ बाहर निकाल लिये और बताया, "हमें डॉक्टर ने यहाँ भर्ती होने के लिए बोला है, पर्चे में रूम नम्बर लिखा हुआ है।"

वहाँ बैठे लोगों ने कहा, "तुम तो बहुत नौजवान हो अभी, तुमको क्या बीमारी है?"

"हार्ट का ऑपरेशन होना है, हार्ट की दो नलियों में ब्लॉकेज आ गया है।" श्रीप्रकाश ने बताया।

इतना सुनते ही अग़ल-बग़ल में बैठे हुए लोग अफ़सोस करने लगे कि इतनी कम उम्र में ही इस लड़के को हार्ट की समस्या हो गई। उन्हीं में से एक लड़का उसको रूम तक छोड़ने गया।

जो लड़का छोड़ने गया था, उससे श्रीप्रकाश ने कहा, "हमारे दो भाई भी नीचे हैं, अभी वे थोड़ी देर में हमारा सामान लेकर आएँगे। मेरे घर वाले भी चल चुके हैं। वे लोग अहमदाबाद में कपड़े की मिल में काम करते हैं। अगर आज रिज़र्वेशन मिल गया तो दो दिन में वे लोग भी पहुँच जाएँगे।"

कमरे में जाकर श्रीप्रकाश ने सुधीर को फ़ोन किया और बताया, "बाहर से एक तकिया, दो चद्दर, एक-दो बर्तन, गिलास, मरीज़ों वाला कुर्ता-पाजामा—यह सब लेकर तुम दोनों आ जाओ। बाहर वृज बिहारी प्रसाद के जो लड़के बैठे हैं, उनको रूम नम्बर बता देना, तब वे आने देंगे।"

सुधीर पीजीआई के बाहर जाकर यह सारा सामान ख़रीद लाया और एक घंटे में श्रीप्रकाश के कमरे में जाने के लिए गैलरी में पहुँचा, तो लोगों ने उसे रोका। उसने फ़ौरन रूम नम्बर बताया। उसमें से किसी ने पूछा, "आप लोग उनके भाई हो?"

अनुज और सुधीर ने बताया, "हाँ।"

बिना और कुछ पूछे हुए अनुज और सुधीर को उन लोगों ने भीतर गैलरी में जाने दिया।

भीतर जाकर अनुज ने कहा, "भाई, यहाँ तो कोई काम करके बाहर ही नहीं निकल पाएँगे, तब तो मारे ही जाएँगे।"

"मैं तो तुमको बड़ा बुद्धिमान मानता था। पढ़े-लिखे हो, अंग्रेज़ी भी बोल सकते हो लेकिन तुम चूतिया के पेड़ हो।" श्रीप्रकाश ने कहा, "यहाँ इसको मारना ठीक नहीं है। अब तुम लोगों को जो काम करना है, वह यह है कि वृज बिहारी प्रसाद सुबह और शाम नीचे लॉन में दरबार लगाता है, दस-पन्द्रह आदमियों के साथ जाता है। ये चिंटू जो साथ बैठे हुए हैं, ये भी साथ जाते हैं। वहीं उसके साथ खड़े रहते हैं। जब यह जाने लगे तो इसके साथ नीचे तक जाओ; देखो, कितनी बार सीढ़ी से जाता है, कितनी बार लिफ़्ट से जाता है, आदमी कहाँ-कहाँ खड़े हुए हैं,

वहाँ कितनी देर बैठना है और लॉन से बाहर जाने के कौन-कौन-से रास्ते हैं। कोई रास्ता न हो तो रेलिंग और दीवार फाँदकर किस जगह पर गाड़ी खड़ी की जाए, यह सब बारीकी से देख लो। दादा बहुत परेशान हैं, यह काम जल्दी होना है।"

अनुज और सुधीर वृज बिहारी प्रसाद के बाहर जाते समय दो-चार मिनट बाद निकलते थे और गैलरी वाले लोगों के साथ शामिल होकर नीचे तक जाते थे, फिर बाहर थोड़ी देर इधर-उधर घूमकर उसके आने का फ़ोन करते थे। दो-तीन दिन में सारी जानकारी इकट्ठा कर ली।

**श्रीप्रकाश** ने सूरजभान को टेलीफ़ोन करके बताया, "सुधीर और अनुज से आज शाम को बात कर लीजिए, दो अच्छी गाड़ियाँ और दो-तीन लड़कों की ज़रूरत पड़ेगी।"

"ठीक है।" सूरजभान ने कहा।

"जब यह बाहर दरबार लगाता है तो क्या वहाँ बाक़ी मरीज़ भी दिखाई देते हैं?" श्रीप्रकाश ने सुधीर से पूछा।

"हाँ, बहुत-से मरीज़ अपने लोगों के साथ ग्लूकोज़ की बोतल लगाए थोड़ी देर टहलते हैं, फिर वापस चले जाते हैं।" सुधीर ने कहा।

"ठीक है, कल तुम बाज़ार से ग्लूकोज़ की दो बोतलें, हाथ में लगाने वाला टेप और अस्पताल वाला कम्बल ज़रूर ले आना।" श्रीप्रकाश बोला।

"भैया, इतनी ज़ोरदार गर्मी में अस्पताल वाला कम्बल कैसे ओढ़ोगे?" सुधीर ने पूछा।

"डॉक्टर यह भी तो कहते हैं कि हवा न लगे!" श्रीप्रकाश ने कहा।

सुधीर सारा सामान बाहर से ले आया।

"इस बार वृज बिहारी प्रसाद के लॉन में पहुँचने से पहले ही मैं चलूँगा। बोतल से पाइप निकालकर हाथ में टेप से अच्छे से चिपकाना है, अस्पताल वाला चद्दर या शॉल ओढ़ लेना है और सिर में अँगोछा बाँध लेना है। मैं धीरे-धीरे निकलूँगा और लॉन में पहले से चक्कर लगाता रहूँगा। जो रास्ते तुम लोगों ने निकलने के लिए देखे हैं, उन्हें भी देखना ज़रूरी है। वह आकर बैठ जाएगा, तो यह देखना भी ज़रूरी है कि कहाँ से घुसा जाए।" श्रीप्रकाश ने अनुज को समझाया।

"ठीक है भैया।" अनुज बोला।

शाम को ठीक उसी तरह श्रीप्रकाश ने सिर को अँगोछे से बाँध लिया, अस्पताल वाली शॉल लपेट ली, अनुज ने उसका हाथ पकड़ लिया और सुधीर ग्लूकोज़ की बोतल हाथ में ऊपर करके कमरे से निकला। रास्ते में वृज बिहारी प्रसाद के जो लोग बैठे थे, उन्होंने पूछा, "क्या तबियत ज़्यादा ख़राब हो गई?"

"जी भैया, हार्ट का तो ऑपरेशन होना ही था, कुछ थोड़ा-थोड़ा फ़ालिज का असर भी आ रहा है। डॉक्टर ने कहा है कि सुबह-शाम एक घंटे इनको टहलाना है।" अनुज बोला।

वहाँ बैठे लोगों ने कहा, "भैया, ज़रूर टहलाइए। जब तक ठीक नहीं होंगे, तब तक हार्ट वाला ऑपरेशन ठीक से नहीं हो सकेगा।"

श्रीप्रकाश को लेकर ये लोग उसी लॉन में गए, जहाँ पर वृज बिहारी प्रसाद दरबार लगाता था। श्रीप्रकाश वहाँ लॉन की गोलाई में चक्कर लगाने लगा। कभी-कभी श्रीप्रकाश सीधा होकर तेज़ चलने लगता था तो सुधीर कहता, "भैया, सब लोग देख रहे हैं, धीरे-धीरे चलो।"

इतने में ही वृज बिहारी प्रसाद अपने पन्द्रह-बीस लोगों को लेकर लॉन में आ गए, कुर्सी लगा दी गई। कुछ लोग ज़मीन पर बैठ गए, कुछ खड़े रहे।

श्रीप्रकाश बोला, "ज़रा पीछे की तरफ़, नज़दीक से ले चलो।"

अनुज और सुधीर उसको लेकर पीछे की तरफ़ नज़दीक से चले और निकल गए। बाहर के एकाध लोगों ने पूछा भी कि यह कौन है? गैलरी में बैठने वाले लोग, जो उस समय साथ में थे, बोले, "बेचारा परेशान है और दो दिन पहले फ़ालिज का अटैक भी आ गया।"

दो-चार मरीज़ और भी वहाँ पर टहल रहे थे, इसलिए किसी ने ज़्यादा नोटिस नहीं किया। वृज बिहारी प्रसाद के दो चक्कर लगाकर श्रीप्रकाश ने वापस चलने का इशारा किया और वहाँ से ये अपने रूम में आ गए।

श्रीप्रकाश पसीने से तर-ब-तर हो रहा था। बोतल और ट्यूब नोचकर बाहर रख दी और बोला, "एक ही चक्कर में काम करके जल्दी निकल चलना है। असलहे सब बैग में ले आना। ऊपर से निकलकर जब मैं नीचे आऊँगा, नीचे वाले बाथरूम में सुधीर, तुम बैग लेकर आ जाना। अनुज बाथरूम के बाहर रहेगा। अगर कोई आता है तो उससे कह देगा कि मरीज़ की तबियत बहुत ख़राब है, उसको टॉयलेट ले गए हैं, दो मिनट में बाहर आ जाएगा। अनुज यह बात ज़ोर-ज़ोर से कहेगा, ताकि हम भीतर सतर्क हो जाएँ। दो मिनट में एके-47 कम्बल के नीचे रख लूँगा। तुम लोग अपनी-अपनी पिस्टल लगा लेना। दादा के जो लड़के रेलिंग के बाहर गाड़ियों में बैठे होंगे, वे भी असलहे से तैयार रहें। अगर कोई भागता हुआ गाड़ी की तरफ़ आता है तो उसको वहाँ कवर कर लेंगे, काम हो जाएगा। कल ही यह काम करके निकल लेना है। टेंडर बहुत दिनों तक रखना ठीक नहीं है। अभी उसका हाल-चाल भी लेता हूँ।"

श्रीप्रकाश ने लखनऊ वाले मकान पर रह रहे लड़के को फ़ोन किया और उससे पूछा, "कुणाल ठीक है?"

"हाँ, भैया, ठीक है। वह कपड़ों की ज़िद कर रहा है। तभी से एक ही अंडरवियर, बनियान पहने हुए है। ज़्यादा डाँट दो तो रोने लगता है।" वह लड़का बोला।

श्रीप्रकाश ने कहा, "उससे अंडरवियर-बनियान का नम्बर पूछकर और एक तौलिया बाज़ार से मँगवा लो और एक ट्रैकसूट भी ले आना। कपड़े ज़्यादा गन्दे हों तो ट्रैकसूट पहना कर उसके कपड़ों को धो लेना। यह ध्यान रखना कि कपड़े

बाहर छज्जे पर या छत पर नहीं सुखाना। दूसरे वाले कमरे में पंखे के नीचे डाल देना, चार-पाँच घंटे में सूख जाएँगे।" श्रीप्रकाश ने उसे समझाते हुए यह पूछा, "यह बताओ, इसने भागने की कोशिश तो नहीं की?"

"नहीं भैया, भागने की कोशिश नहीं की। बस, दिन-भर रोता है, बड़ी मुश्किल से खाना खाता है।"

"ठीक है, हम लोग जल्दी आएँगे।" श्रीप्रकाश बोला।

अगले दिन 13 जून, 1998 को जैसा तय किया गया था, वैसे ही श्रीप्रकाश को लेकर अनुज हाथ में ग्लूकोज़ की बोतल और पाइप लिये नीचे उतरा। श्रीप्रकाश ने लाल कम्बल डाल रखा था।

सुधीर स्पोर्ट्स वाले बैग में एके-47 और प्वॉइंट फ़ोर फ़ाइव की एक पिस्टल, नाइन एमएम की एक पिस्टल, एके-47 की एक एक्सट्रा मैगज़ीन लेकर नीचे पहुँच गया। थोड़ी देर में श्रीप्रकाश को लेकर अनुज नीचे उतर गया। सुधीर बैग लेकर श्रीप्रकाश के साथ बाथरूम में चला गया और अनुज बाहर खड़ा रहा। एक-दो लोग जो टॉयलेट इस्तेमाल करने के लिए आए भी तो उनको बता दिया गया, बहुत सीरियस मरीज़ है भीतर, अभी दो मिनट में बाहर निकल रहा है, तब हो लीजिएगा। दो-चार मिनट में ही श्रीप्रकाश कम्बल में एके छिपा ली और सुधीर ने प्वॉइंट फ़ोर फ़ाइव की पिस्टल कमर में लगा ली। बाहर निकलते ही सुधीर ने अनुज को इशारा किया, बैग ले जाकर भीतर नाइन एमएम लगा लो।

वहाँ से श्रीप्रकाश को लेकर दोनों लॉन में पहुँच गए। रेलिंग के पास पहुँचकर बैग को रेलिंग के उस तरफ़ फेंक दिया और जो लोग गाड़ी में बैठे थे, उनको इशारा किया कि बैग ले जाकर गाड़ी में रख लें।

आधे घंटे बाद वृज बिहारी प्रसाद अपने लोगों के साथ आ गए। जिस समय वह लॉन के अन्दर घुस रहे थे, ठीक उसी समय श्रीप्रकाश, अनुज और सुधीर उसके सामने से निकल रहे थे। इसके पहले कि वृज बिहारी प्रसाद कुछ समझ पाते, श्रीप्रकाश ने एके-47 का बर्स्ट बिहारी पर उतार दिया। वह मौक़े पर ही लुढ़क गए।

सुधीर और अनुज ने भी अपनी-अपनी पिस्टल से हवा में फ़ायर किया। वृज बिहारी प्रसाद के साथ चल रहे पन्द्रह-बीस आदमी जान बचाने के लिए वहाँ से भाग खड़े हुए। श्रीप्रकाश, अनुज और सुधीर तेज़ी से रेलिंग फाँदकर गाड़ी तक पहुँचे, असलहा गाड़ी में रखा और वहाँ से लखनऊ की तरफ़ भागे। बाहर निकलकर श्रीप्रकाश ने सूरजभान को फ़ोन किया। सूरजभान ने कहा, "फ़ोन रखिए, मैं अभी मिलाता हूँ।"

थोड़ी देर में सूरजभान का पीसीओ से श्रीप्रकाश को फ़ोन आ गया।

सूरजभान ने कहा, "अशोक भाई, आपका किस तरह शुक्रिया अदा करूँ। आपने मेरा बहुत बड़ा काम किया है।"

श्रीप्रकाश ने कहा, "दादा, आप जानते हैं कि मैं आपका कहा कभी टालता नहीं। मेरी गाड़ी वहीं पर खड़ी हुई है। मेरे पास जो दो और गाड़ियाँ हैं, इनमें से एक को मैं भेजता हूँ, जिसमें कुछ नहीं है। जो चाबी लेकर जाएगा, मेरी गाड़ी को उसी से भिजवा दीजिए। मैं यहीं ढाबे के पास ही रुकूँगा। एक-दो घंटे में मेरी गाड़ी आ जाएगी, तो आपकी गाड़ी भिजवा दूँगा।"

"आप उसी गाड़ी से चले जाइए।" सूरजभान ने कहा।

"नहीं, गाड़ी मौक़े पर इस्तेमाल हुई है, इससे जाना ठीक नहीं है। मेरी गाड़ी भिजवा दीजिए, मैं उसी से जाऊँगा।" श्रीप्रकाश बोला।

"ठीक है।" सूरजभान ने कहा।

श्रीप्रकाश, अनुज और सुधीर गाड़ी में बैठे अपनी गाड़ी का इन्तज़ार करते रहे और वृज बिहारी को कैसे मारा, उस पर बात कर हँसते रहे। सुधीर ने पूछा, "भैया, यह कम्बल वाला आइडिया कहाँ से लाए थे? ऐसा तो जाड़ा भी नहीं था!"

"बचपन में हमारे गाँव में जब किसी को फ़ालिज; पैरालिसिस मारती थी तो गाँव वाले कहते थे कि इसको हवा नहीं लगनी चाहिए। कम्बल, चद्दर ओढ़कर ही बाहर लोग निकलते थे। यह मेरे दिमाग़ में था। अगर किसी ने पूछ लिया, तो यही बताऊँगा।" श्रीप्रकाश ने आगे कहा, "देखो, मैं हमेशा कहता हूँ कि जो पहले गोली चलाता है, वह टार्गेट पर लगती है, मैदान में वही बादशाह होता है। उस साले के पास कम-से-कम बीस असलहे वाले थे। पुलिसवालों से तो कभी डरने की ज़रूरत नहीं है, वह तो गोली चलते ही भाग लेते हैं। दिक़्क़त उन्हीं से होती है जो घर-परिवार के होते हैं और राइफ़ल लिये रहते हैं। कभी-कभी वे जान पर भी खेल जाते हैं।

"भागते समय मैंने देख लिया था कि आधे से ज़्यादा लोगों की राइफ़लें वहीं गिर गई थीं। हम लोगों के निकलने के बाद चार-छह राउंड फ़ायर की आवाज़ ज़रूर आई थी। पता कर लेना, ये फ़ायर पुलिसवालों ने अपने बचाव के लिए किये होंगे। जब बड़े अधिकारी मौक़े पर आएँगे तो यही बताएँगे कि मैंने फ़ायर किया था लेकिन भागते समय बैलेंस बिगड़ गया और गोली उसको नहीं लग पाई। वैसे ज़्यादातर पुलिस वाले फ़ायर नहीं कर पाते। इस बात का हमेशा ध्यान रखना कि जब भी काम करना हो तो पहली गोली टार्गेट पर लगे—भले ही थोड़ी देर हो जाए।

"सुधीर भैया, मोकामा वाले डॉक्टर के चैम्बर में एक नई डॉक्टर बैठी हुई थी। मैं तीन बार उसके चैम्बर में गया था, तीनों बार वह बैठी मिली थी। मोकामा वाले डॉक्टर थोड़ी देर के लिए व्यस्त थे तो मैंने उससे पूछा था। उसने अपना नाम नहीं बताया लेकिन यह बताया कि वह रेज़ीडेंट डॉक्टर है और मोकामा वाले डॉक्टर की जूनियर है।" श्रीप्रकाश ने कहा, "सुधीर, कैसे भी करके उसका नाम-पता करो। अगर नहीं पता कर पाओगे तो मुझे दोबारा पटना आना पड़ेगा।"

"भैया, मैंने नहीं देखा है।" सुधीर ने कहा।

"मैं बता तो रहा हूँ।" श्रीप्रकाश ने उसका पूरा हुलिया बताया और यह भी कहा, "उससे अच्छी डॉक्टर मैंने पीजीआई में नहीं देखी।"

"भैया, लखनऊ से ज़्यादा सुन्दर लड़कियाँ कहीं नहीं देखी हैं। कानपुर वाली मंजू भी किसी से कम नहीं है।"

"तुम कुछ नहीं जानते हो। जल्दी से नाम और नम्बर पता करो, नहीं तो मुझे पटना आना पड़ेगा।"

"भैया, आपने बताया था कि उस डॉक्टर से सूरज दादा ने मिलाया है। उस डॉक्टर को तो पता ही है कि तुम्हें वहाँ सूरजभान ने ही भेजा है। पुलिस सूरजभान को छोड़ेगी नहीं।" सुधीर बोला।

"चाहे गर्दन कलम हो जाए, डॉक्टर कभी सूरजभान से दुश्मनी नहीं ले सकता। दादा ने बहुत सोच-समझकर उसका नाम बताया था। प्राइवेट रूम अपार्टमेंट वालों से भी पूछा जाएगा कि यह रूम कैसे एलॉट हुआ था, तो सब लोग डॉक्टर का ही नाम बताएँगे क्योंकि डॉक्टर हमें लेकर उस गैलरी में प्राइवेट रूम एलॉट कराने गया था। डॉक्टर ने अपना जवाब सोच लिया होगा। तुम जानते हो, पुलिस डॉक्टर के साथ मार-पीट नहीं कर सकती। खाली दबाव ही बना सकती है। डॉक्टर के साथ अगर पुलिस ने मारपीट की तो डॉक्टर तुरन्त हड़ताल पर चले जाएँगे और पीजीआई बन्द हो जाएगा। डॉक्टर ज़्यादा दबाव बनाएँगे तो पुलिसवाले सस्पेंड भी हो जाएँगे। इसलिए इस तरफ़ से बेफ़िक्र रहो, पर उस लेडी डॉक्टर का नाम-पता ज़रूर मालूम कर लेना।" श्रीप्रकाश ने कहा।

"ठीक है भैया, पूरी कोशिश करूँगा।" सुधीर ने कहा।

"भैया, फ़ालिज वाली एक्टिंग जो आपने की, उसका कोई जवाब नहीं।" अनुज के यह कहने पर तीनों ठहाका लगाकर हँस पड़े।

तीनों गाड़ी के इन्तज़ार में तरह-तरह की बातें करके हँस रहे थे और थोड़ी ही देर में गाड़ी आ गई। जो लड़का गाड़ी लेकर आया था, उसे सूरजभान वाली गाड़ी की चाबी देकर तीनों ने अपना सारा सामान अपनी मारुति-८०० में रख लिया और लखनऊ के लिए चल पड़े।

# टेंडर निपटान

लखनऊ के नज़दीक पहुँचते ही श्रीप्रकाश ने सुधीर से पूछा, "रस्तोगी वाली पकड़ के समय कौन-सी नम्बर प्लेट थी इस गाड़ी पर?"

"भैया, दिल्ली वाली थी।" सुधीर ने कहा।

"इस समय कौन-सी नम्बर प्लेट लगी है?" श्रीप्रकाश ने पूछा।

"भैया, बिहार वाली लगी है। बिहार वाली इसलिए लगा ली थी कि यहाँ बिहार में दूसरे स्टेट का नम्बर प्लेट देखकर पुलिस एक बार रोकती ज़रूर है और ज़्यादा पैसा माँगती है। अपने यहाँ यूपी में कोई नहीं पूछता।" सुधीर बोला।

"बिहार वाली उतार लो, उस पर राजस्थान वाली प्लेट लगाओ। चिनहट बैरियर से पहले मारुति सर्विस सेंटर की बग़ल वाली सड़क पर ले चलता हूँ, दस मिनट में प्लेट बदल लो।" श्रीप्रकाश ने कहा।

"ठीक है।" सुधीर बोला।

श्रीप्रकाश ने गाड़ी थोड़ी देर में वहीं पर मोड़ ली और सुधीर ने उतरकर गाड़ी में आगे-पीछे राजस्थान की नम्बर प्लेट लगा ली। श्रीप्रकाश ने कुणाल के पास बैठे लड़के को फ़ोन करके पूछा, "ज़रा बाहर निकलकर बी ब्लॉक चौराहे से मज़ार तिराहे तक देख लो, कोई पुलिस चेकिंग तो नहीं लगी है?"

"जी भैया।" दस मिनट बाद उस लड़के ने फ़ोन किया, "भैया, कोई चेकिंग नहीं लगी है, मज़ार तिराहे पर, बड़े वाले पेड़ के नीचे दो सिपाही कुर्सी पर बैठे हैं।"

श्रीप्रकाश बेधड़क अपने मकान में पहुँच गया। गाड़ी तुरन्त भीतर की और उस पर कवर डाला। अपने-अपने बैग और असलहों का बैग लेकर तीनों कमरे के भीतर गए। श्रीप्रकाश ने वहाँ मौजूद दोनों लड़कों से पूछा, "खाना मँगवाया है कि नहीं?"

"हाँ, भैया, आप लोगों का भी खाना मँगवा रखा है।" लड़के ने कहा।

"खाना कहाँ से लाए हो?"

"भूतनाथ मार्केट से लाया हूँ।"

"चार-पाँच दिन से खाना वहीं से ला रहे हो क्या?"

"हाँ, भैया, उसी के यहाँ से लाता हूँ।"

श्रीप्रकाश ने प्वॉइंट फ़ोर फ़ाइव की पिस्टल निकाली और बोला, "हलक में उतार दूँगा पूरी मैगज़ीन। कुत्ते, एक ही जगह से बार-बार खाना लाओगे? पुलिस के कुत्ते पागलों की तरह सूँघ रहे होंगे। वे होटल, ढाबे पर यह पूछते हैं कि किडनैपिंग के दिन से आज तक पैक्ड खाना ले जानेवाले कौन-कौन हैं? अब उधर दिखाई दे गए तो यहीं निबटा दूँगा।"

"हाँ, भैया, ग़लती हो गई। मुझे इतना अन्दाज़ा नहीं था।" लड़के ने कहा।

"अब आगे से हर दिन सुबह-शाम का खाना अलग-अलग जगह से लाओगे। महानगर से क्वालिटी के यहाँ से, निशातंगज से करामत वाले के यहाँ से और किसी दिन हज़रतगंज जाकर मोती महल से ले लेना। किसी भी एक दुकान से खाना रिपिट मत करना। पुलिस इस समय पागलों की तरह ढूँढ़ रही होगी।" श्रीप्रकाश ने कहा, और फिर पूछा, "पाँच-छह दिनों के अख़बार कहाँ हैं?"

"भैया, यहीं रखे हैं।"

"ले आओ तुरन्त।" श्रीप्रकाश बोला।

वह दौड़कर सारे अख़बार ले आया।

"मैं हाथ-मुँह धोकर अख़बार पढ़ता हूँ, तब तक तुम लोग खाना लगा दो। मेरा खाना बिस्तर पर ही ले आओ। खाना खाने के बाद उस मोटे हरामी से मिलूँगा। दस दिन से बैठकर खा रहा है।" श्रीप्रकाश ने कहा।

वह लड़का किचन में खाना गर्म करने के लिए चला गया।

सुधीर और अनुज भी नहा-धोकर निकल आए और किचन में पहुँचकर अपना खाना निकालने लगे।

श्रीप्रकाश एक-एक अख़बार को कायदे से पढ़ रहा था। सारे अख़बारों में किडनैपिंग से सम्बन्धित ख़बर मुखपृष्ठ और भीतर भी छपी हुई थी। अंग्रेज़ी के अख़बार उसने निकालकर अलग कर दिये और वहीं खा रहे अनुज से कहा, "अंग्रेज़ी वाले सब अख़बार पढ़कर बताओ, इसमें क्या-क्या लिखा हुआ है।"

"बस, भैया, खाना खाकर अभी पढ़ता हूँ।" अनुज ने कहा।

थोड़ी देर में अनुज ने खाना खा लिया और हाथ धोकर अंग्रेज़ी के अख़बार पढ़ने लगा।

श्रीप्रकाश खाना खाकर सीधे कुणाल वाले कमरे में जाकर कुणाल से पूछा, "तुम्हें किस-किसके नम्बर याद हैं?"

"मुझे किसी के नम्बर याद नहीं हैं।" कुणाल बोला।

"घर वाले सारे नम्बर तो पुलिस सुन रही होगी, कौन ऐसा आदमी है जिसको फ़ोन किया जाए तो उससे बातचीत हो? जब तक पैसा नहीं मिलेगा तब तक तुम छूट नहीं पाओगे। पैसा हम लेना ही लेना है। पैसा नहीं मिला तो तुम्हें यहीं पर मारकर चले जाएँगे।" श्रीप्रकाश धमकाते हुए बोला।

कुणाल रोने लगा। फिर रोते हुए बोला, "मेरे घर पर तो कोई पैसा देने की स्थिति में नहीं होगा। सारे एकाउंट और सारे पैसे के बारे में पापा को ही जानकारी थी। पापा को तो आपने मार दिया, अब पैसा कहाँ से मिलेगा?"

"तुम्हारी ससुराल वाले कहाँ के हैं?" श्रीप्रकाश ने पूछा।

कुणाल अटकने लगा।

"देखो, वैसे ही बहुत देर हो चुकी है, नहीं बताओगे तो तुम्हें मार देंगे।"श्रीप्रकाश ने कहा।

"जुग़ल किशोर ज्वेलर्स वालों के यहाँ मेरी ससुराल है।" कुणाल ने बताया।

"तुम्हारे ससुर का क्या नाम है?" श्रीप्रकाश ने पूछा।

कुणाल ने उनका नाम बताया। श्रीप्रकाश उनका नम्बर पूछता रहा, कुणाल को नम्बर याद नहीं था।

"आज तो बहुत रात हो गई है, कल तुम्हारी सुसराल वालों से बात करूँगा। तुम नहीं दोगे तो ससुराल वाले देंगे। तुम्हारी ससुराल वाले ज़रूर दे देंगे। कोई बाप अपनी बेटी को विधवा नहीं होने देगा। तुम भी खाना खाओ और सो जाओ।" श्रीप्रकाश ने कहा।

अगले दिन श्रीप्रकाश ने कानपुर में मंजू को फ़ोन किया और उससे कहा, "तुम जुग़ल किशोर ज्वेलर्स के यहाँ चली जाओ और छोटा-मोटा कोई सामान ख़रीदो। बातचीत में यह पूछना कि 'मालिक कौन है? आप लोग दाम बहुत ज़्यादा लगा रहे हैं, मुझे मालिक से बात करनी है।' उसका नाम पूछ लेना। उसके पास जाकर उससे पैसा कम कराने की बात करना और देखना कि कितने फ़ोन लगे हैं वहाँ पर। जो आदमी रिसेप्शन पर बैठा होगा, उससे दुकान का फ़ोन नम्बर ले लेना।"

"इतना पैसा मेरे पास नहीं है।" मंजू बोली।

"जो पैसा है, उसमें ले लो। मैं आऊँगा तो दे दूँगा।"

"तुम्हारे चक्कर में पुलिस हमको ढूँढ़ रही है। मैं दूसरे मकान में रह रही हूँ। किसी ने पहचान लिया तो कितनी दिक़्क़त होगी?" मंजू बोली।

"जा, तुझे कोई नहीं पहचानेगा। मैं शाम को फ़ोन करूँगा।"

श्रीप्रकाश ने शाम को मंजू को फ़ोन किया और उससे पूछा, "क्या लिया था?"

"कुछ नहीं लिया, पर तुम्हारा काम हो गया।" मंजू ने नम्बर नोट कराया, "इस नम्बर पर रिसेप्शन वाला बैठता है और उसके सामने की तरफ़ कैश पर मालिक बैठता है। मालिक ने अपना फ़ोन मेज़ के ऊपर नहीं रखा है, नीचे रखा है। रिसेप्शन वाला उसको फ़ोन ट्रांसफ़र कर देता है, तभी मालिक बात करता है।"

"ठीक है।" श्रीप्रकाश ने मंजू का फ़ोन काटकर जुग़ल किशोर ज्वेलर्स को फ़ोन किया। रिसेप्शन वाले ने फ़ोन उठाया तो उससे सीधे मालिक का नाम लेकर उससे बात कराने को कहा।

"क्या बता दूँ?" रिसेप्शन वाले ने पूछा।

"बता देना, अशोक सिंह इनकम टैक्स से बोल रहे हैं। वह समझ जाएँगे।" श्रीप्रकाश ने कहा।

इनकम टैक्स का नाम सुनकर रिसेप्शन वाले ने फ़ोन मालिक को ट्रांसफ़र कर दिया। मालिक ने फ़ोन उठाते ही ज़ोर से नमस्कार किया।

"अब मेरी बात ध्यान से सुनो। तुम्हारा दामाद मेरे पास है, एक करोड़ रुपये का इन्तज़ाम करके रखना।" श्रीप्रकाश बोला।

"लड़के से मेरी बात करा दीजिए। आप जो कहेंगे, दूँगा।" लाला ने कहा।

"ज़्यादा चालाकी करोगे तो लड़का मारा जाएगा। कैश रेडी रखना और यह ध्यान रखना कि हमारे आदमी तुम्हारी दुकान पर नज़र रखे हुए हैं। आज तुम सफ़ेद रंग की शर्ट, गाढ़े भूरे रंग की पैंट पहने हुए हो। ऊपर का बटन खुला हुआ है, दो मोटी-मोटी चैन दिखाई दे रही है। सोने के फ्रेम वाला चश्मा पहने हुए हो और फ़ोन नीचे रखा है। तुम्हारे सामने ही रिसेप्शन वाला लड़का बैठा है, जिसकी बड़ी-बड़ी मूँछें हैं। इसलिए चालाकी मत करना कि पुलिस को बुलाकर फ़ोन कराने लगो। ज़रा-सी भी हरकत की तो लड़के की बॉडी तब मिलेगी, जब उसमें कीड़े पड़ चुके होंगे।" धमकाते हुए श्रीप्रकाश ने कहा।

लाला के चेहरे पर हवाइयाँ उड़ रही थीं। वह बोले, "र्जी, सर।"

"कल शाम के समय बात करूँगा, पैसा रेडी रखना।" श्रीप्रकाश बोला।

"थोड़ा और समय दीजिए, इतना कैश एक साथ हम लोग घर पर नहीं रखते।" लाला बोले।

"ग्राहकों की तरह चूतिया समझ रखा है। उधार लेकर इकट्ठा करो, कल शाम को फ़ोन करूँगा।" यह कहकर श्रीप्रकाश ने फ़ोन रख दिया।

लाला ने तुरन्त अपनी गाड़ी लगवाई और वहाँ से घर चले गए। अपने आदमी को कार से रवाना करते हुए कहा, "कुणाल के घर जाकर बिटिया को यह बताना कि बड़ी वाली बुआ के घर जाकर किसी दूसरे के नम्बर से मुझसे बात करे, बहुत ज़रूरी बात है," और वह आदमी तुरन्त गाड़ी लेकर लखनऊ के लिए रवाना हो गया।

लखनऊ पहुँचकर उस आदमी ने लाला की सारी बात बेटी को बताई। बेटी अपनी गाड़ी लेकर वहाँ से बुआ के यहाँ के लिए निकली तो उसने देखा, पीछे-पीछे एक गाड़ी, जिसमें दो-तीन लोग बैठे हुए हैं, गाड़ी का पीछा कर रहे हैं।

उसने तुरन्त ड्राइवर से कहा, "राजीव रतन शाह अंकल के यहाँ ले चलो।"

गाड़ी लेकर वह प्रमुख सचिव, गृह राजीव रतन शाह के घर पर पहुँची। प्रमुख

सचिव तो घर पर नहीं थे, उनकी पत्नी थीं। कुणाल की माँ और राजीव रतन शाह की पत्नी एक ही स्कूल में, एक ही कक्षा में पढ़ी थीं। जैसे ही गेट पर सुरक्षा वालों ने गाड़ी देखी, उसको भीतर आने दिया। भीतर ख़बर पहुँचाई गई, मैडम तुरन्त बाहर आ गईं और बोलीं, "बेटा, क्या बात है, क्यों घबराई हुई हो?"

कुणाल की पत्नी रोने लगी और रोती हुई बोली, "आंटी, इतने दिन हो गए, अभी तक कुछ भी पता नहीं चला! पापा का फ़ोन आया था कि किसी दूसरी जगह से बात करो, कोई ज़रूरी बात है। मैं घर से बुआ के यहाँ के लिए निकली तो एक गाड़ी ने मेरा पीछा करना शुरू किया। मुझे लग रहा है कि पुलिसवाले ही हैं जो मेरा पीछा कर रहे हैं कि मैं कहाँ जा रही हूँ। अंकल से यह कह दीजिए कि इन लोगों को रोक दें, कोई बात आगे तो बढ़े।"

"ठीक है, बैठो, मैं उनको बताती हूँ।" आंटी ने कहा।

उन्होंने तुरन्त शाह साहब को फ़ोन किया और उनको पूरी बात बताई और कहा, "जुग़ल किशोर ने किसी ज़रूरी बात के लिए इसको बुलाया है लेकिन पुलिस वाले इसका पीछा कर रहे हैं। पुलिस वालों को कहिए कि अभी तक तो कुछ कर नहीं पाए, अब घरवालों को क्यों परेशान कर रहे हैं?"

दस मिनट बाद फिर उनका फ़ोन आया और कहा, "बिटिया को बताओ, अब वह बुआ जी के यहाँ जा सकती है। कोई पुलिस वाला पीछा नहीं करेगा।"

कुणाल की पत्नी वहाँ से गाड़ी लेकर कुणाल की बुआ जी के यहाँ पहुँच गई। बुआ और फूफा जी उसको देखकर घबरा गए। भीतर जाकर उसने पूरी बात बताई और कहा, "कैसे भी पापा से मेरी बात करा दीजिए!"

"ठीक है, मैं अपने ही फ़ोन से बात करा देता हूँ। पुलिस वालों ने अभी तक हमसे कोई पूछताछ नहीं की है। उन्हें बिलकुल पता नहीं लगेगा कि तुमने कहाँ क्या बात की है।" कुणाल के फूफा बोले।

कुणाल की पत्नी ने वहाँ से अपने पापा को फ़ोन मिलाकर बात की। पापा घबराए हुए थे। उन्होंने फ़ोन वाली पूरी बात बताई और यह भी बताया कि वह एक करोड़ रुपये का इन्तज़ाम करने के लिए कह रहा है।

"पापा, दे दीजिए, इनकी जान से ज़्यादा कुछ नहीं है।" लाला की बेटी बोली।

"उसने कल शाम तक इन्तज़ाम करने को कहा है। तुम तो जानती हो, इतना सारा कैश एक साथ घर में नहीं रखा जाता।" उधर से लाला बोले।

"पापा, मैं जानती हूँ कि एक करोड़ रुपये आप दस मिनट में बाज़ार से उठा लेंगे।"

"बेटा, जब तक कुणाल से बात न हो जाए और यह कन्फ़र्म न हो जाए कि कुणाल उसी के पास है, तब तक ऐसे कैसे पैसा फेंक दूँगा?" लाला बोले, "तुम कह रही हो तो पैसे का इन्तज़ाम मैं कर लेता हूँ लेकिन कुणाल से बात हो जाएगी,

तो मैं पैसा दे दूँगा। कल शाम को भी तुम यहीं आकर बुआ के यहाँ रहना। अगर उसका फ़ोन आया तो मैं बता दूँगा।"

शाम को श्रीप्रकाश ने फिर फ़ोन किया। रिसेप्शन वाले को फिर यही बताया कि 'अशोक सिंह इनकम टैक्स से बोल रहा हूँ।' रिसेप्शन वाले ने कॉल ट्रांसफ़र किया। लाला खाली बैठे थे, फिर भी उन्होंने फ़ोन नहीं उठाया और रिसेप्शन वाले से हाथ से इशारा करते हुए पूछा, 'कौन है?'

रिसेप्शन वाले ने ज़ोर से कहा, "अशोक सिंह, इनकम टैक्स।"

फ़ोन होल्ड पर था, श्रीप्रकाश ने यह सुन लिया और रिसेप्शन वाले से कहा, "लाला बैठे हैं, तो फ़ोन क्यों नहीं उठाया? उनसे कहो, फ़ोन उठा लें, नहीं तो यह अन्तिम फ़ोन होगा।"

रिसेप्शन वाला समझ गया कि माज़रा कुछ गड़बड़ है। उसने माउथ पीस पर हाथ लगाकर ज़ोर से कहा, "फिर से रिंग दे रहा हूँ, उठा लीजिए।... कुछ अजीब बातें कर रहे हैं, इनकम टैक्स वाले अधिकारी।" लाला की ओर देखते हुए बोला, और फिर उसने फ़ोन लाला को दे दिया। इस बार लाला ने उठा लिया।

"फ़ोन क्यों नहीं उठा रहे हो, जबकि मैंने कह दिया था कि हमारा आदमी वहीं पर है और हम तुम पर नज़र रखे हैं?" श्रीप्रकाश ने धमकाते हुए कहा, "अभी तो दामाद उठा है, तुम भी उठ जाओगे। आइन्दा ऐसी ग़लती मत करना। फ़ोन उठा लिया करो। अब बताओ, पैसे का इन्तज़ाम हुआ कि नहीं हुआ?"

"भाई साहब, पचास पेटी का इन्तज़ाम कर दिया है। कुणाल अगर पास में हो तो मेरी बात करा दीजिए। आप जहाँ कहिएगा, पचास पेटी पहुँचा दूँगा।"

"लगता है, तुम अपने दामाद की सौदेबाज़ी कर रहे हो। मैं कल ही बता चुका हूँ कि मुझे दुकान का ग्राहक मत समझना, पूरा एक खोखा लूँगा। कल दोपहर तक का टाइम दे रहा हूँ, उसके बाद फ़ोन करके जगह बता दूँगा, कुणाल की लाश ले जाना।"

लाला ने निहोरा करते हुए कहा, "भैया, सुबह तक पूरा इन्तज़ाम कर दूँगा पर मेरी एक बार कुणाल से बात तो करा दीजिए।"

"ठीक है, मैं बात भी करा दूँगा, लेकिन ध्यान रखना, बात करते समय उसकी खोपड़ी पर पिस्टल होगी। ज़रा-सी भी चालाकी दिखाई, कुणाल की जान गई।" यह कहकर श्रीप्रकाश ने फ़ोन काट दिया।

शाम को फिर कुणाल की पत्नी कुणाल की बुआ के घर पहुँची और कानपुर से उसके पिताजी ने पूरी बात बताई, "कल वह बात कराएगा। बात करा देगा तो उसको पैसा भिजवा दूँगा।"

"कुणाल को तो कुछ नहीं होगा?" बेटी चिन्तित स्वर में बोली, "यहाँ जो पुलिस वाले बार-बार आते हैं, वे आपस में बात करते हैं कि बहुत बड़ा बदमाश है, कुछ भी कर सकता है। मुझे डर लग रहा है।"

रात में श्रीप्रकाश ने सुधीर से कहा, "सुबह तैयारी कर लेना, इस साले को कहीं दूर ले चलेंगे और मोबाइल से इसकी बात करा देंगे। बात कराने के बाद फिर यहीं ले आएँगे। अगर पेमेंट हो गया तो रात में छोड़ देंगे। पेमेंट कहाँ लेना है, यह तय कर लेंगे। फ़ैज़ाबाद की सारी जगहें अन्ना जानता है, अन्ना को साथ ले चलेंगे। अन्ना कई दिन से कुणाल के साथ है। अन्ना को बता दो कि उसको समझा दे, कोई चालाकी न करे।"

"ठीक है भैया।" सुधीर बोला।

सुबह ग्यारह बजे के आसपास श्रीप्रकाश ने कहा, "अनुज भाई, फ़ैज़ाबाद रोड पर जाकर देख लो, कहीं चेकिंग तो नहीं लगी है?" अन्ना को बताया, "कुणाल को काला चश्मा पहना देना। काले चश्मे में भीतर की तरफ़ बिजली वाला काला टेप लगा लेना। ख़ुद पहनकर देख लेना, कोई झरोखा न रह जाए। बीच में बैठाना और पिस्टल लगाए रहना। अगर चिल्लाता है तो वहीं खोपड़ी में छेदकर सड़क पर फेंक देंगे। ऐसा करते हैं कि जब तक अनुज यहाँ से फ़ैज़ाबाद रोड के सारे बैरियर देखकर आता है तब तक सारे असलहे साफ़ कर लेते हैं। सारे असलहे कुणाल के सामने बैठकर ही साफ़ करेंगे। साले को यह अन्दाज़ा तो रहेगा कि ज़रा-सी ग़लती पर गोली मार दी जाएगी।"

कुणाल जहाँ बैठा हुआ था, वहीं सामने सुधीर और श्रीप्रकाश ने पिस्टल और एके-47 के पार्ट्स अलग करके अच्छे से सफाई करनी शुरू कर दी। सिंगर सिलाई मशीन में डालने वाला तेल भी साथ में था, जिसको बीच-बीच में चाल वाले पुर्ज़ों में डालकर चिन्दी से अच्छे से पोंछ देता था। बीच में श्रीप्रकाश कुणाल से पूछता रहा, "जानते हो, इसको क्या कहते हैं?"

"नहीं जानता हूँ।" कुणाल ने कहा।

फिर एक-एक करके बताया, "यह एके-47 है, यह नाइन एमएम पिस्टल है। यह प्वॉइंट फ़ोर फ़ाइव पिस्टल है।" धीरे-धीरे, एक-एक, दो-दो क़िस्से भी बताता रहा कि शाही को कैसे मारा था, विवेक श्रीवास्तव को कैसे मारा था।

उसकी बातें सुनकर कुणाल डर गया।

थोड़ी देर में सारे असलहे साफ़ करके कपड़े में लपेटकर बैग के भीतर रख दिये और कुणाल से कहा, "पैंट-शर्ट पहन लो, आज तुम्हारी बात कराएँगे।"

"किससे बात कराएँगे?" कुणाल ने पूछा।

"जिसको पैसा देना है, उसी से बात कराएँगे।"

"मेरी माँ से बात करा दीजिए।"

"जब पैसा मिल जाएगा तो छोड़ दूँगा, अपनी माँ से बात कर लेना।" श्रीप्रकाश बोला।

कुणाल चुप हो गया।

सभी लोग तैयार हो गए और अनुज के आने का इन्तज़ार करने लगे।

थोड़ी देर में अनुज गाड़ी लेकर आ गया। गाड़ी पोर्टिको में खड़ी कर दी और श्रीप्रकाश के पास जाकर बोला, "भैया, सब सन्नाटा है। कहीं कोई चेकिंग नहीं लगी है।"

"ये पुलिस वाले हैं, घटना होने के बाद ज़ोर-ज़ोर से हल्ला करते हैं कि नाकाबन्दी कर दी गई है, चेकिंग हो रही है, लेकिन आज तक तो कहीं चेंकिग मिली नहीं। सारी चेकिंग काग़ज़ में और अख़बारों में ही रहती है।" श्रीप्रकाश ने कहा।

पोर्टिको में ही श्रीप्रकाश ने पीछे की सीट पर सुधीर और अनुज के बीच में कुणाल को बैठा लिया, तो अन्ना को आगे अपनी बग़ल में और ख़ुद गाड़ी चलाने लगा। फ़ैज़ाबाद की तरफ़ जाते समय रौनाही थाने से थोड़ा आगे काफ़ी सुनसान जगह पर, जहाँ सड़क के दोनों किनारे कोई आबादी भी नहीं है, शीशम के बड़े पेड़ के नीचे श्रीप्रकाश ने गाड़ी रोक दी।

अन्ना को गाड़ी से नीचे उतार दिया और कहा, "दोनों तरफ़ देखते रहना।"

श्रीप्रकाश ने अपने मोबाइल से कानुपर लाला जुग़ल किशोर के यहाँ फ़ोन मिलाया। इस बार रिसेप्शन वाले ने बिना ज़्यादा पूछताछ के मालिक को फ़ोन ट्रांसफ़र किया और मालिक ने भी तुरन्त फ़ोन उठा लिया।

"क्या हुआ? सारा माल तैयार है?" श्रीप्रकाश पूछा।

"हाँ, भैया, किसी तरह इकट्ठा किया है, दस अभी भी कम हैं।" लाला ने कहा।

"सालो! यह तो तुम्हारे ख़ून में है। तुम हर चीज़ में सौदेबाज़ी करते हो—चाहे तुम्हारा आदमी मारा क्यों न जाए।" श्रीप्रकाश बोला, "मैं पूरा एक खोखा लूँगा—एक नया पैसा भी कम नहीं। पैसा लेकर गिनूँगा, तभी लौंडे को छोड़ूँगा।"

लाला ने कहा, "भैया, एक हाथ से पैसा लेते, दूसरे हाथ से बेटे को वापस कर देते तो अच्छा था, हमें भी सुकून रहेगा।"

श्रीप्रकाश ने कहा, "बड़े अक्लमन्द बनते हो! तुमको क्या लगता है, जब अक़्ल बँट रही थी तो तुम अकेले सारी अक़्ल लेकर भाग गए थे और हम लोग कटोरा लेकर खड़े रह गए? दिमाग़ ख़राब है तुम्हारा?"

लाला बोले, "ठीक है भैया, आप जैसा समझें, पर एक बार बात तो करा दें।"

श्रीप्रकाश ने कहा, "बात भी करा देता हूँ।" और फ़ोन कुणाल को पकड़ा दिया।

कुणाल ने 'हलो' करने के बाद कहा, "पापा, इनको पैसे दे दो, नहीं तो ये लोग मुझे मार डालेंगे।"

"तुम्हारी तबियत कैसी है?" उधर से लाला ने पूछा।

"बिलकुल ठीक है, मम्मी की तबियत कैसी है?"

"वह भी ठीक हैं।"

"रुचिना कैसी है?"

"वह भी ठीक है।"

रुचिना का नाम सुनते ही श्रीप्रकाश ने फ़ोन कुणाल से खींच लिया और लाला से बोला, "तसल्ली हो गई?"

"जी, भैया।" लाला बोला।

श्रीप्रकाश ने लाला से पूछा, "यह रुचिना कौन है?"

"यह मेरी बेटी है। भैया, बताइए, कहाँ पर पैसा देना है?" लाला बोले।

"तुम पैसा लेकर फ़ैज़ाबाद आ जाओ, पूरा पैसा काले बैग के अन्दर होना चाहिए। फ़ैज़ाबाद पहुँचोगे तो मैं बताऊँगा कि तुम्हें कहाँ आना है। पैसा लेने के बाद एक घंटे में मैं पता बता दूँगा। जाकर कुणाल को ले लेना और सीधे अपने घर चले जाना।"

"ठीक है, मैं फ़ैज़ाबाद पहुँच जाऊँगा।" लाला ने कहा।

"मैं फ़ोन करके पूछ लूँगा।"

फ़ोन काटकर श्रीप्रकाश गाड़ी से सीधे फ़ैज़ाबाद पहुँचा और अन्ना से बोला, "चार-छह घंटे रुकने की कोई जगह बताओ?"

"ले चलता हूँ। बड़ा मकान है, उसका अहाता है, गाड़ी आराम से भीतर खड़ी हो जाएगी। वहीं हम लोग रहेंगे। वहीं खाना भी खा लेंगे।" अन्ना बोला।

श्रीप्रकाश सीधे वहाँ से अन्ना के बताए हुए घर पर कुणाल को लेकर पहुँच गया। थोड़ी देर में अन्ना सबका खाना लेकर आ गया। सब लोगों ने खाना खाया और आपस में गपशप करने लगे। श्रीप्रकाश ने अन्दाज़ा लगाकर बताया, "लगभग पाँच घंटे कानपुर से फ़ैज़ाबाद पहुँचने में लगेंगे। शाम हो जाएगी और रात में कहीं सड़क के किनारे ही पेमेंट ले लेंगे। पेमेंट चेक कर लेंगे। माल पूरा होगा तो लौंडे को भी वहीं कहीं सड़क पर छोड़ देंगे। लाला को बता देंगे और लाला लौंडे को लेकर चला जाएगा।"

"भैया, पुलिस ने अगर नम्बर टेपिंग पर लगाया होगा तो सब सुन रही होगी?" अनुज ने पूछा।

"पढ़े लिखे हो, एअरलाइंस में नौकरी कर चुके हो, लेकिन अभी भी दिमाग़ से पैदल हो! पुलिस टैपिंग करती है कटिया लगाकर! टेलीफ़ोन लाइन में कटिया लगा देती है या खम्भे पर जो बॉक्स लगा होता है, उसमें तार खोंसकर कहीं किनारे बैठकर टैपिंग करती है। जब मोबाइल में कोई तार ही नहीं है तो पुलिस कहाँ से टैपिंग करेगी? तुमने, लगता है, सुना नहीं। मैंने लाला से कहा था अपना मोबाइल लेकर आना। लाला ने मोबाइल नम्बर भी बता दिया था। यहाँ आने के बाद पैसा

कहाँ पर लेना है, बिना मोबाइल के कैसे सम्भव है? मोबाइल तो इतनी बढ़िया चीज़ आ गई है कि ये साले कभी नहीं सुन पाएँगे।" श्रीप्रकाश बोला।

"जी भैया, बात तो आप ठीक कह रहे हैं।" अनुज बोला।

श्रीप्रकाश ने थोड़ी देर में चेक करने के लिए लाला को मोबाइल मिलाया, लाला ने तुरन्त फ़ोन उठा लिया। पूछा, "कहाँ तक पहुँचे?"

लाला ने कहा, "बाराबंकी से काफ़ी आगे आ गया हूँ। बस, रामसनेही घाट पहुँचने वाला हूँ।"

"तुम्हारे साथ कितने लोग हैं?"

"मैं अकेला हूँ और ड्राइवर है।"

"पेमेंट डिग्गी में रखकर लाए हो कि पीछे वाली सीट पर?"

"पीछे वाली सीट पर, अपने पास रखा है।"

"जब मैं बताऊँगा, ड्राइवर को उतार देना। तुम ख़ुद गाड़ी चलाकर आना।"

"भैया, मैं गाड़ी चलाना अच्छे से नहीं जानता। घबराहट भी हो रही है, मैं गाड़ी चला नहीं पाऊँगा।" लाला बोले।

"ठीक है, तुम इसी नम्बर पर फ़ैज़ाबाद पहुँचते ही बता देना, मैं बताऊँगा।" श्रीप्रकाश ने कहा।

धीरे-धीरे शाम के सात बज गए। अँधेरा होने लगा। श्रीप्रकाश के पास फ़ोन आया, "भैया, मैं शहर में पहुँच गया हूँ। आप बताइए कि कहाँ आना है?"

"तुम शहर क्रॉस करके अयोध्या की तरफ़ आओ।" श्रीप्रकाश ने कहा।

"ठीक है।" लाला ने कहा, और धीरे-धीरे रास्ता पूछकर अयोध्या की तरफ़ बढ़ने लगे।

श्रीप्रकाश ने कहा, "सब लोग तैयार हो जाओ। अन्ना कुणाल के पास रहेगा। हम लोग माल लेने चलते हैं।"

श्रीप्रकाश अपनी गाड़ी से बाहर निकल गया और धीरे-धीरे अयोध्या की तरफ़ बढ़ने लगा। श्रीप्रकाश ने फ़ोन करके पूछा, "तुम अपनी गाड़ी का नम्बर बताओ और गाड़ी धीरे-धीरे चलाओ।"

लाला ने अपनी गाड़ी का नम्बर बताया और गाड़ी को धीरे-धीरे आगे बढ़ाने के लिए ड्राइवर से कहा।

अयोध्या से ढाई-तीन किलोमीटर पहले श्रीप्रकाश ने फ़ोन किया, "मैंने तुम्हारी गाड़ी देख ली है। पचास क़दम आगे बायें हाथ की तरफ़ जो कच्चा रास्ता गया है, उसी पर गाड़ी किनारे करके थोड़ा आगे रोक लेना। मैं बताऊँगा। पिछला दरवाज़ा लॉक तो नहीं किया है? पिछला दरवाज़ा खोले रखना।"

"ठीक है।" लाला ने कहा।

श्रीप्रकाश गाड़ी लेकर तेज़ी से लाला की गाड़ी को क्रॉस करके आगे की

तरफ़ गया। लगभग एक किलोमीटर जाने के बाद फिर वापस आया। गाड़ी की हेड लाइट से लाला की गाड़ी में देख लिया कि कोई और आदमी तो नहीं है? ड्राइवर, ड्राइविंग सीट पर बैठा था और लाला पीछे की सीट पर बैठा हुआ था। श्रीप्रकाश ने गाड़ी उसकी बग़ल से तेज़ी से निकाली और मेन रोड पर दाहिनी तरफ़ जाकर अच्छे से देख लिया कि कोई वहाँ है तो नहीं? फिर वापस गाड़ी की तरफ़ मुड़ते ही उसने फ़ोन किया, "गाड़ी तुम्हारी गाड़ी के दाहिनी तरफ़ खड़ी होगी, इतनी जगह रहेगी कि तुम्हारा दरवाज़ा खुला जाए। ध्यान रहे कि कोई चालाकी मत करना, तुम्हारे दामाद के सिर पर पिस्टल लगाकर एक आदमी बैठा हुआ है।"

"अब क्या चालाकी करूँगा!" लाला की आवाज़ में बेबसी झलक रही थी।

श्रीप्रकाश बोला, "गाड़ी बग़ल में खड़ी होगी, तुम्हारा दरवाज़ा खोलकर बैग अपनी गाड़ी में रखेंगे और आगे तक चले जाएँगे। चुपचाप अपनी गाड़ी पीछे करके सीधे फ़ैज़ाबाद शहर में पहुँचकर मेट्रो होटल में रुको और मेरे फ़ोन का इन्तज़ार करो।"

"ठीक है।" लाला ने कहा।

थोड़ी देर बाद श्रीप्रकाश ने अपनी गाड़ी ठीक लाला की गाड़ी के बग़ल में लगा दी, दरवाज़ा खुलने भर की जगह थी। सुधीर ने अपनी गाड़ी का दरवाज़ा खोलकर लपककर लाला की गाड़ी का दरवाज़ा खोल दिया। अनुज अपनी तरफ़ उतरकर सड़क पर खड़ा होकर इधर-उधर देखने लगा। सुधीर ने बैग को खींचकर ज़मीन पर तो कर दिया पर दो-तीन बार की कोशिश के बाद भी उसे उठा नहीं पाया। उसने अनुज को आवाज़ दी, फिर अनुज और सुधीर ने बैग को उठाकर अपनी गाड़ी में पीछे रख लिया। श्रीप्रकाश तेज़ी से आगे की तरफ़ बढ़ा तो सुधीर बोला, "भैया, यह बैग बहुत ज़्यादा भारी है। साले ने दस-दस के नोट रख दिये हैं क्या?"

"सौ के होंगे, तब भी काफ़ी भारी हो जाएगा। पीछे मुड़कर देखो, साले ने गाड़ी बैक की या नहीं?" श्रीप्रकाश ने कहा।

अनुज ने पीछे मुड़कर देखा तो लाला मेन रोड पर पहुँच चुके थे।

थोड़ी देर में लाला ने सीधे शहर पहुँचकर, मेट्रो होटल तलाशा और वहीं पर एक कमरा बुक कराकर श्रीप्रकाश के फ़ोन का इन्तज़ार करने लगे। लगभग एक घंटा बीतने के बाद भी जब कोई फ़ोन नहीं आया तो लाला जिस फ़ोन से श्रीप्रकाश को फ़ोन करते थे, उस पर फ़ोन लगाया तो वह फ़ोन बन्द आने लगा। लाला की साँसें तेज़ हो गईं। उन्होंने होटल के कमरे में रखा पानी पिया और सिर पकड़कर सोच में डूब गए। करीब आधे घंटे बाद श्रीप्रकाश का फ़ोन आया।

"तुमने ईमानदारी से पूरे पैसे दे दिये हैं। जाकर फ़ैज़ाबाद बसअड्डे पर कुणाल को ले लो। वैसे कुणाल को भी पैसे दे दिये हैं। तुम नहीं मिलोगे तब भी वह बस से लखनऊ पहुँच जाएगा।" श्रीप्रकाश ने कहा।

लाला तेज़ी से बाहर आए, होटल वाले को पैसे दिये और बसअड्डे की तरफ़ भागे। बसअड्डे पर इधर-उधर देखते रहे। थोड़ी देर में कुणाल बसअड्डे पर टिकट खिड़की के पास दिखाई पड़ गया। लाला को देखते ही कुणाल लिपट गया, फिर डर की वजह से उनसे अलग हो गया और चारों तरफ़ देखने लगा। बोला, "पापा, गाड़ी लाए हैं? नहीं तो बस पर बैठ जाइए, मुझे डर लग रहा है।"

लाला बोले, "नहीं, मैं गाड़ी लाया हूँ। चलो, गाड़ी से चलेंगे।"

लाला कुणाल को लेकर सीधे अपनी गाड़ी पर पहुँच गए और गाड़ी वहाँ से तेज़ी से निकल गई।

श्रीप्रकाश ने कुछ पैसे निकालकर अन्ना को दे दिये और बोला, "कुछ दिन बाद और पैसे भिजवा दूँगा।"

श्रीप्रकाश वहाँ से पटना की तरफ़ चलने लगा तो सुधीर ने पूछा, "भैया, यहाँ कैसे?"

श्रीप्रकाश ने कहा, "अभी यह दो घंटे में लखनऊ पहुँच जाएगा, लखनऊ पहुँचते ही इसको पुलिस घेर लेगी। तरह-तरह के सवाल पूछेगी, जगह पूछेगी कि कहाँ रखे गए थे, कहाँ छोड़े गए। जहाँ रखे गए थे, वहाँ आसपास कैसी-कैसी आवाज़ें कब-कब सुनाई देती थीं? साले दिमाग़ लगाएँगे, लाला भी आगे बढ़-चढ़कर बताएगा कि 'दामाद तो मिल ही गया है, किसी तरह ये सब पकड़े जाएँ तो मेरा पैसा भी मिल जाएगा।' लाला का दिमाग़ पैसे पर अटका होगा। लाला जब तक लखनऊ पहुँचेंगे, तब तक हम लोग ज़िले के बाहर होंगे। एक बार बनारस पहुँच गए तो आराम से पटना भी पहुँच जाएँगे।"

सुधीर ने कहा, "भैया, इतना माल लेकर पटना तक जाना ख़तरे से खाली नहीं है। पटना में अगर कोई घटना होती है तो बॉर्डर पर अच्छी तरह चेकिंग करते हैं। यूपी पुलिस की तरह नहीं हैं कि चाहे जितना कहा जाए, चाहे कितना बवाल हो, बॉर्डर पर बैरियर गिराकर एक सिपाही खड़ा हो जाता है। कसकर घुड़क दो या गाड़ी पर लाल-नीली बत्ती देख ले तो अपने-आप बैरियर खोल देता है।"

"पटना से पहले ही दादा को फ़ोन कर लेंगे।" श्रीप्रकाश ने कहा, "दादा ने बैरियर पर आदमी सेट कर रखे हैं, ताकि यह पता चल सके कि चेकिंग हो रही है या नहीं। हर हाल में दादा के पास पहुँचना है। पैसा वहीं सुरक्षित रहेगा। इस मामले में दादा का कोई जवाब नहीं है। पैसे की बेईमानी उन्होंने आज तक नहीं की है।"

बैरियर से पहले श्रीप्रकाश ने सूरजभान से पूछ लिया। उन्होंने पूछकर बताया कि कोई बात नहीं, चले आओ।

"दादा, जो वह टेंडर हम छोड़कर आपका काम करने आए थे, उसका पेमेंट मिल गया है, वही लेकर आ रहा हूँ। मुझे आपको देना है। कहाँ पर आ जाऊँ? आप सुरक्षित रखेंगे, बाद में ज़रूरत के हिसाब से लेता जाऊँगा।" श्रीप्रकाश ने कहा।

"ठीक है, सीधे घर आ जाना। हमारा आदमी तुम्हें बाहर वाले ढाबे के पास मिल जाएगा और तुम्हें लेकर आ जाएगा।" सूरजभान ने कहा, "बातचीत करते हुए काफ़ी रात हो जाएगी, पेमेंट यहाँ रखकर, यहीं एक मकान में आराम से सो जाना। फिर सवेरे निकलना, क्योंकि रात में निकलना ठीक नहीं है।"

"ठीक है दादा।" श्रीप्रकाश ने कहा और कुछ देर बाद सीधे मोकामा पहुँच गया।

काफ़ी रात हो गई थी। ढाबे पर दादा का आदमी मिल गया जो उन्हें सूरजभान के पास ले गया। सूरजभान को वह काला बैग देकर श्रीप्रकाश ने कहा, "दादा, इसमें एक लाख रुपया कम होगा, बाक़ी पूरा खोखा है, सँभालकर रखिएगा। बाद में ज़रूरत पर थोड़ा-थोड़ा ले जाऊँगा।"

सूरजभान ने कहा, "बेफ़िक्र रहो। जब कहोगे, भिजवा दूँगा या आकर ले जाना। अब जाओ, आराम कर लो। तीन-चार आदमियों का खाना वहाँ रखवा दिया है। गर्म करनेवाला एक लड़का भी है, खाना गर्म करके दे देगा। खाना खाकर सो जाना और सुबह होते ही आराम से निकल जाना।"

"जी, दादा।" श्रीप्रकाश ने कहा।

# लाजवाब पसन्द

सवेरे उठकर अनुज ने कहा, "अब तो वापस ही चलना है न!"

"अभी नहीं। सुधीर नहाने गया है, अभी लौटकर आता है तो बताता हूँ, कब चलेंगे।" श्रीप्रकाश ने कहा।

थोड़ी देर में सुधीर भी नहाकर आ गया।

"क्या हुआ, उस डॉक्टर का पता किया तुमने?" श्रीप्रकाश ने सुधीर से पूछा।

"भैया, मैं मोकाम वाले डॉक्टर से पूछना नहीं चाह रहा हूँ, बाक़ी कहीं से पता नहीं लगा है।" सुधीर बोला।

श्रीप्रकाश ने कहा, "सुधीर, तुम तो मिले नहीं हो मोकामा वाले डॉक्टर से, तुम्हें वह नहीं पहचानेगा। उसके पास चले जाओ। अगर वह वहाँ बैठी हो तो कोई मर्ज़ बताकर दवा ले लेना।"

सुधीर ने कहा, "भैया, पटना पहुँचने तक शाम हो जाएगी। क्यों नहीं चलकर दादा के कंकड़बाग वाले फ़्लैट में ही रुकते हैं, फिर पीजीआई चलकर उसका पता कर लेंगे।"

"यह आइडिया ठीक है। अभी चलकर दादा से बात करते हैं।" श्रीप्रकाश ने कहा।

खाना खाकर सभी तैयार हो गए और सूरजभान के पास पहुँचे। सूरजभान से श्रीप्रकाश ने कहा, "दादा, कंकड़बाग वाला फ़्लैट ठीक है, तो वहाँ कोई दिक़्क़त तो नहीं है?"

सूरजभान ने पूछा, "क्या बात है?"

श्रीप्रकाश ने कहा, "दादा, हम आज और कल रुकना चाहते हैं। कुछ ख़रीदारी करनी है। अनुज और सुधीर भी कुछ ख़रीदारी करना चाहते हैं। लखनऊ में सालों ने बहुत फ़ोटो बाँट दिये हैं, यहाँ कोई नहीं पहचानेगा।"

"तुम्हें अपने बारे में अन्दाज़ा नहीं है। वृज बिहारी वाला काम इतना बड़ा किया है कि पूरी सरकार हिली हुई है।" सूरजभान बोला, "उधर पीजीआई की तरफ़ मत जाना, सभी अख़बारों में निकल चुका है कि तुम किस कमरे में रहकर अपना इलाज करा रहे थे।"

"दादा, उसकी फ़िक्र मत करिए। मुझको जिसने भी देखा है, मरीज़ के रूप में ही देखा है। अब मुझे कोई नहीं पहचान पाएगा।" श्रीप्रकाश बोला।

"फिर ठीक है, जैसा समझो।" सूरजभान बोला, "मैं कंकड़बाग में बता देता हूँ, खाना बनाने के लिए एक आदमी वहाँ मिल जाएगा।"

मोकामा से सीधे वे लोग कंकड़बाग वाले फ़्लैट पर पहुँचे। गाड़ी भीतर करके कवर लगा दिया और कमरे में व्यवस्थित हो गए।

"आज अच्छी दारू पीने का मन है। दारू पिए बहुत दिन हो गए।" श्रीप्रकाश ने कहा, "सारे बड़े-बड़े काम हो गए। पैसे की भी अब कोई दिक़्क़त नहीं होगी। लखनऊ में जिसको फ़ोन जाएगा, वह पैसा दे देगा। लालजी टंडन थोड़ी तेज़ी दिखा रहा है, उसका भी इन्तज़ाम कर दूँगा।"

"भैया, वहाँ अख़बारों में आ रहा है कि कोई एसटीएफ़ बनाई गई है, जो सिर्फ़ हम लोगों के लिए बनाई है। एसटीएफ़ में बहुत छाँट-छाँटकर अधिकारी रखे गए हैं।" अनुज ने कहा।

"पूरे प्रदेश की पुलिस लगी थी, कुछ नहीं उखाड़ पाई, तो अब ये चार आदमी क्या उखाड़ लेंगे? तुम चिन्ता न करो, हम लोग लखनऊ में ही घूमेंगे, वहीं पर अड्डा जमाते हैं। देखता हूँ, ये साले क्या करते हैं! इनके भी नम्बर ढूँढ़ो, इनको भी शीशे में उतार दूँगा।" बड़े आत्मविश्वास से श्रीप्रकाश बोला।

अनुज बोला, "ठीक है भैया।"

जैसे श्रीप्रकाश को कुछ याद आ गया हो, वह सुधीर से बोला, "सुधीर, तुम भी जींस और बढ़िया टी-शर्ट पहन लो, धूप वाला चश्मा लगा लो और कोशिश करो कि ज़्यादा लोगों की नज़र न पड़े। मोकामा वाले डॉक्टर का ओपीडी चैम्बर—ग्राउंड फ़्लोर पर ही है। एक बार उसको देख लो, फिर बाहर मरीज़ों के साथ बैठे रहो। जब वह निकलकर बाहर आती है तो मुझे फ़ोन पर बताना। वहीं घेरकर बात करूँगा। एक बार नाम-पता मिल जाए, फिर देखता हूँ। अब बिना उस डॉक्टर से मिले नहीं जाऊँगा।"

सुधीर ने कहा, "भैया, काम रिस्की है, काहे चक्कर में पड़ते हो? लखनऊ में वैसी बहुत मिल जाएँगी।"

"तुम नहीं समझ सकते।" श्रीप्रकाश ने कहा।

सुधीर थोड़ी देर में बाज़ार जाकर शराब की बोतलें ले आया। सूरजभान के फ़्लैट पर खाना बनाने वाले आदमी ने बाक़ी चीज़ों का इन्तज़ाम किया और सब बैठकर पीने लगे। श्रीप्रकाश ने कहा, "तुम लोग जितना पीना चाहो, पीओ, मैं सिर्फ़ बीयर पीऊँगा। एक आदमी का होश में रहना ज़रूरी है। दादा ने भी बहुत दुश्मनी पाल रखी है।"

सुधीर और अनुज ने छककर शराब पी। शराब पीने के बाद खाना खाकर वे सो गए। श्रीप्रकाश बीच-बीच में किसी से फ़ोन मिलाकर बात भी करता रहा। सुबह श्रीप्रकाश ने सुधीर को जल्दी उठाया और कहा, "जल्दी से तैयार होकर जाओ।"

सुधीर जल्दी से तैयार हो गया, सीधे पीजीआई पहुँचा और मोकामा वाले डॉक्टर का पता पूछते-पूछते उनके चैम्बर में पहुँचा। मरीज़ों की भारी भीड़ थी। बाहर गेट पर ही उसको किसी ने रोक लिया और बोला, "नम्बर वाली पर्ची कहाँ है? पहले पर्ची बनवा लीजिए, फिर नम्बर से आइए।"

"पर्ची बनवाकर ही आऊँगा, सिर्फ़ देख रहा था कि डॉक्टर लोग हैं कि नहीं हैं।" सुधीर बोला।

बाहर से ही उसने देख लिया, डॉक्टर साहब मेन कुर्सी पर बैठे मरीज़ देख रहे थे। टेबल की साइड वाली कुर्सी पर वही महिला डॉक्टर बैठी हुई थी। देखते ही सुधीर समझ गया, श्रीप्रकाश इसी के लिए कह रहा है। सुधीर बाहर बेंच पर बैठकर प्रतीक्षा करता रहा कि महिला डॉक्टर कब निकलती है। थोड़ी देर में महिला डॉक्टर बाहर आई और सीधे वहाँ से डिपार्टमेंट के ऑफ़िस गई। कुछ देर बाद जब वह बिल्डिंग से बाहर निकलने लगी, तो सुधीर ने फ़ोन करके श्रीप्रकाश को बताया, "वह मेन गेट की तरफ़ जा रही है।"

श्रीप्रकाश गाड़ी से उतरकर, लपककर सीधे गेट के भीतर आया। थोड़ी दूर चलने के बाद उसने देख लिया कि वह पार्किंग की तरफ़ जा रही थी। तेज़ी से आगे बढ़कर उसने 'डॉक्टर साहब, डॉक्टर साहब' कहकर आवाज़ दी। डॉक्टर रुक गई।

"बताइए?" उसने कहा।

"डॉक्टर साहब, आपने मेरा इलाज किया था। दवा वाली पर्ची कहीं खो गई है, दवा फिर से लिखवानी है।"

"कल ओपीडी में आना, अब मैं वापस जा रही हूँ।" यह कहकर वह चल दी।

"अपना मोबाइल नम्बर दे दीजिए, मैं पूछ लूँगा। जब आप ओपीडी में होंगी, मैं चला आऊँगा।"

"तुम्हारा दिमाग़ ख़राब है? एक बार कह दिया, कल ओपीडी में आना। तुम्हारी इतनी हिम्मत कि तुम मेरा मोबाइल नम्बर माँग रहे हो?"

"इसमें गुस्सा होने की क्या बात है? कितने दिनों से परेशान हूँ, आपको देखने के लिए!"

डॉक्टर खड़ी हो गई, बोली, "ज़्यादा दिमाग़ ख़राब है, तो अभी भैया को बुलाऊँगी। वह इतने टुकड़े कर देंगे तुम्हारे कि कोई पहचान भी नहीं पाएगा।"

"बुला लो।" श्रीप्रकाश ने कहा।

"जानते भी हो, कौन है मेरा भाई?"

"मुझे कोई ज़रूरत नहीं किसी को जानने की।"

"मैं पप्पू यादव की बहन हूँ। पप्पू यादव को तो जानते होगे? चुपचाप निकल जाओ, अगर वह आ गए तो तुम्हारी ख़ैर नहीं।"

"वही दो क्विंटल वाला पप्पू यादव? चलो, ठीक है, उससे भी निबट लूँगा। उसको जाकर बता देना कि श्रीप्रकाश शुक्ला मिले थे।" श्रीप्रकाश ने कहा।

श्रीप्रकाश ने देखा कि यह वार्तालाप ऊँची आवाज़ में होने के कारण आसपास दो-तीन लोग और खड़े हो गए थे। श्रीप्रकाश पीछे मुड़ा, सीधे अपनी गाड़ी पर गया और गाड़ी लेकर वहाँ से निकल गया।

गाड़ी में बैठते ही सुधीर ने पूछा, "भैया, कुछ काम बना?"

"पूरा काम बन गया। पप्पू यादव की बहन है। उसके घर का नम्बर मिल जाएगा। अब मैं देखता हूँ, कैसे बात नहीं करती है। अभी दादा से पप्पू यादव का घर भी पूछ लेता हूँ। कल वहीं घर से निकलते ही खींचकर गाड़ी में बैठा लूँगा।" श्रीप्रकाश ने कहा।

"भैया, जाने दीजिए, पप्पू यादव भी हरामी है।" सुधीर ने कहा।

"ऐसे सभी लोगों को रास्ते से हटा दूँगा या उनको मजबूर करूँगा कि दादा के पैर पकड़ लें। बिहार में दादा वर्चस्व की लड़ाई लड़ रहे हैं। एक बार बिहार दादा के कब्ज़े में आ जाए तो फिर दादा बिहार में और मैं यूपी में। सोचो, कितना मज़ा आएगा! पचास-पचास गाड़ियों का काफ़िला, हर चौराहे पर पुलिस का सैल्यूट और कलेक्टर, कमिश्नर बन्द कमरे में पैर छुएँगे।" यह कहकर श्रीप्रकाश हँसने लगा। उसके साथ सुधीर और अनुज भी हँसने लगे और थोड़ी देर में फ़्लैट पर पहुँच गए।

"अब बताओ, लखनऊ में ऐसी लड़की देखी है?" श्रीप्रकाश ने सुधीर से पूछा।

"भैया, आपकी पसन्द का कोई जवाब नहीं!" सुधीर ने कहा।

श्रीप्रकाश मुस्कुराने लगा।

अनुज ने फिर टोका, "भैया, आप बता रहे हैं, काम हो गया, फिर कल लखनऊ निकल चलें?"

"अनुज, मेरी समझ में नहीं आता कि तुम दरोगा के लड़के होकर भी इतना क्यों डरते हो?" श्रीप्रकाश ने कहा।

अनुज सिर नीचे करके मुस्कुराने लगा।

इधर एसटीएफ़ का ऑफ़िस धीरे-धीरे व्यवस्थित हो गया। डीजीपी ने एक डेस्कटॉप कम्प्यूटर लगवा दिया। हरिद्वार का कुम्भ मेला ख़त्म हो चुका था। यूपी पुलिस ने हरिद्वार कुम्भ मेले के लिए एक एम्बेसडर, महिन्द्रा की तीन जीपें और एक जिप्सी खरीदी थी। कुम्भ की समाप्ति के बाद ये सारी गाड़ियाँ एसटीएफ़ को सुपुर्द करने के आदेश डीजीपी कार्यालय से दे दिये गए। सभी गाड़ियाँ आ गईं।

इस बीच में एसएसपी, एसटीएफ़ अरुण कुमार, सत्येन्द्र वीर सिंह और राजेश पाण्डेय ने अपने-अपने सम्पर्क के इंस्पेक्टर, सब-इंस्पेक्टर को एसटीएफ़ में पोस्ट करा लिया। अब एसटीएफ़ में लगभग बीस लोग हो गए थे। हर दिन सुबह और शाम अरुण कुमार साहब के कमरे में लोग अपनी-अपनी सूचनाएँ इकट्ठा करके उनसे सम्बन्धित पुलिस अधिकारी को ज़िले में फ़ोन करके सत्यापित किया करते थे।

मोबाइल फ़ोन के प्रयोग को कम-से-कम करने के लिए एक लैंडलाइन फ़ोन भी किसी दूसरे कार्यालय से एडीजी, कानून-व्यवस्था ने एसटीएफ़ के कार्यालय में लगवा दिया। सभी लोग उसी लैंडलाइन फ़ोन का इस्तेमाल करते थे।

यह तय किया गया कि सुल्तानपुर वाला धीरेन्द्र प्रताप सिंह, जो पहले श्रीप्रकाश के साथ रहता था और बहुत अच्छा ड्राइवर था, उसको बुलाकर सभी लोग अलग-अलग बात करें। उसे भरोसे में लेकर सभी ठिकानों का पता करें और वहाँ से उसके आने-जाने का पता किया जाए।

राजेश पाण्डेय को यह ज़िम्मेदारी दी गई कि उसे बुलाकर बात करें और अविनाश मिश्रा उसे अपने भरासे में रखें।

इन्द्रजीत सिंह तेवतिया और सत्येन्द्र वीर सिंह को यह ज़िम्मेदारी दी गई कि पश्चिमी उत्तर प्रदेश में इस गैंग के आने-जाने और इनके ठिकाने का कुछ पता लगे तो धीरेन्द्र से वह जानकारी लेकर, पश्चिमी उत्तर प्रदेश में उसकी गतिविधियों को चेक करें।

धीरेन्द्र प्रताप सिंह को भरोसे में लेकर एसटीएफ़ कार्यालय बुलाया गया। पहले तो वह कुछ हिचकिचाता, घबराता रहा लेकिन बाद में अविनाश मिश्रा के भरोसे में आ गया। धीरे-धीरे उसने श्रीप्रकाश के पुराने ठिकानों और उसके जानने वालों का नाम बताना शुरू किया।

एक दिन राजेश पाण्डेय उससे बातचीत कर रहे थे। उसने बातचीत में बताया, "श्रीप्रकाश के पास चार मोबाइल नम्बर हैं और नेपाल में उसने नये-नये बहुत अच्छे माबाइल फ़ोन ख़रीदे हैं। मोबाइल नम्बर बहुत लम्बे हैं, इसलिए मुझे याद नहीं हैं। ये नम्बर मेरे घर पर एक पुराने अख़बार में पीछे लिखे हुए हैं। जनपथ वाले कांड के बाद गोमती मोटर्स से अपनी गाड़ी निकालते समय उसने मुझे ये नम्बर दिये थे कि 'जिप्सी बनवाकर इन सभी नम्बरों पर फ़ोन कर लेना। कोई एक नम्बर चालू मिलेगा तो बात कर लेना। जहाँ बताऊँगा, वहाँ जिप्सी लेकर आ जाना।' वह अख़बार मेरे घर पर ही रखा है। जब आपने मेरे घर पर रेड की थी तो मैंने उसे अलमारी में भतीजों की कॉपी-किताब के नीचे रख दिया था। मुझे डर था कि अगर ये नम्बर आपको मिल जाएँगे तो आप ज़रूर पता कर लेंगे। अनुज अक्सर बताया करता था कि राजेश पाण्डेय मोबाइल के बारे में अच्छी जानकारी रखते हैं और काफ़ी समय से उषा मोबाइल और एस्सार मोबाइल के दफ़्तर में बैठे रहते हैं। इन दोनों मोबाइल कम्पनियों के लोग भी उनको जानते हैं।"

"अब भी वहाँ वह अख़बार मिल जाएगा?" राजेश पाण्डेय ने पूछा।

"जी, वहीं रखा होगा।" धीरेन्द्र ने कहा।

"मैं इसको लेकर सुल्तानपुर जाता हूँ, वहाँ से वह अख़बार ले आता हूँ।" अविनाश ने कहा।

थोड़ी देर में राजेश पाण्डेय ने यह बात अरुण कुमार को बताई तो उन्होंने कहा, "बिलकुल मँगाओ और एक दिन बैठकर मोबाइल वाला सिस्टम भी सबको समझाओ, क्योंकि अगर यह मोबाइल फ़ोन का इस्तेमाल कर रहा है तो बहुत टाइम लग जाएगा।"

"ठीक है।" राजेश पाण्डेय ने कहा।

अरुण कुमार ने अविनाश मिश्रा को बुलाकर कहा, "तुम तुरन्त धीरेन्द्र को लेकर सुल्तानपुर चले जाओ और अगर वह अख़बार मिल जाता है तो ले आओ। सारी बातचीत से यह लग रहा है कि मोबाइल पर ही काम करना बहुत ज़रूरी है। हममें से किसी को भी मोबाइल सिस्टम के काम करने की जानकारी नहीं है।"

अविनाश मिश्रा तुरन्त धीरेन्द्र को लेकर सुल्तानपुर चले गए। अगले दिन सुबह मीटिंग में अविनाश वह अख़बार लेकर आए, जिसमें चार मोबाइल नम्बर लिखे हुए थे।

अरुण कुमार ने सत्येन्द्र वीर सिंह से कहा, "इन मोबाइल नम्बर्स की डिटेल और उसकी डिटेल्ड रिपोर्ट निकलवा लें।"

"सर, यह काम राजेश पाण्डेय को ही दीजिए। वे यह काम काफ़ी अच्छे से जानते हैं और वही दोनों मोबाइल कम्पनियों में डिटेल लेने जाते भी रहे हैं। मैंने राजेश से कई बार समझने की कोशिश भी की, पर मेरी समझ में नहीं आया।" सत्येन्द्र वीर सिंह ने कहा।

"कोई बात नहीं, मोबाइल वाला काम राजेश ही करें और आगे से जिस किसी को मोबाइल नम्बर मिले या उससे सम्बन्धित कोई जानकारी प्राप्त करनी हो तो राजेश पाण्डेय से ही सम्पर्क किया जाए। राजेश पाण्डेय ही बताएँगे।" अरुण कुमार ने कहा।

चारों मोबाइल नम्बर देखकर राजेश पाण्डेय ने कहा, "इसमें तीन उषा के फ़ोन हैं और एक एस्सार का है।"

"नम्बर देखकर कैसे पता लगा?" अरुण कुमार ने पूछा।

"'983' दोनों मोबाइल कम्पनियों के पहले तीन नम्बर हैं और उसके बाद जिसमें '80' लगा है, वह उषा फ़ोन का है। जिसमें '90' लगा है, वह एस्सार फ़ोन का है। उषा में जाकर वहाँ आर.के. सिंह से इसकी डिटेल्ड रिपोर्ट ले लूँगा और एस्सार में पवन दीवान से इसकी डिटेल्ड रिपोर्ट ले आऊँगा। शाम को बैठकर सब लोग डिस्कस कर लेंगे।" राजेश पाण्डेय ने कहा।

"देखा सर, मैं सही कह रहा था न कि मोबाइल फ़ोन वाला चक्कर मेरी समझ में नहीं आता। यह राजेश ही कर पाएँगे।" सत्येन्द्र वीर सिंह बोले।

"बिलकुल ठीक है। अब हमें हाथ पर हाथ रखकर नहीं बैठना है। हर दिन एक क़दम आगे बढ़ना होगा, तभी हम टार्गेट तक पहुँच पाएँगे। राजेश, जल्दी से जाकर सारी रिपोर्ट ले आएँ, शाम को बैठकर तय करेंगे कि कल किधर निकलना है।" अरुण कुमार ने कहा।

शाम तक चारों मोबाइल फ़ोन की डिटेल्ड रिपोर्ट आ गई।

"इसे देखकर कैसे पता लगेगा?" अरुण कुमार ने पूछा।

इसमें इनकमिंग-आउटगोइंग लिखा है। कहाँ कितनी देर बात हुई और लास्ट में सेल आई डी दी हुई है, जिससे यह पता लगता है कि इसका लोकेशन उस समय कहाँ था। मुझे सेल आईडी के बारे में कोई जानकारी नहीं है, वह उषा और एस्सार फ़ोन के कार्यालय जाकर ही पता लगेगा।" राजेश पाण्डेय ने कहा।

"फ़िलहाल सभी लोग एक-एक रिपोर्ट ले लीजिए और इसमें एसटीडी नम्बर के हिसाब से किस-किस शहर में किस-किस नम्बर पर बात हुई है, अलग से लिखकर ले आइए। कल सुबह हम लोग दोनों मोबाइल कम्पनियों के दफ़्तर चलेंगे, वहाँ उनसे सेल आईडी के बारे में पूछेंगे, ताकि यह पता लग सके कि उस समय यह कहाँ था। कॉल डिटेल्स रिपोर्ट के मुताबिक दो महीने से ये चारों फ़ोन बन्द हैं।" अरुण कुमार ने कहा।

सभी लोगों ने टेलीफ़ोन डायरेक्ट्री से अलग-अलग शहरों के एसटीडी नम्बर ढूँढ़-ढूँढ़कर, जिस शहर में जितने टेलीफ़ोन नम्बर पर बात हुई थी, उसे काग़ज़ पर लिख लिया।

"राजेश, पता कर लें कि अगर उषा और एस्सार में उनके अधिकारी मौजूद हों तो अभी चलकर सेल आईडी के बारे में पूछ लेते हैं।" अरुण कुमार ने कहा।

"अब देर हो गई है, कल सुबह चलकर बात कर सकते हैं।" सत्येन्द्र वीर ने कहा।

"नहीं, अभी ही प्रयास करते हैं। अगर कोई मिल गया तो यह काम आज ही पूरा कर लेते हैं ताकि कल काम को कुछ आगे बढ़ाया जाए।" अरुण कुमार ने कहा।

राजेश पाण्डेय ने फ़ोन करके पता किया और अरुण कुमार को बताया, "उषा फ़ोन में आर.के. सिंह अभी ऑफ़िस में बैठे हैं। मैंने उनको बता दिया है कि एसएसपी और हम लोग कुछ जानकारी के लिए आ रहे हैं। आर.के. सिंह थोड़ा हिचक रहे थे, उन्होंने कहा, 'आप लोग पुलिस की गाड़ियों से मत आइएगा या पुलिस की गाड़ियाँ दूर जवाहर भवन या इन्दिरा भवन में खड़ी कर दीजिएगा और पैदल ही आइएगा क्योंकि अख़बारों में मोबाइल फ़ोन के बारे में इतनी उल्टी-सीधी ख़बरें छपी है कि ऑफ़िस के कर्मचारी डर गए हैं, पुलिस को देखकर वे और डर जाएँगे।'"

"आर.के. सिंह सही कह रहे हैं। हम लोग अपनी गाड़ियाँ जवाहर भवन में खड़ी कर देंगे।" अरुण कुमार ने कहा।

अरुण कुमार, सत्येन्द्र वीर सिंह और राजेश पाण्डेय श्रीराम टॉवर की तरफ़ चले। गाड़ी को जवाहर भवन में खड़ी करके, सभी लोग आर.के. सिंह के चैम्बर में पहुँच गए। आर.के. सिंह को अपनी समस्या बताई, "आपकी सीडीआर में जो लास्ट में सेल आईडी लिखी हुई है, इसका कैसे पता लगेगा कि यह आदमी उस समय कहाँ था?"

"यह मैं अपने इंजीनियर से पूछकर ही बता सकता हूँ।" आर.के. सिंह ने कहा।

थोड़ी देर में उनके इंजीनियर सरकार आ गए, उन्होंने बताया, "इस सेल आईडी को डी कोड करके उसकी लोकेशन हम लोग अलग से रखते हैं। अभी हम एक-एक सेल आईडी देखकर यह बता देंगे कि वह कहाँ की है।"

सरकार अपनी मोटी-सी फ़ाइल लेकर आ गए और वहीं ऑफ़िस में बैठ गए। राजेश पाण्डेय एक-एक सेल आईडी बोलते जा रहे थे और सरकार उसका पता बता रहे थे। लगभग एक घंटे में उन्होंने सारे पते बता दिये। उन्होंने एक बात और बताई, "यह सेल आईडी कैसे आती है और कॉल एक टॉवर से दूसरे टॉवर जाते हुए जहाँ ख़त्म होती है, वह भी रिकॉर्ड हो जाता है। अगर आप मोबाइल लेकर चलने वाले के रास्ते और स्पीड का पता करना चाहते हैं तो वह भी बताया जा सकता है।"

यह जानकारी सुनकर सभी लोग अचम्भित रह गए।

"यह तो बहुत अच्छी बात है। इतने सारे लोग मोबाइल का इस्तेमाल कर रहे हैं, क्या सबके बारे में यह जानकारी प्राप्त हो सकती है?" राजेश पाण्डेय ने सरकार से पूछा।

"अभी ज़्यादा लोग इस्तेमाल नहीं कर रहे हैं। अभी मोबाइल का चलन इसलिए कम है क्योंकि अभी इसके टॉवर सब जगह नहीं लग पाए हैं, केवल कुछ बड़े शहरों और बड़े कस्बों में ही इसके टॉवर लगाए गए हैं। अगले दो साल में लगभग सभी जगह ये टॉवर लगा दिये जाएँगे, तब ज़्यादा लोग इसका इस्तेमाल कर सकेंगे और जब ज़्यादा लोग इसका इस्तेमाल करेंगे तब इसका कॉल रेट भी कम हो जाएगा। अभी तो इतना महँगा है कि सबके बस का नहीं है। आउटगोइंग सत्रह रुपये प्रति मिनट और इनकमिंग दस रुपये प्रति मिनट लिये जा रहे हैं। इसीलिए आपने जो रिपोर्ट निकलवाई है, उसमें तीन महीने में बहुत ज़्यादा कॉल नहीं हैं और आसानी से हम आपको एक-एक कॉल के बारे में बता भी पा रहे हैं।" सरकार ने कहा।

सारी जानकारी लेकर अरुण कुमार के साथ सभी लोग एसटीएफ़ कार्यालय पहुँच गए।

"इतनी अच्छी जानकारी मिल गई है, तो लगे हाथ यह देख भी लेते हैं कि श्रीप्रकाश कहाँ-कहाँ ज़्यादा रुका। किस क्षेत्र में रात में रुका और किन-किन शहरों को कितनी जल्दी छोड़ दिया।" अरुण कुमार ने कहा।

काफ़ी मन्थन के बाद सभी लोग इस निष्कर्ष पर पहुँचे कि मोबाइल फ़ोन से मिली जानकारी के अनुसार श्रीप्रकाश शुक्ला इस समय पटना और मोकामा ज़्यादा आ और जा रहा है। बहुत थोड़े समय के लिए वह लखनऊ या गोरखपुर रहा है। बीच में पन्द्रह-बीस दिन तक की कोई कॉल नहीं है। इसका मतलब है कि या तो इस समय उसका मोबाइल बन्द रहा है या फिर यह किसी ऐसी जगह रहा है, जहाँ मोबाइल का टॉवर काम नहीं करता।

"सर, इससे अन्तिम कॉल गोरखपुर से हुई थी और पहली कॉल भी गोरखपुर से ही थी। हो सकता है, इस दौरान वह पूरा समय नेपाल में रहा हो! नेपाल में अभी मोबाइल नेटवर्क नहीं आया है। उसने जिसको-जिसको लैंडलाइन नम्बर पर फ़ोन किया है, उसकी डिटेल बीएसएनएल से माँग ली जाए तो हो सकता है, उसमें नेपाल के नम्बर निकलें! उससे या तो नेपाल के नम्बर निकलेंगे या वह जिस क्षेत्र में रहा है। अगर मोबाइल का नेटवर्क नहीं है तो उस क्षेत्र के पीसीओ के नम्बर निकलेंगे। इससे यह भी स्पष्ट हो जाएगा कि वह लगभग बीस दिन कहाँ रहा है।" राजेश पाण्डेय ने कहा।

"बहुत अच्छा आइडिया है। जितने लैंडलाइन नम्बर इसकी कॉल डिटेल्स में हैं, कल उनकी जानकारी बीएसएनएल से माँगी जाए। लेकिन इस जानकारी को यहाँ हेडक्वार्टर पर ही लोग देख सकते हैं। इस काम के लिए उमेश सिंह, डिप्टी एसपी और अनिल सिंह को लगाया जाए। वे लोग भी इसे देखकर सीखें। उमेश सिंह ने तीन-चार दिन पहले ही कानपुर से आकर ज्वाइन किया है और अनिल सिंह को यहाँ सुरक्षा से सम्बद्ध कराया गया है। वे लोग बीएसएनएल से डिटेल मँगवाकर यह चेक कर लेंगे कि इन पन्द्रह दिनों में कहाँ-कहाँ से किस-किस पीसीओ से बात हई है, लेकिन हम लोगों को कल यहाँ से बिहार चलना होगा। सीडीआर में उसकी सबसे ज़्यादा लोकेशन पटना और मोकामा की दिख रही है।" एसएसपी, एसटीएफ़ अरुण कुमार ने कहा।

सभी लोगों ने कहा, "ठीक है, कल दोपहर साढ़े ग्यारह बजे की ट्रेन है, साढ़े ग्याहर बजे दिल्ली-हावड़ा से हम लोग पटना चलेंगे।"

एसएसपी, एसटीएफ़ अरुण कुमार ने आईजी पटना से बात करके सबके रुकने का प्रबन्ध कराया और यह भी कहा, "हम लोग किसी सर्किट हाउस या होटल में नहीं रुकेंगे, किसी ऐसे गेस्ट हाउस में रुकवा दिया जाए जहाँ जनसामान्य का आना-जाना न हो और एक टेलीफ़ोन अवश्य हो।"

"आ जाइए, सब व्यवस्था करा दी जाएगी।" उधर से आईजी ने कहा।

पटना रेलवे स्टेशन उतरते ही वहाँ शहर में वन विभाग का कोई जीव-जन्तु उद्यान था, जिसके गेस्ट हाउस में सबको ठहराया गया। अगले दिन सुबह आठ बजे ही आईजी, पटना अरुण कुमार से मिलने गेस्ट हाउस आ गए। उन्होंने वृज बिहारी प्रसाद की हत्या का पूरा क़िस्सा बताया और यह भी कहा, "अपराधी आप ही के यहाँ का है, उसका नाम श्रीप्रकाश शुक्ला है।"

"सर, हम लोगों को जानकारी हो गई है। हम लोग भी उसी चक्कर में यहाँ आए हुए हैं। हम लोगों को एक स्थानीय पुलिसकर्मी मिल जाए, जो पटना और मोकामा से अच्छी तरह से वाक़िफ़ हो। हम लोगों को जिस एरिया का पता लगा है, उसके बारे में वह बता सके कि किस जगह पर सूरजभान के लोगों का आना-जाना है।" अरुण कुमार ने कहा।

आईजी, पटना सूरजभान का नाम सुनकर चौंके और बोले, "यह सूरजभान कहाँ से आ गया है बीच में?"

"आपने श्रीप्रकाश शुक्ला के बारे में तो जानकारी कर ली, सूरजभान कैसे आपकी जानकारी में नहीं आया? श्रीप्रकाश बिहार में सूरजभान के लिए ही काम करता है।" अरुण कुमार ने कहा।

आईजी, पटना ने कहा, "श्रीप्रकाश के बारे में जानकारी, राजन तिवारी से हमारे लोगों की हुई बातचीत से निकली है, लेकिन उसमें सूरजभान का कोई ज़िक्र नहीं था। एक बात और, राजन तिवारी से पता लगी थी कि श्रीप्रकाश ने पटना या बिहार में जितनी भी हत्याएँ की हैं, हत्या करने के बाद वह 'जय बजरंग बली' चिल्लाकर मौक़े से निकलता है। पिछले दो सालों के रिकॉर्ड में केवल पटना में ही पाँच ऐसी हत्याएँ हुई हैं, जिसमें मुक़दमा लिखाने वाले ने यह लिखाया है कि हत्या अज्ञात व्यक्तियों द्वारा की गई, जो हत्या करने के बाद 'जय बजरंग बली' कहकर मौक़े से भागा है। मंत्री वृज बिहारी प्रसाद की हत्या में भी उनके साथ मौजूद लोगों ने यह बात बताई थी।

"मंत्री की हत्या से मुख्यमंत्री लालू प्रसाद यादव बहुत चिन्तित हैं। श्रीप्रकाश ने यहाँ अपराध का समीकरण ही बदल दिया है। हाल में हुई सारी बड़ी-बड़ी हत्याएँ श्रीप्रकाश ने की हैं। सूरजभान का इन हत्याओं से क्या सम्बन्ध है, हम लोग इसको भी नये सिरे से ढूँढ़ेंगे। आपको जो मदद चाहिए, पूरी मदद मिलेगी लेकिन इसका और इसके गैंग का ख़ात्मा होना ज़रूरी है। हाँ, एक बात और, पप्पू यादव आपसे मिलने आएँगे। पप्पू यादव को भी उसने मारने की धमकी दी है।"

"ठीक है, भेज दीजिए, हम लोग उनसे बात करना चाहेंगे। पहले यह प्रमाणित हो जाए कि धमकाने वाला आदमी श्रीप्रकाश शुक्ला ही है या कोई और है!" अरुण कुमार ने कहा।

"ठीक है।" कहकर आईजी, पटना उठ खड़े हुए।

इस बीच, पटना पुलिस का एक सब-इंस्पेक्टर और दो सिपाही सादे कपड़ों में वहाँ आ गए, जिनको बैठाकर मोबाइल टॉवर के जितने पते उषा फ़ोन वालों ने लिखवाए थे, उनको लिखवाकर उन्हें बताया गया, "आप लोग इन सारे पतों को मौक़े पर जाकर देख लें। इसी पते पर मोबाइल के बड़े-बड़े टॉवर लगे हुए हैं। दिन भर इन्हें मोबाइल पर सत्यापित करके, शाम के समय अगर आप लोग आ सकें तो हम लोग उसे ख़ुद भी देखना चाहेंगे। अगर सत्यापन के समय आप पता कर सकें तो यह भी करिए कि वहाँ इस इलाक़े में अपराधी प्रवृत्ति के लोगों का कहाँ-कहाँ आना-जाना हो सकता है, या कोई ऐसा राजनीतिक व्यक्ति हो, जिसके यहाँ इस तरह के लोगों का आना-जाना हो—सारी जानकारी आने के बाद हम लोग कॉल डिटेल्स के हिसाब से जानने की कोशिश करेंगे कि ऐसी कौन-सी जगह हो सकती है जहाँ हम लोगों के टार्गेट का आना-जाना रहता हो या भविष्य में आ-जा सकता हो! इससे हमारा काम आसान हो जाएगा।"

ये सारी सूचनाएँ लेकर बिहार, पटना पुलिस के लोग वहाँ से चल दिये।

अरुण कुमार के साथ सत्येन्द्र वीर सिंह और राजेश पाण्डेय मोबाइल कम्पनी से मिली सारी सूचनाओं को एक बार फिर से पढ़ने लगे। अरुण कुमार ने राजेश पाण्डेय और सत्येन्द्र वीर सिंह से कहा, "दोनों अलग-अलग पढ़कर यह अनुमान लगाइए कि किस इलाक़े में, किस रास्ते से उसका पिछले समय से आना-जाना रहा होगा, जैसाकि मिस्टर सरकार ने बताया था। टॉवर बदलते समय कहाँ से शुरू होगा, इसका उन्होंने चार्ट दिया है, उससे मैच करिए। मैं भी अपनी तरफ़ से इसे देखता हूँ।"

तीनों लोग आपस में बातचीत करते हुए किसी निष्कर्ष पर पहुँचे भी नहीं थे, तभी बाहर से वन विभाग के कर्मचारी ने बताया, "पप्पू यादव मिलने आए हैं।"

"ये सारे पेपर मेज़ की दराज़ में रख दें। देखते हैं, यह क्या बताता है।" अरुण कुमार ने कहा।

पप्पू यादव सीधे भीतर आए और उन्होंने सभी के पैर छुए। बहुत भारी शरीर के पप्पू यादव हाथ जोड़कर खड़े रहे, फिर थोड़ी देर बाद नीचे कालीन पर ही बैठ गए।

"विधायक जी, ऊपर बैठ जाइए।" अरुण कुमार ने कहा।

"सर, यहीं आराम से ठीक हूँ।" पप्पू यादव ने कहा।

"बताइए, क्या बात है?" अरुण कुमार ने पूछा।

"सर, वृज बिहारी प्रसाद की जब हत्या हुई थी तो यह श्रीप्रकाश वृज बिहारी जी के कमरे के आसपास ही कहीं फर्ज़ी मेडिकल बनवाकर भर्ती हुआ था।" फिर विस्तार से पप्पू यादव बताने लगे, "मेरी बहन पीजीआई में ही रेज़ीडेंट डॉक्टर है, उसकी शादी भी नहीं हुई है। वृज बिहारी प्रसाद की हत्या के पन्द्रह-बीस दिन बाद, एक दिन वह अकेले ही पार्किंग में आकर मेरी बहन के सामने खड़ा हो गया।

मेरी बहन से वह घर का फ़ोन नम्बर और मोबाइल नम्बर माँगने लगा। बहन ने झिड़क दिया तो वह बदतमीज़ी पर उतारू हो गया। मेरी बहन ने बताया भी कि 'मैं पप्पू यादव की बहन हूँ' तो उसने गाली देते हुए कहा कि 'उसको बता दीजिएगा, मेरा नाम श्रीप्रकाश शुक्ला है।' बहन ने घर लौटकर रात में पूरी बात बताई। मैं इसको जानता नहीं था, अख़बारों में ज़रूर वृज बिहारी प्रसाद की हत्या के बाद कभी-कभी इसका नाम छपता था। मैंने लोगों से जानकारी करने के लिए कहा कि कौन है जो इतनी बड़ी-बड़ी बात बोल रहा है?

"दूसरे दिन घर वाले नम्बर पर एक फ़ोन आया जिसमें फ़ोन करनेवाले ने मेरी बहन से बात करवाने के लिए कहा। बहन को अक्सर पीजीआई से डॉक्टरों के फ़ोन आते रहते थे, वह भागकर आई और उसने फ़ोन ले लिया। उधर से बात करनेवाला फिर बहन से बदतमीजी करने लगा और कहने लगा कि 'तुझे उठा ले जाऊँगा।' मेरी बहन ने मुझे आवाज़ दी और बताया कि 'यह वही बदतमीज लड़का है, जो मुझे कई दिन से तंग कर रहा है।' मैंने फ़ोन पकड़ते ही उससे जानना चाहा कि 'तुम कौन बोल रहे हो?' उसने अपना नाम श्रीप्रकाश शुक्ला बताया। मैंने उसको गाली दी और कहा कि 'ऐसे श्रीप्रकाश शुक्ला यहाँ पटना में गली-गली घूमते हैं', तो वह गन्दी-गन्दी गालियाँ देने लगा। अन्त में उसने यह भी कहा कि 'अगर जानकारी करनी हो तो सूरजभान दादा से पूछ लेना, उत्तर प्रदेश के डीजीपी से पूछ लेना या गोरखपुर के एसएसपी से पूछ लेना, पता लग जाएगा।' उसने यह भी कहा कि 'वृज बिहारी से ज़्यादा सिक्योरिटी तुम्हारे पास नहीं है। तुम्हें उलटने में ज़्यादा टाइम नहीं लगेगा। अब अपनी बहन को फ़ोन दे दो।' मैंने फ़ोन काट दिया।"

"किस तरह की भाषा बोल रहा था?" अरुण कुमार ने पूछा।

"सर, बिलकुल ठेठ गोरखपुरिया भाषा लग रही थी। इधर बिहार की भाषा नहीं थी, लेकिन लहज़ा पूर्वी उत्तर प्रदेश का ही था।" पप्पू यादव ने कहा।

"फिर क्या हुआ?" अरुण कुमार ने फिर पूछा।

पप्पू यादव बोले, "मैंने अपनी बहन को गाड़ी से भेजना शुरू किया, साथ में दो आदमी भी भेजता था। एक दिन वह फिर पीजीआई गेट के सामने, जब मेरी गाड़ी से बहन उतरकर गेट के भीतर जा रही थी, मिल गया। मेरी बहन डरकर भीतर भागने लगी। भीतर जाकर उसने शोर भी मचाया लेकिन तब तक वह चला गया था।"

पप्पू यादव बड़े दीन भाव से बोले, "सर, मुझे बचा लीजिए! जिसने वृज बिहारी प्रसाद को दिन-दहाड़े दर्जनों सुरक्षाकर्मियों के बीच मार दिया हो, भला मुझे मारने में उसे कितनी देर लगेगी! मुझे तो चुटकी बजाते मार सकता है। मुझे अपनी बहन की इज़्ज़त की बहुत चिन्ता है। अब मैंने उसका पीजीआई जाना भी बन्द करा दिया है, लेकिन वह दिन में कई-कई बार फ़ोन करके उससे बात करने की कोशिश करता है।"

"गाली देते समय क्या-क्या कहता है?" राजेश पाण्डेय ने पूछा।

पप्पू यादव ने बता दिया।

"ठीक है, आप जाइए। हम लोग इसी काम में लगे हुए हैं।" अरुण कुमार ने आश्वस्त करते हुए कहा।

पप्पू यादव दीन भाव से यही कहते रहे कि 'कैसे भी मुझे बचाइए' और फिर वहाँ से चले गए।

पप्पू यादव के जाने के बाद अरुण कुमार ने पूछा, "क्या लगता है?"

"मुझे तो बिलकुल वही लगता है। श्रीप्रकाश ही है, वरना सूरजभान का नाम इतनी आसानी से कोई नहीं ले सकता; दूसरा, राजन तिवारी की जानकारी सही है। पूरा ग्रुप एक है। राजन तिवारी दारू बहुत पीता है। ज़रूर दारू के नशे में उसने पूरी बात बताई होगी और पप्पू यादव ने भी बहुत जगह से जानकारी ली होगी, तो यह श्रीप्रकाश शुक्ला ही है।" सत्येंद्र वीर सिंह ने कहा।

राजेश पाण्डेय ने कहा, "एक काम यह अच्छा हो गया कि पप्पू यादव का टेलीफ़ोन नम्बर मिल गया। यहाँ आईजी से बात करके, पप्पू यादव के लैंडलाइन नम्बर की कॉल डिटेल निकाल ली जाए और यदि सम्भव हो तो लैंडलाइन को पैरेलल में लगाकर कॉल भी सुनी जाए। अगर सम्भव न हो तो कॉलर आईडी पप्पू यादव से कहकर लगवा दिया जाए ताकि जहाँ कहीं से फ़ोन आने पर वहाँ के नम्बर मिल जाएँ। आईजी, पटना से कहा जाए कि उससे किसी भी तरह यह बातचीत जारी रखें ताकि उसकी लोकेशन और नम्बर मिलता रहे।"

शाम तक बिहार पुलिस के लोग भी आ गए और उन्हें जितने मोबाइल टॉवर के पते दिये गए थे, उन्होंने मौक़े पर जाकर, सत्यापित कर लिया था। लोगों से बातचीत करने के बाद सम्भावित रास्तों के बारे में भी जानकारी ले ली थी। एसएसपी, एसटीएफ़ को पटना शहर का थोड़ा ज्ञान था, इसलिए यह जानने में देर नहीं लगी कि पटना पुलिस के लोगों ने काफ़ी मेहनत के बाद सारी जानकारी जुटाई है। उनकी बात सुनने के बाद उन्हें जाने की इजाजत दे दी गई। उनके जाने के बाद फिर विचार-विमर्श शुरू हुआ।

"कंकड़बाग के दो-तीन सौ स्क्वायर मीटर के एक इलाक़े के बारे में इन सिपाहियों की मेहनत से पता चल रहा है कि वहाँ उसका आना-जाना रहा होगा। कल दिन में बन्दगाड़ियों में चलकर बिना उतरे हम लोग उन रास्तों को देखने की कोशिश करते हैं और यह भी देखते हैं कि पीजीआई वहाँ से कितनी दूर है और इस बहाने पीजीआई का घटनास्थल भी देख लिया जाए।" अरुण कुमार ने कहा।

अगले दिन सवेरे पटना पुलिस के सिपाहियों को लेकर उन सभी स्थानों को देखा गया, जहाँ-जहाँ उसकी लोकेशन महीने-डेढ़ महीने पहले तक मिली थी। इसके बाद पीजीआई की उस जगह को भी देखा गया, जहाँ पर वृज बिहारी की हत्या हुई थी।

सभी लोग वापस फ़ॉरेस्ट के गेस्ट हाउस में आ गए। अरुण कुमार ने आईजी, पटना को फ़ोन करके पप्पू यादव के टेलीफ़ोन के बारे में सारी बात बताई कि यदि कालर आईडी उनसे लगवाकर नम्बर मिलते रहें तो काम थोड़ा आसान हो जाएगा।

इसके अलावा आईजी, पटना से सूरजभान और वहाँ के गैंगवार के बारे में अच्छी जानकारी रखने वाले को भेजने के लिए भी कहा गया।

"मैं शाम तक एएसपी देहात, मुरारी लाल मीणा को भेजता हूँ। हो सकता है, वह आपको अच्छी जानकारी दे दें।" आईजी ने कहा।

शाम को मुरारी लाल मीणा दो अन्य पुलिसकर्मियों के साथ गेस्ट हाउस आए और करीब एक घंटे तक अरुण कुमार और उनकी टीम ने उनसे बातचीत की और कई महत्त्वपूर्ण जानकारियाँ प्राप्त कीं।

मुरारी लाल मीणा के जाने के बाद अरुण कुमार ने कहा, "यहाँ जितनी जानकारी मिलनी थी, वह मिल गई है। अगर हम लोग यहाँ ख़ुद न आए होते तो पप्पू यादव वाली बात की जानकारी न मिल पाती, न ही सूरजभान के बारे में इतनी गहराई से सूचना मिल पाती। कल हम लोग लखनऊ चलेंगे। हो सकता है, कल तक श्रीप्रकाश पप्पू यादव के फ़ोन पर कोई बात करे और हम लोगों को नया नम्बर मिल जाए! नया नम्बर मिलने पर उसका पीछा करने में आसानी होगी।"

अगले दिन सभी लोग ट्रेन से लखनऊ के लिए रवाना हो गए। लखनऊ पहुँचकर सुबह ही फिर सब लोग अरुण कुमार के कमरे में इकट्ठा हुए। उमेश सिंह और अनिल ने यह जानकारी दी कि उन पन्द्रह दिनों में जिस समय मोबाइल का बन्द होना लग रहा था, नेपाल के नम्बरों से लखनऊ के तीन व्यापारियों से बात हुई थी। अब यह बात सबकी समझ में आ गई थी कि अगर मोबाइल की कॉल डिटेल में कुछ दिनों तक कोई भी कॉल नहीं आती है, तो इसका मतलब है, वह नेपाल में रह रहा है।

अरुण कुमार ने ओपी त्रिपाठी और मालवीय को गोरखपुर जाकर नेपाल के अधिकारियों से सम्पर्क करने को कहा और यह पता करने को कहा कि नेपाल के ये जो नम्बर्स हैं, ये किन-किन इलाक़ों के हैं।

अब मोबाइल फ़ोन के बारे में काफ़ी जानकारी इकट्ठा हो गई थी। मोबाइल कम्पनी से कम समय में ही कॉल डिटेल्स रिपोर्ट मिल जाती थी और वह कहाँ-कहाँ रहा है, कहाँ-कहाँ गया है, इसकी जानकारी अच्छी तरह से मिलने लगी थी।

इसी बीच मोबाइल फ़ोन से यह भी जानकारी मिली कि वह नेपाल से बिहार के नम्बरों पर बात कर रहा है। एक टीम को पटना भेजने की तैयारी की गई कि अगर पटना का कोई नम्बर मिलता है तो यह पता लगाने की कोशिश की जाएगी कि पटना में वह किससे बात कर रहा है, जिससे यह तय हो सके कि वह अगला टार्गेट किसको बना रहा है और क्या करनेवाला है।

इधर अख़बारों में श्रीप्रकाश शुक्ला के तरह-तरह के क़िस्से छपने लगे और पुलिस पर दबाव बढ़ता जा रहा था। नई बनाई गई एसटीएफ़ के बारे में भी कुछ अख़बारों ने उल्टा-सीधा लिखना शुरू कर दिया। एक अख़बार ने लिखा : 'सफ़ेद हाथी साबित हो रही है एसटीएफ़। ज़िलों से रिजेक्ट किये गए पुलिस अधिकारी इसमें पोस्ट किये गए हैं। ये कभी श्रीप्रकाश के ख़िलाफ़ कार्यवाही नहीं कर सकते।'

कुछ दिनों बाद एक और अख़बार ने लिखा : 'श्रीप्रकाश एक शादी समारोह में आया था जहाँ पर राजेश पाण्डेय और सत्येद्र वीर सिंह जी मौज़ूद थे। श्रीप्रकाश ने दोनों से हाथ मिलाया और दोनों अधिकारी चुपचाप वहाँ से वापस चले आए।'

अख़बार पढ़ने के बाद सभी लोग सन्न रह गए। जिस तारीख़ की यह घटना बताई गई थी, उस तारीख़ को सत्येन्द्र वीर सिंह और राजेश पाण्डेय, दोनों गोरखपुर में थे, जबकि घटना लखनऊ की बताई गई थी। अरुण कुमार ने मीटिंग में कहा, "इस तरह की फर्ज़ी ख़बरें कौन छपवा रहा है, आप लोग इसकी जानकारी करें। मैं भी इसकी जानकारी करता हूँ। हो सकता है कि कोई पत्रकार श्रीप्रकाश शुक्ला के सम्पर्क में हो और डरा-धमकाकर उससे इस तरह की फर्ज़ी ख़बरें छपवा रहा हो! आपको मायूस होने की जरूरत नहीं है। जब सही बात मैं जानता हूँ तो किसी के कहने या अख़बारों में छपने से कोई फर्क नहीं पड़ता।"

धीरे-धीरे यह जानकारी आने लगी कि आईजी जोन, लखनऊ ने अपने कार्यालय में भी एक टीम गठित कर रखी है जो श्रीप्रकाश शुक्ला के बारे में सूचनाएँ एकत्रित करके जनपदों से उसका सत्यापन कर रहे हैं और हर किसी को बताते हैं कि 'हम बहुत नज़दीक हैं। हम जल्दी ही श्रीप्रकाश शुक्ला को पकड़ लेंगे।' धीरे-धीरे यह बात साफ़ होती गई कि पुलिसवाले ही इस तरह की फर्ज़ी और ग़लत सूचनाएँ अख़बार वालों को बताकर छपवा रहे हैं। उन्हें यह चिन्ता थी कि अगर एसटीएफ़ इस गैंग तक पहुँच जाएगी तो लखनऊ ज़िला पुलिस की बहुत बदनामी होगी और मुख्यमंत्री सहित सभी बड़े अधिकारियों में लखनऊ पुलिस के प्रति ग़लत धारणा बन जाएगी। आईजी जोन की टीम में जो लोग लगे हुए थे, वे बार-बार इस तरह की ख़बरें अख़बार वालों को बता रहे थे।

अरुण कुमार को जब यह जानकारी हुई तो उन्होंने भी अपने स्तर पर यह पता लगाया, और यह सूचना सही पाई गई। अरुण कुमार सीधे प्रमुख सचिव, गृह राजीव रतन शाह के पास पहुँचे और उनसे यह बात कही, "हमारे अधिकारियों का मनोबल गिर रहा है और मेरे पास यह सूचना है कि पुलिस के वरिष्ठ अधिकारी भी इस तरह की ग़लत ख़बरें अख़बारों में छपवा रहे हैं।"

राजीव रतन शाह ने बताया, "यहाँ आईजी जोन आते हैं और कोई-न-कोई नई बात बताते हैं कि वह फलाँ जगह पर है, उससे बात की है, अगला टार्गेट कौन है।" उन्होंने आगे कहा, "तुम लोग अपना काम करो। कोई अगर अपनी तरफ़ से गैंग से बात कर रहा है, तो इसमें बुराई क्या है?"

"आपकी बात सही है, इसमें कोई बुराई नहीं है लेकिन अख़बारों में बिलकुल झूठ और सिरे से ग़लत ख़बर छपने पर हमारे अधिकारियों का मनोबल गिरता है।" अरुण कुमार ने कहा।

"परेशान मत होइए, मैं आईजी जोन को बुलाकर समझा दूँगा।" प्रमुख सचिव, गृह ने कहा।

# अपनी सरकार

इधर श्रीप्रकाश शुक्ला सूरजभान के कहने पर इस बात के लिए तैयार हो गया कि 'पप्पू यादव को भी मार दिया जाए। वृज बिहारी प्रसाद के बाद पप्पू यादव ही बिहार के मुख्यमंत्री के बहुत नज़दीक थे। इनके मारे जाने पर वहाँ के बड़े सेठ और ठेकेदारों से पैसा वसूलने में आसानी होगी और छोटे-मोटे बदमाश भी अपनी शरण में आ जाएँगे।'

श्रीप्रकाश ने अनुज और सुधीर से कहा, "सब लोग अच्छे से तैयारी करो, अबकी बार पप्पू यादव का विकेट गिराना है..."

सुधीर ने बीच में टोका, "भैया, सूरजभान का सबसे बड़ा काम आपने कर दिया है। उनके बहुत अहसान थे हम लोगों पर; अब बाक़ी किसी काम की हामी मत भरिए। सूरजभान दादा को चाहिए कि अब अपने दुश्मनों को ख़ुद ही निबटाएँ।"

"देखो, सूरजभान ज़्यादा सामने आएँगे तो वहाँ के मुख्यमंत्री उनके पीछे पड़ जाएँगे। तुम लोग दिमाग़ से नहीं सोचते हो, बिना बात के बक-बक करते रहते हो।" श्रीप्रकाश ने कहा, "सूरजभान का मजबूत होना बिहार में बहुत ज़रूरी है। सूरजभान बिहार में बहुत-से नेताओं के लिए बूथ कैप्चरिंग का काम अपने लोगों से कराते हैं। इलेक्शन के समय में बहुत मोटा पैसा मिल जाता है। बूथ कैपचरिंग का कार्य जिस-जिस नेता का दादा ने पकड़ा, सभी अपने-अपने निर्वाचन क्षेत्र का इलेक्शन जीत गए। दादा यह कह रहे थे कि इन लोगों के लिए ही काम करके इनको सांसद, विधायक बना दिया जाता है और जब कभी अपना काम पड़ता है तो इनके पास एक ही जवाब रहता है, अभी व्यस्त हूँ, बाद में बताऊँगा। मिलने का टाइम लेना हो तो महीनों इन्तज़ार कराते हैं और अगर घर पर मिलने चले जाओ तो भीतर पता नहीं कौन-सा काम करते रहते हैं और कहलवा देते हैं कि कल आना।

"हम लोगों के बूते सांसद-विधायक बनते हैं। हमारी मजबूरी है कि पाँच साल में एक बार विधान सभा और पाँच साल में एक बार लोकसभा के इलेक्शन में अच्छा पैसा मिल जाता है, तो अपना काम-धन्धा चलता रहता है। दादा का आइडिया बिलकुल ठीक है कि हम लोगों ने जहाँ-जहाँ बूथ छापने वाला काम किया है, वहाँ हम अपने प्रत्याशी खड़े करेंगे और यह बूथ छापने का काम हम अपने लिए करेंगे।

तुम ज़रा सोचो कि अगर अपने पन्द्रह-बीस विधायक भी हो जाएँ और तीन-चार सांसद हो जाएँ तो हमें किसी से टाइम लेने की ज़रूरत नहीं पड़ेगी। ये ख़ुद ही सलाम करने के लिए खड़े होंगे और वह पुलिस, जो जब देखो तब रिश्तेदारों को परेशान कर रही है, घर पर रेड कर रही है, यही पुलिस अधिकारी अगवानी में खड़े होंगे और चटख सैल्यूट बजायँगे। हम लोगों ने यूपी में अब काफ़ी काम कर लिया है, व्यापारी सब कब्ज़े में हैं, कोई व्यापारी नेता धरना-प्रदर्शन नहीं करता।

"एक-दो बड़े नेताओं को लखनऊ में ठीक करना है तो वे मुख्यमंत्री से चुगली करना बन्द कर देंगे। फ़िलहाल यह टंडन बहुत तेज़ी पकड़ रहे हैं। इनका भी इन्तज़ाम करना पड़ेगा और यह डीजीपी, जो रोज़ बयान देता है कि बहुत जल्दी पकड़ लेंगे, इसको भी ठीक करना है, फिर अगले इलेक्शन में कोई दिक़्क़त नहीं होगी। अपने आदमी खड़े होंगे और जितने लड़के पाल-पोसकर बड़े किये हैं हम लोगों ने, इनको किसी दिमाग़दार आदमी के साथ बैठा दिया जाएगा। अगर बूथ छापने का काम ये लोग कर देंगे तो गोरखपुर, देवरिया, बलिया, गाजीपुर, जौनपुर और आज़मगढ़ मिलाकर ही बीस-पच्चीस सीटें आराम से जीत लेंगे और बीस-पच्चीस सीटों का मतलब यह कि सरकार किसी की हो, हम जो चाहेंगे, हम अपना काम करा लेंगे और हो सकता है, सरकार बनाने में किसी को बीस-पच्चीस सीटों की कमी हो रही हो तो हम अपनी शर्त पर सरकार बनवा देंगे। दादा की यह सोच बहुत अच्छी है। दादा के लिए भी ऐसी फ़ील्डिंग बिहार में सेट कर दी जाएगी कि दादा आराम से इतने ही विधायक अपने यहाँ बना लेंगे। तुम ज़रा सोचो, अगर भारत के इन दोनों राज्यों में हम सरकार में शामिल होंगे तो फिर धीरे-धीरे हम पूरे सिस्टम पर क़ब्ज़ा कर लेंगे।"

"भैया, बात तो आपकी बिलकुल सही है!" सुधीर ने कहा, "सोचिए, कितना मज़ा आएगा, अगर हम लोग सरकार में रहेंगे तो मंत्री तो आप बनवा ही देंगे! लालबत्ती की लकालक सफ़ेद एम्बेसडर में बैठेंगे, आगे-पीछे तीस-चालीस गाड़ियों का कारवाँ होगा। जिस ज़िले में जाएँगे, वहाँ के डीएम, एसएसपी अगवानी करने आएँगे और साले पुलिसवाले लाइन लगाकर सैल्यूट करेंगे।"

"अब तुम्हारी समझ में आ रहा है। थोड़ी-सी और मेहनत करके हम लोग यह काम कर सकते हैं। यह कोई मुश्किल काम नहीं है। हमारे दम पर ये जीतकर जाते हैं और सरकार बना लेते हैं, वही काम हम ख़ुद के लिए ही करेंगे।" श्रीप्रकाश ने कहा।

सुधीर और अनुज ने एक साथ बोले, "जी, भैया, आपकी बात बिलकुल सही है, ऐसा ही किया जाएगा। बात कर लीजिए, पप्पू यादव का काम तो बहुत आसान है। एक गोली पड़ने के बाद वह भाग भी नहीं पाएगा, वहीं गिर जाएगा। उसे वीरेन्द्र शाही जितनी गोलियाँ नहीं मारनी पड़ेंगी।"

उत्तर प्रदेश में सन् 1997 में एक बड़ी राजनीतिक हत्या हुई थी। भारतीय जनता पार्टी के कद्दावर नेता ब्रह्मदत्त द्विवेदी की एक शादी-समारोह में हत्या कर दी गई थी। ब्रह्मदत्त द्विवेदी उत्तर प्रदेश के ब्राह्मणों की राजनीति करनेवाले नेता थे। उनकी हत्या के बाद ये कयास लगाए जा रहे थे कि यह हत्या राजनीतिक कारणों से कराई गई है क्योंकि ब्रह्मदत्त द्विवेदी उत्तर प्रदेश में ब्राह्मणों के बड़े नेता के रूप में उभर रहे थे और भारतीय जनता पार्टी के राष्ट्रीय स्तर के नेताओं से उनकी नज़दीकी बढ़ रही थी। जातिगत राजनीति में उन्हें उत्तर प्रदेश में कल्याण सिंह के विकल्प के रूप में देखा जाने लगा था। ऐसे में उनकी हत्या को राजनीतिक रंग दिया जाने लगा।

ब्रह्मदत्त द्विवेदी की हत्या के बाद अख़बारों के पन्ने रँगे रहने लगे और बार-बार यह इशारा किया जाने लगा कि यह हत्या कल्याण सिंह के करीबी साक्षी महाराज और ब्रह्मदत्त द्विवेदी के गृह जनपद फर्रुखाबाद के विधायक विजय सिंह ने कराई है। तमाम उँगलियाँ उठने के बाद ब्रह्मदत्त द्विवेदी की पत्नी को कल्याण सिंह मंत्रिमंडल में मंत्री बनाया गया और ब्रह्मदत्त द्विवेदी के बेटे कैप्टन सुनील द्विवेदी क्षेत्र में अपने पिता की राजनीतिक विरासत सहेजने लगे। रह-रहकर उन्हें अपने पिता की हत्या का बदला लेने की बात मन में टीस बनकर उभरती थी। वह इसके लिए गम्भीर प्रयास भी करते रहे। इसी बीच कैप्टन सुनील द्विवेदी ने ऐसे लोगों की खोजबीन शुरू की जो उनकी मुलाकात श्रीप्रकाश शुक्ला से करा सकते थे। कैप्टन द्विवेदी घनश्याम पाठक और उसके साथ के लोगों से लखनऊ में मिले और किसी भी तरह श्रीप्रकाश शुक्ला से बात कराने की बात उनसे कही।

कैप्टन सुनील द्विवेदी ने मृत्युंजय शुक्ला से भी सम्पर्क किया और उससे भी यही अनुरोध किया कि 'मेरी श्रीप्रकाश से बात कराइए।'

श्रीप्रकाश तक यह ख़बर पहुँचा दी गई कि ब्रह्मदत्त द्विवेदी के बेटे बात करना चाहते हैं।

श्रीप्रकाश ने ब्रह्मदत्त द्विवेदी के बेटे का मोबाइल नम्बर माँगा और फिर एक दिन उस पर बात की। सुनील ने उसको बताया, "आपसे मिलकर मैं बात करना चाहता हूँ।"

"जब मैं कहीं आपके नज़दीक रहूँगा तो मैं आपको बुलवा लूँगा।" श्रीप्रकाश ने कहा।

करीब पन्द्रह दिन बाद श्रीप्रकाश ने ब्रह्मदत्त द्विवेदी के बेटे सुनील को फ़ैज़ाबाद बुलवाया। फ़ैज़ाबाद के होटल में श्रीप्रकाश, अनुज और सुधीर ब्रह्मदत्त द्विवेदी के बेटे सुनील से मिलने गए। मिलते ही सुनील ने सारी बात बताई और कहा, "पिताजी की हत्या साक्षी महाराज और विजय सिंह के लोगों ने की है और यह आसानी से समझा जा सकता है कि इन लोगों ने पिताजी को क्यों मरवाया है।"

"विजय सिंह तो जेल में है, उसका कुछ नहीं हो सकता। लेकिन साक्षी महाराज के बारे में एक बार कुंडली निकाल लूँ तो वह काम किया जा सकता है।" श्रीप्रकाश ने कहा।

सुनील बहुत ख़ुश हुए। उन्होंने कहा, "शुक्ला जी, आपसे यही उम्मीद थी और अपने इस काम के लिए मैं आपके लिए कुछ कर सकता हूँ तो ज़रूर कुछ करूँगा। आप जितना पैसा कहेंगे, उतना दूँगा, पर यह काम होना चाहिए।"

"आप चिन्ता न करिए, मैं पैसा आपसे ले लूँगा। अभी मुझे इसका पता लगा लेने दीजिए।" श्रीप्रकाश बोला।

जाते-जाते सुनील ने पूछा, "अगर मुझे कभी ज़रूरी बात आपको बतानी हो या अचानक कोई ज़रूरत आ पड़े तो आपसे कैसे सम्पर्क किया जा सकता है?"

"मैं ख़ुद ही आपसे बात करता रहूँगा, आपको परेशान होने की ज़रूरत नहीं है।" श्रीप्रकाश ने कहा।

तीनों वहाँ से निकलकर गोरखपुर पहुँच गए। रात में गोरखपुर से श्रीप्रकाश ने दो नये लड़कों को साक्षी महाराज की कुंडली निकालने के लिए कहा और यह बताया, "मुझे हफ़्ते, दस दिन में ही इसकी पूरी कुंडली निकालकर दो।" बात ख़त्म होने के बाद श्रीप्रकाश ने अनुज और सुधीर से कहा, "लगता है, ऊपर वाला भी हम पर मेहरबान है कि यह काम मिल गया, हमें अलग से कोई प्रयास नहीं करना पड़ा। यह मुख्यमंत्री जो रोज़ भाषण में कहता है कि अपराधी या तो जेल में रहेंगे या प्रदेश के बाहर रहेंगे, इसका भी दिमाग़ ठंडा हो जाएगा। साक्षी इसका सबसे नज़दीकी आदमी है। साक्षी का काम होते ही यह मुख्यमंत्री भी कब्ज़े में आ जाएगा। बस, एक बार मुख्यमंत्री कब्ज़े में आ गया तो अपना सब काम जैसे सूरज दादा ने अपने लिए बिहार में बनाया है, वैसे ही हम लोग उत्तर प्रदेश में आराम से कर लेंगे।"

"भैया, इसका दूसरा पहलू भी देखो," सुधीर बोला, "साक्षी का काम तमाम होते ही पुलिस पगला जाएगी। अभी ही इन लोगों ने जीना मुहाल कर रखा है। हम लोगों के रिश्तेदार अभी भी जेल में हैं और जो दूर-दूर की रिश्तेदारियाँ हैं, उनमें से भी किसी न किसी को पुलिस रोज़ उठाकर ले जाती है, पीटती है, फिर छोड़ देती है। अब तो घर की महिलाओं को भी बेइज़्ज़त करने लगी है पुलिस। साक्षी के न होने के बाद तो सड़क पर निकलना भी मुश्किल कर देगी!"

"सही कह रहे हो," श्रीप्रकाश ने कहा, "पुलिसवालों ने नाक में दम कर रखा है। बड़े भैया को बहुत मारा है। पिताजी को रोज़ थाने उठाकर ले जाती है। एसएसपी गोरखपुर को मैंने धमकाया तो वह मिमियाने लगा कि 'हम लोग कुछ नहीं कर सकते। इस काम के लिए एक एसटीएफ़ बनाई गई है। यह धर-पकड़ का काम एसटीएफ़ वाले ही कर रहे हैं।'

"यह एसटीएफ़ कोई लन्दन से नहीं आई है, डीजीपी ही इसके मालिक हैं। अब डीजीपी को टाइट करना पड़ेगा। यह डीजीपी बनिया है, ज़्यादा लोड नहीं ले पाएगा। किसी दिन टाइट कर दूँगा। रोज़ रिश्तेदार ख़बर भिजवा रहे हैं कि पुलिस बहुत परेशान कर रही है। यह डीजीपी फिर भी नहीं मानता है तो एसटीएफ़ वालों को ही ठिकाने लगाऊँगा। आर.के. सिंह को मारने का एक फ़ायदा यह तो हुआ कि कभी कोई पुलिस वाला रास्ते में चेकिंग में मिल भी जाता है तो एके दिखाते ही समझ जाता है और तुरन्त सैल्यूट करके गाड़ी निकलवा देता है। एसटीएफ़ वालों को मारने से फिर कोई सड़क पर नहीं आएगा, न कोई घर वालों को उठाएगा और जो एसटीएफ़ में बाक़ी हैं, वे भी भाग जाएँगे।"

"एक दिन मैंने पापा से बात की थी तो पापा ने बताया कि 'एसटीएफ़ वालों से बहुत होशियार रहना।' अरुण कुमार, सत्येन्द्र वीर सिंह और राजेश पाण्डेय एक ही मिज़ाज के हैं। ये जान पर खेल जाएँगे। बहुत ज़्यादा किसी की फ़िक्र भी नहीं करते।" अनुज बोला।

"मुझे भी किसी लड़के ने लखनऊ से फ़ोन करके बताया है कि ये तीनों बहुत हरामी हैं। बाक़ी सब लम्बी-लम्बी छोड़ते हैं, क़िस्सा-कहानी अपने अधिकारियों को बताते हैं। इन तीनों से भी निबटना पड़ेगा, लेकिन तुम चिन्ता न करो, पहले इन लोगों को ठीक कर दूँगा, फिर साक्षी का विकेट गिराऊँगा। साक्षी का विकेट गिरने के बाद मुख्यमंत्री कितना भी चिल्लाए, कोई पुलिसवाला सड़क पर नहीं निकलेगा।" श्रीप्रकाश ने कहा।

"जी भैया, यह करना ही पड़ेगा। अब ज़्यादा काम करने को रहा नहीं है—बस, एक बार पुलिस को फ़िट कर दीजिए और साक्षी का विकेट गिरा देते हैं तो फिर कोई बोलने वाला नहीं होगा। बाक़ी का काम इलेक्शन आते-आते ठीक कर लिया जाएगा। इलेक्शन के पहले ही कहाँ-कहाँ से किस-किसको लड़वाना है, यह भी तय कर लीजिएगा।" अनुज बोला।

"मैंने सब तय कर लिया है और फ़ोन करके एक-एक को बता भी दिया है कि अपनी-अपनी तैयारी करो। अपने-अपने इलाक़े में सबसे ज़्यादा वोटर वाले बूथ निकालकर रखो। कई जगह जाकर मेहनत करनी पड़ेगी। सबसे ज़्यादा वोटर वाले बूथ छाँट लेंगे, तो अपना आदमी आराम से निकल जाएगा।" श्रीप्रकाश ने कहा।

# धमकाया मंत्री को

अगले दिन सुबह के अख़बार में क्या निकला है, यह जानने के लिए श्रीप्रकाश ने फ़ोन किया तो बताया गया कि लालजी टंडन का बयान फिर आया है कि 'हम बहुत जल्दी श्रीप्रकाश और उसके गैंग का खात्मा कर देंगे, व्यापारियों को डरने की ज़रूरत नहीं है। किसी व्यापारी से अगर कोई गुंडा-टैक्स वसूल कर रहा है तो वह एसटीएफ़ से सीधे सम्पर्क करके उसको बताए।'

"यह किस अख़बार में निकला है?" श्रीप्रकाश ने पूछा।

उधर से बताया गया, "यह 'जागरण' में छपा है।"

"बाक़ी अख़बारों में क्या-क्या छपा है?"

उधर से हर अख़बार की ख़बर अलग-अलग पढ़कर बताई गई। लगभग सभी में लालजी टंडन का यह बयान छपा हुआ था।

अंग्रेज़ी के अख़बार के लिए श्रीप्रकाश ने अनुज से कहा, "तुम ज़रा उससे समझकर बताओ।"

अनुज ने उससे बात की तो उसने बताया, "'टाइम्स ऑफ़ इंडिया' में किसी पत्रकार ने और भी ख़राब लिखा है।"

"यह दीपक शर्मा वाला अख़बार कौन-सा है? उसमें क्या लिखा है?" श्रीप्रकाश ने अनुज से पूछा।

"उसमें कुछ नहीं लिखा है। उसके अख़बार 'पायनियर' में लालजी टंडन का कोई बयान भी नहीं लिखा है। हाँ, यह ज़रूर लिखा है कि बिहार में भी श्रीप्रकाश शुक्ला की दहशत कायम हो गई है।" अनुज ने बताया।

"अभी पहले लालजी टंडन से निबट लूँ।" श्रीप्रकाश ने कहा, "ज़रा दीपक शर्मा का नम्बर देना, मैं उससे बात करूँगा। वह आदमी ठीक लगता है, सही बात लिखता है और उसका अख़बार दिल्ली में ज़्यादा पढ़ा जाता है।" इतना कहकर श्रीप्रकाश ने फ़ोन रख दिया।

श्रीप्रकाश ने लखनऊ किसी को फ़ोन मिलाया। फ़ोन मिलाते ही वह नाराज़ हुआ और चिल्ला-चिल्लाकर कहने लगा, "तुमको मैंने लालजी टंडन की कुंडली निकालने को कहा था, तुमने आज तक नहीं बताया। तुमको क्या लगता है कि मैं तुमको छोड़ दूँगा?

तुम साले जितना पैसा कहते हो, उतना पैसा तुमको तुरन्त दिलवा देता हूँ। मेरा माथा मत गरम किया करो। माथा गरम हुआ तो एक दाना तुम्हारी खोपड़ी में भी डालूँगा।"

"भैया, मैं कैसे ख़बर करूँ?" उधर से कहा गया, "आपका मेरे पास कोई नम्बर नहीं है। आपने कहा था कि फ़ोन करके पूछूँगा, आपने फ़ोन करके पूछा ही नहीं। मैंने पूरी कुंडली निकाल रखी है।"

"अगर मैंने फ़ोन नहीं किया था, तो तुम गोरखपुर में ओमप्रकाश भैया को बता देते, जौनपुर में धन्नू पाठक को बता देते, मैं तुरन्त फ़ोन मिला लेता। आइन्दा ऐसी लापरवाही मत करना।" श्रीप्रकाश आगे बोला, "नर्वदेश्वर, तुम जानते हो, मैं तुमको बड़ा काम ही देता हूँ और तुम्हें जब-जब ज़रूरत पड़ती है, पैसा दिला देता हूँ। हमारे काम में लापरवाही मत किया करो। अब यह बताओ, आज वह कहाँ पर है?" श्रीप्रकाश ने पूछा।

"भैया, आज वह लखनऊ में ही है। कल मैं गया था, चौक वाले स्टेडियम में शाम को मीटिंग थी, लखनऊ भर के बनिये इकट्ठा हुए थे। किसी का जयन्ती समारोह था। मुझे नहीं याद है कि किसकी जयन्ती थी लेकिन बहुत-से लोगों ने उन्हें माला पहनाई थी।" नर्वदेश्वर बोला।

"माला पहनाने वाले सब लोग ऊपर ही थे कि नीचे से भी लोग गए थे?" श्रीप्रकाश ने पूछा।

"शुरू-शुरू में तो नाम पुकार-पुकारकर बुलाया जा रहा था और नीचे से भी लोग माला लेकर आते थे और उनको पहना देते थे। फिर उसके बाद लोग अपने-आप लाइन लगाकर माला पहना रहे थे।" नर्वदेश्वर बोला।

"कितने लोगों ने माला पहनाई होगी?" श्रीप्रकाश ने पूछा।

"भैया, जब गले में मालाएँ भर जाती थीं और गले में अटकने लगती थीं, तो टंडन चश्मा निकालकर सब मालाएँ निकलवा देते थे। मालाएँ कुछ तो उसके सामने मेज़ पर रखी हुई थीं और फिर बाद में मालाएँ, मंच के पीछे किसी आदमी को दे देते थे। थोड़ी देर में फिर वही मालाएँ नीचे आ जाती थीं और लोग फिर हाथ में ले-लेकर चलते थे। जब लोग माला डाल रहे थे तो मैंने भी गेंदे की एक माला ले ली थी और नज़दीक से देखने के लिए उनको माला पहना दी थी।"

"तुम उस समय कौन-सा कपड़ा पहने हुए थे?" श्रीप्रकाश ने पूछा।

"भैया, जींस पहनी थी और हल्के नीले रंग की टी-शर्ट थी। पैरों में सफ़ेद रंग का स्पोर्ट्स शू पहने था।" नर्वदेश्वर बोला, "भैया, जब बहुत लोग आ गए तो टंडन ने मना कर दिया। मंच का जो संचालन कर रहा था, उसे बुलाकर कहा, 'मुझे दूसरी मीटिंग में जाना है', फिर लालजी टंडन ख़ुद बोलने लगे। बोलने के बाद वह मंच से नीचे उतरे तो नीचे अख़बार वाले खड़े थे, चार-पाँच टीवी कैमरा मैन भी थे। उसी में किसी ने सवाल पूछा था, 'आपके राज में व्यापारियों का

इतना उत्पीड़न हो रहा है, व्यापारी डर के मारे गुंडा-टैक्स दे रहे हैं और सरकार कुछ नहीं कर रही है।'

"लालजी टंडन ने पूछा, 'कौन इतना बड़ा गुंडा है कि लखनऊ का व्यापारी उससे डर रहा है?' रिपोर्टर्स की भीड़ में से किसी ने कहा, 'श्रीप्रकाश शुक्ला।' तभी टंडन ने कहा था कि 'पुलिस बहुत जल्दी पूरे गैंग का सफ़ाया करनेवाली है।' भैया, यह सुनकर मैं डर गया और वहाँ से चला आया।"

"तुम अकेले गए थे कि कोई साथ में था?" श्रीप्रकाश ने पूछा।

"नहीं भैया, मैं अकेला ही गया था। आप पहले भी बता चुके हैं कि किसी की कुंडली निकालते समय अकेला ही होना चाहिए। किसी को साथ ले जाने पर बात कहीं न कहीं लीक हो जाती है।" नर्वदेश्वर ने कहा।

"वहाँ पर तुमको पहचानने वाला कोई था कि नहीं? या तुम्हारी किसी से मुलाकात हुई थी?"

"भैया, मैंने अभी-अभी चार महीने पहले देवरिया से आकर बीए में प्रवेश लिया है। लखनऊ में मुझे कोई नहीं जानता, न कोई मिला, न कोई पहचानता होगा।"

"बिलकुल ठीक है, अब यह बताओ, आज उसका क्या प्रोगाम है?"

"आज जो अख़बार में उनका प्रोग्राम निकला है, वह राजभवन के सामने विशेषय्या हॉल में सुबह ग्यारह बजे पीडब्ल्यूडी के कर्मचारियों के किसी सम्मेलन में जाएँगे। उसके बाद का कार्यक्रम सचिवालय में ही है।"

"बहुत अच्छा। ज़रा उसके ऑफ़िस का और घर का नम्बर बताओ! ऑफ़िस और घर का फ़ोन कौन-कौन उठाता है, यह पता किया है कि नहीं?"

"जी, भैया, सब पता कर रखा है।" फिर नर्वदेश्वर ने ऑफ़िस और घर का फ़ोन नम्बर नोट कराया और 'यह नम्बर कौन उठाता है', यह भी नोट करवा दिया।

"कुंडली तो अच्छी निकाली है पर समय से बताते नहीं हो। अभी सब मैं चेक कर लूँगा, शाम को फ़ोन करके बता दूँगा कि कहाँ से कितना पैसा मिलना है।" श्रीप्रकाश ने कहा।

"भैया, आपका आशीर्वाद बना रहे।" नर्वदेश्वर ने कहा।

श्रीप्रकाश ने नर्वदेश्वर का फ़ोन काटते ही लालजी टंडन के लैंडलाइन फ़ोन पर फ़ोन मिलाया। टेलीफ़ोन उठाने वाले से कहा, "सतीश, मैं भाजपा ज़िला अध्यक्ष, मऊ से बोल रहा हूँ। मंत्री जी से एक मिनट बात करा दो, बहुत ज़रूरी बात है।"

सतीश ने कहा, "एक मिनट होल्ड करिए।" थोड़ी ही देर बाद उसने कहा, "मंत्री जी को मैं लाइन दे रहा हूँ।"

टंडन जी ने जैसे ही फ़ोन उठाया, वैसे ही श्रीप्रकाश ने कहा, "टंडन जी, फ़ोन रखना मत, ध्यान से मेरी बात सुन लेना।"

"कौन बोल रहे हो?" टंडन जी बोले।

"मैं श्रीप्रकाश शुक्ला बोल रहा हूँ।" श्रीप्रकाश ने कहा।

"कौन श्रीप्रकाश शुक्ला? मैं नहीं जानता।" टंडन जी ने कहा।

श्रीप्रकाश ने कहा, "टंडन जी, आप सब जानते हैं। मैं वही हूँ जिसने वीरेन्द्र शाही को तुम्हारे लखनऊ में ही डेढ़ सौ गोलियाँ मारी थीं। मैं वही हूँ, जिसने जनपथ के भरे बाज़ार में दरोगा आर.के. सिंह की खोपड़ी में दस गोलियाँ उतारी थीं। कुछ याद आ गया हो तो ठीक है, नहीं तो आगे और बताऊँ? एक बात और, बात पूरी सुन लेना, फ़ोन मत रखना, नहीं तो बहुत भारी पड़ेगा।" फिर श्रीप्रकाश धाराप्रवाह बोलने लगा। उसने कहा, "आज अख़बारों में बयान छपा है कि तुम्हारी पुलिस हमको मार देगी, तो टंडन जी, यह ध्यान रखिएगा कि तुम्हारी पुलिस को मैं जानता हूँ। उसके अन्दर इतना बूता होता तो वह पहले ही मार चुकी होती। लेकिन मैं तुमको एक हफ़्ते में मार दूँगा।

"मैं तो तुम्हें कल ही मार देता और जो ये जो सौ आदमी खिलौना लेकर तुम्हारे साथ-साथ चलते हैं, ये सब भाग जाते हैं। यक़ीन नहीं हो तो पता कर लेना, तुमसे बड़ा मंत्री था वृज बिहारी प्रसाद और जिस समय उसको पटना में मारा था, उसके साथ दर्जनों असलहाधारी थे। जब मारकर हम लोग चले आए तो उसके बीस मिनट बाद ये साले हवा में गोली चलाने लगे। इसलिए पुलिस की बात न करो। कल चौक वाले स्टेडियम में जिस प्रोगाम में तुम गए थे, वहाँ मैं भी गया था। गया इसलिए था कि तुम बहुत 'व्यापारी-व्यापारी' चिल्ला रहे हो और मुख्यमंत्री पर दबाव बनाते हो। पहले तुमको निबटा दूँगा, फिर पुलिस को देखूँगा।

"कल जब तुम स्टेडियम वाले प्रोग्राम में गए थे, पहले तो मंच वाले लोगों ने माला पहनाया, उसके बाद नीचे से लोग माला लेकर आ रहे थे और तुम्हें माला पहना रहे थे। मैं भी मंच पर गया था, मैंने भी माला पहनाई। उस समय दो पिस्टल मेरी कमर में लगी हुई थीं। मैंने जींस और नीले रंग का टी-शर्ट पहन रखा था और स्पोर्ट्स शू पहने हुए था। माला पहनाकर पैर भी छुआ था। मन तो हुआ था कि वहीं दस गोलियाँ सीने में उतार दूँ, लेकिन मैंने सोचा, पहले तुम्हें बता दूँ, तब तुम्हें मारूँगा। मैंने किसी को कभी बिना बताए नहीं मारा है। गोरखपुर में किसी से पूछ लेना, वीरेन्द्र शाही से कहा था कि होली से पहले मारूँगा और होली से पहले ही मारा। कल के प्रोग्राम के फ़ोटो मँगाकर देख लेना। वहाँ से जब तुम निकलकर अपनी गाड़ी की तरफ़ बढ़े थे तो मैं वापस चला आया था। आज अख़बारों में पढ़ा कि गाड़ी में बैठने से पहले तुमने पुलिसवालों को बयान दिया कि 'हमारी पुलिस बहुत जल्दी श्रीप्रकाश शुक्ला और उसके गैंग का ख़ात्मा कर देगी।' आज के बाद मैं तुम्हें फ़ोन नहीं करूँगा, सीधे तुम्हारे पास आऊँगा। भैंसा कुंड जाने की तैयारी किये रहना।"

लालजी टंडन का चेहरा फक पड़ चुका था, बोले, "तुम मुझसे क्या चाहते हो?"

"यह बयानबाजी बन्द करो और जो तुम्हारा काम है, वह करो। यह जो बार-बार व्यापारियों के नाम पर मुख्यमंत्री को बरगला रहे हो, अगर यह दोबारा किसी अख़बार में आ गया तो उस दिन से एक हफ़्ता गिन लेना। इससे ज़्यादा मुझे कुछ नहीं कहना है।" यह कहकर श्रीप्रकाश ने फ़ोन काट दिया।

फ़ोन रखकर लालजी टंडन ने वहाँ मौजूद सभी लोगों से कहा, "आप लोग जाइए, मैं तैयार होने जा रहा हूँ, मेरी मीटिंग है।"

सभी लोग वहाँ से चले गए।

लालजी टंडन ने अपने पीए को तुरन्त भीतर बुलवाया और अकेले में उसके कान में कहा, "कल स्टेडियम में जो प्रोगाम था, उसके सारे फ़ोटोज़ लेकर आओ और उसमें देखकर बताओ कि कोई लड़का जींस, टी-शर्ट और स्पोर्ट्स शूज़ में है कि नहीं है?" साथ ही यह भी कहा, "मैं तैयार होकर आता हूँ, तब तक ये फ़ोटोज़ आ जाने चाहिए।"

"जी सर!" पीए ने कहा।

उस प्रोग्राम के संयोजक और पार्टी के लोगों से टंडन जी के पीए ने बात की और फ़ोटोग्राफ़र का नाम-पता किया और गाड़ी भेजकर तुरन्त फ़ोटो लाने के लिए कहा। यह भी हिदायत दी, "प्रोगाम में मंच के सारे फ़ोटो चाहिए—मंत्री जी के आने से लेकर उनके जाने तक के। ये सारे फ़ोटोग्राफ़ मुझे आधे घंटे में मिल जाने चाहिए।"

लालजी टंडन जल्दी-जल्दी नहाकर, पूजा-पाठ करके एक घंटे में तैयार होकर निकले तो उनके पीए ने कहा, "सर, नाश्ता कर लीजिए, ग्यारह बजे से विशेषय्या हॉल में मीटिंग है।"

"पहले यह बताओ कि वे तस्वीरें मिलीं कि नहीं?" लालजी टंडन ने पूछा।

पीए ने कहा, "बस, थोड़ी देर में आ रहे हैं, फ़ोटोग्राफ़र के यहाँ ही आदमी गया है, सीधे वहीं से लेकर आएगा।"

"अब मैं किसी से नहीं मिलूँगा। फ़ोटो आ जाएँ तो लेकर आना, तब तक मैं नाश्ता कर लेता हूँ।" लालजी टंडन बोले।

"सर, वह पीडब्ल्यूडी वालों की मीटिंग?" पीए फिर बोला।

लालजी टंडन ज़ोर से डाँटते हुए बोले, "जो मैं कह रहा हूँ, वह तुम्हें सुनाई नहीं दे रहा है? जाओ, पहले फ़ोटो लेकर आओ और जब तक फ़ोटो नहीं आते, तब तक कोई दूसरी बात नहीं करना।"

अब पीए की समझ में आ गया था कि कोई गम्भीर बात है। मंत्री जी इस तरह से किसी बात के लिए ज़िद नहीं करते और सामान्य रूप से किसी कार्यक्रम के न तो फ़ोटो मँगाते हैं और न देखने की इच्छा करते हैं। पीए अपने कक्ष में बैठ गया और बार-बार फ़ोन करके लोगों से बात करता रहा कि फ़ोटो कितनी देर में आ जाएगा। जिससे भी बात करता था, सभी बताते थे कि बस, पाँच मिनट में।

यह बात कहते हुए भी तकरीबन आधा घंटा हो चुका था। पीए भी झल्लाने लगा। उसकी समझ में आ रहा था कि कोई बहुत गम्भीर बात है। अगर जल्दी फ़ोटो नहीं मिला तो बहुत ज़्यादा डाँट सुननी पड़ेगी। वह अपना माथा पकड़कर बैठ गया।

करीब पन्द्रह मिनट बाद मंत्री जी का अर्दली, एक पैकेट में फ़ोटो लेकर भीतर आ गया। पीए ने झपटकर वह पैकेट उसके हाथ से लिया। जल्दी-जल्दी, एक-एक करके सारे फ़ोटो देखने लगा और उसमें से पाँच-छह फ़ोटो निकालकर अलग किये और सीधे मंत्री जी के कमरे में घुस गया।

उसको देखते ही मंत्री जी ने पूछा, "फ़ोटो मिले?"

पीए ने कहा, "हाँ, मिल गए।"

पीए ने फ़ोटो के लिफ़ाफ़े को एक तरफ़ रखा और उसमें से निकाले हुए चार-पाँच फ़ोटो उनके सामने रख दिये और बोला, "सर, यह मंच में माला पहनाने वालों के फ़ोटो हैं।"

लालजी टंडन ध्यान से उन फ़ोटो को देखने लगे। दो-तीन फ़ोटो को देखकर उनके चेहरे का रंग बदलने लगा। अपने पीए को नज़दीक बुलाकर उन्होंने कहा, "यह जींस और टी-शर्ट वाले लड़के का फ़ोटो सामने से नहीं खींचा हुआ है, चेहरा आधा ही दिख रहा है। यह फ़ोटो हमें दे दो और फ़ोटोग्राफ़र से कोशिश करो कि अगर सामने का कोई फ़ोटो मिल जाए तो बताए।"

साथ ही पीए से यह भी कहा, "गाड़ी लगाओ, अभी मीटिंग में नहीं जाऊँगा। उन लोगों को बता दो कि अपना कार्यक्रम शुरू कर दें, मैं बारह बजे पहुँचूँगा। पहले सीधे सचिवालय चलो।"

सचिवालय पहुँचकर टंडन जी ने सीधे डीजीपी को फ़ोन किया और कहा, "आप तत्काल सचिवालय पहुँचिए और अपने साथ एसएसपी, एसटीएफ़ को भी ले आइए।"

वहाँ अपने स्टाफ़ के लोगों से टंडन जी ने यह कहा कि अभी डीजीपी और एसएसपी, एसटीएफ़ के लोग आ रहे हैं। जब तक वे लोग आ नहीं जाते, मैं किसी से नहीं मिलूँगा।"

आधे घंटे बाद डीजीपी और अरुण कुमार, लालजी टंडन के कक्ष में पहुँच गए। इनके आने पर मंत्री जी ने कहा, " आप लोग पीछे वाले रेस्ट रूम में चलिए, मैं आता हूँ।'

डीजीपी और अरुण कुमार उस कक्ष में चले गए।

टंडन ने अपने पीए को बुलाकर कहा, "जब तक मैं डीजीपी से बात करूँ, न तो किसी का फ़ोन देना, न ही कोई भीतर आएगा; कोई का मतलब कोई भी!" इतना कहकर टंडन अलग से बने कक्ष में चले गए।

डीजीपी ने उन्हें देखते ही कहा, "सर, आप कुछ परेशान लग रहे हैं!"

"हाँ, परेशान हूँ।" टंडन बोले।

उत्तर प्रदेश सरकार में नगर विकास मंत्री लाल जी टंडन ने पूरी बात उन्हें बताई, "सुबह श्रीप्रकाश शुक्ला का फ़ोन आया था। मुझसे बहुत लम्बी बात की और यह बताया कि 'कल मैं आपको चौक वाले स्टेडियम के प्रोगाम में मार देता।' उसने अपनी पहचान भी बताई और यह भी कहा कि 'कार्यकम के फ़ोटो मँगाकर पहचान कर लेना।' मैंने कार्यक्रम के फ़ोटो भी मँगा लिये हैं। एसएसपी, एसटीएफ़, आप यह देखकर बताइए कि जो वह कह रहा था, यह सही है या नहीं? फ़ोटो में दिखने वाला आदमी श्रीप्रकाश शुक्ला है या नहीं? और अगर वह श्रीप्रकाश शुक्ला था तो यह बहुत गम्भीर बात है। आप लोगों से जब भी पूछा जाता है, आप लोग यह बताते हैं कि बहुत जल्दी पकड़ लेंगे या मार देंगे। मैं सरकार का वरिष्ठ मंत्री हूँ और प्रधानमंत्री श्री अटल बिहारी वाजपेयी का सबसे पुराना आदमी हूँ, अगर मैं भी सुरक्षित नहीं हूँ तो इतने बड़े पुलिस बल का क्या मतलब है?" यह कहते हुए लालजी टंडन ने सारे फ़ोटोग्राफ़ गुस्से में डीजीपी के सामने पटक दिये।

डीजीपी ने सभी फ़ोटोग्राफ़ अरुण कुमार के सामने रखे और मंत्री जी से कहा, "सर, हमें थोड़ा समय दीजिए, मैं इसको नज़दीक से पहचानने वालों को दिखवाकर बताता हूँ। इन फ़ोटोग्राफ़्स में उसका चेहरा बग़ल से दिखाई दे रहा है, इसलिए अभी तुरन्त पहचान पाना मुश्किल है।"

"ठीक है, आज शाम तक मुझे बताइए।" लालजी टंडन ने कहा।

डीजीपी ने एसएसपी अरुण कुमार से पूछा, "अरुण कुमार, तुम्हें क्या लगता है, यह श्रीप्रकाश है कि नहीं?"

"सर, मैंने भी फ़ोटोग्राफ़ ही देखा है, सामने से नहीं देखा है। बग़ल से देखने पर कुछ भी कह पाना मुश्किल है। हमारे पास एक आदमी है, जिसने इसको बहुत दिनों तक नज़दीक से देखा है, अभी उससे पहचान कराते हैं।" अरुण कुमार ने कहा।

"अरुण कुमार, यह मामला बहुत सीरियस है। शाम तक हर हाल में मुझे बताना होगा।" डीजीपी ने कहा।

"ठीक है।" अरुण कुमार ने कहा।

डीजीपी को उनकी गाड़ी में विदा करके एसएसपी, एसटीएफ़ अरुण कुमार अपनी गाड़ी से ऑफ़िस की तरफ़ चल दिये। रास्ते में उन्होंने राजेश पाण्डेय को फ़ोन करके पूछा, "धीरेन्द्र सिंह अभी कहाँ है?"

"हम लोगों के पास ही है।" राजेश पाण्डेय ने कहा।

"आप तुरन्त ऑफ़िस पहुँचिए, बहुत ज़रूरी काम है।"

"जी, पहुँच रहा हूँ।" राजेश पाण्डेय ने कहा।

थोड़ी देर बाद जैसे ही अरुण कुमार एसटीएफ़ कार्यालय पहुँचे, राजेश पाण्डेय पहले से ही वहाँ मौजूद थे। अरुण कुमार ने डायरी में से निकालकर पाँच-छह फ़ोटोग्राफ़ राजेश पाण्डेय को दिये। टी-शर्ट और जींस वाले लड़के का फ़ोटो दिखाकर कहा, "ज़रा धीरेन्द्र को दिखाकर यह पता करो कि यह श्रीप्रकाश शुक्ला तो नहीं है?"

"अभी बताता हूँ।" यह कहकर राजेश पाण्डेय वहाँ से निकलकर अविनाश मिश्रा के साथ धीरेन्द्र के पास गए और धीरेन्द्र को फ़ोटो दिखाया।

धीरेन्द्र ने कहा, "कपड़े और जूते से तो वही लग रहा है लेकिन चेहरे से बहुत समझ में नहीं आ रहा है। बाल जैसे वह छोटे-छोटे रखता था, वैसे ही हैं लेकिन नाक थोड़ी-सी हटकर लग रही है।"

अविनाश मिश्रा ने कई बार ज़ोर देकर कहा, "बार-बार देख लो और यह साफ़-साफ़ बताओ कि यह श्रीप्रकाश शुक्ला है कि नहीं?"

धीरेन्द्र ने फ़ोटोग्राफ़ को कई बार देखा, फिर बोला, "साफ़-साफ़ नहीं कहा जा सकता। शक्ल में थोड़ा अन्तर दिखाई दे रहा है, बाक़ी चाल-ढाल, कपड़े—सब उसके लग रहे हैं। सामने का कोई फ़ोटो अगर हो तो स्पष्ट रूप से बताया जा सकता है।"

"अगर उसी ने ख़ुद फ़ोन करके बताया हो कि 'फ़ोटो में पहचान कराकर देख लो, मंत्री जी को माला पहना रहा हूँ' तो इस बात में कितना दम होगा?" राजेश पाण्डेय ने फिर पूछा।

"अगर उसने ऐसा बताया है तो सही ही होगा।" धीरेन्द्र सकपकाते हुए बोला।

काफ़ी पूछताछ के बाद राजेश पाण्डेय फिर से अरुण कुमार के पास गए और उनको पूरी बात बताई। अरुण कुमार कुछ चिन्तित हुए।

"कोई सीरियस बात है, सर?" राजेश ने पूछा।

"बहुत सीरियस है।" फिर अरुण कुमार ने पूरी बात राजेश पाण्डेय को बताई।

"धीरेन्द्र भी सही से नहीं पहचान पा रहा है और न ही मना कर पा रहा है, इससे स्पष्ट है कि यह श्रीप्रकाश हो सकता है! धीरेन्द्र को श्रीप्रकाश को देखे हुए भी सात-आठ महीने हो गए हैं।" राजेश पाण्डेय ने कहा।

पूरी बात सुनकर अरुण कुमार ने डीजीपी को फ़ोन करके बताया, "पहचानने वाले को भी दिखवा लिया गया। वह बहुत स्पष्ट रूप से न तो 'हाँ' कह पा रहा है और न ही 'न'। पचास-पचास प्रतिशत की सम्भावना है कि यह श्रीप्रकाश शुक्ला ही हो!"

"यह बात मंत्री जी से कहना ख़तरे से खाली नहीं है। वैसे भी वह गुस्से में हैं, तुरन्त कहेंगे, 'आप लोग इतने दिनों से रोज़ क़िस्सा-कहानी बता रहे हैं, अभी तक आप उसको सही-सही पहचान भी नहीं पाए।' मेरे विचार से मंत्री जी को यह बताना उचित होगा कि 'लग तो वही रहा है।'" उधर से डीजीपी ने कहा।

"सर, आपको जो ठीक लगे।" अरुण कुमार ने कहा।

शाम को डीजीपी फिर से लालजी टंडन से मिलने गए और उन्होंने वही बात बताई जो अरुण कुमार से कही थी। लालजी टंडन का चेहरा फक पड़ गया। थोड़ा सँभले और बोले, "यह तो बहुत ख़तरनाक आदमी है! इसका मतलब कल मैं बच ही गया? मेरे घर पर सुरक्षा बढ़ाइए। मैं अगले दिनों के सभी प्रोग्राम कैंसिल करता हूँ। अब जल्दी इसका कुछ करिए, वरना किसी दिन बड़ा कांड हो जाएगा।"

डीजीपी सिर झुकाकर सारी बात सुनते रहे फिर वहाँ से चले गए।

रात में लालजी टंडन ने अपने प्राइवेट सेक्रेटरी को बुलाया, अपने बेटे और परिवार के साथ बैठकर घटना का ज़िक्र किया। उनकी बात सुनकर पूरा परिवार डर गया। किसी ने कहा कि 'आप बम्बई चले जाइए', तो किसी ने कहा कि 'कुछ दिन घर से बाहर मत निकलिए।' लालजी टंडन ने कहा, "देखो, मैं राजनीतिक आदमी हूँ। एक-दो दिन तो बाहर रह सकता हूँ लेकिन बहुत दिनों तक न तो मैं घर के भीतर रह सकता हूँ और न ही बहुत दिनों तक प्रदेश के बाहर रह सकता हूँ। लोग टीका-टिप्पणी करने लगेंगे और यह राजनीति है। पन्द्रह दिन के लिए भी मैं प्रदेश से बाहर हुआ तो कोई दूसरा मेरी जगह ले लेगा। कितनी तपस्या के बाद तो मैं यहाँ तक पहुँचा हूँ।"

परिवार वाले बोले, "लेकिन जिस तरह वह आपका पीछा करते-करते आपके सामने तक आ गया था, वह कभी भी आपका नुक़सान कर सकता है।"

"मेरे दिमाग़ में एक ही चीज़ आ रही है," लालजी टंडन बोले, "मैं किसी बहाने से केजीएमसी मेडिकल कॉलेज में भर्ती हो जाऊँ। वहाँ के प्राइवेट वार्ड में एक कमरा मिल जाएगा, उसकी बग़ल के भी दो कमरे खाली करा लिए जाएँगे, टेलीफ़ोन कनेक्शन और पीए का कमरा वहीं बना लेंगे। ज़रूरी लोगों से बातचीत भी होती रहेगी, मिलने वालों से मुलाकात भी हो जाएगी। कोई कार्यक्रम माँगने भी नहीं आएगा और अगर आता भी है तो डॉक्टर बता देंगे कि अभी बाहर जाने लायक नहीं हैं। महीने-दो महीने अगर वहाँ कट जाएँगे तब तक दबाव बनाकर इसको पुलिस या तो पकड़ लेगी या मार देगी। मुख्यमंत्री जी इस मामले में बहुत सख़्त हैं। कोई भी न तो इसकी पैरवी कर सकता है और न पुलिस कोई ढिलाई बरत सकती है।"

परिवार वालों ने कहा, "बिलकुल ठीक, यह आइडिया सही है। लेकिन इसमें एक ख़तरा यह है कि अगर डॉक्टरों को ज़रा-सा भी शक हो गया कि आप बीमारी के बहाने मेडिकल कॉलेज में भर्ती हैं, तो यह बात बाहर चली जाएगी और बिना बात के बदनामी होगी।"

"पहले डॉक्टर मालवीय को बुलाकर सलाह ले लेते हैं कि किस बीमारी को बताकर वहाँ भर्ती हुआ जा सकता है।" टंडन ने कहा, "ज़्यादा सीरियस बीमारी बताना भी ठीक नहीं होगा। हमारे ही क्षेत्र के लोग यह कहने लगेंगे कि अब इनको फलाना बीमारी हो गई है, जल्दी ठीक नहीं होंगे। यह पब्लिक है, नये लोगों की तलाश करने लगेगी। इसलिए ऐसा कुछ बताना होगा, जिसको डॉक्टर भी जानते हों

कि यह महीने-दो महीने में ठीक हो जाएगी और यह भी शक नहीं होगा कि बिना बीमारी के भर्ती हैं।"

इस बात पर सहमति बन गई कि कल पहले डॉक्टर मालवीय को बुलाकर सारी बातें समझ ली जाएँ, फिर उन्हीं से रिकमेंड कराकर भर्ती हो जाया जाए।

अगले दिन डॉक्टर मालवीय बुलाए गए और उनसे अकेले में लालजी टंडन ने बात की। डॉक्टर मालवीय ने कहा, "आपको अपेंडिक्स की थोड़ी समस्या पहले से है और अपेंडिक्स में इंफ़ेक्शन की बात कहकर सारी पैथोलॉजी जाँच और सारे टेस्ट सिर्फ़ मैं ही करूँगा। दवाएँ भी सिर्फ़ मैं ही लिखूँगा और रिकॉर्ड अपने पास रखूँगा। केवल आप केजीएमसी के प्रिंसिपल को बुलाकर, उन्हें इशारा कर दें।"

"ठीक है।" टंडन ने कहा।

अगले दिन शाम को लालजी टंडन अस्पताल पहुँच गए और प्राइवेट वार्ड में भर्ती हो गए। दूसरे दिन सभी अख़बारों में यह ख़बर छपी कि 'मंत्री लालजी टंडन अस्वस्थ हो गए और मेडिकल कॉलेज में भर्ती हुए।' सभी अख़बारों ने यह भी लिखा कि 'सूत्रों के हवाले से यह भी ख़बर है कि मंत्री को कोई गम्भीर बीमारी है, इसलिए उनकी बीमारी के बारे में कोई भी डॉक्टर कुछ बताने को तैयार नहीं है।'

सुबह अख़बारों की ख़बर के लिए जब श्रीप्रकाश ने फ़ोन किया तो उसको बताया गया कि अख़बारों में निकला है कि मंत्री लालजी टंडन किसी बीमारी के कारण अस्पताल में भर्ती हैं।

जैसे ही श्रीप्रकाश ने यह ख़बर सुनी, वह ज़ोर-ज़ोर से हँसने लगा। थोड़ी देर बात करने के बाद श्रीप्रकाश ने फ़ोन रख दिया।

उसके फ़ोन रखने पर आश्चर्य से अनुज ने पूछा, "भैया, आज बहुत दिन बाद ठट्ठा मारकर हँस रहे हो?"

"अभी बताता हूँ।" यह कहकर श्रीप्रकाश ने नर्वदेश्वर को फ़ोन लगाकर पूछा, "नर्वदेश्वर, बोलो, क्या इनाम चाहिए? बड़ी गजब की कुंडली निकाली थी तुमने टंडन की। कल वह अस्पताल में भर्ती हो गया।"

नर्वदेश्वर भी हँसने लगा।

"तुम कल आलमबाग़ में शक्ति ज्वेलर्स के यहाँ चले जाना, ' श्रीप्रकाश ने कहा, "वहाँ पर एक मोटा-सा आदमी रूपचन्द्र मिलेगा। उसको बता देना कि अशोक सिंह ने भेजा है। वह तुमको दस हज़ार रुपये दे देगा।"

"जी, भैया," नर्वदेश्वर बोला, "लेकिन दस हज़ार तो बहुत ज़्यादा हैं।"

श्रीप्रकाश ने कहा, "बहुत बड़ा काम भी किया है तुमने। रखे रहना, कुछ दिन तक पैसे नहीं दूँगा तुम्हें। जाओ, सिनेमा देखो और मौज-मस्ती करो।"

नर्वदेश्वर ने कहा, "ठीक है भैया।"

अब अनुज की तरफ़ देखकर श्रीप्रकाश बोला, “समझ गए कि नहीं, मैं किसलिए ज़ोर-ज़ोर से हँस रहा था?”

अनुज मुस्कुराते हुए बोला, “जी भैया, मैं समझ गया।”

“अब बस पुलिस बची है। पुलिस का एक बड़ा अफ़सर गिरा दूँगा तो पुलिसवाले कभी नाम भी नहीं लेंगे। उनके डीजीपी और मुख्यमंत्री चिल्लाते रह जाएँगे। पुलिस अपनी जगह से हिलेगी नहीं, फिर अपना काम पूरा हो जाएगा। अगले इलेक्शन में देखना, तुम दोनों को भी इलेक्शन लड़ाऊँगा। अपने सारे कैंडीडेट जीतेंगे, फिर मज़ा आएगा। मुख्यमंत्री भी बहुत तेज़ी पकड़ रहे हैं। उनको भी अरदब में लेने वाला काम मिल गया है। कल से वह काम भी शुरू करना है।” फिर श्रीप्रकाश बोला।

“भैया, यह तो बहुत अच्छा हो जाएगा—आप उत्तर प्रदेश में सरकार में होंगे और सूरजभान दादा बिहार में...” सुधीर ने कहा।

सुधीर की बात बीच में काटते हुए श्रीप्रकाश ने कहा, “सूरज दादा का एक काम अभी बाक़ी रह गया है। उनका काम पूरा हो जाए, फिर उनके सामने कोई नहीं रह जाएगा और आराम से उनका वर्चस्व बिहार में बन जाएगा, कोई चुनौती देनेवाला नहीं बचेगा।”

“मैं समझ गया भैया। पप्पू यादव वाला काम हो जाए तो बिहार में सिर्फ़ दादा ही बचेंगे। आधे से ज़्यादा टेंडर और सरकारी काम अब सूरजभान दादा के पास आ गया है। पप्पू यादव को निबटाने के बाद फिर कोई टेंडर लेने वाला दादा के सामने नहीं आ पाएगा।” अनुज ने कहा।

“बिलकुल सही पहचाना,” श्रीप्रकाश ने कहा, “अब वही काम रह गया है। अब यह बताओ कि पहले दादा वाला काम बिहार चलकर कर लिया जाए या पहले यहाँ का काम निबटाया जाए?”

# साक्षी कुंडली

"भैया, मुख्यमंत्री को निबटाने की सोची है क्या?" सुधीर ने पूछा।

"इतना बड़ा चूतिया नहीं हूँ।" श्रीप्रकाश ने कहा, "मुख्यमंत्री के पास ब्लैक कैट कमांडो रहते हैं। वह खाकी वाली पुलिस नहीं है कि हमारी एके देखते ही इतनी ज़ोर से भागते हैं कि किलोमीटर भर आगे जाने के बाद ही पीछे मुड़कर देखते हैं। ब्लैक कैट कमांडो के पास एके से भी बढ़िया हथियार हैं। अगर किसी तरह सीएम पर गोली सटीक बैठ भी गई, तो भी हममें से कोई बचेगा नहीं, और फिर अपनी वर्चस्व की लड़ाई अधूरी रह जाएगी। मुख्यमंत्री का सबसे ख़ास आदमी साक्षी महाराज है, जिसको निबटाना है। उसको निबटाते ही मुख्यमंत्री के भी दिमाग़ में आ जाएगा कि यह किसी को भी निबटा सकता है। फिर अपना काम आसान हो जाएगा। लेकिन साक्षी को निबटाने के लिए हम लोगों को दिल्ली चलना पड़ेगा।"

"भैया, अभी इतना बड़ा काम मत पकड़िए, पहले बिहार चलते हैं। सूरज दादा का काम निबटाते हैं, उसके बाद दिल्ली चलकर रहेंगे।" अनुज ने कहा।

"नहीं, पहले यहाँ का काम कर लते हैं, फिर बिहार चलेंगे," श्रीप्रकाश ने कहा, "अनुज, तुम दिल्ली चले जाओ और वहाँ पर साक्षी के आश्रम के पास कोई अच्छा-सा फ़्लैट किराये पर ले लो। फ़्लैट का सामान ख़रीदकर फ़्लैट में जमाओ। जब सब तैयार हो जाए, तब हम और सुधीर भी आ जाएँगे। फिर वहाँ पर साक्षी की कुंडली निकाली जाएगी। वहीं से अपना काम आसान हो जाएगा।"

"ठीक है भैया, सीलो लेकर मैं दिल्ली चला जाता हूँ। सीलो लेकर फ़्लैट देखने जाऊँगा तो अच्छा फ़्लैट मिलने में कोई परेशानी नहीं होगी।" अनुज बोला।

"ठीक है, तुम निकल जाओ और फ़्लैट का इन्तज़ाम करो। वैसे भी अब लखनऊ का काम ज़्यादातर पूरा हो गया है, दिल्ली में कुछ करना पड़ेगा। सीरिया पहलवान के मरने के बाद वहाँ के ठिकाने ख़त्म हो गए थे और वहाँ जाने की ज़रूरत भी नहीं पड़ी। वहाँ भी अच्छा-अच्छा काम मिलेगा। सीरिया पहलवान का जो पंचवटी कॉलोनी में दिल्ली वाला कार्यालय है, तुम लोगों ने नहीं देखा होगा, वह यारों का यार था। उसके मरने के बाद दिल्ली का ठिकाना ही छूट गया। अभी वह होता तो एक फ़ोन पर बढ़िया फ़्लैट किराये का मिल जाता।" श्रीप्रकाश ने कहा।

अगले दिन अनुज नीली वाली सीलो गाड़ी लेकर दिल्ली के लिए रवाना हो गया और चाणक्यपुरी के एक होटल में रुक गया। हिन्दी-अंग्रेज़ी के सारे अख़बार मँगवाकर वह किराये के फ़्लैट वाले सभी विज्ञापनों में फ़्लैट का पता और टेलीफ़ोन नम्बर डायरी में नोट कर लेता था और फिर फ़्लैट मालिकों से बात करके फ़्लैट देखने जाता था।

एक दिन अख़बारों के विज्ञापन के मुताबिक अनुज ने वसन्तकुंज के एक मकान के टेलीफ़ोन नम्बर पर बात की तो उसने बताया,"आप वसन्तकुंज डी ब्लॉक में आ जाइए, मैं आपको वहीं मिलूँगा।"

अनुज ने वह फ़्लैट देखा, फ़्लैट अच्छा था। फ़्लैट का दरवाज़ा उस फ़्लोर पर बने हुए दूसरे फ़्लैट के किसी दरवाज़े के सामने नहीं था और बिना किसी की जानकारी के आराम से लिफ़्ट से उस फ़्लैट पर आया-जाया जा सकता था। पीछे की बालकनी से नीचे वाले की बालकनी में आसानी से कूदा जा सकता था।

"यह जिसका फ़्लैट है, वह क्या करते हैं?" अनुज ने उससे पूछा।

उसने बताया, "वह एक पूर्व-प्रधानमंत्री के पीए थे। उनके इस तरह के कई फ़्लैट हैं जो किराये पर उठा रखे हैं। इससे पहले जो किराये पर थे, वह बैंक में मैनेजर थे और उनका ट्रांसफ़र हिमाचल प्रदेश हो गया है तो यह फ़्लैट दो महीने से खाली है।"

"ठीक है, मैं कल बात करके इसका जो भी एडवांस होता है, वह दे दूँगा और आपको कोई एग्रीमेंट कराना है तो एग्रीमेंट पर भी हस्ताक्षर कर दूँगा।" अनुज ने कहा।

अनुज वापस होटल में आ गया और शाम को श्रीप्रकाश को फ़ोन करके बताया, "फ़्लैट प्रभावशाली व्यक्ति का है। यहाँ जल्दी पुलिस नहीं आएगी। अगर पुलिस आती भी है तो पीछे से कूदने के लिए ठीक नीचे वाले फ़्लैट की बालकनी में थोड़ा रिस्क लेकर कूदा जा सकता है और वहाँ से नीचे उतरकर भागा भी जा सकता है। फ़्लैट का किराया साढ़े चार हज़ार रुपये माँग रहे थे। मैंने 'हाँ' कर दी है।"

"बहुत बढ़िया। वहाँ से साक्षी का आश्रम भी पास पड़ेगा। कल उसका एडवांस दे देना और एग्रीमेंट साइन कर देना।" श्रीप्रकाश ने कहा।

"ठीक है।" अनुज ने कहा।

अगले दिन वह फ़्लैट किराये पर ले लिया गया और तीन-चार गद्दे-चद्दर और किचन के छोटे-मोटे सामान भी अनुज ख़रीदकर ले आया। चार-पाँच दिन बाद श्रीप्रकाश ज़ेन कार से सुधीर को लेकर दिल्ली आ गया और दिल्ली में आकर उस फ़्लैट में अपना सामान व सभी असलहे रख दिये।

दो-तीन दिन तक कॉलोनी में सवेरे ट्रैकसूट पहनकर पार्क में दौड़ने के लिए जाता रहा और दो-तीन दिन में वहाँ रहनेवाले लोगों की जानकारी प्राप्त कर ली। उसने यह देख लिया कि उसको पहचानने वाला कोई व्यक्ति तो वहाँ नहीं है या गोरखपुर का कोई व्यक्ति तो नहीं है? पूरी तरह से इतमीनान करने के बाद तीन-चार दिन बाद श्रीप्रकाश, अनुज व सुधीर। साक्षी महाराज के आश्रम पहुँच गए।

आश्रम में मौजूद लोगों ने बताया कि साक्षी महाराज सवेरे-सवेरे सत्संग के समय मिलते हैं। सुबह छह बजे आना पड़ेगा। दोपहर में वह किसी से नहीं मिलते हैं और शाम को अलग-अलग जगहों पर सत्संग या प्रवचन के लिए जाते हैं। इतना सुनकर ये तीनों लौट आए और अगले दिन सवेरे छह बजे ही वहाँ पहुँच गए।

गेट पर लगे स्वयंसेवकों ने नाम-पता भी पूछा और हाथ लगाकर तलाशी भी ली। सुबह काफ़ी भीड़ थी और गेट पर जहाँ से भीतर की तरफ़ जाते हैं, वहाँ से साक्षी महाराज दिखाई नहीं पड़ते थे। थोड़ा घूमकर सत्संग वाले हॉल में जाना पड़ता था। तीनों ही भीतर हॉल में गए और वहाँ बैठ गए। इस बीच तीनों ने बाहर निकलने के रास्ते, साक्षी महाराज के आने-जाने के रास्ते को कायदे से देख लिया। उन तीनों ने यह भी देखा कि बड़ी संख्या में साक्षी के व्यक्तिगत सुरक्षा गार्ड्स भी हॉल में आसपास मौजूद थे, जो देखने में पूर्व सैनिक लग रहे थे।

लौटकर श्रीप्रकाश ने कहा, "असलहा बैग में ले जाने पर यहाँ चेकिंग करने वालों से मुचहटा हो सकता है। भीतर घुसते ही अगर मुचहटा हो गया तो साक्षी तक पहुँचना मुश्किल हो जाएगा। अगस्त का महीना है, अभी ठंडक नहीं पड़ रही है। जब ठंडक पड़ने लगेगी तो कम्बल ओढ़कर भीतर जाने में आसानी होगी। एक बार सारे असलहे भीतर चले गए तो साक्षी का काम हो जाएगा। हमारे ख़याल से अभी एक-दो दिन और चलकर रास्ते देख लेते हैं। साक्षी किस कमरे से निकलता है, किस कमरे में जाता है, दोपहर में कहाँ-कहाँ निकलता है, यह भी देख लेते हैं। अगर रास्ते में कोई जगह मिल जाती है तो अभी यह काम कर लेते हैं और अगर रास्ते का जुगाड़ नहीं बैठता तो जाड़ा आने का इन्तज़ार करेंगे। तब तक दादा के काम के लिए फ़ील्डिंग सेट करते हैं, बिहार का काम निबटा देंगे। यहाँ पर फ़्लैट मिल ही गया है, आने-जाने में कोई दिक़्क़त नहीं होगी।"

"भैया, गोरखपुर, लखनऊ या फ़ैज़ाबाद से जब पटना जाते थे तो आराम से अपनी गाड़ी से चले जाते थे, दिल्ली से अपनी गाड़ी से बिहार थोड़ा मुश्किल है।" सुधीर ने कहा।

"मैं जब आया था तो बीस जगह पुलिस बैरियर लगे हुए थे, थोड़ी दिक़्क़त हो सकती है।" अनुज बोला।

"मैं तो सारे असलहे लेकर अपनी गाड़ी से आया हूँ, मुझे तो किसी ने नहीं रोका!" श्रीप्रकाश ने कहा।

"भैया, रोकने वाली बात नहीं है, रोकेगा कौन? लेकिन यहाँ से पटना जाने में ही चौदह-पन्द्रह घंटे लग जाएँगे। हम लोगों को पटना जाने के लिए लखनऊ रुककर ही जाना होगा। यहाँ से लखनऊ चलेंगे, लखनऊ में एक-दो दिन रुकेंगे, फिर वहाँ से बिहार चलेंगे।" सुधीर बोला।

"हाँ, यह बिलकुल ठीक है।" श्रीप्रकाश ने अनुज से कहा, "दिल्ली के दस सिम कार्ड ख़रीदकर ले आओ। बाज़ार में देख लो, जो बिना किसी पहचान के सिम कार्ड एक्टिवेट करके दे दे, तो बहुत अच्छा है, नहीं तो फर्ज़ी ड्राइविंग लाइसेंस जो तुम्हारे पास बने हुए हैं, उनको देकर दस सिम कार्ड ले आओ और सब लोग अपने-अपने लिए तीन-तीन, चार-चार फ़ोन ले लो। किसी भी मोबाइल पर एक-दो कॉल से ज़्यादा नहीं करना है। ये पुलिसवाले साले कैसे पटना में सबके बारे में पता कर लिये थे कि हम लोग कहाँ-कहाँ गए थे! पटना वाली मुख़बिरी कोई नहीं कर सकता। दादा के अलावा किसी को जानकारी नहीं है।"

"ठीक है, मैं ले आता हूँ।" अनुज ने कहा।

अगले दिन अनुज चार नये मोबाइल और दस सिम कार्ड ले आया। सारे सिम कार्ड मोबाइल में लगा-लगाकर चेक किये गए और तीनों बहुत ख़ुश हुए कि सभी मोबाइल काम कर रहे हैं।

"साक्षी का काम हो जाने के बाद पुलिस भी हल्की पड़ जाएगी और नेता भी कोई नहीं बोलेगा और इलेक्शन में सभी लोगों को खड़ा किया जाए तो बीस-बाईस सीटों पर हम आराम से अपना कैंडिडेट खड़ा कर सकते हैं।" श्रीप्रकाश ने कहा, "सूरजभान दादा ने जैसा बताया कि जिस-जिस क्षेत्र में बूथ छापने वाले लौंडे हैं, वहीं पर अपने लोगों को खड़ा करेंगे लेकिन एक-एक कैंडीडेट को लगभग एक-एक करोड़ रुपये देने पड़ेंगे ताकि बूथ छापने वाले लड़कों के खाने-पीने का इन्तज़ाम किया जा सके। असलहे तो लगभग सभी के पास हैं, इसमें किसी को कोई दिक़्क़त नहीं होगी। दस दिन के लिए अपने क्षेत्र में घूमने के लिए एक-एक गाड़ी किराये पर और खर्चा-पानी देना होगा। इसके हिसाब से पच्चीस-तीस करोड़ अपने पास होने चाहिए। बैनर-पोस्टर का खर्चा भी बहुत होता है।"

अनुज ने पूछा, "भैया, हम लोग तो निकल ही नहीं पाएँगे, पुलिस मार देगी। यह काम कौन करेगा?"

"यह बताओ कि बिहार में कितने लोग जेल से इलेक्शन लड़ते हैं और सभी जीतते हैं? सूरजभान दादा ने यही आइडिया दिया है कि इलेक्शन से छह महीने पहले सेटिंग करके हम लोग कोर्ट में हाज़िर होंगे और जेल से ही पर्चा भरा जाएगा और जेल से ही इलेक्शन भी लड़ेंगे। दादा ने बिहार के लिए यही कार्यक्रम बनाया है। उन्होंने अपने कैंडिडेट के नाम फ़ाइनल कर दिये हैं।" श्रीप्रकाश ने कहा।

"ठीक है, बिलकुल हो सकता है लेकिन बीस-पच्चीस करोड़ कहाँ से लाएँगे?" अनुज ने पूछा।

"सब आ जाएगा।" श्रीप्रकाश ने कहा, "रेलवे का टेंडर ही दस करोड़ दे देगा। शाही का कोई भी आदमी अब गोरखपुर में टेंडर लेने के लिए नहीं जाता है। हरिशंकर तिवारी को और निबटाना पड़ेगा और उनको निबटाना बहुत आसान है। अब उनको दिन में तीन बार फ़ोन किया करूँगा। लड़के लगा दिये हैं, उनकी रोज़ की कुंडली शाम को बता देते हैं। मैं तो चिल्लूपार से ही लड़ूँगा, हरिशंकर तिवारी पर्चा भी नहीं भरेंगे। बाक़ी सबका भी इन्तज़ाम कर दिया है। लखनऊ के बनिये अब न तो किसी के पास जाएँगे, न ही सड़क पर आएँगे। जितनों की कुंडली अपने पास है, सब एक-एक, दो-दो करोड़ वाले हैं। सब बिना हल्ला किये पैसा दे जाएँगे। अब पैसा हम लोग अपने पास रखेंगे। विराटनगर में एक होटल की बात वहाँ तय कर दी है, बीस कमरे का होटल है। पच्चीस लाख रुपये में वह देने को तैयार हो गया है। वही होटल ले लेंगे। अपने सारे लड़के ही वहाँ पर होटल का कामकाज देखेंगे। पैसा सब वहीं रखा जाएगा और वहीं से पैसा सबको देंगे।"

"भैया, बहुत अच्छा आइडिया है।" अनुज बोला।

# डीजीपी को धमकाया

रात साढ़े नौ बजे श्रीप्रकाश ने गोरखपुर का हाल-चाल जानने के लिए किसी को फ़ोन किया तो उसने बताया, "भैया, आज पुलिस ओम प्रकाश भाई को कैंट थाने पर ले गई है। घर की औरतों और लड़कियों को भी ले गई है। वहाँ थाने के दरोगा ने बताया कि औरतों को और ओमप्रकाश भाई को पुलिस ने बहुत मारा है।"

"फ़ोन रखो, अभी बताता हूँ।" श्रीप्रकाश ने एसएसपी गोरखपुर को फ़ोन किया और उससे बहुत तल्ख़ी में बात की, "मैं नेपाल में हूँ। चार घंटे में आ जाऊँगा और तुम्हारे बँगले के बाहर जो राइफ़ल लेकर सिपाही खड़े रहते हैं और राइफ़ल दीवार पर टिकाकर हाथ में खैनी मलते रहते हैं, सबसे पहले उनको मारूँगा। भीतर जाकर जितने भी वर्दी वाले दिखेंगे, सभी मारे जाएँगे। तुम चाहे जिस कमरे में भी होगे, तुम्हारे हलक में गोली उतार दी जाएगी। तुम्हारी हिम्मत कैसे पड़ी औरतों को छूने की?"

"हमारी जानकारी में नहीं है। यह सब लखनऊ की टीम है और लखनऊ से ही एसटीएफ़ वाले आकर यह सब काम कर रहे हैं।" एसएसपी बोले।

"ठीक है, तो सब डीजीपी के अंडर में ही है? अभी डीजीपी से भी बात करता हूँ।" कहते हुए श्रीप्रकाश ने डीजीपी कार्यालय में फ़ोन मिलाया और कहा, "माननीय मंत्री अमरमणि त्रिपाठी बात करना चाहते हैं।"

डीजीपी लाइन पर आ गए।

"डीजीपी साहब, हमारे घर की औरतों को क्यों परेशान किया जा रहा है? अगर मैं अपने पर आ गया तो तुम्हारी पूरी पुलिस परेशान हो जाएगी।" श्रीप्रकाश ने धमकाते हुए कहा।

"पूरी पुलिस तो पहले से ही परेशान है, अब और क्या परेशान करोगे?" डीजीपी बोले।

"ठीक है, तुम ऐसे नहीं मानोगे, मैं ख़ुद ही आता हूँ। कितनी लाशें वहाँ डीजीपी ऑफ़िस में बिछेंगी, इसका तुम्हें अन्दाज़ा नहीं है!" यह कहकर श्रीप्रकाश ने फ़ोन काट दिया।

डीजीपी ने अरुण कुमार को फ़ोन करके बताया, "अभी इस तरह का फ़ोन आया था। देखो, यह कहाँ से बोल रहा है, इसका पूरा पता करो।"

"अभी पता करता हूँ, इसमें घबराने की कोई ज़रूरत नहीं है। इतना भी हिम्मती नहीं है कि डीजीपी ऑफ़िस आ जाएगा।" अरुण कुमार ने कहा।

डीजीपी ने पुलिस महानिदेशक कार्यालय के अधिकारियों की मीटिंग बुलाकर यह बताया कि इस तरह श्रीप्रकाश शुक्ला का फ़ोन आया था। वह उसके परिवार के लोगों को थाने में बुलाने और कुछ को गिरफ़्तार करने के कारण बहुत तिलमिलाया हुआ था और उसने डीजीपी ऑफ़िस में आकर निबटने की बात कहते हुए फ़ोन काट दिया।

डीजीपी ऑफ़िस में तैनात कुछ अधिकारियों ने कहा कि वह भले ही यहाँ न आए लेकिन डीजीपी ऑफ़िस की व्यवस्था बहुत मजबूत होनी चाहिए।

मीटिंग में सबको यह कहा गया कि यह बात बाहर नहीं जानी चाहिए, नहीं तो पुलिस के मनोबल पर विपरीत असर पड़ेगा।

अगले ही दिन पूरे डीजीपी ऑफ़िस, जिसमें डीजीपी का घर भी है, छावनी में तब्दील हो गया। रोज़ के आने-जाने वाले पत्रकार और बाहर के अधिकारी यही बात पता करने में रह गए कि क्या वजह है कि इतनी फ़ोर्स डीजीपी ऑफ़िस में लगाई गई है? कई कम्पनी डीजीपी ऑफ़िस के भीतर और बाहर लगा दी गईं। लगभग सभी अख़बारों में यह ख़बर भी छपी कि डीजीपी ऑफ़िस में बहुत बड़ी संख्या में पुलिस बल तैनात किया गया है, लेकिन किसी भी अख़बार में कोई स्पष्ट कारण नहीं लिखा गया था। सबने बस अपने-अपने कयास लगाए थे।

अगले दिन सवेरे श्रीप्रकाश ने ख़बरों के लिए जब फ़ोन किया तो लड़के ने बताया, "आज के अख़बारों में निकला है कि डीजीपी ऑफ़िस में बहुत फ़ोर्स लगाई गई है।"

सुनते ही श्रीप्रकाश ठहाके मारकर हँसने लगा।

"भैया, क्या बात हो गई है?" लड़के ने पूछा।

"कोई बात नहीं हुई? अंग्रेज़ी अख़बारों में क्या निकला है, यह अनुज को पढ़कर बता दो, वह मुझे बता देगा।" फ़ोन काटकर श्रीप्रकाश ने सुधीर और अनुज से कहा, "अपना काम हो गया, अब केवल साक्षी महाराज को निबटाना है। इसके बाद कोई नहीं बचेगा, जो हम लोगों की तरफ़ आँख भी उठाकर देखे।"

"बड़े भैया, भाभी और घर की लड़कियों को पहले थाने से छुड़वाइए, पुलिस उनको बहुत मार रही हैं।" सुधीर ने कहा।

"चिन्ता न करो, डीजीपी को एक डोज़ दी है। वह अपने-आप ही छोड़ देगा, शाम को पता करेंगे।" श्रीप्रकाश ने कहा।

शाम को फिर श्रीप्रकाश ने गोरखपुर फ़ोन करके पता किया तो बताने वाले ने यही बताया, "अभी घर वाले कहीं छुपे हैं। ओम प्रकाश भैया को ज़्यादा मार पड़ी है, थाने में डॉक्टर को बुलाकर उनकी चिकित्सा कराई गई है।"

श्रीप्रकाश आगबबूला हो गया। उसने तुरन्त गोरखपुर के तीनों मंत्रियों को एक-एक करके फ़ोन किया और कहा, "सीधे जाकर मुख्यमंत्री से बात करिए। अगर कल तक घर वालों को नहीं छोड़ा गया तो अंजाम भुगतने के लिए तैयार रहिएगा।"

सभी ने बताया, "अरे, इतना गुस्सा मत करो। कल सुबह मुख्यमंत्री से जाकर बात करेंगे।"

श्रीप्रकाश ने सुबह फिर सभी मंत्रियों को फ़ोन करके यह बताया, "मैं शाम को फ़ोन करूँगा, तब तक मुख्यमंत्री से बात करके इनको छुड़वा दीजिएगा। अगर नहीं छोड़ते हैं तो फिर मैं फ़ोन नहीं करूँगा, मैं ख़ुद ही आऊँगा और देखता हूँ, कौन पुलिसवाला किसको बचाता है।"

सभी मंत्री बात की गम्भीरता को समझ रहे थे और सब लोगों ने एकमत होकर मुख्यमंत्री जी से समय लिया। इतने सारे मंत्रियों के एक साथ समय माँगने पर मुख्यमंत्री कल्याण सिंह ने यह समझकर कि कोई गम्भीर बात है, सबको एक बजे कार्यालय में आने के लिए समय दे दिया।

गोरखपुर के तीन मंत्रियों के साथ दो-तीन और मंत्री भी मुख्यमंत्री कक्ष में गए। सबके एक साथ पहुँचने पर मुख्यमंत्री ने पूछा, "ऐसा क्या हो गया कि सारे लोग एक साथ आए हैं?"

सबसे वरिष्ठ मंत्री ने बात शुरू की, "गोरखपुर में पुलिस ज़्यादती कर रही है। श्रीप्रकाश के परिवार की औरतों को थाने में बैठाया गया है और उन्हें प्रताड़ित किया गया है। घर की औरतों और आदमियों को इन बातों से क्या लेना-देना?"

"क्यों नहीं लेना-देना?" मुख्यमंत्री ने कहा, "सारा फ़ायदा, सारे ठेके उनके भाई ही ले रहे हैं तो लेना-देना क्यों नहीं है? अगर आप लोग इसलिए आए हैं कि उनको थाने से छुड़वा दिया जाए तो मैं स्पष्ट कर दूँ, उन्हें बिलकुल नहीं छोड़ा जाएगा। आप लोगों को इस काम से आने के पहले यह भी सोच लेना चाहिए था कि आप किसकी पैरवी कर रहे हैं। मैं यह नहीं समझ पा रहा हूँ कि आप जैसे वरिष्ठ मंत्री लोग यह पैरवी क्यों कर रहे हैं? पुलिस न तो श्रीप्रकाश शुक्ला और न ही उसके परिवार वालों के प्रति किसी भी प्रकार की कोई नरमी बरतेगी। मैं अभी डीजीपी से कहता हूँ कि इन सभी को जेल भेज दें। और भी जो लोग उस गैंग में हैं, उनके परिवार को भी थाने पर लाकर पूछताछ करके अपराधियों को संरक्षण देनेवाली धाराओं में जेल भेजा जाए। अपराधी के प्रति नरमी बरते जाने की आप लोगों की इस सिफ़ारिश से मैं आहत हूँ। उचित होगा कि आप लोग चले जाएँ।"

सभी मंत्रियों क़े चहेरे लटक गए। कुछ मंत्री तो 'मुख्यमंत्री जी, हम क्षमा चाहते हैं,' कहते हुए चले गए। बाक़ी भी उठकर उनके पीछे चले गए।

मुख्यमंत्री बहुत गुस्से में थे। उन्होंने तुरन्त डीजीपी को फ़ोन किया, "क्या बात है, श्रीप्रकाश शुक्ला के परिजनों को थाने पर लाया गया है? अभी तक उन्हें क्यों बैठाए रखे हैं? उन्हें जेल क्यों नहीं भेजा? आप गोरखपुर के अधिकारियों को बताइए कि उनके प्रति किसी तरह की नरमी नहीं बरती जानी चाहिए। उस अपराधी ने प्रदेश में त्राहि-त्राहि मचा रखी है और हमारे ही कुछ मंत्री उसकी पैरवी में अभी आए थे। आप शाम को मुझे बताइए कि उन्हें जेल भेजा गया कि नहीं। इसके अलावा उसके जो बाक़ी गैंग के साथी-सहयोगी हैं, उनके परिवारवालों को भी जेल भेजिए। तभी इन अपराधियों को समझ में आएगा कि यह हमारी सरकार है। अपराधियों और उनके सहयोगियों के प्रति हमारा नज़रिया एकदम स्पष्ट है।"

मुख्यमंत्री के पास गए सभी मंत्री यह जानते थे कि शाम को जब श्रीप्रकाश का फ़ोन आएगा तो उसे क्या जवाब दिया जाएगा। सब लोगों ने यह तय किया कि अगर फ़ोन आता है तो यह बता देंगे कि 'मुख्यमंत्री से आज मुलाकात सम्भव नहीं हो पाई है, हम लोग कल मिलेंगे।'

शाम को चार बजे श्रीप्रकाश ने फिर फ़ोन किया और पूछा, "माननीय मंत्री जी, अभी तक मेरे परिवार के लोग थाने से छूटे नहीं हैं, क्या हुआ? मुख्यमंत्री से आप लोगों की मुलाकात हुई कि नहीं?"

मंत्री जी साफ़ मुकर गए, बोले, "आज उनके बहुत-से कार्यक्रम लगे हुए हैं, मुलाक़ात नहीं हो पाई। कल हम लोग समय लेने की कोशिश करेंगे।"

"मैं जानता हूँ, तुम लोगों के बस का नहीं है, मुझे ही कुछ करना पड़ेगा।" श्रीप्रकाश ने कहा।

श्रीप्रकाश गुस्से में गोरखपुर में कई लोगों को फ़ोन मिला रहा था कि तभी किसी ने यह बताया, "भैया, कैंट पुलिस ने भैया-भाभी और परिवार के सभी बालिग लोगों को जेल भेज दिया है। ये सभी लोग शाम को छह बजे जेल में दाख़िल करा दिये गए हैं और मैंने एक बात और सुनी है कि आज चार-पाँच मंत्री लोग मुख्यमंत्री से मिले थे और मुख्यमंत्री ने इन लोगों को बहुत डाँटा और पुलिस के अधिकारियों को कहा कि सबको जेल भेज दीजिए। इसके साथ-साथ सभी के घरों पर दबिश भी दी गई है। सुधीर के भाई को भी पुलिस उठा ले गई है। अनुज के यहाँ फ़ैज़ाबाद में भी पुलिस की दबिश दी गई थी। थाने से बताया जा रहा है कि अब सबके परिवार वाले जेल जाएँगे।"

"इस ख़बर में दम नहीं है। मुख्यमंत्री ने आज टाइम ही नहीं दिया मंत्रियों को!" श्रीप्रकाश ने कहा।

"ये लोग झूठ बोल रहे हैं। स्वास्थ्य मंत्री का पीए मुझको बता रहा था कि पाँच लोग गए थे। स्वास्थ्य मंत्री जी को पूरी बात की जानकारी नहीं थी। वह बाक़ी मंत्रियों के साथ इस लालच में चले गए थे कि मुख्यमंत्री से मुलाकात हो जाएगी

तो अपने भाई को गनर दिलाने के लिए आदेश करा लूँगा। लेकिन मुख्यमंत्री का गुस्सा देखकर वह माफ़ी माँगकर चले आए। आपको जिसने भी बताया है, उसने सही नहीं बताया है। ये सब लोग गए थे और करीब पैंतीस मिनट तक मुख्यमंत्री के पास ही रहे।" उस लड़के ने बताया।

श्रीप्रकाश ने गुस्से से तमतमाते कहा, "अच्छा? अभी देखता हूँ।"

श्रीप्रकाश ने फिर से गोरखपुर वाले वरिष्ठ मंत्री को फ़ोन लगाया और फ़ोन उठाते ही उनसे कहा, "मुझसे झूठ क्यों बोल रहे हो? तुम पाँच लोग गए थे और पैंतीस मिनट तक वहाँ बातचीत भी हुई है। तुम तीन के अलावा दो और मंत्रियों को भी ले गए थे, उन लोगों ने वहाँ मुख्यमंत्री से माफ़ी भी माँगी। तुमको क्या लगता है कि मुझे कुछ पता नहीं लगेगा? मुख्यमंत्री कार्यालय में भी मेरे आदमी हैं।"

यह बात सुनकर मंत्री जी सन्न रह गए।

मंत्री जी बोले, "भैया, जब मुख्यमंत्री ने मना कर दिया तो आपसे क्या बताते! अभी मैं अधिकारियों को धमकाकर उनको छुड़वाता हूँ।"

"मुझको बेवकूफ़ समझ रखा है? पब्लिक को बेवकूफ़ बनाते-बनाते मुझको भी अपना वोटर समझ रखा है?" श्रीप्रकाश ने झिड़कते हुए कहा। "पुलिस ने सबको जेल भेज दिया। अब तक क्यों नहीं अधिकारियों को धमकाया?"

मंत्री जी एक शब्द तक नहीं बोल पाए।

"तुम नामर्दों से अब मैं बात नहीं करूँगा, भुगतने के लिए तैयार रहो।" यह कहकर श्रीप्रकाश ने फ़ोन काट दिया।

अनुज और सुधीर वहीं बैठकर श्रीप्रकाश की सारी बातें सुन रहे थे।

"भैया, मैंने भी पता कर लिया है कि मेरे भाई को भी उठाकर ले गए हैं। ग़नीमत इतनी थी कि बहनें घर पर नहीं थीं, बाज़ार गई हुई थीं। घर के पास पहुँचने पर पता लगा कि बहुत पुलिस आई हुई है तो वे वहीं से अपने रिश्तेदार के यहाँ भाग गईं, नहीं तो पुलिस आज बहुत बेइज़्ज़त करती।" सुधीर ने कहा।

"मन तो कर रहा है कि अभी चलकर सीधे मुख्यमंत्री से ही निबट लूँ लेकिन वहाँ तक पहुँचने के लिए लम्बी फ़ील्डिंग लगानी पड़ेगी। लखनऊ में लम्बे समय तक रुकना पड़ेगा और हर घंटे की कुंडली मँगानी पड़ेगी।" श्रीप्रकाश ने कहा।

"भैया, तब तक तो सारे परिवार वाले अन्दर हो जाएँगे!" सुधीर ने कहा।

"परेशान मत हो, कल से फिर साक्षी महाराज को देखते हैं! अब साक्षी को मारना बहुत ज़रूरी है। साक्षी उलट जाएगा तब मुख्यमंत्री की सारी ऐंठन ख़त्म हो जाएगी। साक्षी और मुख्यमंत्री एक ही बिरादरी के हैं और साक्षी के पास बहुत आदमी हैं। विजय सिंह के सारे आदमी साक्षी का काम करते हैं। इसी कारण से मुख्यमंत्री में ऐंठन है। चलो, दो-तीन दिन कोशिश कर लेते हैं। अब साक्षी को निबटाना ही पड़ेगा, नहीं तो हम लोगों का ज़्यादा नुक़सान हो जाएगा।" श्रीप्रकाश ने कहा।

"दो दिन में हम लोग देख चुके हैं, वृज बिहारी प्रसाद के साथ जो लोग थे, वे सब लोग ढीले-ढाले थे लेकिन साक्षी के साथ जो लोग चलते हैं, वे ज़्यादा अलर्ट हैं।" सुधीर ने कहा।

"साक्षी को ब्रहमदत्त द्विवेदी के लोगों से ख़तरा है, इस बात को साक्षी अच्छी तरह जानता है और इसलिए साक्षी कभी भूलकर भी फर्रुखाबाद नहीं जाता है। अगर हम लोगों से पहले ब्रहमदत्त द्विवेदी के लोग इसे पा गए तो मार देंगे। इसने मुख्यमंत्री से कहकर अपनी सिक्योरिटी भी बहुत बढ़वा ली है। लेकिन कोई बात नहीं, तीन-चार दिन कोशिश कर लेते हैं, नहीं तो जाड़े के समय में कम्बल ओढ़कर चलेंगे और वहीं निबटा देंगे।" श्रीप्रकाश ने कहा।

श्रीप्रकाश अपने घर वालों के जेल जाने से बहुत चिन्तित था। पहली बार वह अपने-आपको दबाव में महसूस कर रहा था। उसको लग रहा था कि इतना करने के बाद भी उसकी बात नहीं सुनी गई। अब इससे और बड़ा करना होगा। 'ऐसे तो पुलिसवाले और कुछ नहीं कर पाएँगे लेकिन हम लोगों के घर वाले परेशान हो जाएँगे।' जब भी उसके दिमाग़ में यह बात आती थी, वह किसी-न-किसी को फ़ोन मिलाकर गोरखपुर के बारे में जानकारी लेने लगता था। 'सुधीर के भाई का क्या हुआ? जमानत का प्रार्थना-पत्र डाला गया कि नहीं डाला गया?' वकीलों से सीधे बात करने लगा कि 'दो-तीन दिन में जमानत करवा दीजिए।' बाद में वह इन सबसे निबटा लेगा। सुधीर और आनन्द भी परेशान हो रहे थे। उनके घर वालों को भी पुलिस उठा ले गई थी।

श्रीप्रकाश ने सुधीर और आनन्द से कहा, "दो-तीन दिन में ही साक्षी का काम करना बहुत ज़रूरी है, नहीं तो यह पुलिस बहुत परेशान करेगी।"

"भैया, मंत्रियों के कहने से कोई फ़ायदा नहीं, काम तो दरोगा और सिपाही ही करते हैं। सीधे उनका टेटुआ दबा दिया जाए तो वे किसी को परेशान नहीं करेंगे।" सुधीर ने कहा।

श्रीप्रकाश ने कहा, "तुमने देखा नहीं, मुख्यमंत्री किस तरह से अड़ा हुआ है? मुख्यमंत्री कोई आदेश करेगा तो किसी की हिम्मत नहीं पड़ेगी। पुलिसवाले न तो अपना थाना छोड़न चाहते हैं, न अपना ज़िला और न ही डीजीपी अपनी कुर्सी छोड़ना चाहता है। जिसको अपनी-अपनी कुर्सी बचानी है, वह चाहे जैसे भी हो, मुख्यमंत्री के आदेश का पालन करेगा। तुमको क्या लगता है कि मैंने इंस्पेक्टर कैंट से बात नहीं की? मैंने फ़ोन मिलाया तो साला रोने लगा। बोला, 'भैया, हम तो दोनों तरफ़ से पीसे जा रहे हैं। आपकी बात नहीं मानेंगे तो किसी दिन थाने के भीतर ही कोई गोली मारकर चला जाएगा। ऊपर की बात नहीं मानेंगे तो सस्पेंड हो जाएँगे। बाल-बच्चे सड़क पर आ जाएँगे। मैं भी आप ही का हूँ। आपको अच्छा लगेगा कि हमारे बाल-बच्चे सड़कों पर आकर भीख माँगें?'

"मैंने उससे पूछा, 'किसका दबाव है? क्यों इस तरह की बात कर रहे हो?' तो वह सीधे-सीधे बोला, 'भैया, मुख्यमंत्री जी सीधे एसटीएफ़ से बात करते हैं और एसटीएफ़ वाले ख़ुद ही उठाकर लाते हैं और थाने में रख देते हैं। डीआईजी आईजी को बता देते हैं कि पकड़कर थाने को दे दिया है। अब इनसे सही बात निकलवाना थाने का काम है। बताइए, भैया, थाने पर लाकर कोई दे जाएगा तो मैं उसको कैसे थाने से हटा सकता हूँ? तुरन्त सस्पेंड करा दिया जाऊँगा।'

"तुमको तो पता है कि मैंने एसएसपी से बात की थी। एसएसपी भी इसी तरह की बातें कर रहा था और लग रहा था कि रो देगा..."

"भैया, ऐसा लगता है कि यह मुख्यमंत्री एसटीएफ़ से ही सीधे बात करता है। इसीलिए एसटीएफ़ वाले ज़्यादा तेज़ी पकड़ रहे हैं। क्यों न इन्हीं एसटीएफ़ वालों का इन्तज़ाम कर देते हैं? एक बार एसटीएफ़ वाले हमारे रास्ते से हट जाएँगे तो फिर पुलिस कभी हाथ नहीं डालेगी।" सुधीर ने बीच में टोकते हुए कहा।

"मुझे भी लगता है कि सबसे ज़्यादा पीछा यही एसटीएफ़ वाले कर रहे हैं।" श्रीप्रकाश ने कहा, "वैसे साक्षी वाला काम हो जाए तो मुख्यमंत्री दबाव बनाना कम कर देगा, फिर एसटीएफ़ वालों को भी मौक़ा मिल जाएगा। वे हाथ लगाना बन्द कर देंगे। लेकिन तुमने सही कहा, इन एसटीएफ़ वालों को भी ठीक करना पड़ेगा। इसलिए ज़्यादा ज़रूरी है कि पहले साक्षी वाला काम कर लिया जाए, एक तीर से दो निशाने सधेंगे। ब्रहमदत्त द्विवेदी के लड़के का काम भी हो जाएगा और मुख्यमंत्री भी अरदब में आ जाएँगे। इसलिए दो-तीन दिन यहाँ देख लेते हैं, उसके बाद लखनऊ ही चलते हैं। वर्चस्व की इस लड़ाई में परिवार वाले परेशान किये जा रहे हैं। इनका इस लड़ाई से कोई मतलब नहीं है, तो कुछ-न-कुछ करना ही पड़ेगा।"

अगले दिन से ही श्रीप्रकाश, अनुज और सुधीर सुबह-सुबह छह बजे साक्षी महाराज के आश्रम में लाइन लगाकर जाने लगे। बीच-बीच में उठकर आने-जाने के रास्ते और तमाम जानकारी इकट्ठा करने लगे।

श्रीप्रकाश ने कहा, "लखनऊ से कुंडली निकालने वाले लड़कों को अगर बुला लेते तो अब तक काम हो गया होता। इतनी सटीक कुंडली निकाली थी इन लड़कों ने, कि सारा काम ही बन गया था। हम लोगों ने यह काम करना छोड़ दिया है, इसलिए दिक़्क़त हो रही है। पूरा दिन ख़राब हो गया लेकिन कोई बहुत ज़्यादा सफलता नहीं मिली।"

दूसरे दिन जब फिर ये तीनों साक्षी के आश्रम पर पहुँचे, तो इस बार पूरा सामान गाड़ी में ही लेकर आए।

श्रीप्रकाश साक्षी का काम करने के लिए बहुत नासबूर था। जैसे ही ये लोग आश्रम के गेट पर पहुँचे, गेट पर ताला लगा था। गेट पर मौज़ूद आदमी ने बताया, "महाराज बाहर चले गए हैं, एक हफ़्ते बाद आएँगे।"

"महाराज से मिलना बहुत ज़रूरी था, कहाँ गए हैं? अगर बता दीजिए तो हम लोग वहीं जाकर मिल लेंगे।" अनुज ने कहा।

"महाराज हम लोगों को बताकर नहीं जाते। या तो फर्रुखाबाद गए होंगे या लखनऊ गए होंगे।" आश्रम वाले आदमी ने कहा।

ये तीनों मायूस होकर लौट आए।

# आमना-सामना

इधर श्रीप्रकाश ने लखनऊ में बड़े बिल्डरों और व्यवसायियों को पैसों के लिए फ़ोन करना शुरू कर दिया था। संजय सेठ और सरना मारबल वालों के यहाँ फ़ोन किया तो वे लोग घबरा गए। उन्होंने सत्येन्द्र वीर सिंह और राजेश पाण्डेय से सम्पर्क कर पूरी बात बताई। संजय सेठ ने अपने फ़ोन में कॉलर आईडी लगवा रखी थी, इसलिए उसे मोबाइल नम्बर का ज्ञान हो गया था।

मोबाइल नम्बर से यह पता लगा कि यह सिम दिल्ली से लिया गया है। एक टीम लखनऊ से भेजी गई और दिल्ली में जहाँ से सिम लिया गया था, वहाँ से जानकारी ली गई तो यह पता चला कि एक ही ड्राइविंग लाइसेंस पर दस सिम लिये गए हैं। ड्राइविंग लाइसेंस पर अंकित नाम-पते पर एसटीएफ़ के लोग गए तो यह नाम और पता दोनों ही फर्ज़ी निकले। दिल्ली में ही दसों मोबाइल नम्बरों के डिटेल निकाले गए, जिसमें बहुत सारे लखनऊ, गोरखपुर और बिहार के नम्बर निकले।

"इन सभी नम्बरों की एक साथ निगरानी करने के लिए एक टीम को दिल्ली में ही रोक दिया जाए। जिस नम्बर पर ज़्यादा बात हो रही हो, उसको सुना जाना बहुत आवश्यक है।" अरुण कुमार ने कहा।

दिल्ली में मोबाइल डिटेल लेने और उसको सर्विलांस पर लगाने के लिए स्थानीय पुलिस की आवश्यकता महसूस होने लगी। अरुण कुमार ने डीसीपी क्राइम ब्रांच से बातचीत की। उन्होंने पूरी मदद करने का भरोसा भी दिलाया। इसी बीच सत्येन्द्र वीर सिंह के जानने वाले एक इंस्पेक्टर एसीपी पी.पी. सिंह दिल्ली क्राइम ब्रांच में ही थे और आज़ाद मंडी वाले थाने पर तैनात थे। उन्होंने पूरी मदद की और नम्बर को सुनने की पूरी व्यवस्था भी की।

कॉल डिटेल रिपोर्ट से यह स्पष्ट होता गया कि श्रीप्रकाश किसी एक मोबाइल का इस्तेमाल नहीं करता था। वह मोबाइल बदल-बदलकर लोगों से बात करने लगा था। लखनऊ और गोरखपुर के सारे नम्बर और वह किसके नाम पर जारी हैं, इसका पता करने के लिए लखनऊ और गोरखपुर के लिए एसटीएफ़ की दो टीमें रवाना की गईं और उनको बताया गया कि दो दिन के भीतर सम्बन्धित मोबाइल कम्पनी से सारी डिटेल्स इकट्ठा करके मोबाइल प्रयोग करने वालों का नाम-पता लेकर आएँ।

दिल्ली वाली टीम ने उस दिन शाम को यह बता दिया कि इनकी लोकेशन दिल्ली में ही है।

यह पता लगने के बाद कि साक्षी महाराज एक हफ़्ते के लिए बाहर गए हुए हैं, श्रीप्रकाश फ़्लैट पर जैसे ही लौटकर आया, उसने अनुज और सुधीर से कहा, "चलो, अब लखनऊ चलते हैं। साक्षी का काम होना ही है, अब उसे कोई नहीं बचा सकता। चलो, पहले एसटीएफ़ वालों से निबटते हैं।"

शाम को अपने सारे असलहे गाड़ी में लादकर, सीलो गाड़ी को वहीं दिल्ली में छोड़कर ट्रेन से तीनों वापस लखनऊ आ गए। लखनऊ में वे गोमतीनगर के विराम खंड में अपने उस मकान में पहुँचे जिसमें श्रीप्रकाश ने पुलिस के डर से अपने पिताजी को रखा था और उसकी रजिस्ट्री अनुज की माँ के नाम से करा दी थी। मकान बहुत बड़ा था और अग़ल-बग़ल सारे ही मकान सीनियर आईएएस अधिकारियों के थे।

"पहले कुंडली निकलवाते हैं कि यह अरुण कुमार, सत्येन्द्र वीर सिंह और राजेश पाण्डेय दिन में कहाँ-कहाँ जाते हैं। इन्हें ठीक करना पड़ेगा, नहीं तो परिवार वाले परेशान हो जाएँगे।" श्रीप्रकाश ने आगे कहा, "इस बीच पता नहीं क्यों, ट्रेन की चेकिंग बहुत ज़्यादा हो रही है। सीरिया पहलवान वाली आर्मी की खुली जोंगा जीप पवन पाण्डेय के घर पर खड़ी है, उसे लेकर आओ, हम लोग खुली जीप में घूमते हैं। आर्मी की जीप देखकर कोई पुलिस वाला चेकिंग के लिए नहीं रोकेगा। बस, कैंटोनमेंट वाले इलाक़े में जाने की ज़रूरत नहीं है।"

एक घंटे में सुधीर पवन पाण्डेय के यहाँ से खुली जोंगा जीप लेकर आया। उस पर बहुत धूल-मिट्टी जमी हुई थी। श्रीप्रकाश ने कहा, "इसकी सर्विसिंग इन्दिरानगर में मुनीश वाले सर्विस सेंटर में जाकर करवा लो, कल दिन में हम लोग इसी से घूमेंगे।"

"भैया, लखनऊ की पुलिस पागलों की तरह हम लोगों को ढूँढ़ रही है। ऐसी खुली जीप में घूमना बहुत रिस्की है।" सुधीर ने कहा।

"इन सालों के पास मेरा फ़ोटो ही तो है। मैं तुमको कितनी बार बता चुका हूँ कि फ़ोटो देखकर भीड़ में आदमी को कोई नहीं पहचान सकता, जबकि देखे हुए आदमी को भीड़ में देखकर पहचाना जा सकता है, इसलिए बेफ़िक्र रहो—न तो पुलिस रोकेगी, न पहचानेगी।" श्रीप्रकाश ने कहा।

सुधीर इन्दिरानगर से जोंगा जीप की सर्विसिंग कराकर गोमतीनगर आ गया। श्रीप्रकाश, अनुज और सुधीर—तीनों जीप पर बैठकर पहले हज़रतगंज गए, वहाँ वुडलैंड वाली दुकान पर थोड़ी देर बैठे, फिर शिव सेना कार्यालय होते हुए कैपिटल तिराहे पर पीसीओ चलाने वाले अरशद मुश्ताक के यहाँ पहुँच गए। वहाँ उन्होंने अरशद से थोड़ी देर बात की और कुछ लोगों के बारे में जानकारी ली।

श्रीप्रकाश गाड़ी चला रहा था, अनुज बग़ल वाली सीट पर बैठा हुआ था और सुधीर क्रिकेट बैग में सारे असलहे लेकर पीछे बैठा हुआ था।

श्रीप्रकाश उधर से महानगर की तरफ़ आया और कहा, "चलो, एसटीएफ़ का ऑफ़िस देखकर आते हैं।"

"भैया, उधर मत जाइएगा। धीरेन्द्र को एसटीएफ़ वाले अपने साथ रखे हैं, कहीं धीरेन्द्र ने हमें पहचान लिया तो बड़ी मुश्किल होगी।" सुधीर ने आशंकित होकर कहा।

"धीरेन्द्र अगर दिख गया तो वहीं साले को पचास गोलियाँ मारूँगा।" श्रीप्रकाश ने कहा, "वही साला मुख़बिरी कर रहा है तभी पुलिस हम लोगों के पीछे-पीछे ठिकाने पर पहुँच जा रही है।"

"भैया, पुलिस तो ऐसी जगह तक भी पहुँच गई जो धीरेन्द्र को भी नहीं पता थी। ऐसा लगता है, पुलिस फ़ोन से कुछ कारगुजारी कर रही है।" सुधीर ने संशकित होकर कहा।

दिल्ली वाली टीम ने अरुण कुमार को बताया, "परसों शाम से ये लोग दिल्ली में नहीं हैं। मोबाइल कम्पनी ने बताया है कि यह उत्तर प्रदेश में रोमिंग में है और रोमिंग की डिटेल उत्तर प्रदेश में ही मिल सकती है।"

अरुण कुमार ने राजेश पाण्डेय को दिल्ली वाली टीम की बात बताई और पूछा, "इसका पता कैसे लगेगा?"

"सर, अभी आधे घंटे में पता लग जाएगा। मैं उषा में राजेन्द्र सिंह और एस्सार में पवन को फ़ोन कर देता हूँ, आधे घंटे में वे लोकेशन बता देंगे।" राजेश ने कहा।

करीब एक घंटे बाद राजेश पाण्डेय ने अरुण कुमार को बताया, "सर, राजेन्द्र ने बताया है कि श्रीप्रकाश परसों सुबह से यहीं लखनऊ में है। उसकी लोकेशन गोमतीनगर, हज़रतगंज, कैसरबाग़ और महानगर में रही है और अभी भी उसकी लोकेशन गोमतीनगर में ही है।"

अरुण कुमार ने सत्येन्द्र वीर सिंह, राजेश पाण्डेय, उमेश, अविनाश—सबको फ़ौरन ऑफ़िस बुलावाया और कहा, "सब लोग अलग-अलग क्षेत्रों में जाकर घूमिए। जिस क्षेत्र की करेंट लोकेशन मिलेगी, वहाँ पर लखनऊ पुलिस की सहायता से बैरियर लगाकर चेकिंग करिए।"

"धीरेन्द्र को मैं अपने साथ ले जाता हूँ। जहाँ कहीं डाउट होगा, धीरेन्द्र कनफ़र्म कर देगा।" राजेश पाण्डेय ने कहा।

"ठीक है, ले जाइए।" अरुण कुमार ने कहा।

अगले दिन सवेरे सारे लोग अलग-अलग क्षेत्रों में जाकर घूमने लगे।

दोपहर में दो बजे के आसपास राजेन्द्र सिंह ने बताया कि उसकी एक घंटे पहले की लोकेशन विकासनगर के टॉवर में थी, उसके बाद से उसका फ़ोन बन्द है।

उमेश सिंह ने विकास नगर के मुख्य मार्ग पर चेकिंग शुरू करा दी। दो घंटे की चेकिंग के बाद भी कुछ पता नहीं लगा। शाम को तक़रीबन साढ़े पाँच बजे उषा फ़ोन की तरफ़ से बताया गया कि अब उसकी लोकेशन फिर से विराम खंड गोमतीनगर में आ रही है।

राजेश पाण्डेय गोमतीनगर में ही थे, उन्होंने कहा, "मिठाई वाले चौराहे पर चेकिंग करते हैं।"

"चेकिंग की क्या ज़रूरत है! किनारे कहीं गाड़ी लगा लीजिए, मैं देखता रहूँगा। इन तीनों को तो मैं अँधेरे में भी पहचान लूँगा।" धीरेन्द्र ने कहा।

राजेश पाण्डेय जिप्सी चला रहे थे और धीरेन्द्र आगे वाली सीट पर बैठा हुआ था। एसटीएफ़ के दो कमांडो एके-47 के साथ जिप्सी में बैठे हुए थे। राजेश पाण्डेय ने कहा, "धीरेन्द्र, तुम बात सही कह रहे हो। मिठाई वाले चौराहे पर चलते हैं, जहाँ सब्ज़ी की दुकान लगती है। उसी जगह जिप्सी खड़ी कर देते हैं। वहाँ से दोनों तरफ़ आने-जाने वाले लोगों को साफ़-साफ़ देखा जा सकता है। तुम देखते रहना, कहीं दिख जाता है तो सबको यहीं बुला लेंगे।"

बैराज से वापस लौटने के लिए राजेश पाण्डेय ने पेट्रोल पम्प के भीतर से गाड़ी जैसे ही मोड़ी तो वहाँ पर दो-तीन गाड़ियाँ पेट्रोल और डीज़ल भरा रही थीं। जैसे ही आर्मी की ओपन जोंगा गाड़ी पर जिप्सी की हेडलाइट पड़ी तो धीरेन्द्र ने अपना सिर डैशबोर्ड से नीचे कर लिया और धीरे-धीरे कहने लगा, "वही है, वही है!"

"कौन-सी गाड़ी में?" राजेश पाण्डेय ने पूछा।

"वही सामने वाली!" धीरेन्द्र बोला।

राजेश पाण्डेय की समझ में नहीं आ रहा था कि किस गाड़ी के लिए वह इशारा कर रहा है। धीरेन्द्र डर के मारे कुछ बोल नहीं पा रहा था। तब तक गाड़ी तेल भराने वाली उन तीनों गाड़ियों के पास पहुँच गई। इतने में ही आर्मी वाली जोंगा गाड़ी बिना तेल भराए ही बहुत तेज़ी से बैक करके पीछे की तरफ़ भागने लगी।

"यह ओपेन गाड़ी में जो लोग भाग रहे हैं, ये लोग तो नहीं हैं?" राजेश पाण्डेय ने धीरेन्द्र से पूछा।

"हाँ, यह वही है।" धीरेन्द्र ने सिर नीचे रखते हुए कहा।

तब तक वह जोंगा गाड़ी तेज़ी से पॉलीटेक्निक चौराहे की तरफ़ भागी। थोड़ा-सा बैक करके जब राजेश पाण्डेय ने तेज़ी से गाड़ी भगानी शुरू की, तभी हल्की-हल्की बारिश होने लगी और उस रोड पर घुप्प अँधेरा था। धीरेन्द्र सिर उठाकर झाँकने लगा।

"डरने की क्या ज़रूरत थी? दो-दो एके-47 साथ में हैं। पहले क्यों नहीं बताया कि ओपेन वाली आर्मी जोंगा है? मेरा दिमाग़ तो मारुति-800 और सफ़ारी गाड़ी पर गया था, जो तेल भराने के लिए खड़ी थीं। यदि तुमने पहले ही बता दिया होता कि आर्मी वाली जोंगा गाड़ी पर हैं, तो ये लोग भाग नहीं सकते थे।" राजेश पाण्डेय ने धीरेन्द्र से कहा।

पाँच मिनट तक तो राजेश पाण्डेय ने उस गाड़ी के पीछे-पीछे अपनी जिप्सी दौड़ाई मगर उसके बाद उस गाड़ी की बैकलाइट बन्द हो गई। तेज़ी से भागते हुए राजेश पाण्डेय पॉलीटेक्निक चौराहे तक पहुँच गए और इसी बीच उन्होंने सत्येन्द्र वीर सिंह, अजय कुमार, अविनाश मिश्रा और उमेश को टेलीफ़ोन से ख़बर कर दी।

सब लोग गोमतीनगर की तरफ़ भागे, पूरी रात गोमतीनगर को चारों तरफ़ से घेरकर आर्मी की ओपन जोंगा की तलाश करते रहे। सुबह हो गई लेकिन कुछ पता नहीं लगा। निराश होकर सब लोग वहीं से ऑफ़िस पहुँचे।

पहली बार श्रीप्रकाश शुक्ला से एसटीएफ़ की टीम का आमना-सामना हुआ था। अरुण कुमार ने पूरा घटनाक्रम पूछा। राजेश पाण्डेय पर थोड़ी-सी नाराज़गी भी व्यक्त की और कहा, "हेडलाइट के सामने पड़ गया था तो उसी समय एके-47 से बर्स्ट फ़ायर खोल देना चाहिए था। बहुत होता, तो पब्लिक का एकाध आदमी मारा जाता!"

राजेश पाण्डेय चुपचाप सारी बात सुनते रहे। कुछ अधिकारियों ने यह भी कहा कि 'मैं होता तो श्रीप्रकाश निकल नहीं सकता था।' तब राजेश पाण्डेय ने बताया, "धीरेन्द्र ने ही सबसे पहले देखा और देखते ही अपना सिर डैशबोर्ड के नीचे कर लिया। मैं पेट्रोल पम्प पर से गाड़ी मोड़कर मिठाई वाले चौराहे पर जाने की जल्दी में था। धीरेन्द्र ने सिर नीचे करके 'हूँ-हूँ' करना शुरू किया, तब मेरा ध्यान धीरेन्द्र पर गया। मैंने पूछा, 'क्या बात है?' धीरेन्द्र सिर्फ़ इतना बोला, 'वही है, वही है!' इतनी देर में मैंने अपनी पिस्टल भी निकाल ली थी। मैंने ज़ोर से पूछा, 'कौन-सी गाड़ी में?' लेकिन धीरेन्द्र के मुँह से आवाज़ नहीं निकली, क्योंकि मैं सोच भी नहीं सकता था कि वह ओपन जीप में होगा। इतनी ही देर में वह पलक झपकते गाड़ी लेकर फ़ैज़ाबाद रोड की तरफ़ भागा। जब वह काफ़ी दूर निकल गया तब धीरेन्द्र ने सिर ऊपर उठाया और बताया कि ओपन जीप में तीनों थे। जब तक मैं भागता, वे काफ़ी दूर निकल गए थे और अपनी बैकलाइट भी ऑफ़ कर दी थी। मेरी समझ में यह नहीं आया कि यह धीरेन्द्र इतना क्यों डर गया?"

यह सुनकर सब लोग चुप हो गए।

सवेरे से ही उषा फ़ोन और एस्सार फ़ोन को टेलीफ़ोन करके मोबाइल फ़ोन की लोकेशन जानने की कोशिश की जाने लगी, लेकिन सब जगह से यही जवाब आया कि अब फ़ोन बन्द है। शाम को सात बजे के बाद से कोई लोकेशन नहीं मिली है।

अरुण कुमार ने एसएसपी लखनऊ से बात करके पूरे ज़िले में आर्मी की ओपन जोंगा गाड़ी तलाश करने के लिए जगह-जगह टीमें लगवा दीं। चेकिंग करानी शुरू की और चेकिंग के लिए यह भी निर्देशित किया गया कि 'गोमतीनगर में बड़े बँगलों के भीतर भी यदि गाड़ी कवर करके रखी गई हो तो उसे भी चेक करें।'

पूरे दिन की चेकिंग के बाद भी कोई परिणाम नहीं निकला।

इधर श्रीप्रकाश, अनुज और सुधीर खिड़की के किनारे खड़े होकर पूरी रात जागते रहे। जोंगा गाड़ी को कवर करके गैराज़ का शटर नीचे गिरा दिया था। श्रीप्रकाश ने अपने पिता को ऊपर बने कमरे में भेज दिया था कि वहाँ से नज़र रखें। अगर कोई पुलिस की गाड़ी या आदमी गेट पर आता है तो वहीं से ज़ोर से आवाज़ लगाएँगे कि 'कौन है?' और वे लोग फ़ायर करते हुए निकल जाएँगे।

रात भर पुलिस की गाड़ियाँ उसके घर के सामने से हूटर बजाती हुई निकलती रहीं। सवेरे जब पुलिस की गतिविधियाँ थोड़ी कम हुईं, तो श्रीप्रकाश ने अनुज और सुधीर से कहा, "हमारे घर से निकलने के दस मिनट के अन्दर ही यह पुलिस कैसे पट्रोल पम्प तक पहुँच गई? कुछ-न-कुछ तो गड़बड़ है। या तो इन्दिरानगर जहाँ सर्विसिंग कराई गई है, वहाँ से कोई मुख़बिरी हुई है, या फिर कोई लगातार हम लोगों की मुखबिरी कर रहा है, क्योंकि जैसे ही हेडलाइट हम लोगों पर पड़ी, जिप्सी ने पीछा करना शुरू कर दिया था। सड़क पर अगर अँधेरा न होता तो आज गोली ज़रूर चलती।" फिर पूछा, "किसी ने देखा कि कौन-कौन था उसमें?"

"हाँ, भैया, मैं ठीक सामने था। जब वह स्कूटर वाला तेल भराकर गया है तो उसकी हेडलाइट में मैंने देखा था। राजेश पाण्डेय गाड़ी चला रहे थे, लेकिन बग़ल वाली सीट खाली थी, पीछे दो आदमी एके-47 लेकर बैठे हुए थे।" सुधीर ने कहा।

श्रीप्रकाश ने कहा, "मुझे भी यही अन्दाज़ा था कि राजेश पाण्डेय ही होगा। फिर तो टेलीफ़ोन में ही इन लोगों ने कुछ कर रखा है। राजेश पाण्डेय ही टेलीफ़ोन वाला काम देखता है और वही हिम्मती है और यह भी देख लेना, जब भी गोली चलेगी, राजेश पाण्डेय से ही चलेगी, वरना कौन इतनी हिम्मत करता है? तुमने देखा नहीं, जब कल शाम को हम लोग हज़रतगंज से लौट रहे थे तो गोमती बैराज पर चेकिंग हो रही थी, तब उस मोटे वाले दरोगा ने शीशा नीचे कराया और मैंने सिर्फ़ एके-47 दिखाई, उसने तुरन्त चार क़दम पीछे होकर सैल्यूट किया और सामने से बैरियर खोल दिया?"

"यह कहीं पर थानाध्यक्ष है। दो दिन पहले इसका फ़ोटो अख़बार में छपा था। बहुत मोटा-सा है, पेट बहुत बाहर निकला हुआ है।" सुधीर ने कहा।

श्रीप्रकाश बोला, "हाँ-हाँ, फिर तो वही है।" फिर कहा, "यह गाड़ी अब यहीं गैराज़ में रहने दो। गैराज़ में दोनों तरफ़ से ताला लगा दो। पुलिस पागलों की तरह इसी गाड़ी को खोजेगी। अब लखनऊ में रहना ख़तरे से खाली नहीं है।

अब ये साले पीछा भी करने लगे। कुछ-न-कुछ झोल ज़रूर है, नहीं तो हर ठिकाने पर ये कैसे पहुँच रहे हैं?"

"दिल्ली में जहाँ से मैंने सिम कार्ड और फ़ोन लिया था, मोबाइल रिचार्ज कराने के लिए उसका फ़ोन नम्बर भी माँगा था और एक दिन मैंने फ़ोन से कहकर रिचार्ज भी करवाया था और उसे बोला था कि 'पैसे आकर दूँगा।' उसका भी फ़ोन आया था कि 'भैया, यहाँ पुलिस आई थी, बहुत परेशान कर रही थी कि दस सिम कार्ड कौन ले गया?'" अनुज ने कहा।

"दूसरी गाड़ी किसी से मँगवाते हैं। पहले यहाँ से निकल चलो, विराटनगर चलते हैं। पहले यह पता लगाना ज़रूरी है कि यह मुख़बिरी कौन कर रहा है और अब सिर्फ़ पीसीओ से ही बात **करेंगे**। कोई मोबाइल फ़ोन इस्तेमाल नहीं किया जाएगा, क्योंकि सिम कार्ड वाले के **यहाँ** तो कोई पीसीओ नहीं है और न ही वहाँ पीसीओ का इस्तेमाल किया गया था। इन सालों ने कुछ मोबाइल का चक्कर पकड़ लिया है, जिससे ये पता कर रहे हैं।" श्रीप्रकाश ने कहा।

"फ़ैज़ाबाद में एक नई टाटा सूमो खड़ी है, अभी मँगवाता हूँ। दो घंटे में आ जाएगी। उसी से विराटनगर निकल चलते हैं।" अनुज ने कहा।

अनुज ने फ़ैज़ाबाद फ़ोन करके टाटा सूमो लाने के लिए कहा, शाम तक टाटा सूमो आ गई। टाटा सूमो वाले को कहा गया, "टाटा सूमो लेकर पॉलीटेक्निक चौराहे पर जहाँ बसअड्डा है, वहीं खड़े रहना, हम लोग वहीं आ जाएँगे और चलते समय तुम्हें फ़ैज़ाबाद रक़ाबगंज में उतार देंगे।"

अँधेरा होते ही तीनों मकान से निकले। निकलने से पहले श्रीप्रकाश ने अपने पिताजी से कहा, "तुम भी सवेरे निकल जाना, लेकिन गोरखपुर मत जाना, मामा के पास देवरिया चले जाना।"

"ठीक है।" पिता जी ने कहा।

वहाँ से निकलकर ये तीनों मेन रोड पर आए और एक टैम्पो में बैठ गए। टैम्पो से सीधे पॉलीटेक्निक चौराहे पर उतरे और बसअड्डे से थोड़ा आगे खड़ी हुई टाटा सूमो में जाकर बैठ गए। अनुज ने टाटा सूमो के ड्राइवर से कहा, "पहले तुम अपना मोबाइल दे दो, फिर पीछे जाकर बैठ जाओ। तुम्हें रक़ाबगंज में उतार देंगे।"

श्रीप्रकाश ख़ुद गाड़ी चला रहा था और बहुत तेज़ी से वहाँ से फ़ैज़ाबाद की तरफ़ निकल गया। टाटा सूमो वाले ड्राइवर को रक़ाबगंज में छोड़कर ये लोग पहले सीधे गोरखपुर और फिर सुबह विराटनगर अपने पुराने ठिकाने पर पहुँच गए। वहाँ पहुँचकर इन लोगों ने चैन की साँस ली।

"माहौल कुछ ज़्यादा गर्म हो गया है। घर वाले भी बन्द हो गए, हम लोगों का पीछा भी एसटीएफ़ वाले करने लगे हैं। अब हमें कुछ करना पड़ेगा।" वहाँ पहुँचकर श्रीप्रकाश ने कहा।

सभी थके हुए थे, थोड़ा-बहुत नाश्ता करके सो गए।

श्रीप्रकाश की समझ में नहीं आ रहा था कि अब क्या किया जाए? साक्षी का काम भी नहीं हो पाया। लखनऊ जाकर एसटीएफ़ वालों में से किसी को गिरा देते या एसटीएफ़ के ऑफ़िस में जो भी बाहर मिलता, एक-दो को मार देते, लेकिन वह भी न हो पाया बात कुछ समझ में नहीं आ रही है।

अगले दिन सवेरे ही श्रीप्रकाश ने होटल से बाहर निकलकर पीसीओ से राजेश पाण्डेय को उनके घर के नम्बर पर फ़ोन किया। एसटीएफ़ के सभी अधिकारी उस समय अपने लैंडलाइन फ़ोन में टेलीफ़ोन रिकॉर्डिंग किट लगाकर सामान्य टेप रिकॉर्डर में आने वाली सभी कॉल को टेप करते थे और सभी के फ़ोन में कॉलर आईडी लगाए गए थे, जिससे आने वाले किसी भी टेलीफ़ोन का नम्बर पता हो सके।

सुबह साढ़े छह बजे जैसे ही उसका फ़ोन आया, राजेश पाण्डेय ने आधी नींद में ही वह फ़ोन उठाया और फ़ोन आते ही टेप-रिकॉर्डर ऑन कर दिया। फ़ोन उठाते ही उधर से आवाज़ आई, "श्रीप्रकाश शुक्ला बोल रहा हूँ। पहचाना कि नहीं पहचाना?"

राजेश पण्डेय ने कहा, "बिलकुल पहचाना।"

राजेश पाण्डेय ने कॉलर आईडी पर तुरन्त निगाह दौड़ाई तो नम्बर नेपाल का दिखाई दिया। राजेश पाण्डेय ने कहा, "बड़ी जल्दी नेपाल भाग गए। मैं तो समझता था कि तुम बहुत दिलेर हो, तुम तो बड़े बुज़दिल निकले!"

"तुमको क्या लगता है कि मैं खाली हाथ था? मैंने तुमको स्कूटर की हेडलाइट में देख लिया था, एके-47 मेरे पास थी।" श्रीप्रकाश ने कहा।

"हम भी कोई डंडा लेकर नहीं बैठे थे! मर्द थे तो क्यों दुम दबाकर भागे? अगर सड़क पर अँधेरा न रहा होता तो कल तुम्हारी कहानी ख़त्म थी।" राजेश पाण्डेय ने कहा।

"अपने साथ जो दो लौंडे खिलौना लेकर बैठाए हुए थे, वे खिलौने पर हाथ भी न लगा पाते और तुम्हारी खोपड़ी में पूरी मैगज़ीन खाली हो जाती; पर छोड़ो! जो बात हो गई, हो गई यह बताओ, पीछे क्यों पड़े हो?" श्रीप्रकाश ने पूछा।

"यहीं लखनऊ में हमारे सिर पर ही सारे कांड कर रहे हो, पीछा तो करूँगा ही। तुम सरेंडर क्यों नहीं कर देते? सरेंडर नहीं करोगे तो जिस दिन चंक पर चढ़ गए, एके-47 तक हाथ भी नहीं पहुँचेगा।" राजेश पाण्डेय ने कहा।

श्रीप्रकाश ने गाली-गलौज शुरू कर दी और कहा, "यह मत समझना कि मैं अकेले ही मारा जाऊँगा, तुम और तुम्हारे साथ दो-चार और मारे जाएँगे। अभी तक किसी की माँ ने दूध नहीं पिलाया है जो हम पर गोली चलाए। तुम जानते हो कि बड़े-बड़े अच्छों को निबटा दिया। जिसके साथ दस-दस, बीस-बीस राइफ़लें थीं, वे भी निबट गए।"

"पेट्रोल पम्प पर रुक क्यों नहीं गए थे? हो जाते दो-दो हाथ। चोरों की तरह भागे क्यों?" राजेश पाण्डेय ने पूछा।

श्रीप्रकाश ने गालियों की झड़ी लगा दी, फिर बोला, "सवेरे तुम्हारी बेटी नीले रंग की जिप्सी में लोरेटो स्कूल जाती है। गाड़ी में पीछे वही खिलौना लिये हुए दो लोग बैठे रहते हैं, तुम ऐसे नहीं मानोगे?"

"ये सब दाँव बनियों पर चलाया करो, इसकी नौबत नहीं आएगी।" राजेश पाण्डेय ने कहा, "नेपाल में कहाँ पर हो, अपना पता बताओ, मैं आ जाता हूँ और हमारा पता तुम्हें मालूम ही है, चाहो तो तुम्हीं आ जाओ। ऐसे नेपाल में जाकर, अपनी माँ के पेटीकोट में क्यों छुपे हो?"

इसके बाद राजेश पाण्डेय ने भी धुआँधार गालियाँ दीं। अब तक लगभग पैंतीस मिनट हो चुके थे, श्रीप्रकाश ने फ़ोन काट दिया।

फ़ोन कटने के बाद राजेश पाण्डेय ने देखा कि उनके दोनों बच्चे, जो साथ में सो रहे थे, वे उठ गए थे और बहुत डरे हुए थे। राजेश पाण्डेय की पत्नी भी उनके साथ उठ गई थीं और वह भी बहुत डरी हुई थीं।

"अरे, बहुत जल्दी उठ गए तुम लोग आज!" राजेश पाण्डेय ने कहा।

दोनों बच्चे कुछ नहीं बोले। राजेश पाण्डेय की पत्नी बोलीं, "इतनी गाली-गलौज क्यों कर रहे थे?"

"माँ-बहन की गालियाँ दे रहा था, कैसे सुन लूँ?" उन्होंने कहा।

"कल से बच्चों को स्कूल नहीं भेजूँगी, मैंने सारी बातें सुन ली हैं।" पत्नी बोली।

राजेश पाण्डेय ने तुरन्त अरुण कुमार को फ़ोन करके बताया, "नेपाल से इस नम्बर से मेरे घर वाले नम्बर पर अभी फ़ोन आया था, बहुत गाली-गलौज हुई है। मैंने पूरा टेप किया है।"

"नौ बजे तक मैं ऑफ़िस पहुँच रहा हूँ। कैसेट लेकर आओ, सभी लोग बैठकर सुनते हैं।" अरुण कुमार बोले।

गोरखपुर वाली टीम को अब बताया गया कि तुरन्त नेपाल जाकर इस नम्बर के पीसीओ को लोकेट करे।

दोनों इंस्पेक्टर—मालवीय और ओपी त्रिपाठी—वहीं गोरखपुर में थे। वे अपने साथ दो और सिपाहियों को लेकर नेपाल गए। नेपाल के बॉर्डर पर पड़ने वाले थानों को नम्बर की जानकारी दी, तो वहाँ के लोगों ने तुरन्त बताया कि यह विराटनगर का नम्बर है।

दोनों इंस्पेक्टर विराटनगर के लिए रवाना हो गए और शाम तक विराटनगर पहुँच गए और ढूँढ़ते-ढूँढ़ते रात में पीसीओ भी ढूँढ़ लिया। पीसीओ वाले से पूछा, "सुबह साढ़े छह बजे इंडिया कॉल की गई थी; किन-किन नम्बरों पर की गई थी? अगर रजिस्टर में हो तो दिखा दो।"

पीसीओ वाले ने रजिस्टर दिखाया तो उसमें राजेश पाण्डेय के घर का नम्बर पीसीओ वाले ने लिख रखा था। वहीं से मालवीय ने अरुण कुमार को बताया, "पीसीओ मिल गया है और यहीं से सुबह पाण्डेय साहब के यहाँ फ़ोन हुआ था।"

"वहाँ आसपास अगर कोई रुकने की जगह हो तो रूम लेकर रुक जाओ, वह फिर उसी पीसीओ पर आएगा।" अरुण कुमार ने कहा।

मालवीय बोलते समय थोड़ा हिचकिचाए, तो अरुण कुमार ने कहा, "मरने से डरते हो? यह भी तो हो सकता है कि तुम्हारी गोली से वही मारा जाए!"

"सर, नेपाल में यह सम्भव नहीं है।" मालवीय बोले।

"सब सम्भव है। अपनी पर आ जाए तो बेहिचक गोली चला देना। हम लोग आ जाएँगे। नेपाल पुलिस से बात कर ली जाएगी। इस समय उत्तर प्रदेश का सबसे बड़ा इनाम इसी के सिर पर है।" अरुण कुमार बोले।

"ठीक है सर!" मालवीय बोले।

पीसीओ से काफ़ी दूर एक छोटा-सा होटल था, वहीं पूरी टीम रुक गई। यह तय हुआ कि एक-एक आदमी पीसीओ खुलने से पीसीओ बन्द होने तक आसपास किसी दुकान पर बैठकर सिर्फ़ यह देखेगा कि यदि श्रीप्रकाश आता है तो हुलिये से पहचानने की कोशिश की जाए और वह कहाँ रुका है, उसके पीछे-पीछे जाकर वहाँ तक पीछा किया जाए।

तीसरे दिन सुबह साढ़े सात बजे के आसपास श्रीप्रकाश फिर अकेले टाटा सूमो से उसी पीसीओ पर पहुँचा और पीसीओ के भीतर जैसे ही घुसा, पीसीओ वाले ने पूछा, "आप लखनऊ फ़ोन करेंगे क्या?"

"तुम्हें कैसे मालूम?" श्रीप्रकाश ने पूछा।

"परसों सवेरे आपने जो फ़ोन किया था, उसको पूछते हुए चार लोग आए थे। यूपी के पुलिसवाले लग रहे थे।" पीसीओ वाले ने कहा।

इतना सुनते ही श्रीप्रकाश कूदकर टाटा सूमो पर बैठा और वहाँ से तेज़ी से निकल गया। पीसीओ से थोड़ी दूर सामने वाली पटरी पर चाय की दुकान में जो सिपाही बैठा था, वह जब तक कुछ समझ पाता, तब तक टाटा सूमो वहाँ से निकल चुकी थी।

वह भागकर पीसीओ के अन्दर गया और पूछा, "यह जो आदमी आया था, उसने कहाँ फ़ोन किया है?"

"यह वही आदमी है, जिसने परसों सुबह फ़ोन किया था, जिसके लिए आप लोग आए थे। जब मैंने उसको बताया कि आप लोग यहाँ पर उसके बारे में पूछने आए थे तो वह बिना फ़ोन किये तुरन्त गाड़ी में बैठकर भाग गया। मैंने उसकी टाटा सूमो का नम्बर नोट किया है, आप चाहें तो इसे ले लें।" पीसीओ वाले ने बताया।

निगरानी करनेवाला सिपाही भागकर होटल पहुँचा और उसने पूरी बात बताई।

मालवीय ने तुरन्त अरुण कुमार को फ़ोन करके बताया तो अरुण कुमार बहुत नाराज़ हुए और बोले, "मैंने कहा था कि वह आएगा। दो दिन भी कायदे से निगरानी नहीं कर पाए? अगर तुम लोग अलर्ट होते तो आज वह ज़रूर हमारे हत्थे चढ़ जाता। इस टाटा सूमो के नम्बर का वहाँ पर पता कीजिए कि वह कहाँ की है और किसकी है! और वह अब दोबारा वहाँ कभी नहीं आएगा। इसलिए वापस गोरखपुर आ जाइए, फिर कहीं से फ़ोन होगा तो बताया जाएगा।"

श्रीप्रकाश टाटा सूमो लेकर होटल पहुँचा और वहाँ तेज़ी से कमरे में जाकर सारा सामान बटोरकर रखने लगा। उसने सुधीर और अनुज से कहा, "तुरन्त सामान गाड़ी में रखो, दस मिनट के भीतर यहाँ से निकलो!"

सुधीर और अनुज भौंचक्के रह गए कि यहाँ नेपाल में ऐसी कौन-सी आफ़त आ गई? कितने-कितने दिनों से हम लोग यहाँ रुकते रहे हैं?

जल्दी से सामान टाटा सूमो में लादकर, विराटनगर से निकलकर श्रीप्रकाश रक्सौल के रास्ते से बिहार की तरफ़ जाने लगा। जब बिहार के अन्दर घुस गया तब सुधीर ने पूछा, "भैया, यह नेपाल में क्या हुआ? नेपाल में तो कभी कोई दिक़्क़त नहीं हुई?"

"बात कुछ समझ में नहीं आ रही है, कैसे पुलिस पीछे-पीछे पहुँच रही है?" श्रीप्रकाश आश्चर्यचकित था। "अब तो मोबाइल पर बात करना भी बन्द कर दी है। मैं जैसे ही पीसीओ पर पहुँचा, वैसे ही पीसीओ वाले ने बताया कि परसों जिस नम्बर पर मैंने फ़ोन किया था, उसकी पूछताछ करने पुलिसवाले आए थे।"

"क्या हुलिया बताया? परसों वहाँ से किससे बात हुई थी?" सुधीर ने पूछा।

श्रीप्रकाश ने बताया, "उसी साले राजेश पाण्डेय से बात की थी मैंने। जो हुलिया बताया है पीसीओ वाले ने, वह राजेश पाण्डेय का तो नहीं है। समझ में नहीं आ रहा है, किसका हुलिया है? उसने बताया कि वह पुलिसवाले यूपी के थे।" फिर आगे बताया, "लखनऊ में पुराने वाले घर का ताला तोड़कर, जिप्सी और काफ़ी सामान ले गए। मोकामा में बस बच ही गए। उस दिन गोमतीनगर वाले पेट्रोल पम्प पर वह साला राजेश पाण्डेय आ गया था। नेपाल में थोड़ा सुकून के लिए आए थे कि कुछ आगे का प्रोग्राम बनाएँगे, दो दिन के भीतर ही साले वहाँ भी पहुँच गए! बात समझ में आ नहीं रही है कि इतनी सटीक सूचना इन सालों को कहाँ से मिल रही है? इन चारों जगहों पर सिर्फ़ एसटीएफ़ वाले ही पहुँच रहे हैं, पुलिस कभी नहीं पहुँच पाई। अब किसी भी पुराने वाले कांटैक्ट वाली जगह पर हम लोग नहीं जाएँगे और न ही मोबाइल फ़ोन से बात करेंगे। अगर बहुत ज़रूरी बात करनी होगी, तो पीसीओ से बात करेंगे।"

"ऐसे तो बहुत मुश्किल हो जाएगा! चलो, पन्द्रह-बीस और सिम कार्ड ख़रीद लेते हैं। किसी भी सिम कार्ड पर एक घंटे से ज़्यादा कोई बात न करे। नम्बर-पता ढूँढ़कर आते-आते एक घंटे से ज़्यादा का ही समय लगेगा। दूसरी बात, जब बात करनी हो तो गाड़ी में बैठकर, दस-पन्द्रह किलोमीटर दूर जाकर ही बात करना ठीक होगा।" अनुज ने सुझाव दिया।

"अब मेरी समझ में आ गया कि इन सालों ने आनन्द पाण्डेय को कैसे पकड़कर मारा होगा। आनन्द भी दिल्ली आने के बाद मोबाइल पर बहुत बात करता था। बिलकुल उस सटीक जगह पर यही राजेश पाण्डेय सत्येन्द्र वीर सिंह को लेकर पहुँच गया था और इन्हीं सालों ने पकड़कर उसे मार भी दिया। अब सावधानी बरतनी बहुत ज़रूरी है।" सुधीर बोला।

श्रीप्रकाश ने कहा, "यह अकेले राजेश पाण्डेय के बस का नहीं है। मुख्यमंत्री और एसटीएफ़ का एसएसपी एक ही लाइन के हैं। ये किसी की नहीं सुनते। ये जो कहते होंगे, नीचे वाले साले वही तो करेंगे! तुमने देख ही लिया कि पाँच-पाँच मंत्री मुख्यमंत्री के पास जाकर भी कुछ नहीं उखाड़ पाए और भैया-भाभी, सभी जेल चले गए। मुकद्दर ख़राब था, उस दिन पेट्रोल पम्प पर इन सालों ने देख लिया, नहीं तो तेल भरवाकर एसटीएफ़ के दफ़्तर पर ही तो जाना था। दफ़्तर के बाहर गाड़ी लगाकर वहीं बैठते तो आते-जाते कोई-न-कोई मिल ही जाता। एक-दो को गिरा देते तो कुछ दिन तक उसी में उलझे रहते। अब हम लोगों के पास करने के लिए कोई ज़्यादा काम नहीं है। एक-दो महीने में ही साक्षी वाला काम हो जाता, तो उसके बाद दादा का काम करने के लिए बिहार चलना था। ये दोनों काम ख़त्म करने के बाद फिर सरेंडर होने का जब तक जुगाड़ किया जाता, तब तक इलेक्शन का टाइम आ जाता। लेकिन पिछले एक महीने से कोई भी काम सीधे-सीधे नहीं हो पा रहा है। लखनऊ में जिन-जिन को पैसों के लिए फ़ोन किया, ऐसा लगता है, नम्बर वहीं से ये सब ले लेते हैं और फिर पीछा करना शुरू करते हैं। इन सालों से बात करने के लिए ऐसी जगह से बात की जाए, जहाँ पहुँचने में इन्हें एक-दो दिन लगें।"

"बिहार में ही ऐसी जगह तलाशते हैं, जहाँ से बात करके वापस पटना पहुँचा जा सके। जब तक ये सब पीसीओ का पता लगाकर पहुँचेंगे, तब तक हम लोग दूसरी जगह पहुँच जाएँगे।"

"भैया, यहाँ तक आए ही हैं, तो चलिए, अररिया होते हुए चलते हैं। वहाँ रहने का ठिकाना भी ढूँढ़ लेंगे और पीसीओ भी मिल जाएगा।" सुधीर ने कहा।

"ठीक है।" कहते हुए श्रीप्रकाश वहाँ से अररिया के लिए चल दिया।

अररिया पहुँचकर वहाँ अच्छे होटल की तलाश की, लेकिन कोई भी अच्छा होटल नहीं मिला। एक छोटे-से होटल 'प्रकाश' में सभी रुक गए और वहीं रात में रुकने की सभी ने इच्छा जताई।

सवेरे उठकर श्रीप्रकाश सुधीर को लेकर पीसीओ की तलाश में गया। अररिया के मुख्य बाज़ार में बहुत सारे पीसीओ एक लाइन में बने हुए थे। सुधीर ने कहा, "बहुत पीसीओ हैं, यहाँ पर।"

"यह होटल के बहुत नज़दीक है, यहाँ से बात नहीं करेंगे। कल तक साले सूँघते-सूँघते यहाँ भी पहुँच जाएँगे। शहर के बाहर निकलो, वहाँ तलाश करते हैं।" श्रीप्रकाश ने कहा।

चार-पाँच किलोमीटर बाहर जाकर, हाइवे के किनारे एक ढाबे पर एक पीसीओ मिला। श्रीप्रकाश ने सुधीर को गाड़ी पर ही बैठे रहने को कहा और जाते-जाते बोला, "आने-जाने वालों पर निगाह रखना, मैं बात करके आता हूँ।"

श्रीप्रकाश ने वहाँ से सूरजभान को फ़ोन मिलाया। थोड़ी देर बाद सूरजभान लाइन पर आ गया। श्रीप्रकाश ने कहा, "दादा, पिछले पन्द्रह-बीस दिनों से बहुत परेशान हूँ। ये एसटीएफ़ वाले हर जगह पहुँच जा रहे हैं।"

"एसटीएफ़ क्या होता है?" सूरजभान ने पूछा।

"मुख्यमंत्री ने छँटे हुए पुलिसवालों की एक छोटी-सी फ़ोर्स बनाई है जो सिर्फ़ हमारे पीछे पड़ी हुई है। दादा, आप जानते हो कि इतने दिनों से हम लोग काम कर रहे हैं, हम लोगों तक वारदात के महीनों बाद भी पुलिस नहीं पहुँच पाती थी, अब ये बाहर निकलने के आधे घंटे बाद ही पहुँच जा रहे हैं! कुछ समझ में नहीं आ रहा है? मैंने फ़ोन इसलिए किया है कि मैं अपना मोबाइल बन्द रखूँगा। कहीं बहुत ज़रूरी हुआ तो आपसे बात करने के लिए किसी पीसीओ से या फिर नया सिम कार्ड लेकर बात करूँगा। मेरा फ़ोन उठा लीजिएगा।" श्रीप्रकाश ने कहा।

"अभी कहाँ हो?" सूरजभान ने पूछा।

"अभी नेपाल से अररिया आया हूँ।" श्रीप्रकाश ने बताया।

"वह विराटनगर वाले होटल का सौदा फ़ाइनल कर दिया है। जो पैसा तुम्हारा मेरे पास है, उसी में वह होटल हो जाएगा। काग़ज़-पत्तर बनकर तैयार हो गए हैं, मालिक को पैसा देना है और होटल तुम्हारे किसी भाई के नाम खरीदवा देता हूँ। पैसा मिलते ही वह होटल खाली कर देगा तो दो-चार लोगों को यहीं बुलवा लेना। दस-बारह लाख रुपये रँगाई-पुताई में खर्च होगा फिर यह होटल चलेगा। इन सालों ने इसका रख-रखाव कायदे से नहीं किया और फ्री में रहनेवाले लोगों की संख्या बढ़ती गई, इसलिए ये होटल नहीं चला पाए। होटल हम लोगों के पास रहेगा तो कोई भी फ्री में रहनेवाला नहीं आएगा। धीरे-धीरे आसपास जो छोटे-मोटे तीन होटल हैं, उन्हें भी ख़रीद लिया जाएगा। एक परमानेंट ठिकाना नेपाल में बनाना बहुत ज़रूरी है। मिर्ज़ा दिलशाद बेग के मरने के बाद उसके आदमी भी इधर-उधर मारे-मारे फिर रहे हैं और इधर तुम्हारे और हमारे यहाँ भी पुलिस ने बहुत तेज़ी पकड़ी है। वृज बिहारी की हत्या के बाद हमारे यहाँ लालू यादव भी पगला गए हैं।" सूरजभान ने विस्तार से अपनी योजना बताई।

"दादा, आपने बहुत पहले अररिया का भी एक काम बताया था।" श्रीप्रकाश ने कहा।

"हाँ, बिलकुल सही कहा तुमने।" सूरजभान ने कहा, "वहाँ नेपाल बॉर्डर से माल पार कराने वाले हमारे आदमियों को उसने बहुत परेशान किया है। वहीं अररिया में ही उसका ऑफ़िस भी है।"

"यहाँ कोई आदमी पहचानने वाला दे दीजिए, लगे हाथों उसका भी काम निबटा देते हैं।" श्रीप्रकाश ने कहा।

"अभी तुम परेशान हो, मोकामा आ जाओ।" सूरजभान ने कहा, "कुछ दिन आराम कर लो, फिर चले जाना।"

"नहीं दादा, अभी नहीं आऊँगा।" श्रीप्रकाश ने कहा, "अब अगर शान्त बैठ जाऊँगा तो ये एसटीएफ़ वाले और चढ़ाई करेंगे। अररिया में कोई आदमी बताओ, इस समय काम करना बहुत ज़रूरी है। लगता है, कामाख्या माता कुछ नाराज़ चल रही हैं। इधर काफ़ी दिनों से मैंने नरबलि नहीं की है। कामाख्या माता को बलि ही चाहिए।"

"जब तुम मोबाइल इस्तेमाल नहीं कर रहे हो तो तुमसे कोई कैसे सम्पर्क करेगा?" सूरजभान ने पूछा।

"अपने आदमी को घंटाघर चौराहे पर भेजिए और पूछकर हमें बताइए, वह क्या कपड़ा पहने हुए है। मैं ख़ुद जाकर उसे वहाँ से ले लूँगा। मैं अभी आधे घंटे बाद आपको फ़ोन करूँगा।" श्रीप्रकाश ने कहा।

काफ़ी लम्बी बातचीत होने के बाद श्रीप्रकाश ने फ़ोन काट दिया और पीसीओ के गेट पर आकर सुधीर से इशारे में पूछा, "कोई है कि नहीं?"

"आ सकते हो।" सुधीर ने इशारा किया।

श्रीप्रकाश फिर गाड़ी में बैठा और वहाँ से तेज़ी से निकला। मुख्य मार्ग पर पन्द्रह-बीस किलोमीटर तक तेज़ रफ़्तार में गाड़ी चलाता रहा। सुधीर ने पूछा, "भैया, अनुज को वहाँ छोड़कर, इधर कहाँ चल रहे हैं?"

"कहीं जा नहीं रहे हैं, दूसरा पीसीओ ढूँढ़ना है। इस पीसीओ पर दोबारा नहीं जाएँगे। जिससे बात करनी है, उसने आधे घंटे बाद फ़ोन करने को कहा है। आगे कहीं पीसीओ दिखता है तो बताना, मैं भी ध्यान से देख रहा हूँ।" श्रीप्रकाश ने कहा।

थोड़ा आगे निकलकर एक पीसीओ पर श्रीप्रकाश ने अपनी गाड़ी रोक दी और उतरकर पीसीओ में गया, फिर से सूरजभान को फ़ोन किया। सूरजभान ने बताया, "घंटाघर से थोड़ी दूर पर जूते की एक दुकान है, उसके बाहर आदमी खड़ा हुआ है। उसको मैंने बता दिया है। वह लाल रंग की कॉमरेड टोपी लगाए हुए होगा। उसका नाम चन्दन है. वह बता देगा।"

"ठीक है दादा," कहकर श्रीप्रकाश वहाँ से सीधे घंटाघर पहुँचा। जूते की दुकान के सामने एक आदमी लाल टोपी लगाए हुआ खड़ा था। श्रीप्रकाश ने गाड़ी पीछे खड़ी करके उसके पास जाकर पूछा, "चन्दन हो?"

उसने कहा, "हाँ।" फिर उसने पूछा, "आप अशोक सिंह भैया हैं?"

"हाँ, चलो, गाड़ी पर चलते हैं। तुम्हें पता है कि क्या करना है?" श्रीप्रकाश ने पूछा।

"हाँ, दादा ने सब बता दिया है। आप आइए।" चन्दन ने कहा।

उसे गाड़ी में बिठाकर निकल पड़ा। करीब एक किलोमीटर चलने के बाद बालू और सीमेंट की एक बहुत बड़ी दुकान थी जिसमें कुछ लोग बैठे हुए थे। चन्दन ने गाड़ी के भीतर से इशारा किया, "यह उसका कार्यालय है और वह बाहर ही कुर्सी पर बैठा हुआ है।"

"इनमें से कौन वाला है?" श्रीप्रकाश ने पूछा।

तब तक गाड़ी आगे निकल गई थी। श्रीप्रकाश ने कहा, "थोड़ा आगे चलकर मोड़कर आते हैं, पहले से ही बता देना।"

"भैया, कुर्ता-पाजामा पहने और गले में गमछा बाँधे हुए है। ठीक सामने कुर्सी पर बैठा हुआ है। उसके अग़ल-बग़ल दो-तीन लड़के जो जींस और टी-शर्ट पहनकर बैठे हुए हैं, इन सबके पास असलहे होंगे।" चन्दन बोला।

"ठीक है।" श्रीप्रकाश ने कहा।

तीन-चार किलोमीटर आगे जाने के बाद वापस उसी सड़क पर श्रीप्रकाश लौटने लगा और सुधीर से कहा, "ध्यान से देख लो!" श्रीप्रकाश ने भी उसे ध्यान से देखा और चन्दन से पूछा, "इसके पास गाड़ी कौन-सी है?"

"यह बोलेरो गाड़ी से चलता है—सफ़ेद रंग की बोलेरो है। कभी-कभी उस पर लाल बत्ती लगा लेता है, हफ़्ते में एक-दो दिन नेपाल बॉर्डर की तरफ़ जाता है। एक बात और ध्यान देने की है, इसका निशाना बहुत अच्छा है और बहुत हिम्मती आदमी है। इसने बीसियों क़त्ल किये होंगे। पुलिस मारे डर के इसके यहाँ छापेमारी भी नहीं करती है। ज़्यादातर समय दस-बीस लोगों के साथ, इसी दुकान पर बिताता है।" चन्दन ने बताया।

"ठीक है।" श्रीप्रकाश ने कहा।

श्रीप्रकाश ने चन्दन को वहीं घंटाघर पर उतार दिया और वहाँ से सीधे होटल पहुँच गया। होटल पहुँचकर तीनों ने हल्का-फुल्का नाश्ता मँगाया। उसके बाद सुधीर और अनुज सो गए, श्रीप्रकाश को नींद नहीं आ रही थी। वह इसी उधेड़बुन में था कि आखिर ऐसा कौन आदमी है जो उसके पीछे-पीछे पुलिस को सूचना दे रहा है और पुलिस फ़ौरन वहाँ तक पहुँच जा रही है? पता नहीं क्यों, उसका दिमाग़ सुधीर और अनुज पर बार-बार जाने लगा!

श्रीप्रकाश को यह महसूस होने लगा कि सुधीर और अनुज के सिवा मेरे आने-जाने का किसी को पता नहीं है, लेकिन फिर उसके दिमाग़ में आया कि सुधीर और अनुज को विराटनगर वाले पीसीओ का पता नहीं था। वह उस पीसीओ पर बिना बताए हुए अकेले गया था। अगर सुधीर और अनुज में से कोई मुख़बिरी कर रहा होता तो पुलिस होटल पहुँच जाती, पीसीओ पर न पहुँचती, लेकिन गोमतीनगर वाले पेट्रोल पम्प पर पुलिस कैसे पहुँची, यह वह समझ नहीं पा रहा था। बहुत दिमाग़ दौड़ाने पर उसे यह लगा कि आर्मी वाली ओपन जोंगा लखनऊ में बहुत कम लोगों के पास है। हो सकता है, किसी ने जोंगा पहचानकर पुलिस को बता दिया हो क्योंकि दो दिन बाद अख़बारों में यह निकला था कि आर्मी की ओपन जोंगा से श्रीप्रकाश को लखनऊ में देखा गया है। यह बात तो पुलिसवालों ने बताई होगी! इसी उधेड़बुन में वह इस निष्कर्ष पर पहुँचा कि सूरजभान दादा का यह काम कर दूँ तो एक नरबलि हो जाएगी। कामाख्या माता अगर नरबलि न मिलने से नाराज़ हैं तो वह ख़ुश हो जाएँगी।

यह सोचते-सोचते उसने अनुज और सुधीर को उठा दिया और उनसे कहा, "सारा सामान गाड़ी में रखो, अब यहाँ से निकलना है। होटलवाले का पेमेंट कर देते हैं।"

"भैया, शाम हो गई है, फिर रात को ड्राइव करना ठीक भी नहीं है।" सुधीर बोला।

"बस, चल दो, मेरा मन नहीं लग रहा है।" श्रीप्रकाश ने कहा।

सुधीर और अनुज ने हाथ-मुँह धोए, सारा सामान और बैग गाड़ी में रखा और श्रीप्रकाश फिर उसी रोड पर जाने लगा, जहाँ पर चन्दन ने उस आदमी की पहचान कराई थी।

उस जगह से करीब आधा किलोमीटर पहले ही श्रीप्रकाश ने अनुज से कहा, "एके निकाल लो, शीशे पूरा नीचे कर लो।" अनुज पीछे वाली सीट पर बैठा हुआ था। अब श्रीप्रकाश ने सुधीर से बोला, "तुम आगे वाला अपनी तरफ़ का शीशा आधा नीचे कर लो, पूरा नीचे मत करना और प्वॉइंट फ़ोर फ़ाइव वाली निकाल लो। एके की बर्स्ट खुलने के बाद अगर वह इधर-उधर भागता है तो प्वॉइंट फ़ोर फ़ाइव की दसों गोलियाँ उतार देना।"

"ठीक है भैया, मैं भी शीशा पूरा नीचे ही कर लेता हूँ।" सुधीर बोला।

"नहीं, पूरा नीचे कर लोगे तो पीछे से एके के कारतूस के खोखे शीशे से नीचे निकल सकते हैं और आधा नीचे करने पर तुम्हें सीट से उठना पड़ेगा और निशाना सीधे नहीं लगेगा। बैठे-बैठे गोली चलाओगे तो निशाना सीधे लगेगा।" श्रीप्रकाश ने कहा।

"समझ गया भैया!" सुधीर ने कहा।

"मैं गाड़ी धीमे करते-करते सिर्फ़ पाँच सेकेंड के लिए ही ठीक सामने रोकूँगा, इतने में काम हो जाना चाहिए।" श्रीप्रकाश ने ज़ोर से कहा।

"ठीक है।" अनुज ने कहा।

श्रीप्रकाश ने ठीक वैसे ही किया।

वह बीच में बैठा हुआ था, गाड़ी के रुकते ही अनुज ने उस पर बर्स्ट फ़ायर खोल दिया। वह वहीं पर बैठा ही रहा। उसे उठने का मौक़ा ही नहीं मिला। बाक़ी कुछ लोग तो उठकर भागने लगे और वहीं कुर्सी से उठने के चक्कर में गिर भी गए। इसके पहले कि कोई कुछ समझ पाता, श्रीप्रकाश ने गाड़ी की स्पीड तेज़ कर दी और सीधे हाइवे की तरफ़ भागा।

"तुमने फ़ायर क्यों नहीं किया?" श्रीप्रकाश ने सुधीर से पूछा।

"भैया, अनुज भाई की एक भी गोली बाहर नहीं गई। सारी पच्चीस की पच्चीस उसकी बॉडी पर हैं। अपनी जगह से हिल भी नहीं पाया, मैंने देख लिया। फिर कारतूस ख़राब करने से क्या फ़ायदा?" सुधीर ने कहा।

थोड़ी ही देर में गाड़ी हाइवे पर पहुँच गई। श्रीप्रकाश ने अनुज से पूछा, "पीछे कोई गाड़ी तो नहीं है?"

"कोई गाड़ी नहीं है। अभी तो साले गाड़ी स्टार्ट भी नहीं कर पाए होंगे।" अनुज ने जवाब दिया।

श्रीप्रकाश ने गाड़ी बायें मोड़ ली। फिर सीधे नेपाल की तरफ़ जाने लगा। सुधीर ने पूछा, "भैया, फिर विराटनगर चलना है क्या?"

"नहीं, अब उधर सीधे नहीं जाना है। पुलिसवाले वहाँ महीनों डेरा डाले रहेंगे। अब हम लोग सीधे दिल्ली चलेंगे।" श्रीप्रकाश ने कहा।

"हाँ, भैया, पन्द्रह-सोलह घंटे लगेंगे।" अनुज ने कहा।

"कोई बात नहीं है।" श्रीप्रकाश ने कहा।

वहाँ से तीनों लोग अगले दिन सुबह नौ बजे के आसपास दिल्ली के अपने ठिकाने पर पहुँच गए। श्रीप्रकाश ने कहा, "अनुज भाई, तीनों लोगों का खाना ले आओ, तब तक हम लोग नहा-धो लेते हैं। खाना खाकर सोएँगे। बहुत ज़्यादा थक गए हैं।"

"ठीक है, जाता हूँ।" अनुज ने कहा।

जब तक अनुज खाना लेकर आया, सुधीर और श्रीप्रकाश नहाकर निकल आए थे। अनुज नहाने चला गया, फिर तीनों ने बैठकर खाना खाया। असलहे वाले बैग को पलंग के नीचे रखकर तीनों सो गए।

अगले दिन श्रीप्रकाश ने कहा, "अब हम लोग किसी फ़ोन का इस्तेमाल नहीं करेंगे, कम-से-कम अपने फ़्लैट पर रहते हुए कोई भी फ़ोन का इस्तेमाल नहीं करेगा और न ही किसी पीसीओ पर जाकर कोई फ़ोन से बात करेगा। जब भी हम लोगों को बात करनी होगी, अपनी गाड़ी से यहाँ से दस-बीस किलोमीटर दूर जाकर ही सड़क के किनारे गाड़ी खड़ी करके बात करेंगे।"

"भैया, रोज़ कुंडली वाले लौंडों से और अख़बार वाले लड़के से तो बात करनी ही पड़ेगी?" सुधीर ने कहा।

"बिलकुल बात करनी पड़ेगी। अभी हम लोग नाश्ता करने अपनी गाड़ी से चलेंगे। नाश्ता करने के बाद बीस-पच्चीस किलोमीटर दूर जाकर गाड़ी में ही कहीं से बात करेंगे।" श्रीप्रकाश ने कहा।

नाश्ता करने के बाद तीनों निकल गए। दिल्ली-मथुरा हाइवे तक गए और वहीं एक ढाबे के सामने गाड़ी खड़ी करके लड़कों से बात करनी शुरू की। श्रीप्रकाश ने पूछा, "कोई विशेष बात?"

अख़बार के एक लड़के ने बताया, "हाँ, डीजीपी का बयान छपा है कि 'हमारी एसटीएफ़ इस गैंग पर काम कर रही है और हमें जल्दी ही सफलता मिलेगी।' 'पायनियर' में एक ख़बर और छपी है। वह पटना से छपी हुई बहुत छोटी-सी ख़बर है कि 'अररिया के किसी बड़े नेता की एके-47 से हत्या कर दी गई है।'"

"अच्छा, यह ख़बर लखनऊ में छपी है?" श्रीप्रकाश ने पूछा।

"हाँ, लखनऊ में छपी है।" लड़के ने बताया।

"अच्छा!" श्रीप्रकाश ने अनुज से पूछा, "वह 'पायनियर' वाला जो पत्रकार है, वह हम लोगों की सही-सही ख़बर लिखता है, उसका क्या नाम है?"

"दीपक शर्मा नाम है उसका।" अनुज ने कहा।

"मैंने उसका नम्बर लेने को कहा था, तुम्हारे पास है?" श्रीप्रकाश ने पूछा।

"हाँ, है।" अनुज ने वह नम्बर बताया।

थोड़ी देर में श्रीप्रकाश ने दीपक शर्मा को फ़ोन किया और कहा, "आप सही ख़बर लिखते हैं। आपको एक ख़बर बता रहा हूँ, लिख दीजिएगा।"

"बताइए।" दीपक ने कहा।

श्रीप्रकाश ने अररिया में हुई पूरी घटना का हवाला दिया। दीपक ने जो सवाल पूछे, उसने एक-एक सेकेंड की बात बताई। दीपक ने कहा, "भाई, जो हो चुका है, वह हो चुका है। आगे का बताइए कि अब आपका अगला टार्गेट कौन है?"

"अगला टार्गेट बहुत बड़ा है, पूरी सरकार हिल जाएगी।" श्रीप्रकाश ने बताया।

"कुछ मोटा-मोटा इशारा बताइए कि कौन हो सकता है?" दीपक ने पूछा।

"लिखोगे तो नहीं?" श्रीप्रकाश ने जवाब में सवाल पूछा।

"बिलकुल लिखूँगा। जो आप बताएँगे, वह लिखूँगा ज़रूर। हमारी तो रोज़ी-रोटी है। ख़बर लिखूँगा, तभी अख़बार बिकेगा।" दीपक शर्मा ने उत्तर दिया।

"फिर नाम नहीं बताऊँगा।" श्रीप्रकाश ने कहा, "बस, यह समझ लो कि मुख्यमंत्री का सबसे करीबी आदमी है।"

"कुछ और इशारा करिए। हो सकता है कि मैं समझ ही जाऊँ!" दीपक शर्मा ने कहा।

श्रीप्रकाश ज़ोर-ज़ोर से हँसने लगा। फिर बोला, "दीपक भाई, थोड़ी-बहुत अक़्ल हम लोगों के पास भी है। माना बहुत पढ़ा-लिखा नहीं हूँ लेकिन गढ़ा हूँ। नाम मत पूछिए।"

"बिलकुल ठीक है।" दीपक शर्मा ने कहा।

"एक वादा करता हूँ कि टार्गेट गिराने के बाद सबसे पहले आपको बताऊँगा, नहीं तो साले बहुत बैठे हुए हैं—अपना नाम चिपकाने के लिए, अख़बारों में छपवाने लगते हैं।" श्रीप्रकाश ने कहा।

"ठीक है।" दीपक ने कहा।

श्रीप्रकाश ने फ़ोन काट दिया।

गाड़ी में बैठे अनुज ने फ़ोन कटते ही श्रीप्रकाश से कहा, "भैया, यह ग़लती क्यों की आपने? यह अख़बार वाले हैं, इनका कोई भरोसा नहीं है। ये अभी तुरन्त पुलिस को बताएँगे। आपका नम्बर भी पुलिस फिर ट्रेस कर लेगी। अभी थोड़ी देर में ही यहाँ भी पुलिस पहुँचेगी। मोबाइल फ़ोन में कुछ तो गड़बड़ है। आप जैसे ही फ़ोन करते हैं, थोड़ी देर बाद पुलिस आ जाती है। मैंने भी गोरखपुर में पुलिसवालों से बातचीत की थी कि बिना तार की कँटिया लगाए पुलिस फ़ोन को रिकॉर्ड कर सकती है क्या? क्योंकि मोबाइल फ़ोन में तो कोई तार नहीं लगा होता, फिर इसको कैसे रिकॉर्ड करके पता करते हैं? तो लोगों ने बताया कि एसटीएफ़ वाले कुछ करते हैं। मैंने पूछा, 'एसटीएफ़ में कौन यह काम करता है?' लोगों ने बताया कि यह काम राजेश पाण्डेय ही करता है। उसके पास कोई मशीन है, जिससे वह मोबाइल के नम्बर सुनता है।' "

"सब बकवास है।" श्रीप्रकाश ने कहा, "बिना तार की कँटिया लगाए कोई फ़ोन टेप नहीं कर सकता। मोबाइल फ़ोन में कोई तार नहीं लगा होता, इसलिए कोई इसको टेप नहीं कर पाएगा, तुम परेशान मत होओ।"

"फिर भी जगह बदल दीजिए। बात हो गई हो, तो चलिए, वापस चलते हैं।" सुधीर ने कहा।

श्रीप्रकाश ने गाड़ी तुरन्त मोड़ी और वापस फ़्लैट की तरफ़ चल दिया।

इधर दीपक शर्मा ने श्रीप्रकाश का फ़ोन काटते ही राजेश पाण्डेय को फ़ोन किया और पूछा, "कहाँ हो?"

"अभी ऑफ़िस में हूँ। बोलो, क्या बात है?" राजेश पाण्डेय ने कहा।

दीपक ने कहा, "मैं महानगर में वायरलेस चौराहे पर पहुँच रहा हूँ, आप भी वहीं आ जाओ।"

"जब यहाँ तक आ ही रहे हो, तो ऑफ़िस ही आ जाओ।" राजेश पाण्डेय ने कहा।

"भाई, ऑफ़िस नहीं आ सकता है, बात ही कुछ ऐसी है।" दीपक शर्मा ने कहा।

"ठीक है, तुम पहुँचो, मैं वायरलेस चौराहे पर पहुँच रहा हूँ। मैं अपनी टाटा सूमो में रहूँगा, दाहिने तरफ़ मोड़कर खड़ी कर लूँगा, तुम वहीं आ जाना।" राजेश पाण्डेय ने कहा।

काफ़ी देर इन्तज़ार करने के बाद दीपक शर्मा टाटा सूमो के पास आ गए और दरवाज़ा खोलने के लिए कहा। राजेश पाण्डेय ने दरवाज़ा खोला, दीपक शर्मा भीतर आ गए और इशारा किया कि ड्राइवर और गनर को उतार दीजिए। इशारा पाते ही ड्राइवर और गनर गाड़ी से उतर गए। राजेश ने दीपक से पूछा, "क्या बात है दीपक भाई, कुछ परेशान से लग रहे हो?"

"हाँ, भाई, अभी श्रीप्रकाश शुक्ला का फ़ोन आया था।" दीपक ने बताया।

"तुम्हारे पास?" राजेश पाण्डेय ने पूछा।

"हाँ, मेरे पास ही आया था।" दीपक ने कहा, "ऑफ़िस के लैंडलाइन पर फ़ोन किया था और बहुत देर तक बात की। ऑफ़िस में हम लोगों ने अभी दस दिन पहले ही कॉलर आईडी लगवाई थी। फ़ोन कटते ही सबसे पहले मैंने टेलीफ़ोन वाले से पूछा, यह फ़ोन कहाँ से आया था? उसने जो मोबाइल नम्बर दिया है, वह मैं लेकर आया हूँ।"

राजेश पाण्डेय ने डायरी में तुरन्त वह फ़ोन नम्बर लिखा और टाइम पूछा, "फ़ोन किस समय आया था?"

दीपक ने समय बता दिया।

"किसलिए फ़ोन किया था?" राजेश ने पूछा।

"कल उसने अररिया में कोई बड़ी हत्या की है। उसकी डिटेल बताई है।" दीपक ने बताया, "मेरे दिमाग़ में तुरन्त आया कि यह ख़बर तो पटना से छपी थी, इसको दोबारा लिखने का कोई मतलब नहीं है। अपनी विशेष ख़बर के चक्कर में मैंने उससे पूछ लिया कि अगला निशाना क्या है? उसने जो बताया, उससे मैं हिल गया हूँ।" फिर दीपक ने राजेश को पूरी बात बताई।

"दीपक भाई, यह तो बहुत ही गम्भीर बात है। मैं चाहूँगा कि तुम मेरे साथ अभी चलो और अरुण कुमार ऑफ़िस में ही हैं, उनको पूरी बात बताओ। हो सकता है, वे और भी कुछ तुमसे जानना चाहें।" राजेश पाण्डेय ने कहा।

दीपक ने अपनी चिन्ता जाहिर की, "राजेश भाई, मैं नहीं चाहता कि बहुत लोगों को यह बात पता लगे। तुम्हारी पुलिस में भी उसके बहुत शुभचिन्तक हैं। अगर उसको कहीं पता लग गया कि मैं अरुण कुमार से मिला हूँ तो मुझे तो कहीं भी कट्टे से मरवा देगा। दिन भर मोटर साइकिल से घूमता रहता हूँ, मेरे पास तो सब्ज़ी काटने वाला चाकू भी नहीं रहता।"

"दीपक भाई, घबराने की ज़रूरत नहीं है। जब बात हमारे-तुम्हारे बीच है तो कहीं बाहर नहीं जाएगी। अभी मैं अरुण कुमार को बता देता हूँ कि मैं तुमको साथ लेकर आ रहा हूँ तो वहाँ कोई नहीं रहेगा। वहाँ पर मैं और तुम रहेंगे। यह बात अरुण कुमार को भी बता दी जाएगी कि तुम्हारा नाम किसी भी तरह से बाहर नहीं जाना चाहिए।" राजेश पाण्डेय ने तसल्ली देते हुए कहा।

"ठीक है राजू भाई, अगर तुम कहते हो तो चलते हैं उनके पास। मैं अपनी गाड़ी यहीं पान की दुकान पर छोड़ देता हूँ, तुम्हारे साथ चलूँगा। मुझे यहीं पर छोड़ देना।" दीपक ने कहा।

"बिलकुल ठीक है।" राजेश ने कहा।

राजेश पाण्डेय ने फ़ोन करके अरुण कुमार को बताया और बात ख़त्म होते-होते ही दोनों एसटीएफ़ ऑफ़िस पहुँच गए। राजेश पाण्डेय दीपक शर्मा को लेकर अरुण कुमार के कमरे में चले गए। सबसे पहले दीपक ने वह नम्बर बताया जिससे श्रीप्रकाश ने फ़ोन किया था। उसके बाद वह बात बताई जो उसने अगले टार्गेट के बारे में बताई थी। अरुण कुमार ने दीपक से पूछा, "नाम तो कुछ नहीं बताया?"

"नहीं, मैंने कोशिश की लेकिन उसने कुछ भी नहीं बताया।" दीपक ने कहा, "बस, इतना बताया कि 'टार्गेट गिराने के बाद मैं सबसे पहले आपको बता दूँगा, नहीं तो दूसरे लोग अपना-अपना नाम छपवाने लगते हैं।' "

अरुण कुमार दीपक की पूरी बात सुनकर थोड़ा परेशान होने लगे।

दीपक शर्मा ने अरुण कुमार से कहा, "सर, अब हम चलते हैं, बहुत देर तक यहाँ रुकना ठीक नहीं है, लेकिन," फिर कुछ देर ठहरकर बोले, "सर, आप कहीं भी इसका ज़िक्र करें लेकिन मेरा नाम बिलकुल न आए। बाक़ी आप सब जानते हैं कि नाम आने पर मेरा क्या होगा?"

"दीपक, तुम जानते हो कि मैं ज़ुबान का पक्का हूँ, तुम्हारा नाम कहीं नहीं आएगा।" अरुण कुमार ने उसे आश्वस्त किया।

"सर, दीपक ने अपनी गाड़ी जहाँ छोड़ी है, मैं वहाँ तक इन्हें ड्रॉप करके आता हूँ।" राजेश पाण्डेय ने अरुण कुमार से कहा।

"दीपक को ड्रॉप करके सीधे यहीं आ जाओ।" अरुण कुमार ने कहा।

दीपक को वायरलेस चौराहे पर छोड़कर, राजेश पाण्डेय पाँच मिनट में ही ऑफ़िस पहुँच गए।

"बात बहुत गम्भीर है लेकिन यह कौन हो सकता है? अगर ऐसा हुआ तो अब सरकार बौखला जाएगी और हम लोग कुछ भी बताएँगे तो कोई यक़ीन नहीं करेगा। पहले तो यह आवश्यक है कि टार्गेट का पता चले और उसको सुरक्षित कर लिया जाए या फिर सीधे मुख्यमंत्री को बताया जाए। हो सकता है, वह समझ सकें।" अरुण कुमार ने कहा।

"सर, बहुत ज़्यादा दिमाग़ नहीं चल पा रहा है। यह कौन हो सकता है, यह बात मुख्यमंत्री ही बता सकते हैं। अगर वह एक की जगह चार-पाँच का भी ज़िक्र करते हैं, तो भी सबके साथ सुरक्षा लगा दी जाएगी, पर यह बात मुख्यमंत्री से कहेगा कौन? दीपक शर्मा का नाम नहीं लेना है, तो फिर सूचना का स्रोत क्या बताया जाएगा?" राजेश पाण्डेय ने चिन्तित होकर कहा।

"सूचना का स्रोत कोई नहीं पूछेगा।" अरुण कुमार ने कहा, "कोई पूछेगा तो बता दिया जाएगा कि टेलीफ़ोन पर बातचीत में सुना गया है लेकिन रिकॉर्डिंग उपलब्ध नहीं है।"

"फिर तो वे मानने को तैयार नहीं होंगे!" राजेश ने कहा।

"मेरा काम है बताना। मानना, न मानना उनका काम है। मेरे विचार से इसमें बहुत देर नहीं करनी चाहिए, उन्हें जल्द से जल्द बता देना चाहिए। दूसरा, दिल्ली वाली टीम को यह नम्बर दे दें और पहले इसका लोकेशन दिखवाएँ। नम्बर के लोकेशन से यह भी साफ़ हो जाएगा कि अररिया की जिस घटना का ज़िक्र यह कर रहा है, वह इसने किया भी है या ऐसे ही लम्बी-लम्बी हाँक रहा है।" अरुण कुमार ने कहा।

"यह ठीक है।" राजेश पाण्डेय ने कहा।

अगले दिन सुबह एसटीएफ़ के अधिकारियों की मीटिंग में अरुण कुमार ने बताया कि कल जो नम्बर मिला था, उसके हिसाब से गैंग की लोकेशन दिल्ली में है। दिल्ली की मथुरा रोड पर किसी मार्केट के पास से यह कॉल की गई थी।

"किसको कॉल की गई थी?" सत्येन्द्र सिंह ने पूछा।

"किसी जानने वाले को कॉल की गई थी, जिसने यह नम्बर दिया है। यह फ़ोन दिल्ली एक दिन पहले ही पहुँचा है। इसके पहले यह नेपाल, उसके बाद अररिया, बिहार और उसके बाद बनारस के रास्ते यूपी में घुसा है और दिल्ली पहुँच गया है! फ़ोन नम्बर तो सही है।" अरुण कुमार ने बताया।

इसी बीच किसी ने कहा, "सर, 'जी न्यूज़' पर एक बहुत अच्छा प्रोग्राम आ रहा है : 'इंडियाज़ मोस्ट वांटेड'। इसमें पहले वांटेड और इनामी अपराधियों के अपराध का नाट्य-रूपान्तरण दिखाते हैं और उसके बाद जनता से अपील करते हैं कि किसी को उसके बारे में यदि 'कोई सूचना मिले तो टेलीफ़ोन नम्बर के माध्यम से उनको बताया जाए।' दो-तीन महीने पहले ही यह प्रोग्राम शुरू हुआ है। हर मंगलवार को आता है। बहुत जल्दी ही यह बहुत पॉपुलर हो गया है और इसे बहुत-से लोग देखते हैं। लखनऊ के एक स्थानीय पत्रकार ने बताया है कि 'इंडियाज़ मोस्ट वांटेड' का रिपोर्टर जमशेद दो दिन बाद लखनऊ आ रहा है। अगर उसको श्रीप्रकाश शुक्ला की डिटेल दे दी जाए तो हो सकता है, कुछ और सूचनाएँ मिलने लगें।"

"इसमें कोई हर्ज़ नहीं है। अगर कोई डिटेल पूछता है तो उसे इसका फ़ोटोग्राफ़ और लखनऊ की जो तीन-चार बड़ी घटनाएँ हुई हैं, उसका डिटेल दिया जा सकता है। क्योंकि देश के पूरे हिन्दी-भाषी क्षेत्र में यह प्रोग्राम देखा जाता होगा, तो हो सकता है, कोई ज़रूरी सूचना मिल जाए! लेकिन फ़िलहाल हमें टीवी के भरोसे नहीं बैठना है। दिल्ली वाली टीम को भी यह जगह देखना ज़रूरी है, जहाँ से कल कॉल की गई थी।" अरुण कुमार ने कहा।

"बिलकुल दिखवा लेंगे। अगर दिल्ली की लोकेशन मिल रही है तो हमारे ख़याल से अब हम लोग भी दिल्ली चलकर ही कैम्प करें।" सत्येन्द्र वीर सिंह ने कहा।

अरुण कुमार ने कहा, "पहले वह एक-दो दिन लगातार वहाँ पर स्थिर हो जाए, तो सभी लोग चलते हैं। अब काफ़ी टाइम हो गया है। अगर वह अपने अगले टार्गेट तक पहुँच जाएगा तो बड़ी छीछालेदर होगी। इसलिए अब ऑफ़िस में बिलकुल नहीं बैठना है। जहाँ कहीं भी एक-दो दिन की लोकेशन मिलती है, तो सभी लोग चलेंगे। कितना भी चालाक हो, कभी न कभी ग़लती तो करेगा ही!"

दिल्ली वाली टीम, दिल्ली-मथुरा रोड के उस नम्बर को लेकर, दिन भर खाक छानती रही लेकिन कहीं कोई सुराग नहीं मिला।

अगले दिन सवेरे लखनऊ और गोरखपुर बात करने के लिए तीनों फिर अपनी गाड़ी से निकले। रास्ते में नाश्ता किया और फिर दूसरी सड़क पर निकल गए। इस बार काफ़ी दूर जाने के बाद सड़क के किनारे गाड़ी खड़ी की और बात करनी शुरू की।

उधर से किसी ने श्रीप्रकाश को बताया, "आज के अख़बार में आपके फ़ोटो के साथ दस-बारह घटनाओं का जिक्र किया गया है कि 'ये सारी घटनाएँ श्रीप्रकाश शुक्ला ने की हैं लेकिन पुलिस अभी तक उसके नज़दीक भी नहीं पहुँच पाई है।'"

"कौन-कौन-सी घटनाएँ लिखी हैं?" श्रीप्रकाश ने पूछा।

बताने वाले ने सिलसिलेवार वह अख़बार पढ़कर सुनाया।

"सभी घटनाओं में तारीख़ दी हुई है?" श्रीप्रकाश ने पूछा।

"जी भैया।" उसने कहा।

"ज़रा देखो, मूलराज अरोरा वाली घटना की तारीख़ क्या लिखी है?" श्रीप्रकाश बोला।

"13 मई, 1997, लिखा हुआ है।" उधर से बताया गया।

"अच्छा, ठीक है।" श्रीप्रकाश ने कहा।

अब उसने सुधीर से पूछा, "तुम्हारे पास मूलराज का नम्बर है?"

सुधीर ने डायरी खोलकर नम्बर खोजा और बताया, "हाँ, भैया, है। तीन नम्बर लिखे हुए हैं।"

"कोई एक नम्बर बोलो।" श्रीप्रकाश ने कहा।

सुधीर ने एक लम्बा नम्बर बोला लेकिन यह फ़ोन बन्द था। श्रीप्रकाश ने दूसरे नम्बर पर मिलाया और मूलराज ने फ़ोन उठा लिया।

"तुम्हारे क्या हाल-चाल हैं?" श्रीप्रकाश ने मूलराज से ख़ैरियत पूछी।

"सब ठीक है भाई साहब।" मूलराज ने कहा।

अब श्रीप्रकाश ने गुस्से में कहा, "अब तुम फिर तैयार हो जाओ। न तो तुमने बाक़ी का पैसा दिया, न तुमने जिन सालों के बारे में बताया, वे लोग पैसा दे सके। सब साले चित्थल निकले।"

"भाई साहब, आप किसी और से पता कर लीजिए। जिनका मैंने नाम बताया था, सबकी हैसियत मुझसे ज़्यादा है। आपने टाइट नहीं किया होगा, नहीं तो मुझसे दो गुना पैसा दे देते।" मूलराज ने कहा।

"अब तुम्हें उठे हुए भी सवा साल हो गए हैं। तुम साल भर से चूतिया बना रहे हो, अब तो पैसा तुम्हीं दोगे। भागने की कोशिश मत करना, वरना तुम्हारी लड़की को उठाऊँगा।" श्रीप्रकाश ने कहा।

"भाई साहब, मुझे माफ़ कर दीजिए। मैं वैसे भी बरबाद हो चुका हूँ। मैं किसी दूसरे शहर में व्यापार कर लूँगा और बच्चों को पाल लूँगा। अब पूरा शहर मुझे शक की निगाह से देखता है।" मूलराज बोला।

"तुम फिर चूतिया बना रहे हो? तुम भागकर जहाँ भी जाओगे, पहले हमारा पैसा पूरा करोगे, तब आगे की बात करूँगा। सवा साल में पचास लाख का ब्याज लगाकर कुल पैसा दोगुना हो गया है, तुम्हें एक करोड़ रुपये देना है। अबकी बार तुम्हें ज़्यादा समय नहीं दूँगा।" श्रीप्रकाश ने कहा।

मूलराज ने कहा, "भाई साहब, आप पता कर लीजिए, मेरा कोई प्रोजेक्ट इस समय नहीं चल रहा है। सारे पुराने प्रोजेक्ट ख़त्म हो गए हैं। सारे फ़्लैट बेच चुका हूँ। धन्धा इस समय मन्दा चल रहा है। मेरे अपने नाम से सिर्फ़ एक फ़्लैट है, जिसमें मैं परिवार के साथ रहता हूँ। अगर उसको बेच भी दूँ, तब भी मुझे इतने पैसे नहीं मिलेंगे।"

"तुमने जितने भी आशा अपार्टमेंट बनाए हैं, कोई भी फ़्लैट पच्चीस लाख से कम में नहीं बेचा है। यह मत समझना कि मुझे कुछ पता नहीं है। इस बार नहीं छोड़ूँगा, चाहे उधार लेकर इकट्ठा करो।" श्रीप्रकाश ने कहा।

"भैया, इस समय सिर्फ़ एक ही आदमी का काम बहुत तेज़ी से चल रहा है, बाक़ी सभी पुराने लोगों ने बिल्डिंग वाला धन्धा बन्द कर दिया है। इस धन्धे में बहुत-से नेता और गुंडे आ गए हैं, अब यह धन्धा हम लोगों के बस का नहीं है।" मूलराज बोला।

"तुम काम करो, कोई नेता और गुंडा तुम्हारे नज़दीक नहीं जा सकता। सालों को मार के बिछा दूँगा।" श्रीप्रकाश ने कहा।

"भाई साहब, अब हमारी हिम्मत नहीं है। मेरे कहने से एक बार आरिफ़ बिल्डर्स वाले को टटोलिए। निशातगंज में गोमती के किनारे एक बड़ी ज़मीन खरीदी है और पुराने वाले पेपर मिल की ज़मीन भी ख़रीद ली है। उसका काम शुरू हो गया है। वह वहाँ पर कोई सिटी बना रहा है। नाम शायद मेट्रो सिटी रखा है, मैंने अख़बारों में विज्ञापन देखा है। इसके अलावा हज़रतगंज में नेशनल कॉलेज के सामने उसका

आरिफ़ कैसल होटल, नैनीताल और दुबई में भी आरिफ़ होटल है। वह तो आपके एक फ़ोन पर ही सारे लोगों के हिस्से का पैसा दे देगा। आप कहिए तो उसका नम्बर भी मैं आपको बता दूँ?" मूलराज ने कहा।

"अच्छा, बोलो, साले को देखता हूँ। यह रहता कहाँ है?" श्रीप्रकाश ने पूछा।

मूलराज ने कहा, "यह कैंट इलाक़े में बहुत पुरानी और आलीशान कोठी में रहता है।"

"हाँ, ठीक है।" श्रीप्रकाश ने कहा।

श्रीप्रकाश के फ़ोन काटते ही सुधीर बोला, "भैया, यह बहुत हरामी है। लगता है, इसने फिर कोई घुट्टी पिला दी! पहले तो आप बहुत गुस्सा हुए और बाद में आपकी आवाज़ धीमी हो गई।"

"बिलकुल सही कह रहे हो, इससे बड़ा हरामी लखनऊ में कोई नहीं है।" श्रीप्रकाश ने कहा, "इसने आरिफ़ होटल के बारे में जो बताया है, मैं ज़रा किसी को उसकी कुंडली निकालने का काम दे दूँ। जैसा यह बता रहा है, अगर यह सही है तो ज़्यादा मेहनत नहीं करनी पड़ेगी। इलेक्शन के लिए काफ़ी पैसा दे देगा। अगर इलेक्शन का पैसा पूरा न दे पाया तो इसको भी उठा लिया जाएगा। होटल बेचेगा और पैसा देगा।"

"हाँ, भैया, पहले पता कर लीजिए। मूलराज की बात का कोई भरोसा नहीं रहता। देख लीजिए, सवा साल हो गए, आधे पैसे पर छूट गया था और इतना लम्बा समय बीत गया, अभी तक एक चवन्नी भी नहीं भिजवाई।" सुधीर ने कहा।

श्रीप्रकाश ने फिर तुरन्त फ़ोन मिलाया और किसी नये लड़के को आरिफ़ की पूरी बात बताई और कहा, "नेशनल कॉलेज के सामने वाले होटल की पहले पूरी कुंडली निकालो। फिर पता करो, कैंट में कहाँ रहता है। एक हफ़्ते में पूरा चिट्ठा मिल जाए ऐसी कोशिश करो।"

"जी, भैया।" उधर से आवाज़ आई।

श्रीप्रकाश ने फ़ोन काटकर, स्विच ऑफ़ कर दिया और अनुज से बोला, "चलो, नोएडा चलते हैं, आज वहाँ दिन का खाना खाएँगे। इस समय सारे बिल्डर्स नोएडा में दुकान खोलकर बैठते हैं, वहाँ भी चलकर देखते हैं। हो सकता है, वहाँ भी कोई मिल जाए!"

अनुज ने कहा, "ठीक है, सही कह रहे हैं भैया, जगह बदलना बहुत ज़रूरी है। पता नहीं, कौन-सा शनीचर लग गया है, जगह छोड़ते ही ये एसटीएफ़ वाले आ जाते हैं।" फिर अचानक बोला, "भैया, हम लोग उसी रोड पर आ गए, जहाँ पर गाड़ी खड़ी करके परसों सवेरे बात की थी!"

"बात की थी, तो क्या मोबाइल फ़ोन में फ़ोटो भी चला जाता है? क्यों इतना परेशान हो रहे हो?" श्रीप्रकाश ने कहा।

"नहीं, भैया, फ़ोटो कैसे चला जाएगा, मैं तो बता रहा था।" अनुज ने कहा।

"चिन्ता न करो, मैं अब यूपी गेट से पहले कहीं भी गाड़ी की रफ़्तार धीमी नहीं करूँगा।" श्रीप्रकाश ने कहा।

"ठीक है।" अनुज बोला।

थोड़ी देर में ही सुधीर बोल पड़ा, "अरे भैया, देखिए, जहाँ आइसक्रीम पार्लर के सामने हम लोगों ने बात की थी, वह पूरी रोड ब्लॉक करके, पुलिस चेकिंग कर रही है और आसपास भी काफ़ी पुलिस लगी हुई है!"

श्रीप्रकाश ने अपनी गर्दन दाहिनी ओर घुमाकर देखा और देखते ही अपनी स्पीड तेज़ कर दी। चार-छह किलोमीटर आगे जाने के बाद श्रीप्रकाश ने अनुज से कहा, "देखो, कोई गाड़ी पीछे तो नहीं आ रही है?"

"नहीं, कोई गाड़ी नहीं आ रही है।" अनुज ने पीछे देखकर बताया।

"ज़रूरी नहीं कि ये पुलिसवाले हम लोगों को ढूँढ़ते हुए ही आए हों!" श्रीप्रकाश ने लापरवाही से कहा।

"भैया, जब मैं ईस्ट-वेस्ट एअरलाइंस में नौकरी करता था तो वहीं से तीन-चार किलोमीटर आगे हमारा ऑफ़िस था। दिन में चार बार इधर से ही आता-जाता था। मैंने कभी यहाँ पुलिस नहीं देखी। कभी-कभार गश्त लगाने वाले दिल्ली पुसिल के सिपाही मोटर साइकिल खड़ी करके यहीं आइसक्रीम खाते हुए दिख जाते थे पर इतनी गाड़ियाँ और इतने पुलिसवाले कभी नहीं आए।" अनुज सशंकित होकर बोला।

"यहाँ आकर फ़ोन से बात करने की बात तो हम तीनों के अलावा कोई नहीं जानता, फिर पुलिस कैसे आ सकती है?" श्रीप्रकाश ने पूछा।

"भैया, इस मोबाइल फ़ोन में ही कुछ चक्कर है। कोई सही-सही बता भी नहीं पा रहा है और न ही समझ में आ रहा है। पीसीओ पर जाओ तो तुरन्त कोई-न-कोई आ जाता है और मोबाइल से बात करो तो वहाँ भी थोड़ी देर बाद कोई-न-कोई आ ही जाता है।" अनुज ने पुन: सशंकित होकर कहा।

"हो सकता है।" श्रीप्रकाश ने कहा।

इसके बाद तीनों नोएडा पहुँच गए और वहाँ नये खुले हुए एक रेस्तराँ में बैठकर खाना खाया। श्रीप्रकाश ने सुधीर से पूछा, "यह सुमन तो नोएडा में ही रहती है? सीरिया पहलवान के पास जब आते थे तो सीरिया पहलवान सुमन से ही बात करके अच्छी लड़कियाँ भिजवाता था। देखता हूँ, शायद मेरी डायरी में सुमन का भी नम्बर हो!"

"भैया, यह अचानक सुमन का ध्यान कहाँ से आ गया?" सुधीर ने पूछा।

"तुम समझ नहीं रहे हो, पिछले दस-पन्द्रह दिनों से बहुत परेशान हूँ कि ये पुलिस पीछे-पीछे कैसे पहुँच रही है? कहीं मन नहीं लगता और रात में भी नींद खुल जाती है। एक बार पता भर लग जाए कि मुख़बिरी कौन कर रहा है,

तो उसे ढाई सौ से कम गोलियाँ नहीं मारूँगा! इतने छेद हो जाएँगे कि आधे छेदों से ख़ून निकलना बन्द हो जाएगा। अभी अनुज ने जो बात बताई कि गाड़ी में बैठे-बैठे जहाँ से फ़ोन किया था, वहाँ भी पुलिस खड़ी हुई है—अगर अनुज की बात सही है तो यहाँ से निकलना मुश्किल हो जाएगा। इसलिए सुमन की याद आई है। अभी उससे बात करता हूँ। रात का इन्तज़ाम करना बहुत ज़रूरी है।" श्रीप्रकाश ने थके मन से कहा।

"भैया, अभी फ़ोन कर लीजिए और आप रात में यहीं रुक जाइए। हम लोग कल सुबह आकर ले लेंगे।" सुधीर ने कहा।

"नहीं, ऐसा नहीं होगा। हम लोग जहाँ रहेंगे, साथ रहेंगे।" श्रीप्रकाश ने कहा।

"भैया, आप जानते हैं, मेरा इन सब चीज़ों से कोई लगाव नहीं है।" अनुज ने अनमने होकर कहा।

"भैया, मैं भी इन मामलों से बहुत दूर ही रहता हूँ।" सुधीर ने भी अपनी अनिच्छा जाहिर की।

"कोई बात नहीं है, वहीं फ़्लैट के पास किसी मार्केट में बुलवा लूँगा और फ़्लैट पर ही ले जाऊँगा। तुम लोग बाहर वाले कमरे में सो जाना, मैं भीतर वाले कमरे में रहूँगा और सवेरे छोड़ आऊँगा।" श्रीप्रकाश ने कहा।

अनुज और सुधीर कुछ नहीं बोले।

थोड़ी देर में श्रीप्रकाश ने डायरी में लिखे हुए सुमन के नम्बर पर फ़ोन मिलाया, महिला ने फ़ोन उठाया। श्रीप्रकाश ने फ़ोन पर बात करते हुए पूछा, "सीरिया पहलवान तुम्हारे यहाँ से ही 'सामान' मँगवाते थे। तुम्हें कुछ याद आया?"

उधर से महिला ने कहा, "हमें सब याद है, पर साल भर पहले नोएडा में पुलिस के कुत्तों ने रेड कर दी थी। मैंने वहाँ वाला मकान छोड़ दिया है और मयूर विहार में दो फ़्लैट ले लिये हैं। पहले तुम बताओ, तुम्हें चाहिए क्या?"

"रशियन मिलेगी?"

"हमारे यहाँ सब मिलेंगी, पर तुम्हें मयूर विहार आना होगा।"

"मयूर विहार नहीं आ सकता, अपने फ़्लैट पर ले जाऊँगा।"

"कहाँ है तुम्हारा फ़्लैट?"

"वसन्त कुंज, सेक्टर-डी में है।"

"बहुत दूर है।"

"कोई बात नहीं, तुम पास की जगह पर ले आओ, मैं ले जाऊँगा और सवेरे उसको छोड़ भी जाऊँगा।"

"ठीक है सर, इतने महँगे सामान का पैसा दे पाओगे?"

"तुम जितना मुँह खोलोगी, उतना पैसा दूँगा।"

"ठीक है, तुम सुपर शॉपिंग मॉल पर आठ बजे आ जाना। पूरा पैसा मैं वहीं ले लूँगी। लड़की को ले जाना और टाइम से छोड़ देना। यह ध्यान रखना कि उसका मोबाइल न तो बन्द होगा, न तुम उसे छीनकर रखोगे।"

"तुम मुझे अच्छी तरह जानती हो, मैं वादा-ख़िलाफ़ी नहीं करता।" यह कहते हुए श्रीप्रकाश वसन्त कुंज की तरफ़ सबको लेकर चला गया।

वहाँ पहुँचते ही अनुज और सुधीर ने कहा, "भैया, अगर उसको लाना है तो आप अकेले जाइए और उसको ले आइए, हम लोग यहीं रहेंगे।"

"नहीं, अनुज हमारे साथ चलेगा। सुधीर, तुम यहीं फ़्लैट पर रहोगे।" श्रीप्रकाश ने कहा।

"भैया, आप जानते हैं कि मैं इस पचड़े में नहीं पड़ता।" अनुज बोला।

"तुमको पचड़े में पड़ने को कौन कह रहा है? साथ चलना, लौटते समय चुपचाप अपनी सीट पर बैठकर चले आना। सुधीर उसको सुबह छोड़ने जाएगा।" श्रीप्रकाश ने कहा।

सुधीर और अनुज, दोनों चुप रहे।

सात बजते ही श्रीप्रकाश अनुज को लेकर सीलो गाड़ी से जाज़िब लगने वाले सुपर मॉल की तरफ़ चल दिया। दस बजते-बजते श्रीप्रकाश उस लड़की के साथ फ़्लैट पर वापस आ गया। वापस लौटते समय शराब की दुकान के सामने गाड़ी रोक दी और अनुज से शराब लाने को कहा।

अनुज चुपचाप गया और शराब लाकर गाड़ी में बैठ गया।

श्रीप्रकाश ने रात का खाना भी नहीं खाया।

अनुज और सुधीर की हिम्मत भी नहीं पड़ी कि श्रीप्रकाश से पूछे कि खाना लाना है कि नहीं। सुधीर तीन लोगों का खाना लेकर आया। श्रीप्रकाश का खाना अलमारी में रख दिया और दोनों खाना खाकर सो गए।

सुबह चार बजे श्रीप्रकाश ने सुधीर को जगाया और कहा, "इसको ले जाकर वहीं छोड़ आओ, मैं सुमन को फ़ोन करता हूँ।"

"ठीक है।" सुधीर ने कहा, फिर लड़की से बोला, "तुम लिफ़्ट से नीचे पहुँचो, मैं सीढ़ियों से नीचे आ रहा हूँ।"

सुधीर उसको मयूर विहार छोड़कर वापस आ गया। वापस आकर देखा, अनुज जगा हुआ था और श्रीप्रकाश सो रहा था। अनुज और सुधीर बाहर बालकनी में आकर बात करने लगे।

"श्रीप्रकाश की यह आदत हम सबको किसी दिन मरवा देगी।" अनुज ने सुधीर से कहा, "अभी तक तो ठीक था, यह बाहर जाता था और मौज-मस्ती करके रात में लौट आता था। पहली बार यह लड़की लेकर फ़्लैट पर आया है। तुम जानते हो, जितने भी बड़े माफ़िया मारे गए हैं, सब लड़की के चक्कर में ही मारे गए।

वीरेन्द्र शाही अगर उस औरत के चक्कर में अकेले उसके घर न गया होता तो हम लोग भी उसको नहीं मार सकते थे। जब वीरेन्द्र शाही अपनी इसी आदत की वजह से मारा गया तो हम लोगों का भी यही हाल होना है।"

"इसके सिवा कोई चारा भी तो नहीं है।" सुधीर ने कहा, "आनन्द बहुत हिम्मत करके साथ छोड़कर भागा था, दो-तीन महीने में ही निबट गया। हमें तो पूरी उम्मीद है कि भाई ने ही निबटवाया है। तुम्हें ध्यान नहीं है, आनन्द के जाने के बाद अचानक यह पुलिसवालों से बहुत बात करने लगा था और हम लोगों के सामने कभी बात नहीं करता था। हमको लगता है पुलिसवालों तक इसकी पहुँचाई हुई सूचना नहीं होती तो आनन्द भी कच्चा खिलाड़ी नहीं था। यह ख़ुद भी पता नहीं क्यों, पिछले पन्द्रह दिनों से काफ़ी परेशान है। इतनी परेशानी में भी इसे लौंडिया नहीं भूलती।"

"सुधीर भाई, जैसा चल रहा है, चलने दो।" अनुज ने कहा, "कुछ नहीं किया जा सकता। हमारा भी परिवार जेल में है और तुम्हारे भी परिवार के कई लोग जेल में क़ैद हैं। हमारे पास इसके साथ रहने के सिवा कोई दूसरा चारा नहीं है। अब तो इसने पूरी सल्तनत अपने कब्ज़े में कर रखी है। आनन्द को मरने में तीन महीने लगे हैं, हम लोगों को तो तीन दिन में ही निबटा देगा। पुलिसवाले इसके इतना ज़्यादा सम्पर्क में हैं कि इसे कुछ करने की ज़रूरत ही नहीं पड़ेगी। पुलिसवालों को यह बता देगा, तो पुलिस ही दौड़ाकर हमें मार देगी। कुंडली निकालने वाले लौंडे इतने ट्रेंड कर लिये हैं कि हमारी-तुम्हारी कुंडली भी चार-छह घंटे में निकलवा लेगा।"

इतनी गुफ़्तगू के बाद दोनों ख़ामोश हो गए। बालकनी से आकर फिर से बिस्तर पर लेट गए। सुधीर ने कहा, "थोड़ा आराम कर लो, अकेले तो नाश्ता करने भी नहीं जा सकते। यह रात भर जगा है, देर से उठेगा। इसके उठने का इन्तज़ार करो। इसके उठने के बाद ही नहा-धोकर नाश्ता करने चलेंगे।" फिर दोनों सो गए।

श्रीप्रकाश दिन में एक बजे के आसपास सोकर उठा और अनुज से कहा, "तुम लोग नाश्ता करने नहीं गए?"

"भैया, हम लोग तो आपका ही इन्तज़ार कर रहे थे।" अनुज ने कहा।

"अरे, अब एक बज रहा है, तुम लोग नाश्ता-पानी कर आते, मैं बाद में नाश्ता कर लेता।" श्रीप्रकाश बोला।

"कोई बात नहीं। नहा-धोकर तैयार हो जाइए, सब लोग एक साथ ही चलते हैं।" सुधीर ने कहा।

श्रीप्रकाश जल्दी-जल्दी तैयार हुआ और फिर तीनों लोग बाहर निकले।

"चलो, सब लोग खाना खा लेते हैं, नाश्ता करने का समय नहीं रहा। आज सवेरे से बात भी नहीं हुई, किसी से चलकर बात करते हैं।" श्रीप्रकाश ने कहा।

पहले तीनों ने जाकर सड़क के किनारे एक ढाबे पर खाना खाया और वहाँ से निकलकर फिर सड़क के किनारे अपनी गाड़ी खड़ी करके, लखनऊ के लड़कों से बात करनी शुरू की।

जैसे ही फ़ोन उठा तो उधर से उस लड़के ने बताया, "आज तो सारे अख़बारों में यही निकला है कि उत्तर प्रदेश शासन ने आपके ऊपर दो लाख रुपये का इनाम रख दिया है। आपके बराबर यानी दो लाख रुपये का इनाम बृजेश सिंह पर भी है। इससे ज़्यादा इनाम किसी के ऊपर नहीं है। सुधीर और अनुज पर बीस-बीस हज़ार रुपये का इनाम है। बाक़ी और लोगों के नाम भी लिखे हुए हैं, जिन पर दस-दस हज़ार रुपये का इनाम शासन से घोषित हुआ है। सभी अख़बारों में आपका फ़ोटो छपा है और नीचे यह लिखा हुआ है कि 'उत्तर प्रदेश के प्रमुख सचिव, गृह ने इस इनाम की घोषणा की है। सूचना देनेवाले या पकड़वाने वाले को यह इनाम दिया जाएगा।'"

"फ़ोटो कौन-सा छपा है—वही पुराने वाला या कोई नये वाला?" श्रीप्रकाश ने पूछा।

उधर से बताया गया, "वही जींस, टी-शर्ट वाला, पुराना फ़ोटो ही छपा है, कोई नया फ़ोटो नहीं है।"

श्रीप्रकाश ने फ़ोन काट दिया और सुधीर से बोला, "अब सीधे फ़्लैट पर चलते हैं। अब सोच रहा हूँ कि थोड़े दिन हम लोग कहीं आराम कर लें या फिर कलकत्ते वाले पंडित जी से बात करते हैं। कुछ-न-कुछ ग्रह-दशा तो ख़राब ज़रूर चल रही है वरना इतनी नाउम्मीदी का अहसास कभी हुआ नहीं!"

"क्या हो गया?" सुधीर ने पूछा।

श्रीप्रकाश ने बताया, "आज लखनऊ के सारे अख़बारों में यह ख़बर छपी है कि सरकार ने हमारे ऊपर दो लाख रुपये का इनाम रख दिया है और साथ में तुम दोनों पर बीस-बीस हज़ार रुपये का इनाम कर दिया है। मेरी समझ में यह नहीं आ रहा है कि मेरे ऊपर और तुम दोनों के ऊपर ही ज़्यादा इनाम क्यों है? बाक़ी सब पर दस हज़ार या पाँच हज़ार का इनाम किया गया है। न तो इसमें पवन पाण्डेय का नाम है और न नीलेन्द्र पाण्डेय का नाम है। न अखिलेश का नाम है, न ही हेमसिंह का नाम है। जो कोई भी मुख़बिरी कर रहा है, सटीक मुख़बिरी कर रहा है कि हम ही तीन एक साथ चल रहे हैं।

"सीधे फ़्लैट पर चलते हैं, खाना खाएँगे और फिर सोएँगे। शाम को कॉलोनी वाले पार्क में टहलेंगे। किसी से बात नहीं करेंगे—न तो बाहर जाकर बात करेंगे और न ही फ़्लैट से बात करेंगे। दो-तीन दिन बाद कलकत्ता वाले पंडित जी से राय लेंगे कि किस वजह से पन्द्रह-बीस दिन से पुलिस हमारे आसपास ही मँडरा रही है। हम लोग जहाँ जाते हैं, वहीं पर पहुँच जाती है। यह माज़रा क्या है?"

"दो लाख का इनाम तो बहुत होता है भैया! फ़ोटो भी आपका लगभग वही है। यह तो कोई भी कहीं देख लेगा तो हम लोग गिर्दाब में फँसकर परेशान हो जाएँगे। यह जो खुलेआम हम लोग होटलबाजी करते हैं, सड़कों पर घूमते हैं, अब यह ठीक नहीं है।" सुधीर ने कहा।

"मेरे बराबर का इनाम सिर्फ़ बृजेश सिंह और त्रिभुवन सिंह पर है। बिरजू भैया हमसे बहुत आगे भी हैं और बड़े भी। अब तो उनका अरबों का काम हो गया है। बिरजू भैया की मार तो बहुत दूर-दूर तक है। इन सालों ने जान-बूझकर दो लाख रुपये का इनाम रखा है।" श्रीप्रकाश ने कहा।

खाना खाने के बाद ये तीनों बातें करते हुए फ़्लैट पर पहुँच गए। काफ़ी देर तक यही बात करते रहे कि कैसे पुलिस इन लोगों के जगह छोड़ने के तुरन्त बाद पहुँच जाती है। पुलिस वहाँ भी पहुँच गई, जहाँ पहुँचने का न तो कोई प्लान था और न ही किसी को मालूम था—बस, वे तीन लोग ही जानते हैं।

अनुज ने कहा, "भैया, अगर आप ग़ौर करिए, तो हम लोगों ने जहाँ-जहाँ मोबाइल या पीसीओ का इस्तेमाल किया है, पुलिस वहीं-वहीं पहुँची है। सारे सिम और मोबाइल मैं एक साथ ही ले भी आया था। इस बार वाले पाँच सिम तो पटना से ले आया था। पटना वाली सिम की दुकान पर पुलिस पहुँची कि नहीं पहुँची, यह तो नहीं मालूम, लेकिन कोई ऐसी बात तो है जो हम लोगों के फ़ोन से ही गुँथी-बिंधी है। हमें यह इलहाम कैसे हो कि पुलिस हमारे पीछे-पीछे क्यों और कैसे घूम रही है? आप मानें या न मानें, यह एसटीएफ़ वाला राजेश पाण्डेय, यह हमेशा मोबाइल कम्पनी में बैठा रहता है।

"नर्वदेश्वर बता रहा था कि लखनऊ के पुलिसवाले भी इससे बहुत डरते हैं। पता नहीं, कैसे यह मोबाइल की बात को सुन लेता है! इसीलिए अरुण कुमार इसको बहुत मानता है और अरुण कुमार भी बहुत कर्रा वाला अधिकारी है। अपनी आन पर आ जाता है तो जान की परवाह तक नहीं करता। भैया, आपको पता होगा, मुख़्तार अंसारी के मकान के सामने से कभी कोई पुलिस वाला नहीं गुज़रता था। इसी अरुण कुमार ने गाजीपुर में कर्फ़्यू लगाकर मुख़्तार अंसारी की कुर्की की थी। पूर्वांचल में मुख़्तार अंसारी और उसके भाई अफ़जल अंसारी सबसे ज़्यादा रसूख़ वाले लोग हैं। इनसे ज़्यादा रसूख़ किसी का नहीं है। अरुण कुमार पूरी फ़ोर्स लेकर मकान पर चढ़ गया था और तीन-मंज़िले से फ्रिज, टीवी और बक्से ऐसे बाहर सड़क पर फेंक रहे थे, जैसे सब्ज़ी का छिलका फेंक रहे हों! किसी की भी बात नहीं सुनी थी। मंत्री और मुख्यमंत्री का फ़ोन भी उठाना बन्द कर दिया था। मुख़्तार और अफ़जल की कुर्की के बाद ही फ़ोन उठाया था।"

"हाँ, अच्छा याद दिलाया। यह वही आदमी है, जिसके नाम से मुख़्तार की रूह काँपती है। इलेक्शन के समय में तो पप्पू यादव के सौ आदमियों के काफ़िला

को बिहार से उत्तर प्रदेश की सीमा में आते समय रोक दिया था और थोड़ा-सा पप्पू यादव के लौंडे टेढ़े हो रहे थे तो भेड़-बकरी की तरह धुना था। सब गाड़ियाँ और असलहे छोड़कर भाग गए थे। कई सालों तक थाने पर पप्पू यादव की गाड़ियाँ और असलहे पड़े-पड़े सड़ गए।" श्रीप्रकाश बोला।

श्रीप्रकाश ने बातचीत को आगे बढ़ाते हुए कहा, "अच्छा, अब मैं समझ गया, सारे हरामियों को इकट्ठा करके यह एसटीएफ़ बनाई गई है। अनुज, तुम्हारी बात में दम लग रहा है। ज़रूर इन सालों को मोबाइल का कोई तोड़ मिल गया है लेकिन किया क्या जाए, बिना बात किये भी तो काम नहीं चलेगा। अच्छी पकड़ अगर मिल भी जाएगी तो टेंडर की वसूली बिना फ़ोन के कैसे होगी?"

"भैया, एकदम तो बन्द नहीं किया जा सकता लेकिन बहुत ज़रूरी हो, तभी इस्तेमाल किया जाए, और मेरे विचार से हम लोग जहाँ कहीं भी रहें या जाएँ, वहाँ से कम-से-कम पचास किलोमीटर की दूरी पर जाकर ही पीसीओ से बात करें और दोबारा उस पीसीओ पर कभी न जाएँ। बहुत देर तक एक पीसीओ पर रुकना भी ठीक नहीं है। एक पीसीओ से सिर्फ़ एक बात की जाए और मोबाइल का तो, जहाँ तक मेरी समझ में आ रहा है, उपयोग अब बन्द ही किया जाए।" अनुज ने कहा।

"मोबाइल को कैसे बन्द किया जा सकता है? तुम्हारी इस बात में दम है कि जहाँ पर हम लोग रुकें, वहाँ पर मोबाइल का इस्तेमाल बिलकुल न किया जाए। मोबाइल का इस्तेमाल सिर्फ़ चलते समय गाड़ी में किया जाए, लेकिन समस्या तो तब है जब गाड़ी ज़्यादा स्पीड में होती है तो थोड़ी-थोड़ी देर में मोबाइल कट जाता है और फिर काफ़ी देर तक बात नहीं हो पाती। लेकिन तुम्हारी बात सही है, कुछ तो करना ही पड़ेगा। इन सालों ने बहुत तंग कर दिया है। अभी दो-तीन दिन तक आराम करते हैं। थोड़ा मन स्थिर हो जाए, फिर बात करेंगे। कलकत्ता में गुरु जी से भी दो-तीन दिन बाद ही बात करेंगे।" श्रीप्रकाश ने कहा।

# शतकीय नरबलि

बात करते-करते सभी अपने-अपने कमरे में सो गए। तीन दिन बाद सवेरे श्रीप्रकाश ने कहा, "अब मन का भारीपन कुछ कम हो गया है। तीन दिन से यह नहीं पता लग पा रहा है कि अख़बारों में क्या छपा है और जिसने आरिफ़ होटल वाले की कुंडली निकालने को कहा था, उस लड़के ने उसकी कुंडली निकाल ली होगी। उससे भी बात करनी है। गोरखपुर में भी एक-दो जगह बात करनी है, नहीं तो लोग यह समझेंगे कि श्रीप्रकाश मर गया।"

फिर सुधीर से कहा, "ज़रा पता करो, निशा को उसके माँ-बाप ने कहीं बाहर भेज दिया था, वह वापस आई कि नहीं? उससे भी बात करना बहुत ज़रूरी हो गया है। ज़्यादा दिन हो गया है, बात नहीं करूँगा तो ख़ुदकुशी कर लेगी।"

"भैया, एक बात बुरा न मानिए, तो कहें?" सुधीर ने पूछा।

"बेझिझक कहो।" श्रीप्रकाश ने कहा।

"यह लड़कियों वाला चक्कर कुछ दिन के लिए बन्द कर दीजिए। आप ख़ुद ही कह रहे हैं कि समय ख़राब चल रहा है। इन लड़कियों का कोई भरोसा नहीं है। पता नहीं, कितने से लगी होती हैं? पुलिस अगर पहुँच जाती है तो एक मिनट में टूट जाती हैं और पुलिस के इशारे पर नाचने लगती हैं। चार-छह महीने की बात और है, इन तीन बड़े कामों को करने के बाद आप ही ने बताया था कि सरेंडर करेंगे। पूरी सेटिंग करके छह महीने में अन्दर चले चलेंगे, फिर आराम से इलेक्शन कर लीजिएगा। एक बार जेल में चले जाएँगे तो ये सब जेल में भी मिलेंगी। जेल में कोई दिक़्क़त नहीं होती। जेल वाले तो सड़क के कुत्ते होते हैं। प्लास्टिक का मुर्गा भी दिखा देंगे तो लार लपटाते हुए पीछे-पीछे घूमेंगे। वहाँ सब इन्तज़ाम हो जाएगा।" सुधीर ने कहा।

"बस, बोल चुके?" श्रीप्रकाश ने कहा।

"जी, भैया।" सुधीर ने कहा।

श्रीप्रकाश ने थोड़ी नाराज़गी ज़ाहिर की, "अब दोबारा कभी इस विषय पर कोई बात नहीं करेगा मुझसे। यह सिर्फ़ मैं जानता हूँ कि ज़ुल्फ़ों की उलझी लटों को सुलझाने में कितना मज़ा आता है।"

सुधीर चुप हो गया।

तीनों तैयार होकर पुरानी दिल्ली की तरफ़ चले गए और निज़ामुद्दीन रेलवे स्टेशन की पार्किंग में गाड़ी खड़ी करके रेलवे स्टेशन के बाहर लगे पीसीओ पर पहुँच गए। वहाँ से उन्होंने कलकत्ता बात की। कलकत्ता वाले गुरुजी के चेलों ने आधे घंटे बाद फ़ोन मिलाने की बात कही। श्रीप्रकाश वहाँ से दूसरे पीसीओ पर गया और अख़बारों में प्रकाशित ख़बरों के बारे में पूछने लगा।

लड़के ने बताया, "यहाँ ख़बर छपी है कि आप सिंगापुर चले गए हैं और वहाँ से प्लास्टिक सर्जरी कराकर वापस आएँगे।"

श्रीप्रकाश बहुत ज़ोर से हँसा और बोला, "यह तो ठीक है।"

फिर बताया, "दूसरे अख़बारों में यह भी छपा है कि आपने अभी दाढ़ी रख ली है और यहीं लखनऊ में घूम रहे हैं। आपको कोई पहचान नहीं पा रहा है।"

"अच्छा!" श्रीप्रकाश ने कहा।

फिर अगले पीसीओ पर जाकर उसने फ़ोन मिलाकर कुंडली निकालने वाले लड़के से पूछा, "क्या उस आरिफ़ होटल वाले की कुंडली निकाली?"

"जी भैया, पूरी कुंडली निकाल ली है।" उसने पूरी बात बताते हुए कहा, "लखनऊ में तीन जगह बहुत बड़े-बड़े मल्टी स्टोरी फ़्लैट का प्रोजेक्ट शुरू करनेवाला है। दुबई, नैनीताल और लखनऊ में बड़े होटल हैं। प्रशासन के सभी बड़े अधिकारी इसके यहाँ आते-जाते हैं। हर दिन शाम को कोई-न-कोई पार्टी इसके घर पर होती है। इसका एक लड़का दुबई में रहता है और एक लड़का शायद कहीं बाहर पढ़ाई कर रहा है।"

"लड़का क्या कर रहा है, इससे अभी कोई ज़्यादा मतलब नहीं है। इसका फ़ोन नम्बर मिला कि नहीं?" श्रीप्रकाश ने पूछा।

"भैया, फ़ोन तो इसके आठ मिले हैं—कुछ होटल के हैं और कुछ इसके घर के हैं। होटल यह बहुत कम आता है, ज़्यादातर टाइम या तो नैनीताल में रहता है या दुबई चला जाता है।" लड़के ने कहा।

"इस समय कहाँ है?"

"इधर तीन-चार दिनों से वह लखनऊ में ही है।"

"ठीक है, नम्बर नोट कराओ।" श्रीप्रकाश ने कहा।

लड़के ने सारे नम्बर नोट करा दिये। श्रीप्रकाश ने फ़ोन काट दिया और फिर वापस पार्किंग में आकर अनुज और सुधीर के साथ गाड़ी में बैठ गया।

"भैया, किसी पीसीओ से एक से ज़्यादा बार फ़ोन तो नहीं किये हैं?" अनुज ने श्रीप्रकाश से पूछा।

"नहीं, तीन-चार पीसीओ से एक-एक बार बात की है। बस, कलकत्ता वाले गुरुजी से बात नहीं हो पाई है, आधे घंटे बाद फ़ोन पर आने को कहा है। अब दोबारा पीसीओ पर जाने की हिम्मत नहीं पड़ रही है। अगर तुम कहो तो यहीं से

मोबाइल से बात कर लें और मोबाइल पर बात करके यहाँ से निकल लेंगे। पुलिस आएगी भी तो कम-से-कम एक घंटा तो लगेगा ही निज़ामुद्दीन पार्किंग तक पहुँचने में।" श्रीप्रकाश ने कहा।

"जी भाई, लगता तो यह है कि पुलिस आएगी ज़रूर। जितनी जल्दी बात ख़त्म कर लें, उतना अच्छा होगा। वैसे हमारे ख़याल से आप बैठ जाइए, मैं गाड़ी चला लेता हूँ या सुधीर चला लेगा। आप पीछे आराम से बैठ जाइए और चलती हुई गाड़ी में बात करिए। शहर के भीतर फ़ोन नहीं कटेगा। फ़ोन तो हम लोग जब हाइवे पर करते हैं, तब कटता है।" अनुज बोला।

"नहीं, तुम दोनों ड्राइविंग में मेरे हिसाब से अच्छे नहीं हो। मैं यहीं से बात करता हूँ। फ़ोन बन्द करके यहाँ से निकलेंगे।" श्रीप्रकाश ने कहा।

सुधीर और अनुज चुप हो गए।

श्रीप्रकाश ने गुरुजी को फ़ोन मिलाया। गुरुजी फ़ोन पर उपलब्ध थे। श्रीप्रकाश ने प्रणाम करने के बाद उनसे कहा, "गुरुजी, पता नहीं क्या बात है, इधर पन्द्रह-बीस दिन से हम लोग जहाँ भी पहुँच रहे हैं, थोड़ी देर बाद ही पुलिस पहुँच जाती है। मुझे लगता है, कामाख्या माता कुछ नाराज़ हैं। अभी दस दिन पहले भी इनके नाम पर एक नरबलि दी। उसके बाद से तो ऐसी कोई बात नहीं हुई, लेकिन फिर भी बात समझ में नहीं आ रही है। पुलिस ने हमारे सभी घरवालों को बन्द कर दिया। मेरी भाभीजी को बेइज़्ज़त किया, मेरे साथ के लोगों के घरवालों को भी बन्द कर दिया। मेरे ऊपर बहुत बड़ा इनाम भी रख दिया, और दो बार तो एकदम आमना-सामना भी हो गया। आपने तो यह बताया था कि वर्चस्व की लड़ाई में, मैं ही जीतूँगा। अभी तक तो बिलकुल ठीक था लेकिन कुछ दिनों से कुछ भी ठीक नहीं चल रहा है।"

"मैंने तुमसे कहा था कि जितनी जल्दी हो सके, कामाख्या माता के चरणों में नरबलि के शतक रक्त पूरा करने के बाद, उनके चरणों में प्रणाम करो और वहाँ रक्त का अर्पण करो। उसके बाद तुम अजेय और अजातशत्रु हो जाओगे। साक्षात् मृत्युंजय तुम्हें आशीर्वाद देंगे और तुम्हें कभी कोई मार नहीं सकेगा। सदा के लिए अमर हो जाओगे। मुझे लगता है कि अभी तक तुम नरबलि के शतकवीर नहीं हो पाए हो, इसीलिए यह परेशानी आ रही है। जब भी कोई शतकवीर होने के रास्ते पर चलता है तो आसुरी प्रवृत्तियाँ उसका रास्ता रोकने का प्रयास करती हैं। ऐसा लगता है कि तुम नरबलि के शतक के नज़दीक हो, इसीलिए बहुत-से ख़राब ग्रह और आसुरी प्रवृत्तियाँ तुम्हारा रास्ता रोक रही हैं। इसलिए परेशान मत हो, जल्दी से जल्दी यह काम पूरा कर लो।" गुरुजी बोले।

"गुरुजी, मैंने गिनती तो नहीं की लेकिन मेरा अनुमान यह है कि अब तक मेरा नरबलि शतक पूरा हो गया होगा।" श्रीप्रकाश बोला।

"बिलकुल सम्भव नहीं है। इतमीनान से बैठकर, फिर से गणना कर लो। अभी तुम अपने लक्ष्य तक नहीं पहुँचे हो। नहीं तो तुम्हें जो मानसिक उलझनें हो रही हैं, ये नहीं होतीं। तुम पर माँ का वरदान है। तुम्हें अजेय होना ही है। बस, माँ कामाख्या का यह पूजन पूरा कर लो।" गुरुजी बोले।

"ठीक है गुरुजी।" श्रीप्रकाश ने कहा।

"गणना करके मुझे बताना कि अभी कितनी कमी रह गई है?" गुरुजी ने कहा।

"ठीक है गुरुजी।" प्रणाम करके श्रीप्रकाश ने फ़ोन काट दिया और तुरन्त गाड़ी स्टार्ट करके रेलवे स्टेशन पार्किंग के बाहर आ गया।

"चाहे जितनी भी जल्दी साले एसटीएफ़ वाले यहाँ पहुँचेंगे, आधा घंटा तो लग ही जाएगा। आज कनॉट प्लेस में कहीं चलकर नाश्ता करते हैं।" श्रीप्रकाश ने कहा।

"नहीं भैया, बहुत भीड़भाड़ वाला मार्केट है, वहाँ नहीं चलिए। किसी ढाबे पर ही अच्छा रहेगा या किसी हाइवे पर निकल चलिए। यहाँ कहीं आसपास रुकना ठीक नहीं है।" अनुज बोला।

श्रीप्रकाश ने गाड़ी की स्पीड थोड़ी तेज़ करके दिल्ली से बाहर लगभग दस किलोमीटर आगे गुड़गाँव की तरफ़ पहुँच गया। वहाँ पर बैठकर तीनों ने नाश्ता किया।

चलते समय श्रीप्रकाश ने कहा, "यहाँ भी पीसीओ से बात कर लेते हैं। सारा पैसा तो दादा के पास पटना में रखा हुआ है। चार, छह, दस लाख की अगर आवश्यकता पड़ जाए तो उसका भी इन्तज़ाम करना बहुत ज़रूरी है। आरिफ़ होटल वाले से बात करते हैं। इस साले से यहीं दिल्ली में पैसा मँगाते हैं।"

"भैया, दिल्ली का पता बहुत लोगों को नहीं है। पैसा तो लखनऊ में ही आराम से लिया जा सकता है।" अनुज ने कहा।

बात करते-करते श्रीप्रकाश ढाबे के पास वाले पीसीओ में घुस गया। वहाँ से उसने ऑफ़िस के लिये हुए नम्बरों पर फ़ोन किया। घर वाले एक नम्बर पर किसी ने फ़ोन उठाया और पूछा, "आप कौन बोल रहे हैं?"

"मैं माननीय मंत्री अमरमणि त्रिपाठी का पीए बोल रहा हूँ। माननीय मंत्री जी बात करना चाहते हैं।" श्रीप्रकाश बोला।

जिसने भी फ़ोन उठाया था, उसने कहा, "अभी फ़ोन दे रहा हूँ।"

थोड़ी देर बाद आरिफ़ लाइन पर आ गए और बोले, "सर, नमस्कार!"

"आरिफ़, तुम लखनऊ में कहाँ-कहाँ फ़्लैट बनाने वाले हो?" श्रीप्रकाश ने पूछा।

"सर, दो-तीन जगह काम शुरू करनेवाला हूँ। पेपर मिल वाला काम शुरू भी कर दिया है। कोई बात हो तो बताइए, मैं ख़ुद आकर आपसे मिल लूँगा।" आरिफ़ ने कहा।

"मैं श्रीप्रकाश शुक्ला बोल रहा हूँ, नाम तो सुना ही होगा?" श्रीप्रकाश ने पूछा।

"जी, मैंने नाम सुना है।" आरिफ़ ने कहा।

"तो अब ध्यान से सुनो, पेपर मिल कॉलोनी वाली ज़मीन पर जितने फ़्लैट बना रहे हो, पचास हज़ार रुपये हर फ़्लैट के हिसाब से तुम्हें देने पड़ेंगे, नहीं तो तुम्हारा क्या होगा, यह तुम जानते हो।" श्रीप्रकाश बोला।

"जनाब, अभी तो फ़्लैट बनने में समय है। फ़्लैट बनकर बिक जाएँ, तभी तो हाथ में पैसा आएगा, अभी तो सारी जमा पूँजी उसी में ही लगा दी है।" आरिफ़ ने कहा।

"यह जो एडवांस बुकिंग कर रखी है, नब्बे फ़्लैट हैं। बीस लाख से कम कोई फ़्लैट नहीं है तुम्हारा। तुम क्या समझते हो, तुम बहुत चालाक हो? क्यों अपना घर उजाड़ने पर आमादा हो?" श्रीप्रकाश ने कहा।

"लेकिन इतना कैश आजकल रखता कौन है?" आरिफ़ ने कहा।

"अगले दो दिन में जितने फ़्लैट की बुकिंग का पैसा तुम्हारे पास है, वह पहुँचा दो, बाक़ी हिसाब मैं बाद में बता दूँगा। कल भी तुमने दो फ़्लैट बुक किये हैं।" श्रीप्रकाश ने कहा।

"जी, कल किये हैं।" आरिफ़ बोला। फिर पूछा, "यह पैसा कहाँ भेजना होगा?"

"यह पैसा लखनऊ जेल में बबलू शुक्ला को दे आओ।" श्रीप्रकाश ने कहा।

"मैं जेल में नहीं जा सकता।" आरिफ़ बोला।

"अपना आदमी भेजो। मैं तुमको दिन और समय बता दूँगा। परसों तुम बताना, तुम्हारा कौन आदमी जाएगा और फिर मैं उसे बताऊँगा, वहाँ जेल में कौन मिलेगा और किसे पैसा देना है।" श्रीप्रकाश ने कहा।

"ठीक है।" आरिफ़ ने कहा।

फ़ोन रखने के बाद आरिफ़ ने अपना टेप-रिकॉर्डर चेक किया कि उनकी यह कॉल टेप हुई थी कि नहीं। चेक करके देखा तो पूरी कॉल टेप हुई थी।

आरिफ़ ने तुरन्त एडीजी लॉ एंड ऑर्डर को फ़ोन किया और कहा, "सर, मुझे अर्जेंट आपसे मिलना है।"

एडीजी अजय राज शर्मा ने आरिफ़ को आने के लिए कहा।

आधे घंटे में आरिफ़ उनके यहाँ पहुँच गए। आरिफ़ काफ़ी डरे हुए थे। उन्होंने पूरी बात बताई कि इस तरह से फ़ोन आया था। फ़ोन करनेवाला अपने-आपको श्रीप्रकाश शुक्ला बता रहा था। अन्त में यह भी कहा कि उसकी वह कॉल उन्होंने रिकॉर्ड कर ली है।

"पहले भी कोई कॉल आई थी क्या, जो आप कॉल रिकॉर्ड कर रहे थे?" अजय राज शर्मा ने पूछा।

"नहीं, सर ,पहले कोई कॉल नहीं आई थी," आरिफ़ ने कहा, "लेकिन चूँकि यह बात अख़बार में निकल चुकी थी कि मूलराज अरोड़ा को जब श्रीप्रकाश किडनैप करके ले गया था तो मूलराज ने शहर के बड़े बिल्डर्स का नाम उसको बताया था और वह सबको फ़ोन करके डरा-धमका कर पैसे वसूल रहा है। हम लोगों की एक मीटिंग हुई थी, जिसमें यह तय किया गया था कि सभी लोग अपने-अपने यहाँ फ़ोन के साथ रिकॉर्डर किट अटैच कर लेंगे और जो भी फ़ोन आए, उसको रिकॉर्ड करेंगे क्योंकि कई लोगों के पास फर्ज़ी फ़ोन भी आए थे और फर्ज़ी फ़ोन पर भी पैसा दे दिया गया था। बाद में पता लगा कि वह फ़ोन श्रीप्रकाश शुक्ला ने किये ही नहीं थे। पहले तो कोई मेरी रिकॉर्डिंग सुन ले और यह कनफ़र्म हो जाए कि यह उसकी ही आवाज़ है, तब फिर आप लोग जैसा बताएँगे, वैसा करूँगा।"

"ठीक है, आप कैसेट लाए हैं, तो मुझे दे दें और अगर नहीं लाए हैं तो मैं राजेश पाण्डेय को आपके यहाँ भेजूँगा, वह तुरन्त सुनकर बता देंगे कि श्रीप्रकाश की आवाज़ है कि नहीं!" अजय राज शर्मा ने कहा।

"सर, ऑफ़िस में बहुत तरह के लोग आते हैं, इसलिए मैं कैसेट यहाँ लेकर नहीं आया। राजेश पाण्डेय, जो एसटीएफ़ में हैं, आप उन्हीं की बात कर रहे हैं क्या?" आरिफ़ ने पूछा।

अजय राज शर्मा ने कहा, "हाँ, वही, जो सीओ हज़रतगंज थे। वही राजेश पाण्डेय एसटीएफ़ में हैं और वह अच्छी तरह उसकी आवाज़ को पहचानते हैं। आप घर पहुँचिए, अभी थोड़ी देर में राजेश पाण्डेय आपके घर पहुँचकर रिकॉर्डिंग सुनकर बताएँगे।"

आरिफ़ सीधे घर पहुँच गए। आरिफ़ के जाते ही अजय राज शर्मा ने अरुण कुमार को फ़ोन करके पूरी बात बताई और कहा, "तुरन्त राजेश पाण्डेय को आरिफ़ के घर भेजकर पहचान करा लो कि वही बोल रहा था कि कोई दूसरा था। अभी एक घंटे पहले की बात है। हो सकता है, तुरन्त की कोई लोकेशन मिल जाए!"

"राजेश पाण्डेय ऑफ़िस में मेरे पास ही हैं। मैं अभी भेजता हूँ।" अरुण कुमार ने कहा।

अरुण कुमार ने राजेश पाण्डेय को आरिफ़ का पता नोट कराया और कहा, "तुरन्त चले जाओ, पूरी रिकॉर्डिंग की कैसेट सुन लेना। अगर उसने रिकॉर्डर लगा रखा है तो कॉलर आईडी भी ज़रूर लगवाया होगा। नम्बर अगर मिल जाए तो वहीं से फ़ोन पर बता देना। बहुत देर की बात नहीं है, दिल्ली वाली टीम अभी तुरन्त दूध का दूध और पानी का पानी कर लेगी।"

राजेश पाण्डेय ने आरिफ़ के नम्बर पर उनसे बात की और बताया, "एडीजी लॉ एंड आर्डर ने आपसे मिलने के लिए कहा है। आप अभी कहाँ पर हैं?"

"मैं अपने घर पर हूँ।" आरिफ़ ने कैंट के भीतर अपने घर का पता बताया।

"बस, बीस मिनट में मैं आपके पास पहुँच जाऊँगा।" राजेश पाण्डेय ने कहा।

आरिफ़ के घर के बाहर पहुँचते ही वहाँ उनके कई चौकीदार गेट पर ही खड़े थे। राजेश पाण्डेय ने जैसे ही अपना परिचय बताया, उन लोगों ने तुरन्त गेट खोल दिया और उनको डाइनिंग रूम तक ले गए। डाइनिंग रूम में आरिफ़ अपने घरवालों के साथ बैठे हुए थे। आरिफ़ ने अपने सभी घरवालों को भीतर जाने के लिए कहा और अपने लैंडलाइन फ़ोन से कनेक्ट करके रखा हुआ टेप रिकॉर्ड ऑन कर दिया।

टेप रिकॉर्डर ऑन करते हुए आरिफ़ बोले, "सर, बात बहुत लम्बी हुई है। आप एक बार सुनकर देख लें कि यह वही है कि कोई दूसरा आदमी है?"

टेप रिकॉर्ड ऑन होते ही शुरू के एक मिनट में ही समझ में आ गया कि यह श्रीप्रकाश ही बोल रहा है। राजेश पाण्डेय ने वह पूरी बात सुनी और पूछा, "आपने कॉलर आईडी लगवाया है कि नहीं?"

"हाँ, लगवा रखा है,पर मुझे इसमें नम्बर देखना नहीं आता। इस फ़ोन के बाद कई नम्बर आए हैं, आप चाहें तो देख लें। इसका टाइम मैंने नोट कर रखा है। बाक़ी लोगों में जिस-जिसके पास इसका फ़ोन आया था, उन सबके साथ पहले से ही एक मीटिंग हो चुकी थी। इसलिए मैंने पहले से ही रिकॉर्डिंग और कॉलर आईडी लगवा रखा था।" आरिफ़ बोले।

राजेश पाण्डेय ने टेलीफ़ोन लाइन में जुड़े हुए कॉलर आईडी को उठाया और उस टाइम का नम्बर देखा, आगे-पीछे के भी दो नम्बर अपनी डायरी में नोट किये। मोबाइल फ़ोन का नम्बर था और पहले चार अंक से दिल्ली का नम्बर लग रहा था।

"आप परेशान मत होइए, फ़ोन तो उसी का है। हम लोग बहुत नज़दीक तक पहुँच गए हैं, बहुत जल्द आपकी समस्या का समाधन हो जाएगा।" राजेश पाण्डेय ने आरिफ़ से कहा।

"उसने परसों फ़ोन करने को कहा है। आखिर अब हमें क्या कहना है और क्या करना है?" आरिफ़ ने पूछा।

"आप बात करना मत बन्द करिएगा। बस, थोड़ा सा समय लेते रहिए, जिससे हम लोगों को और भी लोकेशन मिलती रहे।" राजेश पाण्डेय ने कहा।

"मेरी हिम्मत नहीं पड़ रही है, उससे बात करने की। आपने सुन ही लिया, वह किस ख़तरनाक टोन में बात कर रहा था। परसों अगर मैंने उससे बात की और टाल-मटोल की तो या तो वह गालियाँ देगा या फिर मेरा कोई नुक़सान करेगा। आप चाहें तो अपने यहाँ के किसी एक्सपर्ट को यहाँ बैठा दें, मैं पूरी बात बता दूँगा। वह बात करेगा तो ज़्यादा अच्छी तरह से बात कर लेगा।" आरिफ़ ने कहा।

"आपसे इतनी देर बातचीत करने से यह पता लग रहा है कि आप बोलचाल के उर्दू अल्फ़ाज़ का ज़्यादा इस्तेमाल करते हैं। किसी दूसरे को बैठाऊँगा तो वह

तुरन्त समझ जाएगा कि आप नहीं बोल रहे हैं, फिर बात वहीं पर ख़त्म हो जाएगी। हमारे आगे बढ़ने का रास्ता भी बन्द हो जाएगा और हम, मजबूरी में, बन्द गली के आखिरी मकान तक पहुँच जाएँगे। मैं कोशिश करता हूँ कि एसटीएफ़ के ही किसी आदमी को आपके यहाँ भेजूँ। अभी जाकर देखता हूँ। हमारे यहाँ एक ही मुस्लिम हेड कांस्टेबल है, अगर वह मौजूद होगा तो वह कल आप तक पहुँच जाएगा। उसे सारी बात समझा दीजिएगा। परसों अगर उसका फ़ोन आएगा तो वही बात करेगा। बात आप रिकॉर्ड कर ही रहे हैं, बाद में सुनकर देख लीजिएगा। अगर कोई बात ग़लत हो गई हो तो उसे अगली बार में करेक्ट कर देगा।" राजेश पाण्डेय ने विस्तार से बताया।

"ठीक है।" आरिफ़ ने कहा।

राजेश पाण्डेय फ़ौरन गाड़ी में बैठे और रास्ते से ही अरुण कुमार को नम्बर बताया और कहा, "टाइम के हिसाब से तो यही नम्बर लगता है। दिल्ली का नम्बर है। वैसे इसके एक पहले और एक बाद के नम्बर भी नोट कर रखे हैं।" वह नम्बर भी अरुण कुमार को नोट करा दिया।

अरुण कुमार ने तुरन्त ही दिल्ली वाली टीम को यह नम्बर नोट कराया और कहा, "इसकी कॉल डिटेल निकलवा लो और देखकर बताओ कि कितने और नम्बरों पर बात की गई है?"

थोड़ी देर बाद राजेश पाण्डेय भी एसटीएफ़ ऑफ़िस पहुँच गए और उन्होंने पूरी बात अरुण कुमार को बताई। यह भी बताया, "आरिफ़ अब श्रीप्रकाश से बात करने में घबरा रहे हैं। मैंने उनसे कहा है कि किसी मुस्लिम को भेजता हूँ क्योंकि मैंने बातचीत में पाया कि वह बोलचाल की मेलमिलाप वाली भाषा उर्दू के तमाम शब्द बेहतरीन तलफ़्फ़ुज के साथ बोलते हैं। दूसरे किसी आदमी को भेजूँगा तो श्रीप्रकाश फ़ौरन समझ जाएगा कि यह आरिफ़ नहीं बोल रहे हैं, और वह फ़ौरन बात करना बन्द कर देगा। फिर हमें नये नम्बर के लिए किसी दूसरे की कॉल की प्रतीक्षा करनी पड़ेगी। पैसे की बात है, परसों वह ज़रूर फ़ोन करेगा, तो कम-से-कम लोकेशन तो पता लग ही जाएगी। आपने कहा था कि एक या दो दिन अगर वह स्थिर होकर रहे तो हम लोग दिल्ली चलेंगे। अगर आज और परसों की लोकेशन एक ही जगह की मिलती है तो हम सभी लोग वहाँ चलेंगे। मेरे दिमाग़ में है, अपने हेड कांस्टेबल फज़रूल्लाह को आरिफ़ के यहाँ भेज दिया जाए क्योंकि फज़रूल्लाह का भी बातचीत करने का लहजा वैसा ही है, जैसा आरिफ़ का, जब वह मुझसे बात कर रहे थे।"

अरुण कुमार बोले, "बिलकुल ठीक आइडिया है। देखो, फज़रूल्लाह हैं कहाँ?" अरुण कुमार ने बाहर से टेलीफ़ोन वाले सिपाही को बुलवाया और उससे कहा, "देखो, फज़रूल्लाह किस टीम के साथ हैं?"

"फज़रूल्लाह ऑफ़िस में ही हैं, पीछे वाले कमरे में अविनाश मिश्रा के साथ बैठे हुए हैं।" उसने बताया।

"फज़रूल्लाह को फ़ौरन भीतर भेजो!" अरुण कुमार ने कहा।

फज़रूल्लाह तुरन्त कमरे में आ गया। अरुण कुमार और राजेश पाण्डेय ने उसको पूरी बात समझाई। फिर राजेश पाण्डेय ने आरिफ़ को फ़ोन करके बताया, "हेड कांस्टेबल फज़रूल्लाह खाँ, जिनको मैं कल भेजने के लिए कह रहा था, उन्हें मैं आज ही भेज रहा हूँ। उन्हें पूरी बात समझा दीजिएगा। परसों सवेरे से वह आपके टेलीफ़ोन पर ही रहेंगे।"

"तुम अभी चले जाओ। आरिफ़ से पूरी बात समझ लो और अगर उस शातिर का फ़ोन आए तो उससे होशियारी से बात करना और कोशिश यह करना कि दो-चार दिन बातचीत किसी तरह से टलती रहे, ताकि हमें नम्बर मिलते रहें।" अरुण कुमार ने फज़रूल्लाह से कहा।

शाम तक दिल्ली वाली टीम ने यह बताया कि इस नम्बर की लोकेशन दिल्ली में ही है। बहुत दिनों बाद यह नम्बर खुला है। पहले इस नम्बर से गोरखपुर के तीन नम्बरों पर बहुत देर तक बात हुई है, जिसमें से एक नम्बर पर देर रात में बहुत लम्बी बात हुई है।

अरुण कुमार ने वे तीनों नम्बर नोट किये और गोरखपुर के डीआईजी एस.एन. सिंह को ये नम्बर नोट कराए और कहा, "इन तीनों नम्बरों को सुनने की व्यवस्था कर लें और जैसे ही कोई कॉल इन नम्बरों पर आए तो उसको रिकॉर्ड भी करवा लें और किस नम्बर से यह कॉल की जा रही है, उसे तुरन्त एसटीएफ़ को भेज दें, जिससे आगे का काम किया जा सके।"

"हमने आवास पर ही टेलीफ़ोन सुनने की सारी व्यवस्था कर रखी है और टेलीफ़ोन विभाग के दो कर्मचारी वहीं पर बने रहते हैं। अगर फ़ोन नम्बर देहात क्षेत्र का नहीं होगा तो डीपी बॉक्स से यहाँ तक सुनने की व्यवस्था हो जाएगी।" डीआईजी ने बताया।

"सर, जैसे ही कॉल आपको मिलने लगे, बस, मुझे बता दीजिएगा कि कौन-कौन से नम्बर को सुनना शुरू किया गया है।" अरुण कुमार ने कहा।

"ठीक है, मैं तुरन्त बता दूँगा।" डीआईजी ने कहा।

फज़रूल्लाह ने पूरी बात समझ ली थी और उस दिन सवेरे सात बजे ही वह आरिफ़ के बँगले पर हाज़िर था। करीब साढ़े दस बजे श्रीप्रकाश का फ़ोन आया, आरिफ़ के नौकर ने फ़ोन उठाया और उसने जैसे ही यह कहा, 'आरिफ़ को बता दो कि अशोक सिंह का फ़ोन है', तो वह तुरन्त समझ गया और उसने फज़रूल्लाह को इशारा किया।

फज़रूल्लाह ने टेलीफ़ोन उठा लिया और उससे बात करने लगा।

इस बीच में आरिफ़ ने दूसरे कमरे में जाकर राजेश पाण्डेय को फ़ोन किया कि इस समय श्रीप्रकाश से फज़रूल्लाह की बात हो रही है।

राजेश पाण्डेय ने तुरन्त अरुण कुमार को बताया। अरुण कुमार ने तुरन्त दिल्ली वाली टीम को कहा कि अभी तुरन्त क्राइम ब्रांच जाकर या पी.पी. सिंह से मिलकर इसकी तुरन्त लोकेशन निकालें कि यह बात कहाँ से हो रही है।

दिल्ली वाली टीम भी तत्काल पहुँच गई और आधे घंटे में ही यह बता दिया कि आज़ादपुर मंडी के पास वाले टॉवर से यह बात हो रही थी लेकिन अभी दस मिनट पहले यह फ़ोन स्विच ऑफ़ हो गया है।

अरुण कुमार ने फज़रूल्लाह को फ़ोन करके उससे पूछा, "किस समय बात बन्द हुई है?"

"दस मिनट पहले।" फज़रूल्लाह ने बताया।

अरुण कुमार ने राजेश पाण्डेय से कहा, "सत्येन्द्र वीर, अविनाश मिश्रा और तेवतिया—इन सब लोगों को बुलाइए। सभी लोग आधे घंटे में तैयार हो जाएँ। मैं भी कपड़े वग़ैरह मँगवा लेता हूँ। हम लोगों को तुरन्त दिल्ली के लिए निकलना होगा। तीन दिन से इसकी लोकेशन दिल्ली में ही बनी हुई है। आज का फ़ोन भी दिल्ली के आज़ादपुर मंडी के आसपास से ही आया था। मेरी क्राइम ब्रांच में अभी बात हुई है। उनका कहना है कि यह फ़ोन किसी घनी बस्ती से नहीं किया गया है बल्कि किसी सड़क पर फ़ोन को स्विच ऑन करके बात की गई है और फिर तुरन्त उसे ऑफ़ कर दिया गया है। इससे यह लगता है कि वह कहीं आसपास रह भी रहा होगा।

"सभी लोग सड़क मार्ग से ही चलेंगे। ट्रेन का इन्तज़ार करने से समय ख़राब होगा।"

पैंतालीस मिनट में पूरी टीम तैयार हो गई और अरुण कुमार के साथ सभी लोग अपनी-अपनी गाड़ियों से दिल्ली के लिए रवाना हो गए। रास्ते में सत्येन्द्र वीर सिंह ने पी.पी. सिंह से बात करके आज़ादपुर मंडी के पास ही एक होटल में सभी लोगों के रुकने की व्यवस्था करवा दी।

सत्येन्द्र वीर सिंह ने अरुण कुमार से कहा, "सर, पास में ही रुकेंगे ताकि नम्बर और लोकेशन पता करने के लिए वहीं क्राइम ब्रांच में सब लोग अलर्ट रह सकें।"

"बिलकुल ठीक है।" अरुण कुमार ने कहा।

अगले दिन सुबह सब लोग पहुँच गए और पी.पी. सिंह ने बताया, "हमारी क्राइम ब्रांच ने मोबाइल फ़ोन को भी सुनने की व्यवस्था करा ली है। पिछले तीन महीनों से हम लोग अपराधियों के फ़ोन को मोबाइल पर डायवर्ट करके सुन रहे हैं। जिस फ़ोन पर सुनने का यह काम किया जा रहा है—बस, उसमें कान के पास लगने वाले स्पीकर के दोनों तारों में दो और तार जोड़कर उसे छोटे वाले टेप रिकॉर्डर से जोड़ा जाता है। जब भी कॉल आती है तो रिकॉर्डर ऑन कर लेते हैं। पूरी बात सुन भी लेते हैं और रिकॉर्ड भी हो जाती है।"

“हम दो मोबाइल फ़ोन आपको दे देते हैं, उनमें से तार निकलवाकर और छोटे टेप रिकॉर्डर की व्यवस्था करा दीजिए ताकि हम लोग इसका फ़ोन अगर सुनने लगें तो हमारा काम आसान हो जाएगा। अभी हमको कॉल डिटेल्स से यह पता करना होता है कि फ़ोन किससे किया गया, फिर उसका पता निकालना होता है और मौक़े पर सत्यापित करना होता है। अगर हम सीधे उसका फ़ोन सुनने लगेंगे तो इन सारी समस्याओं का एक साथ ही समाधान हो जाएगा।” अरुण कुमार ने कहा।

पी.पी. सिंह को सोनी एरिक्सन के पुराने मॉडल वाले दो फ़ोन दे दिये गए और उन्होंने दो-तीन घंटे में ही उसमें से तार निकलवाकर टेप रिकॉर्डर में लगने वाली लीड बना दी। राजेश पाण्डेय बाज़ार जाकर छोटा वाला टेप रिकॉर्डर ले आए, जिसमें छोटे वाले कैसेट लगते थे।

“जिन नम्बरों को मोबाइल पर सुनना है, उनके बारे में एक अनुरोध-पत्र आपकी तरफ़ से मोबाइल कम्पनी को भेजना होगा, और वह कॉल फ़ॉरवर्ड कर देंगे।” पी.पी. सिंह ने कहा।

## मारा बागड़बिल्ला

सब लोग होटल में बैठे थे। दिल्ली वाली टीम भी आ गई। उनसे पूछा गया कि पिछले चार-पाँच दिन में किन-किन नम्बरों का सत्यापन उनके द्वारा किया गया है।

लखनऊ में उमेश सिंह से भी पूछा गया कि कौन-कौन से नम्बर पर पिछले एक हफ़्ते में कॉल आई है। ख़ास कर आरिफ़ को जिस नम्बर से फ़ोन किया गया था, उस नम्बर के डिटेल्स के बारे में पूछा गया।

कुल चार नम्बर निकाले गए। इन चारों नम्बरों को सर्विलांस पर सीधे सुनने के लिए अरुण कुमार ने अपनी हैंडराइटिंग में एक सादे काग़ज़ पर अनुरोध-पत्र बना दिया। पी.पी. सिंह वह पत्र लेकर चले गए। दिल्ली पुलिस हेड ऑफ़िस से इसको अग्रसारित कराकर, मोबाइल कम्पनी में दे आए। एक घंटे बाद ही फ़ोन आने शुरू हो गए। अलग-अलग नम्बरों से फ़ोन आ रहे थे। फ़ोन आते ही रिकॉर्डर के बटन को दबाकर उसकी रिकॉर्डिंग शुरू कर दी जाती थी। बारी-बारी से सभी लोगों ने कॉल पर श्रीप्रकाश की आवाज़ सीधे-सीधे सुनी। यह बहुत ही रोमांचित करनेवाला अनुभव था। श्रीप्रकाश की आवाज़ सीधे-सीधे सुनाई दे रही थी। टेप-रिकॉर्ड को फिर से चलाकर देखा गया, उसमें भी आवाज़ बहुत साफ़ आ रही थी।

अरुण कुमार ने कहा, "इसको सुनने का और रिकॉर्डिंग करने का यह काम राजेश ही करेंगे। साथ ही साथ किस लोकेशन से फ़ोन किया गया है, उसका भी पता निकालने का काम भी राजेश पाण्डेय ही करेंगे।"

"कल 20 सितम्बर है। कल से नवरात्र शुरू हो जाएगी। लग रहा है, हम लोग नवरात्र में ही अपने काम में सफल हो जाएँगे। मेरा भी पहले दिन का व्रत है, राजेश तो पूरे नौ दिन व्रत रखता है। मोबाइल सुनने में कोई अन्य मेहनत नहीं करनी है। नवरात्र में शुरू के दो दिन थोड़ी दिक़्क़त तो होती है लेकिन बाक़ी लोग भी हैं। जहाँ भी ज़रूरत पड़ेगी, सभी लोग साथ-साथ चलेंगे।"

"कल पहले दिन पूजा-पाठ में थोड़ा समय लगेगा। उतने समय के लिए यह सुनने वाला काम सत्येन्द्र वीर सर को दे दूँगा। उसके बाद फिर कोई दिक़्क़त नहीं है।" राजेश ने कहा।

"ठीक है।" अरुण कुमार ने कहा।

इस चर्चा के बाद सब लोग अपने-अपने रूम में चले गए।

शाम को एक कॉल आई, जिसमें श्रीप्रकाश के अलावा कोई दूसरा बोल रहा था। उसने एअरपोर्ट में पूछताछ पर बात करनी चाही, "तीन टिकट राँची के लिए सुबह के थे, लेकिन उस पर नहीं जा सके। क्या ये तीनों टिकट 22 तारीख़ को इंडियन एअरलाइंस की दिल्ली-राँची फ़्लाइट में स्थानान्तरित किये जा सकते हैं?"

पूछताछ पर बैठे कर्मचारी ने बताया, "इसके लिए उन्हें टिकट लेकर पूछताछ केन्द्र आना पड़ेगा। वैसे स्थानान्तरित किये जाने का कोई प्रावधान नहीं है, लेकिन फिर भी अगर आप आएँगे तो देख लेंगे।"

टिकट स्थानान्तरित करवाने वाले व्यक्ति ने अपना हवाला दिया कि वह ईस्ट-वेस्ट एअरवेज़ में कुछ दिनों तक मुम्बई और दिल्ली में भी काम कर चुका है और कहा कि यह टिकट स्थानान्तरित किया जा सकता है।

पूछताछ पर बैठे व्यक्ति ने कहा, "मेरी जानकारी में इंडियन एअरलाइंस में यह सम्भव नहीं है। फिर भी आप पूछताछ पर आइए, हम इसे देख लेंगे।"

यह सूचना बहुत महत्त्वपूर्ण थी। राजेश पाण्डेय ने भागकर यह सूचना अरुण कुमार को बताई।

अरुण कमार ने कहा, "सभी लोग एअरपोर्ट चलते हैं। अगर टिकट बदलवाने वह व्यक्ति आ जाता है तो पहचानने की कोशिश करेंगे। एअरपोर्ट के डीसीपी सिक्योरिटी से बात कर ली जाएगी। सामान्य पूछताछ पर जहाँ लोग आकर अपनी समस्या बताते हैं, वहाँ बैठे कर्मचारी से बता दिया जाएगा कि एअर टिकट पर आगे की तिथियों पर यदि कोई व्यक्ति पूछताछ करने आए तो उसके बारे में इशारा कर दिया जाए। उसको वहीं से ट्रैक कर लेंगे और एअरपोर्ट के बाहर उसे पकड़ लेंगे। कल ही हमारा काम हो जाएगा। दूसरा, यह भी हो सकता है कि वह नये टिकट के लिए इंडियन एअरलाइंस के काउंटर पर स्वयं आए। वैसे इसकी सम्भावना बहुत कम है। वह वहीं आसपास के ट्रैवल एजेंट पर जाकर नई डेट के लिए टिकट बुक करा सकता है। 22 तारीख़ के लिए राँची के लिए जितने भी टिकट बुक किये जाएँ, उनमें से तीन टिकट एक साथ और उम्र बीस से पच्चीस साल के बीच में हो, तो उनको चिह्नित कर लिया जाएगा और एअरपोर्ट में आनेवाले व्यक्तियों में देख लिया जाएगा। श्रीप्रकाश को कमोबेश हम लोग पहचान लेंगे और वहाँ अपना काम हो जाएगा।

"नवरात्र का पहला दिन है। राजेश, तुमने पूजा कर ली हो तो अभी चलते हैं। नहीं तो, सत्येन्द्र वीर, तेवतिया और अविनाश, इन लोगों को तैयार करो। लगता है, हम लोग टार्गेट के बहुत नज़दीक पहुँच रहे हैं।"

"बस, सर, नहाकर और पूजा करके आ रहा हूँ। आज से तो नौ दिन का व्रत है। माँ विन्ध्यवासिनी की कृपा ज़रूर होगी और इसी नवरात्र में सफलता मिलेगी।" यह कहकर राजेश हड़बड़ी में भागते हुए अपने कमरे में चले गए और बहुत शीघ्रतापूर्वक सत्येन्द्र वीर सिंह, तेवतिया और अविनाश को पूरी बात बताई।

सत्येन्द्र वीर सिंह बोले, "बहुत दिन हो गए हैं राजेश, पिस्टल की गोलियाँ भी बौखला रही हैं। बस, जल्दी से लोकेशन निकालो, बहुत दिन हो गए भागते-भागते। हम लोग दस मिनट में तैयार हो रहे हैं। पंडित जी, पूजा-पाठ में बहुत समय नहीं लगाना, जल्दी आ जाओ, चलते हैं।"

"सर, मेरी पिस्टल में से तो गोली बाहर निकली जा रही है। दौड़ते-दौड़ते ऐसी-तैसी हो चुकी है, बस, जा रहा हूँ। आज पहले दिन की पूजा है, काम ज़रूर होगा।" यह कहकर राजेश पाण्डेय भागकर अपने कमरे में चले गए।

थोड़ी देर बाद अरुण कुमार अपने कमरे से निकले और उन्होंने सत्येन्द्र वीर सिंह से पूछा, "राजेश पाण्डेय तो पूजा कर रहे होंगे? रिकॉर्डिंग वाला फ़ोन तुम्हारे पास है, कोई और कॉल तो नहीं आई?"

"और कोई कॉल नहीं है।" सत्येन्द्र वीर सिंह ने कहा।

"सब लोग तैयार हो गए हैं?" अरुण कुमार ने पूछा।

"सब लोग तैयार हैं, राजेश भी पाँच मिनट में आ रहा है।" सत्येन्द्र वीर सिंह ने बताया।

"चलो, सब लोग नीचे चलते हैं। राजेश भी थोड़ी देर में आ ही जाएगा।" अरुण कुमार बोले।

सभी लोग सीधे एअरपोर्ट पहुँच गए। एअरपोर्ट पहुँचकर अरुण कुमार ने डीसीपी एअरपोर्ट सिक्योरिटी का नम्बर लेकर उनसे बात की। उन्होंने बताया कि वह अपने कार्यालय में बैठे हैं।

अरुण कुमार सीधे एअरपोर्ट डीसीपी कार्यालय में पहुँचे और वहाँ पूरी बात बताई और यह भी बताया, "यह हमारे यहाँ उत्तर प्रदेश का सबसे बड़ा अपराधी है, जिसके सिर पर सरकार का सबसे ज़्यादा इनाम है।"

डीसीपी एअरपोर्ट सिक्योरिटी ने पूरी मदद करने का भरोसा दिया और अपने दो सब-इंस्पेक्टर को तुरन्त बुलवाया और कहा, "यूपी की इस टीम को रिसेप्शन वाले आदमी से मिलवा दीजिए और इंडियन एअरलाइंस के काउंटर पर बैठे हुए आदमी से भी मिलवा दीजिए। कोशिश करिए कि एक-एक आदमी दोनों जगह आसपास बने रहें, और जैसे ही इस तरह की सूचना लेने या टिकट लेने कोई व्यक्ति आता है तो उसकी पहचान करेंगे। यह ध्यान रहे कि वहाँ सीसीटीवी लगी हुई है। वहाँ किसी को न पकड़ा जाए। पुलिस को जो भी कार्यवाही करनी है, वह एअरपोर्ट के बाहर ही करे।"

सारी व्यवस्था करने के बाद सब लोग बाहर निकल आए।

तब तक श्रीप्रकाश की एक दूसरी कॉल आ गई, जिसमें उसने दूसरे नम्बर से सूरजभान से बात की।

"आज की हमारी फ़्लाइट मिस हो गई थी, सवेरे मेरी नींद नहीं खुल पाई। अनुज ने बड़ी कोशिश की पर वह चेंज नहीं हो पाया। हमने 22 तारीख़ की सवेरे की फ़्लाइट करा ली है। हम तीनों सुबह दस बजे तक राँची पहुँच जाएँगे।" श्रीप्रकाश ने सूरजभान को बताया।

"सामान कैसे आएगा?" सूरजभान ने पूछा।

"सामान मैंने ज़ेन से बाई रोड भिजवा दिया है, उसी के लिए फ़ोन किया है। अगर वह गाड़ी एअरपोर्ट नहीं पहुँच पाई तो अपनी गाड़ी लगा दीजिएगा। मुझे एअरपोर्ट से ले लेंगे और जहाँ भी आपने रुकने का इन्तज़ाम कराया होगा, वहाँ तक हमें पहुँचा देंगे। वैसे मैंने लड़के को समझा दिया है, उसे गाड़ी लेकर पहुँच जाना चाहिए। वहाँ पहुँचकर मैं फ़ोन का उपयोग नहीं करना चाहता। आजकल जहाँ से भी फ़ोन करो, पुलिस पता नहीं कैसे वहीं पर पहुँच जा रही है!" श्रीप्रकाश ने कहा।

"कोई बात नहीं है, तुमको पहचानने वाला लड़का गाड़ी लेकर वहाँ पहुँच जाएगा।" सूरजभान ने कहा।

राजेश पाण्डेय ने अरुण कुमार को कैसेट प्ले करके पूरी कॉल सुनाई।

अरुण कुमार ने सत्येन्द्र वीर सिंह से कहा, "तेवतिया और अविनाश को भी बुला लो, अब यहाँ रुकने से कोई फ़ायदा नहीं है। अब 22 तारीख़ को सवेरे फ़्लाइट के समय हम लोग आ जाएँगे। चेकिंग के बाद वहाँ से तीनों को ले आएँगे। कोई असलहा भी नहीं होगा उनके पास, चुपचाप उठाकर ले आएँगे, और अपना काम पूरा हो जाएगा।"

सभी के चहेरे पर प्रसन्नता के भाव आ गए कि टेलीफ़ोन सुनने से कितना फ़ायदा हुआ। सारी सूचना तुरन्त की तुरन्त मिल रही है, नहीं तो पूरा दिन यहीं एअरपोर्ट पर बीत जाता।

"लगे हाथ डीसीपी सिक्योरिटी से बात कर लेते हैं कि 22 तारीख़ को हम इन तीनों को कहाँ ले जाएँ!" अरुण कुमार बोले।

अरुण कुमार ने टेलीफ़ोन से डीसीपी सिक्योरिटी से बात की तो डीसीपी सिक्योरिटी ने कहा, "सर, मैंने अपने ज्वाइंट सीपी से बात की है। उन्होंने बताया है कि हमारे यहाँ पूरे एअरपोर्ट में सीसीटीवी लगे हुए हैं। हम यहाँ से बाहर की किसी पुलिस फ़ोर्स को किसी भी व्यक्ति को पकड़ने के लिए अनुमति नहीं दे सकते।

यदि किसी अपराधी को पकड़ना है तो हमको बता दिया जाए, हम पकड़ेंगे। उसके ख़िलाफ़ जो एफ़आईआर है, उसकी कॉपी दी जाए और कोर्ट से जारी किया गया वारंट भी दिया जाए, हम उसे गिरफ़्तार करके अपने मजिस्ट्रेट के यहाँ प्रस्तुत करेंगे। उसके बाद आप जहाँ ले जाना चाहें, ले जाएँ। हम ऐसे किसी को एअरपोर्ट के भीतर से गिरफ़्तार करने की अनुमति नहीं दे पाएँगे।'"

अरुण कुमार ने उनको समझाने की बहुत कोशिश की कि 'वह कितना ख़तरनाक अपराधी है और हमें उसकी कितनी आवश्यकता है' लेकिन समझाने-बुझाने की सारी कोशिशें नाकाम रहीं और डीसीपी एअरपोर्ट सिक्योरिटी ने ज्वाइंट सीपी का हवाला देते हुए साफ़ मना कर दिया।

"चलो, सभी लोग होटल चलते हैं, वहीं बैठकर कोई तरीका निकालेंगे। जब वह गिरफ़्तार करके हमें देंगे और जब उसे न्यायालय में प्रस्तुत किया जाएगा तो हमें कोई लाभ नहीं होगा। हम उससे पूछताछ भी नहीं कर पाएँगे।" अरुण कुमार ने कहा।

फिर सभी लोग मायूस होकर होटल की तरफ़ चल दिये।

होटल में पहुँचकर सभी लोग बातचीत के बाद इस निष्कर्ष पर पहुँचे कि 'हमें एअरपोर्ट के भीतर किसी की गिरफ़्तारी अथवा किसी भी कार्यवाही से कोई फ़ायदा नहीं है। हमें जो भी करना है, हम एअरपोर्ट के बाहर ही करेंगे।'

अब एक बात तय हो गई थी कि '22 तारीख़ की सुबह इंडियन एअरलाइंस की फ़्लाइट से इन लोगों को राँची जाना है। हमें हर हाल में इसे एअरपोर्ट के बाहर ही गिरफ़्तार करना होगा। अब इसके सिवाय हमारे पास और कोई चारा नहीं है। सबसे पहले हमें फ़्लाइट के सभी यात्रियों की सूची ले लेनी है और तीन टिकट जो एक साथ किये गए हैं, उसका अन्दाज़ा लगाना है कि कौन-सा टिकट श्रीप्रकाश, अनुज और सुधीर वाला है।'

"सर, इससे क्या फ़ायदा होगा? इसकी ज़रूरत तो तब पड़ेगी जब वे इस नाम से एअरपोर्ट के भीतर जाएँगे। वहाँ हम कोई कार्यवाही नहीं कर सकते। हमें तो एअरपोर्ट में घुसने से पहले ही कोई कार्यवाही करनी होगी। एअरपोर्ट की तरफ़ जानेवाले रास्ते पर पहला बैरियर जो दिल्ली पुलिस का है, हमें वहीं खड़ा होना होगा और यह देखना पड़ेगा कि वहाँ कोई सीसीटीवी तो नहीं लगी है! आने वाली सभी गाड़ियों पर नज़र रखनी होगी। वे अपनी गाड़ी से बिलकुल नहीं आएँगे, इसलिए यहाँ पार्किंग में गाड़ी की पहचान नहीं की जा सकती है। वे किसी टैक्सी से आएँगे। उस टैक्सी में तीन लोग जो होंगे, जिसमें से श्रीप्रकाश शुक्ला का फ़ोटो हम लोगों के पास है, पहचानने की कोशिश करेंगे या फिर तीन नौजवान लड़के ड्राइवर के अतिरिक्त जिस टैक्सी में होंगे, उन्हें पूछताछ के लिए नीचे उतारेंगे। अगर वही तीनों निकले तो उन्हें चुपचाप अपनी गाड़ी में डाल लेंगे।" राजेश ने कहा।

"बिना असलहों के ये नहीं चलेंगे, साथ में कोई-न-कोई लड़का ज़रूर आएगा, जिसे टैक्सी से उतरकर एअरपोर्ट जाने से पहले ये लोग अपने असलहे दे देंगे, और वह टैक्सी से ही फिर वापस लौट जाएगा।" सत्येन्द्र वीर ने कहा।

राजेश पाण्डेय ने कहा, "जब वह किसी और को साथ लाएगा तो फिर अपनी ही गाड़ी लेकर आएगा। टैक्सी से आने का रिस्क क्यों लेगा? गाड़ियों में असलहे लेकर आएँगे। जैसे ही सेफ़ जोन में पहुँचेंगे, तीनों उतरकर एअरपोर्ट के भीतर चले जाएँगे और वह लड़का गाड़ी लेकर वापस चला जाएगा।

"सूरजभान से बातचीत की रिकॉर्डिंग में सूरजभान ने सामान के लिए पूछा था। श्रीप्रकाश ने कहा था, उसको ज़ेन से बाई रोड राँची भेज दिया है। इसका मतलब है कि इसने अपनी एके-47 और कारबाइन और दो-तीन छोटे असलहे गाड़ी से भिजवा दिये हैं, पर जब तक यहाँ है, तब तक के लिए कोई-न-कोई पिस्टल साथ में ज़रूर होगी।"

सत्येन्द्र वीर सिंह ने कहा, "एक पिस्टल से कोई फ़र्क नहीं पड़ेगा। तीनों के पास यदि पिस्टल होगी तो भी फ़र्क़ नहीं पड़ेगा। हम आठ-नौ लोग हैं और तीन एके-47 हमारे पास हैं, कहाँ भागकर जाएगा?"

"मैं राजेश पाण्डेय की बात से सहमत हूँ कि एकाध पिस्टल तो उनके पास हो सकती है, क्योंकि एअरपोर्ट पर लगभग रोज़ ही वीआईपी गतिविधियाँ होती रहती हैं और किसी वीआईपी के आते और जाते समय गाड़ियों और आदमियों की कड़ाई से चेकिंग होती है।" अरुण कुमार ने कहा, "ज़्यादा पिस्टल लेकर वे एअरपोर्ट पर नहीं आएँगे। हाँ, एकाध पिस्टल की सम्भावना हो सकती है। उस समय वहाँ ऑपरेट करने में बहुत ज़्यादा दिक़्क़त नहीं होगी। अभी हमारे पास एक दिन का पूरा समय है। कल फिर चलकर एक बार चेकिंग का प्वॉइंट देख लेंगे। ज़्यादातर कॉल्स वसन्त कुंज के दस-बारह किलोमीटर के दायरे से की गई हैं। ऐसा लगता है कि वह उस तरफ़ ही कहीं रह रहा है। उस तरफ़ से एअरपोर्ट तक आने का जो रास्ता है, बैरियर से पहले वह एअरपोर्ट वाली रोड पर आकर मिलता है। हमें बहुत ज़्यादा दिक़्क़त नहीं होगी। एअरपोर्ट वाले पहले बैरियर से पहले ही हम लोग अपनी चेकिंग भी कर सकते हैं। मैं डीसीपी को सूचित कर दूँगा कि हमें दिल्ली पुलिस से एक-दो सिपाही दे दें, हम उस रोड पर पहले चेक कर लेंगे। हमारे लिए वहाँ ज़्यादा आसानी होगी।"

थोड़ी देर में कॉल आने लगी। राजेश पाण्डेय ने फ़ोन उठाकर टेप-रिकॉर्डर ऑन कर दिया और इशारे से बताया कि उसी की कॉल है।

श्रीप्रकाश गोरखपुर वाली लड़की से बात कर रहा था। काफ़ी देर तक बात करने के बाद फ़ोन काट दिया। सभी लोग अरुण कुमार के कमरे में बैठे थे और वह कॉल टेप-रिकॉर्ड में चलाई गई। सभी लोग सुन रहे थे, वह लड़की बार-बार

कह रही थी कि 'मैं घर से भागकर तुम्हारे पास आऊँगी। रोज़ सवेरे मम्मी-पापा नवरात्र पूजन के लिए दुर्गा मन्दिर चले जाते हैं, मैं थोड़ा सामान लेकर दिल्ली रेलवे स्टेशन पहुँच जाऊँगी। वहाँ आकर मुझे ले जाओ।'

श्रीप्रकाश बार-बार कह रहा था कि 'मैं दिल्ली में नहीं हूँ, इस समय जयपुर में हूँ। अभी आने की ज़रूरत नहीं है! जब मैं दिल्ली आऊँगा तो बता दूँगा,' पर वह लड़की मानने को तैयार नहीं थी। फिर काफ़ी देर तक दोनों प्यार-मोहब्बत की बातें करते रहे। बात करते-करते श्रीप्रकाश अश्लील बातें करने लगा।

"बन्द कर दो, दूसरी कॉल का इन्तज़ार करो।" अरुण कुमार ने कहा।

पी.पी. सिंह को कहा गया कि कॉल का पता करें कि कहाँ से की गई है।

उन्होंने थोड़ी देर में बता दिया कि 'यह कॉल कनॉट प्लेस से की गई है।'

सब लोग बैठे बातचीत कर ही रहे थे कि थोड़ी देर में फिर से फ़ोन आ गया। राजेश ने फिर इशारे से बताया कि उसी का फ़ोन है। करीब पन्द्रह मिनट की बातचीत के बाद वह फ़ोन कट गया, फिर सबने कॉल को टेप-रिकॉर्डर पर सुना।

इस बार श्रीप्रकाश ने यह फ़ोन हरिशंकर तिवारी को किया था। हरिशंकर तिवारी बार-बार यह कह रहे थे : 'आख़िर मेरे पीछे क्यों पड़े हो? अब मैंने क्या बिगाड़ा है? आज की तारीख़ में मेरे पास या मेरे किसी आदमी के पास रेलवे पीडब्ल्यूडी या सिंचाई का कोई भी ठेका नहीं है। सब तुम्हारे और सूजरभान के आदमियों के पास है।'

श्रीप्रकाश ने कहा : 'तुम तो मेरे बाप को लिये एक महीने तक घूमते रहे, पंडितजी, तुम्हें क्या मिला? और अब तो तुमने दो मिनी बसें ख़रीद ली हैं। बीस आदमी आगे और बीस आदमी पीछे मिनी बस में चलते हैं। तुम तीन गाड़ियों में अदल-बदल कर बैटते हो। तुमको क्या लगा कि मुझे पता नहीं है?'

हरिशंकर तिवारी ने कहा : 'तुम जानते हो, मेरे भी बहुत दुश्मन हैं।'

श्रीप्रकाश ने कहा : 'झूठ मत बोलो, तुम्हारे दुश्मन को तो हमने ही मार दिया। अब कौन बचा है दुश्मनी रखने वाला? तुम पचास आदमियों को लेकर चलो, चाहे पाँच सौ आदमियों को लेकर, तुमको मैं रॉकेट लांचर से उड़ाऊँगा। रॉकेट लांचर जानते हो न?'

हरिशंकर तिवारी बोले : 'तुम चाहते क्या हो?'

श्रीप्रकाश ने कहा : 'बस, तुमको मारूँगा। बहुत गुंडई कर चुके तुम। सोचो, जब तुम्हारी गां...में रॉकेट लांचर लगाऊँगा और तुम ऊपर की तरफ़ उड़ोगे और जब तुम्हारी धोती खुलेगी तो सोचो, क्या होगा?' यह कहकर श्रीप्रकाश ज़ोर-ज़ोर से हँसने लगा। फिर कहा : 'बकरे की माँ कितने दिन खैर मनाएगी। बस, तुम दिन गिनो। ध्यान रखना कि तुम्हारी तेरहवीं में, मैं भी पूड़ी खाने आऊँगा।' यह कहकर श्रीप्रकाश ने फ़ोन काट दिया।

बात ख़त्म होते ही सभी लोग हँसने लगे। क्राइम ब्रांच को फिर पी.पी. सिंह ने फ़ोन किया और लोकेशन की जानकारी करनी चाही।

आधे घंटे बाद डीआईजी, गोरखपुर, एस.एन. सिंह का फ़ोन आया कि इस समय उस लड़की से श्रीप्रकाश की बात चल रही है। जो नम्बर यहाँ शो कर रहा था, वह नम्बर भी उन्होंने अरुण कुमार को लिखवाया।

अरुण कुमार ने फ़ोन काटकर राजेश पाण्डेय से कहा, "तुम्हारे फ़ोन पर तो कॉल आई नहीं, वहाँ यह कॉल कैसे आई है?"

"हमने तो छह फ़ोन ही लगाए हैं, हो सकता है, वह किसी दूसरे फ़ोन से बात कर रहा हो और यह भी हो सकता है कि उसने उस लड़की को कोई अलग नम्बर दे रखा हो, जो सिर्फ़ लड़की से बात करने के लिए प्रयोग किया जाता हो! इसीलिए हमारे मोबाइल पर इस बातचीत वाली कॉल नहीं आ रही है।" राजेश पाण्डेय ने कहा।

"हाँ, यह सम्भव तो है।" अरुण कुमार ने कहा।

थोड़ी देर में ही पी.पी. सिंह ने बताया, "यह कॉल नई दिल्ली रेलवे स्टेशन के पास की है, पर रेलवे स्टेशन से नहीं है।" फिर बताया, "होटल से उस जगह की दूरी करीब चालीस किलोमीटर है, नहीं तो अभी चेक किया जा सकता है।"

"लड़की से बात कर रहा है, जल्दी बात ख़त्म नहीं करेगा। बहुत लम्बी बात करने का आदी है। आप रेलवे स्टेशन के पास तक पहुँचें क्योंकि डीआईजी गोरखपुर बता रहे हैं कि वह जहाँ से बात कर रहा है, वहाँ पास में किसी शादी-ब्याह का कार्यक्रम हो रहा है। बहुत तेज़ गाने बज रहे हैं। इससे यह भी लगता है कि वह वहीं पर स्थिर है, कहीं चल नहीं रहा है। चांस लेने में कोई हर्ज़ नहीं है।" अरुण कुमार ने कहा।

पी.पी. सिंह तुरन्त अपने एक सिपाही और एक सब-इंस्पेक्टर को साथ लेकर, नई दिल्ली रेलवे स्टेशन की तरफ़ चल दिये।

अरुण कुमार ने डीआईजी गोरखपुर को फ़ोन करके बताया, "जैसे ही कॉल ख़त्म होती है, हमें बता देंगे।"

वहाँ बैठकर सबने कयास लगाया कि पी.पी. सिंह को वहाँ पहुँचने में करीब पचास मिनट लगेंगे। अगर यह कॉल एक घंटे तक चलती रही तो पी.पी. सिंह उसके करीब तक पहुँच जाएँगे। शादियाँ भी कोई दस-बीस जगह नहीं होंगी, जो दो-चार शादियाँ होंगी, उनके आसपास या तो किसी गाड़ी में बैठा होगा या फिर किसी होटल या रेस्टोरेंट में होगा।

करीब आधे घंटे बाद डीआईजी रेंज गोरखपुर का फ़ोन आ गया कि कॉल ख़त्म हो गई। अरुण कुमार ने पी.पी. सिंह को बता दिया, "अब कॉल चल नहीं रही है

लेकिन फिर भी आप क्राइम ब्रांच से टॉवर की लोकेशन पूछकर देख आइए कि शादी कहाँ हो रही है और क्या वहाँ कोई होटल या रेस्टोरेंट तो नहीं है?"

"ठीक है।" पी.पी. सिंह ने कहा।

मौक़े पर पहुँचकर पी.पी. सिंह ने काफ़ी छानबीन की। तीन-चार जगह शादियाँ हो रही थीं, सभी जगह जाकर देखा। छोटे-मोटे बहुत ढेर सारे होटल थे और लगभग सभी होटलों में नीचे की तरफ़ रेस्टोरेंट भी थे। पी.पी. सिंह ने पूरी बात अरुण कुमार को बताई। अरुण कुमार ने कहा, "अब वापस आ जाइए, कोई फ़ायदा नहीं है।"

शाम को सब लोगों ने बैठकर बातचीत की, तो यह तय पाया गया कि बस, सिर्फ़ कल की बात है, परसों सवेरे तक वे लोग एअरपोर्ट पहुँच जाएँगे। और हो सकता है कि एअरपोर्ट पर घुसने से पहले ही उन्हें सफलता मिल जाए।

सभी लोग बहुत उत्साहित थे और लग रहा था कि अब वे लोग अपने टार्गेट के बहुत नज़दीक हैं।

अगले दिन सुबह साढ़े नौ बजे डीआईजी रेंज गोरखपुर ने बताया कि अभी उस लड़की से बात हो रही है। उन्होंने एक नम्बर भी नोट कराया। क्राइम ब्रांच से पता चला कि यह नम्बर ग्रेटर कैलाश-2 का है। उसमें पता भी दिया हुआ था।

फिर थोड़ी देर बाद डीआईजी रेंज गोरखपुर ने बताया कि यह कॉल अब कट गई है। वह लड़की ज़िद्द कर रही है। कल वह किसी समय घर से निकल जाएगी और ट्रेन से सीधे दिल्ली रेलवे स्टेशन जाएगी। डीआईजी रेंज गोरखपुर ने ट्रेन का नाम और नम्बर भी बताया।

डीआईजी गोरखपुर ने अरुण कुमार को बताया, "मैं लड़की को पहचानने वाला आदमी भी उसी ट्रेन से भेज दूँगा। जब वह ट्रेन से नीचे उतरेगी तो आपकी टीम वहाँ मिल जाए तो इस लड़की के पीछे-पीछे चलकर उसके गन्तव्य तक पहुँच जाएगी। यह तय है कि श्रीप्रकाश इससे मिलने ज़रूर आएगा। लड़की की जितनी कॉल यहाँ सुनी गई है, इससे लगता है, श्रीप्रकाश से उसके अंतरंग सम्बन्ध हैं। वह जब मिलने आएगा तब हमारा काम आसान हो जाएगा।"

"ठीक है।" अरुण कुमार ने कहा।

इसी बीच लखनऊ से आरिफ़ का फ़ोन आया। उन्होंने राजेश पाण्डेय को बताया कि इस समय श्रीप्रकाश की बात फज़रूल्लाह से हो रही है। आज वह बहुत धमका रहा है।

राजेश पाण्डेय ने तुरन्त लखनऊ में उमेश सिंह से सम्पर्क करके वह नम्बर पूछा, जहाँ से आरिफ़ को फ़ोन किया गया है। उमेश ने जो नम्बर बताया, यह वही नम्बर था जिस नम्बर से श्रीप्रकाश गोरखपुर में निशा से बात कर रहा था।

अरुण कुमार ने कहा, "अभी तक यह वहीं पर है। ग्रेटर कैलाश भी यहाँ से आधे घंटे का रास्ता है, हम सभी लोग वहाँ चलते हैं। इतनी देर से बात कर रहा है, और आधे घंटे तक बात करना मुश्किल है लेकिन वहाँ जाने पर उसका हुलिया तो पता चल ही जाएगा।

"लखनऊ में ए.के. गुप्ता की जो टीम इस पर लगी हुई है, वह तरह-तरह की अफ़वाहें फैलाकर अख़बारों में ख़बर छपवा रही है। तीन-चार दिन पहले यह ख़बर छपवाई गई थी कि उसने बड़ी-बड़ी दाढ़ी रख ली है और सिंगापुर में उसने अपनी प्लास्टिक सर्जरी करा ली है। कम-से-कम जहाँ से यह टेलीफ़ोन कर रहा है, अगर वह पीसीओ है, तो पीसीओ वाले को फ़ोटो दिखाकर पूछा जाएगा तो वह यह तो बता ही सकता है कि यही आदमी था या कोई दूसरा आदमी था। इससे यह तय हो जाएगा कि उसने अपना हुलिया बदल तो नहीं रखा है?

"वहीं से हम लोग एअरपोर्ट चले चलेंगे। एक बार फिर एअरपोर्ट जानेवाले रास्तों पर कहाँ पर चेक किया जाए, यह देख लेंगे और कहाँ से आसानी से हम उसे पकड़ सकते हैं, यह भी समझ लेंगे।"

दिल्ली पुलिस की एक जिप्सी और एक गाड़ी में सभी लोग बैठ गए और ग्रेटर कैलाश-2 के पते पर पहुँचने के लिए निकल पड़े।

राजेश पाण्डेय ने कहा, "सर, अनुज और सुधीर के बारे में तो धीरेन्द्र ही सही-सही हुलिया बता पाएगा। हो सकता है, वे दोनों भी साथ में हों, तो धीरेन्द्र को ले चलना ही ठीक होगा। वह हुलिये के बारे में अच्छी जानकारी दे सकेगा।"

आधे रास्ते तक ही पहुँचे थे कि आरिफ़ का फ़ोन आया कि बातचीत ख़त्म हो गई है।

तभी डीआईजी रेंज गोरखपुर का फिर से फ़ोन आया, "फिर उसका फ़ोन आ गया है, लड़की से फिर बात कर रहा है और नम्बर वही है, जिस पर पहले बात कर रहा था।"

"गाड़ी तेज़ी से भगाइए। वह अभी भी उसी लड़की से बात कर रहा है। हमारे पहुँचने में दस-पन्द्रह मिनट ही लगेंगे और वह लड़की से ज़रूर बात करता हुआ मिल जाएगा।" अरुण कुमार ने कहा।

ग्रेटर कैलाश का वह पॉश इलाक़ा आ गया। मकान नम्बर देखते-देखते उस मकान के गेट के सामने, जिस पर मकान नम्बर लिखा हुआ था, दोनों गाड़ियाँ खड़ी हो गईं। रिहायशी इलाक़े में वह छोटा-सा शॉपिंग कॉम्प्लेक्स था। नीचे उतरकर सत्येन्द्र वीर सिंह, तेवितया और राजेश पाण्डेय भीतर की तरफ़ घुसे तो दाहिने हाथ पर नीचे की तरफ़ ग्राउंड फ़्लोर पर पीसीओ दिखाई पड़ गया। सत्येन्द्र वीर सिंह ने पीसीओ वाले से पूछा, "अभी जिस व्यक्ति ने गोरखपुर और लखनऊ बात की है, वह कब निकला है?"

पीसीओ वाले ने बताया, "बस, अभी निकला है। आप लोग आए हैं, उसी बीच में वह निकला है।"

इससे पहले कि सत्येन्द्र वीर सिंह पीसीओ वाले से कुछ और पूछ पाते, जिप्सी चला रहा सब-इंस्पेक्टर तेज़ी से भागता हुआ आया। उसने बताया, "सर, धीरेन्द्र बता रहा है कि अभी तुरन्त तीनों नीले रंग की सीलो से सामने से निकले हैं।"

सभी लोग भागकर अपनी-अपनी गाड़ी तक पहुँच गए।

धीरेन्द्र ने बताया, "बिलकुल सीधे वाले रास्ते पर लाल बत्ती तक वह गाड़ी दिखाई पड़ी है और अभी सिर्फ़ दो-तीन मिनट ही हुए हैं।"

तेज़ी से गाड़ी भगाते हुए लाल बत्ती के उस पार जाकर देखने की कोशिश की गई लेकिन नीले रंग की सीलो कहीं दिखाई नहीं पड़ी। अरुण कुमार ने कहा, "इंस्पेक्टर वी.पी.एन. सिंह ग़ाज़ियाबाद में तैनात हैं, उनको बताता हूँ। वह उधर से आ जाएँगे। उन्हें यहाँ के रास्तों की बहुत अच्छी जानकारी है।"

सभी तेज़ी से ग्रेटर कैलाश-2 से वसन्त कुंज जानेवाले रास्तों पर आगे बढ़ते गए। अरुण कुमार ने वी.पी.एन. सिंह को फ़ोन करके उन्हें पूरी बात बताई।

वी.पी.एन. सिंह ने बताया, "मैं अभी दिल्ली-ग़ाज़ियाबाद बॉर्डर पर ही हूँ। जिस रास्ते पर आप लोग आ रहे हैं, उसी रास्ते पर विपरीत दिशा में मैं आ रहा हूँ। अगर रास्ते में वह गाड़ी दिखाई पड़ गई तो मैं बता दूँगा।"

थोड़ी देर में वी.पी.एन. सिंह का फिर फ़ोन आया और उन्होंने बताया, "सर, वह गाड़ी अभी ग़ाज़ियाबाद के भीतर घुसी है। मैंने अपने साथ के कुछ लोगों को बताया है कि वे ट्रैफ़िक वालों से बात करें, वे लोकेशन बताते रहेंगे।"

तब तक अरुण कुमार के साथ की दो गाड़ियाँ ग़ाज़ियाबाद के भीतर घुस गईं। थोड़ी देर बाद वी.पी.एन. सिंह से वहीं पर मुलाकात हो गई। उन्होंने बताया, "सर, इन्दिरापुरम् वाली रोड पर चलकर रोड ब्लॉक करते हैं। उस तरफ़ ही वह मुड़ा है।"

सारे लोग इन्दिरापुरम् वाली रोड पर खड़े हो गए और गाड़ियाँ आड़ी-तिरछी करके लगा लीं। सुनसान रास्ते पर सीधे नीले रंग की सीलो आती हुई दिखाई पड़ी। दिल्ली पुलिस की जिप्सी चला रहे सब-इंस्पेक्टर ने अपनी गाड़ी बीस मीटर पहले ही बीच सड़क पर खड़ी कर दी। सीलो के निकलने का कोई रास्ता नहीं था। अविनाश मिश्रा ने कहा, "अगर वह गाड़ी बैक करके भागना चाहे तो एक गाड़ी पीछे की तरफ़ लगाना उचित होगा।"

साथ वाली दूसरी गाड़ी तेज़ी से पीछे की तरफ़ ले जाकर उसे बीच सड़क पर तिरछी करके लगा दिया गया। सामने दिल्ली पुलिस की गाड़ी देखकर नीली सीलो थोड़ा धीमी हुई और श्रीप्रकाश ड्राइविंग सीट से नीचे उतरा।

नीचे उतरते ही राजेश पाण्डेय और सत्येन्द्र वीर सिंह उस पर टूट पड़े। पीसीओ वाले ने जो शर्ट-पैंट बताई थी, श्रीप्रकाश वही पहने हुए था। लेकिन वह तुरन्त राजेश और सत्येन्द्र वीर की तरफ़ दो फ़ायर करके, ड्राइविंग सीट पर बैठ गया और गाड़ी बैक करने लगा।

अविनाश मिश्रा ने दूर से देख लिया कि वह गाड़ी बैक कर रहा है तो उन्होंने अपनी गाड़ी से टक्कर मार दी और गाड़ी के टायरों पर धुआँधार फ़ायरिंग करना शुरू कर दिया। सीलो के भीतर से श्रीप्रकाश, सुधीर और अनुज भी फ़ायर कर रहे थे।

अरुण कुमार ने कहा, "डरने की ज़रूरत नहीं है, ऐसे ही घेरे रहो। इनके पास छोटे हथियार ही हैं। बड़े हथियार ये गाड़ी से राँची भेज चुके हैं। ज़्यादा देर तक ये झेल नहीं पाएँगे।"

इतने में ही गाड़ी का दरवाज़ा खोलकर सुधीर और अनुज सड़क के किनारे वाले जंगल की तरफ़ भागने की कोशिश करने लगे। इधर श्रीप्रकाश एक-एक फ़ायर करके पीछे से अविनाश मिश्रा और आगे से राजेश पाण्डेय को आगे बढ़ने से रोक रहा था। तब तक सत्येन्द्र वीर सिंह की गोली श्रीप्रकाश को लग गई। वह भी जंगल की तरफ़ भागने की कोशिश करने लगा लेकिन वहीं गिर गया। फिर राजेश पाण्डेय ने थोड़ा आगे निकलकर श्रीप्रकाश पर कई फ़ायर किये। पीछे से अविनाश मिश्रा और तेवतिया अनुज और सुधीर का थोड़ी दूर तक पीछा करते रहे और गोलियाँ चलाते रहे। थोड़ी देर में ही वे दोनों भी गिर गए।

श्रीप्रकाश नीचे गिरा हुआ था लेकिन यह स्पष्ट नहीं हो रहा था कि गोली कहाँ लगी है और अभी मरा है या जीवित है। अरुण कुमार ने भी आगे बढ़कर दो-तीन फ़ायर किये, फिर नज़दीक जाकर सब लोगों ने देखा तो श्रीप्रकाश लगभग दम तोड़ चुका था।

अरुण कुमार ने सभी को बधाई देते हुए कहा, "पहले इन सबकी तलाशी ले लो। देखो, कहीं पिस्टल-रिवॉल्वर तो नहीं छिपाकर रखा है?"

सभी लोगों ने श्रीप्रकाश, सुधीर और अनुज की पूरी तलाशी ले ली। श्रीप्रकाश के पास उसकी एक डायरी, एक डिजिटल डायरी और कुछ कारतूस मिले। अनुज के पास भी उसकी डायरी और कुछ काग़ज़ात, 22 तारीख़ को राँची जाने के तीनों के एअर टिकट। इसी तरह सुधीर के पास भी एक डायरी मिली।

अरुण कुमार ने मिले हुए काग़ज़ों को पलटकर देखा और राजेश पाण्डेय से कहा, "सबकी डायरी, डिजिटल डायरी और काग़ज़ात तुम्हारे पास रहेंगे। बाक़ी कारतूस और इनके पास से मिली हुई रिवॉल्वर अभी लोकल पुलिस के हाथ दे देना, वह सीलबन्द की जाएगी।"

राजेश पाण्डेय ने अपनी दोनों जेबों में सारे काग़ज़ात और डायरियाँ रख लीं और कहा, "लखनऊ पहुँचकर सुरक्षित किसी बैग में रख लूँगा।"

अरुण कुमार ने तुरन्त एडीजी लॉ एंड आर्डर, अजय राज शर्मा को बताया कि श्रीप्रकाश और उसके दोनों साथियों को इन्दिरापुरम् में मार गिराया है।

अजय राज शर्मा ने तुरन्त मुख्यमंत्री के प्रमुख सचिव और प्रमुख सचिव, गृह नरेश दयाल को यह बात बताई।

नरेश दयाल ने बताया कि मुख्यमंत्री अभी विधान सभा के एक विशेष सत्र में हैं। आज 21 सितम्बर को बजट से सम्बन्धित एक दिन का विशेष सत्र बुलाया गया है। जैसे ही मुख्यमंत्री बाहर आते हैं, उनको बता दिया जाएगा।

नरेश दयाल ने यह बात कही ज़रूर, पर वह सीधे विधान सभा की आधिकारिक दीर्घा में पहुँचे और वहाँ एक काग़ज़ के टुकड़े पर यह लिखकर कि 'श्रीप्रकाश और उसके दो सहयोगियों को ग़ाज़ियाबाद के इन्दिरापुरम् में मार गिराया है'—वह स्लिप विधान सभा के कर्मचारी को दी और यह स्लिप लेकर विधान सभा का कर्मचारी मुख्यमंत्री कल्याण सिंह की टेबल पर पहुँचा और वहाँ यह स्लिप रख दी।

उस समय मुख्यमंत्री कल्याण सिंह विधान सभा में बोल रहे थे। थोड़ी देर बाद जब उन्होंने अपने सामने रखी हुई उस स्लिप को पढ़ा तो उन्होंने विधान सभा अध्यक्ष से अनुरोध किया कि सदन की कार्यवाही दो मिनट के लिए रोक दें, वह एक ज़रूरी सूचना सदन को देना चाहते हैं।

विधान सभा अध्यक्ष केसरीनाथ त्रिपाठी ने मुख्यमंत्री को सदन की कार्यवाही रोककर सूचना देने के लिए अनुमति प्रदान की।

मुख्यमंत्री ने कहा, "आज इस सदन को सूचित करते हुए हर्ष हो रहा है कि उत्तर प्रदेश पुलिस की एसटीएफ़ ने कुख्यात अपराधी श्रीप्रकाश शुक्ला और उसके दो सहयोगियों को अभी-अभी ग़ाज़ियाबाद के इन्दिरापुरम् में, एक मुठभेड़ में मार गिराया है।"

सदन के सारे सदस्यों ने मेज़ थपथपाकर और अपने स्थान पर खड़े होकर इस घोषणा का स्वागत किया और एक-दूसरे को बधाई देने लगे। मुख्यमंत्री कल्याण सिंह को बधाई देने वालों का ताँता लग गया।

थोड़ी देर बाद ही मुख्यमंत्री फिर स्वयं सदन में खड़े हुए और उन्होंने विधान सभा की अनुमति से यह घोषणा की : "एसटीएफ़ द्वारा किये गए इस साहसिक कार्य के लिए एसटीएफ़ की टीम में शामिल प्रत्येक पुलिसकर्मी को एक-एक लाख रुपये का नक़द पुरस्कार तथा प्रत्येक को आउट ऑफ़ टर्न पदोन्नति दिये जाने की घोषणा, यह सरकार करती है।"

श्रीप्रकाश शुक्ला के मारे जाने की सूचना जंगल में आग की तरह फैल गई और बहुत सारे टीवी चैनलों और अख़बारों के अनेक पत्रकार इकट्ठा हो गए। इन्दिरापुरम् की पुलिस ने आकर तीनों के शवों को अस्पताल भिजवाया। वहाँ से तीनों शव पोस्टमॉर्टम के लिए ग़ाज़ियाबाद भेज दिये गए।

अरुण कुमार अपनी पूरी टीम के साथ एसएसपी ग़ाज़ियाबाद के कार्यालय में आ गए। प्रेस वालों की बड़ी भीड़ थी। वहाँ पर सभी के सवालों का जवाब दिया गया और वहाँ से सभी लोग होटल आ गए।

होटल में सभी लोगों के टेलीफ़ोन पर बार-बार फ़ोन आ रहे थे, सभी लोग यह जानना चाहते थे कि कैसे हुआ? क्या हुआ? एक सेकेंड के लिए भी फ़ोन शान्त नहीं हो रहे थे। लखनऊ से बार-बार कहा जा रहा था कि सभी लोग लखनऊ वापस आ जाएँ। शाम की फ़्लाइट से सबका लखनऊ जाना तय हुआ।

इसी बीच अरुण कुमार ने कहा ,"सभी लोग अपने-अपने घर में ज़रूर बता दें। इधर-उधर से घर वालों को ख़बर लगेगी तो उनके मन में तरह-तरह के प्रश्न आएँगे, इसलिए सब लोग अपने घर पर अवश्य बता दें।"

राजेश पाण्डेय ने कहा, "सबसे पहले घर वालों का ही फ़ोन आया था।"

सत्येन्द्र वीर ने कहा, "मेरी भी बात हो गई है। वहाँ तो कोई मानने को तैयार ही नहीं है कि हम लोगों ने उसे मार दिया है।"

यह सुनते ही सब लोग हँसने लगे।

तेवतिया ने कहा, "सबके साथ यही हाल है।"

तभी राजीव रतन शाह का फ़ोन, अरुण कुमार के पास आया ,"आप लोग कहाँ हैं? मैं स्वयं आकर बधाई देना चाहता हूँ। इस एसटीएफ़ का गठन मेरे प्रयास के बाद सिर्फ़ छह महीने के लिए ही हुए थे कि आप लोगों ने छह महीने के भीतर ही जिस कार्य के लिए एसटीएफ़ का गठन हुआ था, वह कार्य पूरा कर दिया।"

"हम लोग एअरपोर्ट की तरफ़ निकल रहे हैं। आज ही शाम को सभी लोग लखनऊ वापस चले जाएँगे, घर वाले चिन्तित हो रहे हैं।" अरुण कुमार ने बताया।

राजीव रतन शाह ने सभी को शुभकामना दी और यह पूछा, "श्रीप्रकाश शुक्ला का शव कहाँ पर रखा हुआ है? मैं और मेरी पत्नी उसे देखना चाहते हैं।"

"तीनों शव ग़ाज़ियाबाद के पोस्टमॉर्टम हाउस में रखे हुए हैं। मैं एसएसपी ग़ाज़ियाबाद से कह देता हूँ कि किसी आदमी को भेजकर आपको शव दिखवा देंगे, अगर वह अब तक सील नहीं किये गए होंगे।" अरुण कुमार ने बताया।

"ठीक है, हम लोग दिल्ली से चल चुके हैं। हम ग़ाज़ियाबाद पहुँचकर पहले उसको देखना चाहेंगे, उसके बाद अगर तुम लोग एअरपोर्ट पर मिल जाओगे तो वहाँ आकर तुम्हें मिठाई खिलाएँगे।" राजीव रतन शाह ने कहा।

अरुण कुमार ने तुरन्त एसएसपी ग़ाज़ियाबाद को फ़ोन करके, राजीव रतन शाह की इच्छा को बताया और यह भी कहा कि एसटीएफ़ के गठन का श्रेय राजीव रतन शाह को ही जाता है। इसलिए अगर शव सील न हुए हों तो उन्हें हर हाल में दिखवा देना।

सभी लोग अपना सामान गाड़ी में रखकर एअरपोर्ट की तरफ़ रवाना हुए, तब अरुण कुमार ने राजेश पाण्डेय से कहा, "राजेश, आज नवरात्र का दूसरा दिन है और तुम्हारा व्रत भी है। लखनऊ से दिल्ली आते समय तुमने यह बात कही थी कि नवरात्र में हम लोग यह काम ज़रूर कर लेंगे, विन्ध्याचल माँ की कृपा ज़रूर होगी।"

"मेरी बहुत श्रद्धा है। आप जानने हैं कि मैं हर नवरात्र सपरिवार दर्शन करने जाता हूँ। मैंने तय किया है कि आज लखनऊ पहुँचकर, कल सवेरे ही मैं अपने पूरे परिवार के साथ विन्ध्याचल दर्शन करने के लिए निकल जाऊँगा।" राजेश पाण्डेय ने कहा।

अरुण कुमार ने कहा, "कल मुख्यमंत्री ने पूरी टीम को ग्यारह बजे मुख्यमंत्री आवास पर और शाम को राज्यपाल ने राजभवन में सभी को सम्मानित करने के लिए बुलाया है।"

"सर, मैं सुबह ही सुबह विन्ध्याचल चला जाऊँगा, लौट आने पर मैं दोनों जगह क्षमा माँग लूँगा, लेकिन इससे पहले मैं विन्ध्याचल ज़रूर जाऊँगा।" राजेश पाण्डेय ने कहा।

"ठीक है, मैं ही मुख्यमंत्री और राज्यपाल को बता दूँगा। वैसे मैं भी राजभवन का कार्यक्रम समाप्त कर सपरिवार शिरडी साईं बाबा के दर्शन हेतु जा रहा हूँ। रात में पुष्पक से मैंने अपना रिज़र्वेशन करा लिया है।" अरुण कुमार ने कहा।

बात जैसे ही समाप्त हुई, तभी लखनऊ से किसी व्यक्ति का फ़ोन सत्येन्द्र वीर सिंह के फ़ोन पर आया। थोड़ी देर बाद सत्येन्द्र वीर सिंह फ़ोन पर ही उस पर बहुत नाराज़ होने लगे।

फ़ोन कटने पर अरुण कुमार ने पूछा, "आज किस पर नाराज़ हो रहे हो?"

सत्येन्द्र वीर सिंह ने कहा, "वहाँ लखनऊ में डीजी ए.के. गुप्ता की टीम ने यह उड़ा दिया है कि 'उन लोगों ने जिसको मारा है, वह श्रीप्रकाश है ही नहीं। श्रीप्रकाश की लोकेशन इस समय सिंगापुर में है।' यही मैं कह रहा था कि पहले उन्हीं को यहाँ भेजकर इसकी शक्ल दिखा देते हैं।"

"जाने दो, उनके कहने से क्या होता है! यह कोई पहली बार हम लोगों के बारे में ग़लत सूचना नहीं दी जा रही है। सबकी समझ में आ जाएगा, सब लोग सचाई जान लेंगे। बाद में इनको ख़ुद ही शर्म आएगी। आज कोई अपना मूड न ख़राब करे।

सभी लोग घर पर पहुँचें, कहीं और जाने की आवश्यकता नहीं है।" अरुण कुमार ने कहा।

थोड़ी देर में सब लोग एअरपोर्ट पहुँच गए, तभी डीसीपी एअरपोर्ट सिक्योरिटी का फ़ोन अरुण कुमार के फ़ोन पर आया और वह बधाई देने लगा। इस पर अरुण कुमार ने नाराज़गी भरे-स्वर में उससे कहा, "तुमने तो कोई मदद की नहीं, हर बात में 'ज्वाइंट सीपी, ज्वाइंट सीपी' कहते रहे। तुमको क्या लगता था कि मदद नहीं करोगे तो यह काम नहीं होगा?"

उधर से वह अरुण कुमार से क्षमा ही माँगता रहा। फ़ोन कटने के बाद सत्येन्द्र वीर सिंह ने अरुण कुमार से पूछा, "आप तो मुझे मना कर रहे थे कि आज के दिन किसी पर नाराज़ नहीं होना है और आप ख़ुद ही नाराज़ हो रहे थे?"

अरुण कुमार सहित सभी लोग हँसने लगे।

अरुण कुमार ने हँसते हुए कहा, "वही डीसीपी है, एअरपोर्ट वाला, जो बार-बार मना कर रहा था कि कुछ नहीं होने देंगे। उसने बधाई देने के लिए फ़ोन किया था। कहीं टीवी पर देखा होगा।"

पूरी टीम एअरपोर्ट पहुँच गई। उसी प्लेन में मुलायम सिंह यादव और लालू प्रसाद यादव भी बैठे हुए थे। थोड़ी देर में प्लेन लखनऊ एअरपोर्ट पर उतर गया। अरुण कुमार, सत्येन्द्र वीर सिंह और राजेश पाण्डेय की पत्नियाँ एअरपोर्ट पर पहले से ही मौज़ूद थीं। एसएसपी लखनऊ रजनी कान्त मिश्रा और लखनऊ पुलिस के सभी अधिकारी एअरपोर्ट पर मौज़ूद थे। एसटीएफ़ की टीम को फूल-मालाओं से लाद दिया गया। एअरपोर्ट से बाहर निकलते ही हज़ारों-हज़ार की भीड़ में टीवी और अख़बार वाले भी शामिल थे और 'पुलिस, ज़िन्दाबाद!' के नारे लगा रहे थे।

ऐसे दृश्य की कल्पना टीम के किसी सदस्य ने नहीं की थी। बैंड-बाजे वालों के कम-से-कम दस-पन्द्रह ग्रुप भी उपस्थित थे। बाहर निकलते समय एसएसपी लखनऊ, रजनी कान्त मिश्रा ने सभी का स्वागत किया, सभी को गले लगाया। भीड़ इतनी ज़्यादा थी कि अपनी-अपनी गाड़ी में बैठना मुश्किल हो रहा था। बड़ी मशक़्क़त के बाद सभी लोग अपनी-अपनी गाड़ी में बैठ पाए और जब गाड़ियाँ वहाँ से रवाना हुईं तो एअरपोर्ट से बाहर निकलने में ही एक घंटे का समय लग गया।

देर रात सभी लोग अपने-अपने घर पहुँच पाए। हर एक के घर के बाहर भी पत्रकारों की भारी भीड़ थी। बड़ी मुश्किल से सबको समझा-बुझाकर घर पहुँचना हो पाया। सभी के घर वाले भी उत्सुकता से पूरी बात जानना चाहते थे।

अगले दिन सभी अख़बारों में पहले पेज पर श्रीप्रकाश के मारे जाने की ख़बर टीम के सभी सदस्यों के फ़ोटो के साथ छपी। सभी के घर पर बधाई देने वालों का ताँता लगा रहा। मुख्यमंत्री और राज्यपाल के कार्यालय से सभी सदस्यों के पास फ़ोन आए और उन्हें निर्धारित समय पर पहुँचने के लिए मुख्यमंत्री आवास और राजभवन में आमन्त्रित किया गया।

लखनऊ के तमाम व्यापार मंडल के लोग भी बार-बार सभी को फ़ोन करके सम्मान-समारोह की तिथियों के बारे में बताते रहे।

राजेश पाण्डेय सुबह अपनी पत्नी, दोनों बच्चों और माँ के साथ विन्ध्याचल दर्शन के लिए निकल गए, तो उधर अरुण कुमार शाम को सपरिवार शिरडी वाले साईं बाबा का दर्शन करने के लिए रवाना हुए।

एसएसपी ग़ाज़ियाबाद ने अरुण कुमार को फ़ोन करके बताया, "पोस्टमॉर्टम उसी दिन हो गया था लेकिन अभी तक कोई भी उसकी बॉडी लेने के लिए नहीं आया है। वैसे इन्दिरापुरम् थाने ने गोरखपुर में पुलिस के माध्यम से लिखा-पढ़ी में उसके घर पर सूचना करा दी थी लेकिन अभी तक कोई नहीं आया है।"

"क्या राजीव रतन शाह रात में उसकी बॉडी देखने आए थे?"

"वे सपत्नीक आए थे और थाना अध्यक्ष ने पोस्टमॉर्टम हाउस खुलवाकर उसकी बॉडी दिखाई थी। बॉडी को सील करने का काम उसके बाद ही शुरू किया गया था।" एसएसपी ग़ाज़ियाबाद ने बताया।

"नियम के हिसाब से बहत्तर घंटे तक उनके परिजनों का और इन्तज़ार कर लीजिए। अगर कोई नहीं आता है तो नियमानुसार उसके शव का अन्तिम संस्कार करा दीजिएगा।" अरुण कुमार ने कहा।

बाक़ी दोनों की बॉडी लेने कोई आया था या नहीं, यह पूछने पर एसएसपी ग़ाज़ियाबाद ने बताया, "उन दोनों के परिजन आए थे और उनके शव को लेकर चले गए। यह पूछे जाने पर कि 'आप इनका अन्तिम संस्कार कहाँ करेंगे?' उन लोगों ने बताया कि 'हम इनका अन्तिम संस्कार यहीं ग़ाज़ियाबाद में ही कर देंगे।' "

"ठीक है। यह भी हो सकता है कि वे लोग अपने गृह जनपद में ले गए हों!" अरुण कुमार ने कहा।

तीन-चार दिन बाद जब सब लोग पुन: कार्यालय में इकट्ठा हुए तो शाम के समय उत्तर प्रदेश के पूर्व डीजीपी श्री श्रीराम अरुण पैदल ही हाथ में मिठाई का डिब्बा लेकर कार्यालय में आए। शाम का समय था, कोई सात बज रहे थे और उन्होंने अरुण कुमार से कहा, "मैं दो दिन से पता करा रहा हूँ, तुम लोग कार्यालय में नहीं थे। आज मुझे पता लगा कि तुम लोग कार्यालय में हो, तो मैं तुम्हें ख़ुद मिठाई खिलाना चाहता हूँ।

मेरे कार्यकाल में ही इसने पुलिस को सबसे ज़्यादा परेशान किया था और पुलिस पर बहुत ज़्यादा दबाव था। तुम लोगों ने बहुत बहादुरी और हिम्मत का काम किया है!"

"सर, आपको आने की ज़रूरत नहीं थी। आपने सूचना कराई होती तो हम लोग ख़ुद ही आ जाते। आपके घर तक आने में दो-तीन मिनट से भी कम समय लगता। हम सभी लोग स्वयं ही पहुँचकर आपका आशीर्वाद भी ले लेते। आज ही सब लोग इकट्ठा हुए हैं।" अरुण कुमार ने कहा।

फिर भी ज़िद करके श्री श्रीराम ने वहाँ मौजूद अरुण कुमार, राजेश पाण्डेय, अविनाश मिश्रा और तेवतिया को अपने हाथों से मिठाई खिलाई और आशीर्वाद दिया।

मुख्यमंत्री कल्याण सिंह के यहाँ से सूचित किया गया कि टीम में भाग लेने वाले सभी लोगों के लिए एक-एक लाख रुपये भेजे जा रहे हैं, सभी को दे दिये जाएँ।

अगले दिन सुबह कार्यालय में सभी लोग, जो इस एनकाउंटर में शामिल थे, इकट्ठा हुए और इस बात पर चर्चा हुई कि लोग कितने डरे-सहमे थे। लखनऊ के व्यापारी, नेता, पुलिस अधिकारी और सामान्य आदमी इतने दिनों से डर के साये में जी रहे थे। शहर में घूमने पर लोगों की ख़ुशी का अन्दाज़ा लगा। सब लोगों ने अपने-अपने अनुभव बताए कि कैसे-कैसे उससे पीड़ित और प्रताड़ित किये गए थे। लोग धन्यवाद देने के लिए सबके घरों पर आए।

सत्येन्द्र वीर सिंह ने बताया कि कैसे संजय सेठ, सरना और उनके सहयोगी भागते और हाँफते हुए उनके यहाँ आए और बार-बार आश्चर्य से यही पूछ रहे थे कि सच में वह मारा गया? उनकी ख़ुशी का ठिकाना नहीं था।

अरुण कुमार ने बताया, "आरिफ़ मुझे भी बार-बार फ़ोन करके यही पूछ रहे थे कि सच में वह मारा गया? उनकी भी ख़ुशी का ठिकाना नहीं था।"

राजेश पाण्डेय ने बताया, "मंत्री राजा भैया ने फ़ोन करके कार्यालय आवास पर आकर मिठाई खिलाने की इच्छा व्यक्त की थी। इसके अलावा करामत इंटर कॉलेज की प्रधानाचार्या मिठाई लेकर कार्यालय में आई थीं और उन्होंने भी बहुत धन्यवाद दिया। ऐसे भी बहुत-से लोग थे जिन्होंने अलग-अलग माध्यमों से अपनी ख़ुशी ज़ाहिर की।

इस अपराधी ने जितनी तेज़ी पकड़ रखी थी, अगर समय रहते उसकी गति को न रोका जाता तो इतिहास पुलिस को कभी माफ़ नहीं करता। इतना महत्त्वाकांक्षी व्यक्ति—जिसने वर्चस्व की लड़ाई में पूरे प्रदेश को जीतने का सपना पाल लिया;

जिसने अपने गुरु सूरजभान के लिए इतना कुछ कर दिया कि वह भी वर्चस्व की लड़ाई में पूरे बिहार को जीतने की तैयारी में रत था; जिसने राजनीतिक शक्तियों को पंगु कर दिया था और ख़ुद राजनीति में आकर पूरे सिस्टम को चुनौती देने को तैयार था और अपने गन्तव्य तक लगभग पहुँच भी चुका था।

केवल एक व्यक्ति की दृढ़ इच्छाशक्ति और अपराध को कुचलने का अन्तर्मन से लिया गया संकल्प और पुलिस की एक छोटी टुकड़ी में पैदा हुआ विश्वास—अपराध के इस सहस्त्र फन वाले साँप को कुलचने में क़ामयाब हुआ।

...और एक क़िताब पूरी हुई!